Michelle Raven

GHOST WALKER

RUF DER ERINNERUNG

Roman

LYX EGMONT

Originalausgabe Dezember 2011 bei LYX
Verlegt durch EGMONT Verlagsgesellschaften mbH,
Gertrudenstr. 30–36, 50667 Köln

1. Auflage
Lektorat: Katharina Kramp
Satz: Greiner & Reichel, Köln
Druck: GGP Media GmbH, Pößneck
ISBN 978-3-8025-8508-1
www.egmont-lyx.de

Prolog

Der Geruch drang als Erstes an seine Sinne. Schweiß, Kunststoff und … Mensch. Ein Zittern lief durch Bowens Körper, dicht gefolgt von Schmerz. Etwas hielt seine Hand- und Fußgelenke umschlungen, sodass er sich nicht rühren konnte. Auch über seine Brust war ein Lederriemen gespannt. Und er war völlig nackt. Furcht breitete sich in ihm aus und verstärkte das Gefühl, eingesperrt zu sein. Sein laut pochendes Herz übertönte beinahe das Atemgeräusch. Jemand war mit ihm im Raum!

»Gut, du bist endlich wach Ein harmlos aussehender Mann, den Bowen noch nie gesehen hatte, beugte sich über ihn.

Er wusste nur noch, dass er im Wald einem Menschen gefolgt war, um zu sehen, was der vorhatte. Doch der Unbekannte hatte ihn in einen Hinterhalt gelockt und betäubt. Und jetzt war Bowen hier, wo auch immer das sein mochte. Auf jeden Fall nicht mehr in ihrem Gebiet in der Nähe des Yosemite National Parks. Egal wie, er musste entkommen!

Aus den Augenwinkeln sah er etwas aufblitzen. Der Mann hielt ein Skalpell in der Hand, dessen Klinge höllisch scharf wirkte. Der erste Schnitt war wie ein Schock. Auch wenn Bowen gefangen gehalten wurde, hatte er doch nicht geglaubt, dass ihn jemand verletzen würde. Doch genau das tat der Verbrecher wieder und immer wieder, bis Bowen Mühe hatte, die Schreie zurückzudrängen, die in seiner Kehle aufstiegen.

Bald verlor die Zeit an Bedeutung, jede Sekunde schien sich hinzuziehen, bis Bowen sich in einer endlosen Schleife aus Schmerzen, Verzweiflung und Hass befand. Ein süßlicher Ge-

ruch stieg in seine Nase und riss ihn für einen Moment aus seinen Qualen. Isabel. *Viel zu früh verschwand sie wieder und ließ ihn in der Hölle zurück.*

Bowen setzte sich abrupt in seinem Bett auf, sicher, sich wieder in dem Keller in Stammheimers Haus zu befinden, wo der Wissenschaftler ihn mehrere Tage lang gefoltert hatte. Nur langsam kehrte er in die Realität zurück und ließ seinen hämmernden Herzschlag von den Geräuschen und Gerüchen des Waldes beruhigen. Seit beinahe einem Jahr lebte er wieder unter den Berglöwenwandlern, aber noch immer träumte er von den Geschehnissen in Nevada. Die Panik, als er dort aufgewacht war und festgestellt hatte, dass er an ein Bett gefesselt war. Die Schmerzen, die Stammheimers Experimente ausgelöst hatten. Die Furcht, sich ungewollt zu verwandeln und damit dem Wissenschaftler das zu geben, was er wollte.

Mit beiden Händen rieb er über sein schweißnasses Gesicht. Heute wunderte ihn der Traum allerdings nicht, schließlich hatte Ambers Gefährte Griffin gestern die Beweise ins Lager gebracht, die Stammheimer damals über die Existenz von Wandlern gesammelt hatte. Darunter waren auch die Videos von Bowens Folterungen und der Verwandlung.

Auch wenn er wusste, was es in ihm auslösen würde, hatte Bowen darauf bestanden, sie zu sehen. Übelkeit war in ihm aufgestiegen, als er sich selbst nackt und hilflos dort liegen gesehen hatte, sein Körper von den Folterungen und dem Kampf gegen die Verwandlung gezeichnet.

Und dann war da Stammheimers Tochter Isabel gewesen. Ihr Auftauchen im Keller war ihm wie ein Traum vorgekommen, wie eine Illusion, um nicht verrückt zu werden. Doch sie war real gewesen und sie hatte viel riskiert, um ihm zu helfen. Zu viel.

Isabel hatte versucht, ihn zu befreien, und war schließlich von ihrem Vater mit Bowen zusammen eingesperrt worden. Sein Herz zog sich vor Sehnsucht nach ihr zusammen. Seit er sich in Stammheimers Haus von ihr verabschiedet hatte, ging sie ihm nicht mehr aus dem Kopf. Ihr süßer Duft, ihre sanfte Stimme, die langen rotbraunen Haare und großen blauen Augen. Vor allem aber ihr Mut war ihm in Erinnerung geblieben.

Unruhig stand Bowen auf und verließ lautlos die Hütte, um seine Mutter nicht zu wecken. Draußen atmete er tief durch und versuchte, sich wieder zu beruhigen. Er verwandelte sich und lief leichtfüßig durch den stillen Wald. Schon immer hatte er es geliebt, in Berglöwengestalt durch die Wildnis zu streifen – doch nach seiner Gefangenschaft in der Menschenwelt war es zu einer Notwendigkeit geworden. Nichts anderes half, wenn es unter seiner Haut kribbelte und er nicht wusste, wie er mit den Erinnerungen leben sollte. Aber er hatte auch gelernt, sich nie weit vom Lager zu entfernen und immer darauf zu achten, was um ihn herum vor sich ging.

Heute allerdings brauchte er dringend Bewegung, um die Erinnerungen wenigstens für kurze Zeit zu verdrängen. Doch es gelang ihm nicht. Isabels Bild hielt sich hartnäckig in seinem Kopf und er glaubte beinahe, ihre sanfte Stimme zu hören und ihren unverwechselbaren Duft zu riechen. Sie hatte sich in Nevada mit Marisa, Coyle und Keira getroffen, um die Beweise aus dem Haus ihres Vaters zu bergen. Das war ihnen auch gelungen, aber auf dem Rückweg zum Lager war der Wagen von Marisa und Coyle von der Fahrbahn abgedrängt und die Menschenfrau dabei schwer verletzt worden. Glücklicherweise waren Isabel und Keira zu dem Zeitpunkt bereits mit einem anderen Wagen auf dem Weg in ein Motel gewesen. Was hätte Bowen getan, wenn es stattdessen Isabel gewesen wäre, die in dem verunglückten Auto saß? Sein Magen krampfte sich zusammen.

Er hätte mit nach Nevada fahren sollen. Auch wenn Bowen wusste, dass eigentlich die Menschen daran schuld waren, fühlte er sich doch verantwortlich. Wäre er damals nicht so unvorsichtig gewesen, hätte Stammheimer ihn nie in die Finger bekommen. Coyle hatte ihn gefragt, ob er mitkommen wollte, aber er hatte sich nicht dazu bringen können, noch einmal das Haus zu betreten, in dem er gefoltert worden war. Jedenfalls redete er sich damit heraus, doch eigentlich traute er sich nur nicht, Isabel wiederzusehen. Würde sie überhaupt noch mit ihm reden, nachdem er sich die ganze Zeit über nicht bei ihr gemeldet hatte? Oder was, wenn sie ihn hasste, weil seinetwegen ihr Vater getötet worden war? Noch schlimmer wäre es allerdings, wenn ihre geistige Verbindung, durch die sie seine Gefühle hatte wahrnehmen können, immer noch bestand und Isabel ihm so nah war wie damals. Wie sollte er damit leben, sie wieder gehen zu lassen? Beim ersten Mal war es beinahe schlimmer gewesen, als die Folterungen zu ertragen. Noch einmal würde er das nicht überstehen.

Er war zu feige gewesen, ihr gegenüberzutreten, so einfach war das. Isabel war eine Menschenfrau, sie würde nie im Lager mit ihm leben wollen, und er konnte nicht in die Stadt ziehen. Sein Herz schmerzte, wie immer, wenn er darüber nachdachte, wie unmöglich eine Beziehung zwischen ihnen war. Deshalb hatte er sich dem Drang widersetzt, sie zu sehen und mit ihr zu reden. Sie vielleicht sogar zu berühren, wie damals, als er sich von ihr verabschiedet hatte. Noch jetzt konnte er ihre weichen Lippen auf seinen fühlen, das Zittern ihres Körpers.

Von seiner eigenen Unsicherheit angewidert, lief Bowen noch schneller. Isabel war seinetwegen überhaupt erst in diese Lage gekommen und er schaffte es nicht einmal, für sie da zu sein. Dabei war sie so mutig gewesen, in das Haus ihres Vaters zurückzukehren, um die Beweise in Sicherheit zu bringen, die Stammheimer durch seine Schuld sammeln konnte. Wie lange würden ihn die Erinnerungen daran noch quälen? Isabel war ihm damals unter die Haut gegangen, und er schaffte es nicht, sie zu vergessen. Aber das musste er, wenn er irgendwann wieder sein Leben aufnehmen wollte. Bisher hatte es niemand gewagt, ihn direkt darauf anzusprechen, oder ihn aufgefordert, endlich etwas für die Gruppe zu tun. Doch die Blicke waren eindeutig. Er sollte wirklich endlich seine Ausbildung zum Wächter fortsetzen und für den Schutz des Lagers sorgen. Dann würde er sich wenigstens nicht so nutzlos vorkommen.

Entschlossen verlangsamte er seine Schritte und holte tief Luft. Es war genug Zeit vergangen. Er musste etwas tun, sonst würde er verrückt werden. Und wenn ihn bestimmte Geräusche oder Gerüche in den dunklen Keller zurückkatapultierten, musste er lernen, damit umzugehen. Auch andere Mitglieder der Gruppe hatten Schlimmes erlebt und schafften es trotzdem, ihr Leben normal zu führen.

Schließlich setzte er sich an dem kleinen See in der Nähe des Lagers ans Ufer, wie immer, wenn er Zeit für sich brauchte. Er wusste, dass ihn niemand hier stören würde. Kurzentschlossen sprang Bowen auf und stürzte sich in das Wasser. Bevor er auf die Oberfläche traf, verwandelte er sich. Als Berglöwe konnte er zwar schwimmen, aber er vermied es, wenn es ging. In Menschenform jedoch genoss er das durch die Sommertage erwärmte Wasser und schwamm in kräftigen Zügen, bis er so erschöpft war, dass er auf Händen und Knien herauskroch und am Ufer zusammenbrach. Nach Atem ringend lag er auf den kalten Steinen und starrte zum samtschwarzen Himmel hinauf, an dem unzählige Sterne funkelten. Ob Isabel sie auch sehen konnte, wo immer sie auch gerade war?

1

Müde stieg Isabel vor dem Motel, in dem sie bereits die letzte Nacht verbracht hatten, aus ihrem Auto und blickte Keira über das Dach hinweg an. Die Berglöwenwandlerin hatte seit dem Verlassen des Krankenhauses, in dem sie Marisa Gesellschaft geleistet hatten, die dort seit ihrem schlimmen Unfall lag, noch keinen Ton gesagt. Eigentlich war sie auch davor schon alles andere als gesprächig gewesen und Isabel konnte ihre Unruhe spüren. Aber nachdem sie nun auch erfahren hatten, dass Coyle zum Glück nur leicht verletzt worden war, ging wenigstens der Schmerz etwas zurück, den Keira konstant aussandte.

Isabel rieb über ihre Schläfen. Warum musste gerade sie die Gefühle von Katzen in ihrem Kopf spüren können? Sie hatte nie darum gebeten und es war mehr Fluch als Segen. Zumal sie auch überhaupt nichts tun konnte, um das Leiden zu lindern. Weder bei den Tieren noch bei den Wandlern. Und schon gar nicht bei der Wächterin der Berglöwen, die ihre Gedanken stets hinter einer ausdruckslosen Maske verbarg. Wie auch jetzt wieder.

»Ich sehe mich hier draußen noch um.« Damit drehte Keira sich auf dem Absatz um und verschwand in den Büschen neben dem Motel.

Isabel fühlte sich seltsam allein gelassen, zuckte dann aber nur die Schultern. Selbst wenn Keira mitgekommen wäre, hätte sie mit ihr nicht über das Geschehene reden können. Keira war auf Marisa nicht gut zu sprechen, seit die ihr Coyle vor der Nase weggeschnappt hatte. Wahrscheinlich konnte Isabel schon froh sein, dass die Berglöwenfrau schließlich zugestimmt hatte, mit ihr ins Krankenhaus zu fahren. Mit einem tiefen Seufzer schlang Isabel den Rucksack über ihre Schulter und ging zur Tür des Motelzimmers. Sie fühlte sich wie zerschlagen und konnte es kaum erwarten, ins Bett zu kriechen. Morgen würde wieder ein anstrengender Tag werden, wenn sie ganz bis nach Los Angeles fahren musste.

Ihr Vorhaben, einem Immobilienmakler das Haus ihres verstorbenen Vaters zu zeigen, damit er es verkaufte, verschob sie auf unbestimmte Zeit. Auf keinen Fall wollte sie noch einmal auf die Verbrecher treffen, die ihnen auf dem Grundstück aufgelauert hatten und denen sie nur knapp entronnen waren. Ein Schauder lief über ihren Rücken und sie sah sich unbehaglich um. Beinahe glaubte sie, Augen auf sich zu spüren, aber sie schüttelte das Gefühl ab. Wahrscheinlich war es nur Keira, die sich vergewissern wollte, dass Isabel wirklich in ihr Zimmer ging. Nach einem letzten Blick in Richtung der Büsche zog sie die Schlüsselkarte durch das Schloss und schob die Tür auf. Die Luft im Zimmer war eiskalt an ihren nackten Armen, anscheinend hatten sie vergessen, die Klimaanlage herunterzustellen. Rasch ging sie zu dem Gerät und schaltete es aus. Angenehme Stille breitete sich in dem Raum aus.

Isabel warf ihren Rucksack auf den Tisch und zog die Vorhänge zu. Dadurch kam sie sich zwar noch eingeschlossener vor, aber das war besser, als von draußen beobachtet zu werden. Und wenn Keira gleich zu ihr stieß, war es ohnehin notwendig, denn die Berglöwenfrau hielt sich in der Regel nicht damit auf, ihren Körper mit Kleidung zu bedecken. Ein widerwilliges Lächeln hob ihre Mundwinkel. Irgendwie mochte sie Keira, sie war stark und unabhängig und ließ sich von niemandem etwas vormachen. Vermutlich konnte Isabel noch viel von ihr lernen.

Aber erst nach einer langen, heißen Dusche, die hoffentlich ihre verspannten Muskeln lockern würde. Glücklicherweise hatte sich ihre Befürchtung, dass sie auch angegriffen werden könnten, nicht bewahrheitet. Trotzdem sehnte Isabel sich nach der Anspannung nach einem entspannenden Bad. Sie öffnete die Badezimmertür und schaltete das Licht an. Ein Blick in den Spiegel zeigte ihr dunkle Augenringe und Falten neben ihrem Mund und auf der Stirn. Isabel schnitt eine Grimasse. Niemand würde bei diesem Anblick vermuten, dass sie noch nicht einmal ihren achtzehnten Geburtstag gefeiert hatte. Anscheinend war sie im letzten Jahr nicht nur innerlich, sondern auch äußerlich um Jahre gealtert.

Schließlich wandte sie sich ab und wollte in den anderen Raum zurückgehen, doch die Türöffnung wurde von einem Mann blockiert, der aus dem Nichts aufgetaucht war. Isabel erstarrte und blickte ihn mit weit aufgerissenen Augen an. Ihr Herzschlag setzte für einen Moment aus, bevor er wieder lospolterte. Es dauerte einen Moment, bis ihr Gehirn den Befehl sandte, so laut zu schreien, wie sie konnte. Doch bevor sie ihn umsetzen konnte, war der Mann bei ihr, schlang einen Arm um sie und presste seine Hand auf ihren Mund. Isabel erwachte aus der Starre und sie versuchte, sich aus der Umklammerung zu lösen. Heftig riss sie an der Hand, die ihren Mund bedeckte, doch sie bewegte sich keinen Millimeter. Verzweifelt stieß sie ihren Ellbogen in den Magen des Mannes, doch auch das brachte keine Reaktion. Stattdessen schien er sie nur noch fester zu halten als zuvor. Furcht raste durch ihren Körper. Irgendwie musste es ihr gelingen, Keira auf ihre Situation aufmerksam zu machen.

»Ganz ruhig, ich tue dir nichts.« Die leise Stimme des Mannes erklang direkt an ihrem Ohr. »Ich will nur mit dir reden.«

»Hmhm.« Isabel brachte nur ein paar unterdrückte Laute hervor. Zeitgleich mit der Angst wuchs auch ihre Wut.

Der Angreifer lockerte seinen Griff ein wenig und stellte sich so vor sie, dass sie ihn direkt ansehen konnte. Schwarze

Haare umrahmten ein kantiges Gesicht mit einer scharfen Nase und schmalen Lippen. Ausdrucksvolle blaue Augen blickten sie durchdringend an. Er war wesentlich größer und kräftiger und bestimmt fünfundzwanzig Jahre älter als sie. Auch wenn sie wusste, dass Äußerlichkeiten täuschen konnten, wirkte er doch nicht wie ein Verbrecher auf sie. Aber er war hier und hielt sie gefangen, das war eine Tatsache, die sich nicht leugnen ließ. Der Schmerz in ihrem Kopf wurde schärfer, und sie glaubte für einen Moment erleichtert, dass Keira in das Zimmer gekommen war und sie befreien würde. Doch nach einigen Sekunden erkannte sie, dass das Leid nicht von der Berglöwenfrau ausging, sondern von diesem Mann. Aber wie konnte das sein, er war ein Mensch wie sie, oder?

Seine Augen weiteten sich, er ließ sie rasch los und zog sich zurück. Allerdings blockierte er mit seinem Körper die Tür, sodass sie nicht flüchten konnte. Isabel schlang ihre Arme um sich und starrte den Fremden an.

»Wer sind Sie? Oder besser gesagt: Was?«

Die Augen des Mannes verdunkelten sich, in ihrem Kopf spürte sie sein Unbehagen. »Mein Name ist Dave Caruso.« Er atmete tief durch. »Ich bin dein Vater.«

Für einen Moment stand ihre Welt still, der Atem stockte in ihrer Kehle. Ihr Herz pochte schmerzhaft und ihre Knie drohten nachzugeben. Es dauerte einige Zeit, bis sie antworten konnte. »Mein Vater war Henry Stammheimer. Und Sie sind ein mieser Mistkerl, der es scheinbar nötig hat, andere Menschen in Hotelzimmern zu überfallen.«

Caruso trat einen Schritt vor und streckte eine Hand aus, als wollte er sie berühren. Sofort wich Isabel zurück, bis sie mit der Hüfte gegen das Waschbecken stieß. »Stammheimer war nicht dein leiblicher Vater. Felicia hat sich vor achtzehn Jahren von mir getrennt und ihn kurz darauf geheiratet.« Seine Miene spannte sich an. »Hätte ich gewusst, dass sie schwanger war, hätte ich sie nie gehen lassen.«

»Das glaube ich nicht!« Es war schlimm genug zu wissen, dass Henry einen unschuldigen Jugendlichen gefoltert hatte, aber dass er ihr Vater war, stand völlig außer Frage für sie. »Sie lügen!« Ihre Stimme zitterte. »Ich weiß nicht, was Sie damit bezwecken, mir so eine Geschichte aufzutischen, aber Sie können sich die Mühe sparen und jetzt gehen.«

Caruso hörte nicht auf sie, sondern trat stattdessen noch näher. »Was denkst du, von wem du die blauen Augen hast? Sieh mich an und sag mir ins Gesicht, dass du die Ähnlichkeit nicht erkennst.«

Obwohl sie es nicht wollte, versank sie in seinen Augen. Sie musste zugeben, dass sie nicht nur die gleiche Farbe hatten wie ihre, sondern dass auch die Form sehr ähnlich war, bis hin zu den leicht nach oben gebogenen äußeren Augenwinkeln.

»Deine Mutter hat nicht diese Augenfarbe, und Stammheimer hatte sie auch nicht, soweit ich weiß.« Carusos Stimme klang beinahe mitleidig.

Isabel schob das Kinn vor. »Dann habe ich die Augen eben von meinen Großeltern geerbt.«

»Oder von mir. Spürst du nicht unsere Verbindung, Isabel?« Seine Hand legte sich sanft auf ihre Schulter. »Ich bin froh, dass ich dich gefunden habe.« Als sie nicht reagierte, lächelte er. »Es ist im Moment vermutlich etwas viel für dich, ich wollte nur, dass du weißt, dass es mich gibt und ich dich gerne kennenlernen möchte.«

Das Lächeln veränderte ihn, es ließ seine Gesichtszüge weicher erscheinen und machte ihn regelrecht sympathisch. Isabel blinzelte erstaunt und spürte, wie etwas in ihrem Innern nachgab. Nein, sie durfte diesen Kerl nicht an sich herankommen lassen! Sicher war das alles nur eine Methode, um etwas von ihr zu bekommen. Was auch immer das war. »Wie haben Sie mich gefunden?«

Caruso nahm seine Hand von ihrer Schulter, so als spürte er, dass sie nicht bereit war, von ihm berührt zu werden. »Ich hatte in der Gegend zu tun und habe deine Nähe gespürt.«

Skeptisch zog Isabel eine Augenbraue hoch. »Und das, obwohl Sie angeblich vorher nichts von mir wussten? Das klingt für mich nicht sehr überzeugend.«

»Ruf deine Mutter an und frag sie nach mir. An ihrer Reaktion wirst du merken, dass ich die Wahrheit sage.«

Verwirrt starrte Isabel ihn an. War das ein Bluff, damit sie ihm glaubte? Dachte er, sie würde ihre Mutter nicht anrufen? Da hatte er sich geirrt. Selbst wenn sie nicht unbedingt gerne mit Felicia telefonierte und schon gar nicht, wenn es um etwas Wichtiges ging, ließ sie sich nicht von so einem Kerl an der Nase herumführen. Und überhaupt, was hatte er davon, wenn sie glaubte, er wäre ihr Vater? Sicher wollte er jetzt nicht den liebevollen Daddy spielen, der seine verlorene Tochter kennenlernen wollte.

Als sie nicht sofort antwortete, trat er wieder näher. »Tu es, Isabel. Dann können wir das ein für alle Mal klären. Bitte.«

Sie konnte seinen Gesichtsausdruck nicht deuten, und ihr Misstrauen blieb. Schließlich konnte er genauso gut zu den Männern gehören, die offenbar hinter ihnen her waren. Aber dann hätte er sie doch sicher einfach mitgenommen und ihr nicht so eine Geschichte aufgetischt, oder?

»Dann lassen Sie mich hier raus, damit ich an mein Handy komme«, sagte sie, weil sie sich immer noch von dem Fremden bedroht fühlte.

Sofort trat er in den Raum zurück, sodass sie unbehelligt das Badezimmer verlassen und zurück ins Zimmer gehen konnte. Während sie das Handy aus ihrem Rucksack holte, behielt sie ihn weiterhin im Auge. Es konnte auch ein Trick sein, sie in Sicherheit zu wiegen, auch wenn sie nicht wusste, was er davon hatte. Doch er blieb mit vor der Brust verschränkten Armen stehen und machte keine Anstalten, sie anzugreifen.

Auch wenn es schon spät war, würde ihre Mutter noch wach sein, da war Isabel sicher. Vermutlich war sie sogar noch mit ihrem neuesten Liebhaber unterwegs. Ein Stich fuhr durch ihr Herz und sie unterdrückte rasch den Gedanken. Nach einem tiefen Atemzug wählte sie die Nummer ihrer Mutter. Ihr Blick traf den Carusos, als sie darauf wartete, dass Felicia sich meldete. Es war keine Spur von Unsicherheit in seinem Gesicht zu erkennen. Ein Kloß bildete sich in ihrer Kehle.

»Isabel, Schätzchen, du weißt doch, dass ich …«

Isabel unterbrach ihre Mutter. »Mom, ich muss dringend mit dir sprechen.«

»Hat das denn nicht Zeit bis morgen? Ich bin gerade …«

Wieder ließ sie Felicia nicht ausreden. »Nein, das hat es nicht. In meinem Motelzimmer steht gerade ein Dave Caruso und behauptet, dass er mein Vater ist. Kannst du mir bitte sagen, dass er lügt?«

Totenstille herrschte am anderen Ende der Leitung. Dann hörte sie ein Ächzen, das Isabel einen Schauer über den Rücken jagte. »Mom? Geht es dir gut?« Caruso bewegte sich unruhig und Isabel hatte das Gefühl, er hätte ihr am liebsten das Telefon aus der Hand gerissen, um selbst mit ihrer Mutter zu sprechen. Doch das würde sie auf keinen Fall zulassen, sie musste selbst hören, dass Henry Stammheimer ihr Vater und sie nicht ihr ganzes Leben lang belogen worden war.

»Ich denke, wir sollten darüber reden, wenn du wieder in Los Angeles bist.« Die Stimme ihrer Mutter zitterte.

Das Blut wich aus Isabels Kopf, sie schwankte. »Warum? Es reicht doch, wenn du mir versicherst, dass Henry mein Vater war, dafür musst du mich nicht persönlich sehen.«

»Bitte, Isabel, ich möchte dir erklären …«

Isabel hatte genug von den Ausflüchten. »Ja oder nein, so schwer kann das doch nicht sein!« Ein Schniefen war zu hören und Isabel wurde kalt.

»Henry war dein Vater, er hat dich aufgezogen. Aber du hast tatsächlich nicht seine Gene. Und bevor du jetzt denkst, dass Henry dich deshalb vielleicht manchmal ein wenig geistesabwesend behandelt hat – er wusste nicht, dass er nicht dein Vater ist.« Felicias Stimme brach. »Ich wollte doch nur das Beste für uns. War das so falsch?«

Die Kälte breitete sich in Isabel weiter aus, ihre Hand umklammerte das Handy. »Nein, aber es mir nie zu sagen, besonders nachdem Henry letztes Jahr gestorben ist, war falsch. Jetzt habe ich nur noch eine einzige Frage an dich: Ist Dave Caruso mein leiblicher Vater?«

Einen Moment herrschte Stille, dann seufzte ihre Mutter theatralisch. »Ja! Und du kannst diesem Mistkerl sagen …«

Isabel beendete das Gespräch, ohne Felicia ausreden zu lassen. Zuerst überlegte sie, das Handy ganz auszuschalten, doch dann erinnerte sie sich, dass sie es im Krankenhaus auf stumm gestellt hatte. So würde sie zumindest nicht mitkriegen, wenn ihre Mutter versuchte, sie zurückzurufen – oder eben auch nicht. Den Kopf gesenkt steckte sie das Handy in die Hosentasche, während sie versuchte, die Tränen zu unterdrücken, die hervorbrechen wollten. Wie konnte ihre Mutter ihr das antun?

Caruso trat näher und legte seine Hand auf ihre Haare. »Geht es dir gut?« Isabel konnte seine Besorgnis in ihrem Kopf spüren. Spätestens jetzt wurde ihr endgültig klar, dass er wirklich die Wahrheit sagte, und die Tragweite dieser neuen Erkenntnis traf sie mit voller Wucht.

Zögernd blickte sie auf, eine Träne löste sich und lief über ihre Wange. »Es tut mir leid, ich kann nicht …«

Heftig schüttelte sie seine Hand ab und rannte an ihm vorbei. Sie riss die Tür des Motelzimmers auf und stürzte nach draußen. Caruso rief etwas, aber sie konnte jetzt mit niemandem reden, sondern wollte nur allein sein, um ihre Gefühle und Gedanken unter Kontrolle zu bringen. So schnell sie konnte, lief sie über den Parkplatz und über die daran anschließende Wiese. Hinter einem Baum brach sie zusammen und sackte zu Boden. Zitternd schlang sie die Arme um ihre Beine und vergrub ihr Gesicht an ihren Knien. Als Kind hatte sie Henry Stammheimer geliebt und wollte immer so werden wie er, ein bedeutender Wissenschaftler, der Gutes für die Menschen tat. Doch das hatte sich gegeben, als sie älter wurde und ihr Vater die Arbeit seiner Familie immer mehr vorzog, was letztendlich zur Scheidung geführt hatte. Als er sie dann letztes Jahr auch noch zusammen mit Bowen im Keller seines Hauses eingesperrt hatte, hatte sie sich gefragt, ob sie Henry überhaupt je gekannt hatte. Trotzdem war es ihr nicht gelungen, jegliche Gefühle für ihn abzulegen.

Hatte Henry gemerkt, dass sie nicht seine Tochter war, und hatte sie deswegen einfach so abschreiben können, als wäre sie nicht mehr als ein lästiges Anhängsel, das ihn bei seiner Arbeit störte? Ihr Herz schmerzte bei dem Gedanken, aber es war eine Erklärung dafür, wie er ihr so etwas hatte antun können. Durch seinen Tod war es ihr nicht möglich gewesen, ihn wirklich dafür zu hassen, zu groß war der Schmerz gewesen. Doch jetzt drängte Wut über sein Verhalten in ihr hoch, und die Frage quälte sie, ob er gewusst oder zumindest geahnt haben konnte, dass sie nicht seine leibliche Tochter war. Das war noch eine Sache, die sie nun nie herausfinden würde.

Isabel hob den Kopf und blickte mit verschwommenem Blick in den dunklen Himmel. Trotz der bestimmt immer noch dreißig Grad zitterte sie. Mühsam stand sie auf. Keira würde sicher bald zum Motel zurückkehren und sie wollte die Berglöwenfrau nicht beunruhigen. Ob Caruso noch da war? Oder hatte er sich überlegt, dass es vielleicht doch nicht so spaßig war, ein Teil ihres Lebens zu werden? Sie konnte es ihm nicht einmal verdenken. Nach allem, was im letzten Jahr passiert war, wollte sie selbst nicht an ihrem Leben teilnehmen. Leider konnte sie es sich nicht aussuchen.

Genervt schüttelte Isabel den Kopf. Nein, es war nicht alles schlecht gewesen, es hatte durchaus auch schöne Momente gegeben. Ihre Freundschaft zu Claire zum Beispiel oder die Tatsache, dass sie jetzt ihren Highschool-Abschluss in der Tasche hatte. Und die wenigen Momente, in denen sie Bowen so nahe gewesen war wie vorher noch keinem Menschen. Noch jetzt glaubte sie, ihn manchmal in ihrem Kopf spüren zu können, doch das konnte nur Einbildung sein. Ihre Verbindung war endgültig abgerissen, als sie sich im Haus ihres Vaters verabschiedet hatten und Bowen mit Coyle weggegangen war. Bowen schien sie vollständig aus seinem Leben gestrichen zu haben, sonst hätte er sich irgendwann bei ihr gemeldet oder wäre mit Marisa und Coyle nach Nevada gekommen. Die Tatsache, dass er es vorzog, im Lager zu bleiben, sollte ihr ein für alle Mal klarmachen, dass er trotz des Kusses im Keller kein Interesse an ihr hatte.

Das tat weh, aber sie würde lernen, damit zu leben. Vielleicht traf sie an der Universität einen interessanten Mann, der ihr half, Bowen zu vergessen. Ungebeten tauchte sein Gesicht vor ihren Augen auf: die schwarzen Haare und grüngoldenen Augen, der weiche Mund und die hohen Wangenknochen. Dazu der kräftige Körper, der bereits wie der eines Erwachsenen gewirkt hatte. Er war der erste Mann, den sie in der Realität nackt gesehen hatte. Wärme stieg in ihre Wangen und ein Kribbeln lief durch ihren Körper.

Isabel verzog den Mund. Das Problem war nur, dass sie bei diesen lebhaften Erinnerungen Schwierigkeiten hatte, andere Jungen überhaupt wahrzunehmen. Im Moment konnte sie sich nicht vorstellen, bei einem normalen Menschen jemals das Gleiche zu empfinden. Ihr fehlte die mühsam gebändigte Kraft, diese Wildheit, die sie in Bowen gespürt hatte. Wie so oft zuvor beschloss sie, Bowen zu vergessen, doch sie wusste schon jetzt, dass es ihr wieder nicht gelingen würde. Zu tief war er in ihr Inneres vorgedrungen. Aber damit würde sie leben müssen und sie sah nicht mehr ein, ihr Leben nach anderen Personen auszurichten. Weder nach Bowen noch nach ihrer Mutter. Entschlossen wischte sie die Tränen ab und hob das Kinn. Sollte dieser Caruso noch da sein, würde sie sich seine Adresse und Telefonnummer geben lassen und dann in Ruhe entscheiden, ob sie mehr über ihn erfahren wollte oder nicht. Erleichtert, einen Plan zu haben, drehte Isabel sich um und ging auf das Motel zu.

Ohne Vorwarnung fiel ein rauer Stoff über ihren Kopf und etwas umschlang eng ihren Körper. Nach einer Schrecksekunde begann Isabel sich zu wehren, aber sie war hoffnungslos unterlegen. Sie erreichte nur, dass sich der Stoff enger um ihr Gesicht legte und sie kaum noch Luft bekam. Ihre Arme waren an ihren Seiten gefangen, ihre Rippen schmerzten unter dem Druck.

»Keira! Hilfe!« Über dem Rauschen in ihren Ohren und dem Stoff vor ihrem Mund war ihr Schrei kaum zu hören.

Isabel versuchte, sich herumzuwerfen, aber auch das vereitelte ihr Angreifer. Verzweifelt trat sie um sich, traf aber nur Luft. Schließlich verlor sie den Boden unter den Füßen – sie wurde hochgehoben. Mit aller Kraft bockte sie und wand sich in dem brutalen Griff, doch mehr als ein schmerzerfülltes Grunzen ihres Angreifers und einen Rippenstoß als Strafe brachte ihr das nicht ein. Vor allem aber wurde der Sauerstoff immer knapper und sie stand dicht vor der Bewusstlosigkeit. Das durfte nicht passieren! Egal was dieser Kerl auch von ihr wollte, wenn sie ohnmächtig war, konnte sie nicht handeln und sich retten.

Mit Mühe zwang sie sich, stillzuhalten und auf eine Gelegenheit zur Flucht zu warten. Ihre Atmung wurde gleichmäßiger, etwas mehr Sauerstoff drang durch den Stoff in ihre Lunge. Während sie im Dunkeln ausharrte, versuchte sie, mit ihren anderen Sinnen etwas zu spüren, doch da war nichts. Ein wenig erleichtert, dass der Angreifer zumindest nicht Dave Caruso war, überlegte sie, was sie nun tun konnte. Vermutlich wurde sie irgendwo hingebracht, denn der Verbrecher wollte sicher nicht riskieren, dass einer der anderen Motelgäste bemerkte, wie er sie entführte. Auf jeden Fall musste sie verhindern, von hier fortgeschafft zu werden.

Keira war in der Nähe, sie würde merken, dass etwas vor sich ging, und sie befreien. Schwach konnte Isabel Sorge und kurz darauf Wut bei der Wandlerfrau spüren, doch dann brach ihre Konzentration, weil sie unvermittelt auf ein Polster geworfen wurde und sie mit dem Kopf gegen etwas Hartes stieß. Schmerz zuckte durch ihren Schädel, helle Punkte flimmerten vor ihren Augen. Ihr Aufschrei drang nicht durch den Stoff. War sie wieder in ihrem Motelzimmer? Nein, das konnte nicht sein, um es zu erreichen, waren sie noch nicht lange genug unterwegs gewesen. Isabel versuchte sich aufzurichten, wurde aber unsanft wieder zurückgestoßen.

»Was wollen Sie von mir? Lassen Sie mich gehen!«

Schweigen antwortete ihr und Isabels Wut kehrte zurück. Sie schnellte hoch und griff gleichzeitig mit den Händen nach dem Stoff über ihrem Kopf. Es war ihr egal, ob sie sich damit Haare ausriss, sie wollte nur endlich wieder frei atmen können und vor allem sehen, wo sie war und wer sie angegriffen hatte.

»Verdammt, halt sie fest!«

Rohe Hände griffen nach ihr und hinderten sie daran, sich zu befreien. In einem Teil ihres Gehirns registrierte sie, dass anscheinend mehrere Männer an ihrer Entführung beteiligt waren, doch sie hatte nur einen Gedanken: zu entkommen. Sie trat so kräftig zu, wie sie konnte, und erntete dafür einen weiteren Fluch. Der feste Griff an ihren Armen lockerte sich etwas, und sie schöpfte neuen Mut. Sie bockte und trat um sich, soweit es die Umklammerung und die engen Platzverhältnisse zuließen.

»Beendet die Sache endlich, wir können nicht ewig hier stehen. Irgendwann wird jemand auf uns aufmerksam werden.« Eine andere Stimme, seltsam hoch. »Noch einmal können wir uns ein Versagen nicht leisten.«

Isabel erstarrte. Könnten die Kerle auf dem Grundstück ihres Vaters sie etwa erneut gefunden haben? Aber was hätten sie davon, sie zu entführen, sie war nicht einmal eine Wandlerin! Mit neuer Entschlossenheit kämpfte sie um ihre Freiheit, doch sie merkte, wie ihre Kraft nachließ. Hände pressten sie auf das Polster, bis sie sich nicht mehr rühren konnte.

»Macht schnell, da kommt jemand!«

Hoffnung stieg in Isabel auf. Keira, endlich! Ein scharfer Stich in ihrem Arm ließ sie heftig zusammenzucken, dann spürte sie, wie sich unter ihrer Haut etwas warm ausbreitete. Nur noch undeutlich registrierte sie, dass die Kerle ihr eine Spritze gegeben hatten, denn fast sofort erfasste eine seltsame Lethargie ihren Körper und sie konnte ihre Arme und Beine nicht mehr bewegen. Auch ihre Augen fielen zu, die Stimmen der Männer wurden leiser und verklangen schließlich ganz. Isabel versuchte gegen die Betäubung anzukämpfen, doch es gelang ihr nicht. Bevor sie das Bewusstsein verlor, spürte sie ein seltsames Schaukeln und der Untergrund, auf dem sie lag, vibrierte. Sie war in einem Auto! Für einen kurzen Moment durchdrang Panik die Wirkung des Mittels und sie rief stumm nach Bowen, dann verlor sie den Kampf gegen die Bewusstlosigkeit.

2

Das schlechte Gewissen trieb Keira schließlich zurück zum Motel. Es war egoistisch von ihr gewesen, Isabel einfach allein zu lassen. Doch sie war noch nie so lange in der Menschenwelt – und vor allem auf Tuchfühlung mit Menschen – gewesen und der Wunsch, sich zu verwandeln und all den Gerüchen und Geräuschen zu entkommen, war in ihr übermächtig geworden. Also hatte sie genau das getan und Isabel alleine ins Zimmer gehen lassen. Sie hatte noch nicht einmal sichergestellt, dass dem Mädchen keine Gefahr drohte! Verdammt, sie war eine Wächterin und es war ihre Aufgabe, Isabel zu schützen. Sie hätte niemals so nachlässig sein dürfen!

Rasch holte Keira ihre Kleidung aus einem hohlen Baumstamm und streifte sie über. Die Unruhe verstärkte sich, als sie sich dem Motel näherte. Isabels Geruchsspur war ungewöhnlich kräftig, normalerweise hätte sie in dieser Entfernung nur einen schwachen Duft wahrnehmen dürfen. War die Menschenfrau ihr gefolgt? Aber dann hätte sie ihr inzwischen begegnet sein müssen. Lautlos trat Keira an den Rand der Wiese und blickte über den Parkplatz. Gedämpfte Geräusche drangen an ihre Ohren, dann Isabels seltsam verzerrte Stimme.

Doch sie kam zu spät und musste hilflos mit ansehen, wie Isabel von mehreren Männern zu einem Wagen getragen wurde. Wut durchströmte Keira und sie rannte los, als sie die Männer erkannte: Es waren dieselben, gegen die sie bereits auf Stammheimers Grundstück gekämpft hatte. Sie würde nicht zulassen, dass diese Verbrecher die Kleine verschleppten! Isabels Sicherheit lag in Keiras Verantwortung und sie würde nicht wieder versagen. Außerdem mochte sie die junge Frau, auch wenn sie es nie zugeben würde. Isabel war loyal und mutig – und sie hatte einen beinahe so großen Dickschädel wie Keira selbst.

Angst mischte sich unter die Wut, als die Männer Isabel hochhoben und auf den Rücksitz des Wagens warfen. Keira rannte los, doch bevor sie Isabel erreichen konnte, heulte plötzlich hinter ihr ein Motor auf und sie wurde mit Wucht von einem Auto getroffen. Schmerz zuckte durch ihre Beine und raste durch ihren Körper. Ohne Vorwarnung wurde sie durch die Luft geschleudert und traf hart auf dem Asphalt auf. Punkte flimmerten vor ihren Augen, sie bekam keine Luft. Es dauerte einen Moment, bis sie sich wieder bewegen konnte. Aber sie schaffte es nur, den Kopf zu heben und zu beobachten, wie zwei Wagen mit quietschenden Reifen vom Parkplatz fuhren. Isabel war fort.

Keira stieß einen rauen Fluch aus und ließ ihren Kopf zurücksinken. Als ihr lädierter Hinterkopf das Pflaster berührte, zuckte sie zusammen. Irgendwie musste es ihr gelingen, Isabel zu befreien und nach Hause zu bringen. Allerdings wusste sie im Moment noch nicht einmal, wie sie wieder hochkommen sollte. Jeder Zentimeter ihres Körpers tat weh und … Keira erstarrte, als sie den fremden Geruch wahrnahm. Ein Mensch, aber da war noch etwas anderes, kaum zu entdecken.

»Geht es Ihnen gut?« Die Stimme war leise und angenehm. Die Frage klang normal, doch als er sich vor sie hockte, erkannte sie an seinen Augen, dass er alles andere als ruhig war.

Mit Mühe drängte Keira die Verwandlung zurück und wartete, bis ihre Eckzähne wieder die normale Größe erreicht hatten, bevor sie den Mund öffnete. »Ich fühle mich, als wäre ich von einem Auto angefahren worden.« Sie hielt ihm ihre Hand hin. »Können Sie mir vielleicht aufhelfen?«

Der Mann zögerte, bevor sich seine kräftige Hand um ihr

Handgelenk schloss. Darauf hatte Keira nur gewartet. Blitzschnell hakte sie ein Bein hinter seine und zog kräftig an seinen Armen. Der Fremde verlor das Gleichgewicht und fiel direkt auf sie. Verdammt, das tat weh!

Bevor Keira sich unter ihm hinauswinden konnte, stützte er sich auf die Arme und richtete sich langsam auf. Sein Gesicht war nahe an ihrem und sie konnte das Feuer in seinen tiefblauen Augen sehen. »Halt still, ich will dir nicht wehtun.«

»Leider kann ich nicht dasselbe von mir sagen.« Unauffällig prüfte Keira die Beweglichkeit ihrer Glieder und atmete erleichtert auf, als zumindest die Knochen heil zu sein schienen.

Seine Hand auf ihrer Schulter drückte langsam fester zu. »Keine weiteren Spielchen, ich habe keine Zeit zu verlieren.«

Ein lautes Fauchen ließ sie beide herumfahren. Mit einem weiten Satz sprang der Berglöwe auf sie zu und riss den Fremden mit sich. Endlich wieder frei, rappelte Keira sich rasch auf und starrte das ungleiche Paar an. Als sie den Duft erkannte, stöhnte sie lautlos. Sawyer! Womit hatte sie das verdient? Sie war zwar dankbar, dass der Anführer der Nevadaberglöwen ihr erneut zu Hilfe kam, aber er würde sie nie vergessen lassen, dass er sie gleich zweimal in zwei Tagen gerettet hatte. Dabei hätte sie beide Male die Situation selbst lösen können, auch wenn sie auf Stammheimers Grundstück froh über die Hilfe gewesen war. Wut baute sich in ihr auf, wie immer, wenn sie das Gefühl hatte, unterschätzt zu werden.

Der Fremde stand tief gebückt da, die Arme angewinkelt, die Augen direkt auf die des Berglöwen gerichtet. Seltsamerweise schien er nicht überrascht oder entsetzt zu sein, wie man es eigentlich annehmen sollte, wenn plötzlich eine große Raubkatze mitten in der Stadt auftauchte. Unbehaglich sah Keira sich um. Sie mussten unbedingt verschwinden, bevor die Polizei oder irgendwelche schießwütigen Leute auftauchten. Außerdem war es jetzt wichtiger, Isabel wiederzufinden. Vermutlich hätte sie sich die Kennzeichen der Wagen merken müssen, aber zu der Zeit hatte ihr Gehirn noch nicht ausreichend funktioniert. Mühsam richtete Keira sich auf und stöhnte unterdrückt, als sich ihre Verletzungen schmerzhaft bemerkbar machten.

Sawyer wandte ihr seinen Kopf zu. Als er einen Schritt in ihre Richtung machte, schüttelte sie scharf den Kopf.

»Wenn du mich nicht wieder angreifst, helfe ich dir hoch.« Der Fremde hielt seinen Blick dabei weiterhin auf Sawyer gerichtet. Kluger Mann.

Auch wenn ihr jeder Knochen und Muskel im Leib wehtat, weigerte sie sich, Hilfe anzunehmen. Sie war Wächterin, kein zartes Pflänzchen, das verhätschelt werden musste. »Nicht nötig.« Mit zusammengebissenen Zähnen stemmte sie sich hoch, bemüht keinen Laut von sich zu geben. Als sie sicher war, dass sie stehen bleiben würde, hob sie den Kopf und stellte fest, dass sowohl Berglöwe als auch Mensch sie beobachteten. Sie unterdrückte ihre hitzige Reaktion, weil es wichtiger war, hier wegzukommen und so viele Informationen wie möglich zu sammeln.

Sie blickte in Sawyers braune Augen und konnte dort Besorgnis erkennen. Sofort hob sie das Kinn und schottete sich dagegen ab. Fast unmerklich gab sie ihm ein Zeichen, dass er verschwinden sollte. Nach einem drohenden Grollen in Richtung des Fremden zog er sich in den angrenzenden Park zurück. Bereits nach wenigen Metern war er nicht mehr zu sehen, aber sie wusste, dass er sich noch in der Nähe aufhielt. Auch wenn sie es nicht zugeben würde, war sie froh, nicht ganz allein in der Menschenwelt zu sein, vor allem wenn es darum ging, Isabel so schnell wie möglich zu finden und zu befreien. Und dann war da auch noch der Mann, der immer noch keinerlei Erstaunen darüber zeigte, dass ihr eine Raubkatze geholfen hatte. Wieder hatte sie den Eindruck, dass er nicht nur ein Unbeteiligter war, der zufällig vorbeigekommen war. Seine Hände waren zu Fäusten geballt, Ungeduld und noch etwas anderes waren in seinen blauen Augen zu erkennen.

Keira rieb ihre aufgeschürften Hände an ihren Jeans ab. »Okay. Noch einmal von vorne: Wer bist du und was hast du hier zu suchen?«

Der Hauch eines Lächelns glitt über seine Züge und verschwand sofort wieder. »Mein Name ist Caruso, ich war hier, um Isabel zu treffen.«

Keira bewegte sich so schnell, dass Caruso keine Zeit hatte, zu reagieren. Ihre Finger krallten sich in seinen Hemdkragen und sie schob ihr Gesicht dicht an seines heran. »Hast du etwas mit Isabels Entführung zu tun?« Als er nicht gleich antwortete, schüttelte sie ihn. »Antworte.« Sie spürte, wie ihr Krallen herausglitten, aber es war ihr egal.

Carusos Augen blitzten auf, er legte seine Hände um ihre Handgelenke und drückte zu. »Ich habe nichts damit zu tun, sie ist nach unserem Gespräch aus dem Zimmer in den Park gelaufen. Nach einer Weile habe ich sie gesucht, aber sie war nirgends zu finden. Dann habe ich den Aufprall gehört, als du angefahren wurdest, und konnte nur noch beobachten, wie die beiden Wagen wegfuhren.« Etwas wie Furcht stand in seinen Augen. »Haben sie Isabel mitgenommen?«

Keira löste ihre Finger, die von seinem Griff taub geworden waren, und trat einen Schritt zurück. »Du willst also behaupten, dass du nichts mit ihrer Entführung zu tun hast?«

Seine Augen schlossen sich, als sie seine Vermutung bestätigte. Als er sie wieder öffnete, waren sie dunkler als zuvor. »Ja. Ich würde Isabel nie etwas tun.«

Nachdenklich sah Keira ihn an. Ihr Instinkt sagte ihr, dass er die Wahrheit sagte. »Was wolltest du von Isabel?«

Caruso holte tief Luft und stieß sie hart wieder aus. »Sie ist meine Tochter.«

Keiras Augen verengten sich. »Ihr Vater ist tot. Und du siehst auch nicht aus wie Henry Stammheimer. Denk dir also eine bessere Ausrede aus.«

Diesmal flammte Wut in seinen Augen auf, Carusos Gesichtszüge verhärteten sich. »Ich bin Isabels Vater. Stammheimer war mit ihrer Mutter verheiratet und hat sie aufgezogen, ja. Aber sie hat meine Gene.« Seine Stimme wurde leiser. »Ich habe es gerade erst erfahren, sonst hätte ich mich früher bei ihr gemeldet.«

Wieder spürte sie, dass er die Wahrheit sagte. Und jetzt wusste sie auch, warum ihr seine Augen so bekannt vorgekommen waren. Sie ähnelten Isabels. »Okay, nehmen wir mal an, ich glaube dir. Das erklärt aber noch nicht, was du hier machst und woher du überhaupt wusstest, dass wir hier sind.«

»Können wir uns das für später aufheben? Im Moment finde ich es wichtiger, zu erfahren, was mit Isabel passiert ist und wie ich sie wiederfinden kann.«

Das hatte sie tatsächlich für einen Moment vergessen. Das Schuldgefühl verstärkte sich. »Als ich aus dem Park kam, habe ich gesehen, wie Isabel in einen Wagen gezerrt wurde. Ich wollte zu ihr, aber bevor ich sie erreichen konnte, wurde ich von dem zweiten Auto angefahren. Und dann warst du da.« Sie rieb über ihre schmerzende Schulter. »Hast du zufällig die Kennzeichen erkennen können?«

»Das eine, ja.« Er zog ein Handy aus der Hosentasche. »Ich rufe die Polizei, vielleicht können sie die Wagen irgendwie ausfindig machen und stoppen.«

Keira legte ihre Hand auf seinen Arm. »Nicht.«

Caruso starrte sie wütend an. »Es geht hier um Isabels Leben! Oder hast du einen besseren Vorschlag, was wir tun können, um sie zu finden?«

Den hatte sie dummerweise nicht. Sie konnte schlecht durch die ganze Stadt laufen und die Wagen suchen. Vermutlich waren sie sowieso schon weit weg. Sie konnte zwar Isabels Geruchsspur ein paar Meter folgen, aber nicht mehr, wenn sie in einem geschlossenen Wagen saß und quer durch die Stadt fuhr. Sie war kein Spürhund. Keira runzelte die Stirn. Das brachte sie auf eine Idee: Marisas Bloodhound Angus konnte Geruchsspuren etliche Meilen verfolgen.

»Wir könnten einen Spürhund auf sie ansetzen.«

Nachdenklich neigte Caruso den Kopf. »Das ist keine schlechte Idee, würde aber zu lange dauern. Wer weiß, was in der Zwischenzeit mit Isabel passiert. Kein Hund kann einem Auto so weit folgen. Zumindest nicht schnell genug, um sie zu retten, bevor ihre Entführer ihr etwas antun.«

Keira biss auf ihre Lippe. »Okay, ruf die Polizei, aber ich kann nicht hier bleiben.« Sie sah zum hell erleuchteten Motel hinüber. »Und ich muss vorher meine Sachen aus dem Zimmer holen.«

Caruso blickte sie einen langen Moment an und sie konnte nicht erkennen, was er dachte. Es schien beinahe so, als könnte er in ihr Innerstes eindringen und ihre Gedanken lesen. »Ich weiß, was du bist. Versteck dich mit deinem Freund und wir treffen uns wieder hier, wenn die Polizei weg ist.«

Keiras Augen verengten sich zu Schlitzen. »Ich weiß nicht, wovon du redest.«

Ohne den Blick von ihr zu nehmen, strich Caruso über seinen Kragen und schob einen Finger durch das Loch, das ihre Krallen hinterlassen hatten. »Du gehörst zu den Wandlern, ich schätze mal Berglöwe, so wie dein Freund dort drüben.« Er deutete in Richtung der Bäume.

Woher wusste der Kerl das? Keira hatte keine Ahnung, wie sie darauf reagieren sollte. Einerseits durften die Menschen nichts über die Existenz der Wandler erfahren, andererseits war Caruso aber Isabels Vater, die von ihnen wusste, seit Bowen sich vor ihren Augen verwandelt hatte. »Ich weiß nicht, wovon …«

Caruso hob eine Hand. »Sparen wir uns das, Isabel hat keine Zeit zu verlieren. Lassen wir es einfach dabei bewenden, dass ich von euch weiß und aus verschiedenen Gründen nicht vorhabe, irgendjemandem davon erzählen. Ich rufe jetzt die Polizei, du solltest dich also zurückziehen.«

Es widerstrebte Keira, von jemandem Befehle entgegenzunehmen – denn das war es eindeutig gewesen –, aber er hatte mit einem Recht: Ihre wichtigste Aufgabe war es jetzt, Isabel wohlbehalten wiederzufinden. Alles andere konnte warten. Ohne ein Wort drehte sie sich um und lief zu ihrem Zimmer, um dort sämtliche Spuren ihres Aufenthaltes zu beseitigen. Nach einer Minute trat sie mit ihrem Rucksack nach draußen. Caruso beobachtete die Straße, drehte sich aber sofort um, als hätte er ihre Anwesenheit gespürt. Keira nickte ihm zu, bevor sie zwischen den Bäumen verschwand.

Sie war nur einige Schritte weit gekommen, als Sawyer in seiner Berglöwen-Gestalt lautlos neben ihr auftauchte. Seine Zunge glitt über ihre Hand und Keira zog sie rasch aus seiner Reichweite. Wütend funkelte sie ihn an. »Was willst du hier?«

Sawyers Mundwinkel zogen sich nach hinten, bis sie seine Zähne sehen konnte. Er grinste sie an! Keira widerstand dem Drang, frustriert aufzuschreien oder an ihren Haaren zu ziehen, und tauchte tiefer in die Natur ein, damit sie nicht von der Polizei aufgespürt wurde. Zwar hatten sie keinen Grund, die Gegend abzusuchen, wenn Caruso ihnen erzählte, dass die Verbrecher mit Isabel weggefahren waren, aber sie wollte kein Risiko eingehen. Vor allem traute sie dem Mann nicht. Irgendetwas war merkwürdig an seiner Geschichte. Allerdings, wenn er wirklich Isabels Vater war, konnte er dann auch ihre Fähigkeit haben, die Gefühle von Katzen zu spüren? Vielleicht wusste er deshalb, was sie waren.

Genervt, weil sie nichts anderes tun konnte, als sich wie ein

Tier zu verkriechen, beschloss Keira schließlich, dass sie sich weit genug von dem Motel entfernt hatten, und kroch in ein Gebüsch. Sawyer folgte ihr ungebeten und nahm einen Großteil des zur Verfügung stehenden Platzes ein, als er sich neben sie legte.

Keira stieß ihn mit dem Fuß an. »Mach dich nicht so breit oder such dir einen eigenen Unterschlupf!« Auch wenn sie es nicht zugeben mochte, es war seltsam beruhigend, noch einen anderen Wandler in der Nähe zu haben, selbst wenn es ein nervender, ungehobelter Kerl war.

Sawyer ignorierte ihren Befehl und legte stattdessen seinen Kopf auf ihren Oberschenkel. Ein Schnurren vibrierte in seiner Kehle und drang in ihr Bein. Seine warmen braunen Augen blickten sie schmachtend an. Für einen Moment war Keira versucht, ihre Finger durch sein weiches Fell gleiten zu lassen und ihn zu kraulen, doch glücklicherweise kam sie noch rechtzeitig zur Besinnung. Sie ballte ihre Hände hinter ihrem Rücken zu Fäusten und setzte ihren vernichtendsten Blick auf. »Runter, sofort.«

Sawyer verwandelte sich und grinste sie an. »Warum? Es gefällt mir hier.« Er rieb seine Wange an ihrem Schenkel. »Außerdem habe ich dich schon wieder gerettet, du könntest mir zumindest ein wenig Dankbarkeit entgegenbringen.«

»Wenn du nicht gleich dort Kratzer haben möchtest, wo sie richtig wehtun, solltest du mich nicht weiter reizen.« Bedeutsam nickte sie in Richtung seiner nackten Körpermitte. Als sie seine Erektion sah, die bei ihren Worten noch größer wurde, stieg Hitze in ihr auf, die sie hastig unterdrückte.

Mit einem Seufzer setzte Sawyer sich auf, rückte aber nicht wesentlich von ihr ab, sodass seine Schulter bei jeder Bewegung ihre streifte. »Wieso dachte ich nur, du könntest zur Abwechslung mal froh sein, mich zu sehen?«

Keira ging nicht auf seine Frage ein, auch wenn er mit seiner

Einschätzung völlig Recht hatte. Oder vielmehr gerade deshalb. »Sagst du mir jetzt, was du hier machst? Ich dachte, euer Gebiet wäre in der McCullough Range. Ist das nicht ein wenig weit für einen Ausflug?«

Sawyers Miene wurde ernst. »Harken hat mich gebeten, euch im Auge zu behalten. Er hat befürchtet, dass euch jemand folgen und versuchen könnte, euch anzugreifen.«

Die lange aufgestaute Wut brach aus ihr hervor. »Und warum hat er uns dann nicht Bescheid gesagt? Ich kann uns durchaus selbst verteidigen, wenn ich weiß, dass es jemand auf uns abgesehen hat!« Sie senkte ihre Stimme. »Und wo warst du, als es darauf ankam? Ein toller Beschützer!«

Seine Augen verengten sich, ein Muskel zuckte in seiner Wange. Trotzdem klang seine Stimme ruhig, als er ihr antwortete. »Ich bin gerade erst angekommen, als dieser Caruso dich am Boden festgehalten hat.« Seine sonst so humorvolle und lockere Art war wie weggeblasen und zum ersten Mal konnte sie einen Hauch seines wahren Charakters erkennen. Ein Schauder lief über ihren Rücken, ihre Nackenhaare sträubten sich. Er war ein ernstzunehmender Gegner und sie sollte versuchen, ihn sich nicht zum Feind zu machen. Gleichzeitig fand sie diese Seite von ihm irgendwie … erregend.

Froh, dass sie Kleidung trug, setzte Keira sich gerader auf und räusperte sich. »Okay, Schuldzuweisungen bringen uns jetzt sowieso nicht weiter.« Vor allem, weil es ihre Aufgabe gewesen war, Isabel zu schützen, und sie versagt hatte. Es war nicht Sawyers Problem und trotzdem war er hier und versuchte, ihr zu helfen. Vermutlich sollte sie ihm danken, doch das brachte sie nicht über sich. »Konzentrieren wir uns darauf, Isabel wiederzufinden. Irgendeine Idee, wie wir das am besten hinkriegen?«

Sawyers Anspannung verringerte sich, seine Augen füllten sich wieder mit Wärme. Anscheinend hatte er zwischen den

Zeilen gelesen und erkannt, dass Keira wütend auf sich selbst war und nicht so sehr auf ihn. »Ich glaube, die beste Chance ist es tatsächlich, die Autos oder deren Halter von der Polizei suchen zu lassen. Oder vielleicht hat Isabel auch ihr Handy bei sich. Kann man das nicht orten und damit ihren Aufenthaltsort ermitteln?« Er hob die Schultern. »Ich hatte bisher kaum Kontakt mit Menschen, daher kenne ich mich nicht so gut mit den technischen Möglichkeiten aus.«

Keira blickte ihn erstaunt an. Verdammt, warum war sie nicht selbst auf die Idee gekommen? Aufregung breitete sich in ihr aus. Als sie im Motelzimmer ihre Sachen zusammengesucht hatte, war ihr nirgends das Handy aufgefallen. Das hieß, dass Isabel es vermutlich bei sich hatte. Zumindest so lange wie ihre Entführer es nicht bemerkten. Rasch stand sie auf. »Das muss Caruso erfahren, damit er es an die Polizei weitergeben kann.«

Wissend lächelte Sawyer sie an. »Ich bin wohl doch nicht völlig unnütz, oder?«

Keira schnaubte nur und trat aus dem Gebüsch hervor. Hinter sich konnte sie ein Rascheln hören, als Sawyer sich verwandelte und ihr dann folgte. Als er ihr Bein im Vorbeilaufen streifte und über seine Schulter zu ihr zurückblickte, hoben sich ihre Mundwinkel.

3

Bowen wusste nicht, wie viel Zeit vergangen war, seit er aus dem Wasser gekrochen und auf den kalten Felsen zusammengebrochen war. Sosehr er es auch versuchte, es gelang ihm nicht, Isabel aus seinen Gedanken zu vertreiben. Vor allem sein Verhalten ihr gegenüber drückte auf sein Gewissen. Vielleicht sollte er sie anrufen und ihr zumindest erklären, warum er sich nicht gemeldet hatte. Nach allem, was sie für ihn und seine Gruppe getan hatte, hatte sie es verdient, dass er ehrlich zu ihr war. Sie würde ihn verstehen, dessen war er sich sicher.

Glücklicherweise hatte sie nicht in dem Wagen von Marisa und Coyle gesessen, sonst wäre sie jetzt wahrscheinlich auch schwer verletzt oder vielleicht sogar tot. Ein Schauder lief bei dem Gedanken durch seinen Körper. Hoffentlich war sie so schlau, sich nie wieder in die Nähe der Wandler oder der Verbrecher zu begeben, die sie jagten. Marisa hatte ihm erzählt, dass Isabel studieren wollte. Sie würde dort neue Leute kennenlernen und hoffentlich nie wieder mit den Problemen seiner Spezies in Berührung kommen. Bowen ignorierte das schmerzhafte Ziehen in seiner Brust. Wichtig war nur, dass Isabel glücklich war und vor allem nie wieder in Gefahr geriet.

Zufrieden mit seiner Entscheidung machte Bowen sich langsam auf den Rückweg. Der dunkle Wald wirkte beruhigend auf ihn, wahrscheinlich weil er wusste, dass sich kein Mensch nachts jemals so weit hineinwagen würde. Er war fast bei der Hütte angekommen, als er plötzlich Isabels Stimme hörte.

»Bowen!«

Sie klang so deutlich, als stünde Isabel direkt neben ihm, doch er wusste, dass sie nicht hier war. Es roch nur nach Wald und er konnte nirgends eine menschliche Präsenz spüren. Bowen schüttelte den Kopf, doch er schaffte es nicht, das Gefühl drohenden Unheils zu unterdrücken. Der Ruf hatte verzweifelt geklungen und Bowen hatte deutlich Isabels Angst gespürt. Damals in Nevada waren sie auf eine merkwürdige Weise geistig miteinander verbunden gewesen, doch er konnte sich nicht vorstellen, dass die Verbindung auf diese Entfernung noch wirkte. Aber was, wenn Isabel wirklich in Gefahr schwebte? Wenn er ihr helfen konnte, aber nichts tat, weil er den Ruf für Einbildung hielt, würde er sich das nie verzeihen. Zumindest musste er herausfinden, wo sie gerade war und ob es ihr gut ging. Nachdem er die Entscheidung getroffen hatte, lief Bowen zum Lager zurück.

Er nahm sich gerade noch die Zeit, sich zu verwandeln, bevor er kurz an Finns Tür klopfte. Gerüche stiegen in seine Nase, die ihm wieder bewusst machten, dass Jamila seit einigen Monaten bei Finn lebte. Hoffentlich hatte er sie nicht bei irgendetwas unterbrochen, aber er wollte nicht bis zum Morgen warten, um zu erfahren, ob es Isabel gut ging. Gerade als er noch einmal klopfen wollte, wurde die Tür aufgerissen.

Finn stand nackt in der Türöffnung und blickte Bowen ernst an. »Ist etwas passiert?«

Bowen senkte die Hand und richtete sich zu voller Höhe auf. Neben Finn kam er sich stets klein vor, dabei war er inzwischen auch schon beinahe einen Meter neunzig. Im Gegensatz zu Finns muskulösem Körperbau war er jedoch eher schlank. »Ich war eben draußen unterwegs und hatte plötzlich das Gefühl, dass irgendetwas mit Isabel geschehen ist.«

Finns Augenbrauen zogen sich zusammen. »Isabel ist mit Keira in Nevada. Ich habe nichts von irgendwelchen Problemen gehört.«

Röte stieg in Bowens Wangen. »Das weiß ich. Aber irgendwie …« Er zuckte mit den Schultern. »Ich habe etwas gespürt. Könntest du sie anrufen und nachfragen, ob alles in Ordnung ist?«

Für einen Sekundenbruchteil stand etwas wie Unbehagen in Finns Augen, dann nickte er. »Natürlich. Komm herein.«

Bowen folgte Finn in die Hütte und nahm am Tisch Platz, während der Ratsführer das Telefon holte.

Jamila kam in eine Decke gehüllt die Treppe hinunter. »Hallo Bowen. Kann ich dir etwas zu trinken anbieten? Einen Tee?« In ihrer sanften Stimme war ihre afrikanische Herkunft deutlich zu hören. Auch ihre dunkle Hautfarbe zeugte davon, dass sie keine Berglöwenwandlerin war.

Es hatte einige Zeit gedauert, bis Bowen akzeptieren konnte, dass die schwarze Leopardin nicht mehr zu seinen Feinden gehörte, sondern nun Teil der Gruppe war. Immer noch gab es einige Gruppenmitglieder, die dagegen waren, dass Finn sie zur Gefährtin genommen hatte. Doch niemand wagte es mehr, es ihm ins Gesicht zu sagen, nachdem er sehr deutlich gemacht hatte, dass er mit Jamila das Lager verlassen würde, wenn sie von den anderen nicht akzeptiert wurde. Und es gab derzeit keinen anderen geeigneten Kandidaten für den Posten des Ratsführers.

Bowen neigte den Kopf. »Hallo Jamila. Nein, danke, ich werde gleich wieder nach Hause gehen, sobald ich weiß, dass alles in Ordnung ist.«

Finn kam in den Wohnraum zurück und seine Augen leuchteten warm auf, als er Jamila sah. Während er an ihr vorbeiging, strich er mit den Fingern über ihre nackte Schulter. »Warum gehst du nicht wieder zurück ins Bett? Ich komme in ein paar Minuten nach.«

Jamila wirkte, als wollte sie protestieren, aber dann nickte sie nur. »Ich hoffe, dass alles in Ordnung ist.« Freundlich lächelte sie Bowen zu, bevor sie die Treppe hinaufging und aus seinem Blickfeld verschwand. Als Bowen sich zu Finn umdrehte, erwischte er ihn dabei, wie er Jamila sehnsüchtig hinterherblickte.

Finn räusperte sich. »Dann rufe ich jetzt bei Isabel an, damit wir alle weiterschlafen können. Es ist bestimmt alles in Ordnung. Keira hätte mich benachrichtigt, wenn es ein Problem gäbe.« Ganz sicher wirkte er aber nicht. Es war niemandem verborgen geblieben, dass es seit einiger Zeit Spannungen zwischen Finn und seiner Schwester gab. Aber Bowen wusste, dass sie ihre Aufgabe als Wächterin sehr ernst nahm.

Er hielt den Atem an, während Finn Isabels Nummer wählte. Es musste ihr einfach gut gehen! Der Freiton war in dem stillen Raum gut zu hören und Bowen ballte seine Hände unter dem Tisch zu Fäusten, während er darauf wartete, dass Isabel sich endlich meldete. Je länger es dauerte, desto düsterer wurde Finns Miene. Als sich wenig später die Mailbox anschaltete, hinterließ er eine kurze Nachricht, dass sie sich sofort bei ihm melden sollte. Langsam legte er das Satellitenhandy auf den Tisch.

Sein besorgter Blick traf Bowens. »Vielleicht sind sie gerade unterwegs und haben das Handy nicht dabei.« Es war offensichtlich, dass er selbst nicht daran glaubte.

Bowens Kehle zog sich vor Furcht um Isabel zusammen. Inzwischen war er sich sicher, dass er tatsächlich Isabels Panik gespürt hatte und ihr etwas geschehen war. Irgendetwas musste er unternehmen, um ihr zu helfen. Doch wo sollte er anfangen, wenn er nicht einmal wusste, wo sie gerade war?

»Ich weiß, was ich gespürt habe, Finn. Isabel ist in Schwierigkeiten.« Er schluckte hörbar, seine Hände krampften sich um die Tischkante. »Sie hatte furchtbare Angst und dann war da plötzlich nichts mehr, so als ob …« Er brach ab, ein Zittern lief durch seinen Körper.

Finn ging zu ihm und legte eine Hand auf Bowens Schulter.

»Wir werden Isabel finden und nicht zulassen, dass ihr etwas geschieht.«

Aber was, wenn es bereits zu spät war?

Bowen kehrte in seine Hütte und sein Bett zurück, doch er konnte nicht mehr einschlafen. Unruhe erfüllte ihn, die mit jeder Minute stärker wurde, in der er keine Benachrichtigung erhielt, dass es Isabel gut ging.

Caruso rieb über seine schmerzenden Schläfen und blickte in den Park, in dem die Berglöwenfrau und ihr Freund vor einiger Zeit verschwunden waren. Erst jetzt fiel ihm auf, dass er nicht einmal ihren Namen kannte, aber das war auch nicht wichtig. Es zählte jetzt nur, Isabel so schnell wie möglich zu befreien. Obwohl er seine Tochter gerade erst kennengelernt hatte, fühlte er eine erstaunlich große Verbundenheit, die nur mit ihrer Verwandtschaft nicht zu erklären war. Er hatte ihre Verwirrung und ihren Schmerz in seinem Kopf gespürt, als er ihr erklärt hatte, wer er war, und offensichtlich hatte sie diese Fähigkeit – oder vielmehr diesen Fluch – von ihm geerbt.

Unruhig blickte er auf die Uhr. Man sollte annehmen, dass die Polizei von Las Vegas etwas schneller an einen Tatort kam, wenn es um eine Entführung ging. Besonders in so einem gepflegten Stadtteil. Jede Minute, die verstrich, war eine, in der Isabel leiden musste, in der sie Angst und womöglich auch Schmerzen hatte. Caruso biss die Zähne zusammen und bemühte sich, seine Wut zu unterdrücken. Es hatte bisher noch nie geholfen, wenn er seinen Gefühlen freien Lauf ließ, deshalb hielt er sie immer unter Kontrolle. Manche nannten ihn gefühlskalt oder hartherzig, aber das war ihm egal. Er hatte bei seinem Freund Gary Jennings gesehen, was passierte, wenn man sich nur noch nach Gefühlen richtete und die Logik ignorierte, als dieser Jagd auf die Berglöwenwandlergruppe gemacht hatte, um seine Verlobte

Melody zu rächen. Caruso schnitt eine Grimasse. Aber eigentlich war es wohl eher so, dass Gary sich selbst hatte rächen wollen, weil Melody sich in einen Berglöwenwandler verliebt und Gary dafür verlassen hatte.

Auch wenn er ihn verstand, schließlich hatte er den Kummer seines Freundes damals hautnah miterlebt, war er doch gegen den Rachefeldzug gewesen. Aber Gary hatte nicht auf ihn gehört und war dafür gestorben. Die Muskeln in Carusos Kiefer verspannten sich. Schuld daran war nur dieser Lee, der ihn gegen die Wandler aufgestachelt hatte. Und Caruso hatte geschworen, seinen Freund zu rächen, egal was es kostete. Im Unterschied zu Gary ging er dabei durchdacht und logisch vor und würde deshalb gewinnen. Die Frage war nur, welchen Preis er am Ende dafür zahlen würde.

Als ein Streifenwagen, dicht gefolgt von einem Zivilfahrzeug, auf den Parkplatz einbog, ging Caruso ihnen schnell entgegen. Sie hatten keine Sekunde zu verlieren und genau das würde er den Polizisten klarmachen. Der Streifenwagen hielt direkt vor ihm an und die Beifahrertür ging auf. Der Polizist stieg aus und sah ihn durchdringend an, seine Hand über dem Griff seiner Dienstwaffe.

»Sind Sie Dave Caruso?«

»Ja, ich habe eine Entführung gemeldet.« Ungeduldig blickte Caruso zu dem anderen Wagen, der immer noch mit laufendem Motor hinter dem Streifenwagen stand.

»Wo und wann hat die Entführung stattgefunden?« Der Polizist wirkte, als würde er ihm immer noch nicht ganz glauben.

»Hier, vor etwa zehn Minuten.« Sein Geduldsfaden riss. »Hören Sie, können wir die Sache etwas beschleunigen? Es geht um das Leben einer jungen Frau!« Selbst von seinem Ausbruch überrascht, presste er seine Lippen zusammen, damit nicht noch mehr hervorsprudelte. Aus langer Erfahrung wusste er, dass die Ermittlungen durch Ungeduld kein bisschen schneller fortschreiten würden – im Gegenteil.

»Sie kennen das Opfer also?« Hanlon, so stand auf seinem Namensschild, redete genau in dem gleichen Tonfall weiter wie vor Carusos Ausbruch.

Mit zusammengepressten Zähnen antwortete er. »Ja, sie ist meine Tochter.«

Als er das Klappen einer Autotür hörte, blickte er wieder zu dem Zivilfahrzeug. Eine hochgewachsene, schlanke Frau mit kurzen dunkelbraunen Haaren gesellte sich zu ihnen. Sie trug keine Uniform, sondern eine schlichte dunkelgraue Hose und ein ebensolches Jackett über einem hellen T-Shirt.

Geschäftsmäßig gab sie ihm die Hand. »Es tut mir leid, ich musste noch etwas überprüfen. Ich bin Detective Dawn Jones.«

Caruso nickte. »Detective.«

Mit ungewöhnlichen hellbraunen Augen blickte sie ihn durchdringend an. »Also, was ist hier vorgefallen? Mir wurde gesagt, es handelt sich um eine Entführung.«

»Wie ich Ihrem Kollegen gerade schon sagte, ist vor etwa zehn Minuten meine Tochter auf diesem Parkplatz entführt worden.« Selbst er konnte das untypische Brechen seiner Stimme hören. Hitze stieg in seine Ohrspitzen.

Der Blick der Polizistin wurde sanfter. »Wie ist ihr Name?«

»Dave Caruso.«

Ein leichtes Lächeln huschte über ihre Lippen. »Das weiß ich. Ich meinte den Ihrer Tochter.«

»Isabel Kerrilyan.«

»Ist sie Ihre leibliche Tochter?« Auf seinen finsteren Blick hin fügte sie rasch hinzu: »Wegen des Nachnamens.«

»Ja, sie ist meine Tochter, aber sie lebt bei ihrer Mutter.«

Detective Jones nickte, als hätte sie nichts anderes erwartet. »Wie alt ist Isabel?«

»Siebzehn.«

»Dann hat ihre Mutter das Sorgerecht?«

»Ja.« Seine Zähne knirschten, so fest biss er sie zusammen. »Ich verstehe nicht, was das zur Sache tut. Sie wurde entführt und könnte jetzt schon wer weiß wo sein! Sollten Sie nicht lieber versuchen, sie zu finden, anstatt mir sinnlose Fragen zu stellen?«

Die Polizistin ließ sich durch seinen Tonfall nicht aus der Ruhe bringen. »Ich versuche in Erfahrung zu bringen, wen ich verständigen muss. Vielleicht gibt es ja auch eine Lösegeldforderung oder Ähnliches. Oder haben Sie bereits mit Ihrer Exfrau gesprochen?« Sein Gesichtsausdruck sprach wohl Bände, denn sie nickte. »Das dachte ich mir. In der Aufregung wird das oft vergessen.«

»Wir waren nie verheiratet, und ich hatte schon vor Isabels Geburt keinen Kontakt mehr zu Felicia.« Und warum glaubte er, sich rechtfertigen zu müssen? Vor allem weil er damit in den Augen des Detectives sicher nicht besser dastand. »Ich will damit nur sagen, ich kenne ihre Adresse nicht. Damals hieß sie Felicia Kerrilyan und lebte in Los Angeles.«

Die Augenbrauen von Detective Jones ruckten in die Höhe. »Sie wissen nicht, wo Ihre Tochter wohnt?«

Der Vorwurf in ihrer Stimme ließ Caruso wieder explodieren. »Felicia hat sich von mir getrennt und mir nie gesagt, dass sie schwanger war. Ich habe gerade erst erfahren, dass ich eine Tochter habe, und Isabel heute zum ersten Mal gesehen und mit ihr gesprochen.« Caruso stellte fest, dass er das Mitleid in ihrer Miene noch viel weniger mochte.

»Okay, fangen wir ganz am Anfang an. Was ist hier genau geschehen?«

Caruso holte tief Luft. »Ich habe Isabel in ihrem Zimmer getroffen. Sie war geschockt, als sie erfuhr, dass der Mann, der sie großgezogen hatte, nicht ihr Vater war. Zuerst hat sie mir nicht geglaubt, aber ihre Mutter hat es ihr am Telefon bestätigt. Isabel war verstört und lief aus dem Zimmer, über den Parkplatz und dort auf die Wiese.«

»Sind Sie ihr gefolgt?«

»Nein, ich konnte mir vorstellen, wie sie sich fühlte, und wusste, dass sie Zeit alleine brauchte, um die Sache zu verdauen. Ich habe im Zimmer gewartet.«

Detective Jones strich mit der Hand durch ihre kurzen Haare. »Vielleicht ist sie gar nicht entführt worden, sondern einfach noch nicht bereit, wieder zurückzukommen?«

Caruso schüttelte bereits den Kopf. »Als ich Motorengeräusche hörte, habe ich aus dem Fenster gesehen. Zwei Männer zerrten Isabel zu einem Wagen am anderen Ende des Parkplatzes. Ein Dritter hat beim Auto gewartet.« Er schluckte hart. »Isabel hat gekämpft, kam aber nicht gegen die Mistkerle an. Sie wurde hochgehoben und auf die Rückbank geworfen.« Caruso rieb mit der Hand über sein Gesicht. »Ich bin sofort rausgelaufen, um ihr zu helfen, aber bevor ich dort ankam, fuhr ein anderer Wagen scharf an mir vorbei und ich musste mich zur Seite werfen, um nicht angefahren zu werden.«

»Können Sie mir die Stelle zeigen?«

Schweigend führte Caruso Detective Jones in die Nähe der Stelle, an der die Berglöwenfrau angefahren worden war. »Hier etwa. Als ich mich wieder aufgerappelt hatte, sah ich gerade noch, wie die beiden Wagen vom Parkplatz fuhren.«

Die Polizistin sah ihn scharf an. »Sie denken, die beiden Fahrzeuge gehörten zusammen?«

»Es sah für mich so aus, ja. Sie sind auf der Straße nach links abgebogen und dann verschwunden.« Mit seiner Tochter. Ein Druck legte sich über seine Brust und Caruso hatte Mühe, gleichmäßig zu atmen.

Unerwartet legte Detective Jones ihre Hand auf seinen Arm

und er wurde tatsächlich etwas ruhiger. »Können Sie sich an die Farbe erinnern, die Marke, irgendetwas?«

»Einer war weiß, ein Mittelklassewagen, der zweite eine schwarze Limousine, Oberklasse, vielleicht ein Mercedes.« Er diktierte ihr das Kennzeichen.

In ihren Augen konnte er deutlich den Jagdhunger sehen. »Das hilft uns weiter. Wenn wir Glück haben, können wir die Wagen noch in der Stadt stoppen oder zumindest die Halter ermitteln. Ich werde das Kennzeichen sofort zur Fahndung ausschreiben. Haben Sie ein Foto von Ihrer Tochter?« Stumm schüttelte Caruso den Kopf. »Okay. Dann eine Beschreibung?«

»Rotbraune Haare, blaue Augen, helle Haut. Etwa einen Meter sechzig und schlank.«

Detective Jones notierte seine Angaben in ihrem Block. »Wie lang sind die Haare?«

Caruso schloss die Augen, um sich zurückzuerinnern. Sie waren in einem Zopf zusammengebunden, aber er hatte sie gesehen, als Isabel vor ihm weggelaufen war. »Etwa bis zur Taille.«

»Das ist gut, je auffälliger sie ist, desto eher wird sich jemand an sie erinnern und uns sagen können, wo sie ist.« Sie blickte ihn aufmunternd an. »Warten Sie kurz hier, ich bin gleich wieder da.« Mit energischen Schritten kehrte sie zu ihrem Wagen zurück und setzte sich quer auf den Beifahrersitz. Durch die Windschutzscheibe konnte er dank der Innenbeleuchtung sehen, wie sie ihr Handy ans Ohr presste.

Caruso wandte sich ab und starrte in den dunklen Park. Wieso war er Isabel nicht gleich gefolgt, als sie nach draußen gelaufen war? Er hätte sie daran hindern müssen, überhaupt das Zimmer zu verlassen. Aber er hatte geglaubt, nicht das Recht zu haben, seiner fast erwachsenen Tochter etwas vorzuschreiben. Nicht bei ihrem ersten Treffen und dem Schock, den sie durch sein plötzliches Auftauchen erlitten hatte. Er selbst hätte in solch einer Situation sicher auch erst einmal allein sein und nachdenken wollen.

Nur langsam durchdrang ein Gefühl der Unruhe in seinem Kopf seine Selbstvorwürfe. Es kam eindeutig von den Berglöwenwandlern, die er direkt an der Grenze zum Parkplatz spürte. Wollten sie sich nicht zurückziehen, damit sie von der Polizei nicht entdeckt wurden? Irgendetwas musste sie wieder in die Nähe der Menschen getrieben haben. Nach einem weiteren Blick auf Detective Jones, die immer noch in ihr Handy sprach, ging er unauffällig in Richtung der Bäume. Die Hände in den Hosentaschen vergraben bemühte er sich, möglichst harmlos zu wirken, so als bräuchte er nur einen Moment für sich allein. Er versuchte, die Dunkelheit mit seinen Augen zu durchdringen, aber er konnte nichts erkennen. Trotzdem wusste er, dass die Berglöwen in der Nähe waren.

Ein leises Grollen zeigte ihm, dass er sich nicht geirrt hatte. »Was ist?« Er wandte sich ab, sodass die Polizisten nur seinen Rücken sehen konnten.

»Hat Isabel ihr Handy bei sich gehabt, als sie entführt wurde?« Die Stimme der Frau drang aus der Dunkelheit zu ihm.

»Sie hat mit ihrer Mutter telefoniert und dann …« Caruso rieb über seine Stirn und versuchte, sich daran zu erinnern, was sie danach mit dem Handy getan hatte. »Ich kann es nicht sagen. Sie könnte es eingesteckt haben, bevor sie rausgelaufen ist.«

»Finde es heraus und wenn sie es dabeihat, lass ihre Position orten!« Mit diesem Befehl entfernte sich die Berglöwenfrau wieder.

»Mr Caruso?« Die Stimme von Detective Jones erklang hinter ihm.

Langsam drehte Caruso sich zu ihr um. »Ja?«

Einige Meter entfernt blieb sie stehen. »Geht es Ihnen gut?« Besorgnis stand in ihren Augen, aber auch Vorsicht. Sehr klug von ihr, sicher passierte es häufiger, dass sich ein mutmaßliches Opfer oder ein Zeuge als Täter herausstellte.

»Ja, danke.« Er blickte zum Motel. »Mir fiel gerade ein, dass Isabel vielleicht ihr Handy bei sich trägt. Wie ich schon sagte, hat sie mit ihrer Mutter telefoniert, bevor sie hinausgelaufen ist. Wenn das Telefon nicht im Zimmer liegt, müsste sie es eingesteckt haben. Ich kann mich leider nicht mehr erinnern, wo sie es gelassen hat.« Als Detective Jones nichts sagte, hakte er nach. »Ein Handysignal kann doch zurückverfolgt werden oder ist das nur im Fernsehen so?«

»Ja, das funktioniert wirklich, sofern das Telefon einen GPS-Empfänger hat und der Akku hält.« Mit dem Kopf deutete sie zum Motel. »Sehen wir nach. Sollte Isabel das Handy wirklich dabeihaben, stehen die Chancen gut, sie zu finden.« Sie wartete, bis er sich in Bewegung setzte, bevor sie ihm folgte. Anscheinend war sie immer noch nicht davon überzeugt, dass er ungefährlich war. Womit sie Recht hatte, denn er konnte für nichts garantieren, wenn sie seine Tochter nicht bald fand.

»Ich habe eben mit Isabels Mutter telefoniert, die Nummer war nicht schwer herauszufinden, der Name ist sehr ungewöhnlich. Sie hat bestätigt, dass Sie der leibliche Vater von Isabel sind.« Dawn warf ihm einen seltsamen Blick von der Seite zu. »Und sie ist …« Verzweifelt schien sie nach einem passenden Wort zu suchen.

»Ausgerastet?«

Detective Jones Mundwinkel hob sich ein winziges Stück, bevor sie die Stirn runzelte. »Das auch. Eigentlich wollte ich vorsichtig umschreiben, dass Sie Ihnen die Schuld an dem Vorfall gibt und Sie Ihnen jeden weiteren Umgang mit Isabel verbietet.« Entschuldigend blickte sie ihn an. »Ich bin nicht besonders gut darin, um eine Sache herumzureden.«

Caruso schwieg einen Moment, bis er sicher war, seine Gefühle im Griff zu haben. »Das stört mich nicht. Und ich wusste schon vorher, dass Felicia mich von meiner Tochter fernhalten will – sonst hätte sie mir damals erzählt, dass sie schwanger war, und sich nicht einfach von mir getrennt und einen anderen Mann geheiratet.«

Noch heute gab ihm das einen Stich. Nicht, weil er sie noch liebte, sondern weil er ihr damals vertraut hatte. Ein Kind war nicht geplant gewesen, aber wenn er davon gewusst hätte, hätte er darum gekämpft, ein Teil ihres Lebens zu sein. Im Nachhinein konnte er klar erkennen, dass Felicia immer nur selbstsüchtig und an Geld und Ansehen interessiert gewesen war.

Die Polizistin räusperte sich. »Ich wollte Sie nur vorwarnen, was auf Sie zukommt, wenn wir Isabel gefunden haben und Sie versuchen, eine Beziehung zu ihr aufzubauen.«

»Danke.« Er verzog den Mund. »Allerdings wird mich das nicht abhalten. Wenn Isabel mich kennenlernen möchte, werde ich es zur Not auch auf eine Auseinandersetzung mit Felicia ankommen lassen. Außerdem müsste sie bald volljährig sein, dann kann sie selbst entscheiden, wen sie sehen will.«

Detective Jones nickte ihm zu und betrat das Motelzimmer. Caruso beobachtete sie, während sie den Raum systematisch durchsuchte. »Wo war Isabel, als sie telefoniert hat?«

Caruso deutete auf den kleinen Tisch, der in einer Ecke des Zimmers stand. »Sie hat das Handy aus dem Rucksack dort geholt. Nach dem Anruf hat sie …« Mit geschlossenen Augen versuchte er sich so genau wie möglich zu erinnern. »Ich glaube, sie hat es in ihre Hosentasche gesteckt, aber ganz sicher bin ich mir nicht.« Seine Augen öffneten sich wieder und er bemerkte, dass ihn die Polizistin eindringlich beobachtete.

Offenbar fühlte sie sich von ihm ertappt, denn sie hob eilig den Rucksack auf. Ohne eine Erklärung schüttete sie den Inhalt auf den Tisch und betrachtete ihn mit gerunzelter Stirn. »Hier ist das Handy jedenfalls nicht.« Sie klappte das Portemonnaie auf und zog ein Foto heraus. Caruso beugte sich vor und erkannte Isabel, Arm in Arm mit einem anderen jungen Mädchen. Detective Jones blickte ihn fragend an. »Ist sie das?«

Da er seiner Stimme nicht ganz traute, tippte er nur mit dem Zeigefinger auf Isabel. Die Polizistin schien ihn zu verstehen, denn sie nahm ihm die Aufnahme aus der Hand und steckte sie in ihre Jacketttasche. »Wir werden das Bild als Fahndungsfoto verwenden.«

Sie zog ein Handy hervor. »Kennen Sie die Telefonnummer von Isabel?«

»Nein.«

Eine Augenbraue hob sich und er musste die Lippen zusammenpressen, um sich nicht wieder zu rechtfertigen. »Okay, dann rufe ich jetzt Isabels Mutter noch einmal an, damit sie mir die Nummer sagt. Wenn ich sie habe, kann ich den Standort über den eingebauten GPS-Empfänger bestimmen lassen. Mit etwas Glück wissen wir schon in wenigen Minuten, wo Isabel jetzt ist.«

Oh Gott, hoffentlich! Caruso wandte sich ab, damit die Polizistin nicht die Verzweiflung in seinem Gesicht sah. Es war seltsam, er kannte Isabel eigentlich gar nicht, aber trotzdem hatte er das Gefühl, als würde er in Stücke gerissen. Vielleicht hatte es gereicht, sie einmal zu berühren, ihr einmal in die Augen zu sehen, um ihre Verbindung zu besiegeln. Er hätte Felicia würgen können, weil sie ihm seine Tochter vorenthalten hatte. Wie hatte sie das tun können? Aber vermutlich war die Frage müßig, Felicia hatte wie immer nur an sich gedacht und sich überhaupt nicht überlegt, ob sie ihm oder Isabel damit schadete.

Als er jung war, hatte es ihm gereicht, dass sie schön war und er Spaß mit ihr haben konnte. Doch irgendwann war ihm das nicht mehr genug gewesen. Ungefähr zu diesem Zeitpunkt hatte Felicia sich von ihm zurückgezogen und er war davon ausgegangen, dass sie sich nicht binden und lieber ihre Freiheit genießen wollte. Doch stattdessen hatte sie geheiratet und ein Kind bekommen. *Sein* Kind. Wahrscheinlich hatte sie nur nicht darauf warten wollen, dass er sein Studium abschloss und endlich Geld verdiente. Altbekannte Bitterkeit stieg in ihm auf.

»Caruso?«

Nach einem beruhigenden Atemzug drehte er sich zu Detective Jones um. »Ja?«

»Es kann etwas dauern, bis ich Nachricht wegen der Fahrzeuge und des Handys bekomme. Leben Sie hier in Las Vegas?«

»Nein, ich bin nur auf der Durchreise.« Glücklicherweise. Wie jemand ernsthaft in Las Vegas leben konnte, war ihm ein Rätsel. Zu viele Menschen, zu staubig, zu warm.

»Wie kann ich Sie dann erreichen? Haben Sie hier ein Hotelzimmer?«

Caruso strich über seine Haare. »Bisher noch nicht.« Er blickte sich im Zimmer um. »Vielleicht kann ich einfach hierbleiben?«

Nachdenklich sah die Polizistin ihn an. »Zuerst müssen wir den Raum nach Hinweisen durchsuchen. Sicher, dass Sie nicht lieber ein anderes Zimmer nehmen wollen?«

»Ich werde sowieso nicht schlafen können. Hier würde ich mich Isabel näher fühlen.«

Detective Jones zuckte mit den Schultern. »Meinetwegen. Ich werde mir gleich alles ansehen, damit der Raum wieder benutzbar ist.«

Caruso nickte knapp und reichte ihr eine Visitenkarte mit seiner Handynummer. »Ich werde draußen warten.« In der Tür drehte er sich noch einmal um. »Sie sagen mir Bescheid, wenn Sie etwas von Isabel hören?«

Ihre Miene wurde weicher. »Natürlich.«

4

Mit einem Ruck brachte Lee seinen Wagen vor dem Flughafen zum Stehen und stieg eilig aus. Er wollte in der Luft sein, bevor jemand auf die Idee kam, die Kontrollen zu verschärfen. Aber das sollte kein Problem sein, bereits vor Stunden hatte er dem Piloten die Anweisung gegeben, die Maschine abflugbereit zu halten. Und er zahlte genug, um sicher sein zu können, dass sein Befehl ohne Fragen befolgt wurde. Beinahe hätten die drei Idioten die Sache vermasselt. Wenn er nicht selbst eingegriffen und die Frau, die Isabel Kerrilyan zu Hilfe geeilt war, angefahren und aufgehalten hätte, dann wäre es vielleicht schiefgegangen. Aber nun würde die Kleine ohne Probleme in der Transportkiste an den Kontrollen vorbei zu dem Flugzeug transportiert werden. Manchmal hatte es wirklich Vorteile, genug Geld zu haben, um sich alles zu kaufen. Lee verzog den Mund. Fast alles zumindest.

Wenigstens war er Lopez und seine beiden Kumpane losgeworden. Die Idioten hatten tatsächlich geglaubt, er würde sie im Flugzeug mitnehmen, aber da hatten sie sich getäuscht. Außerdem mussten sie noch eine Aufgabe für ihn erledigen. Geldgierig, wie sie waren, hatten sie den Vorschlag sofort angenommen. Lee lächelte zufrieden. Wenn sie die Sache gut machten, würde Isabels Begleiterin keine Möglichkeit haben, ihm gefährlich zu werden. Er hatte ihnen sogar einen Extrabonus versprochen, wenn sie die Frau lebend zu ihm brachten. Dann würde er ein für alle Mal feststellen, ob sie eine Wandlerin war. So geschmeidig, wie sie sich bewegt hatte, zweifelte er nicht daran.

Es war anfangs schwierig gewesen, aus Lopez herauszubekommen, dass er der Frau bereits auf Stammheimers Grundstück begegnet war und es ihr fast gelungen wäre, die drei Männer eigenhändig außer Gefecht zu setzen. Lees Stimmung stieg weiter, als er sich vorstellte, wie interessant es sein würde, so eine Wildkatze zu bändigen. Es gab keinen Zweifel, dass ihm das früher oder später gelingen würde, wenn er sie erst einmal in seinen Händen hatte.

Lee warf den Schlüssel zu seinem Mietwagen in einen Mülleimer und ging weiter zu den Gepäckkontrollen. Wenige Minuten später durchquerte er den Wartebereich und suchte eine Toilette auf. In der Kabine wartete er darauf, dass niemand mehr im Raum war, der ihn hatte hineingehen sehen, und entledigte sich dann seiner Verkleidung. Sie hatten sowieso keine Chance, seine Identität herauszufinden, da er falsche Papiere benutzte. Wenn sie wirklich glaubten, dass er Lee Rosebud hieß, hatten sie es nicht besser verdient. Als er wieder in den Korridor hinaustrat, war er ein anderer Mann. Unauffällig verschwand er in der Menge.

»Was?« Keira blickte ihn von der Seite an.

Sawyer unterdrückte ein zufriedenes Lächeln und hob stattdessen eine Augenbraue. »Ich habe nichts gesagt.« Genau genommen saßen sie seit geraumer Zeit schweigend im Gebüsch, während sie darauf warteten, dass die Polizei ihre Ermittlungen beendete – und Isabel hoffentlich fand.

Wütend funkelte Keira ihn an. »Ich kann bis hierher hören, dass dir etwas im Kopf herumgeht. Spuck es schon aus.« Sie zeigte ihm ihre Zähne. »Oder hast du etwa Angst vor mir?«

Innerlich seufzend lehnte Sawyer sich auf seine Ellbogen zurück. Er konnte sich nicht erinnern, Keira jemals anders als wütend gesehen zu haben. »Siehst du mich nicht zittern?«

Ihre Augen verengten sich zu Schlitzen. »Du solltest mich nicht unterschätzen.«

»Das tue ich bestimmt nicht.« Allerdings hatte er den Eindruck, dass sie selbst sich nicht wirklich schätzte.

»Dann ist es ja gut.« Keira sah wieder zum Motel hinüber. »Wieso dauert das denn so verdammt lange! Die Kerle haben Isabel nun schon seit einer Stunde!« Ihre Sorge um die Menschenfrau war deutlich zu spüren, auch wenn sie das vermutlich nie zugeben würde und sich lieber hinter ihrem Ärger versteckte.

»Die Stadt ist groß. Ich stelle es mir nicht so einfach vor, zwei Wagen in diesem Verkehr zu finden.« Sawyer bemühte sich, ruhig zu klingen, aber auch ihm ging die Wartezeit an die Nieren. Untätig herumzusitzen gehörte nicht zu seinen Lieblingsbeschäftigungen, und er hasste es, wenn er eine Sache nicht kontrollieren konnte.

Keira schlang die Arme um ihre Beine. »Isabel hat das nicht verdient. Zuerst sperrt dieser Verbrecher von einem Vater sie in seinem eigenen Keller ein und jetzt das alles.« Ihre Zähne gruben sich in ihre Unterlippe. »Ich hätte besser auf sie aufpassen müssen. Nach dem, was auf Stammheimers Grundstück und mit Coyle und Marisa passiert ist, hätte ich Isabel keine Sekunde aus den Augen lassen dürfen.«

Sawyer legte den Kopf schräg. »Warum hast du es getan?« Es war kein Vorwurf, sondern reine Neugier.

Sie richtete sich abrupt auf, eine scharfe Bemerkung auf den Lippen, doch dann sackte sie wieder in sich zusammen. »Der Berglöwe in mir brauchte Natur, sonst wäre er durchgedreht. Es gibt nichts Schlimmeres, als in einem Krankenhaus eingesperrt zu sein. So viele Menschen, Geräusche und Gerüche.« Ein Schauder lief durch ihren Körper.

»Ich kann es mir vorstellen.« Prüfend blickte er sie an. »Wann willst du deine Gruppe informieren?«

Keiras Schultern verspannten sich, ihr Mund presste sich zu einer schmalen Linie zusammen. »Ich habe kein Handy.«

Sawyer hatte selten eine so leicht zu durchschauende Ausrede gehört. »Wenn du wolltest, hättest du schon längst ein Telefon gefunden. Warum willst du deine Leute nicht informieren?«

Er glaubte schon, dass Keira ihm nicht antworten würde, doch schließlich sah sie ihm direkt in die Augen. In ihnen konnte er erkennen, wie elend sie sich fühlte, auch wenn sie versuchte, das zu überspielen. »Warum soll ich sie wecken, wenn Isabel vielleicht schon bald wieder in Sicherheit ist? Die ganze Sache hat genug Unruhe im Lager verursacht, ich möchte sie nicht noch verstärken.«

»Und was ist der wirkliche Grund?« Sawyer erwartete einen Ausbruch, doch Keira wandte nur den Blick ab. Sanft legte er einen Finger unter ihr Kinn und zwang sie, ihn anzusehen. In ihren grünen Augen lagen Schmerz und Selbsthass.

»Ich müsste dann zugeben, dass ich meinen Job nicht richtig erledigt habe – und er ist alles, was mir noch geblieben ist.« Ihre Stimme war nur ein Hauch. Doch als Sawyer sie an sich ziehen wollte, stieß sie ihn zur Seite und sprang auf. »Bist du jetzt zufrieden?« Die Wut war zurück und es war ihm klar, dass es lange dauern würde, bis er wieder so dicht an sie herankam. Aber es gefiel ihm, einen kleinen Einblick in ihre Gedanken gewonnen zu haben.

»Ich werde sehen, ob es inzwischen etwas Neues gibt. Wenn nicht, werde ich Isabel eben selbst suchen.«

Sawyer ahnte, dass Keira jetzt nicht für Vernunft zugänglich war, deshalb verwandelte er sich nur und trottete hinter ihr her. Irgendjemand musste sie ja daran hindern, sich selbst und auch alle anderen Wandler in Gefahr zu bringen.

Nachdenklich tippte Dawn Jones mit dem Handy an ihr Kinn. Irgendetwas stimmte an der ganzen Sache nicht, sie konnte nur nicht den Finger darauf legen. Auch wenn sie Caruso glaubte, dass Isabel Kerrilyan entführt worden war, hatte sie doch Zweifel an seiner Version der Geschichte. Er tauchte genau an dem Tag im Leben seiner Tochter auf, an dem sie entführt wurde. Sehr unwahrscheinlich, dass das ein Zufall war. Entweder steckte er mit den Tätern unter einer Decke oder sein Auftauchen hatte erst zu der Entführung geführt. Vielleicht waren die Entführer nicht hinter der jungen Frau her, sondern hinter ihm. Was sie sich durchaus vorstellen konnte.

Mit einer Hand fuhr Dawn durch ihre kurzen Haare. Das Problem war nur, dass sie nichts davon beweisen konnte. Ihr Bauchgefühl war schließlich kein beweiskräftiges Indiz. Besonders wenn der Rest ihres Körpers jedes Mal wie elektrisch aufgeladen war, sobald sie Caruso zu nahe kam – eine Tatsache, die sie mehr als nur irritierte. Entschlossen schob sie diesen Gedanken beiseite. Jetzt zählte nur der Fall – das Leben einer jungen Frau war in Gefahr und sie würde alles dafür tun, sie zu finden und nach Hause zu bringen. Und deshalb würde sie ihren Kollegen Phillips im Police Department piesacken, bis er ihr sagte, dass er die Autos und das Telefon gefunden hatte. Und danach würde sie sich noch einmal Caruso vornehmen. Es war bestimmt interessant zu erfahren, warum er gelogen hatte, als er behauptete, einer der Wagen hätte ihn beinahe angefahren.

Sie wählte die Nummer ihres Kollegen und wartete ungeduldig, bis er sich meldete. »Hier ist Dawn. Bist du inzwischen mit den Autokennzeichen weitergekommen?«

Ein tiefer Seufzer antwortete ihr. »Warum seid ihr Detectives eigentlich immer so ungeduldig?«

Dawn biss die Zähne zusammen. »Weil es bei unserer Arbeit um Leben oder Tod geht, deshalb.«

Einen langen Moment herrschte Stille, bevor Phillips sich räusperte. »Okay, ich habe etwas. Das Kennzeichen der Limousine scheint von einem Mietwagen zu stammen. Anmietstation am Flughafen. Ob er dorthin zurückgebracht wurde, wissen wir noch nicht.«

»Verdammt!« Sie hatte gehofft, die Verbrecher noch innerhalb der Stadt oder zumindest in einem kleinen Umkreis zu finden. Wenn sie wirklich zum Flughafen gefahren waren, konnten sie jetzt überall sein. »Okay. Haben wir den Namen des Fahrers?«

»Lee Rosebud.«

Dawn schnitt eine Grimasse. »Mann oder Frau?«

»Laut den Unterlagen ein Mann. Als Adresse war im Führerschein eine Straße in Houston angegeben.«

Aufregung breitete sich in Dawn aus. »Dann werde ich mich an das dortige Police Department wenden und …«

Phillips unterbrach sie. »Das wäre Zeitverschwendung. Ich habe bereits nachgesehen, die angegebene Hausnummer existiert nicht.«

Ihre Hoffnung sank. »Könnte sie falsch notiert worden sein?«

»Sicher. Aber ich halte es für wahrscheinlicher, dass Name und Adresse gefälscht sind.«

Dawn rieb über ihre Schläfe, hinter der sich Kopfschmerzen bemerkbar machten. Sie hasste Nachtschichten. Irgendwie schienen sämtliche Verbrecher und Irre genau zu wissen, wann sie Dienst hatte. Aber gut, vielleicht lag es auch daran, dass Las Vegas allgemein nicht unbedingt eine ruhige Stadt war und die Touristen auch nachts noch umherwanderten, um sich ausnehmen zu lassen. Hier im Vorort war es zwar ruhiger, aber für sie noch nicht ruhig genug. »Lass trotzdem nachprüfen, ob jemand dieses Namens irgendwo in der Straße wohnt, oder, wenn du schon dabei bist, irgendwo sonst in der Stadt.«

»Okay.« Ein Pfeifen ertönte. »Moment, ein Anruf auf der anderen Leitung.« Mit einem Fluch meldete Phillips sich kurz darauf zurück. »Da hat gerade jemand die Limousine zum Flughafen zurückgebracht.«

»Sie sollen ihn irgendwie beschäftigen, bis ich dort bin! Und lass jemanden von der Flughafenpolizei rufen.«

»Das würde nichts bringen, eine Mitarbeiterin des Autovermieters hat den Wagen auf den Besucherparkplätzen entdeckt. Er wurde einfach dort abgestellt und nicht ordnungsgemäß zurückgegeben. Sie hat ihn nur gefunden, weil wir das Kennzeichen durchgegeben haben und er einem Flughafenmitarbeiter auf dem Kurzzeitparkplatz aufgefallen ist. Der Typ kann längst über alle Berge sein.«

»Verdammt!« Dawn konnte sich gerade noch daran hindern, ihre Haare zu raufen. »Gibt es dort Videoüberwachung?«

»Ja.«

»Dann sollen sie die letzte Stunde überprüfen. Wenn der Kerl auf dem Band ist, will ich davon einen Ausdruck.« Dawn atmete tief durch. »Wenn es ihm irgendwie gelungen ist, das Opfer in ein Flugzeug zu bringen, haben wir ein Problem.« Phillips schwieg, als sie das Offensichtliche äußerte. »Okay. Sag der Flughafenpolizei, dass ich in etwa einer Viertelstunde dort eintreffe.«

Das schlechte Gefühl verstärkte sich, als sie das Handy in ihre Jacketttasche steckte und zum Motel hinübersah. Wenn sich der Verbrecher die Mühe gemacht hatte, unter falschem Namen zu reisen, aber trotzdem das Risiko eingegangen war, zum Flughafen zurückzukehren, dann war die ganze Sache geplant und durchorganisiert. Und einen organisierten Täter zu fassen, war deutlich schwieriger. Dawn biss die Zähne zusammen und wollte sich gerade in ihr Auto setzen, als Caruso die Tür des Motelzimmers öffnete und zu ihr hinüberblickte. Es schien fast, als wüsste er, dass etwas geschehen war. Mit einem Seufzer wartete Dawn, bis er ihren Wagen erreicht hatte.

»Haben Sie Isabel gefunden?«

»Leider nicht, aber einer der Wagen wurde am Flughafen entdeckt.«

Carusos Augen verdunkelten sich. »Welcher?«

Irritiert von der Frage, blickte Dawn ihn scharf an. »Warum wollen Sie das wissen?«

»Ist es der Wagen, in dem Isabel entführt wurde?« Seine raue Stimme klang, als müsste er jedes Wort herauspressen.

Bedauernd schüttelte sie den Kopf. »Nein, die Limousine. Der andere Wagen wurde noch nicht gefunden. Aber es ist ein Anfang.«

Es war deutlich zu erkennen, wie wenig Caruso diese Aussage beruhigte. Wenn möglich, wurde seine Miene noch starrer, das Blau seiner Augen noch intensiver. »Ich will mit zum Flughafen. Da wollten Sie doch hin, oder?«

Dawn schüttelte schon den Kopf, bevor er ausgeredet hatte. »Ich werde ganz sicher keinen Zivilisten und schon gar nicht den Vater eines Opfers in die Ermittlungen einbeziehen. Sie warten hier und ich verspreche, dass ich mich sofort bei Ihnen melde, wenn ich neue Erkenntnisse habe, die Ihre Tochter betreffen.« Sie hob die Hand, als er protestieren wollte. »Ich werde nicht darüber diskutieren. Je mehr Zeit ich hier verliere, desto größer wird der Vorsprung des Entführers. Möchten Sie das?«

Es dauerte einen Moment, bis Caruso wieder sprach. »Bringen Sie meine Tochter zurück. Bitte.«

Dawn fühlte sich von seinem Blick gebannt, doch schließlich nickte sie. Rasch stieg sie ein und schloss die Fahrertür. Als ihr ein Gedanke kam, fuhr sie das Fenster herunter. »Kennen Sie einen Lee Rosebud?« Gespannt beobachtete sie Caruso.

Etwas blitzte in seinen Augen auf, für einen winzigen Moment glaubte sie etwas wie unbändige Wut in seinem Gesicht zu erkennen, doch genauso schnell wurde seine Miene völlig ausdruckslos. »Nein, nicht dass ich wüsste.«

Ihr Instinkt sagte Dawn, dass Caruso log, doch da sie das noch nicht beweisen konnte und vor allem nicht glaubte, dass er etwas mit der Entführung zu tun hatte, ließ sie ihn fürs Erste damit durchkommen. »Einen Versuch war es wert.«

Sie ließ den Motor an und fuhr langsam vom Parkplatz. Mehr als einmal blickte sie in den Rückspiegel. Caruso bewegte sich nicht, bis sie auf die Straße abbog und ihn aus den Augen verlor.

Mit einem Stöhnen schlug Isabel die Augen auf und versuchte, sich zu orientieren. Aber da war nichts. Um sie herum war nur tiefe Schwärze. Mit zitternden Fingern strich sie an ihrem Körper hinauf, bis sie bei ihrem Gesicht ankam. Die Haube war entfernt worden und sie trug auch keine Augenbinde oder etwas anderes, das erklären würde, warum sie nichts sehen konnte. Oh Gott, war sie blind? Abrupt setzte sich Isabel auf und stieß mit ihrem Kopf an etwas Hartes. Benommen fiel sie zurück, eine Hand an ihre schmerzende Stirn gepresst. Sie spürte etwas Feuchtes, Warmes, das durch ihre Finger lief. *Blut.* Übelkeit kroch in ihr hoch und Isabel lag eine Weile nur da und atmete möglichst flach, um ihren Magen zu beruhigen. Sie biss auf ihre Lippe, um kein Geräusch von sich zu geben, als der Schmerz in ihrem Kopf immer schlimmer wurde. Es fühlte sich an, als würde sie auf etwas Schwankendem liegen, vielleicht spielte aber auch nur ihr Kreislauf nach dem harten Schlag verrückt.

Als sie nach langen Minuten das Gefühl hatte, sich nicht mehr sofort übergeben zu müssen, begann sie, ihre Umgebung zu erkunden. Sie hob die Arme und strich mit den Fingern an dem Hindernis entlang, das sich über ihr befand. Es schien aus Holz zu sein. Hinter ihrem Kopf und auch seitlich gab es weitere Bretter. Selbst über und neben ihren Füßen waren dieselben Barrieren. Ihr Herz begann zu hämmern, Panik fuhr durch ihren Körper. Sie war in einer Kiste eingesperrt! In ihren Ohren begann es zu dröhnen, ihr ganzer Körper vibrierte. Es dauerte einen Moment, bis Isabel bemerkte, dass das Geräusch nicht von ihrer Angst verursacht wurde, sondern in ihrer Umgebung. War sie immer noch im Auto?

Das Dröhnen wurde immer lauter, ein regelmäßiges Wump, Wump, Wump kam dazu, das immer schneller wurde. Ohne Vorwarnung wurde die Kiste an ihren Füßen hochgehoben und sie rutschte mit einem erschreckten Schrei nach hinten. Ihr Kopf stieß erneut schmerzhaft an das Holz. Ein flaues Gefühl bildete sich in ihrem Magen, als sich die Kiste hob und senkte. Erst als sie wieder gerade lag und das Geräusch etwas erträglicher geworden war, verstand Isabel, wo sie sich befand: in einem Flugzeug. Ihre Angst verstärkte sich. Es gab für sie keine Möglichkeit zur Flucht, wenn sie irgendwo in einigen tausend Meter Höhe flog. Und vor allem würde Keira ihr nicht folgen können.

Tränen rannen heiß über ihre Wangen und vermischten sich mit dem Blut, das immer noch aus der Platzwunde an ihrer Stirn sickerte. Wie hatte sie so dumm sein können, nachts allein durch die Gegend zu laufen? Sie wusste doch, was diese Kerle Marisa und Coyle angetan hatten und dass möglicherweise auch für sie und Keira Gefahr bestand. Hoffentlich hatten sie der Berglöwenfrau nichts angetan. Bevor sie völlig bewusstlos gewesen war, hatte sie noch Keiras Wut und Schmerz gespürt. Die Wandlerin hatte bestimmt versucht, ihr zu helfen und war dabei selbst in Gefahr geraten. Wenn nicht sogar Schlimmeres. Isabel schluckte hart. Nein, sie musste weiter daran glauben, dass es Keira gut ging und es auch für sie selbst einen Ausweg gab. Irgendwie musste es ihr gelingen, zu entkommen, sobald sie gelandet waren.

Die Erinnerung an Dave Caruso kam in ihr auf. Wie hatte ihre Mutter ihr fast achtzehn Jahre lang verheimlichen können, dass Henry Stammheimer nicht ihr leiblicher Vater gewesen war? Diesmal tobte der Schmerz in ihrem Innern. Sie hatte ein Recht darauf zu wissen, woher sie kam. Besonders als die Kopfschmerzen immer heftiger geworden waren und die Ärzte keine Erklärung dafür fanden, wäre es wichtig gewesen, zu wissen, dass sie diese Krankheit, diesen merkwürdigen Defekt von jemandem geerbt haben konnte. Sie hatte Dave Caruso vorhin in ihrem Kopf gespürt und konnte sich nicht erklären, wie das möglich war. Zwar war die Verbindung nicht so stark und klar gewesen wie zu Bowen, aber trotzdem war da etwas gewesen.

Bowen. Mit allem, was in ihr war, wünschte sie sich, er wäre jetzt bei ihr. Als sie von ihrem Vater in den Keller gesperrt worden war, hatte sie die Zeit nur überstanden, weil Bowen bei ihr gewesen war und sie festgehalten hatte. In Gedanken waren sie verbunden gewesen und sie hatte das Gefühl gehabt, ein Teil von ihm zu sein. Isabel schloss die Augen und erinnerte sich daran, wie gut es sich angefühlt hatte, seine Arme um sich zu spüren, seine Lippen auf ihren. Schließlich hatte sie sich sogar so sicher gefühlt, dass sie in seinen Armen eingeschlafen und erst wieder aufgewacht war, als Marisa und Coyle eingetroffen waren, um sie zu befreien. Beinahe konnte sie wieder Bowens Nähe spüren, seinen kräftigen, warmen Körper neben sich. Sein Atem an ihrem Hals, geflüsterte Versprechen, dass sie heil aus der Sache herauskommen würden, an ihrem Ohr. Selten in ihrem Leben hatte sie sich so wohl, so vollkommen geborgen gefühlt, wie in diesen Momenten. Trotz der Umgebung und der Gefahr, in dem Keller zu sterben. Ein Zittern lief durch ihren Körper und sie kehrte in die Gegenwart zurück. Isabel schlang ihre Arme um ihren nur mit einem T-Shirt bekleideten Oberkörper, aber die Kälte sickerte trotzdem in ihre Haut. Je weiter Bowen sich aus ihren Gedanken entfernte, desto stärker kam die Furcht zurück.

5

Sowie Keira das Auto der Polizistin um die Ecke biegen sah, pirschte sie sich im Schutz der Büsche bis an das Hotelzimmer heran. Sie konnte Sawyer hinter sich spüren, aber sie bemühte sich, seine Anwesenheit zu ignorieren. Noch immer ärgerte sie sich, dass sie sich ihm gegenüber so weit geöffnet hatte. Immerhin hatte er sich nicht über ihr Schuldgefühl lustig gemacht, aber sicher würde sie irgendwann etwas darüber zu hören bekommen. Es lag vermutlich an seinen warmen braunen Augen, dass sie für einen Moment ihren Verstand verloren hatte. Wenn er sie damit ansah, löste es etwas in ihr aus, über das sie lieber nicht weiter nachdachte. Keira stieß ein wütendes Schnauben aus. Sawyers Antwort bestand darin, mit dem Kopf gegen ihr Bein zu stupsen. Ein Blick aus den Augenwinkeln zeigte ihr, dass er sie schon wieder angrinste, soweit das in Berglöwenform möglich war.

Kopfschüttelnd drehte Keira sich zu ihm um. »Bleib hier, ich gehe zu Caruso.«

Ohne Vorwarnung verwandelte Sawyer sich und stand auf. »Ich komme mit.«

Keira bemühte sich, ihre Augen nicht an seinem Körper hinunterwandern zu lassen, sondern konzentrierte sich stattdessen auf sein Gesicht. In der Dunkelheit waren die Narben auf seiner linken Gesichtsseite nur schwache Schatten. »Das geht nicht. Als Berglöwe oder nackt fällst du zu sehr auf.«

»Dann öffne ein Fenster auf der Rückseite.« Es war offensichtlich, dass Sawyer diesmal nicht so leicht aufgeben würde.

»Okay, aber du bleibst unsichtbar. Auch wenn Caruso denkt, er weiß, was wir sind, möchte ich es ihm trotzdem nicht beweisen, solange ich nicht mehr über ihn weiß. Irgendetwas an ihm ist merkwürdig, aber ich kann noch nicht meinen Finger darauf legen.«

Sawyer fing ihre Hand ein und hielt sie an seine Brust. »Bitte, leg sie auf mich, nicht auf diesen Typ.«

Sprachlos starrte Keira ihn an, während die Wärme seines Körpers in ihre Handfläche drang. Es fühlte sich wunderbar an, aber sie würde sich eher die Zunge abbeißen, als ihm das zu sagen. Er war sowieso schon eingebildet genug. Stattdessen verwandelte sie ihre Hand und ließ ihre Krallen in seine Haut eindringen. Zufrieden spürte sie sein Zusammenzucken. »Bist du sicher, dass du das ertragen könntest?«

Seine Augen schimmerten goldbraun, der Berglöwe war dicht unter der Oberfläche. »Oh ja.«

Seine raue Stimme verursachte ihr eine Gänsehaut und sie ließ rasch ihre Hand fallen. »Für so einen Unsinn habe ich keine Zeit. Falls du es vergessen hast, Isabels Leben steht auf dem Spiel.«

Sofort wurde Sawyer ernst, seine Gesichtszüge hart. »Das habe ich nicht vergessen. Und du kannst mir glauben, dass diese Verbrecher wünschen werden, nie Hand an sie – und an dich – gelegt zu haben, wenn ich mit ihnen fertig bin.«

Von seiner Heftigkeit überrascht trat sie einen Schritt zurück. »Es ist nicht dein Kampf.« Auch wenn sie, wie sie sich heimlich eingestehen musste, durchaus froh war, ihn an ihrer Seite zu haben, wenn es darum ging, die Mistkerle auszuschalten.

Sawyer folgte ihr und stand schließlich so dicht vor ihr, dass sie seine Körperwärme durch ihre Kleidung spüren konnte. »Sie haben dich angefahren und es war ihnen völlig egal, ob du dabei verletzt oder sogar getötet wirst. Ich denke, das macht es zu meiner Sache.« Sie konnte in seinen Augen erkennen, dass er jedes Wort ernst meinte.

Darauf fiel ihr keine Antwort ein. Es hörte sich fast so an, als würde er sie als seine Gefährtin betrachten, was völliger Unsinn war. Verwirrt schüttelte sie den Kopf. »Ich gehe jetzt zu Caruso.«

Sawyer neigte den Kopf und verwandelte sich zurück. Froh, dass sie sich zumindest für den Moment nicht mehr mit ihm auseinandersetzen musste, trat sie aus den Büschen hervor und klopfte an die Tür des Motelzimmers.

Caruso riss sie auf. Seine Miene war seltsam verzerrt, so als würde er krampfhaft versuchen, weiterhin ruhig und gefasst zu wirken, es aber nicht ganz schaffen.

Keira kam direkt auf den Punkt. »Was hast du jetzt vor?«

Ein Muskel zuckte in seiner Wange, seine Hände ballten sich zu Fäusten. »Ich werde zum Flughafen fahren. Wenn Isabel dort irgendwo ist, werde ich sie finden.«

Keira nickte. »Gut. Ich komme mit.«

Eine Augenbraue hob sich. »Glaubst du, das ist eine gute Idee?«

»Es ist meine Aufgabe, für Isabels Sicherheit zu sorgen. Ich werde alles tun, um sie zu befreien und wieder nach Hause zu bringen.« Keira presste ihre Zähne zusammen. Noch einmal würde sie nicht versagen.

»Okay, aber wenn sie dich erwischen, kennen wir uns nicht.«

Damit hatte Keira kein Problem, schließlich kannte sie Caruso wirklich nicht und wusste auch nicht, ob sie ihn überhaupt kennen wollte. Sie nickte.

Caruso öffnete die Tür weiter. »Vielleicht solltest du dich vorher noch ein wenig zurechtmachen, du siehst aus, als wärst du von einem Wagen angefahren worden.«

Ein Grollen löste sich aus ihrer Kehle, aber sie folgte seinem Vorschlag und ging ins Bad. Sie schnitt eine Grimasse, als sie ihr Spiegelbild sah. Ihre blonden Haare waren zerzaust, Blätter und Erde hingen darin. Auf einem Wangenknochen bildete sich eine Prellung, am Kinn prangte ein dunkler Streifen. Ihr T-Shirt war an der Schulter aufgerissen, darunter konnte sie einen blutigen Kratzer sehen. Immerhin hatte ihre Jeans den Sturz relativ unbeschadet überstanden. Mit einem ungeduldigen Laut streifte sie das T-Shirt über ihren Kopf und suchte aus ihrem Rucksack ein neues heraus. Ein bekannter Geruch füllte das Bad und Keira richtete sich abrupt auf. Das Fenster schwang auf und Sawyer kletterte in Menschenform hindurch. Sie wünschte sich fast, dass er stecken bleiben würde, doch den Gefallen tat er ihr nicht. Schließlich richtete er sich auf und grinste sie an.

»Was tust du hier?« Sie dämpfte im Hinblick auf Carusos Anwesenheit im anderen Zimmer ihre Stimme.

Sein Blick glitt über sie und Keira verspürte den seltsamen Drang, sich zu bedecken. Schließlich kamen seine Augen wieder bei ihrem Gesicht an. »Ich sorge dafür, dass du nicht ohne mich zum Flughafen fährst.«

Der Raum war so eng, dass sie sich fast berührten. Keira lehnte sich gegen die Tür und verschränkte die Arme über ihren Brüsten. »Wie soll das gehen? Du würdest zu sehr auffallen, sowohl als Berglöwe als auch als nackter Mensch.« Sie bemühte sich, ihren Blick nicht an seinem Körper hinabstreifen zu lassen.

»Glaubst du?« Sawyer lächelte sie schief an, als wüsste er genau, wie groß ihr Drang war, ihn zu betrachten. »Deshalb wirst du mir Kleidung besorgen.«

Keira richtete sich auf. »Wo soll ich die hernehmen? Meine wird dir wohl kaum passen.«

»Frag deinen neuen Freund. Auch wenn er etwas schmaler ist als ich, hat er vielleicht etwas, das passt.« Als er das Wort »Freund« sagte, blitzten seine spitzen Eckzähne hervor und ein Grollen schlich sich in seine Stimme.

Gänsehaut bildete sich auf ihren Armen. »Und wie erkläre ich ihm, dass du hier plötzlich aufgetaucht bist, noch dazu nackt?«

Sawyer zuckte mit den Schultern. »Er weiß sowieso, was wir sind.« Er trat näher heran und senkte seinen Kopf, sodass er ihr direkt in die Augen sehen konnte. »Sag ihm, ich bin dein Freund.«

Keira wollte ihn von sich schieben, stattdessen blieben ihre Hände auf seiner Brust liegen. Erregung flammte in seinen Augen auf und er schob sich noch dichter heran. Seine Lippen senkten sich auf ihre. Der Kuss war sanft und für einen winzigen Moment wünschte Keira sich, sie könnte sich einfach in ihn sinken lassen und alles andere vergessen. Dann erinnerte sie sich daran, wo sie war und vor allem, wer sie da küsste, und die Wut flammte wieder in ihr auf. Ohne nachzudenken, biss sie in seine Unterlippe und stieß ihn mit aller Kraft von sich.

Schwer atmend blickte Sawyer sie mit Berglöwenaugen an, Blut quoll aus seiner Lippe. Mit der Zunge strich er darüber. »Ich betrachte das als Teil des Vorspiels.«

Keira versuchte, ihre Ruhe wiederzufinden, aber es war schwer, wenn Sawyer noch in ihrer Nähe war. Und erst recht, wenn er solche Sachen sagte, die tief in ihr ein Vibrieren auslösten. »Beim nächsten Mal wird es richtig wehtun.« Erst als sie Sawyers Grinsen sah, erkannte sie, dass er ihre Antwort auch anders verstehen konnte. »Fass mich noch einmal an und du wirst es bereuen.«

Humor funkelte in Sawyers Augen. »Ich kann es kaum erwarten.«

Bevor sie etwas sagen konnte, ertönte ein Klopfen an der Badezimmertür. »Ich fahre jetzt los, mit dir oder ohne dich.«

Keira wollte sich zur Tür umwenden, aber Sawyer hielt sie am Arm fest. »Ich meinte es ernst, ich fahre mit. Bring ihn dazu, mich mitzunehmen.«

Ohne ihm zu antworten, öffnete sie die Tür und stand Caruso gegenüber.

Als er ihren unbekleideten Oberkörper und den völlig nackten Sawyer hinter ihr sah, weiteten sich seine Augen, bevor sie sich zu Schlitzen verengten. »Mit zurechtmachen meinte ich nicht, einen Quickie einzulegen.«

Wütend funkelte Keira ihn an. »Sehr witzig. Sawyer braucht Kleidung, damit er mitkommen kann.«

Carusos Augenbrauen hoben sich. »Wer sagt, dass ich ihn mitnehme?«

»Es geht um das Leben deiner Tochter, da solltest du jede Hilfe annehmen, die du kriegen kannst, oder?« Es war unfair, aber sie hatten keine Zeit zu verlieren, und Keira wusste, dass Sawyer irgendetwas Dummes machen würde, wenn sie ihn nicht mitnahm.

Nach einem langen Schweigen drehte Caruso sich wortlos um und schloss die Tür hinter sich. Sawyers Finger strichen über ihren Rücken. Ihre Muskeln spannten sich an und sie war kurz davor, herumzuwirbeln und ihm ihre Meinung zu sagen, als sie seine Stimme hörte. »Hast du eine Salbe für die Prellungen?«

Keira blickte über ihre Schulter. »Dafür habe ich keine Zeit. Wenn Caruso ohne uns fährt, kommen wir nicht schnell genug zum Flughafen.« Sie atmete tief durch und spürte den Schmerz durch ihren Körper schießen. »Außerdem habe ich keine Salbe dabei.«

»Caruso wird uns mitnehmen, wenn er schlau ist.« Sanft drehte Sawyer sie zum Waschbecken um. »Wasch dich, während ich mich um deinen Rücken kümmere.«

»Was …?« Ihre Augen schlossen sich, als sie seine Zunge auf ihrer Haut fühlte. Obwohl sie genau wusste, dass er nur über ihre Prellungen leckte, damit sie rasch zurückgingen, klopfte ihr Herz schneller. Es fühlte sich so gut an, von einem Mann berührt zu werden, das feuchte Gleiten seiner Zunge an ihren Rippen zu spüren. Mit zitternden Fingern drehte sie den Hahn auf und schöpfte eiskaltes Wasser in ihre Hände. Sie vergrub ihr Gesicht darin und hoffte, dass sie bald wieder zu Verstand kommen würde. Aber sie hinderte Sawyer nicht daran, auch über die Schürfwunde an ihrer Schulter zu lecken, die durch den Aufprall auf den Asphalt entstanden war.

Keira schrubbte ihr Gesicht und ignorierte das Stechen in ihrem Herzen. Mit den Händen klammerte sie sich am Waschbecken fest und starrte ihr Spiegelbild an, während Sawyer ihren Ellbogen versorgte. Es erschreckte sie, das Verlangen nach Nähe in ihrem Gesicht zu erkennen. Als Sawyer sich neben ihr aufrichtete, schloss sie die Augen. Sie zuckte zusammen, als seine Zunge über die Prellung an ihrer Wange glitt. Für einen Moment schmerzte die Berührung, dann setzte das Prickeln der Heilung ein. Ihr gesamter Körper kribbelte und sie wusste nicht, ob es an den aktivierten Selbstheilungskräften lag oder eine ganz andere Ursache hatte. Vielleicht waren es auch die sanfte Berührung seiner Hände oder die Wärme seines Körpers so dicht neben ihrem, die diese Empfindungen in ihr auslösten. Keira konnte sich nicht erinnern, wann sie zuletzt jemandem gestattet hatte, sich um sie zu kümmern.

Erst als Sawyer begann, ihre Hose zu öffnen, flogen ihre Augen wieder auf. Ihre Hand legte sich über seine. »Nicht.«

Seine Augen waren goldbraun, als er sie im Spiegel ansah. »Der Wagen ist dir gegen die Beine gefahren, sie tun sicher weh.«

Höllisch sogar, aber dafür hatten sie wirklich keine Zeit. Außerdem wusste sie, dass es keine gute Idee gewesen wäre, nur mit einem kleinen Slip bekleidet vor Sawyer zu stehen – auch wenn er sie schon nackt gesehen hatte. »Es ist auszuhalten.«

Sawyer erkannte wohl, dass sie nicht nachgeben würde, denn

er zuckte nur die Schultern und ließ sie los. Sofort vermisste sie seine Berührung und sie biss auf ihre Lippe, um sich davon abzuhalten, ihn zu bitten weiterzumachen. Als er sich abwandte, umfasste sie zögernd seinen Arm. »Danke.«

Wärme stieg in seine Augen, die Falte zwischen seinen Augenbrauen verschwand. »Es war mir ein Vergnügen.« Ein Grübchen bildete sich in seiner unverletzten Wange.

Keira spürte, wie ein antwortetendes Lächeln in ihr aufstieg, und unterdrückte es im letzten Moment. Es würde Sawyer nur ein falsches Zeichen geben, und das konnte sie sich nicht leisten. Stattdessen hob sie nur eine Augenbraue, wandte sich um und zog ein frisches T-Shirt über. Sie glaubte fast, seinen Blick auf ihren Brüsten fühlen zu können, doch als ihr Kopf aus dem Kragen auftauchte, hatte Sawyer sich über das Waschbecken gebeugt und wusch seine Hände. Seltsam enttäuscht suchte sie eine Bürste aus ihrem Rucksack und begann ihre zerzausten Haare zu bändigen.

Als Caruso wenig später die Tür wieder öffnete und Sawyer einen Stapel Kleidung zuwarf, nutzte Keira die Gelegenheit, der aufgeheizten Atmosphäre im Bad zu entkommen.

Bowen! Seine Augen flogen auf, als er wieder Isabels Ruf in seinem Kopf hörte. Angespannt lag er auf der Matratze und versuchte, die Verbindung zu Isabel aufrechtzuhalten. Er konnte ihre Angst spüren und einen scharfen Schmerz, dicht gefolgt von Panik, Einsamkeit und Kälte. In Gedanken schloss Bowen seine Arme um sie, zog sie dicht an seinen Körper, um ihr wenigstens ein bisschen Nähe und Wärme zu geben. Er beugte seinen Kopf zu ihr hinunter und redete in Gedanken beruhigend auf sie ein, versicherte ihr, dass er sie finden und nach Hause bringen würde. Ihr süßer Duft drang an seine Nase und er atmete ihn tief ein.

»Isabel.« Die Verbindung brach ab, als er ihren Namen laut aussprach. Ruckartig setzte Bowen sich auf und schwang die Beine aus dem Bett. Er vergrub das Gesicht in den Händen und versuchte, Herzschlag und Atmung wieder unter Kontrolle zu bringen. Auch wenn er nicht mehr mit Isabel verbunden war, hatte sich ihre Furcht auf ihn übertragen. Vor allem aber war er sich jetzt sicher, dass es nicht nur seine Einbildung war, sondern Isabel wirklich in Schwierigkeiten steckte. Irgendetwas musste er unternehmen, um ihr zu helfen.

Sein erster Impuls war, noch einmal mit Finn zu sprechen, aber solange er keine Beweise hatte, würde ihm der Ratsführer nicht glauben. Unruhig lief er in seinem Zimmer auf und ab. Es musste doch irgendetwas geben, das er tun konnte! Isabel hatte alles für ihn riskiert, als sie ihn damals vor ihrem Vater gerettet hatte, und er war bereit, das Gleiche für sie zu tun. Nur was konnte er alleine ausrichten? Noch nicht einmal nach Las Vegas würde er ohne Hilfe kommen – zumindest nicht schnell genug, um ihr helfen zu können. Also brauchte er jemanden, der ihn dorthin brachte. Sein erster Gedanke war Marisa, aber mit ihren Verletzungen würde sie ihm nicht helfen können. Und Coyle würde nicht zulassen, dass Bowen sich in Gefahr brachte, deshalb brauchte er ihn gar nicht zu fragen – ganz davon abgesehen, dass er Marisa in ihrem Zustand sicher nicht allein lassen würde.

Der Wächter Torik besaß als Einziger in der Gruppe einen Führerschein, aber er war noch in Sonora, wo er seinen Vater beschützte, nachdem der von einem Verbrecher schwer verletzt worden war. Aber wer dann? Keira hätte ihn sicher verstanden und auch unterstützt, aber sie war in Nevada und hatte sich bisher nicht gemeldet. Noch immer konnte Bowen sich nicht erklären, wie überhaupt etwas hatte geschehen können, wenn die Wächterin in Isabels Nähe gewesen war. Außer Keira war verletzt oder sogar getötet worden. Der Gedanke ließ Übelkeit in ihm aufsteigen. Hoffentlich ging es Keira gut! Wenn sie noch lebte, wusste Bowen, dass sie alles tun würde, um Isabel zu helfen.

Auch wenn sie oft so wirkte, als würde ihr nichts etwas bedeuten, wusste er, dass Keira ein weiches Herz hatte, das sie nur niemandem zeigte. Warum sonst hatte sie sich um ihn gekümmert, nachdem er aus der Gefangenschaft zurückgekehrt war, während die meisten anderen einen weiten Bogen um ihn machten? Zwar hatte sie so getan, als käme sie nur auf Finns Befehl, doch in einem Gespräch mit dem Ratsführer hatte er herausgefunden, dass der gar nichts von ihren Trainingsstunden wusste. Bowen hatte ihn nicht darüber aufgeklärt – wenn Keira nicht wollte, dass ihr Bruder davon erfuhr, dann gab es dafür sicher Gründe. Aber diese Überlegungen brachten ihn nicht weiter. Er musste einen Weg finden, zu Isabel zu kommen, egal was es ihn kostete. Eine Idee nahm in seinem Kopf Gestalt an. Entschlossen verließ er sein Zimmer und schlich aus der Hütte.

Caruso betrat mit der Wandlerin den Flughafen und blickte sich in dem weitläufigen Gebäude um. Hier jemanden zu finden, kam einer Suche nach der Nadel im Heuhaufen gleich. Mit Mühe unterdrückte er die Verzweiflung, die in ihm hochstieg, und konzentrierte sich darauf, seine Tochter aufzuspüren. Doch sosehr er sich auch anstrengte, er konnte sie nicht in seinem Kopf fühlen. Schließlich wandte er sich an seine Begleiterin, die schweigend hinter ihm stand.

»Kannst du sie riechen, wenn sie hier irgendwo ist?« Als sie ihn nur schweigend ansah, verlor er die Geduld. »Hör zu, ich weiß, dass du versuchst, dein Geheimnis zu bewahren, und das verstehe ich auch, aber es geht hier um Isabels Leben. Also bitte, akzeptier einfach, dass ich die Wahrheit kenne, und hilf mir, meine Tochter zu retten.«

»Ich wüsste zu gern, woher du wissen willst, wer oder was

ich bin.« Ihre Stimme war leise, wahrscheinlich damit niemand sonst sie hörte.

Er war nur froh, dass sie ihren Freund vor dem Flughafengebäude abgesetzt hatten, damit er die Umgebung erkunden konnte. Mit seinem vernarbten Gesicht wäre Sawyer zu sehr aufgefallen. Mal ganz davon abgesehen, dass er Caruso nervös machte, weil er ihn überhaupt nicht einschätzen konnte. Selbst in Menschenform schien der Berglöwe in ihm sehr nah an der Oberfläche zu liegen. Und vor allem war sein Beschützerinstinkt gegenüber seiner Freundin anscheinend sehr ausgeprägt. Caruso hatte keine Lust, auf jedes Wort und jede Bewegung achten zu müssen.

Die Frau runzelte die Stirn. »Wenn ich nah genug dran bin, ja. Es gibt hier so viele unterschiedliche Gerüche, dass es schwer ist, einen einzelnen herauszufiltern.« Ihre blonden Haare schimmerten im künstlichen Licht der Halle, durch ihre Größe und ihre muskulöse Figur stach sie aus der Menschenmasse hervor.

Auf einmal wurde Caruso bewusst, dass er noch nicht einmal ihren Namen kannte. »Wie heißt du?«

Verwundert sah sie ihn an. »Warum willst du das wissen?«

Mit einem Seufzer ging er weiter. »Ich kann schlecht ›du da‹ zu dir sagen, oder?«

Noch immer zögerte sie, doch schließlich erhielt er ein kaum wahrnehmbares Nicken. »Keira.«

»Danke.« Caruso schob alle unwichtigen Details aus seinem Kopf und konzentrierte sich nur noch auf die Umgebung. Irgendwie musste es ihm gelingen, eine Spur von Isabel zu finden. Würde er es überhaupt spüren, wenn sie hier wäre, oder war das nur eine Illusion? Er rieb über seine Schläfe und versuchte Keiras Gefühle in seinem Kopf zu unterdrücken.

Die Berglöwenfrau betrachtete ihn mit einem seltsamen Gesichtsausdruck. »Daher weißt du es also.«

»Wie bitte?« Irritiert sah er sie an.

»Du kannst genauso wie Isabel die Gefühle von Katzen in deinem Kopf spüren. Daher weißt du, wer wir sind.« Sie wartete seine Antwort nicht ab. »Ich gehe am besten in die andere Richtung, damit ich deinen ›Empfang‹ nicht behindere.«

Caruso nickte und sah ihr nach, während sie in der Menge verschwand. Ob es richtig war, sich mit den Wandlern zu verbünden? Aber er hatte keine andere Wahl, nicht wenn Isabels Leben auf dem Spiel stand.

»Was zum Teufel tun Sie hier?«

Die Stimme, die plötzlich hinter ihm erklang, ließ ihn erschrocken herumfahren.

6

Es erfüllte Dawn mit Befriedigung, dass Dave Caruso offenbar nicht mit ihrem Auftauchen gerechnet hatte. Wahrscheinlich hätte sie ihn auch gar nicht bemerkt, wenn sie ihn nicht zufällig im Büro des Sicherheitsdienstes auf einem Überwachungsmonitor gesehen hätte. Sie konnte deutlich sehen, wie er sich nach ihrem Überraschungsangriff rasch wieder unter Kontrolle brachte. Die Gefühle verschwanden aus den blauen Augen.

»Ich suche meine Tochter.« Seine Antwort klang ruhig, beinahe tonlos.

Dawn schob ihre Hand in die Hosentasche, damit er nicht sah, dass sie sie zur Faust ballte. Bemüht, ihren Ärger nicht durchklingen zu lassen, atmete sie tief durch. »Das ist mir klar. Aber ich hatte Ihnen gesagt, dass Sie im Motel bleiben sollen.«

Carusos blaue Augen bohrten sich in ihre. »Wenn es Ihre Tochter wäre, würden Sie dann ruhig zu Hause sitzen und darauf hoffen, dass sie zu Ihnen zurückgebracht wird?« Bevor sie etwas sagen konnte, redete er weiter. »Was würden Sie tun?«

»Ich …« Dawn schloss für einen Moment die Augen, bevor sie Caruso direkt anblickte. »Ich würde alles tun, um sie zu retten. Aber ich bin Polizistin und weiß daher, was ich tue.«

»Und warum nehmen Sie an, dass ich es nicht wüsste?« Er winkte ab. »Haben Sie etwas herausgefunden? Ist Isabel hier?«

Die verzweifelte Hoffnung in seinem Blick war ihr Untergang. Natürlich wäre es ihr lieber gewesen, er hätte im Motel auf ihre Nachricht gewartet, aber sie konnte ihn tatsächlich verstehen. »Bisher haben wir sie noch nicht gefunden. Der Wagen wird nach Spuren untersucht und ich habe mir eben die Aufzeichnungen angesehen. Darauf ist zu erkennen, wie ein Mann den Wagen verlässt und ins Gebäude geht.«

»Wie sieht er aus?«

Nach kurzem Zögern zog Dawn das Foto aus ihrer Tasche, das sie aus dem Video hatte ausdrucken lassen. Darauf war der Mann halb von vorne zu sehen, allerdings war die Qualität aufgrund der Bewegung nicht besonders gut.

Caruso sah lange darauf, ein Muskel zuckte in seiner Wange. Schließlich gab er ihr das Foto zurück. »Ich bin mir ziemlich sicher, dass das eine Verkleidung ist. Sehen Sie sich an, wie die Haare sitzen.«

Der Ansicht war Dawn auch, aber es war bisher die einzige Spur. »Wir prüfen gerade nach, ob ihn noch weitere Kameras erwischt haben, aber das auszuwerten, braucht Zeit.«

»Die Isabel vielleicht nicht hat.«

Seine Bemerkung klang neutral, aber Dawn meinte trotzdem, einen Vorwurf darin mitschwingen zu hören. Wut schäumte in ihr über. »Das weiß ich! Ich versuche alles, um Ihre Tochter so schnell wie möglich zu finden und zu befreien, aber Tatsache ist nun mal, dass diese Kerle einen Vorsprung haben – und vor allem kennen wir sie nicht. Also können wir nur den Hinweisen folgen und hoffen, dass einer davon uns zu Isabel führt.« Sie holte tief Atem und versuchte sich zu beruhigen. Verdammt, so etwas war ihr schon lange nicht mehr passiert. Normalerweise hielt sie sich immer eisern unter Kontrolle, egal um was für einen Fall es sich handelte. Aber Entführungen, gerade von einem jungen Mädchen, lösten tief in ihr etwas aus, gegen das sie sich nicht wehren konnte. Hilflosigkeit und die Angst, zu versagen. So wie damals …

»Es tut mir leid, ich wollte nicht andeuten, dass Sie Ihre Arbeit nicht ordentlich machen.« Caruso fuhr mit der Hand durch seine Haare, die daraufhin in alle Richtungen abstanden. »Es ist nur … ich möchte Isabel nicht verlieren.« Den Rest des Satzes flüsterte er beinahe.

Bevor sie es sich anders überlegen konnte, legte Dawn ihre Hand auf seinen Arm. »Das weiß ich. Ich möchte nur, dass Sie mir und meinen Kollegen vertrauen. Wir wollen wirklich alle, dass Isabel bald wieder zu Hause ist.«

Als Reaktion auf ihre Bemerkung neigte er seinen Kopf. Seine Armmuskeln spannten sich unter ihrer Hand an, als er sich aufrichtete. »Hat die Handyortung etwas ergeben?«

Dawn überlegte, ob sie ihm die Wahrheit sagen sollte, und entschied sich schließlich dafür, weil sie wusste, dass er sowieso keine Ruhe geben würde. »Das Signal konnte für kurze Zeit verfolgt werden, aber bevor wir zugreifen konnten, war es verschwunden.«

Seine Augenbrauen zogen sich zusammen. »Was meinen Sie damit?«

Unwillkürlich spannten sich ihre Finger fester um seinen Arm. »Entweder wurde das Handy ausgeschaltet oder zerstört oder es befindet sich außerhalb der Reichweite von Funktürmen.«

Caruso atmete heftig aus, sein Gesicht war blasser geworden. »Wo wurde es zuletzt geortet?«

»Hier. Oder genauer gesagt, ein Stück hinter dem Rollfeld. Wir gehen davon aus, dass sich das Handy in einem Flugzeug befindet und dort eben keinen Empfang hat.« Jedenfalls hoffte sie das. Alle anderen Erklärungen waren inakzeptabel.

»Was heißt das? Ist es jetzt nicht mehr möglich, Isabel aufzuspüren?«

Dawn bemerkte, dass sie immer noch seinen Arm berührte, und ließ ihn rasch los. »Im Moment nicht. Aber wir hoffen, dass wir das Signal wiederfinden, sobald das Flugzeug gelandet ist.«

»Und es gibt keine andere Möglichkeit?« Die Verzweiflung war deutlich in seinen Augen zu erkennen.

»Natürlich. Wir suchen weiterhin den zweiten Wagen. Wir versuchen, die Identität des Mannes herauszufinden, der die Limousine gefahren hat, sofern Lee Rosebud wirklich ein Deckname ist. Ich werde gleich mit jemandem im Tower sprechen, der mir hoffentlich sagen kann, welches Flugzeug um die Zeit an der Position war, wo wir das Signal verloren haben.« Dawn sah auf die Uhr. »Ich muss jetzt los.«

Caruso nickte. »Was kann ich tun?«

»Sie könnten mir sagen, wer die Frau war, die mit Ihnen gekommen ist.« Ups, das hatte sie nicht sagen wollen. Oder zumindest nicht so, dass es sich anhörte, als wäre sie eifersüchtig. Sie spürte, wie die Wärme in ihre Wangen kroch.

Wie erwartet wurde Carusos Miene undurchsichtig. »Welche Frau?«

Ärger breitete sich in ihr aus. »Halten Sie mich nicht für dumm, Caruso.«

Forschend blickte er Dawn an. Schließlich zuckte er mit den Schultern. »Eine Freundin, die mir bei der Suche hilft.«

Das war bestenfalls eine Halbwahrheit. Dawn verlor die Geduld. »Es geht hier um das Leben Ihrer Tochter, Sie sollten keine Spielchen mit mir treiben.« Sie hob die Hand, als er antworten wollte. »Ich habe jetzt keine Zeit für so was, aber während ich weg bin, können Sie schon mal darüber nachdenken, wie Sie mir Ihre Aussage erklären wollen, dass der Wagen Sie beinahe umgefahren hat, wenn es doch eigentlich Ihre ›Freundin‹ war, die angefahren wurde.« Dawn hatte die Genugtuung, seinen überraschten Gesichtsausdruck zu sehen, bevor sie sich umdrehte und wegging.

Wahrscheinlich sollte Sawyer wütend sein, weil Caruso und vor allem Keira der Meinung gewesen waren, dass er in einer

Menschenmenge zu sehr auffiel. Selbst wenn es der Wahrheit entsprach. Er wusste, dass bei ihm seit den Ereignissen vor zwei Jahren der Berglöwe zu dicht unter der Oberfläche lag und die Gefahr zu groß war, dass er unkontrolliert hervorbrach, und hätte sich von selbst dafür entschieden, das Gelände um den Flughafen herum zu kontrollieren. Obwohl es seinen Stolz traf, wenn Keira dachte, sie könnte ihn herumkommandieren, erregte es ihn auch. Vor allem die Vorstellung, was er mit ihr machen würde, wenn er sie bald wieder für sich hatte. Ihre Reaktion auf seine Berührungen im Badezimmer hatte ihm gezeigt, dass sie längst nicht so immun gegen ihn war, wie sie vorgab.

Ein Lächeln verzog Sawyers Lippen, als er sich an ihre Gänsehaut und die harten Brustspitzen erinnerte. Wie gern hätte er mit der Zunge darübergestrichen, aber ihm war klar gewesen, dass Keira sich sofort wieder verschließen würde. Also hatte er sich darauf beschränkt, ihre Verletzungen zu versorgen. Ihr Geschmack hatte sich ihm dabei so eingeprägt, dass er ihn immer noch auf der Zunge zu schmecken glaubte. Er wünschte nur, der Anlass, sie zu lecken, wäre ein schönerer gewesen. So hatte er nur ihre Schmerzen ein wenig lindern können, während er sich überlegte, was er diesen Verbrechern antun würde, wenn er sie erwischte.

Sawyer sah sich auf dem Brachgelände um, das ihm als Treffpunkt der Verbrecher am wahrscheinlichsten erschienen war. Die Nordseite war als Einzige nicht direkt bis zum Flughafengelände mit Häusern zugebaut. Gleichzeitig trennte nur eine sechsspurige Straße das Gebiet von den Maschinen und der Rollbahn. Da die Verbrecher Isabel sicher nicht durch das Flughafengebäude geschleppt hatten, blieb ihnen nur die Möglichkeit, sie woanders auf das Gelände zu schleusen. Und Sawyer hoffte, hier einen Hinweis darauf zu finden.

Nachdem Keira und Caruso weitergefahren waren, hatte er sich ausgezogen, seine Kleidung unter einem dürren Busch versteckt und sich dann verwandelt. Froh, wieder in Berglöwenform zu sein, lief er tief geduckt über das Gelände, um nicht entdeckt zu werden. Aber wahrscheinlich brauchte er sich darüber sowieso keine Gedanken zu machen, das Areal sah nicht so aus, als würde sich irgendjemand dafür interessieren. Überall auf dem sandigen Boden lagen zerbrochene Flaschen, Dosen, leere Tüten und sonstige Abfälle herum. Er entdeckte sogar gebrauchte Kondome, um die er einen weiten Bogen machte. Die Vorstellung, dass jemand solch einen trostlosen Ort für Sex aufsuchen konnte, ließ ihn schaudern. Glücklicherweise war es so dunkel, dass nur jemand mit Katzenaugen ihn hätte sehen können.

Sawyer kauerte sich zusammen und presste die Pfoten über die Ohren, als ein Flugzeug startete und über ihn hinwegdonnerte. Die Abgase legten sich wie eine übelriechende Wolke über ihn und ließen Zweifel in ihm aufkommen, ob er hier wirklich etwas finden würde. Wenn überhaupt, dann nur mit den Augen und nicht mit seinem Geruchssinn. Keira hatte ihm im Motel ein T-Shirt von Isabel unter die Nase gehalten, damit er sich ihren Geruch einprägte, aber er war nun mal ein Berglöwe und kein Spürhund. Außerdem funktionierte es besser, wenn er jemanden persönlich getroffen hatte. Keiras Duft würde er zum Beispiel nie wieder vergessen.

Sawyer verdrehte die Augen, als seine Gedanken wieder zu der Anziehung zurückkehrten, die die Berglöwenfrau auf ihn ausübte. Als hätte er nie zuvor etwas für eine Frau empfunden. Es hatte sogar eine gegeben, die seine Gefährtin werden sollte, wenn ihre Gruppe weiterbestanden hätte. Doch dazu war es nie gekommen, stattdessen war ihre Welt in Blut und Feuer untergegangen .... Sofort verschloss er die Erinnerungen wieder tief in sich. Diese Zeit war vorbei und es brachte nichts, sie immer wieder hervorzuholen und die Schmerzen erneut heraufzubeschwören. Sawyer rieb mit der Pfote über seine vernarbte Wange, um sich in die Realität zurückzubringen. Die Vergangenheit war nicht zu ändern, auch wenn er alles dafür tun würde, die Ereignisse ungeschehen zu machen.

Nachdem die Kerosinwolke verflogen war, richtete Sawyer sich wieder auf und suchte langsam und methodisch das Gelände ab. Es dauerte eine Weile, bis er die Reifenabdrücke entdeckte. Zwei verschiedene Spuren lagen übereinander und führten zu einem baufälligen Schuppen in der hintersten Ecke des eingezäunten Areals. Wobei das Wort zu hoch gegriffen war, eigentlich bestand der Verhau nur noch aus ein paar windschiefen Brettern, die so aussahen, als könnten sie jeden Augenblick zusammenbrechen. Lautlos schlich Sawyer sich an, jederzeit bereit, auf eine Bedrohung zu reagieren, auch wenn die Gerüche bereits so verwischt waren, dass er fast sicher sein konnte, auf keinen Menschen mehr zu treffen. Vorsichtig schob er sich an der Bretterwand vorwärts und blickte in den Verschlag. Er war leer.

Obwohl es schön gewesen wäre, Isabel hier lebendig und wohlauf zu finden, hatte er doch nicht damit gerechnet. Aber immerhin hatte er auch keine Leiche gefunden, sodass er erleichtert durchatmen konnte. Zwar kannte er Isabel nicht persönlich, aber er wusste, dass es Keira hart treffen würde, sollte ihrem Schützling etwas zustoßen. Nach einem tiefen Atemzug war er sich fast sicher, einen Hauch von Isabels Geruch wahrnehmen zu können. Also war sie wirklich hier gewesen. Sawyer betrachtete den Sandboden genauer und entdeckte Fußspuren und den Umriss von etwas Rechteckigem, das etwa einen Meter achtzig lang und vierzig Zentimeter breit war. Eine Schleifspur führte dorthin und mit einem unguten Gefühl im Magen erkannte er, dass das Objekt groß genug gewesen sein musste, um eine Frau zu beherbergen. Wahrscheinlich war Isabel hier also aus dem Auto gezerrt und in diese Kiste oder etwas Ähnliches umgebettet worden.

Sawyer blickte aus dem Verschlag über die unwirtliche Landschaft bis zum in der Ferne liegenden Flughafengelände. Wahrscheinlich hatten die Verbrecher Isabel samt Kiste wieder ins Auto geschoben und sie dann irgendwie aufs Gelände geschmuggelt, während Lee Soundso mit der Limousine zum Eingang des Flughafengebäudes gefahren war und dort geparkt hatte. Vielleicht hatte er dann ein Flugzeug bestiegen und war weggeflogen – oder es war nur eine Finte und er war in die Stadt zurückgekehrt und untergetaucht. Wie auch immer, er musste Keira auf diesen Ort aufmerksam machen, vielleicht konnte die Polizistin hier mehr entdecken als er.

Sorgfältig verwischte Sawyer seine Pfotenabdrücke und bewegte sich rückwärts aus dem Schuppen. Nach einigen Metern drehte er sich um und lief zum Versteck seiner Kleidung zurück. Bevor er durch eine Lücke des Maschendrahtzauns vom Gelände schlüpfte, verwischte er auch noch seine Schuhabdrücke. Die Polizistin kam ihm recht gründlich vor und er wollte nicht, dass sie Isabels Leid mit unnötigen Untersuchungen verlängerte. So unauffällig wie möglich überquerte Sawyer die Straße, was bei dem steten Verkehr kaum möglich war, aber die Dunkelheit gab ihm etwas Schutz.

Endlich hatte er es geschafft und betrachtete den brusthohen Stacheldrahtzaun, der das Flughafengelände umgab. Einige Meter weiter kam er an einem Tor vorbei, das mit breiten Stahlstreben verstärkt war. Eine Straße führte auf das Flughafengelände, die sich später in mehrere Richtungen verzweigte. Er hätte wetten mögen, dass Isabel auf diesem Wege zu einem Flugzeug gebracht worden war, sofern sie überhaupt ausgeflogen wurde. Zwar beleuchteten Straßenlaternen den Bürgersteig und damit auch die Einfahrt, aber wenn es den Verbrechern gelungen war, einen Insider als Helfer zu verpflichten, dürfte ihnen das keinerlei Probleme bereitet haben.

Spuren würden sie auf dem Asphalt keine finden, deshalb kehrte Sawyer um und ging langsam in Richtung des Flughafengebäudes.

Finn wurde aus seinen unruhigen Gedanken gerissen, als es erneut an der Tür klopfte. Seit Bowen ihm von seinem Gefühl berichtet hatte, dass Isabel in Schwierigkeiten steckte, hatte er nicht mehr schlafen können und stattdessen alle zehn Minuten versucht, Isabel und Keira telefonisch zu erreichen, jedoch ohne Erfolg. Finn war inzwischen so weit, ebenfalls daran zu glauben, dass etwas passiert war. Der mysteriöse Wandler Harken, der seltsamerweise in letzter Zeit immer öfter auftauchte und ihnen half, hatte ihm berichtet, dass er Isabel und Keira zuletzt gesehen hatte, als sie am frühen Abend das Krankenhaus verließen. Selbst wenn sie danach noch irgendwo etwas gegessen hatten, müssten sie längst wieder im Motel sein. Leider wusste er nicht, wo genau sie abgestiegen waren, sonst hätte er dort angerufen und sich nach ihnen erkundigt. Auch die Polizei konnte er nicht anrufen und die Sorge um seine Schwester und die Menschenfrau machte ihn verrückt.

Rasch lief er zur Tür und riss sie auf. Als nicht wie erwartet Bowen davorstand, sondern dessen Mutter Amira, vergrößerte sich der Klumpen in seinem Magen. Amiras hellblonde Haare waren zerzaust, in den grauen Augen stand blanke Panik. Sie öffnete den Mund, doch kein Ton kam heraus. Finn zog sie sanft in die Hütte und schloss sie in seine Arme, als er sah, dass sie am ganzen Körper zitterte. Ein Stöhnen drang aus ihrer Kehle, das Finn eine Gänsehaut bescherte. Tränen durchdrangen den dünnen Stoff seines T-Shirts.

»Was ist passiert, Amira? Wo ist Bowen?«

Das ließ die Tränen heftiger fließen und Finn fluchte tonlos. Nach dem Verlust ihres Mannes vor einigen Jahren und Bowens

Entführung im letzten Jahr konnte Amira nicht noch mehr Kummer ertragen. Sanft hielt er sie mit beiden Händen ein Stück von sich. »Erzähl mir, was passiert ist, Amira.«

»Bowen … er ist weg.«

Verdammt! Finn bemühte sich, ruhig zu klingen. »Sicher ist er nur im Wald, weil er nicht schlafen kann, und kommt bald zurück.«

Amira schüttelte heftig den Kopf. »Nein! Er hat mir einen Zettel dagelassen. Er ist unterwegs in die Menschenwelt! Wie kann er so etwas tun, nach allem, was ihm dort widerfahren ist?« Dicke Tränen liefen über ihre Wangen, aber sie schien sie überhaupt nicht zu bemerken, als sie Finn verzweifelt ansah.

Das schlechte Gefühl verstärkte sich. »Was genau hat er geschrieben? Hat er gesagt, wo er hinwill?«

Wortlos reichte Amira ihm einen zerknitterten Zettel.

Mom,
irgendetwas ist mit Isabel geschehen und ich muss ihr helfen, weil sie mir damals auch geholfen hat. Sag Finn, dass es mir leidtut. Ich kann nicht warten, bis der Rat eine Entscheidung trifft; ich spüre Isabels Angst und Verzweiflung und weiß, dass ihr keine Zeit bleibt. Mach dir keine Sorgen um mich, ich bin bald zurück.

In Liebe
Bowen

Finns Herz zog sich zusammen. Es war offensichtlich, dass Bowen glaubte, handeln zu müssen, selbst wenn er noch nicht einmal seine Ausbildung zum Wächter beendet und keine Erfahrung in der Menschenwelt hatte. Mal abgesehen von seinem traumatischen Erlebnis mit Stammheimer, die ihn immer noch unter Alpträumen leiden ließ, wenn Finn richtig informiert war. Wie sollte Bowen sich unter Menschen zurechtfinden, geschweige denn, Isabel finden und helfen? Er hatte ja nicht einmal einen Führerschein! Finn fuhr sich mit der Hand durchs Haar. Als wenn die Situation durch Marisas und Tenayas schwere Verletzungen nicht schon schlimm genug gewesen wäre. Dadurch waren Coyle und Torik gebunden und standen für die Suche nach Bowen nicht zur Verfügung. Gerade Torik als halber Mensch und Einziger der Gruppe, der sich unbemerkt in der Menschenwelt aufhalten konnte, war unverzichtbar. Aber Finn konnte nicht von ihm verlangen, dass er seinen Vater alleine ließ.

Also mussten sie versuchen, Bowen noch im Wald aufzuhalten, so groß konnte sein Vorsprung nicht sein.

»Finn?«

Er zuckte zusammen, als er sich daran erinnerte, dass Amira noch vor ihm stand und auf eine Antwort von ihm wartete. Beruhigend legte er seine Hand auf ihre Schulter. »Keine Angst, wir werden ihn finden und sicher zurückbringen.« Jedenfalls hoffte er das. »Warum weckst du nicht die anderen und fragst, ob ihn jemand gesehen hat oder weiß, wo genau er hinwill? Ich werde die Wächter benachrichtigen.«

Amira nickte und eilte aus der Hütte. Finn folgte ihr langsamer, während er sich an den Dienstplan zu erinnern versuchte. Falk, einer der jungen Wächter, musste eigentlich zu Hause sein, deshalb ging Finn zu dessen Hütte. Schon nach dem ersten Klopfen stand Falk vor ihm. Es wirkte nicht, als hätte er geschlafen, auch wenn seine braunen Haare zu allen Seiten abstanden.

»Was ist passiert?«

Es zeugte davon, wie weit ihr Leben von der Normalität entfernt war, wenn diese Frage immer als Erstes kam. »Bowen ist abgehauen, weil er denkt, dass Isabel in Gefahr ist. Vermutlich ist er auf dem Weg in die Menschenwelt. Ich brauche jemanden, der ihn sucht, möchte aber nicht die Wächter abziehen, die gerade im Dienst sind.«

Falk neigte den Kopf. »Ich bin dabei. Soll ich noch ein paar Leute zusammentrommeln?«

Finn überlegte kurz. »Nein, ich glaube, es ist besser, wenn wir seiner Spur zu zweit folgen. Ich möchte nichts tun, was die Menschen bemerken könnten. Eine ganze Horde Berglöwen wäre vermutlich zu auffällig. Außerdem weiß ich nicht, wie Bowen reagiert, wenn wir versuchen, ihn daran zu hindern, Isabel zu finden.«

»Steht denn fest, dass Isabel tatsächlich Hilfe braucht?« Während er redete, streifte Falk seine Kleidung ab.

»Ich weiß es nicht. Keira und Isabel haben sich nicht gemeldet und sind auch telefonisch nicht erreichbar, obwohl sie eigentlich längst zurück im Motel sein sollten.« Finn massierte seinen Nasenrücken. »Bowen ist felsenfest davon überzeugt, dass er Isabels Angst gespürt hat. Aber selbst wenn es nicht so wäre, müssen wir Bowen unbedingt daran hindern, in die Menschenwelt zu gehen.«

»Ich suche schon mal seine Spur und komme dann hierher zurück, wenn ich sie gefunden habe.«

»Danke.« Finn beobachtete, wie sich Falk verwandelte und zwischen den Bäumen in den Wald eintauchte. Mit einem tiefen Seufzer kehrte er zu seiner Hütte zurück und weckte Jamila, damit sie weiterhin versuchte, Isabel und Keira telefonisch zu erreichen, während er unterwegs war.

7

In ihre Grübeleien versunken betrat Keira das schwach beleuchtete Parkhaus, das am späten Abend menschenleer war. Sie hatte im Flughafengebäude keine Spur von Isabel entdecken können, nicht einmal einen Hauch ihres Duftes. Das ließ nur den Schluss zu, dass die Menschenfrau nicht dort gewesen war. Aber wo konnte sie sonst sein? Die Polizistin schien davon auszugehen, dass der Verbrecher den Flughafen betreten hatte. Aber was, wenn Isabel ganz woanders hingebracht worden war und sie nie eine Spur von ihr finden würden? Keiras Herz zog sich schmerzhaft zusammen, während sich ihr Schuldgefühl vervielfachte. Sie konnte sich nicht vorstellen, Isabel nie wiederzusehen oder nur noch ihre Leiche zu entdecken.

Keira presste die Handballen gegen ihre Augen. Wie sollte sie damit leben, wenn durch ihre Unachtsamkeit jemand umkam, den sie beschützen sollte? Es gab nicht viel, auf das sie in ihrem Leben stolz war, nur ihre Arbeit als Wächterin füllte sie wirklich aus. Aber anscheinend war sie selbst dazu nicht mehr in der Lage. Ihre schmerzenden Beine drohten unter ihr nachzugeben, deshalb lehnte sie sich mit dem Rücken an eine der Betonsäulen. Sie war eindeutig zu unaufmerksam gewesen, hatte die Aufgabe nicht ernst genug genommen, und deshalb musste eine junge Frau nun leiden. Langsam rutschte Keira an der Säule nach unten, bis sie auf dem Boden saß. Mit einem Stöhnen vergrub sie den Kopf an ihren Knien.

Sie war so in ihr Elend versunken, dass sie Sawyers Anwesenheit erst bemerkte, als sich seine Arme um sie schlangen und er sie hochhob. Normalerweise hätte sie protestiert, doch im Moment fühlte sie sich so schwach, dass sie nur ihr Gesicht an seinem Hals vergrub und sich von ihm wegtragen ließ. Keira wusste nicht, wohin er sie brachte, und es war ihr auch egal. Hauptsache weg von hier. Es fühlte sich überraschend gut an, von einem Mann getragen zu werden, als wiege sie kaum etwas.

Noch nie hatte sich jemand in ihrer Gruppe getraut, auch nur anzudeuten, dass sie nicht in der Lage wäre, selbst zu gehen. Sie wussten, dass Keira sie dann in der Luft zerrissen hätte. Sawyer dagegen hatte nicht gefragt und er schien auch keine Angst zu haben, dass sie sich gegen ihn wehrte. Das mochte sie an ihm, auch wenn sie es ihm gegenüber nie zugeben würde. Es war anstrengend, immer stark zu sein und vorzugeben, dass sie niemanden in ihrem Leben brauchte, der sie stützte. Keira schloss die Augen und atmete tief seinen Duft ein. Am liebsten hätte sie mit der Zunge seinen Geschmack getestet, doch sie beherrschte sich.

Ihre Augen flogen auf, als Sawyer sie langsam absenkte, bis ihr Po auf etwas Hartem landete. Ein warmer Luftzug strich über ihren Nacken und sie hob widerwillig den Kopf. Ihr Atem stockte, als sie das Panorama von Las Vegas unter sich ausgebreitet sah, während in der Ferne die Berge lockten. Tausende bunter Lichter blinkten im Sekundentakt, um die Aufmerksamkeit der Besucher auf sich zu lenken. Die beleuchteten Silhouetten der Hotels hoben sich gegen die in der Dunkelheit graue Bergkette ab. Keira versuchte, sich aufzusetzen, doch Sawyer hielt sie weiterhin gegen seinen Körper gepresst. Ohne weiter darüber nachzudenken, entspannte sie ihre Muskeln und ließ sich dankbar gegen seine Wärme sinken.

Schweigend standen sie lange Zeit in der offenen Ausbuchtung des Parkhauses und ließen den Anblick auf sich wirken. Sawyers Kinn stützte sich auf ihren Kopf, eine Hand lag auf ihren Rippen, die andere auf ihrem Oberschenkel. »So aus der Ferne kann man es tatsächlich ertragen.« Seine rumpelnde Stimme vibrierte in ihrem Oberkörper.

Dass er so genau ihre Gedanken aussprach, ließ sie sich ihm noch näher fühlen. Tränen traten in ihre Augen und sie blinzelte sie hastig fort. Sie weinte nie, schon gar nicht, wenn jemand sie dabei beobachtete! Ein Kloß saß in ihrer Kehle und hinderte sie daran, etwas zu erwidern. Offensichtlich erwartete er aber auch keine Antwort, denn er drückte nur einen Kuss auf ihren Scheitel und schlang seine Arme fester um sie. Keira konnte sich nicht erinnern, wann sie sich je so geborgen gefühlt hatte. Und das machte ihr Angst.

Also richtete sie sich gerader auf und konzentrierte sich auf etwas anderes. »Im Gebäude habe ich keine Spur von Isabel gefunden. Hast du etwas entdeckt?«

Sawyer schien zu erkennen, dass ihre Schwäche vorbei war, denn er ließ sie los und setzte sich ihr gegenüber auf die Betoneinfassung. Seine braunen Augen lagen warm auf ihr. »Ich denke, ich habe die Stelle gefunden, wo Isabel vom Auto in eine Kiste oder etwas Ähnliches umgeladen wurde.«

Keiras Kopf schnappte hoch. »Was? Wo?« Ihre Stimme klang unbeabsichtigt scharf, doch davon ließ sich Sawyer glücklicherweise nicht beeindrucken.

»Auf einem Brachgelände nördlich des Flughafens. Dort waren Reifenspuren von zwei verschiedenen Wagen und in einem kleinen Verschlag Abdrücke einer Kiste in Größe eines Menschen. Wenn mich nicht alles täuscht, habe ich dort schwach Isabels Geruch wahrgenommen.« Sawyers Bericht klang ruhig, doch in seinen Augen konnte sie seine Wut sehen.

Keira stemmte sich hoch. »Ich muss …«

Sawyer legte eine Hand auf ihren Arm, um sie am Aufstehen zu hindern. »Du brauchst nicht extra dorthin, es ist niemand mehr da und es gibt auch keine Hinweise, wo Isabel hingebracht wurde.« Es fiel ihr schwer, aber sie musste zugeben, dass er Recht hatte. Sie ließ sich wieder zurücksinken und überlegte, was sie jetzt tun konnte, als Sawyer weitersprach. »Das Brachgelände ist nur durch eine Straße vom Flughafengelände getrennt. Direkt gegenüber ist ein Tor im Zaun, ich könnte mir vorstellen, dass Isabel so vielleicht aufs Gelände geschmuggelt wurde.« Sawyer hob die Schultern. »Zumindest, wenn sie überhaupt ausgeflogen werden sollte.«

»Wenn der Verbrecher im Flughafen gesehen wurde, dann ist die Wahrscheinlichkeit hoch, dass Isabel auch dort war.« Sie biss auf ihre Lippe. »Glaubst du, es ist nur eine Ablenkung und sie wurde doch mit dem Auto weggebracht?« Erst jetzt merkte sie, dass Sawyers Finger immer noch auf ihrem nackten Arm lagen und er langsame Kreise darauf malte. Anstatt ihn wegzuziehen, genoss sie heimlich die Berührung.

»Wozu sollten sie sich solch eine Mühe machen? Und wenn ich es richtig verstanden habe, ist dieser Lee ja auch mit dem Flugzeug hier gelandet – zumindest hat er den Mietwagen am Flughafen abgeholt. Dementsprechend wäre es logisch, dass er auf gleichem Wege die Stadt verlässt.«

Keira nickte zögernd. »Du hast vermutlich Recht.«

Theatralisch legte Sawyer seine Hand auf sein Herz. »Unglaublich, dass ich das noch erleben darf!«

Widerwillig musste Keira lachen. »Blödmann.« Aber es klang eher liebevoll als ernstgemeint.

Ein Zwinkern lag in seinen braunen Augen, als er ihre Hand nahm und ihre Finger küsste. »Ich wusste doch, dass du dich irgendwann für mich erwärmen würdest.«

Gerade als Keira darauf reagieren wollte, nahm sie einen bekannten Geruch wahr und stand rasch auf. Sie ignorierte die Schmerzen in ihren Beinen und auch die Tatsache, dass Sawyer sich vor sie geschoben hatte, und beobachtete stattdessen, wie Caruso sich ihnen näherte.

Seine blauen Augen blitzten wütend. »Isabel ist entführt worden und ihr flirtet hier herum, anstatt sie zu suchen!«

Aus Sawyers Kehle drang ein warnendes Grollen und Keira hielt ihn rasch fest, bevor er etwas Unüberlegtes tat. »Wir haben unseren Teil getan und warten nur noch auf dich. Du bist hinter der Polizistin hergelaufen und hast mich dort zurückgelassen, nicht andersherum.«

Caruso strich aufgebracht durch seine Haare. »Ich musste hören, was sie herausfindet.«

Ungeduldig tappte Keira mit ihrem Fuß, als er nicht weiterredete. »Und, was hat sie herausgefunden?«

»Lee Rosebud ist im Flughafengebäude verschwunden. Er ist auf keinem Überwachungsband zu finden. Dafür wurde das Handysignal bis auf die Rollbahn verfolgt.« Er presste die Lippen zusammen. »Ein Stück dahinter ist es abgebrochen, Detective Jones geht davon aus, dass sich Isabel in einem Flugzeug befindet, wodurch das Handy nicht mehr in Signalreichweite ist. Im Tower hat sie eben versucht herauszufinden, welches Flugzeug zu der Zeit abhob.«

Keira hielt den Atem an. »Und, weiß sie es jetzt?«

Caruso schüttelte scharf den Kopf. »Es sind mehrere möglich, weil von verschiedenen Startbahnen gestartet wurde, deshalb muss erst überprüft werden, welches nun tatsächlich genau zu dem Zeitpunkt an dem Ort war. Aber sie denkt, dass sie das bald herausfindet. Sie hat versprochen, sich dann bei mir zu melden.«

Keira richtete sich gerader auf. »Okay. Was machen wir so lange?«

Prüfend blickte Caruso sie an. »Das kommt darauf an, was ihr entdeckt habt.«

»Keine Spur im Gebäude.« Sie sah zu Sawyer hinüber und er

nickte ihr zu. »Dafür hat Sawyer etwas auf dem Brachgelände nördlich des Flughafens entdeckt.«

»Was?« Carusos Frage brach harsch aus ihm hervor.

»Reifenspuren, Fußspuren und etwas, das wie Abdrücke einer Kiste aussah. Vermutlich wurde Isabel damit auf das Flughafengelände transportiert. Zumindest roch es schwach nach ihr.« Sawyers Aufzählung klang leidenschaftslos, doch in seinen Augen lag Mitgefühl.

Caruso drehte sich abrupt weg und fuhr mit den Händen durch seine kurzen Haare. Es war offensichtlich, dass er sie nicht sehen lassen wollte, wie er um seine Beherrschung kämpfte. Etwas wie Mitleid kam in Keira auf. Zögernd berührte sie seine Schulter und spürte sein Zusammenzucken.

»Wie wäre es, wenn wir etwas essen, solange wir Zeit dafür haben?« Nicht, dass sie großen Appetit hatte, aber es würde sie vielleicht ablenken.

Isabel stellte jede Bewegung ein, als erneut eine Welle der Übelkeit durch ihren Magen lief. Bisher hatte sie es geschafft, sich nicht zu übergeben, aber sie wusste nicht, wie lange sie das noch durchhalten würde. Solange das Flugzeug ruhig in der Luft lag, war es auszuhalten, aber sowie sie auch nur ein wenig in Turbulenzen gerieten, ging sie durch die Hölle. Normalerweise hatte sie keine Probleme in Flugzeugen, aber da konnte sie auch sitzen und etwas sehen. Vor allem aber bekam sie dort halbwegs frische Luft, während sie in der engen Kiste um jeden Atemzug ringen musste. Es schien nur eine kleine Maschine zu sein, sie stürzte ständig in ein Loch und kletterte dann mühsam wieder in höhere Schichten. Auch das Motorengeräusch war anders, höher und intensiver.

Ihr Kopf hämmerte und das nicht nur wegen der Beule auf ihrer Stirn. Während des scheinbar unendlich langen Fluges hatte sie versucht, die Panik zu unterdrücken und sich darauf zu konzentrieren, einen Weg aus dieser Lage zu finden. Doch trotz aller Versuche war es ihr nicht gelungen, die Kiste zu öffnen. Und auch die Hoffnung, dass sie mit ihrem Handy Hilfe rufen konnte, hatte sich zerschlagen, als sie bemerkte, dass es nicht mehr in ihrer Hosentasche war. Sie wusste nicht, ob sie es verloren oder ob man es ihr abgenommen hatte. Es war auch völlig gleichgültig, denn so oder so fehlte ihr damit die Möglichkeit, mit jemandem Kontakt aufzunehmen.

Verzweiflung übermannte sie, wie gelähmt lag sie in der Kiste und konnte nur noch daran denken, dass niemand sie jemals finden würde. Dann erinnerte sie sich an Keiras Motto, niemals aufzugeben, und sie schöpfte wieder ein wenig Hoffnung. Wenn jemand sie finden konnte, dann war es die Berglöwenfrau. Ob ihr Vater sie auch suchte? Sicher hatte er irgendwann bemerkt, dass sie noch nicht wieder zurückgekehrt war, und sich gefragt, wo sie steckte. Oder vielleicht hatte es ihn nicht interessiert und er hatte ihr Motelzimmer sofort verlassen, nachdem sie weggelaufen war. Warum schmerzte der Gedanke, wenn sie bis vor wenigen Stunden noch gar nicht gewusst hatte, dass es Dave Caruso überhaupt gab?

Isabel zwang sich, nicht weiter darüber nachzudenken. Egal was ihr Vater auch tat, sie hatte keinerlei Einfluss darauf. Und sie konnte sich auch nicht darauf verlassen, dass er, Keira oder sonst jemand sie befreien würde. Wenn sie hier herauswollte, musste sie sich selbst helfen. Auch wenn es ihr schwerfiel, unter diesen Umständen zu denken, musste sie eine Lösung finden. Mit zusammengebissenen Zähnen lag sie in der Kiste und starrte mit weit aufgerissenen Augen in die Dunkelheit. Sie konnte nur warten, bis die Kiste geöffnet wurde, und dann mit allem kämpfen, was sie noch in sich hatte. Irgendwie musste es ihr gelingen, die Aufmerksamkeit anderer Menschen zu erringen. Wenn sie schrie, würde sie doch auf einem Flughafen bestimmt jemand hören, oder?

Ihr Herz begann zu hämmern, als sich das Motorengeräusch änderte und die Maschine sich neigte. Da sie sich nicht festhalten konnte, rutschte Isabel langsam zum Fußende der Kiste. Der Boden schien zu schwanken und ihr Magen hob sich erneut. Das Holz vibrierte immer stärker, bis die Maschine mit einem harten Schlag aufsetzte. Dann trat der Pilot auf die Bremse und Isabel rutschte noch weiter nach vorne. Holzsplitter bohrten sich in ihre nackten Arme. Isabel biss auf ihre Lippe, um keinen Laut von sich zu geben. Wenn sie die Verbrecher überraschen wollte, durften sie nicht wissen, dass ihr Opfer schon wach war.

Ein rhythmisches Rumpeln ertönte, vermutlich fuhr das Flugzeug nun an seine Parkposition. Isabel atmete flach ein und lauschte angestrengt. Schließlich stoppte die Bewegung und das Motorengeräusch wurde leiser. Gedämpft konnte sie Stimmen hören, dann herrschte Stille. Was, wenn die Kiste überhaupt nicht geöffnet wurde, sondern sie darin zum Zielort transportiert werden sollte? Nein, das durfte nicht geschehen! Jeder Muskel in ihrem Körper spannte sich an, als sie ein leises Geräusch außerhalb der Kiste hörte. Irgendjemand war in der Nähe! Es musste ein Mensch sein, denn sie konnte ihn nicht spüren. Fast wünschte sie sich, es wäre ein Katzenwandler und sie könnte die Stimmung einschätzen. Doch da war nichts, außer dem vagen Gefühl, nicht mehr allein zu sein.

Isabels Hände ballten sich zu Fäusten und sie biss auf ihre Lippe, um ihre Anspannung nicht herauszuschreien. Schließlich ertönten ein knackendes Geräusch und ein lautes Quietschen. Aufregung breitete sich in Isabel aus. Gleich würde sie endlich wieder etwas sehen, frische Luft atmen und sich mehr als ein paar Zentimeter bewegen können. Zuerst musste sie jedoch denjenigen überwältigen, der die Kiste gerade öffnete. Isabel bemühte sich, so still liegen zu bleiben, wie sie konnte, damit sie nicht verriet, dass sie wach war. Doch je mehr sie versuchte, ihr Zittern zu unterdrücken, desto schlimmer wurde es. Auch ihr heftiges Atmen und das Hämmern ihres Herzens konnte sie nicht kontrollieren. Sie hoffte nur, dass ihr Entführer es nicht bemerkte.

Endlich berührte ein heller Strahl ihr Gesicht. Isabel zwang sich, die Augen geschlossen zu halten, auch wenn es ihr schwerfiel. Ein Schatten fiel über sie und sie konnte die Präsenz des Mannes spüren. Als er näher kam, schoss Isabels Bein hoch und traf ihn voll an der Brust. Überrascht stolperte er rückwärts, während Isabel darum kämpfte, aus der Kiste zu entkommen. Durch das lange Liegen in der harten Kiste protestierten ihre Muskeln gegen jede Bewegung. Ihre Furcht half auch nicht gerade dabei, ihre Koordination zu erhöhen. Mit der Kraft der Verzweiflung stemmte sie sich hoch und war fast aus der Kiste heraus, als sie mit einem unsanften Stoß wieder hineinbefördert wurde.

»Nein!« Verbissen kämpfte sie gegen den Mann, trat und schlug um sich, doch es half alles nichts. Er war einfach zu stark für sie, obwohl er bestimmt fünfzig Jahre alt war. Isabel wünschte, sie könnte sich in einen Berglöwen oder sonst irgendetwas mit Krallen und Zähnen verwandeln, als einfache Menschenfrau hatte sie keine Chance gegen den Verbrecher. Schwer atmend gab sie schließlich den Kampf auf, nachdem der Arm des Mannes auf ihren Brustkorb drückte.

»Liegst du jetzt still, oder soll ich dich noch einmal betäuben?« Die Stimme des Verbrechers klang überraschend angenehm. Und mit seinen gepflegten silbergrauen Haaren und intelligenten hellgrünen Augen wirkte er eher wie ein erfolgreicher Geschäftsmann als wie jemand, der es nötig hatte, Menschen zu entführen.

Isabel starrte ihn stumm an, Tränen brannten in ihren Augen.

Nach einiger Zeit trat der Mann zurück und wischte seine Hände an einem Taschentuch ab, während er sie beinahe neugierig musterte. Fast als wäre sie ein Versuchobjekt und nicht etwa ein Entführungsopfer. Es fiel ihr schwer, die Wut zu zügeln, die er in ihr auslöste.

Der Mann lachte leise. »So viel Feuer. Ich denke, es wird interessant sein, dich als Gast zu haben.« Er bückte sich und Isabel zog sich so weit von ihm zurück, bis ihr Rücken an die Seitenwand der Kiste stieß. Seine Finger berührten fast unmerklich ihre Haare, bevor er sie zurückzog. »Oh ja, sehr interessant. Ruh dich noch ein wenig aus, du wirst deine Kraft brauchen.«

Bevor sie reagieren konnte, schob er den Deckel der Kiste wieder über die Öffnung und kurz darauf war sie einmal mehr in der Dunkelheit gefangen. Egal wie hart Isabel auch mit den Fäusten gegen das Holz hämmerte und versuchte, es mit den Füßen wegzuschieben, es bewegte sich nicht.

»Bist du auch so gespannt wie ich, ob deine Freunde dich finden werden?« Seine Stimme klang gedämpft durch das Holz.

Verwirrt schüttelte Isabel den Kopf. Was meinte er damit? Wer sollte sie finden? Es schien beinahe so, als wollte er das sogar. Als sie nichts mehr hörte, wuchs ihre Verzweiflung wieder, bis sie über ihr zusammenschlug und sie mit sich in die Tiefe zog.

Lee strich mit den Fingern durch seine Haare, um sie wieder zu ordnen. Anschließend rückte er die Krawatte zurecht und betrachtete sich im Spiegel der winzigen Bordtoilette. Seine Wangen waren gerötet, ein dunkler Strich zog sich über sein Kinn. Angewidert entfernte er ihn mit einem feuchten Tuch. Genau deshalb ließ er solche Sachen am liebsten von anderen Leuten erledigen. Er hasste es, sich die Finger schmutzig zu machen. Aber er hatte es sich nicht leisten können, das Mädchen bei den drei Idioten zu lassen. Einerseits wegen der Gefahr, dass sie sich erwischen ließen oder sich vielleicht überlegten, etwas anderes mit der jungen Frau anzustellen, was bei ihrem Aussehen nicht so abwegig war. Vor allem wollte Lee sie aber so schnell wie möglich in sein Labor bringen, damit er endlich herausfand, was an ihr so Besonderes war.

Sollte Isabel Kerrilyan sich als ganz normaler Mensch herausstellen, konnte er sie immer noch dazu benutzen, die Wandler zu sich zu locken. Ein zufriedenes Lächeln spielte um seinen Mund. Oh ja, sie würden kommen und versuchen, die Kleine zurückzuholen, dessen war er sich sicher. Die Frau auf dem Parkplatz hätte es mit drei Männern aufgenommen, um ihrer Freundin zu helfen, wenn er sie nicht umgefahren und davon abgehalten hätte. Zu dumm, dass sie keine Zeit gehabt hatten, sie auch mitzunehmen. Sicher hätte er mit ihr einigen Spaß gehabt.

Lee nahm das Handy vom Tisch und ging zur Ausstiegsluke. Der Pilot trug ihm sein Handgepäck hinterher, während er die kleine Gangway hinunterstieg. Rasch ging Lee zu der Limousine, die am Rande des Hangars auf ihn wartete, um den Abgasen so schnell wie möglich zu entkommen. Nachdem er eingestiegen war und der Pilot ihm die Tasche gereicht hatte, gab er dem Fahrer das Zeichen zur Abfahrt. Die Kiste würde von vertrauenswürdigen Mitarbeitern direkt zum Labor transportiert werden.

Hinter dem winzigen Flughafengebäude des Half Moon Bay Airports ließ Lee den Fahrer noch einmal anhalten. Er öffnete das Fenster neben einem großen Abfallcontainer und warf das Handy hinein. Die Vorstellung, wie die Wandler darin herumwühlen würden, falls sie dem Signal wie geplant folgten, brachte Lee zum Lachen. Oh ja, diesmal würde er die Oberhand behalten und den Wandlern zeigen, was es bedeutete, ihn zum Feind zu haben.

8

Vorsichtig näherte Bowen sich dem Waldrand. Seine Furcht vor der Menschenwelt war im vergangenen Jahr nicht geringer geworden, aber die Sorge um Isabel trieb ihn vorwärts. Wahrscheinlich hätte er im Lager bleiben und auf Nachricht von Isabel oder Keira warten sollen, aber er hatte es keine Sekunde länger dort ausgehalten. Er musste etwas tun, sonst würde er verrückt werden. Also hatte er sich zur Hütte mit dem Computer geschlichen und dem einzigen Mann eine Nachricht geschickt, der ihm helfen konnte, Isabel zu finden. Jedenfalls hoffte er das.

Unruhig sah Bowen sich um, doch alles blieb ruhig. Zu ruhig für seinen Geschmack. Gerade als er bemerkte, dass die normalen Geräusche des Waldes verstummt waren, legte sich eine Hand auf seine Schulter. Bowen unterdrückte gerade noch einen Aufschrei und wirbelte herum. Doch vor ihm stand kein Angreifer und auch nicht Finn oder einer der anderen Wächter, wie er es befürchtet hatte, sondern seine einzige Chance, Isabel zu retten.

Langsam richtete er sich auf und nickte zur Begrüßung. »Hallo. Danke, dass du gekommen bist.«

Harken blickte ihn so lange schweigend an, bis Bowen sich unbehaglich bewegte. Schließlich zuckte der mysteriöse Wandler mit den Schultern. »Du hast mich neugierig gemacht. Wie kannst du wissen, dass der Menschenfrau etwas passiert ist?«

Bowen bemühte sich, seine Ungeduld zu zügeln. Auch wenn er endlich losfahren wollte, konnte er es sich nicht leisten, den Wandlermann zu verärgern. »Ich spüre es. Ihre Angst, ihre

Schmerzen. Es sind immer nur kurze Momente, aber ich bin mir sicher, dass irgendetwas Schlimmes passiert ist.«

»Warum bist du damit nicht zu eurem Rat gegangen?«

Ärger stieg in Bowen auf. »Ich habe Finn davon erzählt, aber er will abwarten, bis wir etwas von Isabel oder Keira hören. Für mich reicht die Tatsache, dass sie telefonisch um diese Uhrzeit nicht zu erreichen sind, schon aus, um zu wissen, dass etwas geschehen sein muss.«

Harken legte den Kopf schräg. »Das kann sein, muss aber nicht.« Er hob die Hand, als Bowen widersprechen wollte. »Wir sollten auf jeden Fall schleunigst mehr herausfinden, denn wenn die beiden Frauen wirklich angegriffen und vielleicht entführt worden sind, müssen wir sie so schnell wie möglich befreien.«

Erleichtert und dankbar blickte Bowen ihn an. »Warum glaubst du mir, aber Finn nicht?«

Harken drehte sich um und Bowen beeilte sich, ihm zu folgen. Es dauerte eine ganze Weile, bis der Wandlermann schließlich antwortete. »Ich hatte Keira und Isabel jemanden hinterhergeschickt, der sich auch noch nicht wieder bei mir gemeldet hat.« Er sprach weiter, bevor Bowen antworten konnte. »Was nichts heißen muss, mich aber trotzdem nervös macht.«

»Wen?«

Es wirkte fast, als wollte Harken darauf nichts sagen, doch schließlich blickte er Bowen kurz an. »Sawyer, den Anführer der Berglöwengruppe in Nevada.«

Das half Bowen nicht weiter, denn er kannte diesen Sawyer nicht. Warum vertraute Harken ihm, wenn er ihm doch auch erst vor kurzem begegnet sein konnte? Und aus welchem Grund ließ er Isabel und Keira bewachen? Bowen presste seine Lippen aufeinander, weil er wusste, dass Harken ihm nicht darauf antworten würde. »Und er ist auch verschwunden?«

»Es scheint so, zumindest hat er sich nicht wie verabredet

gemeldet. Vielleicht ist er aber auch nur nicht an ein Telefon gekommen.« Harkens Stimme klang gleichgültig, was Bowen ärgerte.

»So wie Isabel und Keira auch? Das scheint mir doch ein wenig zu viel Zufall.«

Harken blickte ihn an und hob einen seiner Mundwinkel. »Ganz genau.« Der Anflug von Humor in seiner Stimme verflog sofort wieder. »Deshalb finden wir jetzt heraus, was geschehen ist.«

Ohne jeden Appetit biss Caruso in seinen Cheeseburger und kaute mechanisch. Die pappigen Bissen spülte er mit Wasser hinunter. Rasch legte er das Essen beiseite, als sein Magen revoltierte. Um sich abzulenken, beobachtete er seine beiden Begleiter im Rückspiegel. Er hatte darauf bestanden, dass sie auf der Rückbank saßen, damit sie im dunklen Auto weniger auffielen. Der Mann hatte die Augen geschlossen und sah aus, als wäre er beim Verschlingen der Pommes frites einem Orgasmus nahe.

Caruso fragte sich, ob er auch bei dem Kampf zwischen den Menschen und den Adler- und Berglöwenwandlern dabei gewesen war. Vermutlich würde Sawyer ihn in der Luft zerreißen, wenn er jemals erfuhr, dass Caruso dort gewesen war und zwar auf der gegnerischen Seite. Also sollte er dafür sorgen, dass die Wahrheit nie ans Licht kam. Unruhig rutschte er auf dem Sitz herum. Warum meldete sich die Polizistin nicht endlich? Es konnte doch nicht so schwer sein, ein Flugzeug zu ermitteln, das genau zu einer bestimmten Zeit abgehoben hatte. Sicher gab es für so etwas Aufzeichnungen. Inzwischen konnte Isabel überall sein. Der Gedanke, dass er sie vielleicht nie finden würde, machte ihn wahnsinnig.

»Wo kommst du her?« Keiras Stimme riss ihn aus seinen Grübeleien.

Abrupt setzte er sich auf und sah sie verwirrt an. »Wieso willst du das wissen?«

Fast so etwas wie ein Lächeln huschte über ihr Gesicht, verschwand aber sofort wieder. Vermutlich hatte er es sich nur eingebildet. »Ich versuche gerade, dich abzulenken, damit du nicht durchdrehst.«

Sawyer hatte aufgehört zu kauen und blickte ihn jetzt auch an. Wenn er nicht so wirken wollte, als wenn er etwas zu verbergen hätte, musste er schnell handeln. »Denver. Ursprünglich komme ich aber aus Los Angeles.«

»Was machst du, wenn wir Isabel befreit haben? Gehst du dann zurück nach Denver oder folgst du Isabel nach L.A.?« Keira schien es mit ihrer Ablenkung ernst zu meinen.

Caruso hob die Schultern. »Das kommt ganz darauf an, was Isabel will.« Seine Kehle zog sich zusammen und färbte seine Stimme rau. »Vielleicht gibt sie mir die Schuld an den Ereignissen und will nichts mit mir zu tun haben.«

»Wenn du ihre Entführung meinst, glaube ich nicht, dass sie das tun wird. Schuld sind allein die Verbrecher, niemand sonst.« Sie schnitt eine Grimasse. »Obwohl ich sie nie hätte allein lassen dürfen. Es war meine Aufgabe, sie zu beschützen.« Sie winkte ab, als er etwas erwidern wollte. »Was die Sache mit der Vaterschaft angeht, ich kann nicht beurteilen, wer daran schuld ist, dass ihr euch nie gesehen habt. Aber so wie ich Isabel kenne, wird sie zuhören und sich erst dann ihre Meinung bilden.«

Caruso nickte dankbar. »Das hoffe ich.«

»Was hast du eigentlich hier gemacht?« Diesmal stellte Sawyer die Frage und Caruso versteifte sich.

»Geschäfte.« Und er würde den beiden sicher nicht erzählen, was genau er hier getan hatte.

Das schienen sie auch zu merken, denn sie sahen sich kurz

an, bevor sie sich wieder ihm zuwandten. »Wie hast du Isabel gefunden?«

Caruso presste die Lippen zusammen. »Wird das jetzt ein Kreuzverhör? Ich frage euch ja auch nicht, woher ihr kommt oder was ihr hier macht.«

»Stimmt. Aber ich finde es schon seltsam, dass du hier auf deine Tochter triffst, ohne vorher überhaupt gewusst zu haben, dass sie existiert.«

Mühsam versuchte er seinen Ärger zu unterdrücken. »Das geht mir auch so. Eigentlich wollte ich nur ins Motel einchecken und endlich schlafen.« Zumindest war das die offizielle Version.

»Und dann hast du Isabel gesehen und wusstest auf Anhieb, dass sie deine Tochter ist? Sie sieht dir nicht gerade ähnlich, von den Augen mal abgesehen.« Keiras Skepsis war deutlich zu hören.

»Ich habe es gespürt, okay? Es war …« Er brach ab und schluckte hart. »… als würde ich plötzlich einem fehlenden Teil von mir gegenüberstehen, den ich immer vermisst habe, obwohl ich nicht wusste, dass er überhaupt existierte.« Rasch wandte er sich ab, bevor er das Mitleid in Keiras Gesicht sehen konnte. Oder vielleicht fand sie seine Gefühlsduselei auch einfach nur lächerlich.

Als das Handy klingelte, stürzte er sich förmlich darauf, nur um weiteren unangenehmen Fragen zu entgehen. »Ja?«

»Dawn Jones hier. Wir haben das Flugzeug gefunden, aus dem vermutlich das Handysignal Ihrer Tochter stammte.«

Angespannt setzte Caruso sich auf. »Wo ist es?«

Eine Weile herrschte Schweigen, dann seufzte die Polizistin. »Das ist das Problem. Wir wissen, welche Maschine es war und welches Ziel sie laut Flugplan hatte. Nur hat sich jetzt herausgestellt, dass sie zwischenzeitlich anscheinend den Kurs geändert hat, jedenfalls ist sie nicht dort, wo sie sein sollte.«

Caruso fluchte unterdrückt. Es dauerte einen Moment, bis er seine Atmung wieder unter Kontrolle hatte. »Also wissen Sie nicht, wo Isabel jetzt ist?«

»Nein, tut mir leid.« Dawns Stimme klang, als ob sie es ernst meinte. »Aber ich hoffe darauf, dass das Telefon wieder erreichbar sein wird, wenn das Flugzeug landet. Eine so kleine Maschine wird den Kontinent nicht verlassen können. Wenn es also irgendwo in den USA landet, werde ich sofort die Kollegen vor Ort verständigen, damit sie einen Zugriff vornehmen.«

»Und wenn das Handy ausgeschaltet ist oder zerstört wurde?«

Schweigen antwortete auf seine Frage. Schließlich seufzte die Polizistin. »Wir werden alles tun, was in unserer Macht steht, um Ihrer Tochter zu helfen, Mr Caruso.«

Dadurch fühlte er sich nicht wirklich besser, aber er wusste, dass er nicht mehr von der Polizei bekommen würde als diese Zusicherung. Die Frage war, was er von sich aus tun konnte, um Isabel zu finden. »Wurden die anderen Flughäfen informiert, dass nach der Maschine gesucht wird?«

»Wissen Sie, wie viele Flughäfen es gibt, auf denen eine kleine Maschine landen kann? Das könnte auch ein privates Flugfeld sein. Und ja, es wurde eine Meldung an alle größeren Flughäfen durchgegeben, dass nach dem Flugzeug gesucht wird. Bisher gab es keine Antwort.«

»Wo ist die Maschine gemeldet? Haben Sie den Besitzer überprüft?«

»Ich weiß durchaus, wie ich meinen Job zu machen habe, Caruso.« Ein Anflug von Wut klang in ihrer Stimme mit. »Und nein, ich werde Ihnen nicht sagen, wer als Besitzer gemeldet ist.« Dawn Jones räusperte sich. »Warum fahren Sie nicht zum Motel zurück und ruhen sich ein wenig aus? Ich werde Sie auf jeden Fall sofort informieren, wenn ich etwas Neues erfahre.«

Es stand fest, dass er verrückt werden würde, wenn er auf

Nachricht warten musste, ohne selbst etwas zu unternehmen. Doch es brachte nichts, das der Polizistin zu erklären, deshalb stimmte er nur zu und beendete das Gespräch.

Ein ungeduldiges Grollen erklang hinter ihm. Schließlich lehnte sich Keira vor und sah ihn von der Seite an. »Sie haben das Flugzeug also nicht?«

Caruso blickte starr nach vorne, damit sie die Verzweiflung in seinen Augen nicht sah. »Nein. Sie wissen, welche Maschine es ist, können sie aber nicht finden, weil sie von ihrem Flugplan abgewichen ist. Sie könnte überall sein.«

»Aber sie suchen weiter.«

»Ja. Sie haben die Hoffnung, dass das Handy wieder ein Signal abgibt, wenn das Flugzeug landet, und sie so erfahren, wo Isabel ist. Aber bis dahin können sie wenig tun. Und wenn der Akku leer ist oder das Handy zerstört wurde …« Seine Kehle schnürte sich zu.

Keiras Hand legte sich warm auf seine Schulter. »Gehen wir davon aus, dass es klappt. Was willst du jetzt tun?«

»Ich fahre zum Motel zurück, packe meine und Isabels Sachen und sowie ich von Detective Jones erfahre, wo das Flugzeug gelandet ist, fahre ich dorthin.« Er sah in den Rückspiegel, als Keira sich wieder zurücklehnte. Sie tauschte einen Blick mit Sawyer und schließlich nickte sie.

»Wir kommen mit.« Sie hob die Hand, als er etwas sagen wollte. »Du brauchst uns, weil wir Isabel anhand ihres Geruchs finden können. Außerdem willst du sicher nicht alleine gegen eine ganze Verbrecherbande vorgehen. Und für uns ist es eine schnelle Möglichkeit, dorthin zu gelangen.«

Caruso hob eine Augenbraue. »Ich wollte eigentlich nur zustimmen.«

Keira zeigte ihm ihre Zähne. »Gut.«

Kopfschüttelnd ließ Caruso den Motor an. Er hätte wissen

müssen, dass sie sich nicht vor Dankbarkeit überschlagen würde. »Habt ihr Pässe?« Stumm sahen ihn die beiden Wandler vom Rücksitz an. »Hoffen wir, dass uns niemand anhält.«

Insgeheim war er froh, dass er nicht alleine versuchen musste, Isabel zu finden und zu befreien. Er konnte nur hoffen, dass sie nie erfuhren, wer er war und was er getan hatte.

Mit jeder Meile, die er zurücklegte, krampfte sich Finns Magen mehr zusammen. Bowens Geruchsspur zu folgen war leicht, besonders nachdem ihnen der Einzelgänger Nolen, der mit seiner Familie am Rande ihres Gebiets lebte, bestätigen konnte, dass er Bowen gesehen hatte. In jeder anderen Situation hätte Finn die Findigkeit des Jungen bewundert, genau an der Stelle ihr Gebiet zu verlassen, wo keine Wächter zu finden waren, weil sie Nolen und seine Familie durch ihre Anwesenheit nicht vertreiben wollten. Aber jetzt machte diese Tatsache die Suche nach ihm schwieriger, vor allem, weil Bowen auch wusste, wo die Bewegungsmelder installiert waren, sodass es ihm gelungen war, unbeobachtet zu entkommen.

Den Vorsprung von etwa einer Stunde würden sie nie aufholen können, wenn Bowen ohne Halt durchlief. Verdammt noch mal! Als Ratsführer trug er die Verantwortung für das Wohlergehen der Gruppe und ihrer einzelnen Mitglieder. Und er nahm sowohl Keiras und Isabels Verschwinden als auch Bowens eigenmächtiges Handeln sehr persönlich. Wenn einem von ihnen etwas zustieß …

Falk, der ein Stück vorgelaufen war, wartete in Menschenform auf ihn. Finn lief rasch auf ihn zu und verwandelte sich. »Hast du etwas gefunden?«

»Die ganze Zeit habe ich nur Bowen gerochen, aber jetzt ist da noch etwas anderes. Es riecht nach Wandler, aber irgendwie merkwürdig.«

Das verstärkte Finns ungutes Gefühl noch weiter. Tief atmete er ein und prüfte die Luft. Falk hatte Recht, da war etwas … Seine Augen flogen auf und er stieß ein tiefes Grollen aus.

Der junge Wächter sah ihn nervös an. »Erkennst du den Geruch?«

»Ja, es ist Harken. Was macht der hier?« Finn rieb über seine Stirn. »Ich muss sofort zum Lager zurück, dort habe ich seine Telefonnummer.«

»Dann folge ich der Spur noch weiter.«

Finn legte seine Hand auf Falks Arm. »Sei vorsichtig. Und wenn du auf die Straße triffst, kehr um. Harken ist sicher mit dem Auto gekommen und für uns unerreichbar, wenn er damit wegfährt.«

Falk neigte den Kopf und verwandelte sich. Nach einem letzten Blick trennten sie sich und Finn jagte zum Lager zurück. Der Gedanke, was Bowen in der Zwischenzeit alles zustoßen konnte, ließ ihn die Strecke in Rekordzeit überwinden. Zwar war er in Harkens Gesellschaft etwas weniger gefährdet, von Menschen eingefangen zu werden, aber dafür könnte der mysteriöse Wandler ihn in noch gefährlichere Situationen bringen. Warum hatte er Bowens Angst um Isabel nicht ernster genommen und ihn bei sich behalten? Es war fahrlässig gewesen, Bowens Zuneigung und Verbundenheit mit Isabel so zu unterschätzen.

Finn wünschte, Coyle und Marisa wären hier, sie hatten im vergangenen Jahr den meisten Kontakt zu Bowen und auch zu Harken gehabt und würden ihm sicher raten können, was er tun sollte. Aber Marisa war schwer verletzt und Coyle machte sich große Sorgen um sie, es wäre nicht richtig, ihnen noch mehr aufzubürden. Außerdem war er der Ratsführer und musste die nötigen Entscheidungen treffen.

Völlig erschöpft kam er im Lager an. Er verwandelte sich, schob die Tür auf und stolperte in seine Hütte. Jamila sprang auf und lief zu ihm. Sofort schloss sie ihn in ihre Arme, und Finn gönnte es sich einen Moment, seine Wange auf ihren Kopf zu legen und das Gefühl ihres Körpers an seinem zu genießen. Ihr warmer Duft stieg in seine Nase und er atmete tief ein, während sich sein rasender Herzschlag langsam beruhigte.

Jamilas Hände strichen besänftigend über seinen Rücken. »Habt ihr ihn gefunden?«

»Nein.« Finn presste das Wort durch seine enge Kehle heraus. Widerwillig löste er sich von seiner Gefährtin. »Bowen hat sich anscheinend mit Harken getroffen. Falk folgt der Spur noch weiter, aber ich fürchte, dass sie inzwischen schon längst in einem Auto unterwegs sind.«

»Oh nein.« Ihre grünbraunen Augen hatten sich verdunkelt. »Was willst du jetzt tun?«

Finn rieb über seine feuchten Haare. »Ich werde Harken anrufen und fragen, was er sich dabei denkt, Bowen in die Menschenwelt zu bringen. Wenn ich Glück habe, sieht er ein, dass es eine schlechte Idee ist, und dreht um.«

Jamila biss auf ihre Lippe. »Glaubst du wirklich?« Sanft legte sie ihre Hand an seine Wange. »Ich weiß, dass du Bowen in Sicherheit wissen willst, und das möchte ich natürlich auch. Aber meinst du nicht, dass er Isabel vielleicht helfen muss, damit er die Sache von damals irgendwann überwinden kann? Er ist alt genug, um zu wissen, was er tut.« Sie schlug die Augen nieder und Finn wusste, dass sie daran dachte, welche Rolle sie damals bei Bowens Entführung gespielt hatte. Umso bemerkenswerter, dass sie sich traute, ihre Meinung zu dem Thema zu sagen. Es zeigte, wie sehr sie in ihrer Beziehung aufgeblüht war.

Finn zwang sich, über ihre Worte nachzudenken und sie nicht sofort abzublocken, nur weil er Bowen beschützen wollte. Jamilas Instinkte waren oft richtig und er wäre dumm, nicht auf sie zu hören. Zwar war Bowen noch nicht achtzehn, aber er war deutlich reifer als viele junge Erwachsene, die nicht das erlebt hatten, was er durchmachen musste. Dementsprechend war es schon richtig, dass Bowen auch die Entscheidungen für sich fällen sollte, nur hatte Finn Bedenken, dass das, was er gerade tat, richtig war.

Schließlich neigte er den Kopf. »Ich werde mir anhören, was Harken zu sagen hat.«

Jamila lächelte ihm aufmunternd zu, setzte sich in den Sessel und zog ihre Beine an. Am liebsten hätte Finn sich dazugekuschelt, stattdessen wandte er sich ab, nahm das Satellitenhandy vom Tisch und wählte Harkens einprogrammierte Nummer. Seine Hand krampfte sich um die Rückenlehne des Sessels, während er darauf wartete, dass sich der Wandler meldete.

»Ja.«

Finn biss die Zähne zusammen, um die ganzen Vorwürfe zurückzuhalten, die ihm auf der Zunge lagen. »Hier ist Finn.«

»Ich habe schon darauf gewartet, dass du dich meldest.« Harken klang völlig gelassen, was Finn noch wütender machte.

»Und du konntest dich nicht von selbst melden? Es war doch wohl klar, dass wir es nicht gutheißen würden, wenn Bowen alleine versucht, Isabel zu finden! Vor allem, wenn wir noch gar nicht wissen, ob etwas oder was genau passiert ist.« Jamilas Hand legte sich auf seine Schulter und er atmete tief durch, um sich zu beruhigen.

Harken schwieg einen Moment, bevor er genauso ruhig wie vorher antwortete. »Zuerst einmal hast du dich auch nicht noch einmal bei mir gemeldet, um mich auf dem Laufenden zu halten.« Er sprach weiter, bevor Finn darauf reagieren konnte. »Außerdem hatte ich Sawyer damit beauftragt, auf Keira und Isabel aufzupassen, und von ihm habe ich auch noch nichts gehört. Ich gehe also davon aus, dass es ein Problem gibt.«

Das schlechte Gefühl in Finn verstärkte sich. »Und du denkst, dass ein junger Mann wie Bowen in der Lage sein wird, dir dabei zu helfen, sie zu finden?« Sowie die Worte aus seinem Mund waren, wünschte er sie sich zurück. Bowen hatte es nicht verdient, dass er vor jemand anderem an seinen Fähigkeiten zweifelte.

»Ja.« Harkens Stimme klang jetzt um einiges schärfer. »Ich denke, dass Bowen während seiner Zeit in Stammheimers Haus bewiesen hat, wie stark er ist. Und er hat diese Verbindung zu Isabel, die sonst niemand hat, wenn ich recht informiert bin. Also ja, ich bin davon überzeugt, dass ich mit Bowens Hilfe herausfinden kann, was mit Isabel und Keira geschehen ist. Ich nehme an, dass du dir Sorgen um deine Schwester machst und deshalb nicht mehr klar denken kannst.«

Ein Grollen löste sich aus Finns Kehle, seine Finger krampften sich um das Telefon, bis die Plastikschale unheilvoll knackte. »Sorg dafür, dass Bowen nichts geschieht.« Der Berglöwe war deutlich in seiner Stimme zu hören und er konnte Jamilas angespannten Blick auf sich spüren.

»Ich werde alles dafür tun, damit er heil wieder zum Lager zurückkehrt. Genauso wie Keira.«

Finn wusste, dass Harken ihm kein Versprechen geben konnte, weil es nicht in seiner Macht lag. Hart stieß er seinen Atem aus. »Bitte bring sie zu uns zurück. Melde dich hier, wenn du weißt, wo Isabel und Keira sind. Wenn es geht, werden wir eingreifen.«

»Natürlich. Und du meldest dich, wenn du etwas von ihnen hörst.«

Finn schloss die Augen. »Sag Bowen bitte, dass ich wünschte, er hätte vorher mit mir geredet, aber dass ich ihn verstehen kann. Er soll auf sich aufpassen.«

9

Isabel versuchte, sich an den Wänden der Kiste abzustützen, als sie heftig zu schaukeln begann. Ihr Kreuz begann zu schmerzen, genauso wie ihre nackten Arme, die an dem rauen Holz verschrammten. Es hatte keinen Sinn, dagegenzuklopfen und um Hilfe zu rufen, es hätte niemand darauf reagiert, und sie wollte nicht noch einmal die Aufmerksamkeit des Verbrechers erregen. Noch immer konnte sie nicht verstehen, was er überhaupt von ihr wollte. Niemand würde Lösegeld für sie bezahlen, wobei sie allerdings bezweifelte, dass der Mann überhaupt Interesse daran hatte. Dafür wirkte sein Anzug viel zu teuer. Nein, wenn sie seine Bemerkung von vorhin richtig deutete, hatte ihre Entführung etwas mit den Wandlern zu tun. Doch dieses Wissen half ihr nicht, sie konnte nur abwarten und hoffen, dass sie bald eine Möglichkeit fand, zu fliehen. Wenn der Verbrecher kein Problem damit hatte, sie zu betäuben und zum Transport in eine Kiste zu sperren, würde sie vermutlich auch danach nicht gerade mit Samthandschuhen behandelt werden.

Isabel schloss die Augen und versuchte, eine geistige Verbindung mit Bowen aufzubauen. Doch wie schon die Male davor funktionierte es nicht. Was zum Teil sicher an der Entfernung lag – wo auch immer sie jetzt war –, aber anscheinend auch daran, dass sie sich bewusst darum bemühte. Es schien nur zu funktionieren, wenn einer von ihnen in Gefahr war oder zumindest starke Gefühle durchlebte. Nicht, dass sie jetzt keine Angst mehr hatte, aber es fiel ihr schwer, über längere Zeit den gleichen Level an Panik zu halten. Isabel lachte unterdrückt, während ihr gleichzeitig Tränen in die Augen schossen. Verdammt, sie war ein Wrack!

Bisher hatte sie geglaubt, dass ihr nichts Schlimmeres passieren konnte als das, was ihr Vater – nein, Henry Stammheimer – ihr letztes Jahr angetan hatte. Doch sie stellte fest, dass diese Situation jetzt noch quälender war, vor allem, weil Bowen diesmal nicht bei ihr war. Außerdem nagte es an ihr, weder zu wissen, wo sie war, noch wer sie entführt hatte oder warum. Wie sollte sie sich darauf einstellen, wenn sie völlig ahnungslos war?

Genervt davon, dass sich ihre Gedanken immer im Kreis drehten, konzentrierte sie sich auf das, was außerhalb der Kiste vor sich ging. Sie horchte, konnte aber nur undefinierbare Geräusche wahrnehmen. Wahrscheinlich war sie noch auf dem Flughafen und wurde nun zu einem fahrbaren Untersatz gebracht. An einer Seite der Kiste konnte sie in Höhe ihres Oberschenkels einen helleren Fleck erkennen, durch den das Tageslicht sickerte. Mühsam versuchte Isabel sich in der Enge umzudrehen, was durch das Schaukeln nicht gerade erleichtert wurde. Ohne Vorwarnung flog sie plötzlich in die Höhe, um gleich darauf hart zu landen. Mit dem Kopf stieß sie gegen die Seitenwand und es wurde schwarz um sie.

Während sie darauf wartete, dass ihr Handy klingelte, lief Dawn unruhig vor den Abflugschaltern hin und her. Vor wenigen Minuten hatte sie die Nachricht bekommen, dass das Handysignal wieder aufgetaucht war – an einem kleinen Flughafen in der Nähe von San Francisco. Also hatte sie sofort die dortige Polizei informiert, die nun den Standort sicherte und dann zugreifen würde, während sie hier nur abwarten konnte, was sich ergab. Es machte sie nervös, nicht selbst dabei zu sein und nur aus zweiter Hand zu erfahren, was vor sich ging. Auch wenn sie prinzipiell ihre Kollegen in San Francisco für fähig hielt, wollte sie doch ihren Fall weiter im Griff behalten und möglichst da sein, wenn das Mädchen befreit wurde. Irgendwie hatte sie das irrationale Gefühl, Isabel würde von ihr erwarten, sie persönlich zu befreien. Ganz zu schweigen von Caruso.

Dawn rieb über ihre Stirn, als sie sich daran erinnerte, wie schwierig es gewesen war, ihn dazu zu bewegen, den Flughafen zu verlassen. Hoffentlich war er ihrem Rat gefolgt und zum Motel zurückgefahren.

Obwohl sie darauf gewartet hatte, zuckte sie zusammen, als ihr Handy klingelte. Rasch nahm sie das Gespräch an. »Detective Jones hier.«

»Petrovsky, SFPD. Wir haben das Handy des Mädchens gefunden. Es befand sich in einem Müllcontainer. Ich kann Ihnen sagen, mein Kollege war nicht besonders erbaut darüber, im Abfall wühlen zu müssen, um es herauszufischen.« Die raue Stimme gehörte eindeutig einem Raucher.

Dawns Hand ballte sich zur Faust, um ihre Anspannung zu kontrollieren. »Und das Mädchen?«

Ein langer Atemzug. »Sie ist weg. Wenn sie überhaupt je hier war. Vielleicht hat ihr Entführer sie ganz woanders hingebracht und nur das Handy ins Flugzeug gelegt.«

Möglich war es vermutlich, aber Dawn glaubte nicht daran. Warum das so war, konnte sie gar nicht sagen, ihr Instinkt sagte einfach deutlich, dass sich Isabel jetzt in San Francisco aufhielt. »Was ist mit dem Piloten des Flugzeugs? Hat er eine Aussage gemacht?«

Petrovsky grunzte abschätzig. »Das Flugzeug gehört einem Charterunternehmen, der Pilot weiß nicht, wer es gemietet hat, er fliegt es einfach nur. Wir werden uns bei dem Unternehmen umhören.« Ein Husten drang durch die Leitung. »Der Pilot sagte, es wäre ein Mann an Bord gewesen und einige Kisten als Ladung. Die wurden inzwischen abgeladen – wohin sie gebracht wurden, weiß er natürlich auch nicht. Genauso wenig wie den Namen des Passagiers oder wie er aussah. Anscheinend hat er es sich angewöhnt, nichts zu wissen, nichts zu sehen und nichts zu fragen. Dafür verdient er auch ordentlich.« Abscheu klang in seiner Stimme mit.

Frustriert fuhr Dawn mit der Hand durch ihre kurzen Haare, die sowieso schon in alle Richtungen abstanden. Von hier aus konnte sie noch nicht einmal die Leute selbst befragen und entscheiden, ob sie die Wahrheit sagten. Dazu musste sie in die Gesichter blicken und jede Regung analysieren. Abrupt richtete sie sich auf. »Danke, Detective Petrovsky. Halten Sie mich auf dem Laufenden, was die Ermittlungen angeht?«

»Natürlich.«

Dawn verabschiedete sich von ihm und beendete das Gespräch. Einen Moment lang blieb sie wie erstarrt stehen, während sie wieder in die Vergangenheit eintauchte. Auch zwanzig Jahre später konnte sie sich noch genau an den Tag erinnern, an dem ihre jüngere Schwester Natalie verschwunden war. Damals war sie selbst noch Studentin gewesen und hatte völlig hilflos darauf vertrauen müssen, dass die Polizisten ihre Arbeit taten. Aber das Gefühl, nicht genug getan zu haben, das Gefühl, für Natalies Schicksal verantwortlich zu sein, die nicht wieder aufgetaucht war, hatte sie nie ganz verlassen. Und deshalb war sie fest entschlossen, den Fall um die entführte Isabel aufzuklären, ganz egal, was es kostete.

Ohne eine Sekunde zu zögern, ging sie zu einem der Ticketschalter und buchte den nächsten Flug nach San Francisco. Es war klar, was ihr Boss dazu sagen würde: außerhalb ihrer Jurisdiktion, aber sie konnte die Sache nicht den Detectives aus San Francisco überlassen. Auch wenn sie das Ticket selbst bezahlen musste, war ihr das egal. Jetzt zählte es nur, das Mädchen zu retten. Doch zuerst musste sie Caruso informieren und danach ihren Chef. Der wäre sicher nicht begeistert, aber zur Not würde sie sich einfach einen Urlaubstag nehmen. Mit einem tiefen Seufzer wählte sie zuerst die Nummer des geringfügig kleineren Übels.

»Ja?« Sie konnte die Anspannung in Carusos Stimme hören, als er sich meldete.

»Detective Jones hier. Das Handy Ihrer Tochter wurde in San Francisco am Half Moon Bay Airport lokalisiert.«

Einen Moment lang herrschte Stille, dann drang ein raues Flüstern an ihr Ohr. »Und Isabel?«

Ein Druck entstand in ihrer Brust. Am meisten nahmen sie an ihrem Job die Gespräche mit den verzweifelten Angehörigen mit, die zwischen Hoffnung und Angst schwankten, ein Gefühl, an das sie sich noch gut erinnerte. »Leider haben die Kollegen dort sie noch nicht gefunden. Sie war weder in der Nähe des Handys noch in dem Flugzeug. Wahrscheinlich wurde sie gleich nach der Landung woanders hingebracht.« Heftiges Atmen war die einzige Antwort und Dawn redete rasch weiter. »Die Polizei von San Francisco ist über den Fall informiert und wird alles tun, um Isabel so schnell wie möglich zu finden. Ich selbst nehme den nächsten Flug, um dafür zu sorgen, dass es keine Verzögerungen gibt.«

»Danke.« Caruso atmete durch. »Ich weiß, dass es nicht üblich ist, wenn Sie weiter in einem Fall ermitteln, der nicht mehr in Ihrem Zuständigkeitsbereich liegt. Ich weiß das sehr zu schätzen.«

Wärme stieg in ihr auf und Dawn war froh, dass Caruso sie nicht sehen konnte. »Das mache ich gerne. Ich hoffe, ich kann mich bald mit guten Nachrichten bei Ihnen melden.« Sie zögerte. »Sie bleiben doch weiterhin in Las Vegas?«

Eine kleine Pause entstand. »Natürlich.«

Warum glaubte sie ihm nur nicht? »Caruso ...«

»Bitte, bringen Sie meine Tochter heil zurück, das ist alles, was jetzt zählt.« Die Aufrichtigkeit in Carusos Bitte zog ihr Herz schmerzhaft zusammen.

»Das werde ich.« Die Antwort rutschte automatisch heraus, obwohl sie wusste, dass sie es ihm nicht versprechen sollte, wenn sie nicht sicher war, ob sie dieses Versprechen auch einhalten konnte. Wie sollte sie die junge Frau in einer Millionenstadt finden, wenn sie das Handy nicht mehr bei sich trug? Dawn straffte die Schultern. Egal wie, sie würde Isabel finden, und wenn sie dafür jeden einzelnen Stein umdrehen musste. Sie konnte nur hoffen, dass es ihr gelang, bevor Caruso irgendwelche Dummheiten anstellte.

Keira beugte sich auf dem Rücksitz vor, bis sie Carusos Profil sehen konnte. Ihre Hand krallte sich in die Lehne. »Was machen wir jetzt?« Vage war sie sich bewusst, dass Sawyers Hand beruhigend auf ihrem Rücken lag, doch sie ignorierte die Berührung.

Nun drehte Caruso seinen Kopf doch zu ihr herum und sie erschrak über den Ausdruck in seinen Augen. »Wir fahren dorthin, wie geplant.«

»Aber bei der Entfernung dauert es Tage, bis wir dort sind!«

Mit einem Schnauben ließ Caruso den Motor an und reihte sich in den trotz der späten Uhrzeit immer noch regen Verkehr ein. »Tage nicht, aber doch viel zu lange. Ich könnte fliegen, aber ich gehe davon aus, dass das für euch keine Option ist, oder?« Stumm schüttelte Keira den Kopf. »Deshalb fahren wir mit dem Auto. In zehn Stunden sollten wir dort sein.«

Keira wollte protestieren, aber ihr fiel leider auch nichts Besseres ein. Vor allem wären sie hier gestrandet, wenn Caruso sich für einen Flug entschied, deshalb biss sie auf ihre Zunge. Nach einigen Sekunden glaubte sie, wieder ruhig reden zu können. »Okay. Also fahren wir jetzt nicht noch mal zum Motel zurück?«

»Nein. Ich will keine Zeit verlieren.« Er zog eine Augenbraue hoch. »Gibt es dort etwas, das du brauchst?«

»Nur Isabels Gepäck, aber das können wir auch später holen.« Ihren eigenen Rucksack hatte sie glücklicherweise mitgenommen, obwohl sich darin eigentlich auch nichts Wichtiges befand.

Angespannt ließ sie sich wieder auf die Rückbank sinken. Sawyer zog seine Hand zurück und sie bedauerte den Verlust seiner Wärme und des Gefühls, wenigstens für einen Moment nicht alleine zu sein. Als sie seinen Blick auf sich spürte, wandte sie sich ihm langsam zu. Ernst sah er sie an, keine Spur seines üblichen Lächelns war zu entdecken. »Was ist?«

»Wie wäre es, wenn du jetzt euer Lager anrufst und sie wissen lässt, was passiert ist? Sie machen sich bestimmt schon Sorgen um euch.«

Sofort begann Keiras Herz heftiger zu klopfen, die Unruhe breitete sich in ihr aus. Sie wusste, dass Sawyer Recht hatte, aber sie konnte sich nichts Schlimmeres vorstellen, als Finn sagen zu müssen, dass sie ihre Aufgabe nicht erfüllt hatte. Wie sollte sie ihm und den anderen Wächtern im Lager jemals wieder unter die Augen treten, nachdem sie so offensichtlich versagt hatte?

Sawyers Hand legte sich auf ihr Knie. »Niemand wird dir einen Vorwurf machen.«

»Woher willst du das wissen? Du kennst sie doch gar nicht! Ich bin Wächterin und hatte nur eine einzige Aufgabe und die habe ich nicht erfüllt! Isabel hat sich darauf verlassen, dass ich sie beschütze!« Sie wandte sich ab, damit er nicht die Zornestränen sah, die in ihre Augen getreten waren. Wie so oft ließ sie ihren Selbsthass an jemand anderem aus, der das gar nicht verdiente. Seltsamerweise schien Sawyer das nicht aus der Ruhe zu bringen. Anstatt sie loszulassen und zu ignorieren, drückte er beruhigend ihr Bein.

»Stimmt, ich kenne deine Leute nicht, aber sie wären dumm,

dir die Schuld an der Sache zu geben und zumindest Coyle kam mir nicht so vor. Aber selbst wenn es so wäre, sollten sie trotzdem erfahren, was geschehen ist. Wenn wir Isabel finden, werden wir vermutlich Unterstützung brauchen, oder willst du sie eigenhändig befreien?«

Ja, das hatte sie vorgehabt, auch wenn sie es nie zugeben würde, aber Sawyers Blick zeigte ihr, dass er sie durchschaut hatte. Ein seltsames Gefühl, wenn doch niemand anders verstand, was in ihr vorging – nicht einmal ihr Bruder.

Schließlich stieß sie einen tiefen Seufzer aus und beugte sich wieder zu Caruso vor. »Kann ich dein Handy kurz haben?« Wortlos nahm Caruso es aus der Ablage und hielt es ihr hin. »Danke.«

Ihre Finger zitterten, als sie die Nummer des Lagers eintippte, und sie konnte nur hoffen, dass Sawyer es nicht bemerken würde. Aber das war unwahrscheinlich. Dem Berglöwenmann entging nichts, so viel stand fest. Nicht zum ersten Mal fragte sie sich, warum er mit seiner Gruppe in den kargen Bergen Nevadas lebte und sich nicht ein besseres Gebiet ausgesucht hatte, in dem die Gruppe wachsen konnte und vor allem in Sicherheit war.

Kopfschüttelnd konzentrierte sie sich auf ihre eigenen Probleme. Sowie sie Isabel gefunden und gerettet hatten, würde sie zu ihrer Gruppe in der Nähe des Yosemite-Nationalparks zurückkehren und Sawyer würde in Nevada bleiben. Die Wahrscheinlichkeit, dass sie sich danach nie wiedersehen würden, war hoch. Keira unterdrückte rasch das Bedauern, das in ihr aufstieg. Damit konnte sie sich beschäftigen, wenn sie ihre Aufgabe erledigt hatte.

Keira gab die letzte Zahl ein und hielt das Handy ans Ohr. Ihre andere Hand klemmte sie zwischen ihre Oberschenkel, um sie am Zittern zu hindern.

»Ja?« Beinahe sofort meldete sich Finn, und Keira hatte

Mühe, einen Ton herauszubringen, als sie seine vertraute Stimme hörte.

Sie räusperte sich. »Hier ist Keira.«

Für einen Moment herrschte Stille, bevor es aus Finn herausplatzte. »Keira? Wo bist du? Was ist passiert? Geht es dir gut?«

Ihr schlechtes Gewissen regte sich, als sie die Erleichterung in der Stimme ihres Bruders hörte. Es war selbstsüchtig von ihr gewesen, sich nicht früher zu melden, nur damit sie nicht als Versager dastand. »Es geht mir gut. Ich bin noch in Nevada, fahre aber gerade in Richtung San Francisco.« Sie holte tief Luft. »Finn, Isabel wurde entführt. Es waren vier Männer in zwei Autos, sie haben sie einfach auf dem Parkplatz des Motels in den Wagen geworfen und sind weggefahren. Ich konnte ihr nicht helfen.«

»Verdammt.« Finn klang eher resigniert als entsetzt.

Jetzt erst fiel ihr auf, wie besorgt er geklungen hatte. Woher wusste Finn, dass überhaupt etwas passiert war? Normalerweise hätten sie die Nacht im Motel verbracht und sich nicht unbedingt während der Zeit bei ihm gemeldet. »Du wusstest es schon, oder?«

Ein tiefer Seufzer erklang. »Nein, ich wusste nicht, was passiert ist. Nur dass etwas nicht stimmte. Bowen hatte das Gefühl, dass Isabel in Gefahr ist, und als ich euch dann nicht per Handy erreichen konnte, habe ich mir Sorgen gemacht.« Sie konnte förmlich sehen, wie er mit der Hand durch sein blondes Haar fuhr, wie immer, wenn er aufgebracht war.

»Kann Bowen sie über diese Entfernung spüren? Ich muss mit ihm reden, vielleicht …«

Finn unterbrach sie. »Bowen ist abgehauen, um Isabel zu helfen. Harken hat ihn am Waldrand eingesammelt und ist mit ihm unterwegs nach Las Vegas.«

Harken? Langsam schwirrte ihr der Kopf. »Was hat Harken mit der Sache zu tun?«

»Ist der Berglöwenmann aus Nevada bei dir? Harken sagte, er hätte ihn zu euch geschickt.«

»Ja, ist er. Aber das beantwortet nicht meine Frage.«

Finn schwieg ein paar Sekunden. »Ich kann es dir nicht sagen. Für mich ist Harken ein Rätsel und über seine Motivation könnte ich nur spekulieren. Aber ich glaube, dass er Bowen beschützen wird, worüber ich sehr froh bin.«

»Dann solltest du Harken wohl Bescheid sagen, dass er in die falsche Richtung fährt. Isabel ist vermutlich in San Francisco.« Rasch erzählte sie Finn, was sie wusste.

Er gab ein ungläubiges Geräusch von sich. »Dieser Caruso ist Isabels Vater und hat sie ganz zufällig dort beim Motel getroffen? Irgendwie kann ich das nicht glauben.« Eine Pause entstand, während Finn nachdachte. »Was kann er für ein Motiv haben, sie gerade jetzt aufzusuchen? Glaubst du, er ist überhaupt ihr Vater?«

»Ich denke schon.« Sie senkte die Stimme. »Er kann wie Isabel Gefühle spüren – und er weiß, was wir sind.«

»Verdammt!« Einen Moment lang waren nur seine heftigen Atemzüge zu hören. »Bist du sicher, dass er nicht zu den Verbrechern gehört?«

»Nein. Aber seine Sorge um Isabel scheint echt zu sein.« Sie blickte Sawyer kurz an, der gar nicht erst so tat, als würde er nicht zuhören. Jetzt nickte er ihr zu. »Außerdem haben wir durch ihn eine Spur zu Isabel, alleine hätten wir Schwierigkeiten gehabt, herauszufinden, wohin sie gebracht wurde. So haben wir immerhin einen Anhaltspunkt.«

»Gut, bleib erst mal bei ihm, aber sei bitte vorsichtig, bis du weißt, dass du ihm trauen kannst.«

»Natürlich.«

Finn räusperte sich. »Melde dich, wenn ihr in San Francisco ankommt oder falls irgendetwas passiert. Ich werde sehen, ob ich jemanden zu euch schicken kann. Dummerweise ist Torik gerade verhindert und auch Coyle kann Marisa jetzt nicht alleine lassen.«

Sawyer beugte sich zu Keira hinüber. »Er soll jemanden zu meiner Gruppe schicken und ihnen sagen, dass ich in San Francisco Hilfe brauche.«

»Sawyer, nehme ich an?« Finn klang irritiert.

Keira antwortete für ihn. »Genau. Weißt du, wo du sie finden kannst?«

»Ja. Allerdings wüsste ich nicht, warum sie Isabel helfen sollten. Was hätten sie davon?« Finn fasste Keiras Skepsis in Worte.

Sawyer hob die Augenbrauen. »Als Wandler geht uns das alle etwas an. Und glaubst du, uns lässt das kalt, wenn ein junges Mädchen von Verbrechern entführt wird? Oder du von einem Auto angefahren wirst?«

Wütend funkelte sie ihn an. Das hatte sie Finn nicht sagen wollen und das wusste Sawyer genau. Wie zu erwarten sprang ihr Bruder sofort darauf an. »Angefahren? Was meint er damit?«

»Nichts. Ich muss jetzt Schluss machen.« Sie schluckte hart und wandte sich dem Seitenfenster zu, damit sie Sawyer nicht in die Augen sehen musste. »Es tut mir leid, Finn. Ich habe meine Aufgabe, Isabel zu beschützen, nicht erfüllt. Es ist meine Schuld, dass die Verbrecher überhaupt die Gelegenheit hatten, sie zu entführen. Wenn ich besser aufgepasst hätte …«

»Und was hättest du in der Stadt gegen vier sicherlich bewaffnete Verbrecher ausrichten können?« Finns Antwort drang beruhigend an ihr Ohr. »Du warst schon immer zu streng mit dir, Keira. Ich bin nur froh, dass dir nichts passiert ist.« Seine Stimme klang belegt. »Wenn du wieder zurück bist, wird es Zeit, dass wir uns unterhalten, denkst du nicht?«

Keira versuchte, die Tränen zu unterdrücken, doch es gelang ihr nicht. Unaufhaltsam rannen sie über ihr Gesicht. »Ja.«

Als sie nichts weiter sagte, seufzte Finn. »Ich liebe dich, kleine Schwester. Sei vorsichtig.« Damit beendete er das Gespräch, bevor Keira antworten konnte. Nicht, dass sie auch nur einen Ton herausbekommen hätte.

Sawyer nahm ihr das Telefon aus der Hand und warf es auf den Beifahrersitz. Anschließend verschränkte er seine Finger mit ihren. Dankbar, dass er keine Fragen stellte, ließ sie es geschehen.

10

Bowen zuckte zusammen, als das Handy erneut klingelte. Die Befürchtung, die Nachricht zu bekommen, dass Isabel tot war, wurde mit jeder Minute größer. Was sollte er dann tun? Es hatte zwar lange gedauert, aber nun wusste er, dass er nicht mehr ohne sie leben wollte. Er konnte nur hoffen, dass er sie rechtzeitig finden und befreien würde, bevor sie unwiederbringlich für ihn verloren war. Der Gedanke, wie viel Angst sie haben musste und dass sie verletzt sein könnte, machte ihn verrückt. Wie hatte er es nur geschafft, ihr so lange fernzubleiben und die Gefühle zu ignorieren, die ihn an sie banden?

Nervös blickte er zu Harken hinüber, der das Gespräch annahm.

»Ja.« Harkens Stimme klang wie immer, als säße er beim Tee.

Dank seines guten Hörvermögens als Berglöwenwandler konnte Bowen auch die andere Hälfte des Gesprächs mithören.

»Hier ist Finn.« Bowens Muskeln spannten sich an, als er die Stimme des Ratsführers hörte. »Keira hat sich gemeldet. Wie es aussieht, haben mehrere Männer Isabel entführt. Die Wahrscheinlichkeit ist hoch, dass sie nach San Francisco geflogen wurde. Dorthin sind Keira und Sawyer jetzt unterwegs.«

Bowen bekam keine Luft und merkte erst jetzt, dass er unwillkürlich den Atem angehalten hatte. Zischend stieß er ihn aus.

Harken warf ihm einen kurzen Blick zu, bevor er wieder auf die Straße sah. »Wo in San Francisco?«

»Das wissen sie bisher noch nicht. Die Polizei hat das Signal ihres Handys geortet, das in einer Mülltonne am Half Moon Bay

Airport lag. Sie suchen dort nach Isabel, aber die Wahrscheinlichkeit, sie zu finden, ist nicht sehr hoch.«

Harkens Hände krampften sich fester um das Lenkrad. »Okay, wir fahren sofort hin. In ein paar Stunden sind wir dort. Wo treffen wir uns?«

»Ich werde Keira sagen, dass sie sich bei euch melden soll, wenn sie eintrifft.«

»Gut.« Harken wollte die Verbindung gerade beenden, als noch einmal Finns Stimme erklang.

»Ich möchte mit Bowen sprechen.«

Fragend hob Harken eine Augenbraue und reichte ihm das Telefon, als Bowen schließlich zögernd nickte. »Hallo Finn.« Es war ihm peinlich, wie schwach seine Begrüßung klang.

»Hast du Isabel in letzter Zeit gespürt?«

Bowen, der Vorwürfe erwartet hatte, atmete lautlos auf. »Ja, etwa vor einer halben Stunde.«

»Gut, dann wissen wir wenigstens, dass Isabel bei der Landung noch am Leben war. Glaubst du, die Verbindung zwischen euch wird stärker, wenn du in ihre Nähe kommst?«

»Ich bin mir sogar sicher. Jedenfalls war es letztes Jahr so.« Bowen holte tief Luft. »Ich kann sie finden, Finn, ich weiß, dass ich es kann«, flüsterte er.

Finn gab einen beruhigenden Laut von sich. »Wir verlassen uns auf dich. Aber du musst mir versprechen, dass du nichts unternimmst, wenn du sie findest, sondern auf Keira und Sawyer wartest.« Als Bowen schwieg, wurde Finn lauter. »Bowen, versprich es mir, oder ich hole dich zurück.«

Das war vermutlich eine leere Drohung, aber Bowen wusste, dass er später im Lager große Probleme bekommen würde, wenn er Finns Befehl nicht gehorchte. »Ja, okay.«

Finn sprach lauter: »Harken, sorg dafür, dass Bowen sich daran hält.«

Harken verdrehte die Augen. »Ich werde auf ihn aufpassen, keine Angst.«

»Ich verlasse mich darauf.« Eine Pause entstand. »Sei bitte vorsichtig, Bowen. Deine Mutter lässt dir ausrichten, dass sie dich liebt und versteht, warum du Isabel helfen willst.«

Ein Kloß saß in Bowens Kehle und hinderte ihn am Sprechen. Schließlich räusperte er sich. »Danke, sag ihr bitte, dass mir das viel bedeutet und dass ich bald wieder zu Hause bin.«

»Mache ich.«

Nachdem Finn sich verabschiedet hatte, saß Bowen noch eine Weile mit dem Telefon in der Hand da und versuchte, seine Gefühle wieder in den Griff zu bekommen. Er musste Isabel helfen, aber es tat ihm weh, seiner Mutter solche Sorgen zu bereiten. Nachdem sein Vater vor Jahren an einer Infektion gestorben war, hatte sie nur noch ihn. Es hatte sie fast umgebracht, als er letztes Jahr entführt worden war, und noch immer ließ sie ihn nur selten aus den Augen. Einerseits verstand er das, andererseits engte es ihn auch ein. Er war inzwischen erwachsen und musste sein eigenes Leben führen. Allerdings wusste er noch nicht, wie es genau aussehen würde.

Bisher war immer klar gewesen, dass er bei der Gruppe leben und Wächter werden würde, aber seit er Isabel kennengelernt hatte, war er dessen nicht mehr so sicher. Oder anders gesagt, er wollte schon im Lager bleiben. Wo sollte er auch hin? Aber wenn er das tat, gab es keine Möglichkeit, mit Isabel zusammen zu sein. Sie war so jung und hatte ihr Leben noch vor sich. Wenn sie studieren wollte, sollte sie das tun und nicht irgendwo im Wald hocken. Bowen unterdrückte ein Schnauben. Vermutlich war das alles sowieso nur Wunschdenken und Isabel hatte ihn längst abgeschrieben. Ihr standen so viele Möglichkeiten offen, warum sollte sie das alles wegwerfen für jemanden, der sich nicht mal bei ihr gemeldet hatte?

»Wenn du Bedenken hast, ist es jetzt zu spät. Ich glaube nicht, dass wir Isabel ohne dich schnell genug finden würden.«

Harkens Bemerkung riss Bowen aus seinen Gedanken. »Ich werde alles tun, um Isabel zu finden.« Durchdringend blickte er Harken an. »Aber ich frage mich gerade, was du eigentlich davon hast, mir zu helfen. Du kennst Isabel noch nicht mal.«

Die Stille zerrte an Bowens Nerven, doch schließlich antwortete Harken doch. »Davon abgesehen, dass ich es hasse, wenn unschuldige Menschen oder Wandler entführt werden?«

»Ja.« Unwillkürlich hielt Bowen den Atem an.

»Ich glaube, dass der gleiche Verbrecher Isabel entführt hat, der hinter vielen ähnlichen Vorfällen steckt. Auch hinter deiner Entführung im letzten Jahr und hinter dem, was mit Melvin und seinem Vater passiert ist.«

Entsetzt starrte Bowen ihn an. »Aber Stammheimer ist tot, genauso wie Jennings, der im Winter Jagd auf uns gemacht hat. Sie können Isabel nicht entführt haben.«

»Nein, aber derjenige, der sie beauftragt beziehungsweise angestachelt hat. Oder was glaubst du, wieso Jennings nach über zwanzig Jahren plötzlich auf die Idee kam, dass seine Verlobte ihn wegen eines Berglöwenwandlers verlassen hatte und wo er den finden würde, um sich an ihm zu rächen?«

Bowen schwieg. Das hatte er sich tatsächlich noch nicht überlegt. »Und er hat auch Isabels Vater umgebracht?«

»Nicht er persönlich, dafür hatte er Edwards engagiert, der danach in Escondido versuchte, Kainda in seine Gewalt zu bringen.«

Die Leopardenwandlerin war auf der Suche nach einer Möglichkeit, wieder in ihre Heimat Afrika zurückzukommen, verfolgt und schwer verletzt worden, das wusste Bowen. »Bist du sicher, dass der Gleiche dahintersteckt?«

Harken hob eine Augenbraue. »Du glaubst, es gibt mehrere

Hintermänner, die unabhängig voneinander versuchen, Wandler zu töten oder gefangen zu nehmen?«

Bowen musste zugeben, dass das unwahrscheinlich war. Aber es erklärte immer noch nicht, was der Verbrecher überhaupt von ihnen wollte.

»Auch derjenige, der vor ein paar Tagen versucht hat, Torik, seinen Vater und diese Autorin umzubringen, sprach von einem Auftraggeber.« Harken klang, als würde er über das Wetter reden, aber Bowen konnte sehen, wie ein Muskel in seiner Wange zuckte.

»Also denkst du, dass alles, was meiner Gruppe in letzter Zeit passiert ist, auf das Konto eines einzigen Mannes gehen könnte? Und wenn er tot ist, haben wir endlich wieder unsere Ruhe?«

»Ja, das ist meine Vermutung. Wenn ich ihn finde, werde ich ihn ausschalten. Hoffentlich können alle Wandler danach wieder in Ruhe leben, aber das hängt auch davon ab, wem er noch von unserer Existenz erzählt hat.« Kälte schwang in Harkens Stimme mit, als er davon sprach, den Verantwortlichen zu töten.

Bowen betrachtete ihn schweigend. Harkens Wangenknochen standen scharf hervor, seine Lippen waren fest zusammengepresst. Tiefe Wut sprach aus der verspannten Haltung seines Körpers. »Was hat er dir angetan?«

Blitzschnell schwang Harkens Kopf zu ihm herum. Er öffnete den Mund, schloss ihn dann aber sofort wieder. Abrupt wandte er sich wieder der Straße zu. »Nichts.« Es war beinahe ein Grollen.

So dicht hatte Bowen den sonst so ruhigen Mann noch nie vor der Wandlung gesehen. In was für ein Tier mochte er sich wohl verwandeln? Bisher war er nur dadurch aufgefallen, dass er sich unsichtbar machen konnte. Anscheinend war Harken jedenfalls ein furchtbar schlechter Lügner, denn nach seiner Reaktion war Bowen sicher, dass er schon einmal mit dem Verbrecher zu tun gehabt oder zumindest von seinen Taten betroffen gewesen war. Aber es war offensichtlich, dass Harken nicht darüber reden wollte.

Egal was es gewesen sein mochte, es bestärkte Bowen darin, dass er Isabel unbedingt so schnell wie möglich aus der Gewalt dieses Mistkerls befreien musste, der nach Harkens Meinung schon mehrfach bewiesen hatte, wie wenig ihm ein Wandler- oder auch ein Menschenleben bedeutete. Er war zwar noch kein Wächter, doch er würde alles tun, um Isabel zu retten, auch wenn es seinen eigenen Tod bedeuten könnte.

Isabel öffnete die Augen, als ihre Umgebung endlich aufhörte zu schwanken. Die Kiste wurde nicht gerade sanft auf festem Boden abgestellt und Isabel wartete mit angehaltenem Atem darauf, dass man sie endlich aus ihrem hölzernen Gefängnis befreite, doch nichts geschah. Inzwischen klebte ihr die Zunge am Gaumen, ihr Hals fühlte sich so trocken an, als wäre sie durch eine Wüste gefahren. Sollte sie hier elendig verdursten? Entschlossen schob sie den erschreckenden Gedanken beiseite. Es würde keinen Sinn ergeben, sie sterben zu lassen, nachdem sie extra hierher transportiert worden war. Wo auch immer »hier« war. Ein Schauder lief durch ihren Körper, als sie sich vorstellte, was die Verbrecher noch mit ihr vorhaben mochten.

Das klaustrophobische Gefühl wurde immer stärker, nur mit Mühe konnte sie ihre Atmung regulieren und sich davon abhalten, mit den Fäusten gegen das Holz zu schlagen. Sie durfte sich nicht zu sehr bewegen, um den wenigen Sauerstoff, der in die Kiste drang, nicht sinnlos aufzubrauchen. Isabel versuchte, über dem lauten Pochen ihres Herzens etwas zu hören, doch es drang kein Laut in ihr Gefängnis. Am schlimmsten war die Ungewissheit. Sie wusste nicht, was mit ihr passieren würde, deshalb konnte sie sich nicht darauf einstellen und sich einen

Plan überlegen, wie sie vorgehen sollte, um am Leben zu bleiben und möglichst schnell zu entkommen. Es blieb ihr nichts anderes übrig, als abzuwarten und zu hoffen, dass ihr schnell genug etwas einfiel, wenn es so weit war.

Nach scheinbar unendlich langer Zeit hörte sie schließlich ein Kratzen an der Kiste. Bevor sie sich darauf einstellen konnte, hob sich schon der Deckel und sie blinzelte in die Helligkeit. Langsam richtete sie sich auf und erkannte, dass der Raum leer war. Verwirrt sah sie sich um. Wo war derjenige geblieben, der die Kiste geöffnet hatte? Rasch setzte sie sich auf und stöhnte, als sich ihre Muskeln schmerzhaft meldeten. Schwindel erfasste sie und sie musste sich am Rand abstützen, um nicht wieder zurückzufallen. Mühsam unterdrückte sie ihre Übelkeit und richtete sich langsam auf. Ihre Beine zitterten, als Isabel sich zuerst hinkniete und dann ein Bein über den Rand schwang. Es dauerte unglaublich lange, bis sie endlich neben der Kiste stand.

Isabel schlich zur Tür und drückte vorsichtig die Klinke herunter. Unwillkürlich hielt sie den Atem an und ließ ihn enttäuscht ausströmen, als sie feststellte, dass sich die Tür nicht öffnen ließ. Das wäre ja auch zu einfach gewesen. Anscheinend wollte also ihr Entführer nicht, dass sie sich frei im Haus – oder wo auch immer sie war – bewegte. Einen Moment lang lehnte sie sich an die Tür und schloss die Augen, bis der Schwindel ein wenig nachließ.

Erst jetzt sah sie sich im Raum um. Es schien sich um ein Gästezimmer zu handeln. Neben dem Bett gab es einen Schrank und eine Kommode, auch ein kleiner Schreibtisch mit dazugehörigem Stuhl fehlte nicht. Ein Clubsessel stand in einer Ecke neben einem runden Tisch, auf dem sich diverse Flaschen befanden. Ungläubig starrte Isabel die alkoholischen Getränke an. Als sie den Raum weiter erkundete, entdeckte sie eine versteckt liegende Tür, hinter der sich ein kleines Bad befand. Sie ging hinein und erschrak, als sie ihr Spiegelbild sah. Ihre langen, zerzausten Haare umgaben wild ihr viel zu blasses Gesicht, aus dem ihr gerötete Augen entgegenblickten, die von dunklen Ringen umgeben waren. Besonders beeindruckend war die bläulich schimmernde Beule an ihrer Stirn, die von eingetrocknetem Blut umgeben war. Mit den Fingern versuchte sie, ihre Haare zu ordnen, doch es war hoffnungslos. So schnell wie möglich wusch sie Gesicht und Hände und benutzte die Toilette, bevor sie wieder in den Hauptraum zurückkehrte.

Nach dem eher unbequemen Transport in der Kiste hatte sie erwartet, dass ihre Behandlung so weitergehen würde, doch auch wenn sie hier eingesperrt war, konnte sie es sich mehr oder weniger gemütlich machen. Neben dem Alkohol stand auch eine Wasserflasche auf dem Tisch, sodass sie endlich ihren Durst stillen konnte. Gierig trank sie die lauwarme Flüssigkeit und es war ihr beinahe egal, ob sie vielleicht mit einem Betäubungsmittel versetzt war. Isabel ließ sich auf die Bettkante sinken und versuchte, einen klaren Gedanken zu fassen, damit sie ihre Flucht planen konnte.

Erst jetzt fiel ihr auf, dass der Raum keine Fenster hatte, sondern nur Dachluken, durch die sie den dunklen Himmel sehen konnte. Also war es noch nachts und es war nicht so viel Zeit vergangen, wie es ihr vorgekommen war. Ein weiterer Blick auf den verschlossenen Ausgang ließ die Verzweiflung in ihr wieder aufsteigen. Von selbst würde sie nicht aus dem Raum entkommen können, sondern sie musste warten, bis jemand die Tür öffnete. Mit ihrer geringen Größe und ihrem eher schlanken Körperbau würde sie ihren Entführer kaum überwältigen können. Was blieb ihr sonst noch? Sie konnte entweder warten, bis jemand sie rettete, oder sich aus irgendetwas eine Waffe basteln. Da sie es noch nie ertragen hatte, längere Zeit herumzusitzen, sprang Isabel auf und machte sich sofort auf die Suche.

Eine halbe Stunde später ließ sie sich entmutigt wieder auf das Bett sinken. Das Einzige, was sie auch nur im Entferntesten als Waffe benutzen konnte, waren die Weinflaschen. Allerdings würde sie damit viel zu nah an den Verbrecher herankommen müssen und wäre somit einem Gegenangriff schutzlos ausgeliefert. Sie konnte zwar versuchen, die Flaschen zu werfen, aber damit richtete sie vermutlich nicht genug Schaden an. Und selbst wenn sie aus diesem Raum entkam, bedeutete das noch lange nicht, dass sie frei war. Da ihr Zimmer Dachluken hatte, musste sie davon ausgehen, dass es sich im obersten Stockwerk befand. Daher würde sie wohl ein ganzes Haus durchqueren müssen, um auf die Straße zu kommen. Wenn es überhaupt eine gab. Was, wenn dieses Gebäude irgendwo in der Wildnis stand?

Isabels Atem beschleunigte sich und sie merkte, wie sie immer weniger Luft bekam. Mühsam drängte sie die Panikattacke zurück und versuchte, sich wieder zu beruhigen. Es würde ihr kein bisschen helfen, wenn sie in Ohnmacht fiel. Ganz im Gegenteil. Nur wenn sie wach und auf alles vorbereitet war, hatte sie wenigstens die Spur einer Chance, hier zu entkommen. Mit verkrampften Muskeln saß Isabel auf dem Bett und versuchte, die Müdigkeit irgendwie abzuschütteln. Doch es gab weder Bücher noch einen Fernseher und so fielen ihr immer wieder die Augen zu.

Ein Geräusch ließ Isabel hochfahren und sie blickte sich verwirrt um. Sie war tatsächlich eingeschlafen. Sofort senkte sich die Furcht wieder über sie, genauso wie Verzweiflung und Wut. Angespannt starrte sie zur Tür, als erneut ein leises Quietschen ertönte. Isabel sprang auf, als die Klinke langsam heruntergedrückt wurde. Rasch griff sie sich eine Flasche und stellte sich kampfbereit dem Mann, der die Tür öffnete und in den Raum trat. Es war der gleiche ältere Herr, der im Flugzeug mit ihr gesprochen hatte.

Als er die Weinflasche in ihrer Hand sah, hob er eine silberne

Augenbraue. »Willst du mit mir anstoßen?« Ein Lächeln spielte um seine Mundwinkel, bevor er wieder ernst wurde. »Ich weiß, dass du dich fragst, warum ich dich hierher gebracht habe.« Isabel nickte knapp. »Ich möchte, dass du für einige Tage mein Gast bist. Wenn du kooperierst, wird es dir an nichts fehlen.«

Isabel befeuchtete ihre trockenen Lippen. »Und wenn ich das nicht tue?«

»Dann könnte es etwas unangenehm für dich werden.« Er zuckte mit den Schultern. »Es liegt allein bei dir.«

»Dann lassen Sie mich gehen! Wenn Sie mich erst entführen und dann hier einsperren, bin ich kein Gast, sondern eine Gefangene.« Sie bemühte sich um einen festen Tonfall. »Ihnen ist klar, dass Entführung ein Verbrechen ist, oder?«

Diesmal lachte er wirklich. »Aber ja.« Der Humor verschwand ebenso schnell wieder, wie er gekommen war. »Lass das meine Sorge sein. Du brauchst dir nur zu überlegen, ob du bereit bist, dich mit mir zu unterhalten, oder ob wir es gleich auf die harte Tour machen. Du hast die Wahl.«

»Was …? Worüber wollen Sie sich denn mit mir unterhalten? Sie kennen mich doch gar nicht.« Verwirrt blickte Isabel ihn an. »Und warum konnten Sie das nicht in Las Vegas tun?«

Diesmal war sein Lächeln deutlich unangenehmer. »Deine Freunde hätten es nicht zugelassen. Ich wollte in Ruhe mit dir reden können, ohne den Einfluss der Gestaltwandler.« Sein Blick bohrte sich in ihren.

Isabel versuchte, keine Regung zu zeigen, aber sie war sich fast sicher, dass er ihr den Schreck deutlich ansehen konnte. Woher wusste dieser Kerl von den Wandlern? Es schien tatsächlich so, als hätte er sie nur deshalb entführt – weil er von ihr etwas über ihre Freunde erfahren wollte. Isabel hob das Kinn. Was auch immer er mit ihr tat, sie würde Bowen und die anderen nicht verraten. »Ich weiß nicht, wovon Sie reden.«

»Du brauchst dich nicht dumm zu stellen, Isabel Kerrilyan, ich weiß alles über dich. Zumindest alles, was wichtig ist.« Er tippte mit dem Finger gegen sein Kinn. »Wie zum Beispiel, was letztes Jahr im Haus deines Vaters vorgefallen ist. Woran Stammheimer gearbeitet hat.«

Fassungslos starrte Isabel ihn an, als ihr etwas klar wurde. »Sie waren es! Sie haben Henry umgebracht!«

Ihre Anschuldigung schien ihn völlig kaltzulassen. Er hob nur eine Schulter. »Ich war zu der Zeit überhaupt nicht in Nevada.«

Isabel zitterte vor Wut. »Sie elender Mörder!« Die Flasche fest im Griff ging sie auf ihn zu.

»Das würde ich nicht tun, wenn ich du wäre.« Der Mann zog eine Pistole hervor und stieß einen tiefen Seufzer aus. »Ich sehe schon, auf die freundliche Art komme ich bei dir nicht weiter. Zu schade, du bist ein hübsches und kluges Mädchen und hättest noch viel erreichen können.«

Isabel blieb abrupt stehen, hob das Kinn und blickte ihm direkt in die Augen. »Das kann ich immer noch.«

Bedauernd schüttelte der Verbrecher den Kopf. »Nicht, wenn ich mit dir fertig bin.« Er strich mit der Hand über seine perfekte Frisur. »Aber zuerst lasse ich dich noch einmal darüber nachdenken, ob du nicht doch den einfachen Weg wählen willst. Es wäre für dich und auch für mich wesentlich angenehmer.«

Darauf konnte er lange warten, aber Isabel war schlau genug, es nicht auszusprechen. Wenn sie damit noch etwas Zeit gewann, umso besser. Sie war sicher, dass Keira alles tun würde, um sie zu retten, Isabel musste nur so lange durchhalten, bis sie kam. Doch dann sah sie das Glitzern in den hellgrünen Augen ihres Entführers und sie wusste, dass es genau das war, was er wollte. Es ging ihm darum, die Wandler hierher zu locken. Angst breitete sich in ihr aus, diesmal nicht um sie selbst, sondern um ihre Freunde.

»Warum machen Sie das?«

Ein Ausdruck huschte über sein Gesicht, den Isabel nicht deuten konnte. Sofort war er wieder verschwunden. »Das braucht dich nicht zu interessieren.« Er drehte auf dem Absatz um und verließ das Zimmer, ohne noch einen Blick zurück zu werfen.

11

Sawyer blickte auf Keiras zerzauste Haare herunter und musste lächeln. Ihr Kopf lag an seiner Schulter und eine Hand hatte sie zwischen seine Oberschenkel geschoben. Es fehlte nicht mehr viel und ihre Finger würden seinen harten Schaft streicheln. Leider schlief sie, sonst hätte er noch mehr Spaß an ihren Berührungen gehabt. Bei der Abfahrt in Las Vegas hatte Keira noch auf ihrer Seite der Rückbank gesessen, doch im Laufe der Zeit waren sie immer näher zusammengerückt, bis sie schließlich an ihn gelehnt eingeschlafen war. Es gefiel ihm, wenn ihre weichere Seite zum Vorschein kam, aber er mochte es auch, wenn sie kratzbürstig war. Eigentlich hatte er immer seinen Spaß, wenn er in ihrer Nähe war, doch er weigerte sich, darüber nachzudenken, was das bedeuten mochte.

Vorsichtig schob er seine Hüfte vor, bis ihre warme Hand auf seiner Erektion lag. Für einen Moment schloss er die Augen und genoss das Gefühl. Was gäbe er darum, jetzt nackt zu sein und ihre Haut an seiner zu spüren. Mit einem lautlosen Seufzer hob er die Lider wieder und sah eine Felswand auf sein Fenster zukommen. Der Schock lief durch seinen Körper und er setzte sich ruckartig auf. Mit einer Hand griff er zwischen den Vordersitzen hindurch nach dem Lenkrad und korrigierte die Richtung.

»Verdammt noch mal, Caruso, pass doch auf!« Sein Herz klopfte wild, Adrenalin pumpte durch seinen Körper.

Caruso ruckte hoch und blinzelte verschlafen. »Was ist denn?« Er versuchte, Sawyers Hand vom Lenkrad zu schieben, doch das ließ Sawyer nicht zu.

»Halt beim nächsten Parkplatz an.« Sawyer hörte das Grollen des Berglöwen in seiner Stimme, aber es war ihm egal.

»Warum? Wir haben keine Zeit für …«

Sawyer unterbrach ihn. »Du glaubst, es hilft Isabel, wenn du uns totfährst, weil du am Steuer einschläfst?«

Caruso schwieg, fuhr aber deutlich vorsichtiger als vorher. Zögernd ließ Sawyer das Lenkrad los und lehnte sich wieder zurück. Keira hatte sich aufgesetzt und sah ihn nun mit großen Augen an. Die Zeit zum Kuscheln war eindeutig vorbei, ihr Blick distanziert.

»Was ist passiert?« Ihre Stimme klang rau.

»Wir machen eine Pause. Caruso braucht ein wenig Schlaf – und wir auch.«

Er konnte sehen, dass Keira protestieren wollte, aber schließlich nickte sie zögernd. »Das wird wohl am besten sein.«

Caruso sah in den Rückspiegel. »Eine Stunde reicht, dann bin ich wieder fit.«

Das blieb abzuwarten, doch Sawyer sagte nichts, weil der Mensch sich dann nur stur stellen und womöglich versuchen würde, sofort weiterzufahren. Auch er wollte so schnell wie möglich nach San Francisco, aber nicht auf die Gefahr hin, dass Keira bei einem Autounfall verletzt oder getötet wurde. Nicht, wenn er es verhindern konnte.

Kurze Zeit später stellte Caruso auf einem abgelegenen Parkplatz den Motor aus, lehnte seinen Kopf gegen die Kopfstütze und stieß einen tiefen Seufzer aus. »Ich bin tatsächlich müde.«

Sawyer öffnete seine Tür. »Mach es dir gemütlich, Keira und ich werden draußen schlafen.«

Erstaunt drehte sich Caruso zu ihnen um. »Ist das nicht furchtbar unbequem?« Er deutete in die Dunkelheit. »Da draußen ist nur Wüste.«

Mit einem Schnauben schwang Sawyer seine Beine aus dem Wagen. »Wir sind es gewöhnt, draußen zu schlafen.«

Keira zog eine Augenbraue hoch. »Sprich bitte nur für dich. Ich persönlich ziehe ein weiches, bequemes Bett vor.« Als er sie angrinste, klappte sie rasch den Mund zu.

Caruso sah sie seltsam an, dann zuckte er mit den Schultern. »Solange ihr wieder hier seid, wenn ich losfahren will, ist mir egal, wo ihr schlaft.«

Isabels Vater war ein so herzlicher Mensch, Sawyer konnte es kaum aushalten. Ausnahmsweise sagte er nichts dazu, sondern nahm sich nur eine Decke vom Rücksitz, schlang seine Hand um Keiras Arm und führte sie in die Wüste. Es dauerte nicht lange, bis sie eine flache Sandmulde gefunden hatten, die von Sträuchern umgeben war. Perfekt für ein kleines Schlafnest.

Keira beäugte die Mulde eher skeptisch, aber schließlich zuckte sie mit den Schultern. »Besser als nichts.«

Sawyer breitete die Decke auf dem sandigen Boden aus und legte sich darauf. Die Hände unter dem Kopf verschränkt betrachtete er Keira, die überall hinsah, nur nicht zu ihm. Schließlich hielt er es nicht mehr aus und streckte ihr seine Hand entgegen. »Komm, ich beiße nicht.«

Ihr Kopf ruckte zu ihm herum. »Du solltest dich lieber fragen, ob ich beiße.«

»Ich bin gewillt, das in Kauf zu nehmen.« *Oh ja, bitte!* Ein Schauder lief bei der Vorstellung durch seinen Körper. Rasch wurde er wieder ernst. »Komm her, Keira, wir müssen dringend schlafen, wenn wir Isabel helfen wollen.«

Wie erwartet reagierte seine Wildkatze darauf. »Ich weiß.« Sie hockte sich neben ihn und biss auf ihre Unterlippe. »Es ist nur … diese ungeschützte Lage macht mich nervös. Normalerweise bin ich immer von Bäumen umgeben, hier ist alles so … leer.«

Sawyer ergriff ihre Hand und zog sie zu sich hinunter. »Man gewöhnt sich daran.« Obwohl sie sich stocksteif hielt, schlang er einen Arm um sie und zog sie an sich. »Entspann dich, ich möchte dich nur halten.«

Deutlich zögernd legte Keira ihren Kopf auf seine Schulter, ihre Augen waren weit aufgerissen. »Ich bin das nicht gewöhnt.«

»Was?«

Eine Weile schwieg sie. Als sie wieder sprach, war ihre Stimme nur ein Hauch. »So dicht neben jemandem zu liegen.«

Zufriedenheit breitete sich in ihm aus. Sie hatte also keinen Gefährten, das machte es deutlich einfacher, um sie zu werben. Sein Herz setzte einen Schlag aus. Keira war so begehrenswert, dass er sie vom ersten Moment an gewollt hatte. Die Männer ihrer Gruppe mussten dumm und blind sein, wenn sie nie versucht hatten, sie für sich zu beanspruchen. Deren Pech, er würde sie bestimmt nicht wieder hergeben.

Unwillkürlich zog er sie näher an sich und vergrub sein Gesicht in ihren Haaren. Ihre Nähe löste etwas in ihm aus, das er besser nicht zu genau betrachtete. Als Keira seufzte und ihre Hand auf seine Brust legte, hielt Sawyer den Atem an. Sicher konnte sie seinen rasenden Herzschlag spüren und wusste, was ihre Berührung in ihm bewirkte.

»Du auch nicht?« Ihr Atem strich über seinen Hals und Sawyer spannte die Muskeln an, um seine automatische Reaktion zu unterdrücken. Nicht, dass er damit besonders viel Erfolg hatte. Es dauerte eine Weile, bis er ihre Frage registrierte.

»Auch nicht was?«

Keira hob den Kopf und blickte ihn direkt an. »Ich habe mich gefragt, ob du vielleicht auch niemanden hast, der nachts neben dir liegt.«

Seine Kehle war so zugeschnürt, dass er keinen Ton herausbrachte. Er wollte lieber nicht wissen, was Keira gerade in seinen Augen sehen konnte. Ihre Miene wurde weicher und mit den Fingern strich sie über seine vernarbte Wange.

Das löste ihn aus seiner Erstarrung. Er fing ihre Hand mit seiner ein und legte sie auf seine Brust zurück. »Jetzt habe ich ja dich.«

Es war Keira anzusehen, dass sie auf eine andere Antwort gehofft hatte, doch schließlich nickte sie nur und legte ihren Kopf wieder auf seine Schulter. Warum hatte er ihr nicht die Wahrheit sagen können? Schließlich war es kein Geheimnis, dass er die letzten zwei Jahre niemanden an sich herangelassen hatte. Sawyer schnaubte innerlich. Als hätte er es sich ausgesucht, alleine zu sein ... Aber darüber wollte er erst recht nicht nachdenken und schon gar nicht, wenn er Keira in seinen Armen hielt.

Sie stieß einen Seufzer aus und schmiegte sich noch enger an ihn. Ihr Bein schob sich über seine Oberschenkel und Sawyer schloss für einen Moment die Augen, um sich wieder unter Kontrolle zu bringen. Noch ein winziges Stück höher und sie würde seine Erektion bemerken. Was vermutlich dazu führen würde, dass sie sofort aufsprang und wegrannte. Und das wollte er unter allen Umständen vermeiden. Es gefiel ihm, dass seine Wildkatze zur Abwechslung sanft und anschmiegsam war, auch wenn er ihr Feuer genauso genoss.

Da er sie nicht wieder vertreiben wollte, legte Sawyer seine Hand auf ihre Hüfte und hinderte sie so effektiv daran, ihr Bein höher zu schieben. Gleichzeitig wickelte er eine ihrer Haarsträhnen um die Finger der anderen Hand. »Schlaf jetzt, wir müssen bald wieder los.«

Keira nahm ihre Hand von seiner Brust, doch bevor er gegen den Verlust protestieren konnte, schob sie sie unter sein T-Shirt. Sein Herz hämmerte los und es gab keine Möglichkeit, wie Keira das überhören konnte. Ihre Finger glitten immer höher, bis sie sich in seine Brusthaare gruben. Oh, verdammt. Als sie seine Brustspitze berührte, hielt er es nicht mehr aus. Mit einem Stöhnen zog er sie an sich hoch, bis sie auf ihm lag und ihr Gesicht sich direkt über seinem befand. Erregung war deutlich in ihren grünen Augen zu erkennen. Ihre Hände gruben sich in seine Schultern, ihre Hüfte lag direkt auf seinem Schaft. Auf keinen Fall konnte er seine riesige Erektion verstecken. Mit einem katzengleichen Lächeln beugte sie sich zu ihm hinunter und strich mit ihren weichen Lippen über seinen Mund.

Sawyer bemühte sich, sie nicht an sich zu reißen und sie so wild zu küssen, wie es jede Faser seines Körpers verlangte. Stattdessen hielt er still und wartete gespannt, was Keira tun würde. Seine Augen schlossen sich, als sie mit der Zunge seine Lippen erkundete, bevor sie in seinen Mund schlüpfte. Sawyer begrüßte sie mit seiner Zunge und wand sich um sie. Schnell wurde der Kuss heftiger, Sawyers Hand krampfte sich in ihre Haare. Keira gab ein zustimmendes Schnurren von sich und rieb ihre Hüfte an seiner. An seiner Schulter konnte er ihre Krallen spüren, aber das machte ihn nur noch wilder. Er musste sie unbedingt haben, jetzt, sofort! Seine andere Hand glitt zum Saum ihres T-Shirts und schob es langsam nach oben. Rasch zog er es Keira über den Kopf, bevor er sich wieder in den Kuss stürzte. Ihr protestierender Laut ging fast im Rauschen seiner Ohren unter. Doch schließlich drang er zu seinem Gehirn vor und Sawyer erstarrte.

Anstatt ihn wegzustoßen, wie er befürchtet hatte, richtete Keira sich jedoch über ihm auf und schob sein T-Shirt ebenfalls hoch. »Ich will deine Haut an meiner spüren.«

Wer war er, ihr einen solchen Wunsch abzuschlagen? In einer fließenden Bewegung setzte er sich auf, zog das T-Shirt über den Kopf und ließ sich mit Keira in seinen Armen wieder zurücksinken.

Sie grinste ihn an. »Wow, du bist schnell.«

»Und wie. Wo waren wir stehen geblieben?« Er musste seine gesamte Beherrschung zusammennehmen, um zu verhindern, dass seine Augen im Kopf zurückrollten, als sie ihre nackten Brüste an seinem Oberkörper rieb.

»Hm, das fühlt sich gut an.« Mit den Händen strich sie an seinen Seiten entlang und traf dort auf seine Narben. Sawyer erstarrte.

Keira spürte, wie sich seine Muskeln verhärteten und Sawyer sich extrem still hielt. Hätte sie seine Narben nicht berühren sollen? Aber sie gehörten zu ihm und bisher hatte sie nicht den Eindruck gehabt, dass Sawyer sich etwas daraus machte. Sein Herz hämmerte in seiner Brust, sein Atem klang rau. Da sich sein Schaft immer noch hart gegen ihren Bauch drängte, erkannte sie, dass ihre Berührung für Sawyer zumindest nicht abtörnend war. Keira atmete tief ein und entschied dann, einfach weiterzumachen. Wenn er etwas nicht wollte, musste er es sagen. Seine Haut fühlte sich unter ihren Lippen sündhaft gut an, und so küsste und leckte sie an seinem Hals entlang, über sein Schlüsselbein bis zu seiner Brustspitze, die sich bei ihrer Berührung zu einem festen Punkt zusammenzog. Nachdem sie auch den anderen Nippel mit der Zunge gereizt hatte, rutschte sie weiter nach unten.

Zuerst strich sie noch einmal mit den Fingern über seine Narben, dann folgte sie mit dem Mund. Die Haut war uneben, an manchen Stellen unnatürlich glatt, an anderen rau. Aber überall schmeckte sie nach Sawyer. Nachdem Keira seine Seite ausgiebig erkundet hatte, bewegte sie sich langsam wieder nach oben. Sawyers Atem kam unregelmäßig, seine Augen waren fest zusammengepresst. Unsicher blickte Keira in sein angespanntes Gesicht. Hätte sie das nicht tun sollen? Sie hatte gehofft, ihn zu beruhigen und ihm zu zeigen, dass die Narben sie nicht störten, aber vielleicht hatte sie damit genau das Gegenteil bewirkt.

»Sawyer?«

Sie hatte kaum ausgesprochen, als er sich blitzschnell mit ihr herumdrehte und sie unter sich begrub. Mit seinem Körper drückte er sie in den weichen Sand. Sein Schaft presste sich zwischen ihre Beine, seine Hände gruben sich in ihre Haare. Bevor sein Mund sich auf ihren stürzte, bemerkte sie, dass sich seine Augen verändert hatten. Sie waren nun beinahe golden, die äußeren Augenwinkel deutlich höher als die inneren. Ihre Berührungen schienen seinen Berglöwen geweckt zu haben. Zufrieden ließ sie sich von dem Kuss mitreißen, genoss die Wildheit und die Art, wie Sawyer sich einfach nahm, was er haben wollte, ohne sie um Erlaubnis zu fragen. Mit seinem Gewicht und seiner großen Gestalt über sich kam sie sich zum ersten Mal in ihrem Erwachsenenleben beinahe klein und zierlich vor. Seltsamerweise gefiel ihr das.

Keira schlang ihre Arme um seinen Körper und erwiderte den Kuss mit all der Leidenschaft, die in ihr war. Mit den Krallen fuhr sie langsam über seinen Rücken und freute sich über seine unverstellte Reaktion. Seine Hüfte rieb sich an ihrer und ließ sie wünschen, dass sie beide nackt wären. Keira legte die Hände über seinen Po und presste ihn an sich. Ein Grollen stieg aus Sawyers Kehle, sein Kuss wurde noch wilder, beinahe verzweifelt. Deutlich konnte sie das Hämmern seines Herzens spüren. Es war berauschend, solch eine Reaktion in einem Mann auszulösen.

Um sich abzulenken, schob Keira eine Hand in Sawyers Hose. Sein Po war überraschend glatt an ihrer Handfläche. Die Muskeln zogen sich zusammen, als Keira begann, die Rundung zu erkunden. Sie bemerkte kaum, wie Sawyers Hand ihre Haare verließ und stattdessen an ihrem Körper hinunterwanderte, so gefangen war sie von ihren Entdeckungen. Erst als er seine Finger zwischen ihre Körper schob und in ihren Hosenbund hakte, zuckte sie zusammen. Ein atemloser Laut entfuhr ihr. Sawyer stoppte seine Bewegung und schien auf einen Hinweis von ihr zu warten, ob sie das Gleiche wollte wie er. Als Antwort presste sie sich gegen seinen Schaft und schob ihre Hand tiefer in Sawyers Hose.

Sawyer schauderte heftig, als sie leicht mit den Fingernägeln über seine empfindliche Haut fuhr, was Keira dazu verführte, seine muskulöse Kehrseite noch ausgiebiger zu erkunden, während Sawyer den Knopf ihrer Hose öffnete und langsam den Reißverschluss herunterzog. Zu langsam für ihren Geschmack, sie konnte es kaum erwarten, dass er sie endlich dort berührte. Zur Strafe biss sie in seine Lippe, was er mit einem Knurren beantwortete. Der Laut vibrierte in ihrer Brust und löste ein noch heftigeres Verlangen in ihr aus. Auffordernd hob sie ihm ihre Hüfte entgegen, soweit sein Körper über ihr das erlaubte. Gleichzeitig streifte sie mit ihrem Zeigefinger seine Spalte. Sawyer erstarrte über ihr. Nicht sicher, ob er es mochte, wenn sie ihn dort berührte, zog sie ihre Hand zurück. Sofort folgte er ihr mit seiner Hüfte.

Dadurch war auch für seine Hand mehr Platz und er schob sie in einer fließenden Bewegung in ihre Hose. Seine Finger glitten über ihren Hügel und tauchten ohne Zögern in sie ein. Oh Gott! Keira schloss die Augen und genoss die ungewohnten Gefühle. Sawyers Daumen lag auf ihrer Klitoris und löste damit ein Feuerwerk aus. Keuchend atmete sie ein.

»Alles in Ordnung?« Sawyers raue Stimme erklang direkt an ihrem Ohr.

Mühsam hob sie ihre Lider. »Ja. Es kam nur so unerwartet.« Sie biss auf ihre Lippe. »Es fühlt sich gut an.« Versuchsweise hob sie die Hüfte und schob seine Finger damit noch tiefer in sich. Atemlos lachte sie auf. »Sehr gut sogar.«

Die Erregung brannte noch heller in Sawyers Augen. »Gut.« Sein Kopf senkte sich wieder und er nahm ihre Lippen in einem wilden Kuss gefangen.

Um ihn genauso verrückt zu machen wie er sie, nahm sie ihre Erkundung seines Hinterteils wieder auf. Langsam folgte ihr Finger der Spalte nach unten. Als sie über seine hintere Öffnung strich, zuckte er wie unter einem Stromschlag zusammen. Unwillkürlich schob er seine Finger noch tiefer in sie, während er ihr gleichzeitig seine Hüfte weiter entgegenhob. Offensichtlich mochte er, was sie dort tat, deshalb umkreiste sie vorsichtig den zusammengezogenen Muskel. Ein rauer Laut entfuhr Sawyer. Das Glücksgefühl, einen so starken Mann zu solch einer Reaktion verlocken zu können, verstärkte sich, und sie wurde mutiger.

Sie ließ ihren Finger weiterwandern, bis sie seine Hoden erreichte. Vorsichtig umfasste Keira sie, spürte, wie sie sich verhärteten, und hörte Sawyer erneut stöhnen.

Sawyer riss seinen Mund von ihr los und legte seine Stirn an ihre. »Wenn du willst, dass ich in dir komme, solltest du damit aufhören. Ich explodiere gleich.«

Ihr ging es genauso, aber das hielt sie nicht davon ab, ihre Finger weiter über ihn gleiten zu lassen. Ein Bein schlang sie um seine Hüfte, um ihn damit auf sich zu halten.

»Keira …« Ihr Name klang fast wie ein Grollen. Gleichzeitig stieß er seine Finger immer schneller in sie.

Eine Welle der Erregung lief über sie und sie konnte den Orgasmus beinahe spüren. Gleich …

Das Geräusch eines Automotors drang durch ihre von Lust benebelten Sinne. Sawyer erstarrte über ihr. Mit einem Fluch rollte er sich herunter und sprang auf.

Keira folgte etwas langsamer, ihre Beine fühlten sich an, als wären sie aus Gummi. Heftig schüttelte sie den Kopf, um ihn klar zu bekommen. »Fährt Caruso gerade ohne uns weg?«

»Nein. Es ist ein anderer Wagen auf den Parkplatz gefahren.« Sawyer blickte weiter in Richtung des Parkplatzes. »Wir müssen näher dran, durch das Gestrüpp kann ich nicht genug erkennen.«

Ohne ein Wort zog Keira ihre Hose aus. Das weckte Sawyers Aufmerksamkeit. Bedauernd betrachtete er sie. »Verdammt, ich hatte es mir anders vorgestellt, dich das nächste Mal nackt zu sehen.« Seine Hand glitt über ihre Hüfte, bevor er sich sichtbar zusammenriss und seine Hose ebenfalls entfernte.

Keira konnte nicht anders, sie musste auf seinen Schaft starren, der ihr dick und hart entgegenstrebte. Mit der Zunge befeuchtete sie ihre trockenen Lippen. »Ich mir auch.«

Sawyer beugte sich zu ihrem Ohr herunter. »Wenn du mich weiter so ansiehst, garantiere ich für nichts mehr. Und dann ist es mir auch egal, was mit Caruso geschieht, oder ob wir unsere Mitfahrgelegenheit verlieren.« Seine raue Stimme brachte sie zum Zittern, während gleichzeitig seine Worte ihr Gehirn wieder in Schwung brachten.

Hastig trat sie einen Schritt zurück. »Isabel. Alles andere muss warten.«

Sawyer nickte knapp. »Wenn das keine harmlosen Touristen sein sollten, geh kein Risiko ein, okay? Es bringt Isabel nichts, wenn du dich hier umbringen lässt.«

Zu dem Schluss war Keira auch schon gekommen und es nervte sie, dass Sawyer meinte, es ihr noch einmal sagen zu müssen. Als wäre sie keine Wächterin, sondern eine schwache Frau ohne Intelligenz. Schnell verwandelte sie sich und fauchte Sawyer an, bevor sie loslief. Sie meinte, ein leises Lachen hinter sich zu hören, doch sie ignorierte es und konzentrierte sich stattdessen ganz darauf, sich ungesehen anzuschleichen.

12

Mit zusammengekniffenen Augen beobachtete Caruso die beiden Männer, die aus dem Wagen stiegen, der am anderen Ende des kleinen Parkplatzes angehalten hatte. Hinter dem Steuer konnte er die Silhouette eines dritten Mannes erkennen. Eigentlich hatte er schlafen wollen, aber die Erregung der beiden Wandler hatte ihn daran gehindert. Obwohl sie sich ein Stück vom Auto entfernt hatten, waren die Gefühle und die aufgeheizte Atmosphäre zwischen Keira und Sawyer laut und deutlich in seinem Kopf angekommen. Er hatte gehofft, sie wären irgendwann mit dem Sex fertig und würden dann Ruhe geben, stattdessen kam ein weiteres Gefühl dazwischen: Unbehagen. Da sich die Stimmung gleichzeitig mit dem Eintreffen des anderen Wagens änderte, ging Caruso davon aus, dass seine beiden Begleiter ihn auch bemerkt hatten und nicht wussten, was sie davon halten sollten.

Als die Männer in seine Richtung blickten, spannten sich Carusos Muskeln an. Viel konnte er nicht tun, sollten sie es tatsächlich auf ihn abgesehen haben. Er trug keine Waffe bei sich. Zwar konnte er sich im waffenlosen Kampf verteidigen, aber er bezweifelte, dass Verbrecher so fair wären, ihm das zu ermöglichen. Ihm wäre einzig die Flucht geblieben, aber das hätte bedeutet, die beiden Wandler hierzulassen. Nicht, dass er große Skrupel hatte, wenn es um sein eigenes Leben ging, vor allem nicht, wenn sich die beiden durchaus selbst durchschlagen konnten. Aber er war sich ziemlich sicher, dass er sie noch brauchen würde, um Isabel – und damit auch Lee – zu finden. Wenn er das richtig verstanden hatte, war jemand auf dem Weg nach San Francisco, der eine geistige Verbindung zu Isabel aufbauen und damit bestimmen konnte, wo sie war. Er selbst besaß zwar ebenfalls die Gabe, seine Tochter zu spüren, doch das funktionierte nur auf sehr begrenzte Entfernung.

Er konnte auch nicht aussteigen und sich irgendwo verstecken, denn im Licht der Laternen würden die Männer ihn sehen. Vielleicht waren es auch ganz harmlose Reisende, die nur durch Zufall hier angehalten hatten und nach einer kurzen Pause weiterfahren würden. Dumm nur, dass jeder Instinkt in seinem Körper das Gegenteil sagte. Das Gefühl bestätigte sich, als sie direkt auf ihn zukamen. Trotz der Wärme trugen sie Jacketts – wahrscheinlich, um Pistolen und andere Waffen zu kaschieren. Wie unauffällig. Caruso verzog den Mund. Die Kerle mussten sich auch nicht unauffällig benehmen, schließlich hielten sie alle Karten in der Hand und das wussten sie genau.

Carusos Hand wanderte zum Schlüssel. Es gab auch die Möglichkeit, die Typen einfach umzufahren, allerdings würde es schwierig sein, beide zur gleichen Zeit zu treffen und dann auch noch dem dritten Mann zu entgehen. Wo blieben Keira und Sawyer? Sie waren ganz nah, das konnte er fühlen. Warum griffen sie nicht ein? Die Männer trennten sich vor dem Wagen, einer kam zur Fahrerseite, der andere ging um den Wagen herum und verschwand aus seinem Blickfeld. Caruso versuchte, ihn im Auge zu behalten, aber das war schwierig, wenn gleichzeitig jemand durch das Seitenfenster starrte und schließlich daran klopfte, als Caruso sich nicht rührte.

»Machen Sie auf, ich will mit Ihnen reden.«

Ja, sicher. »Gehen Sie, ich will meine Ruhe haben.«

Bevor er ausgesprochen hatte, erschien eine Pistole vor seinem Fenster. Instinktiv duckte er sich, während über ihm die Scheibe in tausend Splitter zerbarst. Das Geräusch hallte in seinen Ohren wider, während die Scherben seine Arme und Hände zerkratzten, die er zum Schutz um seinen Kopf gelegt hatte. Verdammt, er hatte nicht erwartet, dass die Kerle gleich so aggressiv vorgehen würden. Da sich die beiden Wandler nicht rührten, wurde es Zeit, dass er sich selbst verteidigte. Er konnte den Verbrechern auf keinen Fall erlauben, ihn auszuschalten oder zu verschleppen, Isabels Leben hing davon ab. Er hatte in den letzten Monaten genug über diesen Lee herausgefunden, um zu wissen, dass er über Leichen ging, um sein Ziel zu erreichen. Was auch immer das sein mochte. Sein Freund Gary Jennings und dessen Leute hatten diese Erkenntnis mit ihrem Leben bezahlt.

In einer fließenden Bewegung schnellte Caruso hoch und stieß gleichzeitig die Tür auf. Damit hatte der Verbrecher nicht gerechnet, der Türrahmen traf ihn am Kopf, weil er sich gerade heruntergebeugt hatte, und er ging zu Boden. Caruso wartete nicht darauf, dass er sich wieder aufrappelte, sondern stürzte sich auf ihn und drückte seinen Arm gegen die Kehle des Mannes. Nachdem der sich von seiner Überraschung erholt hatte, begann er sich zu wehren. Mit den Knien versuchte er, Carusos empfindlichere Körperteile zu treffen, hatte dabei aber nur mäßigen Erfolg. Mit einem Bein über denen seines Kontrahenten hatte er ihn gut im Griff. Dafür begannen die Schnitte an seinen Armen und Händen zu brennen. Caruso hörte eine Wagentür knallen und sah auf. Der dritte Mann hatte den Wagen verlassen und kam nun auf sie zu. Wenn er etwas aus seinem Gefangenen herauskriegen wollte, musste er sich beeilen. Immerhin war nichts von dem zweiten Mann zu sehen, hoffentlich hatten die beiden Wandler ihn schon ausgeschaltet.

Trotzdem hatte er nicht viel Zeit für seine Fragen. Die Wut, die seit langer Zeit in Caruso brodelte, brach wieder hervor. Er packte den Kragen seines Gegners und brachte sein Gesicht dicht heran. »Was wollt ihr von mir?«

Der Mann starrte ihn nur mit weit aufgerissenen Augen an, was auch daran liegen konnte, dass er keine Luft mehr bekam. Caruso lockerte den Griff ein wenig und beobachtete zufrieden, wie der Kerl gierig Sauerstoff in seine Lungen sog. Schließlich packte er wieder fester zu. »Antworte!«

Ein dürres Krächzen entfuhr der Kehle seines Gegners. Er schien zu erkennen, dass Caruso nicht lockerlassen würde, denn er öffnete den Mund. »Aufhalten.«

»Ihr wollt mich daran hindern, nach San Francisco zu kommen? War das eure Idee oder wurdet ihr beauftragt?«

Als der Mann nicht antwortete, drückte Caruso mit der Handkante auf dessen Kehlkopf.

Angst kroch in seine Augen. »Auftrag.«

»Wer hat euch beauftragt? Lee?«

Verzweifelt blickte der Verbrecher ihn an. »Weiß … nicht.«

Seltsamerweise glaubte Caruso ihm. Lee neigte dazu, seinen Untergebenen keinen Namen zu nennen, besonders, wenn es sich nur um Handlanger handelte. Gary Jennings war eine Ausnahme gewesen, wahrscheinlich hatte Lee erkannt, dass er bei ihm nicht weiterkommen würde, wenn er nicht zumindest ein paar grundsätzliche Informationen preisgab – auch wenn sie wie der Name, den er benutzte, offensichtlich falsch waren. Erneut überwältigte ihn der Zorn auf den Verbrecher, doch zuerst musste er die unmittelbaren Gegner erledigen, bevor er anschließend endlich Lee ausschalten konnte. Wenn er wirklich Isabel in seiner Gewalt hatte, dann war die ganze Sache gerade noch wesentlich persönlicher geworden.

Die Frage war nur, wie Lee erfahren hatte, dass Isabel Carusos Tochter war, wenn er selbst es vorher gar nicht gewusst hatte. Er konnte sich kaum vorstellen, dass Felicia das jemals freiwillig gegenüber einem Fremden preisgegeben hatte. Was ihn zu seiner ursprünglichen Annahme brachte, dass Isabel wegen ihrer

Verbindung zu den Wandlern entführt worden war und Lee gar nicht ahnte, in welchem Verhältnis das Mädchen zu ihm stand. Was die Sache nicht besser machte, denn dieser Kerl war absolut skrupellos und würde sich nicht scheuen, auch eine junge Frau umzubringen. Carusos Magen krampfte sich bei dieser Vorstellung zusammen.

Als der Verbrecher zu röcheln begann und seine Bewegungen schwächer wurden, verringerte Caruso den Druck etwas. Er wollte den Mann nicht umbringen – zumindest noch nicht. Was weiter mit ihm geschah, würde von den Informationen abhängen, die er ihm geben konnte.

Caruso beugte sich vor, damit sein Gegner genau das in seinen Augen erkennen konnte. »Welcher von deinen Kumpanen hat mit dem Auftraggeber gesprochen?«

»Lo…pez.« Das Wort war kaum zu verstehen.

»Lopez?« Der Mann nickte eifrig. »Ist das der im Auto?«

»N…nein.« Ein Hustenanfall schüttelte den Verbrecher. »Er ist …« Ein seltsamer Ausdruck trat auf sein Gesicht.

»Was?« Ungeduldig schüttelte Caruso den Kerl.

Unglaublicherweise grinste der Mann. »Er ist direkt hinter dir.«

Bevor Caruso aufspringen oder sich zur Seite werfen konnte, schlug etwas mit voller Wucht gegen seinen Kopf. Caruso kippte um und schlug hart auf den Boden. Als er sich wieder aufrichten und verteidigen wollte, landete ein Tritt in seinen Rippen. Schmerz zuckte durch seinen Körper, dicht gefolgt von Wut. Er würde nicht zulassen, dass diese Verbrecher gewannen! Mit seinen letzten Kraftreserven gelang es ihm, sich auf Hände und Knie aufzurichten.

Eine Hand grub sich in seine Haare und riss seinen Kopf nach hinten. Für einen Moment wurde ihm schwarz vor Augen. Mühsam kämpfte er sich durch die Bewusstlosigkeit und blieb schwer atmend hocken. Nur ein kleiner Sieg, aber er würde alles auf sich nehmen, was ihn zu Isabel führen würde.

Lopez beugte sich zu ihm herunter. »Du hast nach mir gefragt?« Seine Stimme war seltsam hoch für diesen Schrank von Mann.

»Kommt … drauf an, ob du … derjenige bist, der mir etwas über … euren Auftraggeber sagen kann.« Sein Atem kam stoßweise und löste einen heftigen Schmerz in seinen Rippen aus.

Nachdenklich sah der Verbrecher ihn an. »Woher willst du wissen, dass wir nicht aus unseren eigenen Gründen hinter dir her sind?«

Caruso gelang eine zynische Grimasse, während er mit den Augen in Richtung des zweiten Mannes deutete, der immer noch keuchend auf dem Boden saß. »War nicht weiter … schwer, das herauszubekommen.«

Ohne Caruso loszulassen, trat der Verbrecher mit einem schweren Stiefel nach seinem Kumpan. »Langsam habe ich es satt, immer hinter dir aufräumen zu müssen und deine Fehler wieder geradezurücken, Phil.«

»Nicht meine Schuld! Du hast gesagt, ich soll ihn beschäftigen, während du was überprüfst.«

Lopez verdrehte die Augen. »Idiot.« Er drehte Phil den Rücken zu und hockte sich vor Caruso. Dankbar, dass er endlich seine Haare losgelassen hatte, entspannte Caruso sich ein wenig. »Okay, fangen wir also von vorne an. Du warst nicht bei Stammheimers Haus dabei, da stellt sich bei mir natürlich die Frage, warum du jetzt mit diesen Typen herumhängst. Von dir hat unser Auftraggeber nämlich nichts gesagt, deshalb bin ich etwas unschlüssig, was ich mit dir machen soll.«

Also hatte Lee Isabel tatsächlich wegen der Wandler entführt und nicht seinetwegen. Das war ein Vorteil für ihn, wenn Lee nicht mit ihm rechnete. »Dann lass mich doch einfach laufen.«

Lopez' Lachen klang beinahe wie eine Hyäne mit Schluckauf. »Netter Versuch. Nein, ich denke, ich sollte dich auch mitnehmen. Unser Auftraggeber möchte, dass wir alle einsammeln, die versuchen, ihm das Mädchen wieder abzunehmen. Und genau das werden wir tun. Schließlich habe ich einen Ruf zu verlieren.«

Für einen Moment überlegte Caruso, ob es ihm nicht in die Hände spielte, sich von diesen Handlangern zu Lee bringen zu lassen, doch dann entschied er sich dagegen. Es war besser, wenn er zu seinen eigenen Bedingungen dort auftauchte. Und vor allem bewaffnet und mit Verstärkung. »Ich würde ja gerne mitkommen, aber ich habe noch etwas anderes vor.«

Wieder lachte Lopez. »Guter Witz.« Er schob die Pistole gegen Carusos Rippen. »Sagst du mir, wo deine beiden Begleiter sind, oder muss ich sie suchen?«

Der Druck des Pistolenlaufs schmerzte an seinen empfindlichen Rippen, doch Caruso zuckte nur mit den Schultern. »Ich weiß nicht, wovon du redest. Wie du siehst, bin ich allein.«

Lopez seufzte bedauernd. »Warum müsst ihr es immer so kompliziert machen?« Das war Caruso keine Antwort wert. Der Verbrecher schien auch keine zu erwarten, denn er blickte seinen Kumpan an. »Schnapp dir Bob, wo auch immer er gerade steckt, und sucht die beiden. Weit können sie nicht sein, da ist nur Wüste.«

Caruso hätte ihm sogar sagen können, dass die beiden Wandler sehr nah waren. In seinem Kopf spürte er deutlich ihre Wut. Worauf warteten sie noch? Dass er eine Kugel im Körper hatte? Okay, wenn er hier schon sitzen musste, konnte er wenigstens versuchen, noch mehr über den Auftraggeber herauszufinden. »Darf ich eine Frage stellen?«

Neugierig sah Lopez ihn an. »Klar. Aber das heißt nicht, dass ich sie auch beantworten werde.«

»Nennt sich euer Auftraggeber Lee?«

Ein Zucken in Lopez' Gesicht verriet ihm die Antwort. »Woher weißt du das?«

»Das war der Name, den er bei seinem Mietwagen benutzt hat.« Caruso versuchte unauffällig, ein wenig von der Waffe wegzurutschen. »Die Polizei hat seine Spur bis nach San Francisco verfolgt. Und euer Wagen wird ebenfalls gesucht. Nur falls dich das interessiert.«

Die Wut war deutlich sichtbar, als Lopez sich zu ihm vorbeugte und die Pistole an seine Schläfe hielt. »Er hat gesagt, dass niemand die Polizei einschalten würde.«

Caruso konnte sich ein kleines, zufriedenes Lächeln nicht verkneifen. »Das war das Erste, was ich gemacht habe. Ich werde bestimmt nicht zusehen, wie eine junge Frau von euch entführt wird, ohne etwas dagegen zu unternehmen. Und wenn die Polizei Lee nicht finden sollte – ich werde es tun.«

»Falls du es noch nicht gemerkt haben solltest: Ich bin derjenige mit der Waffe. Du solltest also nicht so sicher sein, dass du überhaupt lange genug lebst, um in San Francisco anzukommen.« Lopez blickte für einen Moment in die Dunkelheit, wahrscheinlich fragte er sich, warum seine Kumpane so lange brauchten.

Caruso spürte ein sprunghaftes Ansteigen der Aufregung bei den Wandlern und nahm das als ein Zeichen, dass sie gleich angreifen würden. Er nutzte die Ablenkung des Verbrechers und schlug die Pistole zur Seite, während er sich gegen Lopez fallen ließ und ihn aus dem Gleichgewicht brachte. Ein Schuss löste sich und ging ins Leere. Der Knall hallte in seinen Ohren wider und für einen Moment war Caruso wie erstarrt. Lopez stürzte sich auf ihn und schlug die Waffe gegen seinen Kopf. Der Lauf streifte Carusos Schläfe und er brach benommen zusammen.

Wie durch eine Watteschicht nahm er wahr, wie Lopez ihn zu Boden drückte und mit der Pistole herumfuchtelte. Das anhaltende Klingeln in seinen Ohren übertönte das, was der Verbrecher ihm sagte. Caruso versuchte, sich aus dem Schockzustand zu befreien und sich zu wehren, aber sein Körper schien abgeschaltet zu haben. Aus den Augenwinkeln sah er, wie sich die Büsche ein paar Meter neben ihm bewegten. Keira trat in Menschenform heraus – völlig nackt. In jeder anderen Situation hätte er es vielleicht genossen, seinen Blick an ihrem perfekten Körper heruntergleiten zu lassen, doch im Moment war ihm nicht danach.

Was allerdings nicht für Lopez galt. Mit offenem Mund starrte er Keira an, die Pistole vergessen in seiner Hand. Sein Griff an Carusos T-Shirt lockerte sich.

Mit schwingenden Hüften kam Keira auf sie zu. »Hallo. Kann ich irgendwie helfen?«

Das Weiße war in Lopez' weit aufgerissenen Augen zu sehen, als sie immer näher kam. Schließlich schien er zumindest einen Teil seines Gehirns wiederzufinden. »Äh, nein, danke, ich habe alles im Griff.«

Keira legte eine Hand auf seine Schulter. »Das sehe ich.« In einer blitzschnellen Bewegung drückte sie auf seine Nerven und nahm die Pistole aus seinen nun nutzlosen Fingern. »Allerdings meinte ich meinen Freund.«

Das Wort »Freund« hatte einen seltsamen Klang, der Caruso nicht gefiel. Was hatte er jetzt wieder getan, um sie zu erzürnen? Doch er fragte nicht danach, sondern rollte sich lieber herum, bis er sich am Wagen hochziehen konnte. Ein unangenehmer Schmerz machte sich in seinem Schädel bemerkbar, aber er ignorierte ihn. Es war erstaunlich, wie Keira den wesentlich kräftiger wirkenden Mann scheinbar mühelos in Schach hielt. Sie stieß gegen seine Kniekehlen und Lopez sackte zu Boden.

Keira beugte sich vor, bis ihre Lippen beinahe sein Ohr berührten. »Du warst doch einer von diesen Arschlöchern, die uns bei Stammheimers Haus aufgelauert haben, oder? Und als das nicht geklappt hat, hast du stattdessen Isabel entführt. Drei gegen eine, wie mutig.«

Lopez lief rot an. »Glaubst du, dass ich einer Irren antworte, die nackt durch die Gegend rennt?« Seine Augen verengten sich. »Du bist diejenige, von der Phil geredet hat.«

Keira lachte abschätzig. »Mich wundert, dass er unsere Begegnung erwähnt hat. Schließlich ist er dabei nicht gerade gut weggekommen. Hat er seine Weichteile schon wiedergefunden?« Lopez starrte sie nur stumm an.

»Okay, machen wir es kurz und schmerzlos: Wo ist Isabel?«

»Keine Ahnung.«

»Wo finden wir diesen Lee?« Keiras Stimme klang schon ungeduldiger.

Lopez grinste sie an. »Weiß ich nicht.«

Keira stieß etwas wie ein Knurren aus. »Wie habt ihr uns überhaupt gefunden?«

Nach einem Moment des Schweigens zuckte Lopez die Schultern. »Das ist ja kein Geheimnis. Wir sind euch vom Flughafen aus gefolgt, war nicht weiter schwer.«

Keiras Augenbrauen zogen sich zusammen. »Es war niemand hinter uns.«

Caruso gab ihr insgeheim Recht. Er hätte es gemerkt, wenn jemand dicht hinter ihnen gewesen wäre.

Der Verbrecher schien es zu genießen, Keira zu ärgern. »Schon mal was von Peilsendern gehört? Es war kinderleicht, den im Parkhaus anzubringen.« Er kicherte. »Dachtet ihr wirklich, Lee würde es zulassen, dass ihn jemand bei seinen Geschäften stört oder sie gefährdet?«

Ihr Griff an seinem Nacken wurde fester. »Wohin solltet ihr uns bringen?«

Schmerz zog über Lopez' Gesicht. »Ich sollte ihn anrufen und weitere Anweisungen erhalten.«

Keira zog das Handy aus seiner Hosentasche und hielt es ihm hin. »Ruf ihn an.«

Langsam schüttelte er den Kopf. »Warum sollte ich das tun? Wenn ihr mir etwas tut, findet ihr ihn nie.«

»Oh, aber wir können dir sehr viel Schmerzen bereiten. Ich wette, ich brauche nur ein paar Minuten, um dich zum Reden zu bringen.«

Im Licht der Scheinwerfer wurde Lopez deutlich blasser. »Was habt ihr mit meinen Männern gemacht?«

Caruso blickte wieder zu den Büschen, als Sawyer daraus hervortrat. Auch er war nackt, allerdings hing ein Mann über seiner Schulter. Wenig sanft warf er ihn neben Lopez zu Boden. Wortlos verschwand der Wandler wieder im Gebüsch und tauchte wenig später mit dem zweiten Verbrecher wieder auf.

Keira drehte den ersten mit dem Fuß auf den Rücken. »Jetzt zufrieden? Wenn du nicht auch so enden willst, solltest du langsam anfangen zu reden. Wir haben keine Zeit zu verlieren.«

Lopez schob das Kinn vor. »Und warum sollte mich das interessieren? Es ist nicht meine Freundin, die zur Zeit vermutlich gerade von jemandem bearbeitet wird, der nicht davor zurückscheut, Menschen umzubringen, wenn es ihm nützt.«

Mit einem Grollen, das eindeutig nach Raubkatze klang, schlug Keira ihm die Faust ins Gesicht. Caruso zuckte unwillkürlich zusammen und duckte den Kopf. Hoffentlich geriet er nie mit dieser Frau in Streit.

Sawyer stand mit verschränkten Armen hinter ihr und trat nun vor. Sanft umfasste er ihre Hand. »Lass mich das machen.« Als sie ihm nur einen wütenden Blick zuwarf, zuckte er mit den

Schultern. »Ich möchte nur nicht, dass du dich verletzt. Außerdem ist der Kerl es nicht wert, dich überhaupt ansehen zu dürfen.«

Jetzt erst schien Keira bewusst zu werden, dass sie immer noch nackt war. Doch sie ignorierte es und beugte sich stattdessen wieder zu Lopez herunter, aus dessen Nase Blut tropfte. »Ruf ihn an und frag ihn, wo du uns hinbringen sollst. Kein anderes Wort, sonst wirst du dir wünschen, du wärst uns nie begegnet.«

Nach einem abschätzenden Blick nahm Lopez das Handy entgegen, stellte den Lautsprecher ein, wählte eine Nummer und hielt das Telefon so, dass sie mithören konnten.

Nach einigen Sekunden wurde das Freizeichen unterbrochen. »Ja?«

Lopez setzte sich gerader auf. »Hier ist Lopez. Ich habe drei Verfolger aufgegriffen. Wo soll ich sie hinbringen?« Er presste den Ärmel gegen seine Nase, während er seinem Gesprächspartner zuhörte.

»Gut gemacht. Bring sie nach San Francisco. Wenn ihr dort seid, melde dich noch einmal, dann sage ich dir, wohin genau.«

Lopez sah Keira fragend an, aber sie schüttelte nur den Kopf. »In Ordnung. Ich erwarte die Bezahlung auf dem gleichen Wege wie vorher.« Ohne ein weiteres Wort beendete er das Telefonat.

Caruso konnte sich nicht zurückhalten. »Warum hast du nicht nach einem genauen Ziel gefragt?«

Mit einem überheblichen Grinsen sah Lopez ihn an. »Wenn du willst, dass Lee misstrauisch wird, kann ich ihn gerne noch einmal anrufen.«

Verdammt! Das brachte sie keinen Schritt weiter und sie konnten unmöglich die drei Verbrecher mitnehmen. Vermutlich würde Lee sowieso einen Übergabeort festlegen, an dem er den Vorteil hatte. Bevor Caruso entschieden hatte, wie er weiter vorgehen wollte, schlug Sawyer dem Verbrecher mit der Handkante gegen die Schläfe. Lautlos sackte Lopez in sich zusammen.

Caruso erhob sich halb. »Was sollte das?«

Sawyer sah ihn mit kaum verhohlenem Zorn an. »Er ist für uns unnütz.« Seine Reißzähne blitzten hervor. »Außerdem zählt im Moment nur, dass du uns angelogen hast.«

13

»Inwiefern?« An Carusos Miene war deutlich zu erkennen, dass er genau wusste, was sie meinten.

Keira presste die Lippen zusammen. »Du kennst diesen Lee. Steckst du mit ihm unter einer Decke?«

Zorn löste den schuldigen Ausdruck bei Caruso ab. »Nein! Ich würde doch nie meine eigene Tochter entführen lassen. Was hätte ich davon?«

»Du musst zugeben, dass es schon sehr merkwürdig ist, dass du bei unserem Motel aufgetaucht bist und Isabel nur wenige Minuten später entführt wird.«

»Das heißt aber nicht, dass ich etwas mit ihrer Entführung zu tun hatte!« Carusos Stimme war lauter geworden. »Außerdem würde ich mit jemandem wie Lee nie gemeinsame Sache machen.«

Nachdenklich sah Keira ihn an. »Vielleicht nicht, aber ich könnte mir vorstellen, dass du sie als Köder benutzt hast, um diesen Lee herauszulocken.« Die Wut in ihr baute sich weiter auf. Sie beugte sich zu ihm vor und sah befriedigt, wie er vor ihr zurückwich. »Du hast deine Tochter benutzt und es war dir völlig egal, ob sie dabei verletzt oder sogar getötet wird.«

Caruso schwieg, sein Gesicht war leichenblass.

Mit einem dumpfen Grollen stürzte sich Sawyer auf ihn und warf ihn zu Boden. Keira starrte ihn erschrocken an. Offensichtlich war er kurz davor, sich zu verwandeln, sein Gesicht hatte deutlich katzenartige Züge. Er legte seine Hände um Carusos Hals, der sich verzweifelt wehrte. Doch Sawyer war zu stark für ihn. Keira erkannte, dass sie etwas unternehmen musste, wenn sie nicht wollte, dass der Berglöwenmann Isabels Vater umbrachte.

»Sawyer, lass ihn los.« Da er nicht reagierte, war sie nicht sicher, ob er sie überhaupt gehört hatte. Schließlich schlang sie ihre Arme von hinten um seinen Oberkörper und versuchte, ihn von Caruso zu ziehen. Doch es war, als versuchte sie, einen Felsbrocken zu bewegen. »Sawyer!«

Er verstärkte stattdessen seinen Griff um Carusos Kehle. »Keira hätte sterben können!«

Keira erstarrte. Es ging Sawyer um sie? Eine seltsame Wärme breitete sich in ihrem Körper aus. Einen Moment blickte sie auf seine zerzausten rotbraunen Haare hinunter und genoss das Gefühl, jemandem so wichtig zu sein. Dann erkannte sie, dass Caruso sterben würde, wenn sie nicht sofort handelte. Und so wütend sie im Moment auch auf den Menschen war, wollte sie doch nicht, dass Sawyer eine solche Schuld auf sich lud – und Isabel noch einen Vater verlor.

Sie legte ihre Wange an Sawyers, während ihre Hände beruhigend über seine Brust glitten. Deutlich konnte sie seinen rasenden Herzschlag spüren. »Mir ist ja nichts passiert, Sawyer. Lass ihn los, bitte.«

Ein Schauder lief durch seinen Körper, aber schließlich löste er seine Finger von Carusos Hals und setzte sich auf. Während Keira einen Blick auf Caruso behielt, der keuchend und hustend auf dem Boden lag, zog sie Sawyer an sich. Er drehte sich zu ihr um und sie konnte den Gefühlsaufruhr in seinen Augen sehen. Seine Lider senkten sich und er vergrub sein Gesicht an ihrem Hals. Ihre Kehle war wie zugeschnürt, als sie ihn in ihren Armen wiegte und sanft über seine Haare strich. Tränen brannten in ihren Augen, aber sie unterdrückte sie. Jetzt zählte es nur, Sawyer zu beruhigen und dann aus Caruso herauszubekommen, was er mit Lee zu tun hatte.

Die Wut breitete sich erneut in ihr aus, während sie zusah, wie Isabels Vater sich schließlich wieder aufrichtete und mit dem Rücken an den Wagen lehnte. Mit den Fingern strich er vorsichtig über seine Kehle und zuckte zusammen. Sein Blick hob sich und traf Keiras. Wieder glaubte sie, Schuldgefühl in seinen Augen zu sehen, doch jetzt lag auch eine gehörige Wut darin. Er hob sein Kinn und richtete sich gerader auf. Insgeheim bewunderte sie ihn dafür, dass er nicht aufgab oder sich von den Angriffen der Menschen und von Sawyer einschüchtern ließ.

Stattdessen hielt sein Blick ihren gefangen. »Auch wenn ihr mir nicht glaubt, ich hatte nichts mit Isabels Entführung zu tun.« Seine raue Stimme versagte und er begann zu husten.

Sawyers Körper versteifte sich in ihren Armen, aber Keira hielt ihn weiter fest. Noch einmal sollte er nicht auf Caruso losgehen, bevor sie nicht wusste, was nun genau hinter der ganzen Sache steckte. Seine heftigen Atemzüge ließen seine Brusthaare über ihre Brustspitzen reiben und lösten in ihr trotz der verzwickten Situation neue Erregung aus.

Keira schob alles beiseite und konzentrierte sich völlig auf Caruso. Ihre Augen verengten sich drohend. »Wir sollen wirklich glauben, dass du aus purem Zufall nach Las Vegas gekommen und beim Motel auf deine Tochter getroffen bist, von der du bis dahin noch gar nichts wusstest?«

»Dass ich Isabel gefunden habe, war tatsächlich ein Zufall oder zumindest von mir nicht geplant.« Er ließ seinen Hals los und fuhr sich stattdessen mit der Hand durchs Haar. »Ich bin nach Las Vegas gekommen, weil ich den Hinweis erhalten hatte, dass Lee hierherkommen würde. Oder zumindest irgendetwas hier plante.«

Jetzt wurde es langsam interessant. »Woher kennst du diesen Lee? Warum bist du hinter ihm her?«

Offensichtlich überlegte er, wie viel er ihnen erzählen sollte.

Ungeduldig beugte Keira sich vor. »Die Wahrheit, Caruso!« Als er weiter schwieg, ließ sie ihre Wut heraus. »Es geht um das Leben deiner Tochter, verdammt noch mal! Alles andere ist im Moment zweitrangig.«

Caruso zögerte noch einen Moment, dann zuckte er mit den Schultern. »Lass mich ausreden, bevor du dich auf mich stürzt, okay?« Keira nickte knapp. Caruso atmete hart aus. »Direkt hatte ich nichts mit Lee zu tun, aber mein Freund Gary Jennings wurde von ihm kontaktiert und darauf hingewiesen, dass es ein Berglöwenwandler war, der ihm vor über zwanzig Jahren seine Verlobte Melody ausgespannt hat.«

Keira erstarrte. Jennings! Ein Grollen löste sich aus ihrer Kehle und erst, als sie sich daran erinnerte, dass sie Caruso ihr Wort gegeben hatte, ihm zuzuhören, entspannte sie mühsam ihre Muskeln.

»Warst du dabei, als er Conner halb totgeprügelt und Melodys Sohn Melvin entführt hat? Hast du gesehen, was er mit ihm getan hat?«

Caruso sah zur Seite, Röte stieg in seine Wangen. »Ja und ja.« Er hob die Hand, bevor sie etwas sagen konnte. »Glaub mir, ich war nicht glücklich mit der Situation. Ich habe versucht, Gary auszureden, die Gruppe anzugreifen, aber er hat nicht auf mich gehört. Lee hatte ihn so aufgepeitscht, dass er bereit war, eine ganze Rasse zu vernichten.« Tief atmete er ein. »Gary war kein schlechter Mensch, auch wenn das für euch so ausgesehen haben mag.«

Keira schnaubte ungläubig. Ein Mann, der mit einem Gewehr und einer Gruppe ebenfalls bewaffneter Männer auf unbewaffnete Tiere losging, war für sie ein Mörder, schlicht und einfach. Erst recht, wenn er wusste, dass sie Wandler waren.

Caruso fuhr fort, ohne sie zu beachten. »Ich kenne Gary, seit wir Kinder waren, wir sind praktisch zusammen aufgewachsen, und auch später haben wir uns nie aus den Augen verloren. Der Verlust seiner Verlobten war für ihn ein einschneidendes Erlebnis, er hat sie sehr geliebt und dachte, sie wäre damals im Wald gestorben. Nie wieder hat er eine Frau so dicht an sich herangelassen. Und dann erzählte ihm Lee, dass sie stattdessen mit einem anderen Mann zusammengelebt hat, der ein halbes Tier war. Und dass sie ihm einen Sohn geboren hatte, bei dessen Geburt sie gestorben war. Der Verrat hat Gary jede Hemmung verlieren lassen. Und ich mache Lee dafür verantwortlich, der ihn dazu angestachelt hat, immer weiterzugehen, weil es zu seinem Plan gehörte, die Berglöwengruppe zu vernichten. Gary war nur ein Spielball, ein entbehrliches Bauernopfer.«

»Du verstehst sicher, dass ich das völlig anders sehe. Jennings hatte die Möglichkeit, nein zu sagen, doch die hat er nicht genutzt. Im Gegenteil, er hat alles dafür getan, uns zu jagen und zu töten. Seinetwegen sind jetzt mehrere Adler tot und einer von unseren jungen Männern.« Keira schluckte hart, als sie sich daran erinnerte, wie Coyle und Finn den getöteten Harmon ins Lager zurückgebracht hatten.

Caruso neigte den Kopf. »Ich stimme dir zu. Wie gesagt, ich habe versucht, ihn davon abzubringen, aber er hat nicht auf mich gehört.«

Schweigend sah Keira ihn einen Moment an. »Warst du dabei?«

»Ich war in der Nähe. Ich wollte Gary nicht allein lassen, aber auch keine Wandler umbringen. Also habe ich in der Umgebung gewartet und zugesehen. Es war …« Er brach ab und schüttelte den Kopf.

»Du hast zugesehen, wie sie die Adler abgeschlachtet haben, und nichts unternommen?« Ihre Lautstärke nahm mit jedem Wort zu.

»Ja. Aber ich habe auch zugesehen, wie Gary und seine Männer getötet wurden, ohne etwas zu unternehmen.« Er rieb über seine Stirn. »Und ich weiß bis heute nicht, ob ich die richtige Entscheidung getroffen habe. Wie konnte ich meinen Freund, der beinahe mein Bruder war, einfach so sterben lassen, selbst wenn er etwas Falsches tat?«

Es war offensichtlich, dass ihn diese Frage innerlich zerriss, aber Keira hatte im Moment kein Mitgefühl übrig. »Jennings hat sich sein Schicksal selbst zuzuschreiben. Und du musst damit leben, dass du ein Feigling bist, der sich versteckt hat, anstatt zu kämpfen – auf welcher Seite auch immer.« Caruso wurde noch blasser, aber sie redete einfach weiter. »Das erklärt aber immer noch nicht, was du nun mit Lee zu tun hast.«

»Ich habe ihn anstelle von Gary angerufen, als alles vorbei war, und ihm gesagt, dass ich ihn finden und töten würde für das, was er meinem Freund angetan hat.« Caruso stieß ein hartes Lachen aus. »Zuerst hat er mir wohl nicht geglaubt, aber mit der Zeit hat er gemerkt, dass ich es todernst meine. Seitdem versucht er, mir zuvorzukommen und mich auszuschalten, aber bisher ist ihm das nicht gelungen. Als ich herausfand, dass er nach Las Vegas reisen würde, bin ich auch hierhergekommen.«

»Und du wusstest zu dem Zeitpunkt nicht, dass Isabel hier war und dass Lee es auf sie abgesehen hatte?« Die Skepsis war deutlich in Keiras Stimme zu hören.

»Nein. Woher auch? Ihre Mutter hat mir nie gesagt, dass sie von mir schwanger war. Als ich mitbekam, dass Lee im University Medical Center gewesen ist, bin ich dorthin, um zu erfahren, was er dort gemacht hat. Dabei bin ich auf Isabel gestoßen.« Er schloss seine Augen, seine Züge wurden weicher. »Ich habe ihre Nähe gespürt und sofort erkannt, dass sie meine Tochter ist.« Seine Lider hoben sich und er blickte Keira abwartend an.

»Wie ist das möglich, wenn du sie nie zuvor gesehen hast und nicht einmal wusstest, dass du überhaupt eine Tochter hast?«

Es wirkte, als wollte er nichts dazu sagen, doch anscheinend erkannte er an Keiras Gesichtsausdruck, dass sie sich damit nicht zufriedengeben würde. »Zuerst war da eine Präsenz, wie immer, wenn ich in der Nähe einer Katze bin, doch dann wurde mir klar, dass die Gefühle, die ich spürte, von einer Person und nicht von einem Tier stammten. Deine Anwesenheit hat die Sache auch nicht einfacher gemacht, doch schließlich hatte ich Isabel als Verursacher der Gefühle ausgemacht.« Er rieb über seine Stirn, als erinnerte er sich noch an den Schmerz. »Doch als sie sich ein Stück von dir entfernt hatte, merkte ich, dass etwas anders war als sonst. Da war eine … Nähe, die ich nie vorher erlebt habe.« Caruso stockte und räusperte sich. »Ich kann es wirklich nicht erklären. Die Gewissheit war einfach da, und als ich ihre Augen gesehen habe, war jeder Zweifel ausgeräumt. Deshalb bin ich ihr zum Motel gefolgt.«

»Also stimmte es gar nicht, dass du erst dort auf sie aufmerksam geworden bist.«

Caruso schüttelte den Kopf. »Nein, das habe ich nur für die Polizistin gesagt. Es hätte nicht gut ausgesehen, wenn ich zugegeben hätte, meine eigene Tochter verfolgt zu haben.«

»Vermutlich nicht. Aber du hast im Motel mit ihr geredet oder war das auch gelogen?«

»Als ich gesehen habe, dass du in den Park gelaufen bist, bin ich Isabel ins Motelzimmer gefolgt. Den Rest habe ich schon erzählt.« Erneut fuhr er mit den Händen durch seine Haare. »Ich wünschte wirklich, ich hätte sie aufgehalten, aber ich habe nicht gewusst, dass ihr Gefahr droht. Und schon gar nicht, dass Lee so nah war.«

»Wahrscheinlich ist er dir gefolgt.« Zum ersten Mal schaltete Sawyer sich wieder ein.

»Nein, das hätte ich gemerkt. Ich glaube, er war schon länger dort und hat auf euch gewartet. Jedenfalls kam das Auto, das dich angefahren hat, nicht aus Richtung der Einfahrt, sondern von der anderen Seite. Ich bin mir nicht ganz sicher, aber ich meine, es dort schon gesehen zu haben, bevor ich Isabel in das Zimmer gefolgt bin.« Caruso rieb über seine Schläfe. »Ich bin mir ziemlich sicher, dass Lee überhaupt nicht weiß, dass ich da war.«

Keira beugte sich vor. »Wenn er dort schon gewartet hat, hat er dich auf jeden Fall gesehen.«

»Nein, das hat er nicht. Ich habe außerhalb geparkt und bin durch den Park zum Motel gegangen. Ich bin durch das seitliche Fenster eingestiegen.« Carusos Mundwinkel hob sich. »Ich wollte vermeiden, dass Isabel mir die Tür vor der Nase zuschlägt.« Sofort wurde er wieder ernst. »Es ist gut, dass Lee mich nicht gesehen hat. Wenn er wüsste, dass Isabel meine Tochter ist, würde er versuchen, das auszunutzen.«

Keira konnte hören, dass er von dem überzeugt war, was er sagte. »Was genau will er von dir?«

»Mich töten.« Das sagte er so emotionslos, dass Keira zuerst dachte, sie hätte sich verhört.

»Warum?«

Caruso hob die Schultern. »Er hat Angst, dass ich ihn zuerst finde und dafür sorge, dass er nie wieder jemandem etwas antun kann.«

Keira nickte langsam. »Wenn er derjenige ist, der es auf die Wandler abgesehen hat, dann scheint es seine Methode zu sein, auch seine Handlanger zu beseitigen, wenn sie ihm nicht mehr von Nutzen sind.« Nachdenklich kaute sie auf ihrer Lippe. »Aber das erklärt noch nicht, warum er Isabel entführt hat. Niemand weiß, dass sie die Gefühle von Katzen spüren kann.«

»Ich gehe davon aus, dass Lee weiß, dass sie mit euch in Nevada war. Jeder, der mit Wandlern Kontakt hat, ist Freiwild für ihn. So wie eure Freundin, die jetzt im Krankenhaus liegt.«

Keira schnitt eine Grimasse. Marisa war keineswegs ihre

Freundin, aber sie musste zugeben, dass sie der Berglöwengruppe schon mehrmals geholfen und deshalb ihren Schutz verdient hatte. Zum Dank war sie mit ihrem Auto von der Straße abgedrängt und schwer verletzt worden. Gut, dass Coyle seine Gefährtin nach Hause gebracht hatte und dort auf sie aufpasste, bevor Lee sie in seine Finger bekam. Aber es ärgerte sie, dass es Caruso gelungen war, ihnen vom Krankenhaus aus zu folgen. Sie hätte spüren müssen, dass sie verfolgt wurden!

Caruso blickte sie ruhig an. »Mach dir keine Vorwürfe, ich habe einige Erfahrung darin, jemandem zu folgen, ohne gesehen zu werden. Ich möchte nur, dass ihr mir glaubt, dass ich weder mit Lee zusammenarbeite noch irgendetwas tun würde, das Isabel schadet. Wenn ich allerdings, während ich Isabel befreie, gleichzeitig die Möglichkeit habe, Lee zu beseitigen, werde ich das tun.«

Keira ließ ihn ihre Zähne sehen. »Sofern ich dir nicht dabei zuvorkomme.«

Caruso neigte den Kopf. »Wenn Lee am Ende tot ist, ist es mir egal, wer ihn zuerst erwischt.«

»Zuerst müssen wir ihn überhaupt finden.« Sawyer rieb mit seinen Fingerspitzen über ihren Arm. »San Francisco ist groß, und wenn ihr mich fragt, wusste dieser Lee genau, dass wir Isabel folgen würden. Sonst hätte er nicht seine Männer hinter uns hergeschickt.«

Keira nickte und nach einem kurzen Blick auf die Verbrecher, die immer noch bewusstlos zu sein schienen, wandte sie sich wieder an Isabels Vater. »Immerhin wissen wir durch Isabels Handy, dass sie in San Franciso ist. Ohne diese Information wären wir jetzt nicht so weit.«

Caruso rieb über sein Gesicht. »Ich kann mir nicht vorstellen, dass er es übersehen hat. Ich denke eher, er will euch damit dorthin locken.«

Stirnrunzelnd sah Keira ihn an. »Eine Falle? Woher will er wissen, dass wir Isabel folgen werden?«

»Lee wird inzwischen gemerkt haben, dass ihr diejenigen beschützt, die zu euch gehören oder euch helfen. Was er damit genau bezweckt, weiß ich nicht, aber ich finde, es ist ziemlich eindeutig, dass er es auf euch abgesehen hat.«

Damit hatte er vermutlich Recht. Zumindest, wenn es wirklich Lee war, der hinter allem steckte, was ihnen im letzten Jahr zugestoßen war. »Ist dieser Lee reich?«

»Ich gehe davon aus. Um das alles in die Wege zu leiten, muss man über große Mittel verfügen und auch genug Zeit haben, um alles zu planen und in der Gegend herumzureisen.«

Keira verzog das Gesicht. »Wunderbar. Und wir haben nichts im Vergleich.« Sie blickte Caruso scharf an. »Oder bist du reich?«

»Leider nicht annähernd.« Caruso blickte zu Boden. »Gary hatte keine Familie mehr, deshalb hat er mir sein Vermögen vererbt, aber ich rühre es nicht an. Ich habe es nicht verdient, nachdem ich ihn im Stich gelassen habe.«

Keira konnte durchaus verstehen, warum er davor zurückschreckte, es zu verwenden, aber es ging hier darum, einen Mörder zu stoppen und gleichzeitig noch seine Tochter zu befreien. Wenn das nicht ein Grund war, das Geld auszugeben, dann wusste sie es auch nicht. Aber es war nicht ihr Geld, daher schwieg sie.

Mit einem unterdrückten Stöhnen richtete sich Caruso langsam auf. »Wir sollten aufbrechen.« Er sah Sawyer direkt an. »Oder willst du mich doch noch umbringen? Dann sollten wir das schnell hinter uns bringen.«

14

Isabel schreckte auf, als sich die Tür zu ihrem Gefängnis öffnete. Bemüht, nicht einzuschlafen, hatte sie sich auf dem Sessel zusammengerollt, anstatt sich ins Bett zu legen. Doch die Müdigkeit hatte sie dennoch überwältigt, denn sie konnte nicht sagen, wie viel Zeit vergangen war, seit ihr Entführer den Raum verlassen hatte. Rasch stand sie auf. Eine Weinflasche hielt sie weiterhin in Reichweite, um sie als Waffe benutzen zu können, auch wenn sie damit gegen eine Pistole nichts ausrichten konnte. Angespannt blickte sie dem Mann entgegen, der an der Tür stehen blieb.

»Inzwischen muss dir schon ziemlich langweilig sein. Wie wäre es mit einem kleinen Spaziergang durch mein Reich?« Als sie nicht antwortete, stieß er einen Seufzer aus. »Dir ist schon klar, dass ich dich dazu zwingen kann, oder? Ich würde es vorziehen, wenn wir die Sache ohne Anwendung von unnötiger Gewalt weiterführen könnten, aber ich richte mich ganz nach dir.«

Unentschlossen betrachtete Isabel ihn. Noch immer konnte sie nicht verstehen, dass jemand, der so … normal aussah, ein Verbrecher war. Seine silbergraue Mähne saß tadellos, der Anzug war vermutlich maßgeschneidert. Was konnte jemand wie er davon haben, eine Schülerin zu entführen? Selbst wenn er von ihren Fähigkeiten wusste, was sie bezweifelte, konnte sie sich keinen praktischen Nutzen dafür vorstellen. Bisher war es für sie – abgesehen von der außergewöhnlichen Erfahrung mit Bowen – nur eine Qual gewesen, die Gefühle von Katzen spüren zu können. Wenn es nach ihr ginge, hätte sie deshalb gerne auf ihre »Gabe« verzichtet.

»Was wollen Sie von mir?«

»Im Moment möchte ich dich nur herumführen und mich ein wenig mit dir unterhalten.« Sein Lächeln war gewinnend.

»Und später?«

Er zuckte nachlässig mit den Schultern. »Das werden wir sehen. Es liegt an dir, wie du behandelt wirst. Du kannst mir glauben, dass ich es vorziehe, ein so schönes junges Mädchen wie dich nicht zu verletzen.« Langsam trat er näher heran und senkte seine Stimme. »Aber ich werde es tun, wenn es sein muss. Du solltest dir also gut überlegen, ob du mich wirklich verärgern willst.«

Isabel lief ein Schauer über den Rücken. Vermutlich sollte sie lieber noch ein wenig Zeit schinden, damit Keira die Möglichkeit hatte, sie zu finden. Und sie wusste auch nicht, ob sie es wirklich noch viel länger aushalten würde, untätig herumzusitzen.

Entschlossen straffte Isabel die Schultern und nickte dem Mann knapp zu. »In Ordnung, ich komme mit.« Wenn sie Glück hatte, ergab sich dabei eine Gelegenheit zur Flucht oder sie fand zumindest eine Möglichkeit, die sie dann später nutzen konnte.

»Nach dir.« Ihr Entführer hielt die Tür auf und gab ihr mit einer Geste zu verstehen, dass sie vorausgehen sollte. Mit seiner meist höflichen Art machte er es ihr unmöglich, ihn einzuschätzen. »Und du kannst mich Lee nennen, ich habe das Gefühl, wir werden uns in nächster Zeit noch bedeutend näherkommen.«

Unsicher ging Isabel an ihm vorbei durch die Tür. Ihr Nacken prickelte, während sie auf einen langen Gang hinaustrat. Mit dem Fliesenboden und dem weißen Putz schien er eher in einem Bürogebäude als in einem Wohnhaus zu liegen. Von irgendwo war ein tiefes Dröhnen zu hören, vermutlich die Klimaanlage. Gänsehaut bildete sich an ihren nackten Armen. Isabel bemühte sich, das Zittern zu unterdrücken, das durch ihren Körper lief. Auf keinen Fall wollte sie ängstlich oder schwach wirken.

Während Lee sie den Flur entlangführte, blickte sie sich um. Vereinzelt gingen hellgraue Türen von dem Gang ab, aber sie fand nirgends eine Beschriftung oder einen anderen Hinweis, was sich dahinter verbergen mochte. Nur ganz am Ende gab es ein Fenster, aber das war vergittert, wie sie gleich darauf enttäuscht erkannte. Dank der langen Leuchtstoffröhren an der Decke war es taghell in dem Flur. Hätte ihre Uhr nicht angezeigt, dass es mitten in der Nacht war, wäre Isabel nie darauf gekommen.

Mit einer Hand an ihrem Arm führte Lee sie um eine Ecke und in einen weiteren Gang, der allerdings deutlich kürzer war und an dessen Ende sich eine Fahrstuhltür befand. Isabel wurde immer langsamer, bis sie schließlich ganz stehen blieb. Auf keinen Fall wollte sie mit ihrem Entführer auf so engem Raum eingepfercht sein.

Der Verbrecher blickte überlegen lächelnd auf sie herunter. »Hast du Angst vor Fahrstühlen?« In seiner Stimme war eine Spur von Ungeduld zu hören.

Isabel verschränkte die Arme vor ihrem Oberkörper, damit er das Zittern nicht sah. »Nein.«

Er drückte auf den Knopf und die Tür glitt auf. »Dann komm. Irgendwann möchte ich heute auch noch ins Bett.« Als er ihren entsetzten Blick sah, schüttelte er seufzend den Kopf. »Nicht mit dir, natürlich.«

Isabel biss auf ihre Lippe. Ihr blieb keine Wahl, denn er konnte sie jederzeit mit Gewalt dazu zwingen, deshalb betrat sie mit hoch erhobenem Kopf den Lift. Fünf Etagenknöpfe waren untereinander angeordnet, der oberste leuchtete. Lee steckte einen Schlüssel in das Loch daneben, drückte auf den Knopf für das Untergeschoss und blickte dann zu der leuchtenden Digitalanzeige über der Tür, als sich der Fahrstuhl in Bewegung setzte.

Ihr Mut sank. Wenn sie einen Schlüssel brauchte, um überhaupt die Etage verlassen zu können, dann war sie wirklich eingeschlossen, selbst wenn sie irgendwie aus ihrem Raum herauskam. Sie musste herausfinden, ob es irgendwo ein Treppenhaus gab. Ihr Magen krampfte sich zusammen, als die Kabine mit einem Ruck im untersten Stockwerk anhielt. Auch hier wartete ein langer Gang auf sie. Der einzige Unterschied war die nicht ganz so helle Beleuchtung und der Beton, der den Boden statt Fliesen bedeckte.

Lee lief zielgerichtet vor ihr. Es wirkte auf sie, als würde er sich oft in diesem Bereich aufhalten. Hier waren die Türen nummeriert. Dadurch wusste sie allerdings immer noch nicht, was hinter ihnen lag. Das Gebäude musste irrsinnig groß sein, nichts, das man irgendwie übersehen konnte. *Keira, komm bitte schnell!* Während sie den Gang entlanggingen, spürte Isabel, wie der Druck in ihrem Kopf zunahm. Mit jedem Schritt pochten ihre Schläfen stärker, wurde der Schmerz unerträglicher. Isabel rieb über ihre Stirn. Der Verbrecher durfte ihre Schwäche nicht bemerken, deshalb bewegte sie sich weiter, obwohl sie am liebsten umgekehrt und davongelaufen wäre.

Nach einer weiteren Abzweigung kamen sie schließlich an eine große Stahltür, von der aus große Riegel in der Wand verschwanden. Seitlich daneben befand sich ein kleiner Kasten mit einem Ziffernfeld und einer Tastatur. Auf diesen steuerte ihr Entführer zielstrebig zu, während Isabel die Gelegenheit nutzte, sich für einen Moment an die Wand zu lehnen. Ihre Beine fühlten sich an wie aus Gummi, ihr Magen revoltierte. Am schlimmsten war der alles umfassende Schmerz in ihrem Schädel. Das Licht schmerzte in ihren Augen, das leise Piepsen, als Lee die Tasten drückte, drang wie ein Eispickel in ihr Gehirn. Gott, so schlecht hatte sie sich nicht mehr gefühlt, seit …

Sie erstarrte. Zuletzt hatte sie solche Kopfschmerzen gehabt, als Henry Stammheimer Bowen in seinem Keller folterte! Damals hatte sie noch nicht gewusst, dass es so etwas wie Wandler überhaupt gab, doch inzwischen hatte sie viel dazugelernt. Normalerweise sollte sie in der Lage sein, den Schmerz zu unterdrücken und stattdessen einzelne Gefühle wahrzunehmen. Jedenfalls war ihr das in den letzten Monaten immer öfter gelungen. Selbst bei Coyle und Keira hatte sie keine Probleme gehabt, sich darauf zu konzentrieren. Also musste entweder etwas hinter dieser Tür sein, das dermaßen starke Schmerzen hatte, dass sie nicht dagegen ankam, oder mehrere Katzen.

Erneut zog sich ihr Magen zusammen, diesmal aus Angst, was sie dort vorfinden würde. Rasch richtete sie sich auf, als der Verbrecher die Tür aufzog und sich zu ihr umdrehte. Wenn er den Schweiß sah, der über ihr Gesicht lief, gab er es nicht zu erkennen. Stattdessen lächelte er sie zufrieden an.

»Hier ist mein Reich, auf das ich sehr stolz bin.«

Zögernd trat Isabel nach ihm durch die Tür und beobachtete mit wachsender Panik, wie er sie hinter ihnen verriegelte. Sie war gefangen! Sicher würde ihm nicht mehr lange entgehen, wie schlecht es ihr ging, und er würde sich fragen, woran das lag. Vielleicht konnte sie es auf ihre Angst schieben. Normalerweise machte Furcht sie wütend, doch jetzt war sie starr vor Entsetzen, was hier auf sie warten könnte.

Auch hinter der Stahltür führte der Korridor weiter, doch diesmal bestanden die Türen aus Glas. Isabel blieb automatisch stehen und blickte in einen der Räume. Ihr Herz setzte aus. Ein Mann lag auf einer Matratze am Boden. Sie legte ihre Hand an die Scheibe und versuchte herauszufinden, ob er noch lebte. Als hätte er ihre Anwesenheit gefühlt, bewegte er sich unruhig. Verzweiflung und Qual schossen durch ihren Kopf. Langsam sackte sie in die Knie. Isabel lehnte ihre Stirn an das Glas und versuchte, sich auf ihre Atmung zu konzentrieren. Ein – aus. Ein – aus. Nur langsam wurde der Schmerz erträglich.

Als sich ihre Lider hoben, sah sie, dass der Mann im Raum den Kopf gehoben hatte und sie direkt anblickte. Sein Mund bewegte sich, doch sie konnte keinen Laut hören. Aber in ihrem Kopf konnte sie deutlich seinen Hilferuf spüren. Tränen traten in ihre Augen. Ihre Hand ballte sich zur Faust.

»Können wir jetzt weitergehen?« Die Stimme ihres Entführers erklang hinter ihr.

Erschrocken zuckte Isabel zusammen. Für einen kurzen Moment hatte sie vergessen, dass sie nicht alleine war. Mühsam versuchte sie sich zusammenzureißen, obwohl jede Faser in ihr danach schrie, den armen Gefangenen zu befreien. Er musste auch ein Katzenwandler sein, anders konnte sie sich nicht erklären, dass sie ihn in ihrem Kopf fühlen konnte. Der Verbrecher hatte offensichtlich auch andere Wandlergruppen ins Visier genommen, nicht nur die Berglöwen um Coyle. Und das bedeutete, dass die Gefahr noch viel größer war, als sie bisher geglaubt hatte.

Bevor sie sich aufrappelte, versuchte sie, dem Mann hinter der Glasscheibe ein wenig Zuversicht zu senden. Ob es funktionierte, wusste sie nicht, aber mehr konnte sie im Moment nicht tun.

Schließlich drehte sie sich um und bemühte sich um eine ausdruckslose Miene. »Natürlich.«

Lees scharfer Blick lag auf ihrem Gesicht und sie konnte förmlich spüren, dass er herauszufinden versuchte, wieso sie so stark reagiert hatte. Es musste ihr gelingen, ihm weiszumachen, dass es einfaches Mitgefühl war – und Angst.

Isabel biss auf ihre Lippe und sah ihn mit weit aufgerissenen Augen an. »Ist der Mann in dem Raum krank?«

Lee verzog den Mund. »So könnte man es nennen. Komm, ich will dir noch den Rest zeigen.«

Das hatte sie fast befürchtet. Sie wollte nichts mehr sehen, sondern nur noch diesem Bereich entkommen. Mit jedem

Schritt nahmen die Kopfschmerzen zu, ihre Beine fühlten sich wie aus Blei an. Glücklicherweise ging ihr Entführer schräg vor ihr, sodass sie sich auf das Atmen konzentrieren konnte, ohne befürchten zu müssen, sich gleich zu verraten. Bei einer weiteren Tür blieb er wieder stehen und drehte sich zu ihr um. Isabel wollte nicht durch die Scheibe sehen, doch ihr blieb keine andere Wahl.

Diesmal war es eine Frau. Bei ihr fühlte Isabel gar nichts, vielleicht war sie ein normaler Mensch oder gehörte einer anderen Wandlerart an. In eine Decke gehüllt kauerte sie auf der Matratze und starrte zur Tür. Das Licht reflektierte in ihren Pupillen. Ohne Vorwarnung verwandelte sie sich und sprang auf die Tür zu. Isabel taumelte zurück, als der Wolf mit einem dumpfen Laut gegen das Glas prallte. Das laute Heulen löste Gänsehaut bei ihr aus. Ihr Herz klopfte zum Zerspringen, als sie die Wandlerin anstarrte. Wenn Lee von den Wandlern wusste und auch die Verwandlung gesehen hatte, dann war sie vermutlich wegen ihrer Freundschaft zu den Berglöwenwandlern entführt worden. Oder er glaubte, sie war auch eine Wandlerin.

Ohne ein Wort zu sagen, trat er zur Tür und blickte die Wölfin ruhig an. Ihre Krallen kratzten gegen das Glas, ihre Schnauze hinterließ Spuren darauf, während sie immer wilder wurde. Lee hob die Hand und drückte auf einen Knopf, der seitlich neben der Tür angebracht war. Funken stoben auf und die Wölfin floh mit einem Winseln in die hinterste Ecke des Raumes.

Ohne erkennbare Regung drehte Lee sich zu Isabel um. Auf ihren entsetzten Blick hin zuckte er mit den Schultern. »Manchmal muss ich sie ein wenig zur Räson bringen, wenn sie zu wild werden. Ich möchte nicht, dass sie sich selbst verletzen.«

Völlig sprachlos starrte Isabel ihn an. Wie konnte er die Sache einfach so abtun, obwohl er wusste, dass sich eine Menschenfrau in der Wölfin verbarg?

»Hast du überhaupt nichts zu dem zu sagen, was du eben gesehen hast? Keine Verwunderung? Entsetzen?«

Isabel presste die Lippen zusammen. »Nein.«

Lee lächelte sie breit an. »Das ist seltsam, aber es erleichtert mir die Sache ungemein.«

Ein kalter Schauer lief ihr über den Rücken. »Ich weiß nicht, wovon Sie reden.«

»Das ist mir klar, aber ich werde dafür sorgen, dass du es bald verstehst.« Er hob seine Hand und Isabel wich langsam vor ihm zurück. Geringschätzig verzog er den Mund. »Gehen wir weiter, ich will heute noch nach Hause.«

Hieß das, er würde sie hier unten alleine lassen? Das erschien ihr fast noch schlimmer. Sie wollte nur noch raus, endlich wieder klar denken können und frische Luft atmen. Als sie weiter den Gang entlanggingen, nahmen die Kopfschmerzen zu. Wut, Verzweiflung und unmenschliche Schmerzen drangen auf sie ein. Isabel versuchte, sich davor zu verschließen, doch es gelang ihr nicht. Inzwischen schwankte sie und hatte Mühe, sich auf den Beinen zu halten. Mit der Hand fuhr sie an der Wand entlang, um sich zu stützen. Lee kümmerte sich nicht weiter um sie, sondern ging zielstrebig auf eine weitere gesicherte Tür am Ende des Ganges zu.

In der Hoffnung, endlich hier herauszukommen, folgte Isabel dem Verbrecher rasch. Doch anstatt zum Fahrstuhl zurückzukommen, stand sie nun in einem Labor. Die Erinnerungen an den Kellerraum in Stammheimers Haus brachen wieder über sie herein. Es waren die gleichen Gerüche – Blut und andere Körperflüssigkeiten, gemischt mit dem scharfen Duft von Desinfektionsmitteln, die ihre Übelkeit verstärkten. Sie blieb abrupt auf der Schwelle stehen, als sie die Käfige an der hinteren Wand sah. Ihre Hand ballte sich zur Faust, die Fingernägel gruben sich in ihre Handfläche.

In den viel zu kleinen Käfigen lagen ein Löwe und ein Leopard. Der Atem stockte in ihrer Kehle, als sie auch zwei Berglöwen entdeckte. Isabel schloss die Augen und versuchte herauszufinden, ob es welche waren, die sie kannte, doch es war vergebens. Einer der Berglöwen regte sich und kroch zum Gitter. Isabel schlug eine Hand vor den Mund, als sie die Brandwunden sah, die selbst durch das Fell deutlich sichtbar waren. Für einen Moment versank sie in den goldbraunen Augen und wünschte, sie könnte diesem armen Wesen helfen. Es war eindeutig ein Wandler, aber die Gefühle, die sie empfing, waren so durcheinander, dass sie sich fragte, ob er selbst noch wusste, wer oder was er war.

Wie von selbst trat sie vor den Käfig, schob ihre Hand durch die Gitterstäbe und legte sie auf die Pfote. Ein tiefer Seufzer drang aus dem Maul und für einen winzigen Augenblick beruhigte sich sein Geist, der Blick wurde klar. Isabel keuchte erschrocken auf, als sich eine Hand um ihre Schulter schloss und sie abrupt zurückriss. Sie hatte völlig vergessen, dass Lee mit ihr im Raum war. Wie hatte sie so gedankenlos sein können? Ihr Blick fiel auf den Berglöwen, der sich im Käfig aufgerichtet hatte, soweit es ging. Es ging eine solche Wut von ihm aus, dass sie instinktiv weiter zurückwich.

Lee schüttelte sie. »Bist du lebensmüde? Hat man dir in der Schule nicht beigebracht, dass man seine Hand nicht in den Käfig eines Raubtiers hält?«

Bevor Isabel antworten konnte, stieß der Berglöwe einen markerschütternden Schrei aus. Entsetzt schlug sie die Hände über ihre Ohren. Auch wenn sie gelesen hatte, dass Berglöwen nicht brüllten, sondern einen Laut ähnlich einem Frauenschrei ausstießen, war es doch etwas anderes, ihn zu hören, noch dazu in einem geschlossenen Raum. Der andere Berglöwe stimmte mit ein und die Lautstärke wurde unerträglich. Gleichzeitig stürmte die geballte Wut auf sie ein und der Schmerz in ihrem

Kopf steigerte sich ins Unermessliche. Als sich auch die anderen beiden Raubkatzen beteiligten, wurde Isabel schwarz vor Augen und sie sackte in Lees Griff zusammen. Sie schaffte es nicht, die Bewusstlosigkeit zu bekämpfen. Mit einem rauen Laut sank sie zu Boden.

Lee blickte auf die junge Frau herunter, die zu seinen Füßen zusammengebrochen war. Nachdenklich betrachtete er die Tiere, die in ihren Käfigen einen Heidenlärm veranstalteten. Irgendwas ging zwischen Isabel und den Wandlern vor, so viel war klar. Der Berglöwe war einer derjenigen, die den größten Widerstand gegen ihn und seine Wissenschaftler leisteten, doch er hatte die Berührung der jungen Frau nicht nur zugelassen, sondern sogar genossen. Erst als Lee sie weggezogen hatte, war der Berglöwenmann wütend geworden. Bisher hatte er sich noch nie verwandelt, egal, was sie auch versuchten. Wenn es ihnen nicht gelungen wäre, die Gene in seinem Blut nachzuweisen, wüssten sie jetzt noch nicht, dass es wirklich ein Wandler war.

Wie hatte er es zwei Jahre in so einem kleinen Käfig ausgehalten? Wenn es nicht so lästig wäre, würde Lee ihn dafür glatt bewundern. So aber musste er sich überlegen, ob er den Berglöwen nicht bald beseitigen sollte, weil er weit mehr Ärger als Nutzen brachte. Es gab noch genügend andere Exemplare, die wesentlich kooperativer waren. Und mehr Potential besaßen. Letztlich reduzierte sich sowieso alles auf reine Genetik. Und jetzt hatte er ja auch Isabel, mit deren Hilfe er hoffentlich bald noch etliche weitere Exemplare anlocken konnte – wenn nicht sogar denjenigen, den er nun schon seit anderthalb Jahren suchte. Der Gedanke daran ließ sein Herz heftiger klopfen. Vielleicht war er nun endlich am Ziel seiner langen Suche. Er blickte nach unten. Aber zuerst musste er Isabel zurück in ihr Zimmer bringen.

Mit einem tiefen Seufzer hob er Isabel auf einen Tisch mit Rollen und schob sie aus dem Raum. Während er an den Türen vorbeiging, konnte er die Blicke der beiden Wandler auf sich spüren, die dort eingesperrt waren. Sie gaben keinen Laut von sich, was ihn nervöser machte als das laute Geschrei im Labor. Erleichtert ließ er schließlich das Kellergeschoss hinter sich und trat in den Fahrstuhl. Er kehrte ins Obergeschoss zurück und legte Isabel auf das Bett. Dunkle Schatten lagen, auf ihrer bleichen Haut deutlich sichtbar, unter ihren Augen. Falten hatten sich zwischen ihre Augenbrauen und um ihre Mundwinkel gegraben. Es war eindeutig etwas zwischen ihr und den Wandlern vorgegangen und morgen würde er erfahren, was das war.

Zufrieden ließ er sie im Zimmer zurück und schloss die Tür hinter sich ab. Jetzt würde er ein paar Stunden schlafen und dann musste er sich um einige andere Dinge kümmern, bevor Isabels Freunde auftauchten.

15

Bowens Finger krampften sich in seinen Sitz, als Harken den Wagen über die Oakland Bay Bridge nach San Francisco lenkte. Je näher sie der Stadt kamen, desto deutlicher konnte er Isabels Gefühlsaufruhr spüren. Furcht, Wut, Entsetzen, Schmerz … und es steigerte sich von Sekunde zu Sekunde. Er verstand nicht, wie ihre Verbindung funktionierte. Im letzten Jahr war er derjenige gewesen, der die Gefühle aussandte, und Isabel hatte sie empfangen, doch im Moment schien es andersherum zu sein. Auch wenn er keine Bilder von ihr im Kopf sehen konnte, war es kein Problem für ihn, zu erkennen, dass sie sich in großer Gefahr befand und er sie so schnell wie möglich dort herausholen musste. Aber dafür musste er sie zuerst finden, und das würde in dieser großen Stadt nicht einfach werden.

Harken blickte ihn prüfend an. »Spürst du etwas?«

Bowen atmete tief durch und versuchte, seine Angst um Isabel zu unterdrücken. »Ja. Eine Zeitlang war die Verbindung unterbrochen, doch seit ein paar Minuten werden die Gefühle immer stärker.«

»Dann kommen wir ihr näher?« Wie immer klang Harken, als würde er sich über das Wetter unterhalten.

Langsam schüttelte Bowen den Kopf. »Prinzipiell schon, sie ist eindeutig irgendwo dort.« Er deutete auf die Stadt, die leuchtend aus der Dunkelheit auftauchte. »Aber ich glaube, ich spüre mehr, weil sich ihr Entsetzen und ihre Schmerzen steigern.« Bowen löste seine Hände vom Sitz und faltete sie auf seinen Oberschenkeln, damit seine Krallen nicht den Stoff zerfetzten.

»Wir müssen sie unbedingt so schnell wie möglich finden, Harken. Ich weiß nicht, wie lange sie den Druck noch aushält.«

»Sie ist stark. Aber wir werden tun, was wir können, das verspreche ich dir.«

Bowen biss auf seine Lippe, bis er Blut schmeckte. »Wer weiß, was ihr dort angetan wird. Und es gibt so viele Möglichkeiten, sie zu verletzen, ohne sie auch nur zu berühren.«

Harken sagte nichts dazu, aber an der Art, wie ein Muskel in seiner Wange zuckte, konnte Bowen erkennen, dass der mysteriöse Wandler keineswegs so ruhig war, wie er wirkte.

Erst als sie von der Brücke herunterrollten, wandte er sich wieder Bowen zu. »Okay, ich fahre jetzt durch die Stadt und du sagst mir, wann wir Isabel näher kommen. Es ist ganz egal, wie lange wir dafür brauchen, irgendwann werden wir sie finden.«

Bowen war sich dessen nicht so sicher, und das Drängen in ihm, Isabel zu finden und in die Arme zu schließen, wurde immer stärker. Deshalb schloss er die Augen und konzentrierte sich nur noch auf die Verbindung zu Isabel. Er spürte, wie Isabel immer schwächer wurde, während die Schmerzen zunahmen. Da war etwas am Rande ihres Bewusstseins, das er kannte. Ein Schock lief durch seinen Körper, als ihm bewusst wurde, was es war.

»Wo auch immer Isabel ist, sind Berglöwenwandler.«

Harkens Lippen pressten sich zusammen und er trat aufs Gas. »Bist du sicher?«

Bowen rieb über seine Schläfen, wo sich ein dumpfes Pochen ausbreitete. »Ja, ziemlich. Ich glaube, die Schmerzen, die ich von Isabel wahrnehme, sind durch ihre Nähe zu Katzen bedingte Kopfschmerzen. Es müssen mehrere sein und keine kleinen Hauskatzen, sondern große Raubkatzen, die extreme Qualen leiden, sonst wären die Schmerzen nicht so stark.«

Harken schwieg einen Moment. Als er Bowen wieder anblickte, hatten sich seine Augen verändert. Anstelle der normalen rauchig grauen Farbe war die Iris jetzt hellbraun, die äußeren Augenwinkel deutlich höher. Bowen hatte den Wandler noch nie in seiner Tierform gesehen – er wusste nicht einmal, in was er sich verwandelte, wenn er nicht gerade unsichtbar wurde. »Ich habe immer befürchtet, dass es meinem Widersacher gelungen ist, Wandler gefangen zu nehmen. Wenn es wirklich wahr ist …« Er brach ab und schluckte hart. »Finde Isabel.«

Bowen nickte nur und konzentrierte sich auf das, was sich in seinem Kopf abspielte. »Wir fahren direkt darauf zu.« Als er das Schild für die Ausfahrt sah, deutete er darauf. »Den Highway 101 nach Westen.«

»Bist du sicher? Der führt mitten in die Stadt.«

»Isabel zieht mich in diese Richtung. Ich kann …« Er brach ab, als er urplötzlich die Verbindung zu Isabel verlor.

Harken sah ihn besorgt an. »Was ist?«

Angestrengt versuchte Bowen, wieder Kontakt zu Isabel zu bekommen, doch es war, als würde sie nicht mehr existieren. Sein Herz krampfte sich vor Angst zusammen. »Ich weiß es nicht. Ich kann sie nicht mehr fühlen.«

»Verdammt.« Harken schlug auf das Lenkrad. »Okay, ich fahre weiter in die Richtung, die du mir angegeben hast, und du versuchst, wieder mit ihr Verbindung aufzunehmen.«

Ängstlich blickte Bowen ihn an. »Was ist, wenn er sie getötet hat?«

»Davon gehe ich nicht aus. Was hätte ihr Entführer davon, sie von Las Vegas ganz nach San Francisco zu verschleppen, um sie dann hier nach nur ein paar Stunden zu töten? Das hätte er schon in Vegas tun können, wenn das sein Ziel wäre. Wahrscheinlich ist sie nur eingeschlafen oder ohnmächtig geworden.« Harken sagte es mit absoluter Gewissheit.

Bowen wünschte nur, er wäre sich auch so sicher.

Sawyer hatte ihn nicht umgebracht, aber in seinen Augen hatte Caruso sehen können, dass er weiterhin darüber nachdachte. Unauffällig rieb er über seine wunde Kehle, während er im Wagen darauf wartete, dass Sawyer und Keira die drei Verbrecher gefesselt in deren Auto verfrachteten. Als er sah, dass sie beinahe damit fertig waren, zog er sein Handy heraus und rief die Polizei in Las Vegas an. Er hatte darüber nachgedacht, Detective Jones direkt anzurufen, doch er wollte vermeiden, dass sie ihn fragte, warum er überhaupt hier in der Gegend war. Sie ging davon aus, dass er im Motel auf Nachricht wartete, ob sie Isabel gefunden hatte. Doch das konnte er nicht. Also ließ er sich mit Dawns Partner verbinden und berichtete ihm, wo sie das Auto finden konnten, mit dem Isabel entführt wurde. Bevor der Detective weitere Fragen stellen konnte, beendete Caruso das Gespräch.

Für einen kurzen Moment überlegte er, ohne die beiden Wandler nach San Francisco zu fahren, aber er verwarf den Gedanken gleich wieder. Wenn er Isabel retten wollte, brauchte er jede Hilfe, die er bekommen konnte. Und Sawyer war selbst ohne Waffe gefährlich, wie er gerade am eigenen Leib erfahren hatte. Nein, er musste damit leben, dass sie ihm für seine Teilnahme an der Jagd nicht gerade wohlgesonnen waren und ihn vielleicht sogar nach Isabels Befreiung dafür bestrafen würden. Caruso horchte in sich hinein und erkannte, dass es ihm egal war, solange er wusste, dass seine Tochter in Sicherheit war – und Lee aus dem Verkehr gezogen. Mit diesem Mistkerl hatte er eine Rechnung offen, die er unbedingt begleichen wollte, egal was sonst noch passierte, denn ohne ihn wäre Gary noch am Leben gewesen.

Er schuldete es Gary einfach, nachdem sein Freund ihm als Jugendlicher das Leben gerettet hatte. Noch immer klopfte sein Herz heftiger bei der Erinnerung an jenen Moment, als er von Mitgliedern einer Jugendbande eingekreist gewesen war und in mehr als einer Hand Stahl aufblitzen sah. Seine Gegner hatten eindeutig vorgehabt, ihm einen Denkzettel zu verpassen, und keine Gnade walten lassen, nachdem er wegen einer dummen Wette in ihr Gebiet eingedrungen war. Caruso schüttelte den Kopf. Doch dann war Gary mit einigen Freunden dazugekommen und hatte ihn da herausgeholt. Seitdem waren sie unzertrennlich gewesen, obwohl Gary ein paar Jahre älter war, bis Caruso zum Studium nach Denver ging. Als er wieder nach Los Angeles zurückkehrte, war Gary mit Melody zusammen gewesen und glücklicher, als Caruso ihn je gesehen hatte.

Caruso verzog den Mund, als ihm wieder einfiel, dass er sogar ein wenig eifersüchtig gewesen war. Einerseits darauf, dass sein Freund eine Frau wie Melody gefunden hatte, vor allem aber, weil sie den Großteil seiner Zeit beanspruchte. Noch jetzt plagte ihn deswegen ein schlechtes Gewissen. Es war beinahe, als hätte er dadurch ihr Verschwinden verursacht. Deshalb hatte er zusammen mit Gary alles versucht, um eine Spur von Melody zu finden. Er wusste nicht mehr, wie oft sie in die Berge gefahren waren, doch immer war Gary enttäuscht und verzweifelt zurückgekehrt. Erst nach Jahren hatte er die Suche aufgegeben, doch seine Verzweiflung und sein Kummer waren nie ganz verschwunden. Bis dann dieser Lee auftauchte …

Bewegungslos blieb Caruso am Steuer sitzen und drehte sich auch nicht um, als die beiden Wandler hinten einstiegen, sondern startete lediglich den Motor. Anschließend ließ er das zerstörte Seitenfenster ganz herunterfahren, damit es nicht auffiel, wenn sie in belebtere Gebiete kamen. Warmer Wind strich über sein Gesicht.

Keira ließ sich mit einem tiefen Seufzer ins Polster zurücksinken. »So viel zum Thema Schlaf.« Ihr Blick traf seinen im Rückspiegel und sie hob fragend eine Augenbraue.

»Ihr könnt euch hinten ausruhen, ich bin jetzt mehr als wach.«

Er ignorierte das Schnauben von Sawyer. »Vor allem müssen wir schnell weg, ich habe der Polizei gesagt, dass sie hier Isabels Entführer finden können.«

Abrupt beugte Keira sich vor. »Glaubst du, das war so klug?«

Caruso hob die Schultern. »Ich will, dass sie bestraft werden. Wenn sie genug Zeit haben, befreien sie sich vielleicht oder es kommt jemand vorbei, der ihnen hilft. Und es könnte sein, dass die Polizei aus ihnen etwas herausbekommt, das uns hilft, Isabel zu finden.«

Schließlich nickte Keira widerwillig. »Okay. Wir können es sowieso nicht mehr ändern. Fahr los.«

Schweigend folgte Caruso ihrem Befehl. Er hielt es für klüger, sie im Moment nicht weiter zu reizen, denn sie war das Einzige, das zwischen ihm und Sawyers Krallen stand. Der warf ihm einen gereizten Blick zu, bevor er einen Arm um Keiras Schultern legte und sie an sich zog. Für einen Moment wehrte sie sich dagegen, doch dann schmiegte sie ihre Wange an seine Brust und schloss die Augen. Sawyer bedachte sie mit einem liebevollen Blick, der Carusos Kehle eng werden ließ. Die Leere in ihm breitete sich schmerzhaft aus, bis er das Gefühl hatte, keine Luft mehr zu bekommen.

Nach der gescheiterten Beziehung zu Felicia war er allem, was mit tiefen Gefühlen zu tun hatte, aus dem Weg gegangen. Erst in den vergangenen Jahren war ihm aufgefallen, dass durch seine Weigerung, sich zu binden, etwas Entscheidendes in seinem Leben fehlte. Gary hatte er oft vorgeworfen, dass er Melodys Verschwinden als Vorwand benutzte, keine neue Beziehung einzugehen und wieder echte Gefühle zuzulassen – ohne dass ihm je aufgefallen wäre, dass er genau das Gleiche tat. Da waren zwar einige Beziehungen gewesen, doch er hatte nie wieder eine Frau wirklich an sich herangelassen. Oder sonst jemanden. Caruso zwang sich, seine Augen nur noch auf die Straße zu richten und darüber nachzudenken, wie er seiner Tochter helfen konnte.

Als das Handy ihn aus seinen Gedanken riss, war er immer noch nicht wesentlich weitergekommen. Keira richtete sich langsam hinter ihm auf.

»Ja?«

»Hier ist Harken. Bowen und ich sind in San Francisco angekommen. Bisher haben wir noch nicht herausgefunden, wo Isabel gefangen gehalten wird, aber wir versuchen es weiter. Wenn ihr hier ankommt, meldet euch.«

Caruso nickte. »Wo finden wir euch?«

»Kann ich jetzt noch nicht sagen. Das kommt darauf an, ob Bowen bald wieder Verbindung mit Isabel aufnehmen kann.«

Sein Magen zog sich zusammen. »Wieso hat er jetzt keinen Kontakt zu ihr?«

Harken schwieg einen Moment. »Das wissen wir nicht. Er ist plötzlich abgebrochen. Wahrscheinlich schläft sie oder ist ohnmächtig.«

Oder sie war tot. Es wurde nicht laut ausgesprochen, aber es war ohne Zweifel auch eine Möglichkeit. *Gott, bitte nicht!* Seine Finger krampften sich um das Handy. »Wir melden uns, wenn wir in der Stadt sind.« Caruso räusperte sich. »Wenn Bowen wieder die Verbindung zu Isabel spürt, benachrichtigt uns bitte.«

»In Ordnung.« Ohne ein weiteres Wort legte Harken auf.

Keiras Hand hatte sich in die Lehne des Beifahrersitzes gegraben. Es sah aus, als wäre sie am liebsten aus dem Wagen gesprungen und zu Fuß nach San Francisco gelaufen, um schneller dort zu sein. Sie räusperte sich. »Es geht Isabel sicher gut. Nach diesem langen Tag ist es ganz normal, wenn sie schläft.«

Caruso stimmte ihr laut zu, während er insgeheim befürchtete, dass sie zu spät kommen könnten. Es hatte etwas in Harkens Stimme gelegen, das darauf hindeutete, dass er ihm nicht alles gesagt hatte. Seine Finger spannten sich um das Lenkrad. Wenn er jetzt in San Francisco gewesen wäre, hätte er die Straßen abfahren und nach Isabel suchen können. Doch er war noch mehrere Stunden entfernt und selbst wenn er dort wäre, hatte er den Verdacht, dass seine Fähigkeiten ihm nicht helfen würden, solange Isabel keine Gefühle aussandte. Zwar konnte er ihre Präsenz spüren, aber anders als Bowen nur, wenn er in unmittelbarer Nähe war. Er konnte nur hoffen, dass es diesem Jungen gelang, Isabel aufzuspüren, bis sie endlich die Stadt erreichten. Noch länger würde er die Ungewissheit nicht aushalten.

Überrascht zuckte er zusammen, als sich eine Hand auf seine Schulter legte.

»Wir werden Isabel finden und befreien.« Keira strich leicht über seinen Arm, bevor sie sich wieder im Sitz zurücklehnte.

Dankbar nickte er ihr stumm zu und hoffte, dass sie die Tränen nicht sah, die in seine Augen gestiegen waren.

Finn fuhr sich zum sicher hundertsten Mal mit den Fingern durchs Haar, während er in seiner Hütte auf und ab lief. Es machte ihn wahnsinnig, darauf warten zu müssen, dass etwas passierte. Eine Hand berührte seinen Arm und er fuhr abrupt herum. Als er Jamila hinter sich bemerkte, entspannte er sich und atmete tief durch. Ihr Duft stieg in seine Nase und beruhigte genauso wie ihr Lächeln seine angespannten Nerven.

»Entschuldige, ich wollte dich nicht erschrecken. Kann ich dir irgendwie helfen?« Ihre sanfte Stimme wand sich um ihn und ließ ihn für einen kurzen Moment alles andere vergessen.

Schweigend zog er sie in seine Arme und vergrub sein Gesicht in ihren Haaren. Jamila schien genau zu wissen, was er brauchte, denn sie schmiegte sich an ihn und rieb mit ihren Händen beruhigend über seinen Rücken. Mit geschlossenen Augen genoss er ihre Nähe und spürte, wie die Anspannung langsam aus seinem

Körper wich. Ein Schnurren rumpelte in seiner Kehle. Jamilas Hände schlüpften unter sein T-Shirt und massierten seine verknoteten Muskeln. Ein Hauch von Erregung drang durch seine Sorgen und Finn wünschte, er könnte Jamila die Treppe hinauftragen und sich mit ihr ins Bett fallen lassen. Da das nicht möglich war, stahl er sich nur einen sanften Kuss, bevor er sich widerwillig von ihr löste.

»Danke, das habe ich gebraucht.«

Jamila sah ihn besorgt an. »Hast du etwas von Keira gehört?«

Seine Kehle zog sich zusammen. »Nein, nichts mehr, seit sie losgefahren sind.«

»Bestimmt ist sie in Sicherheit. Schließlich ist dieser Sawyer bei ihr. Coyle glaubt doch, dass wir ihm vertrauen können, oder?« Ihre Finger verschränkten sich mit seinen.

»Ja. Und es ist auch nicht so, dass meine Schwester nicht selbst auf sich aufpassen könnte. Nur ist sie dort in der Menschenwelt so vielen Gefahren ausgesetzt, mit denen sie sich nicht auskennt. Sie brauchen nur einen Unfall haben oder …«

Jamila legte ihre Finger über seinen Mund. »Es wird alles gut gehen, darauf musst du vertrauen. Wenn du dich jetzt verrückt machst, kannst du ihnen nicht helfen.«

Finn küsste ihre Fingerspitzen. »Was habe ich früher nur ohne dich gemacht?«

Lachend entzog Jamila ihm ihre Hand. »Du warst furchtbar einsam und hattest niemanden, mit dem du reden konntest oder der dir seine Meinung gesagt hat.«

Völlig ernst sah Finn sie an. »Das stimmt.«

Unsicherheit stand in Jamilas grünbraunen Augen. »Ich wollte nicht …«

Finn unterbrach sie. »Das weiß ich, aber es ist die Wahrheit. Natürlich hatte ich Coyle und Keira und all die anderen, aber niemanden, der mich so verstanden hätte wie du oder der immer an meiner Seite war.« Er beugte sich vor und küsste ihre Lippen. »Das bist nur du.«

Jamilas Augen wurden feucht. »Immer.«

Finns Herz zog sich zusammen und er zwang sich, einen Schritt zurückzutreten. »Das ist gut, denn ich habe nicht vor, dich jemals wieder gehen zu lassen.« Das stimmte, allerdings hatte er immer noch Angst, dass die schwarze Leopardin irgendwann in ihre Heimat Namibia zurückkehren würde, weil sie das Land und vor allem ihre Schwester Kainda zu sehr vermisste.

Mit beiden Händen umfasste sie sein Gesicht. »Ich bin glücklich hier mit dir und habe nicht vor, dich zu verlassen, Finn. Du bist mein Leben.« Wie immer hatte sie seine Gedanken gelesen.

Er legte seine Stirn an ihre. »Und du meines.«

Ein Klopfen an der Tür ließ ihn Jamila mit einem tiefen Seufzer loslassen. Finn ging zur Tür und öffnete sie.

Der Wächter Kell stand davor. »Die Älteren sind eingetroffen.«

»Danke. Sagst du bitte auch Kearne Bescheid? Wir treffen uns in zehn Minuten in der Ratshütte.« Kearne war neben ihm und drei der Älteren, die in der Menschenwelt lebten, Teil des Rates der Berglöwenwandler. Zusammen trafen sie alle Entscheidungen, die die Gruppe betrafen.

Kell nickte, verwandelte sich und lief davon. Einen Moment lang blickte Finn ihm nach und wünschte, er wäre auch noch ein einfacher Wächter und nicht Ratsführer der Berglöwengruppe. Nicht, weil er die Verantwortung scheute, aber er war kein Diplomat und bereits mehr als einmal mit Kearne zusammengestoßen. Der einige Jahre ältere Wandler legte Wert auf Sicherheit und scheute alles, was ein Gruppenmitglied oder gar die ganze Gruppe in Gefahr bringen konnte. Im Grunde stimmte Finn ihm da sogar zu, aber manche Risiken waren einfach unumgänglich, wenn sie ihre Gruppe oder das Geheimnis der Wandler schützen wollten.

Jamila lehnte sich an seinen Rücken. »Glaubst du, sie werden zustimmen, Isabel zu helfen?«

Unbehaglich hob Finn die Schultern. »Ich weiß es nicht, aber ich werde alles tun, um sie dazu zu bewegen.« Er drehte sich zu Jamila um und küsste ihre Stirn. »Ich komme so schnell wie möglich zurück.«

Ihr schwaches Lächeln schnitt in sein Herz. »Ich weiß.«

Finn konnte ihren Blick auf sich fühlen, als er sich auf den kurzen Weg zur Ratshütte machte, die sich nahe der Mitte des Lagers befand. Die meisten Berglöwenwandler neigten dazu, ihre Wohnhütten ein Stück entfernt zu bauen, um der einzelgängerischen Neigung ihrer tierischen Seite Tribut zu zollen.

Harlan, Rondar und Dogan, warteten vor der Hütte und sahen ihm angespannt entgegen. Wieder einmal wurde Finn bewusst, dass es für die drei Älteren immer schwieriger wurde, zum Lager zu kommen. Rondar war inzwischen über achtzig Jahre alt und wirkte jedes Mal ein wenig schwächer. Es war wichtig, die Älteren in die Entscheidungen der Gruppe mit einzubeziehen und Finn wollte auf keinen Fall auf ihre Erfahrung verzichten, aber es wurde vermutlich Zeit, den Rat etwas zu verjüngen. Die Frage war nur, wie er das möglichst taktvoll anbringen sollte.

»Danke, dass ihr gekommen seid.«

Harlan neigte den Kopf. »Es wurde Zeit, dass wir wieder hierherkommen. Auch wenn es gut war, dass in den letzten Monaten keine Probleme aufgetreten sind.«

Rondar verlagerte mühsam das Gewicht. »Allerdings war es das letzte Mal für mich. Ihr braucht jemanden, der den Weg problemlos bewältigen kann. Ich halte die anderen nur auf und das können wir uns im Notfall nicht leisten.«

Erleichtert nickte Finn. »Ich verliere dich nur ungern als Ratsmitglied, aber du hast dir den Ruhestand mehr als verdient.« Er räusperte sich. »Hast du einen Vorschlag, wer dein Nachfolger werden sollte?«

Rondar wiegte den Kopf. »Es gibt mehrere geeignete Kandidaten.«

»Wie wäre es mit Aliyah?« Harlans Vorschlag wurde mit Schweigen aufgenommen.

Finn starrte ihn überrascht an. »Wie kommst du auf sie?«

Harlan hob eine Augenbraue. »Wärst du dagegen, sie in den Rat aufzunehmen?«

»Nein, ganz und gar nicht.« Finn kannte Coyles und Ambers Mutter gut und schätzte sie sehr. »Mich hat nur gewundert, dass du sie vorschlägst. Ich hätte nicht gedacht, dass sie Interesse daran hat, Ratsmitglied zu werden.« Eigentlich wunderte ihn mehr, dass einer der Älteren eine Frau vorgeschlagen hatte – noch nie war eine Frau Ratsmitglied gewesen. Zumindest soweit er sich erinnern konnte.

»Ihr Mann und später ihr Sohn waren Ratsführer, ich gehe davon aus, dass sie genau wüsste, worauf sie sich einlässt. Und sie hat keine Angst, ihre Meinung zu sagen, ist aber auch bereit, die anderer gelten zu lassen.« Harlan hob die Schultern. »Natürlich müssten wir sie fragen, ob sie diesen Posten übernehmen will.«

Finn sah Kearne auf sie zukommen. »Wir können am Ende der Sitzung noch einmal darüber reden.« Die drei Älteren nickten und gingen dann in die Ratshütte.

Kearne stieß zu Finn und blickte ihn mit verengten Augen an. »Worüber habt ihr geredet?«

Finn unterdrückte einen Seufzer und bemühte sich, seine Stimme ruhig zu halten. »Rondar hat angekündigt, dass er seinen Ratssitz wegen seines Alters aufgibt. Wir werden später auf das Thema zurückkommen.« Aliyah erwähnte er nicht, denn er ahnte, dass Kearne dagegen sein würde. Sicher konnte er sich noch genau daran erinnern, wie oft er mit Coyle aneinandergeraten war, und würde lieber einen anderen Älteren im Rat sehen, der mehr auf seiner Linie lag.

Nach einem langen Blick nickte Kearne knapp und ging wortlos an Finn vorbei. Kopfschüttelnd folgte er ihm und nahm seinen Sitz im Kreis ein.

Nach einem langen Atemzug wandte er sich an die anderen Ratsmitglieder. »Wie ihr wisst, ist die Menschenfrau Isabel, die Bowen letztes Jahr geholfen hat, als er in Stammheimers Gewalt war, von Unbekannten aus Las Vegas entführt worden. Keira wurde bei dem Versuch, sie zu beschützen, verletzt, jedoch glücklicherweise nur leicht. Sie ist gerade mit Sawyer, dem Anführer der Nevada-Berglöwen, und Isabels Vater auf dem Weg nach San Francisco, wohin sie anscheinend mit einem Flugzeug gebracht wurde.«

Dogan runzelte die Stirn. »Ich dachte, Stammheimer wäre ihr Vater, und der ist tot.«

»Wie sich gerade herausgestellt hat, ist ein Mensch namens Dave Caruso ihr leiblicher Vater, Stammheimer war anscheinend nur ihr Stiefvater, was sie allerdings nicht wusste.«

Kearne mischte sich ein. »Und ist dieser Caruso auch ein Verbrecher wie Stammheimer?«

Finn zählte in Gedanken bis drei, bevor er antwortete. »Soweit wir wissen, ist er sehr besorgt um Isabels Wohlergehen und bereit, alles zu tun, was nötig ist, um ihr zu helfen. Anscheinend weiß er auch, dass es Wandler gibt.« Alle redeten auf einmal, und Finn hob eine Hand. »Wie es aussieht, hat er wie Isabel die Gabe, die Gefühle von Katzen – und damit auch Berglöwenwandlern – zu spüren. Was auch darauf hindeutet, dass er wirklich Isabels Vater ist.«

»Trotzdem erklärt das nicht, warum er von uns weiß.« Rondars Falten wirkten noch tiefer als sonst.

»Darauf habe ich auch noch keine Antwort. Auf keinen Fall

hat Isabel ihm davon erzählt. Aber darum geht es jetzt auch nicht.« Finn sah die Männer der Reihe nach an. »Ich möchte einige Wächter nach San Francisco schicken, damit sie Keira dabei helfen, Isabel zu befreien.«

»Auf gar keinen Fall! Diese Isabel ist eine Menschenfrau und nicht unser Problem.« Kearne war wie immer der Erste, der sich äußerte.

Dogan nickte langsam. »Der Meinung bin ich auch. Es ist außerdem zu gefährlich, als Wandler in San Francisco herumzulaufen.«

Finn hatte diese Reaktion erwartet, trotzdem zog sich sein Magen zusammen. »Isabel hat uns wie gesagt schon mehrmals geholfen, es wäre also nur richtig, ihr nun auch zu helfen, besonders wenn es durchaus sein kann, dass sie unseretwegen überhaupt erst in diese Lage geraten ist. Schließlich war sie nur im Haus ihres Vaters, damit wir die Beweise für unsere Existenz herausholen konnten. Wie ihr wisst, haben die Verbrecher das Haus beobachtet, und Marisa und Coyle wurden hinterher von ihnen mit dem Wagen von der Straße abgedrängt. Ich halte es also für wahrscheinlich, dass die Entführer Isabel gefolgt sind und dann am Motel zugeschlagen haben.«

Harlan blickte ihn ruhig an. »Ich stimme dir zu. Aber auch ich denke, dass es für unsere Wächter in einer Großstadt zu gefährlich ist. Davon abgesehen haben wir nicht gerade viele Wächter zur Verfügung. Coyle ist bei Marisa, Torik noch in Sonora bei seinem Vater. Und Keira ist schon dort. Wen könnten wir sonst noch hinschicken, den wir nicht zum Schutz des Lagers brauchen?«

Dieser Punkt bereitete Finn auch große Sorgen, aber er war nicht bereit, seine Schwester im Stich zu lassen. »Ich gehe und ich würde Griffin bitten, mitzukommen. Damit blieben noch genug andere zum Schutz des Lagers.« Er zögerte. »Jamila ist auch bereit, das Lager zu schützen.« Kearne sah aus, als hätte er auf eine Zitrone gebissen, doch er schwieg. Finn sprach rasch weiter. »Seit dem Überfall auf das Adlerlager war es hier ruhig, und wenn wirklich derjenige, der hinter all dem steckt, Isabel entführt hat, wird er genug zu tun haben und nicht gerade jetzt unser Lager überfallen.«

»Oder er nutzt das als Ablenkung, um uns in Sicherheit zu wiegen und dann zu überfallen, wenn wir nicht damit rechnen und durch die Abwesenheit mehrerer Wächter geschwächt sind.«

Dagegen konnte Finn nichts sagen, es war eine Möglichkeit, auch wenn er es nicht glaubte. Es wurde Zeit, die schweren Geschütze aufzufahren, denn sie konnten es sich nicht leisten, noch lange zu warten. »Bowen ist in San Francisco und er wird alles tun, um Isabel zu retten, genauso wie Keira. Wenn ihr einer Menschenfrau nicht helfen wollt, dann vielleicht unseren eigenen Leuten, die in Gefahr sind?«

Wieder redeten alle durcheinander. Schließlich war es Harlan, der sich durchsetzte. »Wie kommt Bowen überhaupt dorthin? Ich dachte eigentlich, dass er nach seinen Erlebnissen nie wieder in die Menschenwelt gehen würde.«

Damit hatte er Recht. »Ja, aber es geht um Isabel, die damals versucht hat, ihm zu helfen. Seitdem haben die beiden eine Verbindung.« Finn rieb über seine Stirn. »Bowen ist zu mir gekommen, als er gestern Abend Isabels Angst gespürt hat. Als ich nicht sofort gehandelt habe, ist er alleine losgelaufen.« Noch immer hatte er ein schlechtes Gewissen deswegen, aber es war leider nicht mehr zu ändern.

»Und wie ist er bis nach San Francisco gekommen?« Kearnes vorwurfsvoller Blick half auch nicht gerade.

»Er hat Harken benachrichtigt und der hat ihn mitgenommen.« Und wenn er Harken irgendwann sah, würde er ihm deutlich seine Meinung dazu sagen.

Dogan beugte sich angespannt vor. »Was mischt sich dieser Kerl in unsere Angelegenheiten ein? Niemand weiß, woher er kommt oder was er überhaupt genau ist. Ich halte es nicht für sinnvoll, ihm so viel Zugang zu unserer Gruppe und unseren Problemen zu geben. Schließlich kennen wir seine Motive noch immer nicht.«

»Ich hätte auch gerne einige Antworten, aber es ist schwer, jemanden zu einer Aussage zu zwingen, der sich jederzeit unsichtbar machen kann. Coyle war in den letzten Tagen einige Zeit mit Harken zusammen, und er sagt, dass wir ihm vertrauen können. Ich neige dazu, ihm zu glauben. Vor allem, weil er uns nun schon mehrmals geholfen hat.« Finn richtete sich auf. »Aber eigentlich ist das jetzt auch nebensächlich, denn wir können die Situation nicht ändern. Das Einzige, was wir machen können – und müssen –, ist dafür zu sorgen, dass Bowen und Keira und auch Isabel heil aus der Sache herauskommen.«

Schweigen erfüllte die Hütte, während die anderen Ratsmitglieder über seine Worte nachdachten. Finn bemühte sich, nicht ungeduldig auf seinem Stuhl herumzurutschen, während er auf die Entscheidung wartete. Letztlich war es egal, wie sich der Rat entschied, denn er würde auf jeden Fall nach San Francisco fahren, und er war sicher, dass Griffin mitkommen würde, aber es war ihm lieber, es mit Billigung des Rates zu tun, da sonst die zukünftige Zusammenarbeit darunter leiden würde.

Harlan neigte schließlich den Kopf. »Unter diesen Umständen halte ich es für angebracht, jemanden nach San Francisco zu schicken, wenn der Schutz des Lagers dadurch nicht vernachlässigt wird. Treffen wir eine Entscheidung.« Er hob die Hand und blickte die Männer der Reihe nach an. »Wer ist dafür?«

Finn hob ebenfalls die Hand und atmete erleichtert auf, als auch Rondar zögernd seine Zustimmung signalisierte.

»Wer ist dagegen?« Kearne und Dogan hoben die Hand. »Damit ist der Antrag mit drei zu zwei Stimmen angenommen.« Harlan blickte Finn scharf an. »Ich hoffe, wir müssen unsere Zustimmung nicht bereuen. Holt Bowen und Keira so schnell wie möglich zurück.«

»Übernimmst du den Ratsvorsitz, solange ich fort bin, Kearne?« Auch wenn sie öfter zusammenstießen, wusste Finn, dass er sich auf ihn verlassen konnte, wenn es um die Sicherheit der Gruppe ging.

»Natürlich.« Kearne nickte ernst.

»Dann werde ich Griffin fragen, ob er mitkommt, und mich dann sofort mit ihm auf den Weg machen.«

Rondar sah Finn skeptisch an. »Wie wollt ihr dorthin kommen? Ihr braucht viel zu lange, wenn ihr euch mit einem Auto fahren lasst.«

»Ich sehe keine andere Möglichkeit.«

Harlan strich über seine weißen Haare. »Wie wäre es, wenn ihr fliegt?« Auf Finns erstaunten Blick hin sprach er rasch weiter. »Nicht selber, natürlich, und auch nicht in einer Verkehrsmaschine. Ich dachte mehr an einen Hubschrauber, privat gebucht. Der Sohn von meinem Freund Carl ist Pilot und macht Rundflüge für Touristen. Er könnte euch bei der Straße abholen und dann direkt nach San Francisco fliegen. Sicher kann er auf einer Wiese oder irgendeinem anderen Platz landen. Damit würdet ihr auch der Gefahr entgehen, unterwegs entdeckt zu werden.«

Die Vorstellung zu fliegen machte Finn nervös, aber wenn es sie rechtzeitig zu Bowen und Keira brachte, würde er es tun. »Das ist eine gute Idee. Aber ist so ein Flug nicht unheimlich teuer?«

»Peter macht uns sicher einen Sonderpreis. Um das Geld mach dir keine Sorgen, darum kümmern wir uns.«

Finn neigte den Kopf. »Dann nehme ich das Angebot gerne an.«

Harlan rieb die Hände. »Gut. Wenn du mir das Telefon bringst, kann ich die Sache klarmachen. Dann könnt ihr sofort losfliegen, wenn Bowen Isabel gefunden hat.«

Mit einem flauen Gefühl im Magen kehrte Finn wenig später in seine Hütte zurück. Wie viel konnte in der Zeit passieren, bis sie in San Francisco eintrafen? Hoffentlich machten Keira und Bowen keine Dummheiten.

16

Bowen hatte Mühe, seine Augen offen zu halten, als sie die Stadt weiter nach Isabel absuchten. Seit Stunden fuhr Harken die Hügel San Franciscos hoch und wieder herunter, nie wirkte er dabei genervt oder unkonzentriert. Mehr als einmal war Bowen bereits eingenickt, nur um nach wenigen Sekunden wieder aufzuschrecken. Wahrscheinlich sah er aus wie so ein Spielzeughund, den er in einem Auto vor der Rückscheibe gesehen hatte, dessen Kopf bei jedem Stoß auf und ab wackelte. Hoffentlich bekam wenigstens Isabel etwas Schlaf, um wieder neue Kraft zu gewinnen. Er war ihr so nah wie seit ihrem Abschied vor beinahe einem Jahr nicht mehr, doch noch immer stand so viel zwischen ihnen, dass er genauso gut noch im Lager sein könnte.

»Denk nicht so viel nach. Konzentrier dich auf eure Verbindung.«

Bowen zuckte zusammen, als Harken ihn unvermittelt ansprach. »Was meinst du, was ich die ganze Zeit tue?«, fuhr er auf. Als Harken nur eine Augenbraue hochzog, wandte Bowen sich verlegen ab. »Tut mir leid, die Sache macht mich verrückt. Du glaubst nicht, wie gerne ich Isabel wieder spüren würde, doch bisher ist da rein gar nichts. Als wäre sie vom Erdboden verschluckt.« Wenn sie nur etwas eher in der Stadt angekommen wären, hätte er Isabel vielleicht schon gefunden und befreit, doch stattdessen fuhren sie ziellos herum. Aber das war nicht Harkens Schuld, deshalb war es unfair, seine Wut an ihm auszulassen.

»Wir werden sie finden. Spätestens wenn sie wieder aufwacht, wirst du sie spüren.«

Dankbar nahm Bowen Harkens ruhige Gewissheit in sich auf. Mit einem Nicken wandte er sich wieder dem Seitenfenster zu und blickte auf die vorbeifliegenden Häuser. Hier in der Stadt war alles so … vollgestopft, asphaltiert und beleuchtet. Von den Gerüchen und Geräuschen ganz zu schweigen. Wie konnten die Menschen so leben? Bei der Erinnerung, dass Isabel in einer noch größeren Stadt lebte und sich wahrscheinlich in der Natur unwohl fühlen würde, zog sich sein Herz zusammen. Mühsam schob er den Gedanken beiseite. Im Moment ging es nur darum, sie zu finden und zu befreien, alles andere war zweitrangig.

Noch einmal durchlebte er ihren Abschied in Stammheimers Haus, als Isabel ihn mit diesem traurigen Ausdruck in ihren Augen angesehen hatte und er sich von ihr losreißen musste, obwohl er am liebsten bei ihr geblieben wäre. Doch damals lag die Leiche ihres Vaters im Nebenzimmer und die Polizei durfte weder ihn noch Coyle dort finden. Und so musste er sich von ihr trennen, obwohl sich alles in ihm dagegen sträubte. Hätte er sie kontaktiert, wenn ihm bewusst gewesen wäre, dass ihre geistige Verbindung weiter bestehen würde? Vermutlich nicht, dafür hatte er zu viel Angst gehabt, dass sie ihn abweisen könnte.

Zuerst war es nur ein zaghaftes Zupfen am Rande seines Bewusstseins und es dauerte einen Moment, bis ihm klar wurde, dass er Isabel wieder wahrnahm. Bowen schloss die Augen und versuchte, eine Richtung zu bestimmen, doch dafür war die Verbindung zu schwach. Sofort ließ er Bilder von der Stadt in seinem inneren Auge entstehen, die Isabel hoffentlich empfangen konnte, und verstehen würde, dass er in der Nähe war und sie bald befreien würde.

Sie hatten nicht viel Zeit, die Sonne begann bereits im Osten aufzugehen, in weniger als einer Stunde würden sie jeden Vorteil, den ihnen die Dunkelheit bot, verlieren. *Komm schon, Isabel, sag mir, wo du bist!* Doch so funktionierte es nicht, er musste warten, bis Isabel stärkere Signale aussandte. Das leichte Kribbeln steigerte sich nach und nach, Bowen konnte Verwirrung und dann einen ersten Anflug von Angst ausmachen. Sein Körper versteifte sich, als die Furcht immer größer wurde. Anscheinend war Isabel gerade aufgewacht und erinnerte sich nun wieder daran, wo sie war und was auch immer ihr dort angetan wurde. Bowens Hände ballten sich auf seinen Oberschenkeln zu Fäusten.

»Hast du sie?«

Seine Augen flogen auf, als Harken ihn ansprach. »Ja.« Einen Moment lang versuchte er, sich zu orientieren, dann hatte er eine Richtung ausgemacht.

Mit knappen Worten lenkte er Harken durch die gerade erwachende Stadt, während er gleichzeitig versuchte, Isabel beruhigende Gedanken zu senden. Auch wenn er nicht wusste, ob sie ihn überhaupt spüren konnte, hoffte er doch, ihr damit helfen zu können. Der Berglöwe in ihm rührte sich, als er bemerkte, dass sie direkt auf einen bewaldeten Hügel zuhielten. Mitten in der Stadt hatte er nicht damit gerechnet. Aufgeregt beugte er sich vor und hielt den Atem an, während Harken den Wagen auf eine kleine Straße lenkte, die sich um den Hügel wand.

»Bist du sicher, dass sie hier ist?« Etwas in Harkens Stimme ließ ihn aufblicken.

»Wo genau kann ich noch nicht sagen, aber ich spüre sie hier ganz in der Nähe. Das Gefühl wird immer stärker.« Als Harken nicht antwortete, hakte er nach. »Warum fragst du?«

Harken deutete mit dem Kopf auf ein Straßenschild. »Das ist der Medical Highway. Auf der anderen Seite des Hügels liegen einige Kliniken und Labore.«

Bowens Herz begann schneller zu schlagen. »Du glaubst, sie liegt vielleicht verletzt in einem Krankenhaus?«

Harken zögerte sichtlich. »Das wäre noch die bessere Alternative.« Bevor Bowen etwas sagen konnte, redete er weiter.

»Auf jeden Fall sollten wir sehr vorsichtig sein und uns die Zeit nehmen, alles genau auszukundschaften, bevor wir zuschlagen.«

War die Ungeduld schon vorher schwer zu ertragen gewesen, nahm sie nun fast unerträgliche Dimensionen an. Er war so nah bei Isabel und sollte nicht zu ihr dürfen? Harken meinte es eindeutig ernst, das konnte er seiner Miene ansehen.

Schließlich nickte Bowen. »Natürlich.« Wenn er genau wusste, wo Isabel war, würde er entscheiden, wie er ihr am besten helfen konnte. Und wann. Bowens Hände krampften sich um den Sitz, während er angespannt aus dem Fenster starrte. Bald fuhren sie an den ersten Gebäuden vorbei, hohe Beton- und Stahlungetüme, gegen die er sich klein und unbedeutend vorkam. Irgendwo hier musste Isabel sein, er konnte es deutlich fühlen.

Am Ende der Straße hielt Harken am Stoppzeichen und sah ihn fragend an. »Welche Richtung?«

Bowen presste eine Hand an die Schläfe, als Isabels Schmerz immer stärker wurde, und schloss die Augen. »Links.« Der Druck wurde mit jedem Meter schärfer, den der Wagen vorwärtsrollte. Als er unerträglich wurde, riss Bowen die Augen wieder auf und blickte direkt auf ein riesiges Backsteingebäude. »Stopp!«

Harken kümmerte sich nicht um seine Anweisung, sondern fuhr einfach weiter.

»Isabel ist irgendwo da drin, wir müssen …«

Harken unterbrach ihn. »Unauffällig weiterfahren, wenn wir weder ihr Leben noch unseres gefährden wollen.«

»Aber …«

Ungeduldig sah Harken ihn an. »Wir parken ein Stück entfernt und kommen dann durch den Wald zurück. Dort können wir uns auch verstecken, bis Keira und die anderen ankommen.«

Verzweifelt drehte Bowen sich um und blickte zu dem Haus zurück. »Das kann Stunden dauern! Wer weiß, ob Isabel so viel Zeit hat.«

»Wir hatten doch abgemacht, dass wir erst die Lage auskundschaften, bevor wir irgendetwas unternehmen. Es hilft Isabel kein bisschen, wenn wir unvorsichtig sind und auch gefangen genommen werden. Oder hast du irgendwelche Superheld-Fähigkeiten, von denen ich noch nichts weiß?«

Bowen sackte in sich zusammen. Nein, er war noch nicht einmal ein voll ausgebildeter Wächter. Aber er würde alles tun, um Isabel zu helfen. Alles. Auch wenn es ihm noch so schwerfiel. Wenn Harken glaubte, dass es besser war, noch zu warten, dann würde er das tun. Sollte er jedoch spüren, dass sich Isabel in Lebensgefahr befand, würde er sofort in das Gebäude stürmen und auch Harken könnte ihn dann nicht davon abhalten.

Als sie kurz darauf anhielten, sprang Bowen aus dem Wagen und tauchte in den Wald ein, während Harken noch den Motor ausschaltete. Die Verbindung zu Isabel zog ihn vorwärts, bis er am Rand des Waldes kauerte und zu einem fünfstöckigen Gebäude starrte, in dem er sie vermutete. Es lag hinter dem wesentlich höheren Haus, an dem sie auf der Straße vorbeigefahren waren. Wäre er dort ausgestiegen, hätte er wahrscheinlich in dem falschen Gebäude nach ihr gesucht. Er drehte sich nicht um, als Harkens Geruch hinter ihm stärker wurde. Stattdessen versuchte er, Isabels Standort im Gebäude zu bestimmen.

»Kannst du zu ihr durchdringen, eine Nachricht senden oder so?« Harkens Stimme war beinahe tonlos.

Noch einmal sandte er Bilder zu Isabel, doch er konnte keine Reaktion darauf spüren. Warum konnte sie ihn nicht empfangen, wenn sie doch so nah war? Er schüttelte den Kopf. »Ich weiß es nicht, irgendwie habe ich das Gefühl, dass sie versucht, sich geistig abzuschotten.«

»Vielleicht würde es sie sonst überlasten, wenn dort Katzenwandler im Gebäude sind. Du hast selbst gesagt, dass die Verbindung gestern abrupt abgerissen ist, nachdem sie unerträgliche

Schmerzen hatte. Ich könnte mir vorstellen, dass sie versucht, das nicht noch einmal zuzulassen, und sich deshalb abschottet, um sich selbst zu schützen.«

Bowen nickte langsam. »Das wäre möglich.« Aber das machte es auch schwieriger – wenn nicht gar unmöglich – für ihn, ihr geistig beizustehen. Ein Gefühl der Hilflosigkeit erfasste ihn, während er weiter zum Gebäude starrte.

Harken legte seine Hand auf Bowens Schulter. »Wir werden sie da rausholen.«

Bowens Kehle schnürte sich zusammen. Hoffentlich hatte Harken recht, sonst wusste er nicht, was er tun sollte.

Isabel bemühte sich, so ruhig wie möglich zu liegen, während sie herausfand, wo sie sich befand und was geschehen war. Mühsam hielt sie die Sperre in ihrem Kopf aufrecht, während sie die Augen öffnete, und sah sich um, bevor sie erleichtert aufatmete. Sie befand sich wieder in dem Raum, in den sie abends gebracht worden war. Für einen Moment hatte sie beim Aufwachen gedacht, die ganze Entführung wäre nur ein Traum gewesen, doch leider war das alles wirklich passiert. Sie erinnerte sich an die mörderischen Kopfschmerzen und vor allem an die armen Wandler, die in Käfigen vor sich hin vegetierten. Sie mochte sich nicht vorstellen, was sie tagsüber in dem Labor erleiden mussten. Wenn sie ihnen doch nur hätte helfen können! Aber sie schaffte es noch nicht einmal, sich selbst zu befreien. Vage konnte sie sich noch entsinnen, wie die Schmerzen überhand genommen hatten und ihr schwarz vor Augen geworden war. Als sie ohnmächtig wurde, musste sie irgendwo hingebracht worden sein. Wo immer das auch war, im Moment war sie allein.

Isabel setzte sich auf und presste die Hände an ihren Schädel. Der scharfe Schmerz war inzwischen einem dumpfen gewichen. Am Rande ihres Bewusstseins nahm sie noch immer die Wandler wahr. Wieso konnte Isabel sie jetzt spüren, aber nicht, bevor sie im Keller gewesen war? Noch so ein Rätsel, das ihre »Gabe« mit sich brachte. Der altbekannte Ärger darüber setzte wieder ein. Zwar war jetzt geklärt, dass sie die Fähigkeit wohl von ihrem leiblichen Vater geerbt hatte, aber sie wusste immer noch nicht, zu was sie gut sein sollte oder wie sie überhaupt zustande kam. Caruso war doch ein ganz normaler Mensch, oder?

Ihr Herz begann schneller zu klopfen, als sie über die Möglichkeiten nachdachte. Früher hatte sie nie geglaubt, dass es paranormal begabte Menschen geben könnte, doch wenn Wandler existierten, warum dann nicht auch Menschen mit übernatürlichen geistigen Fähigkeiten? Das war doch wesentlich vorstellbarer als Wesen, die ihre Körperform ändern konnten – wie auch immer *das* funktionierte. Als sie es zum ersten Mal bei Bowen beobachtet hatte, war sie entsetzt, aber auch fasziniert gewesen. Sein menschlicher Körper hatte sich nach und nach in den eines Berglöwen verwandelt, Fell hatte die nackte Haut bedeckt, seine Hände und Füße waren zu Pfoten geworden, Mund und Nase zu einer Schnauze. Er hatte sogar einen langen Schwanz!

Da sie merkte, wie sehr das Thema sie aufregte, schob sie es rasch beiseite. Wenn Lee wiederkam, wollte sie ihm so gefasst wie möglich entgegentreten, und das ging nur, wenn sie an etwas völlig Banales dachte. Zum Beispiel an Essen. Wie auf Befehl knurrte ihr Magen und sie verdrehte die Augen. Ganz toll. Warum hatte sie gerade jetzt daran gedacht? Davor war ihr überhaupt nicht aufgefallen, wie hungrig sie war. Aber das ließ sich wesentlich besser aushalten, als die Schmerzen in der Nähe der Wandler.

Matt ließ sie sich wieder auf die Bettkante sinken. Das Warten machte sie mürbe, aber sie durfte die Hoffnung auf Rettung nicht aufgeben. Dafür musste sie stark bleiben und durfte nicht ihrer Angst oder den Schmerzen nachgeben. Isabel richtete sich gerader auf und strich ihre zerzausten Haare zurück. Es wurde eindeutig Zeit, dass sie sich wieder unter Kontrolle brachte und sich nicht mehr gehen ließ. Abrupt erhob sie sich und marschierte in das kleine Bad. Rasch wusch sie ihr Gesicht, putzte ihre Zähne und kehrte in den anderen Raum zurück. Nachdem sie noch einmal alles überprüft hatte, um festzustellen, ob sie in der Nacht einen Fluchtweg übersehen hatte, setzte sie sich in den Sessel. So konnte sie sich wenigstens noch ein wenig ausruhen, bevor Lee zurückkam, sie befreit wurde oder floh – je nachdem, was eher geschah. Isabel atmete tief durch und versuchte, ihre angespannten Nerven zu beruhigen. Sie war vor einem Jahr unbeschadet aus dem Labor ihres Vaters entkommen und das würde ihr sicher auch jetzt wieder gelingen. Ungebeten schob sich ein Bild von Marisa vor ihr geistiges Auge, wie sie schwer verletzt im Krankenhaus gelegen hatte, sichtlich von Schmerzen geplagt.

Wenn dieser Lee dafür verantwortlich war, genauso wie für die Ermordung Henry Stammheimers – sie weigerte sich, an ihn weiterhin als ihren Vater zu denken –, dann war es ganz und gar nicht sicher, dass sie heil aus der Sache herauskommen würde. Ganz im Gegenteil. Lee konnte es sich eigentlich gar nicht leisten, sie am Leben zu lassen, nachdem sie sowohl ihn als auch sein Labor gesehen hatte. Ihr Magen zog sich zusammen und sie presste eine zitternde Hand auf ihren Bauch. Oh Gott! Als Henry sie mit Bowen eingesperrt hatte, war sie entsetzt gewesen und hatte sich auch gefürchtet, aber tief in ihrem Innern war sie davon überzeugt gewesen, dass er ihr nichts tun würde. Doch das hier war völlig anders. Sie musste sich darauf einstellen, vielleicht nicht mehr lange zu leben.

Angst breitete sich in ihr aus, ein Zittern lief durch ihren Körper. Tränen stiegen in ihre Augen, als sie an die Menschen dachte, die sie vielleicht nie wiedersehen würde. Auch wenn ihre Mutter oft oberflächlich war und sich nicht immer um sie kümmerte, wusste Isabel, dass Felicia sie liebte und um sie trauern würde. Dann war da noch ihre Freundin Claire, die sie furchtbar vermissen würde. Marisa und Coyle, die im letzten Jahr trotz der Entfernung zu guten Freunden geworden waren. Und Bowen … Eine Träne lief über ihre Wange und sie wischte sie hastig weg. Warum konnte sie ihn nicht vergessen, wenn er doch so offensichtlich nichts von ihr wissen wollte?

Außerdem kannte sie ihn gar nicht richtig. Er war ein Berglöwenwandler und lebte in der Nähe des Yosemite. Das war alles, was sie über ihn wusste. Gut, er war auch mutig und mitfühlend gewesen, hatte sie im Arm gehalten und getröstet. Und er hatte sie geküsst, als wäre sie etwas Besonderes. Als würde sie ihm etwas bedeuten. Vielleicht …

Isabel sprang auf, als die Tür aufging und Lee eintrat.

»Guten Morgen!« Er strahlte regelrecht.

Wortlos starrte Isabel ihn an. Anscheinend war er heute ausnehmend gut gelaunt. Wie konnte er lächeln nach allem, was passiert war? Aber eigentlich brauchte sie sich das nicht fragen, schließlich bekam er alles, was er wollte. Sie war in seiner Gewalt und gestern hatte sie ihm durch ihre Reaktion bewiesen, dass eine Verbindung zu den Wandlern bestand.

Lees Grinsen wurde breiter. »Wenn du denkst, dass du mich mit deinem Schweigen treffen kannst, muss ich dich enttäuschen. Aber ich würde dir raten, mit mir zu reden, dann kannst du vielleicht noch ein wenig länger leben.«

Isabel schlang die Arme um ihren Oberkörper. »Sie sagten gestern, ich wäre Ihr Gast. Warum wundert es mich nicht, dass Sie mich belogen haben?« Bevor er antworten konnte, machte sie eine wegwerfende Handbewegung. »Aber jemandem, der Menschen und Tiere einsperrt und sie wahrscheinlich sogar für Versuche missbraucht oder foltert, ist wohl alles zuzutrauen.«

Seine Augenbrauen zogen sich drohend zusammen. »Du weißt

überhaupt nichts über mich, also glaub nicht, dass du auch nur ahnst, zu was ich fähig bin. Das dort unten sind Mutanten, wie du sehr wohl weißt, Missgeschicke der Natur. Sie haben keine Daseinsberechtigung. Wenn ich sie zum Wohl der Menschheit der Forschung zur Verfügung stelle, dann ist das nur richtig.«

Isabel presste ihre Knie zusammen, um nicht zu Boden zu sinken, als ihre Beine nachgaben. Lee war wesentlich schlimmer als Henry Stammheimer. Vielleicht hielt er hier bereits monate-, wenn nicht sogar jahrelang Wandler gefangen und beutete sie aus. »Was wollen Sie von mir? Ich bin ein ganz normaler Mensch.«

Lee legte den Kopf schräg. Mit seinen unheimlichen hellgrünen Augen starrte er sie prüfend an. »Ein Mensch, ja. Aber ich glaube nicht, dass du so normal bist, wie du behauptest. Die Reaktion der Viecher auf dich war sehr interessant, fand ich. Das werden wir jetzt noch einmal ausprobieren.«

Isabel trat automatisch einen Schritt zurück. »Nein.«

Er zog seelenruhig eine Pistole aus seiner Jackentasche. »Doch. Und ich warne dich: Du möchtest mich sicher nicht verärgern, denn ich kann dir die ganze Sache extrem ungemütlich machen.« Als sie sich immer noch nicht bewegte, griff er nach ihrem Arm und zog sie auf den Flur.

17

Zuerst wurde Keira sich der Wärme bewusst, die durch den Stoff an ihre Wange drang. Für einen Moment konnte sie sich nicht erinnern, wo sie sich befand und wie sie hierhergekommen war. Ihre Augen flogen auf und sie erkannte, dass sie in einem Auto fuhr. Natürlich, daher auch das gleichmäßige Dröhnen und das leichte Schaukeln. Aber warum war der Sitz beheizt? Eine Bewegung unter ihrer Handfläche ließ sie dorthin blicken. Ihre Hand lag auf einem Bein, aber es war nicht ihres. Zögernd ließ sie ihren Blick an dem fremden Körper hinaufgleiten, über eine Jeans und ein T-Shirt, unter dem sich eine muskulöse Brust und kräftige Arme abzeichneten, bis hin zum Gesicht. Als sie Sawyer erkannte, richtete sie sich ruckartig auf. Hitze stieg in ihre Wangen, als sie sich daran erinnerte, was in der Nacht passiert war. Sie hatte ihn nicht nur geküsst, sondern ihm auch erlaubt, sie an den intimsten Stellen zu berühren. Wie hatte das passieren können?

In seinen warmen braunen Augen stand die Erinnerung an das Geschehene. Allerdings schien er kein Problem damit zu haben, wenn sie sein Lächeln als Hinweis wertete. Keira versuchte, tief durchzuatmen und sich zu beruhigen, doch dabei stieg sein unverwechselbarer Duft in ihre Nase. Und wie schon zuvor fühlte sie sich gegen ihren Willen von ihm angezogen. Warum auch nicht? Sie war einunddreißig Jahre alt und ungebunden. Wenn sie es wollte, konnte sie sich einen Liebhaber nehmen, und Sawyer schien durchaus gewillt zu sein, sich mit ihr einzulassen. Erleichtert sackte Keira in sich zusammen. Genau, es war einfach nur ein körperlicher Impuls, und wenn sie erst einmal mit ihm geschlafen hatte, würde diese unerklärliche Anziehung verschwinden. Aber jetzt musste sie sich auf etwas anderes konzentrieren.

Sie blickte aus dem Fenster und sah Häuser vorbeigleiten. »Wo sind wir?«

Sawyer strich eine Haarsträhne aus ihren Augen. »In San Francisco. Harken hat gerade angerufen, Bowen glaubt zu wissen, in welchem Gebäude Isabel sich befindet. Sie haben in einem Wald in der Nähe Stellung bezogen.«

»Wie geht es ihr?« Mit den Fingern rieb sie über ihren verspannten Nacken.

Sawyer schob ihre Hand beiseite und begann, die schmerzende Stelle zu massieren. Als hätte er ein Recht, sie zu berühren. »Es scheint ihr so weit gut zu gehen. In der Nacht hatte sie wohl zu einem Zeitpunkt starke Schmerzen, die sich immer mehr steigerten, bis sie das Bewusstsein verlor. Bowen nimmt an, dass sie in der Nähe von Katzenwandlern war und die Schmerzen nicht ihr selbst zugefügt wurden. Wahrscheinlich hat sie nur das Leid der anderen gespürt.« Diesmal war deutlich Wut in Sawyers Gesichtsausdruck zu erkennen. Im Kontrast dazu waren seine Finger sanft.

Keira wollte ihm sagen, dass er sie nicht berühren sollte, aber es fühlte sich einfach zu gut an. Unter seinen talentierten Fingern breitete sich ein warmes Gefühl aus und die Verspannung löste sich. »Ist sie schon wieder aufgewacht?« Ein leises Schnurren entschlüpfte ihr, als sein Daumen über ihren Hals strich.

Seine Augen flammten auf, diesmal mit Leidenschaft, die Wut war verschwunden. »Bowen hat sie wieder gespürt, sie war wohl erst relativ ruhig, dann steigerte sich ihre Furcht wieder. Bowen hat versucht, zu ihr durchzudringen, aber sie scheint sich irgendwie abzuschirmen.« Er nahm Keiras Hand und drückte sie beruhigend. »Auf jeden Fall wissen wir jetzt, wo sie sich aufhält und dass sie noch lebt, das ist schon wesentlich mehr als noch vor ein paar Stunden. Wir werden sie da rausholen.«

Keira blickte aus dem Fenster auf die langsam erwachende Stadt. »Ja, das werden wir.« Und wenn irgendjemand versuchte, sie davon abzuhalten, würde er es bereuen.

Sawyers Hand schob sich um ihren Nacken und er legte seine Stirn an ihre. »Versprich mir, dass wir das gemeinsam durchziehen. Ich möchte nicht, dass dir etwas geschieht.« Seine Worte lösten eine Mischung aus Wut und Wärme in ihr aus. Der Ärger gewann, vermutlich, weil sie sich nicht traute, das andere Gefühl anzuerkennen.

Ein warnendes Knurren löste sich aus ihrer Kehle. »Ich bin Wächterin und weiß, wie ich mich in solch einer Situation zu verhalten habe. Ich brauche niemanden, der auf mich aufpasst.«

»Das habe ich auch nicht angenommen.« Seine Stimme klang ganz ruhig, was sie noch mehr aufregte. »Ich dachte eher, dass wir größere Chancen haben, Isabel und auch mögliche andere Wandler dort lebend herauszubekommen, wenn wir alle zusammenarbeiten.«

Er meinte es ernst, so viel konnte selbst sie erkennen und damit verpuffte auch ihr Ärger. »Ob du es glaubst oder nicht, ich hatte nicht vor, kopflos in das Gebäude zu stürmen.«

»Gut.« Seine Lippen strichen sanft über ihre, bevor er ein Stück abrückte. »Ich möchte dich nicht verlieren.«

Ihr Herz klopfte schmerzhaft in ihrer Brust. »Sawyer …« Sie wollte ihm sagen, dass er sie erst einmal haben musste, um sie verlieren zu können, doch ihre Kehle zog sich zusammen und sie brachte keinen Ton mehr hervor.

Sawyer wandte sich dem Fenster zu und sah hinaus. Keira hob ihre Hand und wollte sie auf seinen Rücken legen, zog sie dann jedoch wieder zurück. Es wäre nicht richtig, ihm Hoffnungen zu machen, dass irgendetwas aus ihnen werden konnte. Wenn es überhaupt das war, was er wollte. So freundlich und offen er auch zu sein schien, so wenig verriet er über sich. Und das war von ihm so beabsichtigt, dessen war sie sich sicher. Vermutlich sollte sie froh sein, dass er ihr einen Grund gab, sich ihm ebenfalls nicht zu öffnen, aber irgendwie funktionierte es nicht. Auch wenn es zu nichts führen konnte, wollte sie doch wissen, wer Sawyer war. Woher er kam, was die Narben an seinem Körper und in seinem Gesicht verursacht hatte und warum er jetzt mit seiner Gruppe in der Nähe von Las Vegas lebte, wo es noch schwerer war, sich vor den Menschen zu verstecken als im Wald.

Keira ballte ihre Hand zur Faust und ließ sie in ihren Schoß fallen. Vielleicht war es besser, wenn sie nicht zu viel übereinander wussten, dann würde die Trennung leichter werden. Mühsam unterdrückte sie einen tiefen Seufzer, als sie erkannte, dass das reines Wunschdenken war.

»Wir sind bald da.« Carusos Ankündigung riss sie aus ihren Gedanken. Sein Blick lag im Rückspiegel auf ihr. Sie fragte sich, wie viel er von dem Zwischenspiel zwischen ihr und Sawyer mitbekommen hatte. Dann erinnerte sie sich daran, dass er wie Isabel die Gefühle von Katzenwandlern wahrnehmen konnte, und spürte Hitze in ihre Wangen schießen.

Sofort richtete sie sich gerader auf und blickte aus dem Fenster. Die Häuser waren höher geworden, sie wirkten wie Bürogebäude, mit unzähligen Fenstern und schlichten Fassaden. »Wo sind wir hier?« Glücklicherweise klang ihre Stimme normal, sodass Sawyer vermutlich nicht merkte, wie sehr das Gespräch sie aufgewühlt hatte.

»Einige der Gebäude gehören zur Universität, andere zu wissenschaftlichen und technischen Einrichtungen. Auch ein Krankenhaus befindet sich in der Gegend.«

»Was genau verstehst du unter ›wissenschaftliche Einrichtungen‹?«

Ein Muskel zuckte in Carusos Wange. »Labore.«

Keiras Herz sank. Die Vorstellung, was Wandlern im Namen der Forschung oder irgendeines anderen angeblich humanitären Zwecks in solch einem Labor angetan werden konnte, ließ sie schaudern. Sie hatte gesehen, was ein paar Tage in Stammheimers Kellerlabor in Bowen bewirkt hatten, aber wenn ein Wandler längerfristig irgendwo eingesperrt war, würde er zugrunde gehen. Geistig und körperlich. Hoffentlich kamen sie nicht zu spät, um sie zu retten. Wenn ihr Geist gebrochen war, konnten sie sich zu Einzelgängern entwickeln, denen alles Menschliche fehlte. Keira hatte von einigen Wandlern gehört, die sich so weit von ihrer Herkunft entfernten, dass sie andere Tiere zum Vergnügen töteten und nicht etwa als Nahrung. Ihre Finger gruben sich in ihre Beine. Wenn irgend möglich, würde sie das verhindern.

Um sich abzulenken, blickte sie wieder nach draußen. Inzwischen führte die Straße bergauf und sie fuhren in ein Waldgebiet. Zwar war es nicht mit ihrem Wald in der Nähe des Yosemite zu vergleichen, aber sie fühlte sich schon deutlich wohler als zwischen den hohen Gebäuden.

Kurz darauf parkte Caruso den Wagen hinter einer Garage und sie stieg angespannt aus. Tief atmete sie ein und folgte ohne zu Zögern Bowens Duftspur. Ein Teil ihrer Anspannung verschwand, während sie dankbar zwischen die Bäume tauchte, deren grüne Blätter die Menschenwelt verbargen. Wenn die Sache hier erledigt war, brauchte sie dringend eine Auszeit, irgendwo in der Wildnis, ohne Menschen und wenn möglich auch ohne Wandler um sie herum. Aber vermutlich würde sie dann als Wächterin gebraucht werden und musste ihre Wünsche wieder einmal der Gruppe unterordnen.

Sie schob den Gedanken beiseite, als sie sich einen Weg zu Bowen bahnte, der am Rande des Waldgebiets kauerte und von dort aus auf die Gebäude blickte. Sein Kopf ruckte herum und sie erschrak, als sie seine geröteten Augen und sein blasses Gesicht sah. Ohne weiter nachzudenken, lief sie zu ihm und zog ihn in ihre Arme. Zuerst versteifte er sich, doch dann wich die Anspannung aus seinem Körper und er lehnte sich mit einem tiefen Seufzer an sie. Erst jetzt erinnerte sie sich wieder daran, dass er Berührungen vermied, seit er vor einem Jahr aus Nevada zurückgekehrt war. Außer seiner Mutter hatte es niemand gewagt, sich ihm zu nähern. Vielleicht hätte sie es schon früher tun sollen, es war offensichtlich, dass Bowen als Mensch und als Berglöwe nach Berührungen hungerte.

Nach einiger Zeit spürte sie Sawyers Blick auf sich, doch sie drehte sich nicht zu ihm um. Stattdessen strich sie so lange weiter beruhigend über Bowens Rücken, bis er sich schließlich von ihr löste. Sein Gesicht war vor Verlegenheit gerötet und er konnte ihr kaum in die Augen sehen.

»Ich bin froh, dass ihr da seid, Keira. Wir müssen Isabel unbedingt helfen!« Seine Stimme war vor Verzweiflung rau.

»Das werden wir.« Sie versuchte, überzeugter zu klingen, als sie selbst war. Das Gebäude wirkte riesig und war sicher gut bewacht. Wie sollten sie dort ungesehen hineinkommen? »Wo ist Harken?«

»Er wollte sich mal umsehen – unsichtbar.«

Das war wirklich eine praktische Fähigkeit. Zu schade, dass nicht alle Wandler sie beherrschten, dann hätten sie deutlich weniger Probleme. Nicht ganz sicher, was sie jetzt tun sollte, blickte sie sich zu den beiden anderen um, die ihr gefolgt waren. »Bowen, das sind Sawyer und Caruso. Sie werden uns helfen.«

Bowen nickte, sein Blick lag auf Caruso. »Du hast die gleichen Augen wie Isabel.«

Caruso lächelte schwach. »Das ist mir auch aufgefallen. Danke, dass du uns hilfst, Isabel zu finden. Ich kann spüren, wie viel sie dir bedeutet.«

Einen Moment lang schwieg Bowen. »Ohne sie wäre ich jetzt nicht hier.« Seine Augenbrauen zogen sich zusammen. »Aber warum hast du nicht schon früher gespürt, dass du eine Tochter hast? Dann wäre Isabel vieles erspart geblieben.«

»Weil es nur funktioniert, wenn ich in unmittelbarer Nähe bin.« Er schnitt eine Grimasse. »Und ich habe immer einen weiten Bogen um Los Angeles gemacht, weil ich mich nicht an ihre Mutter erinnern wollte.«

Sawyer mischte sich ein. »Wie wäre es, wenn wir uns ein wenig ausruhen? Ich denke mal, dass wir nicht am helllichten Tag in das Gebäude eindringen können, deshalb müssen wir bis zum Einbruch der Nacht warten.«

Irgendwie beruhigte es Keira, seine tiefe Stimme zu hören, und der Vorschlag war ihr sehr recht, denn auch wenn sie im Wagen geschlafen hatte, fühlte sie sich immer noch wie zerschlagen. Besonders die Stellen, wo das Auto sie erwischt hatte und sie auf den Boden geprallt war, fühlten sich verspannt an. Als sie sich wieder daran erinnerte, wie Sawyer darübergeleckt hatte, wandte sie sich rasch ab.

»Das ist eine gute Idee. Aber zuerst werde ich mich ein wenig im Wald umsehen.« In Berglöwengestalt, um genau zu sein. Sie wollte wenigstens für kurze Zeit die Sorgen verbannen und nur noch die Natur fühlen. Als Sawyer ihr folgen wollte, hob sie eine Hand. »Allein.«

Das Verständnis in seinen Augen zeigte ihr noch deutlicher, dass sie sich unbedingt wieder in den Griff bekommen musste, bevor sie etwas Dummes tat. Hinter einem Busch zog sie sich aus und verwandelte sich. Nach einem letzten Blick auf die anderen tauchte sie in den Wald ein. Ihre verspannten Muskeln lockerten sich, als sie den Hügel hinauflief und die Zivilisation hinter sich ließ.

Frustriert verließ Dawn am frühen Morgen die Polizeistation. Sie hatte sich dort mit Detective Petrovsky getroffen, der sich nicht nur wie ein Raucher anhörte, sondern mit seiner wettergegerbten Haut und den graumelierten Haaren auch so aussah. Doch sämtliche Ermittlungen waren im Sande verlaufen. Weder wussten sie, wer dieser Lee Rosebud war, noch ob er wirklich in dem Flugzeug gewesen war, das vermutlich Isabel Kerrilyans Handy von Las Vegas nach San Francisco transportiert hatte. Auch von Isabel selbst gab es weiterhin keine Spur. Niemand hatte sie gesehen und auf den Bändern der Überwachungskameras war auch nichts Ungewöhnliches zu finden.

Dawn stieß einen tiefen Seufzer aus. Mit dem Rücken lehnte sie sich an einen Pfahl und beobachtete, wie die Sonne über der Bucht aufging. Wie so oft fragte sie sich, warum sie beim Police Department Las Vegas arbeitete und nicht irgendwo mit ein wenig mehr Wasser und Vegetation. Die Luft hier in San Francisco war frisch, die Hitze im Sommer erträglich. Ein Windhauch strich über ihr Gesicht und sie schloss für einen Moment die Augen. Es war gut, so weit von zu Hause weg zu sein und alles wenigstens für kurze Zeit hinter sich zu lassen. Sie fühlte sich … freier. Aber natürlich wusste sie, warum sie noch in Las Vegas war: Natalie. Sie würde niemals die Hoffnung aufgeben, ihre Schwester doch noch irgendwann zu finden …

Ein Klingeln ließ sie zusammenzucken. So viel zum Thema Ruhe. Kopfschüttelnd suchte sie ihr Handy heraus und drückte auf die Gesprächstaste. »Ja?«

»Hier ist Byron.« Ihr Kollege hielt sich nicht lange mit Floskeln auf. »Wo bist du gerade?«

Mist. Auch wenn sie sich ordnungsgemäß abgemeldet hatte – ihr Chef hatte schließlich widerwillig zugestimmt, dass sie mit den Polizisten in San Francisco zusammenarbeiten durfte –, wollte sie ungern gerade mit Byron darüber reden. Zu oft waren sie schon wegen ihrer unterschiedlichen Auffassungen von Pflichterfüllung aneinandergeraten. »San Francisco.«

Es herrschte einen Moment Stille. »Und es fiel dir ganz kurzfristig ein, dass du unbedingt dorthin musst?«

Dawn rieb über ihre Stirn, hinter der sich bereits Kopfschmerzen bemerkbar machten. »Ich verfolge eine Spur.«

Byron gab einen abschätzigen Laut von sich. »Hat es zufällig mit der Entführung dieses jungen Mädchens zu tun?«

Eine üble Vorahnung breitete sich in ihr aus. Schon lange versuchte Byron, einen Fehler in ihrer Ermittlungsarbeit zu finden, um sie dann beim Chief anzuschwärzen. Wenn er jemals etwas fand, würde er alles dafür tun, sie aus dem Team werfen zu lassen. Dawn schob das Kinn vor. So leicht würde sie es ihm nicht machen. »Isabel Kerrilyan, ja. Was weißt du darüber?«

»Nicht viel, da du es ja nicht für nötig befunden hast, einen Bericht darüber zu schreiben oder uns zumindest über den Stand der Ermittlungen zu unterrichten.« Bevor sie darauf etwas erwidern konnte, wie zum Beispiel, dass der Chief über alles informiert war, redete er weiter. »Was glaubst du, wie erstaunt ich war, als ich einen Anruf bekam, bei dem mir jemand einen anonymen Tipp gab, demzufolge ein Wagen mit drei in eben jenem Entführungsfall gesuchten Verdächtigen auf einem Parkplatz gesehen wurde.«

Aufregung breitete sich in ihr aus. »In Las Vegas?«

»Nein, am Highway 58, in der Nähe von Bakersfield.« Seiner Stimme war anzuhören, wie sehr er es genoss, mehr zu wissen als sie. »Falls du nicht weißt, wo das ist, die Stadt liegt in Kalifornien, beinahe auf halbem Weg zwischen Las Vegas und San Francisco.«

Dawn biss sich auf die Lippe, um ihn nicht anzuherrschen. Das beabsichtigte er nur und sie war nicht bereit, ihm die Genugtuung zu geben. »Und, wurde der Wagen dort gefunden?«

»Ja, und drei Männer lagen nett verschnürt darin. Um was wollen wir wetten, dass das die Verdächtigen sind?« Als sie nicht antwortete, fuhr er schärfer fort. »Die Frage ist, was haben sie dort getan und vor allem, wer hat sie überwältigt?«

»Vielleicht ein Komplize.«

»Glaubst du wirklich?« Seine Skepsis war deutlich zu hören.

Nein, sie glaubte eher, dass Caruso nicht auf sie gehört hatte, und stattdessen zu seinem eigenen kleinen Rachefeldzug ausgezogen war. Doch wie hatte er die Männer überhaupt gefunden? Er hatte ihr nur das Kennzeichen des anderen Wagens genannt. Konnte es sein, dass er absichtlich Informationen zurückgehalten hatte, damit sie ihm nicht in die Quere kam? Aber das ergab keinen Sinn, schließlich hatte er selbst die Polizei gerufen.

»Dawn?«

Byrons Stimme riss sie aus den beunruhigenden Gedanken. »Nein, ich weiß nicht, was passiert ist, Byron. Wurden die Männer schon befragt und der Wagen untersucht?«

»Sie reden nicht. Beharren darauf, dass sie überfallen worden wären und nicht wüssten, warum. Ihren Angreifer haben sie eher vage beschrieben: schwarze Haare, eventuell blaue Augen, schlank. Als ich fragte, was sie in der Gegend wollten, redeten sie sich mit Geschäften heraus. So ganz einig schienen sie sich nicht zu sein, was für Geschäfte das sind. Vor allem aber hatten sie nichts zu der Waffensammlung zu sagen, die in ihrem Kofferraum lag.«

»Halt sie bitte fest, bis ich zurück bin. Und lass im Wagen nach Spuren von Isabel Kerrilyan suchen, besonders auf dem Rücksitz. Ich bin ziemlich sicher, dass sie darin zum Flughafen transportiert wurde. Wenn wir das beweisen können, haben wir die Kerle in der Hand. Dann werden sie ihr Schweigen brechen und ihren Komplizen verraten.«

»Warum glaubst du, dass es einen gibt?«

»Weil irgendjemand nach San Francisco geflogen ist, wahrscheinlich mit Isabel. Der zweite Wagen, der bei der Entführung gesehen wurde, ist am Flughafen gefunden worden. Ich nehme an, dass Isabel irgendwo in Las Vegas vom einen Wagen in den anderen geschafft wurde.«

Byron schnaubte geringschätzig. »Kann es sein, dass du schon wieder einen Fall zu persönlich nimmst?«

Sie schloss die Augen und zählte langsam bis drei. Als sie sprach, war ihre Stimme ruhig. »Tu mir den Gefallen und kümmere dich um die Männer. Alles andere überlass mir, ich weiß, was ich tue.«

»Bist du da ganz sicher, Dawnie?« Damit beendete er die Verbindung.

Schwer atmend lehnte Dawn sich wieder an den Poller und versuchte, sich zu beruhigen. Byron schaffte es jedes Mal, sie so zu reizen, dass sie ihm am liebsten den Hals umgedreht hätte. Sie konnte durchaus verstehen, dass niemand anders mit ihm zusammenarbeiten wollte, denn er hatte ein Problem mit jedem, der einen höheren Rang bekleidete als er, und erst recht mit Frauen. Dummerweise war der Chief auf die glorreiche Idee gekommen, dass ihre ruhige Art sich mäßigend auf Byron auswirken könnte. Irgendwann würde sie es nicht mehr schaffen, ihren Ärger herunterzuschlucken, sondern würde diesem hinterhältigen Frettchen die Meinung sagen. Egal, ob es ihr ein Disziplinarverfahren oder sogar einen Rauswurf einbrachte. Das war es fast wert.

Nachdem sie sich wieder halbwegs im Griff hatte, wählte sie Carusos Nummer. Ungeduldig wartete sie darauf, dass er sich meldete.

»Ja?«

Ihre Hand krampfte sich um das Handy, als sie Carusos Stimme hörte. »Detective Jones hier. Ich dachte, es würde Sie vielleicht interessieren, dass der zweite Wagen der Entführer auf einem Parkplatz gefunden wurde.«

Einen Moment lang herrschte Stille. »Tatsächlich?«

Das Zögern und die einsilbige Antwort bestätigten ihre Vermutung: Caruso hatte seine Hände dabei im Spiel. Die Wut breitete sich in ihr aus. »Hören Sie auf mit den Spielchen, Caruso! Ich dachte, wir hätten abgemacht, dass Sie im Motel in Las Vegas bleiben, während ich meine Arbeit mache und Ihre Tochter zu Ihnen zurückbringe.«

»Das haben Sie gesagt, nicht ich.«

Dawn versuchte, ihre Stimme unter Kontrolle zu halten. »Wo sind Sie jetzt?«

Er ignorierte ihre Frage. »Haben Sie Isabel gefunden?«

»Noch nicht, aber …«

Caruso unterbrach sie. »Finden Sie sie, bitte.«

»Hören Sie, Caruso …« Dawn stieß einen Fluch aus, als sie erkannte, dass er aufgelegt hatte. »Verdammt noch mal!« Als hätte sie nicht genug Sorgen, jetzt musste sie sich auch noch Gedanken darüber machen, was der Vater des Entführungsopfers im Schilde führte. Es ging eigentlich immer schief, wenn Verwandte oder Freunde aktiv in Ermittlungen eingriffen. Meist gefährdeten sie nicht nur sich und das Opfer, sondern auch die Polizisten. Sie musste Caruso daran hindern, sich und andere in Gefahr zu bringen, egal was es kostete. Mit fest zusammengepressten Lippen wählte sie die Nummer ihres Kollegen Phillips im Las Vegas Police Department.

»Hier ist Dawn. Du musst für mich noch eine Handynummer nachverfolgen. Möglichst schnell, ich weiß nicht, wie lange das Gerät noch angeschaltet ist.«

»Weißt du eigentlich, wie spät es ist?«

»Ja, und ich lag zwischendurch nicht im Bett.« Das war zwar ungerecht, aber ihr war im Moment nicht nach Höflichkeit.

Phillips brummte vor sich hin. »Okay, welche Nummer?«

Dawn diktierte ihm Carusos Nummer. »Ich tippe auf irgendwo zwischen Bakersfield und San Francisco.« Während sie dem Klacken der Tastatur lauschte, als Phillips die Daten eingab, begann Dawn unruhig auf und ab zu gehen. Hoffentlich verschwendete sie hier keine Zeit nur aufgrund eines Gefühls.

»Interessant.«

Dawn blieb ruckartig stehen. »Was?« Ihr Herz begann schneller zu klopfen.

»Das Handy, das du suchst, befindet sich gerade mal zehn Kilometer von dir entfernt. Mitten in San Francisco.«

18

Lautlos folgte Sawyer Keira, immer darauf bedacht, in Windrichtung zu bleiben, damit sie ihn nicht wittern konnte. Er verstand ihren Wunsch, allein zu sein, aber er war nicht bereit, ein Risiko einzugehen, was ihre Sicherheit anging. Wer wusste schon, ob der Verbrecher nicht rund um das Gebäude Kameras oder Bewegungsmelder angebracht hatte. Der Gedanke, dass Keira verletzt oder eingefangen werden könnte, sträubte sein Nackenfell. Ein tiefes Grollen entfuhr ihm. Sie gehörte ihm, niemand sonst durfte ihr auch nur nahe kommen. Der menschliche Teil in ihm schnaubte amüsiert. Wie gut, dass Keira seine Gedanken nicht lesen konnte, sonst hätte sie ihn schon mit einem ihrer patentierten »Nur über meine Leiche«-Blicke erdolcht. Oder sich so weit von ihm entfernt gehalten wie nur möglich.

Er wurde wieder ernst. Auch wenn er geahnt hatte, dass hinter ihrer harten Schale ein weicher Kern steckte, war er doch überrascht gewesen, wie liebevoll sie sein konnte und wie sehr sie sich um andere sorgte. Trotzdem hatte sie kein Problem damit, ihre Aufgabe als Wächterin zu erfüllen. Keira war stark und unabhängig – genau das, was ihn anzog. Sein Instinkt sagte ihm, dass er sie festhalten und nie wieder loslassen sollte, doch so einfach war das nicht. Seine Gruppe lebte in Nevada, und er war sich ziemlich sicher, dass Keira die karge Landschaft dort hasste. Außerdem würde sie ihre Gruppe nie im Stich lassen, genauso wie er gegenüber seinen Männern eine Verpflichtung hatte. Sollte er trotzdem versuchen, ihr näherzukommen, nur um sie dann wieder verlassen zu müssen?

Seine Gedanken wanderten zur letzten Nacht zurück, als Keira ihm erlaubt hatte, sie zu berühren. Sie war so leidenschaftlich gewesen, so ... Sawyer blieb abrupt stehen, als ihm bewusst wurde, dass irgendetwas nicht stimmte. Die Nase erhoben, atmete er tief ein. Mist, er konnte Keira nicht mehr wittern. Langsam drehte er sich um und zuckte zusammen, als er sie direkt hinter sich stehen sah. So viel zu seiner Fähigkeit, ihr unbemerkt zu folgen. Sie fletschte ihre Zähne und stieß ein leises Fauchen aus – ein Zeichen, dass sie nicht gerade glücklich darüber war, ihn hier zu sehen. Sawyer kauerte sich auf den Boden, um Keira nicht noch wütender zu machen.

Nachdem sie die Drohgebärden noch einige Zeit aufrechterhielt, kam sie schließlich auf ihn zu. Gespannt, was sie nun tun würde, blickte er sie so unterwürfig an, wie er nur konnte. Als sie sich herunterbeugte und ihm in den Nacken biss, riss er die Augen auf. Damit hatte er nicht gerechnet. Mit einer Tatze auf dem Rücken hielt sie ihn am Boden, während sich ihre spitzen Zähne in sein Fleisch bohrten. Der leichte Schmerz bewirkte allerdings nur, dass sich seine Erregung steigerte. Als er merkte, dass sie von ihm ablassen wollte, drehte er sich blitzschnell um und riss sie mit sich, sodass sie unter ihm lag. Mit seinem ganzen Körpergewicht legte er sich auf sie und leckte über ihre Schnauze. Keira schnappte nach ihm, aber er hielt den Kopf außer Reichweite.

Ihr Versuch, sich unter ihm herauszuwinden, verstärkte seine Erektion und er schloss die Augen. Um sich nicht in Berglöwenform auf sie zu stürzen, was im Moment zwar einfacher gewesen wäre, sich im Nachhinein aber sicher rächen würde, verwandelte er sich. Er legte seine Wange an Keiras Fell.

Als sie stur in Berglöwenform blieb, seufzte er. »Komm schon, Keira, du weißt, dass ich mich nicht eher rühre, bis du mit mir geredet hast.«

Keiras grüne Augen funkelten gefährlich, aber schließlich gab sie nach und verwandelte sich. Sein Schaft schmiegte sich zwischen ihre Beine und Sawyer schluckte hart.

»Du hast eine komische Vorstellung von *reden*.«

Sawyer ignorierte ihren Sarkasmus und auch seine Erregung und betrachtete aufmerksam ihr Gesicht. »Ich hätte nichts dagegen, mich einfach nur mit dir zu unterhalten.«

Keiras Augenbrauen hoben sich. »Wirklich? Warum liegst du dann auf mir und ein gewisser Teil deiner Anatomie bohrt mir beinahe ein Loch in den Schenkel?«

»Zum einen versuche ich dich daran zu hindern, wieder vor mir zu fliehen, und zum anderen – ich kann nichts dafür, wenn deine Nähe immer diese Reaktion in meinem Körper auslöst.« Er stemmte sich langsam hoch, hielt sie aber immer noch unter sich gefangen. »Ich habe aber kein Problem damit, das zu ignorieren.«

Keira presste ihre Beine zusammen und klemmte seinen Schaft damit wirksam ein. Das Gefühl ihrer Beinmuskeln an ihm war so erregend, dass ein Schauder durch seinen Körper lief. Mit einem Lachen lockerte sie ihre Umklammerung. »Ja, du hast dich völlig unter Kontrolle.«

Wortlos stand Sawyer auf und setzte sich einige Meter weiter unter einen Baum. Mit dem Rücken an den Stamm gelehnt blickte er sie an. »Ich glaube eher, du möchtest, dass ich außer Kontrolle bin, damit ich über dich herfalle und du hinterher sagen kannst, dass wir von der Leidenschaft übermannt wurden. So reizvoll das auch wäre, wenn ich mit dir zusammen bin, möchte ich, dass wir es beide wollen und auch zugeben können.«

Keira setzte sich auf und strich ihre Haare zurück, in denen Blätter hingen. Einen Moment lang sah sie ihn nur schweigend an, bis er schon befürchtete, sie würde aufstehen und gehen. »Weißt du, warum ich dir nicht glaube, dass du mit mir reden willst?« Sie zog ihre Beine an dem Oberkörper und schlang die

Arme darum. »Weil du dann über dich reden müsstest. Ich weiß nichts über dich. Weder wo du herkommst, noch was du tust, noch was du denkst.«

Sawyer erstarrte. Dann atmete er tief durch. Keira hatte recht, er konnte nicht von ihr verlangen, sich ihm zu öffnen und ihre Beziehung zu vertiefen, wenn er selbst nicht bereit war, über sein Leben zu reden. »Was willst du wissen?«

Sie wirkte überrascht. Wahrscheinlich hatte sie erwartet, ihm damit entkommen zu können. Nun, dann sollte sie ihm sagen, dass es nur eine Finte war und sie eigentlich nichts über ihn wissen wollte.

Keira sah einen Moment zu Boden, dann nickte sie. »Warum lebt ihr in so einer kargen Umgebung? Wie könnt ihr euch dort vor den Menschen verstecken?«

Sawyer ignorierte den Schmerz in seiner Brust und zuckte stattdessen mit den Schultern. »Das ist gar nicht so schwer, wenn uns niemand dort erwartet. Und sollte uns jemals jemand sehen, sind wir normale Berglöwen.«

Als klar wurde, dass er nicht mehr sagen würde, erhob Keira sich. »So viel dazu, dass du reden willst. Du hast rein gar nichts über dich gesagt, und das weißt du genau.« Sie drehte sich um und ging davon.

Mit drei Schritten war er bei ihr und riss sie zu sich herum. In ihren Augen lag eine Traurigkeit, die sich schnell zu Wut wandelte. »Lass mich los, Sawyer. Du hattest deine Chance.«

»Was willst du hören, Keira? Dass ich als Anführer der Gruppe versagt habe? Dass wir aus unserem alten Gebiet vertrieben wurden? Dass nur noch wenige Männer übrig sind, weil die meisten in einem verheerenden Feuer umgekommen sind, das Menschen gelegt haben?« Er brach ab und ließ seine Hand sinken.

Übelkeit wühlte in seinem Magen, als er Keiras Entsetzen sah. Abrupt wandte er sich ab und hockte sich auf den Boden, weil seine Beine unter ihm nachzugeben drohten. Das Blut rauschte in seinen Ohren und er glaubte, wieder die Schreie zu hören, wie damals, als das Feuer fast alles verschlang, was ihm je etwas bedeutet hatte. Eine Hand legte sich auf seine Schulter und er zuckte automatisch zusammen.

»Erzähl mir, was passiert ist, Sawyer.« Keira hockte sich vor ihn und legte ihre Finger um sein Gesicht, sodass er sie ansehen musste. Mitgefühl lag in ihren grünen Augen. »Stammen deine Narben von dem Feuer?« Er versuchte, sich aus ihrem Griff zu befreien, um ein wenig Abstand zu gewinnen, doch sie hielt ihn fest. »Glaub nicht, dass ich dich jetzt loslasse.«

Also beantwortete er die einfachste Frage zuerst. »Ja.«

Keira strich mit dem Daumen über seine vernarbte Wange. »Leidest du sehr darunter?«

Ihre Berührung ließ sein Herz stottern. Sawyer räusperte sich. »Ich denke die meiste Zeit nicht einmal daran. Mir ist völlig egal, wie ich aussehe.«

Sie beugte sich vor und küsste ihn sanft. »Ich finde, du siehst sogar ziemlich gut aus.«

Seltsamerweise war es ihm plötzlich nicht mehr egal, er wollte, dass sie ihn ohne Abscheu anblicken konnte und dass er ihr gefiel. Keira hatte diesen Teil in ihm wiedererweckt, der von den Flammen verzehrt worden war. Sawyer drehte seinen Kopf und küsste ihre Handfläche. »Danke.«

»Wo habt ihr gelebt?«

Sawyer starrte blicklos auf die Bäume. »In einem bergigen Gebiet an der Grenze zu Utah. Ein bewaldetes Tal, das für Menschen mehr oder weniger unzugänglich war. Niemand wusste, dass wir dort lebten.« Seine Kehle zog sich zusammen. »Zumindest dachten wir das bis vor zwei Jahren.« In Gedanken kehrte er zu jenem Tag zurück, als seine Welt in einem Flammenmeer untergegangen war.

Ein Warnruf der Wächter kündigte damals den Überfall an. Noch nie hatten sie so viele Menschen auf einmal gesehen, noch dazu mit Hunden und Waffen, und nun liefen sie direkt auf ihr Gebiet zu, so als wüssten sie genau, wo die Wandlergruppe zu finden war. Sawyer erkannte, dass sie gegen so viele nicht ankommen konnten, schon gar nicht, wenn sie gleichzeitig ihre Gefährtinnen und Kinder schützen mussten. Also befahl er den Rückzug, während er und die anderen Wächter für den Schutz sorgten. Ihre Gruppe war nicht groß, daher standen nicht viele Männer zur Verfügung, die sich im Kampf auskannten. Und niemand von ihnen hatte es je mit Schusswaffen zu tun gehabt. Sosehr ihm auch widerstrebte, alles zurückzulassen, was sie sich aufgebaut hatten, war Flucht ihre einzige Möglichkeit.

Es sah so aus, als würden sie ihre Verfolger abhängen, doch dann erkannten sie, dass sie direkt in eine Falle gelaufen waren. Flammen züngelten vor ihnen empor, fraßen sich in Windeseile durch trockene Sträucher und Bäume. Die ängstlichen Schreie der Kinder gellten in seinen Ohren, sie waren selbst über dem Rauschen des Feuers zu hören. Sie konnten weder vor noch zurück und die Felswände auf beiden Seiten der Schlucht waren zu steil. Außerdem wären sie ohne den Schutz der Vegetation den Waffen der Menschen hilflos ausgeliefert.

Sawyer versuchte, die anderen an den Verfolgern vorbeizuschleusen, doch es war aussichtslos, sie standen zu dicht. Vor allem schlugen die Hunde sofort an, wenn sich ihnen ein Berglöwe näherte. Verzweiflung breitete sich in ihm aus, er wusste nicht, wie er seine Gruppe unter diesen Bedingungen in Sicherheit führen konnte. Die Flammen prasselten immer dichter, es war nur noch eine Frage von Minuten, bis das Feuer sie erbarmungslos auf die Menschen zutrieb. Sie hatten nur eine Möglichkeit: Sie mussten die Männer ablenken und beschäftigen, bis die Schwächeren der Gruppe in Sicherheit waren.

Bereit, ihr Leben zu opfern, stürzten sich Sawyer und die anderen Wächter auf die Menschen. Überrascht von dem offenen Angriff wichen diese ein Stück zurück, und Sawyer schöpfte Hoffnung. Doch dann fielen Schüsse und er sah seine Männer fallen. Verzweifelt kämpfte er weiter, doch es war aussichtslos. Und dann hörte er die Schreie, als die Flammen sie einholten. Er wollte zurücklaufen und die Kinder retten, doch etwas traf ihn und er stürzte zu Boden. Langsam schloss Sawyer die Augen, als das Feuer ihn einhüllte …

»Sawyer!« Keira rüttelte ihn. »Sawyer!«

Es machte ihr Angst, wie still er auf dem Boden lag. Seine Haut war bleich, der Atem kam in heftigen Stößen. Das Schlimmste aber waren seine Augen, die sich verwandelt hatten und starr in den Himmel blickten, so als wäre sein Geist woanders. Und vermutlich war er das auch. Was hatte sie sich dabei gedacht, ihn auf seine Vergangenheit anzusprechen und damit offenbar Erinnerungen zu wecken, die ihn quälten? Auch wenn sie alles über ihn wissen wollte, hätte ihr klar sein müssen, dass er seine Gründe hatte, nicht darüber zu reden. Gott, sie wollte nie wieder diesen Schmerz in seinen Augen sehen, so als warte er nur darauf, dass sein Leiden im Tod endlich ein Ende fand.

Wie lächerlich kamen ihr dagegen ihre eigenen Probleme vor. Sie hatte ihr ganzes Leben lang einen Mann geliebt, für den sie immer nur wie eine kleine Schwester gewesen war. Und wenn sie einsam gewesen war, dann war das ihre eigene Schuld. Schließlich hätte sie sich nicht wie eine lästige Klette an ihren Bruder und Coyle hängen, sondern sich stattdessen lieber den anderen Wandlern in ihrem Alter anschließen sollen. Kein Wunder, dass Coyle nie eine Frau in ihr gesehen hatte.

Keira bettete Sawyers Kopf in ihren Schoß und fuhr sanft seine ausgeprägten Gesichtszüge nach. Nein, er war nicht wirklich gutaussehend, dafür sorgten die großflächige Narbe auf seiner linken Gesichtsseite und die etwas zu breite Nase über schmalen Lippen. Aber wenn er sie mit seinen warmen braunen Augen ansah, bemerkte sie nichts davon. Es ging eine Anziehung von ihm aus, der sie sich nicht entziehen konnte. Langsam beugte sie sich hinunter und strich sanft mit ihren Lippen über seine. Eigentlich war es nur als Trost gedacht, doch Sawyers Hand schoss vor und schlang sich um ihren Nacken, als sie sich wieder aufrichten wollte.

Gierig vertiefte er den Kuss, seine Zunge schlüpfte in ihren Mund und wand sich um ihre. Anscheinend versuchte Sawyer, sich von seinen Erinnerungen abzulenken, indem er seiner Leidenschaft freien Lauf ließ. Keira versuchte, sich sanft von ihm zu lösen, doch er hielt sie nur noch fester. Ein hungriger Laut vibrierte in seiner Kehle. Bevor sie es verhindern konnte, presste Sawyer sie zu Boden und rollte sich über sie. Sein Gewicht auf ihr fühlte sich so gut an, dass sie beinahe vergaß, diese Sache zu beenden, bevor sie es beide bereuten. Seine nackte Haut rieb sich an ihrer und Keira gab dem Drang nach, ihre Hände über seinen Rücken gleiten zu lassen.

Sawyer schob ein Bein zwischen ihre Schenkel und drückte sie damit auseinander. Wie sollte sie bei den Gefühlen, die durch ihren Körper rasten, einen klaren Kopf behalten? »Sawyer, stopp!«

Langsam hob er den Kopf, seine Augen glänzten vor Erregung. »Warum?«

»Weil …« Irgendwie wusste sie nicht mehr, warum sie damit aufhören sollten. Wenn es das war, was sie beide wollten, warum sollte sie es dann verhindern? Reden konnten sie hinterher immer noch. Sie schlang ihr Bein um seine Hüfte. »Egal. Mach weiter.«

Sawyers Zähne blitzten auf, als er sich wieder über sie beugte. »Zu Befehl.«

Ohne Vorwarnung rutschte er herunter und seine Lippen schlossen sich um ihre Brustspitze. Überrascht schrie Keira auf. Seine Hand legte sich über ihren Mund in einer Warnung, still zu sein. Zur Strafe biss Keira in seinen Finger und fühlte ihn zusammenzucken. Ein Grollen drang aus seiner Brust und steigerte ihre Erregung. Mit den Krallen fuhr sie über seinen Rücken. Sawyer saugte stärker, während er gleichzeitig mit seinem Oberschenkel über ihren Eingang rieb. Sie konnte fühlen, wie sich ein Orgasmus in ihr aufbaute, obwohl Sawyer noch nicht einmal in sie eingedrungen war. Ihre lange Enthaltsamkeit machte sich eindeutig bemerkbar.

Mit einer blitzschnellen Bewegung drehte Keira sich herum und begrub Sawyer unter sich. Erstaunt blinzelte er zu ihr hinauf, dann zog er die Mundwinkel hoch. »Gefällt es dir, oben zu sein?«

Keira rieb sich an seinem Schaft. »Es hat gewisse Vorteile.« Mit Zunge und Zähnen fuhr sie an seinem Hals und dem Oberkörper hinunter. Sie konnte jede seiner Reaktionen spüren und hätte noch ewig so weitermachen können, doch schließlich legte er seine Hände auf ihren Rücken und hielt sie fest. Fragend sah sie auf.

»Das reicht. Wenn du mich nicht gleich erlöst, explodiere ich.« Seine Stimme klang noch rauer als sonst.

Keira grinste ihn an. »Ich dachte, das wäre Sinn der Sache.«

Sawyer blieb ernst. »Ich will in dir sein, wenn ich komme.«

Ihr Herz begann zu rasen, während sie in seine warmen Augen blickte. Die Entscheidung war überraschend einfach. Wortlos hob sie die Hüfte und senkte sich auf seinen Schaft. Als er langsam in sie glitt, stöhnten sie gleichzeitig auf. Keira hielt den Atem an, bis er ganz in ihr war. Seine Iris war heller geworden, er hatte offensichtlich Mühe, sich nicht zu verwandeln. Nachdem sie ihr ganzes Leben vergeblich darauf gewartet hatte, dass

Coyle sie endlich begehrte, war es unglaublich zu sehen, wie mühsam Sawyer sich an seine Beherrschung klammerte. Ein Lächeln spielte um ihre Lippen, als sie sich zu bewegen begann. Unter ihren Händen konnte sie spüren, wie seine Brustmuskeln sich zusammenzogen. Er schien noch größer in ihr zu werden, wenn das überhaupt möglich war.

»Schneller!« Sein Gesicht war angespannt, seine Augen unverwandt auf ihre Brüste gerichtet.

Selbst wenn er unten war, schien Sawyer noch Befehle geben zu wollen. Da sie das Gleiche wollte, schlug sie ein höheres Tempo an. Sein Schaft glitt bei jedem Stoß tief in sie und löste ungeahnte Gefühle in ihr aus. Ihr ganzer Körper prickelte vor Verlangen. Sie genoss den kühlen Wind an ihrer erhitzten Haut, den Geruch nach Vegetation und die Sonnenstrahlen, die durch das Blätterdach fielen. Keira legte den Kopf zurück und schloss die Augen. Ihre langen Haare kitzelten an ihrem Rücken und sie schauderte.

Sawyer stöhnte auf. Auch wenn er immer geahnt hatte, wie leidenschaftlich Keira war, fühlte es sich doch anders an, es am eigenen Leib zu spüren. Sie sah aus wie eine Amazone, die blonden Haare umzüngelten ihren Körper und die Sonne brachte ihre gebräunte Haut zum Leuchten. Beinahe ehrfürchtig glitten seine Hände über ihre Brüste. Die bronzefarbenen Spitzen waren fest zusammengezogen und bettelten förmlich darum, dass er sie berührte. Er richtete sich auf und glitt damit noch tiefer in Keiras Höhle. Ihr kehliges Stöhnen schoss direkt in seinen Unterleib. Es war schon länger her, seit er sich das letzte Mal in einer Frau vergraben hatte, aber er konnte sich nicht erinnern, sich dabei jemals so … zufrieden gefühlt zu haben. Als wäre er endlich angekommen.

Mit Mühe drängte er die Erinnerung an sein früheres Leben

zurück und konzentrierte sich auf Keira. Er bog ihren Oberkörper über seinen Arm nach hinten und knabberte sich einen Weg zu ihren Brüsten. Als er an ihrer Brustspitze saugte, schrie Keira unterdrückt auf. Ihre inneren Muskeln zogen sich um ihn herum zusammen und er brauchte alle Beherrschung, um nicht sofort zu kommen. Noch nicht, erst wollte er sie so wild machen, dass sie alles andere vergaß. Ihre Finger gruben sich in seinen Po, mit den um seine Hüfte geschlungenen Beinen zog sie ihn noch dichter an sich. Oh ja, sie war offensichtlich genauso nah dran wie er. Mit einem zufriedenen Grinsen ließ Sawyer die Brustspitze aus seinem Mund gleiten und wandte sich der anderen Seite zu. Keira bewegte sich unruhig und schließlich hielt er es nicht mehr aus.

Er ließ sie zurück auf den Waldboden gleiten und stützte sich über ihr auf. Ihre Zähne hatte sie in ihre Unterlippe gegraben und sie blickte mit goldgrünen Katzenaugen zu ihm auf. Ein Schnurren drang aus ihrer Kehle, als er sich erst langsam, dann immer schneller in ihr zu bewegen begann. Keira gefielen die heftigen Stöße offensichtlich, denn sie klammerte sich mit beiden Händen an ihn. Ihre Krallen bohrten sich in seinen Rücken, aber das trieb ihn nur noch weiter an. Das Herz hämmerte in seiner Brust, keuchend holte er Luft. Er spürte, wie es in ihr zu zucken begann, als sie den Höhepunkt erreichte, und ließ sich mit einem tiefen Stöhnen ebenfalls fallen.

19

Nur langsam tauchte Keira wieder aus den intensiven Gefühlen auf. Sawyer lag schwer auf ihr, aber das störte sie nicht. Im Gegenteil, es war ein schönes Gefühl, einem Mann so nah zu sein, seinen rasenden Herzschlag an ihrem zu spüren. Sein Gesicht hatte er in ihren Haaren vergraben, sein rauer Atem strich über ihr Ohr. Immer wieder liefen Schauer durch seinen Körper, unter ihren Händen konnte sie seine Gänsehaut fühlen. Ein Lächeln hob ihre Mundwinkel. Es schien so, als hätte sie den starken Mann geschafft. Wie gut, dass sie jetzt wusste, womit sie ihn zum Schweigen bringen konnte. Sie unterdrückte ein Lachen.

Sawyer hob den Kopf und blickte sie amüsiert an. »Was ist so lustig?«

»Nichts.« Sie versank in seinen braunen Augen.

»Hmhm.«

Noch immer machte er keine Anstalten, sich wieder aus ihr zurückzuziehen, und sie war froh darüber. Es fühlte sich einfach zu gut an, so ausgefüllt zu sein. Vermutlich war es nicht gut, wenn sie sich erlaubte, Sawyer so nahezukommen, aber nur einmal in ihrem Leben wollte sie etwas festhalten. Einfach die Augen vor allen Problemen und Hindernissen verschließen und sich das nehmen, was sie haben wollte.

Sawyer strich sanft eine Haarsträhne aus ihrem Gesicht. »Woran denkst du gerade?«

»Wie gut es sich anfühlt, wenn du in mir bist.« Die Worte rutschten ihr einfach so heraus, aber sie mochte sie auch nicht zurücknehmen, besonders nicht, als sie sah, wie Sawyers Augen aufleuchteten.

»Das geht mir ganz genauso. Ich mag gar nicht mehr herauskommen.« Er stützte sich auf seine Unterarme. »Aber vermutlich sollte ich …«

»Nein!« Hitze stieg in ihre Wangen, als sie merkte, wie verzweifelt sie klang. »Ich meine, ich weiß, dass du nicht ewig dort bleiben kannst, aber vielleicht noch ein paar Minuten?«

Sein Lächeln löste eine ganz andere Wärme in ihr aus, die nur wenig mit Leidenschaft zu tun hatte. »So lange du willst.« Er schob die Hüfte vor und sie merkte, dass er bereits wieder hart war.

Mit weit aufgerissenen Augen starrte sie ihn an. »Du … Wie …?«

Sawyer schnitt eine Grimasse. »Tut mir leid, anscheinend kann ich mich nicht beherrschen, wenn du in meiner Nähe bist.«

»Gut.« Keira ließ ihre Hände über seinen Rücken wandern. »Es wäre schlimm, wenn es dir anders ginge als mir.«

Ein Schauder durchlief seinen kräftigen Körper. »Du solltest lieber damit aufhören, ich weiß nicht, wie lange ich mich noch zurückhalten kann.«

»Dann tu es doch nicht.«

Ernst blickte er sie an. »Ich möchte dir nicht wehtun, Keira. Außerdem, so gerne ich auch noch stunden- oder tagelang hier so mit dir liegen möchte, müssten wir uns doch wieder bei den anderen blicken lassen, bevor sie uns vermissen.«

Erschrocken richtete Keira sich auf. »Das hatte ich fast vergessen.« Sie keuchte, als sich Sawyers Schaft durch die Bewegung noch tiefer in sie schob und ein Feuerwerk an Gefühlen in ihr auslöste.

Seine Hand legte sich um ihren Hinterkopf und er küsste sie langsam und gründlich. Schließlich lehnte er seine Stirn an ihre. »Ich weiß. Und du glaubst nicht, wie schwer es mir fällt …« Vorsichtig zog er sich aus ihr zurück.

Ein protestierender Laut entfuhr ihr, bevor sie ihn stoppen konnte. Ihr Blick glitt über seinen Körper, als er sich ein Stück entfernt von ihr hinhockte. Beim nächsten Mal musste sie sich eindeutig mehr Zeit nehmen, um all die wunderbaren Muskeln zu erkunden, die seine Brust und seine Oberschenkel überzogen. Und dann dieser lange, harte Schaft …

Sawyer räusperte sich. »Wenn du mich weiter so ansiehst, kommen wir heute nicht mehr zurück.«

Verlegen riss Keira den Kopf hoch. »Entschuldige.«

Er breitete die Arme aus. »Hey, wenn es nach mir ginge, könntest du mich gerne stundenlang so ansehen, als würdest du mich am liebsten vernaschen. Und das werden wir auch tun, wenn diese Sache vorbei ist. Nur wir beide, ganz allein, irgendwo, wo uns niemand stören kann. Und dann werde ich mir Zeit nehmen, dich auf jede nur erdenkliche Art zu lieben.«

Ein erregter Schauder lief durch ihren Körper, ihre Brustspitzen richteten sich auf. »Okay.«

Mit einem Stöhnen riss Sawyer sie wieder an sich, ihre Wange landete über seinem wild hämmernden Herzen. »Wenn du das so sagst, ist das nicht gerade gut für meine Selbstbeherrschung. Wo ist meine Wildkatze geblieben, die mich mit jedem Wort bekämpft?«

Keira hob eine Augenbraue. »Die schläft gerade. Und ich glaube, es macht dich genauso heiß, wenn ich dir widerspreche, daher würde das auch nicht helfen.«

Er grinste sie an. »Stimmt.« Ohne ein weiteres Wort verwandelte er sich und stupste sie mit der Nase an.

Seufzend folgte Keira seinem Beispiel. Sawyer strich mit seinem Körper an ihrem entlang, bevor er loslief. Keira widerstand heldenhaft der Versuchung, ihm ins Hinterteil zu beißen.

Ihre gelöste Stimmung verschwand, als sie sich den anderen näherten. Die Sorge um Isabel schob sich wieder in den Vordergrund und ihre leidenschaftliche Auszeit verblasste. Auch die Müdigkeit kehrte zurück, doch darauf konnte sie im Moment keine Rücksicht nehmen. Erst mussten sie mit Harken sprechen – sofern der schon zurückgekehrt war – und dann planen, wie sie Isabel aus dem Gebäude herausholen konnten. Als sie fast an der Stelle angekommen waren, wo sie Caruso und Bowen zurückgelassen hatten, blieb Sawyer so plötzlich stehen, dass Keira beinahe in ihn hineinrannte. Vorsichtig schob sie sich vor und blickte ihn fragend an.

Mit dem Kopf nickte er zur Straße hin und zuckte mit der Nase. Keira atmete tief ein und erkannte den Geruch eines Menschen. Sie wollte loslaufen und Bowen warnen, aber es war schon zu spät. Vorsichtig schlich sie näher heran und nahm nur Carusos Geruch wahr, Bowen hatte sich rechtzeitig zurückgezogen. Beruhigt, dass er in Sicherheit war, konzentrierte Keira sich wieder auf die Umgebung. Hoffentlich war Caruso auch schlau genug, sich nicht erwischen zu lassen.

Caruso versuchte, sich nichts anmerken zu lassen. Seine Muskeln spannten sich abwehrbereit an, während er darauf wartete, dass sich derjenige zeigte, der sich an ihn heranschlich. Wäre Bowen nicht bei ihm gewesen und hätte ihn gewarnt, dass sich ein Mensch näherte, wäre es ihm nicht aufgefallen. Bei Katzenwandlern hatte er dieses Problem nicht. Caruso schnitt eine Grimasse. Dummerweise. Denn auch wenn Keira und Sawyer sich zurückgezogen hatten, empfing er doch einen Teil ihrer Gefühle. Wahrscheinlich lag es daran, dass er momentan keine Beziehung hatte, aber die Erregung anderer mitzuerleben, machte ihn nervös. Auch jetzt konnte er die beiden Wandler noch spüren, aber wenigstens hatten sie sich abgekühlt und ihre

Anspannung hatte einen anderen Grund. Sie waren irgendwo in der Nähe und beobachteten denjenigen, der hier durch den Wald strich.

»Ich sollte Sie verhaften.«

Caruso wirbelte herum und starrte Dawn Jones an, die sich hinter ihm aufgebaut hatte. Er hatte mit vielem gerechnet, aber nicht mit der Polizistin, die ihn wütend anfunkelte. »Was tun Sie hier?« Es war ungünstig, sie noch weiter gegen sich aufzubringen, aber er konnte die Frage nicht zurückhalten.

Ihre Augen verengten sich und sie legte ihre Hand auf die Pistole an ihrer Hüfte. »Das wollte ich gerade Sie fragen. Hatte ich Ihnen nicht gesagt, dass Sie in Las Vegas bleiben sollen?«

»Ja.«

»Und was machen Sie dann hier?«

Caruso biss die Zähne aufeinander. »Ich versuche meine Tochter zu retten, was denn sonst.«

Ihre Miene wurde etwas weicher. »Das ist meine Aufgabe, Caruso, nicht Ihre.«

»Aber was, wenn Sie Isabel nicht früh genug finden?« Er hob die Hand, als sie antworten wollte. »Ich weiß, dass Sie alles dafür tun, aber was, wenn es nicht reicht?«

»Und wie wollen Sie Ihre Tochter finden? Haben Sie irgendwelche Informationen zurückgehalten, die ich bräuchte?«

Caruso zögerte, schüttelte aber schließlich den Kopf. Er konnte der Polizistin nicht von den Wandlern erzählen und auch nicht, dass Isabel sich gerade einmal ein paar hundert Meter Luftlinie von hier befand. Wie sollte er erklären, woher er das wusste?

Röte stieg in Dawns Wangen, offensichtlich erkannte sie, dass er etwas vor ihr zurückhielt. »Wenn das so ist, was machen Sie dann hier in diesem Waldstück? Und erzählen Sie mir nicht, dass Sie spazieren gehen wollten, das glaube ich Ihnen nämlich nicht.« Sie blickte an ihm vorbei in Richtung der Gebäude. »Warum denken Sie, dass Isabel dort ist?«

Verdammt, die Polizistin ließ nicht locker. Caruso hob die Schultern. »Instinkt.«

Eine Augenbraue schoss in die Höhe. »Und wo war dieser Instinkt, als Isabel entführt wurde?«

Das Blut wich aus seinem Kopf, als sie ihren Treffer landete. Mit der Hand stützte er sich an einem Baumstamm ab, während er versuchte, sich wieder zu fangen. Eine Hand legte sich auf seinen Arm, doch er ignorierte sie.

»Es tut mir leid, das war unfair.« Detective Jones rieb über ihre Schläfe. »Ich habe seit über vierundzwanzig Stunden kein Auge zugetan und meine Geduld hat wohl darunter gelitten.«

Caruso lehnte sich mit dem Rücken gegen den Stamm. »Sie haben völlig Recht, ich hätte es bemerken müssen, als Isabel entführt wurde. Ich hätte ihr sofort folgen müssen oder sie noch besser gar nicht erst aus dem Motelzimmer laufen lassen dürfen. Was geschehen ist, war meine Schuld.«

»So ein Unsinn, schließlich konnten Sie nicht wissen, dass jemand Ihrer Tochter auflauerte.«

Caruso schwieg einen Moment. »Nein, das konnte ich nicht.«

»Sehen Sie. Also, sagen Sie mir jetzt, warum Sie das Gefühl haben, dass Isabel hier ist?« Gespannt blickte sie ihn an.

Er konnte die Unruhe der Wandler spüren, als sie auf seine Antwort warteten. »Das kann ich Ihnen nicht sagen.«

Eine Falte bildete sich zwischen ihren Augenbrauen. »Können oder wollen Sie nicht, Caruso?«

Frustriert fuhr er mit der Hand durch seine Haare. »Wie soll ich einen Instinkt erklären? Sie würden mir nie glauben.«

»Das tue ich jetzt schon nicht.« Sie kreuzte die Arme vor der Brust. »Die Frage ist nur, was mache ich nun mit Ihnen?«

Caruso schnitt eine Grimasse. »Nichts.«

Dawn schob das Kinn vor. »Ich kann Sie dazu zwingen, zu einer Befragung mit mir zu kommen.«

»Und was soll das bringen?« Er beugte sich zu ihr hinunter, bis er ihr direkt in die Augen sehen konnte. Von nahem war das helle Braun mit goldenen und grünen Flecken durchsetzt. Für einen Moment vergaß er, was er sagen wollte. Schließlich räusperte er sich. »Ich habe nichts Verbotenes getan, und das wissen Sie genau. Wenn ich etwas wüsste, das Ihnen helfen würde, Isabel zu befreien, würde ich es Ihnen sagen.«

Einen Moment lang blickte sie ihn schweigend an, dann nickte sie langsam. »Auch wenn ich Ihnen immer noch nicht so ganz glaube, kann ich Sie tatsächlich nicht zwingen, nach Las Vegas zurückzukehren.« Sie legte eine Hand auf seinen Arm. »Aber ich möchte, dass Sie mir versprechen, mich sofort anzurufen, wenn sich Ihr ›Gefühl‹ als richtig herausstellt.«

Er würde sie auf jeden Fall sofort anrufen, sobald er Isabel befreit hatte. »Ja, natürlich.«

Detective Jones trat zurück und seltsamerweise vermisste er sofort ihre Berührung. »In Ordnung. Dann lasse ich Sie jetzt allein, damit Sie in Ruhe spazieren gehen können.« Sie ging los, wandte sich dann aber noch einmal zu ihm um. »Wenn irgendetwas schiefgeht und Ihre Tochter verletzt oder sogar getötet wird, und ich bekomme heraus, dass Sie mich angelogen haben, dann werde ich alles tun, um Sie vor Gericht zu bringen.«

»Ist angekommen.« Erst als Dawn außer Sichtweite war, sackte er in sich zusammen. Schweiß lief seinen Rücken hinab, seine Hände zitterten. Er konnte nur hoffen, dass er das Richtige tat. Was, wenn die Polizistin Recht hatte und Isabel seinetwegen verletzt wurde? Wie sollte er jemals damit leben können? Gefängnis wäre da die geringste Strafe, viel schlimmer würde es sein, damit leben zu müssen, dass er sie auf dem Gewissen hatte.

»Sie ist weg.« Keiras Stimme erklang dicht neben ihm. Er sah sie nicht an. »Es war richtig, der Polizistin nichts zu erzählen. Sie könnte sowieso nichts machen, weil sie sich an die Gesetze halten muss. Ohne Beweise darf sie nicht in das Gebäude eindringen und deine Tochter herausholen.«

»Das weiß ich. Trotzdem erscheint es mir nicht richtig, sie zu belügen. Schließlich war sie es, die Isabels Spur gefunden und uns hierhergeführt hat.«

Keira hockte sich neben ihn. »Dann bedank dich bei ihr, wenn wir Isabel gerettet haben. Bis dahin halt dich möglichst von ihr fern, sie scheint dir nicht ganz zu trauen.«

Caruso lachte unfroh auf. »Ist das ein Wunder? Ich würde auch niemandem glauben, der sagt, sein ›Instinkt‹ habe ihn hierhergeführt.«

»Dafür glaubst du einem jungen Mann, der sagt, er könne Isabel in seinem Kopf fühlen. Klingt das für dich glaubwürdiger?« Keira richtete sich auf und blickte um sich. »Wo ist Bowen eigentlich?«

»Er hat mir nur gesagt, dass ein Mensch kommt, und ist dann verschwunden. Ich dachte, er wäre bei euch.« Ein ungutes Gefühl machte sich in ihm breit.

»Nein, bei uns war er nicht.« Sawyer legte in einer intimen Geste seine Hand auf Keiras Schulter.

Caruso blickte zur Seite und versuchte, die Gefühle der beiden zu ignorieren. Dabei stieß er auf eine völlig andere Empfindung, die schwächer zu sein schien. Er konnte Wut spüren, Entschlossenheit – und Angst. Rasch sprang er auf und rannte zum Waldrand. Mit angehaltenem Atem blickte er auf die Gebäude unter ihm, bis er die Bewegung sah. Bowen ging völlig ungedeckt auf das Haus zu. Es gab keine Möglichkeit, dass er von den Sicherheitskameras, die das Grundstück überwachten, noch nicht eingefangen worden war. »Verdammt!«

Keira schob sich neben ihn. »Was ist?«

Caruso deutete nach unten. »Anscheinend hatte Bowen keine Lust mehr zu warten.«

»Oh Gott! Sie werden ihn gefangen nehmen oder vielleicht sogar gleich töten, wenn sie merken, was er ist.« Panik schwang in ihrer Stimme mit. Noch nie hatte er die Wandlerin so besorgt gesehen.

»Vielleicht halten sie ihn für einen Studenten oder einen Botenjungen und lassen ihn gar nicht erst ins Gebäude, sondern jagen ihn weg.« Sawyer klang ruhig, aber als Caruso zu ihm hinsah, bemerkte er die angespannten Muskeln. »Soll ich ihm hinterherlaufen und …?«

Keira schüttelte bereits den Kopf. »Nein, wir können nichts tun, wenn wir nicht auch dort hineingeraten wollen.« Eine Träne lief über ihre Wange. »Dieser verdammte Idiot!«

Unruhig sah Bowen sich um, während er über das Gelände direkt auf das Haus zuging, in dem Isabel gefangen gehalten wurde. Vermutlich würde Keira inzwischen gemerkt haben, dass er nicht mehr da war, und versuchen, ihn aufzuhalten. Auch wenn er wusste, dass es verrückt war, sich diesen Verbrechern auszuliefern, konnte er nicht anders handeln. Isabels Angst und Schmerzen waren immer stärker geworden, und es war ihm nicht gelungen, sich geistig mit ihr zu verbinden. Er hoffte, dass er zu ihr durchdringen würde, wenn er in ihrer Nähe war. Wenn alles so klappte, wie er es sich vorstellte, konnte er ihr ein wenig Unterstützung geben und ihr deutlich machen, dass bald Hilfe kommen würde.

Vorsichtig näherte er sich der Eingangstür. Seltsam, er hatte fast erwartet, dass man ihn sofort aufhalten würde, aber es war nirgends jemand zu sehen. Allerdings befand sich über der Tür eine Kamera, seine Ankunft war also vermutlich schon bemerkt worden. Die Haare in seinem Nacken stellten sich auf und seine

Brust zog sich zusammen. Nie hätte er geglaubt, dass er jemals freiwillig in ein solches Gebäude gehen würde, aber es ging um Isabels Leben. Seine Muskeln spannten sich an, als er die Tür aufschob. Dass sie nicht verschlossen war, machte ihn noch nervöser. Vielleicht gehörte es zur Methode des Verbrechers, es so wirken zu lassen, als hätte er nichts zu verbergen. Oder er wusste, dass er jeden Eindringling ohne Probleme zur Strecke bringen konnte.

Langsam betrat Bowen das Gebäude. Ein großzügiges Foyer führte in das hell erleuchtete Innere, auf beiden Seiten gingen Gänge davon ab und an der rechten Wand befand sich ein Fahrstuhl. Bowen hatte das seltsame Gefühl, nicht allein zu sein, aber es war niemand zu sehen. Er schloss die Augen und versuchte herauszufinden, wo sich Isabel aufhielt. Als ihr Schmerz durch seinen Kopf dröhnte, zuckte er zusammen. Mit zusammengebissenen Zähnen zwang er sich, die Verbindung aufrechtzuhalten. Isabel sollte spüren, dass er da war und sie die Sache nicht alleine durchstehen musste. Schließlich glaubte er, eine Richtung ausmachen zu können, und betrat einen der Gänge. Zu beiden Seiten befanden sich Türen, dumpf hallten seine Schritte auf dem graumelierten Steinfußboden. Der Korridor wirkte harmlos, nichts deutete darauf hin, dass sich hinter den verschlossenen Türen vermutlich furchtbare Dinge abspielten. Die Totenstille in dem Gebäude machte ihn nervös. Sollten in so einem großen Gebäude nicht Hunderte von Menschen arbeiten? Wo waren sie alle?

Bowen schob den Gedanken beiseite und konzentrierte sich ganz darauf, Isabel zu finden. Langsam folgte er dem Korridor, jederzeit darauf gefasst, entdeckt zu werden. Isabels Schmerz wurde immer stärker, je näher er ihr kam. Er wollte sie befreien, aber es war ihm klar, dass ihm das nicht gelingen würde. Ohne großen Plan war er losgerannt, als er die Ungewissheit und

Isabels Schmerzen nicht mehr ausgehalten hatte. Vermutlich war das furchtbar dumm gewesen, aber er hatte sich nicht mehr gegen den Drang wehren können, bei Isabel zu sein. Vielleicht konnte er durch seine Nähe zu ihr durchdringen und ihr wenigstens moralische Unterstützung geben, damit sie durchhielt, bis Keira und die anderen sie befreiten. Hoffentlich würde das bald geschehen, denn er konnte fühlen, wie Isabel schwächer wurde.

Da sie über ihre geistige Verbindung keine Wörter oder gar Sätze austauschen konnten, sandte Bowen einen konstanten Strang von Bildern an Isabel. Er selbst in diesem Gebäude, auf dem Weg zu ihr, Keira und Sawyer im Wald, Caruso, der von der Sorge um sie gezeichnet war. Neben dem Schmerz konnte er ihre wachsende Furcht spüren und er beschleunigte seine Schritte. Inzwischen war er sich sicher, dass Isabel seine Anwesenheit bemerkt hatte. Es fühlte sich so an, als versuchte sie, ihn aufzuhalten, doch er konnte nicht mehr zurück, er musste sie einfach sehen und endlich bei ihr sein. Nachdem er ein paarmal abgebogen war, stand er schließlich vor einer Glastür, die zu einem Treppenhaus führte. Bowen wollte sie aufstoßen, doch sie blieb verschlossen. Anscheinend handelte es sich um eine Brandschutztür, die sich nur von innen öffnen ließ. Verzweifelt sah er sich um und machte dann kehrt, rannte den Gang zurück, quer durch das Foyer auf den Fahrstuhl zu.

Noch einmal überprüfte er die Richtung, in der er Isabel spürte. Sie befand sich eindeutig unter ihm. Zögernd betrat er den Fahrstuhl und drückte auf den Knopf für das Untergeschoss. Nichts passierte. Verzweifelt blickte Bowen die Knöpfe an. Er war noch nie in einem solchen Teil gewesen, aber er wusste aus dem Internet, dass die Knöpfe für die einzelnen Stockwerke standen, und da der Knopf darüber leuchtete, musste es der darunter sein. Noch einmal drückte er, aber auch diesmal rührte sich nichts. Vielleicht war er kaputt? Es dauerte einen Moment, bis er das Schlüsselloch neben der Knopfreihe bemerkte und den Sinn verstand. Ohne den passenden Schlüssel konnte er in kein anderes Stockwerk gelangen. Kein Wunder, dass es keine Wachleute im Gebäude gab: Es kam sowieso niemand dorthin, wo dieser Lee anscheinend seine Gefangenen quälte.

Mit der Faust schlug Bowen gegen die metallene Wand des Fahrstuhls. Verdammt! Er senkte den Kopf und versuchte, seine viel zu schnelle Atmung zu beruhigen. Es brachte nichts, wenn er ausflippte, ganz im Gegenteil. Nur wenn er die Ruhe bewahrte, konnte er sich überlegen, wie er zu Isabel gelangte. Gerade als er die Kabine wieder verlassen wollte, schlossen sich die Türen und der Fahrstuhl setzte sich in Bewegung.

20

Gespannt beobachtete Lee die Reaktion der jungen Frau, als er einem der Berglöwen im Käfig einen elektrischen Schock verpasste. Isabel wurde schneeweiß, eine tiefe Falte bildete sich zwischen ihren Augenbrauen. Wenn er sie nicht auf einem Stuhl festgebunden hätte, wäre sie zu Boden gesunken. Das Interessante daran war, dass sie die Käfige gar nicht sehen konnte und wegen der Kopfhörer auch das Fauchen und die gruseligen Schreie der Kreaturen nicht hören konnte. Woher also wusste sie, wann er einem der Tiere Schmerzen zufügte? Eine sehr interessante Frage, und er beabsichtigte, eine Antwort darauf zu bekommen.

Es konnten keine Schallwellen sein, die sich auf ihre Haut übertrugen, denn sie saß völlig isoliert in einem anderen Raum. Trotzdem konnte er über seinen Monitor jedes Mal eine eindeutige Reaktion erkennen. Faszinierend. Er hatte bereits ihren Stammbaum nachprüfen lassen – sie war eindeutig ein Mensch. Ihre Mutter war in jeder Hinsicht gewöhnlich und ziemlich einfältig. Stammheimer dagegen war in seinem Bereich ein Genie gewesen, allerdings ebenfalls ein normaler Mensch. Wie er bewiesen hatte, besaß er auch keinerlei Skrupel, wenn es um seine Forschung ging. Nur erklärte das immer noch nicht, wieso Isabel den Schmerz der Wandler zu spüren schien. Für einen Moment gönnte er ihr und dem Tier eine Pause, dann schockte er es noch einmal. Diesmal zuckte sie sogar zusammen, ihre Zähne bohrten sich in ihre Unterlippe.

Achtlos legte er den Stab beiseite und zog die Handschuhe

aus. Für heute reichte es an Experimenten, nun würde er Isabel klarmachen, dass sie gegen ihn keine Chance hatte. Er würde ihr Geheimnis erfahren, freiwillig oder gegen ihren Willen, das war ihm letztlich egal. Wenn sie wirklich Wandler spüren konnte, war sie noch wertvoller für ihn als gedacht. Denn eigentlich wollte er mit ihrer Hilfe nur ihre Freunde anlocken, aber jetzt konnte er sie dafür benutzen, weitere Wandler ausfindig zu machen. Lee lächelte zufrieden. Ja, sie war wirklich ein guter Fang gewesen. Da Lopez sich noch nicht gemeldet hatte, ging er davon aus, dass der zweite Teil des Planes ebenso reibungslos verlief.

Ein lauter Piepston riss ihn aus seinen Gedanken. Rasch trat Lee zur Türkonsole und blickte auf das Display. Sein Alarmsystem meldete einen Eindringling. Oh, gut, er hatte schon geglaubt, seine Hinweise wären zu schwierig für die Wandler gewesen. Allerdings war er nicht davon ausgegangen, dass sie bei Tageslicht auftauchen würden. Der Vorteil war jedoch, dass er nun nicht länger darauf zu warten brauchte, sondern sich gleich um die Angelegenheit kümmern konnte. Lee beobachtete, wie ein junger Mann das Gebäude betrat und nach kurzem Zögern den Gang hinunterging. Seine Bewegungen waren fließend, er wirkte fast wie eine Raubkatze auf der Pirsch. Lees Instinkt sagte ihm, dass es sich um einen Wandler handelte, aber warum schickten sie so einen jungen? Er hatte erwartet, dass gleich eine ganze Gruppe das Gebäude stürmen würde. Vielleicht sollte er die Lage ausspionieren.

Ein Geräusch aus Isabels Zelle ließ ihn wieder auf den Monitor blicken. Wie erstarrt saß sie da, die Augen weit aufgerissen. Sie sagte etwas, doch er konnte nicht hören, was es war. Fast so etwas wie Verzweiflung lag in ihrer Miene. Sein Blick glitt zurück zu der Überwachungskamera, die gerade einfing, wie der junge Mann zielstrebig auf sie zukam. Je näher er kam, desto unruhiger wurde Isabel. Sie versuchte sogar, sich von den Fesseln zu befreien, obwohl sie doch wusste, dass die Tür zu ihrem Raum abgeschlossen war. Wer immer der Fremde auch sein mochte, es war offensichtlich, dass Isabel stark auf ihn reagierte. Sehr interessant. Nun, dann wurde es wohl Zeit, ihn zu ihrer kleinen Party einzuladen.

Lee wartete, bis der Mann den Fahrstuhl betreten hatte, und ging auf den Gang hinaus. Als er die Ziffer für das Untergeschoss aufblinken sah, drückte er auf den Knopf. Ohne Schlüssel wäre der Fremde nie in den Keller gekommen, doch wenn jemand in einem anderen Stockwerk den Fahrstuhl rief, war das nicht nötig. Gespannt erwartete Lee seinen Gast, als ein leises »Ping« ertönte und seine Ankunft ankündigte. Die Tür glitt auf und Lee richtete die Pistole auf den jungen Mann, bevor dieser überhaupt registrierte, dass er da war.

»Komm heraus. Langsam.«

Es war keine Angst in den grünbraunen Augen zu erkennen. Eher Wut und Hass. »Wo ist sie?« Der Junge machte einen Schritt auf ihn zu. »Lassen Sie Isabel gehen.«

»Bleib da stehen. Glaub nicht, dass ich irgendwelche Skrupel habe, dich zu töten, wenn du versuchst, mich anzugreifen.« Irgendwie imponierte es Lee, dass der Fremde den Mut hatte, alleine aufzutauchen und Forderungen zu stellen. »Und nein, ich werde sie ganz sicher nicht gehen lassen. Aber wenn du dich benimmst, bringe ich dich zu ihr.«

Eine Weile lang sah der junge Mann Lee nur an, aber dann neigte er langsam den Kopf.

Verzweifelt versuchte Isabel den Fesseln zu entkommen, aber sie lösten sich einfach nicht. Es durfte nicht sein, dass Bowen hier war! Er war Lee nicht gewachsen, das musste er doch wissen! Schon seit einigen Stunden spürte sie seine Nähe und sie freute sich, dass er da war, aber sie hatte nicht gedacht, dass er so verrückt sein würde, einfach in das Gebäude zu spazieren und es alleine mit einem Verbrecher aufzunehmen. Doch jetzt war er eindeutig näher als vorher, wahrscheinlich nur wenige Meter entfernt, so deutlich konnte sie ihn fühlen. Hoffentlich waren wenigstens die anderen bei ihm! Isabel öffnete ihren Geist und versuchte, die Gefühle von Keira oder einem anderen Wandler der Gruppe wahrzunehmen. Nichts. Er war tatsächlich ohne Begleitung gekommen. Wie sollte sie ruhig bleiben, wenn sie wusste, dass Bowen hier und in Gefahr war? Die Kamera über der Tür zeichnete jede ihrer Bewegungen auf und sie zweifelte nicht daran, dass Lee sie genau beobachtete.

Vermutlich waren die armen Wandler in den Käfigen nur von ihm gequält worden, um ihr eine Reaktion zu entlocken. Sie hatte sich bemüht, sich nichts anmerken zu lassen, aber der Schmerz und die Wut, die sie von den gequälten Kreaturen empfing, waren irgendwann zu viel für sie gewesen. Was würde Lee mit ihr tun, wenn er wusste, was für Fähigkeiten sie besaß? Wahrscheinlich würde er sie irgendwie einsetzen, um den Wandlern zu schaden, aber das musste sie verhindern. Egal wie. Bilder glitten durch ihren Kopf, von Bowen, wie er auf sie zukam, von Keira und einem kräftigen Mann, der offensichtlich auch Berglöwenwandler war, und von Caruso. Isabel wusste nicht, wie sie auf ihren leiblichen Vater reagieren sollte, aber sie war froh, dass er anscheinend ebenfalls hier war, um ihr zu helfen.

Die Frage war nur, wenn Keira und die anderen sich auch in der Nähe befanden, warum hatten sie dann Bowen ganz allein in das Gebäude gehen lassen? Sie mussten doch wissen, wie gefährdet er war und vor allem, wie sehr ihn die Situation an seine Gefangenschaft erinnern musste! Wieso hatten sie ihn nicht aufgehalten? Sosehr sie sich auch wünschte, in seiner Nähe zu sein, wollte sie nicht, dass er in Lees Fänge geriet.

Als sich etwas vor ihrer Tür bewegte, blickte sie auf. Mit einer ungeduldigen Bewegung schüttelte sie die Haare aus ihren Augen. Ungläubig starrte sie durch die Glasscheibe auf den Gang. Dort stand Bowen und blickte sie direkt an. Hinter ihm konnte sie Lee erkennen, der eine Pistole auf ihn gerichtet hielt. *Oh nein!* Ihr Magen krampfte sich zusammen, gleichzeitig wünschte sie sich nichts mehr, als aufspringen und sich in seine Arme werfen zu können. Bowen trat dicht an die Scheibe und legte seine Hände darauf, als könnte er sie so berühren. Seine Gedanken vermittelten ihr Ruhe – und seine Gefühle für sie. Tränen traten in ihre Augen, während ihr Herz schneller zu klopfen begann. Sie wusste nicht, ob Bowen auch ihre Gefühle spüren konnte, aber sie hoffte es.

Ein Lächeln spielte um seine Lippen, seine Augen leuchteten. Wieder glitten Bilder durch ihren Kopf, diesmal stand sie in Bowens Umarmung und sie küssten sich, wie damals im Haus ihres Vaters. All die Empfindungen, die sie im vergangenen Jahr unterdrückt hatte, flammten wieder auf, und sie wusste, dass sie nie über Bowen hinwegkommen würde. Sollten sie dieser Hölle lebend entkommen, würde sie nicht zulassen, dass er sie noch einmal verließ. Lee trat vor und fasste Bowen am Arm, um ihn zurückzuziehen, aber der riss sich sofort los. Isabel konnte sehen, dass er kurz davor war, den älteren Mann anzugreifen, obwohl der eine Pistole auf ihn gerichtet hielt.

»Bowen, nein!« Anscheinend hörte er sie, denn er wandte ihr seinen Kopf zu. Heftig schüttelte sie den Kopf. »Tu das nicht. Ich brauche dich.«

Lee sagte etwas, das sie nicht hören konnte, aber sie sah, wie Bowens Körper sich versteifte. In seinen Augen lag etwas Wildes und sie befürchtete schon, dass er sich verwandeln würde, doch schließlich wandte er sich nach einem letzten Blick auf sie ab und ließ sich von Lee wegführen. Dabei sandte er ihr konstant beruhigende Bilder, auch wenn sie wusste, wie sehr er es hassen musste, nicht frei zu sein. Am Rande seines Bewusstseins konnte sie seine Unruhe spüren und sie klammerte sich verzweifelt an ihre Verbindung. Nur gemeinsam würden sie Lees Versuch, sie für seine Zwecke zu missbrauchen, entkommen.

Keiras Augen schmerzten, so angestrengt starrte sie auf das Gebäude. Seit Bowen hineingegangen war, hatte sich nichts mehr gerührt. Abrupt drehte sie sich zu Caruso um, der seit dem Besuch des Detectives seltsam nachdenklich wirkte. »Kannst du irgendetwas von Bowen oder Isabel spüren?«

Dunkle Schatten lagen unter seinen Augen, das Blau seiner Iris schien gedämpft. »Nein, nichts. Ich bin einfach nicht nah genug dran.«

»Verdammt! Irgendetwas müssen wir doch tun können.« Keira richtete sich auf. »Ich kann hier nicht länger herumsitzen und …«

Eine Hand legte sich auf ihre Schulter. Am Geruch erkannte sie Sawyer, noch bevor er etwas sagte. »Es bringt nichts, wenn du auch noch in Gefangenschaft gerätst. Warte, bis Harken zurück ist, sicher kann er uns helfen, ungesehen dort hineinzukommen.«

Keira bleckte die Zähne. »Ja? Sofern er uns nicht auch unsichtbar machen kann, sehe ich nicht, wie er das schaffen sollte.« Sowie die Worte aus ihrem Mund waren, wünschte sie sie zurück. Es war nicht Harkens Schuld, dass nach Isabel nun auch Bowen in Lees Gewalt war, sondern ihre. Sie hätte merken müssen, was Bowen vorhatte, doch sie war zu sehr mit ihren eigenen Gefühlen beschäftigt gewesen. Anstatt sich um den Jugendlichen zu kümmern, hatte sie sich lieber mit Sawyer auf dem Boden herumgewälzt.

Sawyer schien ihre Gedanken zu ahnen, denn er setzte sich neben sie und zwang sie, ihn anzusehen. »Bowen ist alt genug, um selbst zu wissen, was er tut. Du hättest ihn nicht daran hindern können, außer du wärst bereit gewesen, ihn an einem Baum festzubinden.« Seine Stimme wurde noch rauer. »Isabel scheint ihm sehr viel zu bedeuten. So viel, dass er trotz allem, was er erlebt hat, bereit war, euer Lager zu verlassen, um hierherzukommen. Wahrscheinlich glaubt er, dass er ihr am besten helfen kann, wenn er in ihrer Nähe ist. Wenn man jemanden liebt, ist man bereit, alles dafür zu tun, um sie oder ihn zu retten.«

Nachdenklich sah Keira ihn an. Der letzte Satz schien nicht nur auf Bowen und Isabel gemünzt zu sein. Schließlich nickte sie zögernd. »Ich weiß. Es macht mich nur wahnsinnig, hier nutzlos zu warten, während Isabel und vermutlich auch Bowen leiden müssen.«

Sawyer legte einen Arm um sie und zog sie dicht an sich. »Wenn Bowen zu Isabel durchkommt, wird er ihr bestimmt signalisieren können, dass wir hier sind und sie befreien werden. Mit ein wenig Hoffnung kann man vieles aushalten.«

Wieder schien er nicht nur von den beiden Jugendlichen zu sprechen. Zu gern würde sie endlich genauer wissen, was Sawyer passiert war, aber jetzt war nicht der richtige Zeitpunkt, darüber zu reden. Caruso saß in Hörweite und es war auch vernünftiger, wenn sie sich darauf konzentrierten, was um sie herum geschah.

Da Sawyer auf eine Antwort zu warten schien, drückte sie seine Hand. Sein leichtes Lächeln löste ein Flattern in ihrem Magen aus, das sie überraschte. Jahrelang hatte sie geglaubt, Coyle zu lieben, und trotzdem nie auch nur einen Bruchteil dessen empfunden, was Sawyer in ihr auslöste. Zwar wusste sie nicht, was genau sie für ihn fühlte, aber zumindest war es mehr als je für einen anderen Mann. Und das machte ihr Angst. Also konzentrierte sie sich voll und ganz auf ihre Aufgabe, so wie sie es immer tat, wenn sie sich nicht mit ihren Gefühlen beschäftigen wollte.

»Wo ist Harken überhaupt? Nicht, dass er auch erwischt wurde und irgendwo eingesperrt ist, während wir hier auf ihn warten.«

»Ich bin hier.« Harken tauchte aus dem Nichts neben ihnen auf.

Erschreckt zuckte Keira zusammen, bevor sie ihn wütend anfunkelte. »Wie lange hast du uns schon belauscht?«

Harkens Gesichtsausdruck war undeutbar. »Ich bin gerade angekommen. Und ich habe mich nicht eher verwandelt, weil ich nicht wollte, dass mich jemand nackt hier herumlaufen sieht.« Er zog seine Hose an, während er sprach. »Zu deiner ersten Frage: Ich habe mich rund um das Gebäude umgesehen. Es sind überall Kameras angebracht. Ich nehme an, dass all die Aufnahmen in einer Sicherheitszentrale zusammenlaufen. Das heißt, wir werden nicht hineinspazieren können, ohne dass uns jemand bemerkt.«

»Aber Bowen ist einfach so hineingegangen.« Keira wusste schon, was er sagen würde, bevor Harken antwortete.

»Ich nehme an, dass Lee neugierig war, wer er ist. Und wenn er gemerkt hat, dass Bowen Isabel kennt, wird er ihn dazu benutzen, das von ihr zu bekommen, was er haben möchte.« Wut verdunkelte seine grauen Augen. »Er hatte mir versprochen, keinen Alleingang zu machen.«

Keira erkannte, dass sie nicht die Einzige war, die sich Vorwürfe machte. »Es war meine Aufgabe, auf ihn aufzupassen, aber ich war … abgelenkt.« Sawyers Griff wurde fester, bevor er sie losließ und aufstand. Ohne ein Wort zu sagen, ging er weg. Aufgewühlt sah Keira ihm hinterher und rieb über ihre Stirn. »Verdammt.«

Harken zog sein T-Shirt über den Kopf, bevor er sie wieder ansah. »Ich hatte Finn mein Wort gegeben, dass Bowen nichts zustoßen würde – und das werde ich halten. Aber ich denke, dass wir ein wenig Hilfe dafür brauchen. Wenn Lee ein Sicherheitsteam im Haus hat und eventuell noch weitere Wandler gefangen gehalten werden, wird es schwierig sein, mit vier Personen sowohl Isabel und Bowen zu befreien als auch die Verbrecher zu erwischen. Aber ich denke, wir haben noch etwas Zeit. Nach dem, was wir bisher über Lee wissen, wird er Isabel und Bowen nicht sofort töten.« Er sagte nicht, dass Lee in jeder Minute, die sie warteten, vermutlich Experimente an ihnen durchführte. Aber sie wusste, dass Harken Recht hatte: Es konnte verhängnisvoll sein, wenn sie in das Gebäude eindrangen und sich herausstellte, dass Lee mehr Männer zur Verfügung hatte.

»Ich werde Finn anrufen und fragen, ob er noch jemanden schicken kann. Vielleicht ist Torik ja inzwischen zurückgekehrt.« Es wäre gut, den erfahrenen Wächter dabeizuhaben, zumal er noch dazu ein halber Mensch war.

»Ich werde einige meiner Männer hierherrufen.« Keira drehte sich ruckartig um, als sie Sawyers Stimme hörte. Anscheinend hatte er sich nicht so weit entfernt, wie sie geglaubt hatte, sondern sich außerhalb ihrer Sichtweite an einen Baum gelehnt.

Harken neigte den Kopf. »Gut. Ich werde mich noch mal ein wenig als Mensch umsehen. Wenn etwas ist, ruft an.« Keira sah ihm hinterher, bis er verschwunden war.

»Die Frage ist nur, wie wir meine Männer schnell genug hierherbekommen. Wir haben kein Auto und vor allem auch niemanden mit Führerschein.« Sawyers Miene war ernst, nichts deutete mehr auf den leidenschaftlichen Liebhaber hin.

Keira befeuchtete ihre trockenen Lippen. »Ich werde mit Finn darüber sprechen. Wir können sicher jemanden dorthin schicken, der sie abholt. Allerdings möchte ich Isabel nicht noch eine Nacht dort lassen, wir müssten spätestens heute Nacht angreifen.« Rasch erhob sie sich und wandte sich an Caruso. »Kann ich kurz dein Handy benutzen?« Wortlos reichte er es ihr. »Danke.«

Sie ging auf Sawyer zu, der ihr mit einem Ausdruck entgegensah, den sie nicht deuten konnte. »Komm mit, ich muss mit dir reden.«

Zuerst sah es so aus, als würde er sich weigern, aber dann zuckte er nur mit den Schultern und folgte ihr. Da sie nicht wusste, wie sie ihm ihr Gefühlsdurcheinander erklären sollte, ließ sie es lieber. Stattdessen sprach sie den Punkt an, der ihr schon die ganze Zeit keine Ruhe ließ. »Warum willst du deine Männer hierherholen? Es ist nicht euer Kampf. Du kennst Isabel noch nicht einmal.«

Sawyer hob eine Augenbraue. »Du willst also nicht, dass ich sie rufe?«

»Doch, natürlich! Ich bin für jede Hilfe dankbar, die wir kriegen können.« Sie senkte die Stimme, als sie sich daran erinnerte, was für ein gutes Gehör Harken hatte. »Ich möchte nur nicht, dass du es machst, weil du glaubst, mir einen Gefallen tun zu müssen.«

Sawyer sah aus, als hätte sie ihn geohrfeigt. Wut löste den Gleichmut auf seinem Gesicht ab, und er beugte sich zu ihr hinunter. Keira zwang sich, stehen zu bleiben, obwohl sie am liebsten geflüchtet wäre. »Glaubst du wirklich, ich müsste für ein wenig Sex bezahlen?« Das Blut wich aus ihrem Gesicht und sie schwankte. Mit einem Fluch schlang er seine Arme um sie und zog sie an sich. Unter ihrem Ohr hörte sie sein Herz hämmern. »Gott, du kannst mich wirklich zur Weißglut treiben! Nein, ich helfe dir nicht, weil ich damit deine Gunst erringen will. Ich will dich nur, wenn du freiwillig und ohne Hintergedanken zu mir kommst.« Er hielt sie ein Stück von sich ab und blickte in ihre Augen. »Ist das jetzt ein für alle Mal geklärt?«

Stumm nickte Keira. Ihre Hände gruben sich in seinen Rücken und sie wünschte, sie könnte sich noch einmal für einen Moment an ihn lehnen, ohne dass etwas zwischen ihnen stand.

Aber das konnte sie nicht, zumindest nicht, solange die Situation so verzwickt war.

»Okay, du willst also wissen, warum ich bereit bin, meine Männer der Gefahr auszusetzen, in die Stadt zu kommen.« Er löste sich von ihr und trat einen Schritt zurück. Sein Blick glitt an ihr vorbei in die Ferne, so als würde er etwas ganz anderes sehen. »Wir haben nichts mehr zu verlieren. Meine Gruppe besteht nur noch aus wenigen Männern und wir leben vor uns hin, in einem Gebiet, das für Wandler nicht geeignet ist. Eigentlich warten wir nur noch darauf, dass wir aussterben.«

Automatisch streckte Keira die Hand nach ihm aus, ließ sie dann aber wieder sinken. Er sah nicht so aus, als wollte er im Moment berührt werden. »Das kannst du nicht ernst meinen!«

Es lag eine so tiefe Trauer in Sawyers Augen, dass Keiras Kehle sich zusammenzog. »Todernst. Unsere Gruppe hat keine Zukunft. Alle Frauen und Kinder und die meisten der Männer sind tot.«

Jetzt legte sie doch ihre Hand auf seinen Arm. »Das tut mir leid. Was genau ist damals passiert?« Als sie die Qual in seinem Gesicht sah, hätte sie ihre Frage am liebsten zurückgezogen, aber sie musste wissen, was geschehen war.

Die Muskeln an seinem Arm waren zum Zerreißen gespannt, der Atem drang rau aus seiner Kehle. Zuerst dachte Keira, dass er ihr nicht antworten würde, doch dann begann er zu reden. »Vor zwei Jahren kamen bewaffnete Männer mit Hunden in unser Gebiet. Wir versuchten zu fliehen, aber sie legten Feuer hinter uns, sodass wir zwischen den Flammen und den Menschen gefangen waren. Schließlich blieb uns nur die Möglichkeit, die Männer anzugreifen, um für den Rest der Gruppe eine Bresche zu schlagen, durch die sie entkommen konnten.« Sawyers raue Stimme verstummte und er schluckte mehrmals hart. »Es hat nicht funktioniert. Sie haben auf uns geschossen.«

»Oh nein!« Keira rieb tröstend über seinen Arm. »Wie bist du entkommen?«

»Das bin ich nicht.« Der Ausdruck in seinen sonst so warmen Augen wirkte beinahe tot.

Keiras Herz zog sich vor Mitgefühl zusammen. »Du bist doch hier.«

Sawyer schwieg so lange, dass sie schon befürchtete, er würde nicht weiterreden. Schließlich rieb er mit einer zitternden Hand über sein Gesicht und sah sie direkt an. »Ich wäre für meine Gruppe gestorben, stattdessen wurde ich von einem herabfallenden brennenden Ast getroffen und verlor das Bewusstsein.« Sein Mund verzog sich. »Wahrscheinlich hielten mich die Menschen für tot, jedenfalls ließen sie mich dort liegen. Ein paar meiner Männer haben überlebt und mich zu einem sicheren Versteck mitgeschleppt. Alle anderen sind in dem Feuer oder im Kugelhagel der Menschen gestorben.«

Sanft strich Keira über seine vernarbte Wange. »Die Narben hast du also vom Feuer? Warum haben deine Selbstheilungskräfte nicht gewirkt?«

Sawyer stieß ein freudloses Lachen aus. »Das haben sie. Du hättest mich vorher sehen sollen.«

Die Vorstellung, wie sehr er gelitten haben musste, ließ sie wünschen, diese elenden Verbrecher vor sich zu haben, um sie der Reihe nach umbringen zu können. Er schien ihre Gedanken zu ahnen, denn seine Miene wurde sanfter und er rieb seine Wange gegen ihre Hand. »Ich habe mir damals gewünscht, ich wäre mit den anderen gestorben, aber ich musste dafür sorgen, dass diejenigen, die noch lebten, einen neuen Platz zum Leben bekamen.« Tief atmete er durch. »Wir entschieden uns für einen Ort, an dem nichts brennen konnte.«

Das konnte sie nachvollziehen. »Hast du Familie?«

Schmerz zuckte über Sawyers Gesicht. »Nicht mehr. Wir sind

einige Tage nach dem Überfall noch einmal dorthin gegangen, um unsere Toten zu begraben, aber das Feuer hatte alles zerstört. Es waren nur noch ein paar Knochen übrig.« Seine Stimme versagte und er wandte sich von ihr ab.

Keira zögerte, bevor sie sich hinter ihn stellte und seine Taille mit den Armen umfing. Ihre Wange legte sie gegen seinen Rücken. »Es tut mir so leid.« Sie konnte seine heftigen Atemzüge fühlen und das Zucken seiner Muskeln unter dem T-Shirt. Beruhigend rieb sie über seinen Bauch und spürte, wie er sich ein wenig entspannte.

Schließlich blies er hart den Atem aus. »Ich habe dir das nicht erzählt, damit du mich bemitleidest, Keira.«

»Das weiß ich. Aber ich bin dankbar, dass du es mir gesagt hast.«

Langsam drehte er sich in ihren Armen zu ihr um. Sie konnte den Berglöwen in seinen Augen erkennen, als er zu ihr hinuntersah. »Dann weißt du, warum ich bereit bin, gemeinsam mit euch und meinen Männern gegen jemanden zu kämpfen, der offensichtlich bereit ist, Wandler – oder auch Menschen, die mit ihnen befreundet sind – gefangen zu halten und zu verletzen. Und ich will dich nicht verlieren.« Er brach ab, ein Muskel zuckte in seiner Wange. »Verstehst du jetzt, warum ich hier bin?«

Ja, sie verstand ihn vollkommen. Und es tat ihr weh, dass er sein eigenes Leben so wenig schätzte. Aber da sie froh war, ihn bei sich zu haben, nickte sie nur. »Ich rufe Finn an und sage ihm, dass er deine Männer kontaktieren soll.«

21

Mit Mühe unterdrückte Bowen den Drang, ruhelos in der Zelle auf und ab zu laufen, in die der Verbrecher ihn gesperrt hatte. Sie lag direkt neben Isabels und er wollte nicht, dass sie die abgrundtiefe Furcht bemerkte, die in seinen Eingeweiden wühlte. Ein Blick in Lees Augen hatte genügt, um zu wissen, dass er über Leichen ging, um sein Ziel zu erreichen – was immer das auch war. Wütend starrte Bowen in die Kamera, die über der Tür angebracht war. Die ganze Situation erinnerte ihn an die Zeit, die er in Henry Stammheimers Keller in Nevada eingesperrt gewesen war, nur dass er hier wenigstens nicht festgeschnallt auf einem Tisch lag. Auch wenn er sich frei in dem kleinen Raum bewegen konnte, war er doch wieder einem Menschen ausgeliefert, dem ein Leben nichts bedeutete.

Abrupt drehte Bowen sich um und atmete tief durch. Die anderen waren dort draußen und würden alles tun, sie zu retten. Er musste nur ein paar Stunden durchhalten und Isabel so gut es ging unterstützen. Mit der Hand berührte er die Wand, die seine Zelle von Isabels trennte. Es fiel ihm nicht schwer, ihre Nähe zu spüren und ihre Panik, weil sie immer noch an den Stuhl gefesselt war. Als er sie durch die Glasscheibe so gesehen hatte, die rotbraunen Haare zerzaust, die blauen Augen riesengroß in ihrem totenblassen Gesicht, war er kurz davor gewesen, Lee anzugreifen. Nur ihre verzweifelte Bitte hatte ihn davon abgehalten. In dem Moment war es ihm egal gewesen, dass der Verbrecher eine Pistole auf ihn gerichtet hielt. Der Berglöwe in ihm wollte denjenigen bestrafen, der Isabel das angetan hatte.

Seine Hände ballten sich zu Fäusten, während er den Drang unterdrückte, sich zu verwandeln. Er konnte spüren, wie sich Isabels Unruhe steigerte, und bemühte sich, ihr positive Bilder zu senden. Mit geschlossenen Augen versetzte er sich zurück ins Gebiet der Berglöwen und ließ die Landschaft in seinem Geiste entstehen. Gewaltige Bäume und sonnendurchflutete Lichtungen, grüne Wiesen und schroffe Klippen, reißende Flüsse und ruhige Seen. Bowen glaubte beinahe die Gerüche des Waldes wahrnehmen zu können, das Gefühl des Windes, der durch sein Fell strich, und des weichen Bodens unter seinen Pfoten.

Seine glücklichen Erinnerungen schienen bei Isabel anzukommen, denn sie wurde deutlich ruhiger. Erleichtert öffnete Bowen die Augen, ließ aber die Bilder in seinem Kopf weiterlaufen. Er setzte sich auf das schmale Bett und konzentrierte sich nur noch auf seine Verbindung mit Isabel. Auch wenn die Situation furchtbar war, freute sich ein Teil von ihm darüber, wieder in ihrer Nähe zu sein und ihre Präsenz in seinem Kopf zu spüren. Erst jetzt erkannte er, wie leer er sich ohne sie gefühlt hatte. Es war, als hätte das ganze Jahr über ein Teil von ihm gefehlt, den er nun wiederentdeckte. Eigentlich hatte er das auch vorher schon gewusst, aber nicht wahrhaben wollen. Doch nun konnte er die Tatsache nicht mehr ignorieren, dass er Isabel brauchte, um glücklich zu sein und sich lebendig zu fühlen.

Bowen zuckte zusammen, als Isabels Unruhe wieder stieg. Ob sie inzwischen Gedanken lesen konnte? Doch dann spürte er ihre Angst und auch ihren Hass. Die Gefühle waren gegen Lee gerichtet, der anscheinend zurückgekehrt war. Sofort sprang Bowen auf, doch dann wurde ihm klar, dass er nichts tun konnte, um ihr zu helfen, solange er nicht aus der Zelle herauskam. So blieb ihm nichts anderes übrig, als Isabel mit seinen Gedanken zu stützen. Für einen Moment wirkte es so, als würde es funktionieren, doch dann schoss ein scharfer Schmerz durch ihre Verbindung, und es gelang Bowen nicht mehr, Isabel abzulenken. Es machte ihn verrückt, dass er nicht wusste, was Lee dort tat, aber was immer es war, es musste Isabel höllische Schmerzen verursachen. Er versuchte, sie durch seine Gedanken zu lindern oder ihr einen Teil davon abzunehmen, aber es funktionierte nicht. Dann nahm er den Geruch von Blut wahr.

Nein! Bowen wollte zur Tür stürzen und sich dagegenwerfen, aber er wusste, dass Isabel das nicht helfen würde, deshalb sank er nur zu Boden und vergrub den Kopf unter seinen Armen. *Isabel!*

Zweifelnd blickte Finn den Hubschrauber an. Prinzipiell fand er die Idee gut, damit möglichst schnell nach San Francisco zu kommen, aber die Vorstellung, gleich in dieser Kiste in die Luft zu steigen, verursachte ihm Unbehagen. Er warf einen raschen Seitenblick auf Griffin und erkannte, dass sich der Adlerwandler auch nicht viel wohler zu fühlen schien. Aber immerhin könnte Griffin wegfliegen, wenn der Hubschrauber abstürzte, er selbst dagegen würde wie ein Stein zu Boden fallen.

Finn schnitt eine Grimasse. Gar kein guter Gedanke, so kurz vor dem Abflug. Um sich abzulenken, wandte er sich an Griffin. »Wie hat Amber reagiert?«

Der Adlermann verstand ihn sofort. »Sie war nicht gerade begeistert, aber sie versteht, dass ich es tun muss.« Ein warmes Leuchten trat in seine dunkelbraunen Augen, wie immer, wenn er über Amber sprach oder an sie dachte. »Gerade jetzt, wo Lana lernt, in Menschenform zu bleiben und zu sprechen beginnt, bin ich ungern länger von zu Hause weg.« Griffin war ganz vernarrt in das kleine Berglöwenmädchen, das sie anstelle eigener Kinder angenommen hatten.

»Das verstehe ich. Lange können wir sowieso nicht bleiben, dafür haben wir zu wenig Wächter, die das Lager schützen.«

Finn rieb über sein Gesicht. »Aber ich muss zumindest versuchen, Keira und Bowen zurückzuholen.«

Einen Moment lang sah Griffin ihn schweigend an. »Es war nicht deine Schuld, Finn. Keira ist Wächterin und weiß, worauf sie sich einlässt. Und Bowen hättest du sowieso nicht aufhalten können, wenn er Isabel wirklich liebt.«

»Glaubst du, das weiß ich nicht? Aber ich hasse es, mich so verdammt hilflos zu fühlen. Ich habe diese ewigen Bedrohungen durch die Menschen so satt. Warum können sie uns nicht einfach in Ruhe leben lassen?«

Griffin legte seine Hand auf Finns Schulter. »Frag das diesen Lee, wenn wir ihn erledigt haben.« Genau das hatte er vor.

Mit einem unguten Gefühl stieg Finn schließlich in den Hubschrauber und schnallte sich an. Der Berglöwe in ihm stieß ein dumpfes Grollen aus, als sie langsam in die Luft stiegen, bevor er sich sehr weit zurückzog. Um sich abzulenken, sah Finn zu Griffin, dessen Hände sich um die Armlehnen gekrampft hatten. Ein verlegenes Lachen sprudelte in ihm auf. Was waren sie doch für Helden! Aber er konnte seinen tierischen Instinkt einfach nicht unterdrücken.

So war er froh, als sie schließlich in der Nähe der McCullough-Range in Nevada landeten. Um nicht zu viel Zeit zu verlieren, hatte er sich von Sawyer eine Beschreibung geben lassen, wo er dessen Männer finden konnte. Rasch zogen sie sich außer Sichtweite des Piloten aus und versteckten ihre Kleidung unter einem Busch. Griffin flog voraus, um die Lage zu sondieren und zu verhindern, dass Finn in einen Hinterhalt geriet. Er war sich nicht sicher, ob Sawyers Gruppe wirklich so erfreut sein würde, wenn er unangekündigt in ihr Gebiet eindrang. Aber es gab keine andere Lösung. Sie brauchten jeden verfügbaren Mann, wenn sie diesen Verbrecher endlich stoppen und Isabel und Bowen befreien wollten.

Finn verwandelte sich und folgte einem ausgetrockneten Wasserlauf den Hügel hinauf. Oben hielt er heftig atmend an. Die Hitze und die schattenlose Wüstenlandschaft entzogen seinem Körper sofort jede Feuchtigkeit. Wie konnten Sawyer und seine Männer hier leben? Es gab hier nichts, kein Wasser, keine Vegetation, außer einigen vertrockneten Sträuchern und Kakteen, und vor allem keinen Schutz vor Entdeckung. Müsste er hier leben, würde er wahrscheinlich in kürzester Zeit eingehen.

Da die Zeit drängte, lief er weiter. Dabei folgte er Griffin, der ein Stück entfernt am Himmel kreiste. Anscheinend hatte er die Wandlergruppe entdeckt. Finn ignorierte den heißen Sand unter seinen Pfoten und bewegte sich vorsichtig eine Hügelflanke hinunter. Immer wieder kam er dabei ins Rutschen und mehr als einmal wäre er beinahe auf der Nase gelandet. Vielleicht hatte sich die Gruppe ihr Gebiet doch gar nicht so schlecht ausgesucht: Kein normaler Mensch oder Wandler würde hier freiwillig herumlaufen. Finn blies hart den Atem aus, als er schließlich unten ankam. Das Sirren von Flügeln ertönte und Griffin landete auf einem Felsen hinter ihm.

Bevor Finn etwas unternehmen konnte, standen einige Berglöwen vor ihm, die wie aus dem Nichts aufgetaucht waren. Langsam ließ er seinen Blick über die Gruppe gleiten. Es waren sieben Männer, drei in einem halbwegs guten Zustand, der Rest wirkte schwach und ausgelaugt. Finn unterdrückte den Anflug von Mitleid, weil er wusste, dass er damit ganz sicher nicht zu Sawyers Leuten durchdringen würde. Stattdessen verwandelte er sich und blieb ruhig stehen, während die Wandler näherrückten.

Schließlich löste sich einer aus der Gruppe und verwandelte sich ebenfalls. Etwas älter als Finn schien er der Anführer zu sein, solange Sawyer fort war. Sein Körperbau war kräftig, allerdings ging er Finn nur bis zur Schulter. »Wer bist du und was willst du hier?«

Finn schnitt innerlich eine Grimasse bei dieser nicht sehr freundlichen Begrüßung. »Mein Name ist Finn, ich bin Ratsführer einer Berglöwenwandlergruppe in der Nähe des Yosemite. Ich habe eine Nachricht von Sawyer für euch.«

Die Augen des Mannes verengten sich zu Schlitzen. »Das glaube ich nicht. Sawyer ist nicht in Kalifornien.«

»Doch, das ist er, genauer gesagt in San Francisco.« Finn hob die Hand, bevor er etwas dazu sagen konnte. »Mir fehlt die Zeit, mich lange mit euch darüber zu streiten, ob ich nun mit Sawyer gesprochen habe oder nicht. Er hat vorausgesehen, dass ihr misstrauisch sein würdet. Ich nehme an, du bist Brick?« Der Mann nickte widerwillig. »Sawyer meinte, ich sollte ›Neela‹ erwähnen, damit du mir glaubst, dass er mich geschickt hat.«

Die Gruppe bewegte sich unruhig und für einen Moment glaubte Finn, tiefe Trauer in Bricks Augen sehen zu können, bevor er die Gefühle abschüttelte und die Schultern straffte. »Okay. Welche Nachricht hat Sawyer für uns? Und was zum Teufel macht er in San Francisco und wie ist er dort hingekommen?«

»Das ist eine lange Geschichte und ich habe wenig Zeit, deshalb hier nur die Kurzfassung: Es gibt einen Menschen, der es offensichtlich auf Wandler abgesehen hat. Er hat unsere Gruppe schon mehrfach angegriffen und steckt vermutlich auch hinter dem Überfall bei Stammheimers Haus. Coyle und Harken habt ihr ja kennengelernt. Jetzt hat dieser Mann eine junge Menschenfrau entführt, die von uns weiß und uns schon mehrmals geholfen hat. Sawyer ist ihm mit unserer Wächterin Keira nach San Francisco gefolgt. Dort befindet sich der Verbrecher in einem großen Gebäude, in dem wir ein Labor vermuten. Es scheinen dort auch andere Wandler gefangen gehalten zu werden. Nur sind wir zu wenige, um das Gebäude zu stürmen. Mehr Wächter können wir nicht entbehren, um unsere Gruppe nicht zu sehr zu schwächen. Deshalb hat Sawyer angeboten, dass eure

Gruppe dafür ein paar Männer zur Verfügung stellen würde.« Finn atmete tief durch. Jetzt konnte er nur hoffen, dass Brick dem zustimmte, denn es gab keine Möglichkeit, ihn dazu zu zwingen, ihr Leben für Fremde zu riskieren.

Brick stieß ein heiseres Lachen aus. »Hast du dich mal umgesehen?« Er deutete hinter sich. »Das hier ist alles, was von unserer Gruppe übrig ist. Wenn ihr schon keine Wächter entbehren könnt, wie sollten wir das dann?«

Finn rieb den Schweiß von seiner Stirn. »Sawyers Idee war, dass der Rest von euch zu unserer Gruppe stößt. Dort seid ihr sicher.«

Grollen war zu hören, wieder bewegten sich die Berglöwen unruhig. Brick brachte sie mit einer Geste zur Ruhe. »Wir sollen unser Gebiet einfach so verlassen? Auf gar keinen Fall.«

»Ihr müsst natürlich entscheiden, was ihr tun wollt, aber ihr seid bei uns willkommen.« Finn merkte, wie ihm die Zeit davonlief. Allzu lange konnte er sich hier nicht aufhalten. Doch wie sollte er die Männer davon überzeugen mitzukommen? »Es muss ja nicht für immer sein, aber vielleicht wollt ihr euch das Lager mal anschauen, damit ihr eine Entscheidung treffen könnt.«

»Sawyer möchte das?«

Finn hob die Schultern. »Ich kann nicht für ihn sprechen, aber er war der Meinung, dass wir dringend Hilfe in San Francisco brauchen, und ich stimme ihm zu. Ohne eure Hilfe wird es schwer, Isabel dort herauszuholen und dafür zu sorgen, dass der Verbrecher sich nie wieder an Wandlern vergreift.«

Brick neigte den Kopf. »Warte einen Moment hier.« Er zog sich mit seinen Männern ein Stück zurück, die sich nun auch verwandelten und hitzig miteinander diskutierten.

Finn setzte sich neben Griffin. »Konnte ich ihn überzeugen?«

Der Adler wiegte den Kopf hin und her, anscheinend war Griffin auch nicht sicher. Wenn Sawyers Gruppe nicht zustimmte, würden sie alleine nach San Francisco fliegen müssen. Etwas anderes blieb ihnen nicht, aber er hoffte sehr, dass die Männer sich dafür entscheiden würden, ihnen zu helfen. Wer wusste schon, wie viele Gegner sie in dem Gebäude erwarteten? Dieser Lee konnte dort eine ganze Truppe stationiert haben. Er fröstelte, als er sich vorstellte, wie Keira und die anderen auch noch gefangen oder vielleicht sogar getötet wurden. Das konnte er nicht zulassen! Auch wenn seine Schwester nicht immer einfach war, liebte er sie und wollte sie in Sicherheit wissen.

Scheinbar endlos dehnte sich die Zeit, bis Brick endlich zurückkam. Seinem Gesicht war nicht anzusehen, was er ihnen nun mitteilen würde. »Wie kommen die Männer zu eurem Lager?«

Finn versuchte, seine Erleichterung zu zügeln. »Habt ihr Kleidung?« Brick nickte knapp. »Dann würden wir euch ein Stück im Hubschrauber mitnehmen und anschließend von einem unserer Älteren mit dem Auto zu einer Stelle bringen lassen, an der euch einer der Wächter abholt.«

Einen Moment lang ließ Brick sich das durch den Kopf gehen, dann nickte er. »Okay.« Tiefe Wut lag in seinen Augen. »Wir werden diesen Kerl zur Strecke bringen und dafür sorgen, dass er keinem Wandler mehr schaden kann.«

Nachdenklich tippte Dawn mit dem Handy gegen ihr Kinn. Es war kein Besitzer des Hauses zu ermitteln, das Caruso beobachtete, jedenfalls nicht kurzfristig. Es gehörte einer ausländischen Gesellschaft, und es hätte zu lange gedauert, die Inhaber ausfindig zu machen. Davon abgesehen hatte sie nichts gegen die Besitzer des Gebäudes in der Hand, denn sie konnte nicht wie Caruso nur nach ihrem Gefühl gehen. Sie brauchte handfeste Beweise, bevor sie richtige Ermittlungen starten oder vielleicht sogar das Gebäude stürmen lassen konnte.

Dawn lehnte sich im Autositz zurück und schloss für einen

Moment die Augen. Nachdem sie die ganze Nacht auf den Beinen gewesen war, konnte sie ihre Lider kaum noch offen halten. Dafür kam ihr Gehirn nicht zur Ruhe. Sie wusste, dass Caruso etwas vor ihr verbarg und das wurmte sie gewaltig. Auch wenn sie nicht glaubte, dass er etwas mit dem Verschwinden seiner Tochter zu tun hatte, wollte sie wissen, was es war. Vor allem wenn er in ihre Ermittlungen hineinpfuschte. Kurzentschlossen rief sie Phillips an und bat ihn, ihr die Informationen über Dave Caruso zu schicken, die er in der Zwischenzeit herausgefunden hatte.

Sowie sie das Gespräch beendete, setzte das schlechte Gewissen ein. Ja, Carusos Benehmen war seltsam, und ihr Instinkt sagte ihr, dass noch irgendetwas anderes dahintersteckte, aber sie wusste nicht, ob es wirklich im Zusammenhang mit dem Fall stand. Dawn schob das Kinn vor. Caruso hatte das selbst zu verantworten, schließlich hätte er ihr die Wahrheit sagen können. Oder er wäre einfach in Las Vegas geblieben, dann hätte sie keinen Grund gehabt, ihn genauer zu durchleuchten. Da er aber hier aufgetaucht war und behauptete, zu wissen, wo sich seine Tochter aufhielt, war es besser, wenn sie so viel über ihn wusste wie nur möglich. Zufrieden, die Sache logisch begründen zu können, ließ sie den Wagen an und fädelte sich in den Verkehr ein.

Zuerst würde sie sich einen unauffälligen Parkplatz suchen und das Gebäude beschatten. Wenn sie sah, dass Caruso eindringen wollte, konnte sie ihn vielleicht davon abhalten. Noch lieber hätte sie allerdings einen Hinweis darauf erhalten, dass Isabel Kerrilyan wirklich dort versteckt wurde, denn dann konnte sie handeln. Der Druck auf ihren Magen verstärkte sich, als sie sich vorstellte, was der hübschen jungen Frau alles passieren konnte, die sich bereits seit über zwölf Stunden in der Gewalt ihres Entführers befand. Mühsam unterdrückte sie die Erinnerungen an

Natalie, die wieder hervorbrechen wollten. Mit einer zitternden Hand strich sie ihre zerzausten Haare aus den Augen. Wahrscheinlich lag es an der Müdigkeit, normalerweise hatte sie sich besser unter Kontrolle.

Das Gesicht ihrer Schwester flackerte für einen Moment vor ihren Augen auf, bevor sie es unterdrückte. Schon als sie die Meldung über die Entführung bekommen hatte, war ihr klar gewesen, dass es schwer werden würde, ihre eigenen Gefühle und die Erinnerungen an das Schicksal ihrer Schwester herauszuhalten. Bisher war es ihr halbwegs gut gelungen, weil sie die ganze Zeit beschäftigt gewesen war, doch jetzt konnte sie nur noch warten und das gab ihrem Gehirn die Zeit, in den Erinnerungen zu versinken. Dawn biss hart auf ihre Lippe. Erst als sie Blut schmeckte, ließ sie los. Sie musste hier raus!

So schnell wie möglich stürzte sie auf den Bürgersteig. Ein Mann wich im letzten Moment der Tür aus und starrte sie wütend an. Dawn lag eine Entschuldigung auf der Zunge, aber sie brachte sie nicht heraus. Ihre Kehle war wie zugeschnürt und sie hatte Mühe, genug Luft zu bekommen. Gleich danach setzte das Zittern ein und Dawn ließ sich gerade noch rechtzeitig auf eine Bank sinken, bevor ihre Beine unter ihr nachgaben. Sie beugte sich vor und vergrub das Gesicht in den Händen.

»Alles in Ordnung?«

Dawns Kopf fuhr hoch, als die leicht raue Stimme über ihr erklang. Hektisch blinzelte sie gegen die Tränen an, die sich in ihren Augen gebildet hatten. Dunkle Haare umgaben ein schmales, seltsam starres Gesicht. Schließlich blieb ihr Blick an den rauchig grauen Augen hängen, die beinahe wirkten, als könnte er damit in sie hineinblicken. Verspätet erinnerte sie sich an die Frage des Mannes.

Verlegen räusperte sie sich. »Ja, alles bestens, danke.«

Einen Moment lang schwieg er. »Entschuldigen Sie, wenn ich

das so direkt sage, aber Sie sehen nicht aus, als ginge es Ihnen gut. Sie sollten sich ausruhen.«

Dawn unterdrückte die Antwort, dass ihn das nichts anging, und lächelte schließlich gezwungen. »Das werde ich.« *Irgendwann.*

Der Mann neigte den Kopf und ging weiter. Verwirrt sah Dawn ihm hinterher. Von sich selbst genervt wischte sie mit der Hand über ihre Augen und versuchte, sich wieder zu fassen. Als sie wieder aufsah, war der Fremde verschwunden. Sie blickte in alle Richtungen, aber sie konnte ihn nicht mehr entdecken. Wie hatte er das gemacht? Schließlich zuckte sie die Schultern. Sie hatte im Moment andere Probleme.

Nachdem sie ihren Rucksack aus dem Mietwagen genommen hatte, machte sie sich auf den Weg. Wenigstens war die Panikattacke vergangen und sie konnte wieder vernünftig denken. Sie musste die Vergangenheit ruhen lassen, bis sie diesen Fall gelöst hatte. Danach würde sie Urlaub nehmen und in Ruhe darüber nachdenken, ob sie noch fähig war, ihren Job auszuüben. Oder ob sie es überhaupt noch wollte. Seit sechzehn Jahren war sie Polizistin und auch wenn sie relativ zufrieden mit ihrem Leben war – glücklich hatte es sie nicht gemacht. Aber vielleicht war das ihre gerechte Strafe. Kopfschüttelnd unterdrückte sie diese Gedanken und konzentrierte sich auf ihre Arbeit.

22

Isabel konnte das Zittern nicht stoppen. Es hatte ihren ganzen Körper erfasst und wurde mit jeder Minute stärker. Dabei hatte Lee ihre Zelle bereits vor einiger Zeit verlassen, nachdem er das erreicht hatte, was er wollte. Sie bemühte sich, nicht auf den Stoff zu starren, der die blutigen Schnitte auf ihrem Arm verdeckte, sonst würde ihr wieder übel werden. Langsam und gleichmäßig atmete sie durch, um sich wieder zu beruhigen. Als Lee den Raum betreten hatte, war ihr klar gewesen, was jetzt kommen würde: Das, was er vorher erfolgreich an den eingesperrten Wandlern getestet hatte, würde er nun auch mit Bowen versuchen. Nur dass sie diesmal das Opfer gewesen war, das er gequält hatte, um zu testen, ob Bowen darauf reagierte. Und das hatte er.

Auch wenn Isabel ihn durch die Wand nicht sehen oder hören konnte, in ihrem Kopf hatte sie jede seiner Gefühlsregungen gespürt. Dadurch war Lees Folter doppelt schmerzhaft gewesen. Obwohl Bowen außer sich gewesen war, hatte er versucht, sie mit den Bildern in seinem Kopf zu beruhigen. Zum Teil war ihm das gelungen. Ein Schauder durchlief ihren Körper. Sie wollte gar nicht wissen, wie sie reagiert hätte, wenn er nicht bei ihr gewesen wäre. Nach einem weiteren Atemzug richtete sie sich gerader auf und verschloss das Geschehene tief in sich. Erst dann öffnete sie wieder die Verbindung zu Bowen. Sofort überflutete sie seine Besorgnis und seine Wut auf Lee. Isabel schloss die Augen und versuchte ihn zu beruhigen.

Bowen reagierte sofort auf sie. In den Bildern, die er ihr nun sandte, stand er vor ihr und nahm sie in die Arme. Sie konnte beinahe die Wärme seines Körpers fühlen und seinen Atem, der über ihr Gesicht strich. Irgendetwas an ihrer Verbindung schien sich in dem Jahr der Trennung verändert zu haben. Damals im Haus ihres … von Henry Stammheimer hatte sie seine Gefühle empfangen, er ihre aber nicht. Doch nun schien Bowen auch ihre Empfindungen spüren zu können. Um ihre Theorie zu testen, setzte sie sein Bild fort und schlang ihre Arme um seinen Hals. Bowen reagierte, indem er auf sie hinablächelte und seinen Mund näher brachte. Seine Wärme nahm zu und sie spürte die ersten Anzeichen von Erregung. Ob sie von ihr stammten oder von Bowen, konnte sie nicht sagen. In seinen Augen konnte sie erkennen, wie sehr er sich den Kuss wünschte.

Für einen Moment zögerte sie, bevor sie ihre Lippen auf seine legte. Wie damals im Keller wurde der sanfte Kuss rasch drängender. Seine Zunge strich über ihre, berührte sie zuerst zögernd, dann immer sicherer. Isabel konnte sein wild klopfendes Herz an ihrem spüren. Seine Hände glitten über ihren Rücken und schoben sich unter ihr T-Shirt. Stöhnend drängte Isabel sich näher an ihn, ihre Hände gruben sich in seine schulterlangen Haare. Gott, es fühlte sich so gut an, ihn endlich wieder zu berühren!

Mit einem Keuchen tauchte Isabel aus der Fantasie auf. Die Bilder waren so lebendig gewesen, so real, dass sie für einen Moment vergessen hatte, dass sie alleine in ihrer Zelle und nur geistig mit Bowen verbunden war. Ein neues Bild drang in ihr Bewusstsein, in dem sie sich von Bowen entfernt hatte und er sie mit einem sehnsüchtigen Ausdruck auf dem Gesicht ansah. Seine schwarzen Haare waren zerzaust, die grüngoldenen Augen glitzerten. Schwere Atemzüge hoben und senkten seine Brust. Langsam streckte er eine Hand nach ihr aus, die Fingerspitzen nur wenige Zentimeter von ihrem Gesicht entfernt. Als sie nicht reagierte, strich er sanft über ihre Wange, bevor er seine Hand wieder fallen ließ. Er wollte offensichtlich ihr die Entscheidung überlassen, was nun passieren würde.

Isabel hielt es nicht mehr auf dem Stuhl. Glücklicherweise hatte Lee die Fesseln gelöst, bevor er sie alleine gelassen hatte. Nach einem kurzen Blick auf die Tür ging sie zu der Wand, hinter der sie Bowen spürte und legte ihre Hände dagegen. Das gleiche Bild sandte sie auch geistig an ihn.

»Kannst du mich hören?« Da sie es nur flüsterte, war es unwahrscheinlich. Isabel ließ ihre Stirn an die kalte Wand sinken. Was würde sie dafür geben, wenn sie Bowen jetzt gegenüberstehen könnte.

Ein Bild glitt durch ihren Kopf von Bowen, der eine Hand um sein Ohr legte. Ihr Herz klopfte heftiger. Konnte er sie tatsächlich hören, wenn sie etwas lauter sprach? »Bowen?«

Ein kurzes Klopfen an der Wand antwortete ihr. Ein Lächeln zog über ihr Gesicht. Natürlich konnten sie so keine Unterhaltung führen, weil sie kein so gutes Gehör hatte wie Bowen, aber es reichte ihr, wenn sie ihm das sagen konnte, was sie das ganze letzte Jahr beschäftigt hatte.

Isabel holte tief Atem. »Ich habe dich vermisst.«

In ihrem Kopf konnte sie Bowen sehen, der eine Hand auf sein Herz legte und dazu nickte. Seine golden leuchtenden Augen brannten sich in ihre. Da sie ihn nicht fragen konnte, warum er sich nie gemeldet hatte, wenn er etwas für sie empfand, beschloss sie, das auf später zu verschieben und sich jetzt erst einmal darauf zu konzentrieren, ihm so nah wie möglich zu kommen – und wenn es nur in Gedanken war. Sie ließ die Wand zwischen ihnen verschwinden, sodass sie sich ohne Hindernis gegenüberstanden und ihre Handfläche sich an Bowens legte. Sanft verschränkte er seine Finger mit ihren und zog sie langsam an sich.

Ihre andere Hand legte sich auf seine Brust und sie spürte seinen Herzschlag und das Spiel seiner Muskeln, als er näher an sie herantrat. Seine Hitze hüllte sie ein und sie fühlte sich zum ersten Mal seit langer Zeit geborgen. Ihre Hand glitt nach unten und unter seinem T-Shirt wieder hinauf. Isabel biss auf ihre Lippe. Wenn sie schon bei Fantasien waren, konnte sie auch gleich das tun, was sie sich seit langem wünschte. Mit einem Gedanken ließ sie das T-Shirt ganz verschwinden und genoss den Anblick seiner nackten Brust. Bowens Nasenflügel blähten sich, seine äußeren Augenwinkel bogen sich nach oben. Der Berglöwe in ihm war dicht unter der Oberfläche.

Aufgeregt, weil sie so etwas noch nie getan hatte, beugte sie sich vor und küsste die Haut über seinem Schlüsselbein. Bowen zuckte zusammen, als hätte er einen elektrischen Schlag bekommen. Als sein Mund sich öffnete, konnte sie die Spitzen seiner Reißzähne sehen. Er presste sofort seine Lippen zusammen. Isabel schüttelte den Kopf. Das würde sie nicht zulassen. Sie wollte ihn so, wie er war, nicht irgendeine entschärfte Version. Auf Zehenspitzen presste sie ihren Mund auf seinen und ließ ihre Zunge zwischen seine Lippen gleiten. Mit der Spitze erkundete sie vorsichtig seine Zähne und gab einen zufriedenen Laut von sich, als Bowen sie gewähren ließ.

Erst jetzt merkte sie, dass ihr Körper von oben bis unten an Bowen gepresst war und seine Wärme und seine Kraft in sie sickerten. Das Gefühl war so schön, dass sie die Augen schloss und genießerisch seufzte. Noch schöner wäre es, wenn sie Haut an Haut wären, aber sie traute sich nicht, ihr T-Shirt zu entfernen. Was, wenn Bowen ihren Körper nicht mochte? Schließlich kannte er sie bisher nur angezogen. Auch wenn sie grundsätzlich zufrieden mit ihrem Aussehen war, blieb doch ein Rest Unsicherheit.

Ihre Lider hoben sich und sie zuckte erschrocken zusammen,

als sie bemerkte, dass sich die Umgebung völlig verändert hatte. Anstatt in der Zelle standen sie nun mitten im Wald, am Ufer eines kleinen Sees. Isabel erkannte ihn sofort wieder, Bowen hatte sie bereits vor einem Jahr in Gedanken kurz dorthin entführt. Damals waren sie im Wasser gewesen, aber diesmal wollte sie lieber trocken bleiben. Bowen schien es auch so zu gehen, denn er nahm ihre Hand und führte sie zu einer Decke, die im Gras neben den Felsen ausgebreitet war. Er legte sich darauf und zog sie zu sich herunter. Bowen küsste ihre Handfläche und legte sie auf seine Brust.

Wärme durchströmte Isabel. Es war offensichtlich, dass Bowen hierhergehörte, in die Wildnis, die braune Haut von der Sonne angestrahlt, die dunklen Locken vom Wind zerzaust. In der Realität war sie bisher nur in Gebäuden mit ihm zusammen gewesen und ihr wurde jetzt erst bewusst, dass sie den größten Teil von ihm nicht kannte. Sie wollte unbedingt mehr über ihn erfahren, aber im Moment überwog das Bedürfnis, sich an ihn zu schmiegen und die Freiheit dieses Augenblicks zu genießen. Auch wenn es nur in Gedanken war. Langsam beugte sie sich über ihn und rieb mit ihrer Wange über seine Schulter. Sie fühlte Bowen zusammenzucken und befürchtete schon, etwas falsch gemacht zu haben, doch sein Arm legte sich um ihren Rücken und zog sie dichter an sich.

Mit den Fingern strich sie über seine warme Haut und genoss seine unverstellte Reaktion darauf. In ihrem Kopf konnte sie seine zunehmende Erregung spüren, die sich mit ihrer vermischte. Unruhig bewegte sie sich und presste sich an ihn. Vorsichtig biss sie in seine Schulter, während sie sein Gesicht beobachtete. Seine Augen flogen auf, seine Lippen öffneten sich. Schade, dass sie ihn nicht hören konnte, zu gern hätte sie sein Stöhnen erlebt. Oder stieß er gar ein Berglöwen-Grollen aus? Isabel lächelte zufrieden.

Bevor sie registrierte, was passierte, hatte Bowen sich herumgerollt und blickte nun auf sie herab. Sein Arm lag schwer über ihrem Bauch und eines seiner Beine schob er zwischen ihre. Ihr T-Shirt verwandelte sich zu einem schulterfreien Top. Mit einem Grinsen, das seine spitzen Eckzähne zeigte, beugte er sich herunter und revanchierte sich. Das Knabbern an ihrer Schulter steigerte die Hitze in ihr. Ihre Hand wühlte sich in seine Haare. Mit neckenden Küssen bewegte er sich über ihre Schulter an ihrem Hals hinauf, bis er schließlich bei ihren Lippen ankam. Diesmal tauchte seine Zunge ohne Zögern in ihre Mundhöhle und er küsste sie, als wollte er nie wieder aufhören. Isabel versank in dem Gefühl, ihm so nahe zu sein.

Ihre blauen Augen verdunkelten sich, Röte stieg in ihre Wangen. Bowen konnte sich nicht erinnern, jemals etwas Schöneres gesehen zu haben. Die Gelegenheit, endlich wieder mit Isabel zusammen zu sein, auch wenn es nur im Geiste geschah, machte ihn glücklich. Seine Erinnerung vermischte sich mit seiner Vorstellung, bis er nicht mehr wusste, wo die eine anfing und die andere aufhörte. Während sich ihre weichen Lippen sanft auf seine legten, presste sich ihr Körper immer dichter an ihn. Wie von selbst schob sich seine Hand unter ihr Top und glitt an ihrer Seite hinauf. Er liebte es, ihre samtige Haut zu berühren und ihr Zittern zu spüren, das als Reaktion durch ihren Körper lief.

Isabels Mund löste sich von seinem, ihre heftigen Atemzüge strichen über sein Gesicht. Schweigend sahen sie sich an. Ihr Blick wanderte prüfend von seinen Augen über seine Wangenknochen, die Nase bis zum Mund und wieder hinauf. Schließlich nickte sie beinahe unmerklich. Anscheinend war sie zu einem Entschluss gekommen. Bowen konnte nur hoffen, dass sie ihr Zusammensein nicht beendete, weil ihr die Sache zu schnell ging oder sie entschieden hatte, dass er es nicht wert war, nachdem er sich nie bei ihr gemeldet hatte.

Er brauchte sie so sehr, dass ihm alles wehtat. Zu lange hatte er darauf gewartet, endlich wieder in ihrer Nähe zu sein. Langsam beugte er sich vor und vergrub sein Gesicht in ihren Haaren. An den süßen Duft konnte er sich noch genau erinnern und so atmete er jetzt tief ein. Sein Kopf drehte sich und er musste sich mit aller Kraft zurückhalten, um nicht über Isabel herzufallen. Es war offensichtlich, dass sie noch nicht so weit war. Ein Windhauch strich über seine Hand und er erstarrte.

Ungläubig hob er den Kopf und blickte auf Isabel herunter. Ihr Top war verschwunden und sie lag in einem spitzenbesetzten blauen BH vor ihm, der die Farbe ihrer Augen widerspiegelte. Nach einem langen Blick auf ihre wunderschönen Kurven sah er auf und traf ihre Augen. Die Unsicherheit darin schnitt ihm ins Herz. Sie musste doch wissen, wie schön er sie fand, oder? Da er leider nicht mit ihr reden konnte, ließ er sie die Hitze sehen, die ihn erfüllte, während er sie anlächelte. Die Röte in ihren Wangen breitete sich aus, aber schließlich erwiderte sie sein Lächeln. Sie löste ihre Hand, die sich in seine Schulter gegraben hatte, und ließ sie wieder über seine Brust gleiten.

Bowen nahm das als Zeichen, dass er sich wieder rühren durfte und beugte sich über sie. Seine Hüfte hielt er absichtlich von ihr fern, damit seine Erektion sie nicht erschreckte. Mit einem Finger fuhr er von ihrer Kehle nach unten, zwischen ihren Brüsten hindurch, über ihren Bauch, bis er beim Bauchnabel ankam. Isabel bewegte sich unruhig unter ihm, was er als gutes Zeichen wertete. Auf dem Weg nach oben ersetzte er seinen Finger mit seinem Mund. Langsam küsste er sich an ihrem Oberkörper hinauf, verharrte kurz bei ihren Brüsten, wo er auf jeden der beiden weichen Hügel, die aus dem BH herausschauten, einen Kuss hauchte, und endete bei ihrem Mund.

Bereitwillig öffneten sich Isabels Lippen unter seinen, ihre Zungenspitze berührte seine. Doch Bowen ließ sich von seiner Mission nicht ablenken. Wieder bewegte er sich an Isabels Oberkörper nach unten, diesmal mit seiner Zunge. Gänsehaut bildete sich auf ihrer Haut, während er zwischen ihren Brüsten nach unten leckte und kurz mit seinen Zähnen an dem Steg zog. Isabels Bauchmuskeln zogen sich zusammen, als seine Zunge in ihren Bauchnabel tauchte. Aber auch diesmal hielt er sich nicht länger dort auf, sondern kehrte nach oben zurück. Sein Herz klopfte heftig, als er seine Zungenspitze ein kleines Stück unter das Körbchen schob. Isabels Oberkörper hob sich ihm entgegen, ihre Hand krallte sich in seine Haare und hielt ihn über sich fest.

Bowen beugte sich über die andere Brust und blies auf die Haut. Unter dem Stoff konnte er ihre aufgestellte Brustwarze sehen und er brauchte all seine Selbstbeherrschung, Isabel nicht ganz auszuziehen. Stattdessen strich er mit den Fingern über ihre Schulter und zog den Träger ein Stück herunter. Damit war etwas mehr Platz für seine Zunge, den er sofort ausnutzte. Vorsichtig kratzte er mit seinem Reißzahn über die weiche Wölbung und fühlte Isabel erschauern. Es wurde immer ungemütlicher, mit seinem Schaft auf dem harten Boden zu liegen, aber das war es ihm wert. Stundenlang hätte er sich nur damit beschäftigen können, jeden Winkel ihres Körpers zu erkunden.

Gerade als er sich wieder aufrichten wollte, verschwand plötzlich der BH. Sein Atem stockte und sein Blick saugte sich an Isabels Brüsten fest. Sie waren perfekt für ihn. Fragend blickte er auf und sah, dass Isabel die Zähne in ihre Unterlippe gegraben hatte, während sie ihn beobachtete. In ihren Augen stand so viel Verlangen, dass Bowen ein Stöhnen unterdrückte. So schön es auch war, dass Isabel das Gleiche wollte wie er, wurde es damit umso schwerer, sich zurückzuhalten. Um nicht mehr ihrem Blick ausgesetzt zu sein, beugte er sich wieder hinunter und küsste einmal rund um ihre aufgestellte Brustspitze. Dies wiederholte er auf der anderen Seite. Völlig außer Atem hielt er schließlich inne und versuchte, sich zu beruhigen.

Isabel schien das nicht zulassen zu wollen, denn sie schob seinen Kopf wieder herunter, während sie gleichzeitig ihren Oberkörper nach oben bog. Ihre Brustspitze berührte seinen Mund und es war um ihn geschehen. Gierig schloss er seine Lippen um die harte Spitze und berührte sie mit seiner Zunge. Isabel zuckte unter ihm und drückte sich enger an ihn. Bowen folgte ihrer wortlosen Bitte und begann gierig zu saugen. Seine Hand schloss sich um die andere Brust, sein Daumen strich über ihre Brustwarze.

Überrascht ruckte sein Kopf hoch, als plötzlich seine Jeans verschwand und er nackt auf der Decke lag. Der Stoff rieb sanft über seine Erektion und er hatte alle Mühe, sich zurückzuhalten. Isabel sah ihn entsetzt an und schlug die Hände vor das Gesicht. Ein Lachen entfuhr ihm. Anscheinend hatte sie sich ihn nackt vorgestellt, ohne das zu wollen. Nun, damit hatte er kein Problem, als Wandler lief er oft ohne Kleidung herum. Scham, wie sie die meisten Menschen hatten, kannte er nicht. Enttäuscht stöhnte er auf, als sich die enge Hose wieder um seine Beine schloss. Es war schön gewesen, die Sonne auf seiner Haut zu spüren. Er zog Isabels Hände von ihrem Gesicht und küsste sie mit all der Leidenschaft, die er empfand.

Isabel hatte Mühe zu atmen. Und das lag nicht nur daran, dass Bowens Kuss so atemberaubend war, sondern auch an ihrer Verlegenheit. Wie hatte es ihr passieren können, dass sie ihn einfach so in Gedanken ganz auszog? Natürlich wollte sie ihn nackt sehen, zumal sie bereits wusste, was für einen wunderschönen Körper er hatte, aber sie hätte es nie ohne seine Erlaubnis tun dürfen. Schließlich wollte sie auch nicht, dass sie plötzlich splitternackt dalag – zumindest nicht, wenn sie es nicht selbst veranlasste. So schnell wie möglich hatte sie sich seine Hose wieder vorgestellt, auch wenn es ihr leidtat, den knackigen Po und die muskulösen Beine wieder verdeckt zu sehen. Es schien Bowen jedoch nicht gestört zu haben, zumindest wenn sie der Wärme in seinen Augen und dem tiefen Kuss trauen konnte.

Als sie das nächste Mal hinsah, war Bowen wieder nackt. Diesmal war sie es aber nicht gewesen, dessen war sie sich sicher. Oder? Nein, er sah auch geringfügig anders aus, als sie ihn sich vorgestellt hatte. Er schien in dem Jahr ihrer Trennung noch einiges an Muskeln zugelegt zu haben, auch wenn er damals schon nicht mehr wie ein Jugendlicher ausgesehen hatte. Jetzt war er endgültig ein Mann, und Isabels Herz zog sich schmerzhaft zusammen. Was hätte sie darum gegeben, wirklich in diesem Moment mit ihm hier zu liegen und ihn berühren zu können. So konnte sie sich nur vorstellen, wie er sich an den Stellen anfühlen würde, die sie damals nicht berührt hatte. Und das waren viel zu viele für ihren Geschmack. Aber sie konnte ihn zumindest anschauen.

Allerdings wäre es unfair gewesen, wenn nur sie das Vergnügen hatte. Deshalb ließ sie ihre Hose verschwinden und lag nur noch mit einem Slip bekleidet neben ihm. Ängstlich wartete sie auf seine Reaktion, die sofort erfolgte. Bowen atmete tief durch und blickte an ihren Beinen hinab. Isabel widerstand der Versuchung, ihre kleinen Problemzonen zu verschönern, sie wollte nicht, dass er enttäuscht war, wenn er sie irgendwann – hoffentlich! – in der Realität nackt sah. Erleichtert atmete sie auf, als sie das Glühen in seinen Augen sah, während er seinen Blick an ihr hinunterwandern ließ. Schließlich kam er wieder bei ihrem Gesicht an. Seine Lippen bewegten sich und sie hatte keine Mühe, zu lesen, was er sagte: *wunderschön*.

Mit einem Finger strich er über ihr Schlüsselbein, ihre Brust, ihre Rippen und ihren Bauch bis zu ihrem Slip. Er glitt kurz unter das Bündchen, setzte dann aber den Weg über dem Stoff fort. Der Anblick seiner gebräunten Hand über ihrer hellen Haut löste in ihr etwas aus, das sie die Beine zusammenpressen ließ. Isabel stützte sich auf ihre Ellbogen und beobachtete, wie sein Finger weiter an ihrem Bein entlang nach unten glitt. Bei ihren Zehen angekommen, setzte er seine Tour auf dem anderen Bein fort. Langsam bewegte er sich nach oben, seine Augen wie gebannt auf ihren Körper gerichtet. Bei ihrem Slip angekommen fuhr er diesmal über die Mitte, bevor er seinen Weg auf ihrem Oberkörper fortsetzte.

Warum behielt sie den Slip eigentlich an? Schließlich war Bowen auch nackt und es war nicht so, als bestünde die Gefahr, dass sie hier miteinander schlafen würden. Vielleicht würden sie beide oder einer von ihnen nicht mehr lebend aus Lees Labor herauskommen. Sollten sie sich dann nicht so viel Geborgenheit und Nähe geben, wie sie nur konnten? Isabel schloss ihre Augen und erschauerte, als ein kühler Windhauch über ihren nun komplett nackten Körper strich. Als sich ihre Lider wieder hoben, hatte sich Bowen auf die Seite gedreht und sie konnte den Beweis für seine Erregung sehen. Zu gern hätte sie ihn berührt, aber sie wusste, dass dafür ihre Vorstellungskraft nicht ausreichte. Wenn es irgendwann so weit war, wollte sie sich seine Härte und die heiße Haut nicht nur vorstellen, sondern wirklich erleben.

Bowen schien es genauso gehen, denn er rutschte näher und nahm sie sanft in die Arme. Mit einem Seufzer schloss Isabel wieder die Augen und legte ihren Kopf an seine Brust. Am liebsten wäre sie ewig so mit ihm hier liegen geblieben, aber sie wusste, dass es Zeit wurde, wieder in die Realität zurückzukehren. Bowen schien es genauso zu sehen, denn er küsste sie noch einmal und rückte dann von ihr ab. Leichtfüßig stand er auf und hielt ihr seine Hand hin. Nach einem letzten sehnsüchtigen Blick auf seinen wunderschönen Körper stellte sie sich seine und auch ihre Kleidung wieder vor und ließ sich von Bowen hochziehen. Die Handflächen aneinandergelegt kehrten sie in ihre Zellen zurück.

23

Angespannt beugte Lee sich vor und starrte auf den Monitor. Vor über einer halben Stunde hatte er Isabels Zelle verlassen, um sich die Aufzeichnung der Reaktion seines neuesten Besuchers anzusehen. Er wurde nicht enttäuscht. Beim Vergleich der beiden Aufnahmen aus den Zellen war eindeutig zu sehen, dass der Mann auch bei dem kleinsten Schnitt, den er der jungen Frau zufügte, sofort eine Reaktion zeigte. Für einen Moment glaubte er sogar, dass er versuchen würde, die Tür aufzubrechen, doch irgendetwas hielt ihn davon ab. Lee war sich ziemlich sicher, dass es etwas war, was Isabel tat, denn ihr Gesicht spannte sich in genau dem Augenblick an, so als wüsste sie, dass ihr Freund kurz davor war, auszurasten.

Was ihn aber viel mehr faszinierte, waren die Handlungen der beiden, nachdem Lee den Raum verlassen hatte. Isabel hatte noch eine Weile auf dem Stuhl gesessen, obwohl er ihr die Fesseln abgenommen hatte, als er ging. Ein Zittern war deutlich sichtbar durch ihren Körper gelaufen, dann hatte sie sich aufgerichtet und die Augen geschlossen. Der Mann drehte sich genau zu dem Zeitpunkt zu der Wand um, die die beiden Zellen trennte. Auf seinem Gesicht lag ein schmerzerfüllter Ausdruck, so als wäre er ebenfalls gefoltert worden. Dann passierte einen Moment lang nichts, die beiden schienen wie erstarrt, bevor sich ihre Gesichter langsam entspannten. Es war unheimlich, das zu sehen. Lee hatte keinen Zweifel mehr daran, dass sie irgendeine Verbindung teilten, über die sie kommunizieren konnten.

Danach stand Isabel auf, blickte kurz zur Tür und ging dann

direkt auf die Wand zu. Sie legte ihre Hände dagegen und kurz darauf tat ihr Freund es ihr gleich, sodass es aussah, als würden sie sich tatsächlich berühren. Mit der Stirn an der Wand murmelte sie etwas, das Lee selbst dann nicht verstehen konnte, als er den Ton voll aufdrehte. Das nächste Wort allerdings schon. *Bowen*. Der Name des Burschen? Er klopfte gegen die Wand und Isabel lächelte unglaublicherweise. Ihr »Ich habe dich vermisst« klang dermaßen sehnsüchtig, dass Lee keinerlei Zweifel mehr daran hatte, dass sich die beiden schon länger kannten.

Danach standen sie stumm da und rührten sich nicht mehr. Was immer sie in der Zeit taten, fand nicht in der Zelle statt, sondern ganz woanders. Telepathie? Aber dann hätte Isabel nicht versuchen müssen, mit Bowen zu reden, oder? Da die Kameras über der Tür angebracht waren, konnte Lee kaum Gesichtsregungen erkennen. Er ließ das Bild näher heranzoomen und erkannte, dass beide heftiger atmeten und sich die Haut rötlich färbte, aber das war auch alles. Sie starrten einfach nur eine halbe Stunde lang die Wand an.

Kopfschüttelnd sank Lee in seinem Schreibtischsessel zurück. Die Ellbogen stützte er auf die Lehnen und verschränkte seine Finger miteinander, während er weiterhin seine beiden Gefangenen beobachtete. Seit Jahren ließ er die Wandler erforschen und beobachtete ihr Verhalten, doch nie hatte er so etwas erlebt. Da Isabel schon auf seine Versuchsobjekte so reagiert hatte, ging er davon aus, dass es an ihr lag. Irgendwie schien sie mit den Wandlern in Verbindung zu stehen, auch wenn sie augenscheinlich ein normaler Mensch war. Allerdings schien zwischen ihr und diesem jungen Mann noch etwas anderes vorzugehen, die anderen Tiere hatten nur auf die Schmerzen reagiert und nicht direkt auf Isabel, so wie Bowen es tat.

Es würde interessant sein, herauszufinden, was für eine Art von Kommunikation das genau war. Auf jeden Fall lohnte es sich, diesen Bowen noch nicht zu den anderen Wandlern zu sperren und ihn stattdessen in der Nähe von Isabel zu lassen. Er würde den Platz sowieso brauchen, wenn irgendwann das Rettungsteam für Isabel eintraf. Vielleicht waren sie sogar schon in der Gegend und warteten nur darauf, dass sich eine gute Gelegenheit ergab. Lee grinste zufrieden. Sollten sie es versuchen, er war darauf vorbereitet. Wenn sie glaubten, dass sie hier einfach so eindringen konnten, nur weil keine Wachen zu sehen waren, würden sie bald eines Besseren belehrt werden.

Keira blickte auf, als sie einen vertrauten Geruch wahrnahm. Unruhe breitete sich in ihr aus. Langsam stand sie auf und drehte sich zu dem Neuankömmling um. Angespannt sah sie ihrem Bruder entgegen, der in Harkens und Griffins Begleitung auf sie zukam. Sawyer legte kurz seine Hand auf ihre Schulter und ging dann eilig auf die Männer zu, die hinter Finn ihren Beobachtungsplatz betraten. Einerseits vermisste sie seine stärkende Präsenz neben ihr, andererseits war sie froh, dass Sawyer nicht mitbekommen würde, wie Finn ihr Vorwürfe wegen ihres unverantwortlichen Handelns machte.

An seinem Gesichtsausdruck konnte sie nicht erkennen, was ihr Bruder gerade dachte, als er vor ihr stehen blieb. Er wirkte blass und angespannt, die Form seiner grünen Augen zeigte, wie dicht der Berglöwe unter der Oberfläche war.

»Verdammt, ist mir schlecht!« Wenn möglich, wurde er nach diesem Ausbruch noch blasser mit einem Stich ins Grünliche.

Keira, die nicht damit gerechnet hatte, musste lachen.

Finn stieß ein Grollen aus. »Das ist nicht lustig. Flieg du mal in so einer Maschine!«

Vergebens versuchte Keira, ihre Heiterkeit zu unterdrücken, die zum Teil auch an der Erleichterung lag, dass Finn nicht ihretwegen so finster dreinschaute. »Entschuldige. Du warst sehr tapfer, mich würden keine zehn Pferde in so ein Ding kriegen.« Auch Griffin war bleich, obwohl er als Adler das Fliegen gewohnt sein musste.

Finn neigte den Kopf, etwas Farbe schien in sein Gesicht zurückzukehren. Es gelang ihm sogar ein halbes Lächeln. »Ich bin froh, dich wieder lachen zu sehen.«

Keira schluckte hart. »Finn, ich …«

Ohne sie ausreden zu lassen, trat Finn näher und schlang seine Arme um sie. Einen Moment lang hielt er sie fest, ohne etwas zu sagen. Schließlich entspannte sich sein Körper und er stieß einen tiefen Seufzer aus. »Ich bin so froh, dass es dir gut geht, kleine Schwester. Das Schlimmste an dem Flug war, dass ich telefonisch nicht zu erreichen war und nicht wusste, ob ihr hier vielleicht schon einen Angriff gestartet habt und ich zu spät komme.«

Keira wischte ihre Tränen an seiner Schulter ab. »Ich hatte doch gesagt, dass wir auf euch warten.«

Finn stieß ein kurzes Lachen aus, bevor er sich von ihr löste. »Als wenn du dich bisher immer an deine Versprechen gehalten hättest.«

Dagegen konnte sie nichts sagen, denn der Vorwurf war berechtigt. So zuckte sie nur mit den Schultern. »Hier geht es um Isabels und Bowens Leben.«

Sofort wurde er wieder ernst. »Ich weiß. Glücklicherweise konnte ich Sawyers Männer überzeugen mitzukommen, sodass wir nicht nur zu sechst sind.« Er blickte an ihr vorbei. »Welches Gebäude ist es?«

Keira deutete darauf. »Das langgezogene fünfstöckige mit dem Zaun drum herum.«

»Mist.« Finn rieb über seine Stirn, während er auf das Haus starrte. »Das wird noch schwieriger, als ich dachte. Wie sollen wir dort ungesehen hineinkommen?«

»Indem ihr jemanden im Gebäude habt, der euch hineinlässt.« Harkens Stimme hinter ihnen ließ sie gleichzeitig herumwirbeln.

Keira zuckte zusammen, sie hatte ganz vergessen, dass er auch da war.

Finn schien es genauso zu gehen, aber er erholte sich schnell. »Was meinst du damit: im Gebäude? Glaubst du, Bowen kann uns irgendwie von dort aus helfen?«

Harken schüttelte bereits den Kopf. »Ich bin der Einzige, der dort ungesehen eindringen kann, jeder andere wird bei dem Versuch einen Alarm auslösen.«

»Aber du kannst unmöglich Isabel und Bowen alleine befreien.« Keira blickte ihn genauer an. Irgendetwas an Harken war anders, noch in sich gekehrter als sonst, und er wirkte unruhig.

»Das habe ich auch nicht vor.« Er wandte sich an Finn. »Ich habe mich ein wenig umgesehen, als Bowen in das Haus eingedrungen ist. Es sieht zwar relativ ungeschützt aus, aber überall sind Kameras. Außerdem braucht man einen Schlüssel, um mit dem Fahrstuhl fahren zu können, und passende Magnetkarten für die Türen.«

»Wo sollen wir die hernehmen?« Finn sah aus, als wollte er etwas zerstören. Seine Muskeln waren angespannt, die Hände zu Fäusten geballt. »Es ist mir egal, wie wir es machen, aber wir werden Bowen und Isabel da herausholen.«

»Vergiss nicht die anderen Wandler, die Bowen über die Verbindung zu Isabel gespürt hat. Wir können sie doch nicht dort lassen!« Keira presste die Zähne zusammen, bevor noch mehr heraussprudelte. Wie konnte Harken so ruhig bleiben, während sie über das Schicksal von Wandlern und einer jungen Menschenfrau redeten?

Sein Blick zeigte, dass er genau wusste, was sie dachte. »Wir lassen niemanden zurück. Alleine kann ich das nicht bewältigen, aber ich kann mich einschleichen und dafür sorgen, dass euch erst jemand bemerkt, wenn es zu spät ist. Ihr müsst dann alle befreien, während ich versuche, sämtliche Unterlagen und anderen Beweise zu vernichten, die sich auf Wandler beziehen.« Er rieb über seine Seite. »Und dann werde ich mir diesen Lee vornehmen.«

Keira sah an Harken vorbei auf Sawyer und seine Männer, die auf sie zukamen. Sawyers Gesichtsausdruck war deutlich anzumerken, wie verärgert er war. Caruso folgte ihm dicht auf den Fersen und auch er schien wenig erfreut zu sein.

»Dachtet ihr nicht, dass wir vielleicht auch dabei sein sollten, wenn hier irgendwelche Pläne geschmiedet werden?« Sawyer sprach Harken und Finn an, aber Keira spürte, dass er eigentlich sie meinte.

Sofort meldete sich ihr Gewissen. Sawyer war nur ihretwegen hier. Automatisch legte sie ihre Hand auf seinen Arm. »Es tut mir leid, eigentlich wollte ich nur kurz mit Finn sprechen, aber dann kam Harken dazu und …« Hilflos hob sie die Schultern.

Ihr Bruder blickte Sawyer interessiert an, bevor er nickte. »Das war keine Absicht.« Finn hielt ihm die Hand hin. »Ich bin Finn, Ratsführer der Berglöwengruppe am Yosemite. Danke, dass du Keira geholfen hast.«

Sawyer atmete tief durch und der Ärger fiel sichtbar von ihm ab. Es gelang ihm sogar ein Lächeln. »Es war mir ein Vergnügen.«

Mühsam verkniff sich Keira das Bedürfnis, die Augen zu rollen. Stattdessen zwang sie sich, Sawyer loszulassen und die Hände in ihre Hosentaschen zu schieben, um der Versuchung zu widerstehen. Sie konnte deutlich die Spekulationen in Finns Augen sehen, während er zwischen Sawyer und ihr hin und her schaute. »Er war wirklich sehr hilfreich – beide Male.«

Grinsend zwinkerte Sawyer ihr zu. Bevor sie ihm etwas über

den Kopf ziehen konnte, deutete er auf seine Männer hinter sich. »Das hier sind mein Stellvertreter Brick und die Wächter Colt und Alden.«

Keira spürte Röte in ihre Wangen schießen, als sie sich den wissenden Blicken ausgesetzt fühlte.

Caruso räusperte sich. »Können wir dann jetzt zur Sache kommen?« Damit zog er die Aufmerksamkeit aller auf sich. Unter den geballten Blicken der Wandler richtete er sich auf und schob sein Kinn vor. Allerdings kaschierte das nicht die Müdigkeit und die Sorge um Isabel in seinen Augen.

Finn blickte ihn scharf an. »Nur damit das klar ist: Wir sind wegen Isabel hier, nicht deinetwegen. Der einzige Grund, warum wir dich noch nicht für deine Taten bestraft haben, ist, dass es Isabel aufregen könnte, wenn wir ihren Vater in Stücke reißen. Verstanden?«

Caruso neigte den Kopf, zeigte aber keine Furcht. »Wenn Isabel in Sicherheit ist und Lee für seine Taten bestraft wurde, könnt ihr mit mir machen, was ihr wollt.« Sein Mundwinkel hob sich ein wenig. »Oder es zumindest versuchen.«

Als Finn darauf antworten wollte, mischte sich Harken ein. »Das bringt uns jetzt nicht weiter. Wir können Lee nur besiegen, wenn wir zusammenarbeiten.«

Finn nickte knapp. »Damit habe ich kein Problem.«

Nachdem auch Caruso und Sawyer zustimmten, entspannte sich Harkens Miene ein wenig. »Gut.« Er fasste noch einmal das zusammen, was er Keira und Finn vorher schon gesagt hatte. Als er fertig war, herrschte tiefes Schweigen.

Unsicher blickte Caruso ihn an. »Was genau bist du? Einerseits kann ich deine Gefühle spüren, andererseits bist du irgendwie … anders.« Harken schwieg und Caruso wechselte rasch das Thema. »Hast du Isabel gesehen? Geht es ihr gut?«

»Ich glaube, er hält sie im Keller gefangen, und bis dahin bin ich nicht gekommen. Aber ich werde das noch herausfinden, bevor ihr das Gebäude stürmt.« Er blickte Caruso hart an. »Übrigens läuft deine Freundin immer noch in der Gegend herum.«

»Wer?« Caruso war offensichtlich verwirrt über die Bemerkung.

»Die Polizistin. Sie sah nicht so aus, als würde sie noch lange durchhalten. Vermutlich müssen wir nur warten, bis sie eingeschlafen ist, damit sie uns nicht in die Quere kommt.«

Keira tat die Frau fast leid. Ohne Dawn Jones hätten sie vermutlich nie herausgefunden, dass Lee Isabel nach San Francisco gebracht hatte. Und jetzt, wo es darum ging, Isabel zu befreien, und damit eigentlich den Job der Polizei zu machen, ließen sie sie durch die Gegend irren, anstatt ihr Bescheid zu geben. Aber das war unmöglich, denn es durfte niemand von ihrer Existenz erfahren. Es stand einfach zu viel auf dem Spiel.

Etwas huschte über Carusos Gesicht und war sofort wieder verschwunden. Schuldgefühl? »Ich möchte nicht, dass sie in die Sache hineingezogen wird. Sie kann nicht verstehen, worum es geht, und würde es auch nicht glauben, wenn wir es ihr sagen.«

Harken legte den Kopf schräg. »Ich kann sie aus dem Verkehr ziehen.«

»Nein!« Röte stieg in Carusos Wangen und er schüttelte den Kopf. »Ich kümmere mich um sie, falls sie sich einmischen sollte. Wenn sie so müde ist, wie du sagst, wird sie vermutlich gar nichts mitbekommen.« Harken wirkte skeptisch, sagte aber nichts mehr dazu.

Keira blickte den Menschen genauer an. Fast hatte sie den Eindruck, als versuchte er, die Polizistin zu beschützen. Weil er sich ihr verpflichtet fühlte oder steckte mehr dahinter? Sie versuchte sich zu erinnern, wie Caruso bei den anderen Gelegenheiten auf sie reagiert hatte, aber irgendwie war sie immer zu sehr mit ihrem eigenen Schuldgefühl oder mit Sawyer beschäftigt gewesen. Fühlte er sich zu Dawn hingezogen? Mit einem Schnauben schob sie den Gedanken von sich. Nur weil ihre eigenen Hormone verrücktspielten, musste es noch lange nicht allen anderen genauso gehen. Und auch wenn sie inzwischen schon einige Stunden in Carusos Gesellschaft verbracht hatte, wurde sie immer noch nicht aus ihm schlau. Nur eine einzige Sache wusste sie genau: Er würde alles tun, um seine Tochter zu befreien. Die Frage war nur, ob das mit einschloss, die Wandler zu verraten, wenn das der einzige Weg war, Isabel zu retten.

Bevor sie den Gedanken weiterführen konnte, legte sich eine Hand auf ihre Schulter. Tief atmete sie ein: Sawyer. Langsam drehte sie sich um, nicht sicher, wie sie sich ihm gegenüber in Gegenwart der anderen verhalten sollte. Sawyer schien das Problem nicht zu haben, er behandelte sie wie immer. Nur dass er vor den anderen keinerlei Hehl daraus machte, dass sie zu ihm gehörte – seiner Meinung nach.

»Wir sollten noch ein wenig schlafen, bevor wir aufbrechen.« Seine Finger strichen sanft über ihre verkrampften Muskeln. »Was hältst du davon, wenn wir uns ein ruhiges Plätzchen dafür suchen?«

Flammende Röte stieg in Keiras Wangen. »Du glaubst doch nicht im Ernst, dass wir jetzt …« Sie stoppte sich gerade noch rechtzeitig, bevor sie etwas ausposaunte, das niemanden sonst etwas anging.

Sawyers Augen funkelten belustigt. »Ich rede von ganz normalem Schlaf, nichts anderem. Aber ich lasse mich natürlich gerne überreden, wenn es das ist, was du willst.«

Keira unterdrückte gerade noch einen wütenden Aufschrei und blickte stattdessen in die Runde. Harken wirkte unbeteiligt wie immer, Caruso irritiert, Finn interessiert und Sawyers Männer offensichtlich belustigt. Zumindest bis auf den einen, etwas älteren Mann, auf dessen Gesicht ein trauriges Lächeln lag.

»Die Show ist vorbei. Ich hoffe, ihr habt euch gut amüsiert.« Damit machte sie auf dem Absatz kehrt und stapfte durch die Bäume davon.

Mit einem innerlichen Seufzer blickte Sawyer ihr nach. Er liebte es, sie zu necken, aber vermutlich hätte er das nicht vor ihrem Bruder und den anderen tun sollen. Allerdings, wie hätte er bei ihrer Vorlage widerstehen sollen?

»Ich sollte ihr folgen.« Finn war neben ihn getreten.

»Nein, das mache ich schon. Es ist meine Schuld, ich hätte sie nicht in Gegenwart anderer aufziehen sollen.«

Finns Augenbrauen hoben sich. »Nur wenn ihr allein seid?«

Grinsend zuckte Sawyer mit den Schultern. »Ich liebe es, die Wildkatze in ihr herauszulocken.«

»Dann wünsche ich dir viel Glück, du wirst es brauchen.« Sein Lächeln verging. »Lass dich von Keiras starker Art nicht täuschen, sie ist sehr verletzlich.«

»Das weiß ich. Ich werde gut auf sie aufpassen.«

Finn sah ihn einen Moment prüfend an, dann nickte er.

Sawyer folgte Keiras Duft und setzte sich neben sie, als er sie fand. Sie hatte die Knie angezogen und die Arme darum geschlungen, während sie blicklos auf die Bäume starrte. Mit der Seite stupste er sie an. »Bist du böse auf mich?«

Keira blinzelte, so als würde sie jetzt erst merken, dass er da war. Schließlich stieß sie einen tiefen Seufzer aus. »Nein, ich bin auf mich selbst sauer.«

»Warum?« Sawyer hätte sie am liebsten in seine Arme gezogen, aber er wollte sie nicht zu sehr bedrängen.

Langsam sah sie ihn an. »Weil ich mir etwas aus dir mache.«

Erstaunt zog er die Augenbrauen hoch. »Und das ist so schlimm?« Sein Herz hüpfte vor Freude, während er sich um eine neutrale Miene bemühte.

Keira wandte sich ab, Röte stieg in ihre Wangen. »Ja, weil ich Angst habe, dich wieder zu verlieren.«

Sawyer schaffte es nicht mehr, sich zurückzuhalten, und schlang seine Arme um sie. »Das wirst du nicht.«

Tränen standen in ihren Augen. »Das kannst du nicht wissen!«

Er küsste ihre Wange. »Doch, das kann ich. Ich habe dich gerade erst gefunden, ich werde dich ganz sicher nicht so schnell wieder verlassen.« Eigentlich hatte er nicht vor, sie überhaupt jemals zu verlassen, aber er konnte sich nicht vorstellen, dass sie das im Moment hören wollte.

Aufgebracht deutete Keira mit dem Finger in Richtung der Stadt. »Glaubst du, dieser Lee wird Isabel und Bowen freiwillig herausgeben? Er wird uns sicher nicht alleine gegenübertreten, sondern Männer haben, die die Drecksarbeit für ihn erledigen, so wie auf dem Parkplatz!«

»Und die haben wir ohne Probleme unschädlich gemacht.« Sawyer bemühte sich, Keira zu beruhigen, aber es schien nicht zu wirken.

»Das hier ist etwas völlig anderes!« Sie schüttelte den Kopf. »Aber weißt du, was fast noch schlimmer ist?«

Sawyer ließ seine Hand durch ihre Haare gleiten und zog sie näher an sich. »Was?«

»Dass es mir auch nicht mehr egal ist, ob ich lebe oder sterbe«, flüsterte sie an seinem Hals. »Du hast etwas in mir geweckt und jetzt kann ich es nicht mehr kontrollieren.«

Bei ihren Worten erstarrte Sawyer. Wollte sie damit sagen, dass sie sich bis vor kurzem noch mit Selbstmordgedanken getragen hatte? Er legte seine Hände um ihr Gesicht und zwang sie, ihn anzusehen. Die Tränen in ihren Augen schnitten in sein Herz, aber er musste wissen, was sie damit meinte. »Warum solltest du nicht leben wollen? Du bist Wächterin mit Leib und

Seele, du bist stark und wunderschön und du hast deine Familie und Freunde, die dich lieben.«

Sie schüttelte den Kopf. »Ich kann nicht mehr als Wächterin funktionieren, wenn ich bei einem Einsatz Angst habe, dass jemand, der mir nahesteht, stirbt oder mir selbst etwas passiert.«

Sawyer gab einen rauen Laut von sich. »So ein Unsinn! Du willst mir ja wohl nicht erzählen, dass es dir früher nichts ausgemacht hätte, wenn einem deiner Leute etwas geschieht.«

»Natürlich nicht. Aber ich konnte es besser verdrängen.« Eine Träne lief über ihre Wange. »Zum ersten Mal in meinem Leben fürchte ich mich vor etwas – und das gefällt mir gar nicht. Ich weiß nicht, wie ich damit umgehen soll.«

Sanft küsste Sawyer ihren Mund. »Das geht uns allen so, Keira.«

»Ja, aber …«

Er legte seine Finger über ihre Lippen. »Nichts aber. Du musst lernen damit umzugehen, denn ich möchte nicht, dass du abgelenkt bist, wenn wir Isabel und Bowen dort herausholen.« Mit seiner Stirn berührte er ihre und senkte seine Stimme. »Glaubst du, du bist die Einzige, die sich um jemanden sorgt? Der Gedanke, dass dir etwas passieren könnte, reißt mich in Stücke. Und jetzt sind auch noch meine Männer hier, die sich darauf verlassen, dass ich sie wieder nach Hause bringe.« Sawyer schloss seine Augen und versuchte, das Bild aus seinem Kopf zu bekommen, wie sie die Toten ihrer Gruppe nach dem Feuer im Wald begraben hatten. Wäre es nicht um Keira gegangen, hätte er nie darüber nachgedacht, noch einmal eines seiner wenigen verbliebenen Gruppenmitglieder in Gefahr zu bringen.

Keiras Arme schlangen sich fester um ihn. »Wir werden alle dort wieder herauskommen, dafür werde ich sorgen!«

Das klang schon eher wie seine starrköpfige Wächterin und Sawyer lachte erleichtert auf. »Das beruhigt mich.«

Sie löste sich von ihm und stand auf. Ernst sah sie ihn an. »Danke, dass du uns hilfst, obwohl Isabel ein Mensch ist und du so schlechte Erfahrungen mit ihnen hast.«

Für dich würde ich auch durch die Hölle gehen. Sawyer sagte es nicht laut, weil er wusste, dass Keira diese Worte vermutlich erschrecken würden. Stattdessen schlug er einen leichteren Ton an. »Isabel scheint eine nette junge Frau zu sein, die viel für euch riskiert hat. Sie hat es verdient, dass wir ihr helfen.« Keiras dankbares Lächeln ließ sein Herz schneller klopfen, aber er unterdrückte die Erregung sofort. Sie brauchten jetzt Schlaf, nicht noch mehr Aufregung. Er hielt ihr seine Hand hin. »Komm, lass uns ein wenig schlafen, damit wir nachher fit sind.«

24

Bowen bemühte sich, seine Gefühle nicht nach außen dringen zu lassen, als er auf der Liege saß und an die Wand starrte. Mit Absicht hatte er der Kamera an der Tür den Rücken zugedreht, aber da er nicht wusste, ob es in der Zelle weitere Kameras gab, ging er lieber kein Risiko ein. Die Verbindung mit Isabel war so intensiv gewesen, dass er innerlich immer noch zitterte. Er schloss seine Augen und sah sie sofort wieder vor sich. Gott, was hätte er darum gegeben, wenn es real gewesen wäre und er sie wirklich hätte berühren und küssen können. Vor allem wollte er sie auch riechen und schmecken und die Laute hören, die sie von sich gab, wenn er sie berührte. Obwohl die Stille in ihrem Gedankenspiel gleichzeitig die Spannung erhöht und sie gezwungen hatte, ihre Gefühle durch ihre Körper und ihre Mimik auszudrücken.

Wie viel Zeit war inzwischen vergangen? Da es im Raum weder eine Uhr noch ein Fenster gab, war er sich nicht sicher. Wahrscheinlich war es erst mittags und es würde noch etliche Stunden dauern, bis die anderen sie befreiten. Sein schlechtes Gewissen meldete sich erneut. Er hatte sowohl Harken als auch Keira und Finn versprochen, keinen Alleingang zu machen und doch hatte er es getan, weil er die Ungewissheit und Isabels Schmerzen nicht mehr aushalten konnte. Sie würden ihn nun zu Recht als unzuverlässig ansehen, aber er hatte nicht anders handeln können. Allerdings hätte er wissen müssen, dass dieser Lee ihn gegen Isabel einsetzen konnte, sowie er die Verbindung zwischen ihnen bemerkte. Und das war schneller geschehen, als

Bowen erwartet hatte. Im Grunde war es aber nicht verwunderlich, schließlich war es ihm nicht gelungen, sich zu beherrschen, als er Isabel eingesperrt vorgefunden hatte.

Immerhin schien Isabel ihr geistiges Zusammensein tatsächlich zu beruhigen. Die Furcht und die Schmerzen hatten sich auf ein erträgliches Maß vermindert, und sie war offenbar entschlossen, der Gefangenschaft zu entkommen. Was gut war, nur hoffte er, dass sie nicht irgendetwas Dummes anstellen würde, bevor die Rettung kam. Wie als Antwort auf seine Gedanken strich Isabel beruhigend durch seinen Kopf. Bowen entspannte sich etwas und antwortete mit den Gefühlen, die ihre Anwesenheit in ihm auslöste. Ohne sie würde er es nicht aushalten, wieder eingesperrt zu sein. Immer wieder kamen die Erinnerungen an die Zeit in Henry Stammheimers Keller und die Hilflosigkeit hoch, die er auch jetzt wieder empfand, und er hatte Mühe, sie so schnell zu unterdrücken, dass Isabel nichts davon bemerkte.

Er atmete tief durch und ließ seine Sinne wandern. Bereits als Lee ihn durch den Gang geführt hatte, war ihm der Geruch aufgefallen – sogar noch bevor er die beiden Wandler in den Zellen gesehen hatte. Überlagert von dem, was er auch in Stammheimers Labor gerochen hatte, war es eindeutig der Duft von Wandlern. Den der Berglöwen erkannte er, aber es gab auch noch andere Gerüche, die er nicht zuordnen konnte. Wie viele Wandler mochte Lee gefangen halten? Offenbar hatte er es also schon länger auf seine Spezies abgesehen. Bowen biss die Zähne zusammen, doch er kam nicht gegen den Hass an, der unwillkürlich in ihm aufstieg. Egal wie viele es auch waren, sie würden jeden einzelnen von ihnen befreien. Und Lee würde seiner gerechten Strafe nicht entgehen.

Es war nicht schwierig, Dawn Jones zu finden. Caruso folgte einfach Harkens Beschreibung und beobachtete die Polizistin aus einem Versteck heraus. Ihren Wagen hatte sie so geparkt, dass sie den Zugang zum Gebäude gut überblicken konnte. Woher wusste sie, in welchem Haus sich Isabel befand? Verärgert schüttelte Caruso den Kopf. Das war völlig nebensächlich. Tatsache war, dass Dawn den richtigen Riecher hatte und sie es bestimmt bemerken würde, wenn sie sich nachts in das Gebäude schlichen. Im Moment allerdings war ihr Kopf gegen das Fenster gesunken und sie schien tief und fest zu schlafen. Der Gedanke, dass Lee sie hätte erwischen und töten können, zuckte durch sein Gehirn. Beinahe bevor er es bemerkte, hatte er sich bereits in Bewegung gesetzt.

Auch wenn er Dawn kaum kannte und sie ihm das Leben ziemlich schwer machen konnte, wollte er nicht, dass ihr etwas passierte. Sie hatte alles dafür getan, Isabel zu finden, und verdiente es nicht, dass er sie so hinterging. Aber er musste den Wandlern Recht geben: Die Polizistin würde nie ohne irgendeinen Beweis in das Gebäude eindringen und vor allem würde sie versuchen, ihn daran zu hindern, wenn sie ihn erwischte. Caruso schlich zum Wagen, der durch einige Büsche halb verdeckt war. Vorsichtig beugte er sich hinunter und blickte in das Innere. Dawns Gesicht erschien ihm viel zu blass, die dunklen Augenringe stachen hervor. Dagegen waren die vollen Lippen beinahe farblos. Ihre kurzen dunkelbraunen Haare standen zu allen Seiten ab und er wäre am liebsten mit den Fingern durch die Strähnen gefahren, um sie ein wenig zu glätten.

Von dem seltsamen Gedanken überrascht, konzentrierte sich Caruso ausschließlich darauf herauszufinden, ob sie wirklich nur schlief. Sein Blick richtete sich auf ihren Brustkorb, und es dauerte nicht lange, bis er erleichtert erkannte, dass sie atmete. Für einen Moment beobachtete er die leichten Bewegungen, bis er sich ganz sicher war. Unerwartet richtete Dawn sich auf und starrte ihn durch das Fenster an. Caruso wollte sich außer

Sicht ducken, doch die Polizistin war schneller. Sie riss die Tür auf und brachte ihn damit aus dem Gleichgewicht. Mit einem Fluch stürzte er zu Boden, wo er schmerzhaft landete. Für einen Moment blieb ihm die Luft weg. Als er sich aufrichten wollte, stellte sie ihren Fuß auf seinen Bauch.

»Oh nein, Sie bleiben schön hier.« Sie beugte sich vor und blickte ihm direkt in die Augen. »Was machen Sie in der Nähe meines Wagens?«

Genervt versuchte Caruso sich aufzusetzen, doch ohne Gewalt anzuwenden, war das nicht möglich. Und noch immer schreckte er davor zurück, Dawn wehzutun. So entschied er sich für die Wahrheit. »Ich wollte nachsehen, ob Sie noch leben.«

»Wieso sollte ich das nicht tun?« Ihre Augen verengten sich. »Oder wollten Sie dafür sorgen, dass nichts schiefgeht?«

Verwirrt sah er sie an. »Was meinen Sie damit?« Es dauerte einen Moment, bis er verstand, wovon sie sprach. »Nein, natürlich nicht! Wie können Sie glauben, dass ich Ihnen etwas tun würde?«

»Damit ich Sie nicht daran hindere, bei nächster Gelegenheit das Gebäude zu stürmen.« Sie deutete hinter sich.

Caruso atmete tief durch, um sich wieder zu beruhigen und zuckte zusammen, als seine Rippen schmerzend protestierten. »Das kann ich auch tun, ohne Sie zu verletzen, wenn ich das will.«

»Sie haben nur Glück, dass ich hier keine Machtbefugnisse habe, sonst hätte ich Sie schon längst festgenommen.« Sie rieb über ihre Schläfe und blies hart den Atem aus. »Ich bin zu müde für diesen Mist. Also, was wollen Sie?«

Das wusste er selbst nicht recht. Aber seit Harken ihm erzählt hatte, dass Dawn noch hier war, ließ ihm das keine Ruhe. Er musste einfach sicherstellen, dass es ihr gut ging. Während die anderen sich ausruhten oder sich leise miteinander unterhielten, hatte er das seltsame Bedürfnis nach menschlicher Gesellschaft verspürt. Die Wandler behandelten ihn zwar freundlich genug, aber das Misstrauen ihm gegenüber war deutlich spürbar. Und er konnte es ihnen nicht verdenken, nachdem was Lee und auch Jennings ihnen angetan hatten. Wäre alles anders gekommen, wenn er seinen Freund irgendwie überzeugt hätte, die Berglöwenwandler in Ruhe zu lassen? Sicher wäre Gary dann noch am Leben und auch der Berglöwe und die Adler, die im Kampf umgekommen waren. Aber an der Bedrohung durch Lee hätte sich nichts geändert. Er hätte sich einfach jemand anderen gesucht, der die Drecksarbeit für ihn erledigte.

Trotzdem trafen ihn Keiras Vorwürfe, weil sie größtenteils der Wahrheit entsprachen. Er hätte sich für eine Seite entscheiden müssen. Als die Adler unerwartet angriffen, war er noch auf der Seite der Menschen gewesen, auch wenn er nicht gewollt hatte, dass sie wehrlose Tiere abschossen. Aber dann waren die Berglöwen eingetroffen und er war von ihren Gefühlen überrollt worden. Die Wut, das Leid und die Schmerzen der Wandler waren in seinem Kopf zu einem Sturm angewachsen, dem er nichts entgegenzusetzen hatte. Auf allen vieren war er weggekrochen und schließlich bewusstlos zusammengebrochen.

Als er wieder zu sich kam, war der Kampf vorbei. Gary und seine Männer waren tot, die Wandler dabei, ihre eigenen Toten und Verletzten zu bergen und zu versorgen. Da er nichts mehr für seinen Freund tun konnte, war er so unauffällig wie möglich in die Zivilisation zurückgekehrt. Die Wut auf Lee und dessen Manipulationen war heute noch genauso stark wie damals. Caruso biss die Zähne zusammen, bis sie knirschten. Wenn er Lee erwischte, würde der sich wünschen, sich nie an Isabel oder den Wandlern vergriffen zu haben. Diesmal würde er nicht wieder einen seiner Handlanger vorschicken können, jetzt war er selber dran …

»Caruso?« Etwas Weiches berührte sein Gesicht. »Sind Sie verletzt?« Die Frauenstimme klang besorgt.

Mühsam öffnete Caruso die Augen. Komisch, er hatte gar nicht gemerkt, dass er sie geschlossen hatte. Er blinzelte ein paarmal, bis er die Frau deutlich erkennen konnte. Detective Jones! Rasch wollte er sich aufsetzen, als er bemerkte, dass er immer noch auf dem Asphalt neben ihrem Wagen lag, doch sie hielt ihn mit einer Hand auf der Brust zurück. Das war vermutlich auch gut so, denn seine lädierten Rippen meldeten sich warnend.

»Langsam. Haben Sie irgendwo Schmerzen?« Ihre hellbraunen Augen waren seinen ganz nahe und er versank für einen Moment darin. »Dave?«

Ein Schauder lief durch seinen Körper, als sie ihn beim Vornamen nannte. Das hatte seit langer Zeit niemand mehr getan und er wusste nicht, ob es ihm gefiel. Schließlich räusperte er sich. »Warum sollte ich Schmerzen haben?«

Eine Falte erschien zwischen Dawns Augenbrauen. »Weil Sie einfach weggesackt sind. Gerade haben wir uns noch unterhalten und dann waren Sie plötzlich weg.« Sie fuhr mit ihren Händen durch seine Haare. »Vielleicht sind Sie mit dem Kopf irgendwo angeschlagen, als ich Sie mit der Tür umgeschubst habe.«

Ihre Berührung fühlte sich gut an, und Caruso konnte gerade noch ein zufriedenes Brummen unterdrücken. »Es ist alles in Ordnung. Ich habe nur nachgedacht.«

Ihre Augenbrauen zuckten in die Höhe. »Mit geschlossenen Augen?« Caruso starrte sie schweigend an. Anscheinend schien sie zu verstehen, dass er nichts weiter dazu sagen würde, denn sie zuckte mit den Schultern. »Okay. Ich hoffe, Sie haben darüber nachgedacht, wie Sie schnellstmöglich nach Las Vegas zurückkommen.«

Carusos Muskeln spannten sich an. »Ich gehe erst, wenn Isabel in Sicherheit ist.«

Mit einem tiefen Seufzer ließ Dawn ihn los und stand auf. »Sie glauben wirklich, dass sie hier ist?«

»Das tun Sie doch auch, sonst würden Sie nicht hier Wache halten.«

Dawn verschränkte die Arme über der Brust. »Ich versuche nur, Sie vor einem großen Fehler zu bewahren. Ihnen ist klar, dass Sie nicht einfach in ein Gebäude stürmen können, oder? Denken Sie daran, wie es wäre, einige Jahre wegen Einbruchs ins Gefängnis zu wandern.«

Caruso setzte sich auf. »Im Moment ist nur wichtig, Isabel so schnell wie möglich aus den Händen dieses Verbrechers zu befreien. Können Sie sich vorstellen, wie furchtbar es ist, nichts tun und nur abwarten zu können, bis etwas passiert?«

Ein Schatten zog über Dawns Gesicht, ihre Augen verdunkelten sich. »Ja, das weiß ich sehr genau.«

Ihr gequälter Gesichtsausdruck veranlasste ihn dazu, nachzufragen. »Beruflich oder persönlich?«

Für einen Moment sah es so aus, als würde sie ihm nicht antworten, aber dann atmete sie zitternd ein. In ihren Augen war ein solcher Schmerz zu sehen, dass Caruso sich wünschte, er hätte sie nie darauf angesprochen. »Meine Schwester wurde vor zwanzig Jahren entführt. Sie war im gleichen Alter wie Isabel.« Falten bildeten sich um ihren Mund. »Also ja, ich weiß ganz genau, was Sie gerade durchmachen, und ich wünschte, ich könnte Ihnen versprechen, dass Isabel bald wieder bei Ihnen ist, aber es gibt keine Garantien.«

Er wollte sie trösten und diesen verlorenen Ausdruck von ihrem Gesicht wischen, aber es war jetzt wichtiger, ihr klarzumachen, dass er Isabel nicht einfach den Rücken kehren konnte, wenn es die Möglichkeit gab, ihr zu helfen. »Das tut mir leid. Aber dann wissen Sie sicher auch, dass es kein gutes Zeichen ist, wenn sich der Entführer nicht meldet und keinerlei Forderungen stellt. Es geht hier offensichtlich um etwas anderes als Lösegeld, Detective.«

Sie verzog den Mund. »Das ist mir bewusst. Aber deshalb kann ich trotzdem keinem Zivilisten erlauben, einfach das Recht in die eigenen Hände zu nehmen. Überlassen Sie das der Polizei.«

Aufgebracht fuhr er mit der Hand durch seine Haare. »Was ist, wenn Sie keine Hinweise darauf finden, wo Isabel gefangen gehalten wird? Wollen Sie sie dann einfach dem Verbrecher überlassen?«

Die Farbe wich aus ihrem Gesicht. »Das ist unfair! Ich versuche mit allen mir verfügbaren Mitteln, Ihre Tochter zu finden. Sie …«

Caruso unterbrach sie. »Das weiß ich und ich bin auch dankbar für alles, was Sie für Isabel tun. Aber ich glaube, dass die Mittel der normalen Polizeiarbeit im Moment ausgeschöpft sind. Und Isabel kann nicht darauf warten, dass ihr Entführer eventuell irgendwann einmal einen Fehler macht.« Er blickte zum Gebäude hinüber und wünschte sich, er wäre nah genug dran, um Isabel spüren zu können. »Ich muss es zumindest versuchen. Es ist mir egal, was danach mit mir geschieht, solange Isabel befreit wird.«

»Caruso …«

Er legte seinen Finger auf ihre Lippen. »Was Sie auch sagen wollen, nichts wird mich davon abhalten. Ich hoffe, Sie verstehen das.« Ohne auf eine Antwort zu warten, drehte er sich um und ließ sie dort zurück.

Er konnte ihren Blick auf seinem Rücken spüren und fragte sich, ob es die richtige Entscheidung gewesen war, noch einmal mit ihr zu sprechen. Was hatte er dadurch gewonnen? Dawn würde trotzdem versuchen ihn aufzuhalten, wenn er das Gebäude betrat. Vielleicht hatte er es auch nur getan, um sie noch einmal zu sehen, mit ihr zu reden und sie berühren zu können.

Genervt schüttelte er den Kopf. Für so etwas hatte er jetzt keine Zeit. Und wenn er Isabel befreit hatte, würde Dawn nach Las Vegas zurückkehren und er selbst würde ... Caruso stockte. Er wusste gar nicht, was er machen würde, wenn seine Aufgabe hier erledigt war. Hatte er sich deshalb so in die Aufgabe gestürzt, Lee zu vernichten, weil er einen Halt brauchte, um nicht weiter ziellos durch das Leben zu treiben? Eine furchtbare Vorstellung.

Sowie Isabel frei und Lee tot oder verhaftet war, würde er sich damit auseinandersetzen müssen, was er mit dem Rest seines Lebens anfangen wollte. Caruso verzog den Mund. Seltsam, dass ihm das mehr Angst machte als der bevorstehende Kampf.

Fay sah von ihrer Tätigkeit auf, als die Tür ihrer Hütte nach einem kurzen Klopfen aufgestoßen wurde. Beruhigt, dass es nur Jamila war, die ihr in den letzten Monaten bei ihrer Arbeit als Heilerin der Berglöwengruppe geholfen hatte, wandte sie sich wieder der Paste zu, die sie gerade anmischte. »Hast du schon was von Finn gehört?« Sie konnte Jamila die Besorgnis um ihren Gefährten deutlich ansehen.

Jamila setzte sich neben sie an den Tisch. »Nichts, seit er sich wegen der Nevada-Wandler gemeldet hat, die auf dem Weg hierher sind.«

»Es geht ihm bestimmt gut, genauso wie den anderen.«

Mit einem tiefen Seufzer stützte Jamila die Ellbogen auf die Tischplatte. »Ich weiß. Aber es fällt mir wirklich schwer, hier herumzusitzen, während Finn und die anderen in Gefahr sind. Ich wünschte, ich könnte mehr tun.«

Fay blickte sie ernst an. »Du tust genug, Jamila. Immerhin hilfst du mir hier.« Sie erkannte die Unsicherheit in Jamilas Augen. »Hat dir etwa wieder jemand gesagt, dass du nicht hierhergehörst?«

Jamila verzog den Mund. »Ich bin vorhin Kearne begegnet.

Er hat es nicht so direkt ausgedrückt, aber ich konnte deutlich spüren, was er von mir hält.«

Ärger brodelte in Fay hoch, wie immer, wenn jemand ihren Schützling schlecht behandelte. »Ich glaube, ich sollte Kearne mal wieder meine Meinung sagen. Sein überhebliches Gehabe geht mir gewaltig auf die Nerven. Auch wenn er im Rat sitzt, hat er noch lange nicht das Recht, dich ständig zu piesacken. Besonders wenn du dir nichts zuschulden kommen lassen hast.«

Traurigkeit lag in Jamilas Augen. »Lass das lieber, ich möchte nicht, dass du auch noch in seine Schusslinie gerätst. Es reicht, dass Finn ständig mit ihm streitet. Außerdem hat er in gewisser Weise Recht, schließlich habe ich damals geholfen, euch Leid zuzufügen. Vielleicht hätte ich doch mit Kainda nach Afrika zurückgehen sollen.«

Fay richtete sich gerade auf. »Was für ein Unsinn! Du gehörst hierher, zu Finn. Oder willst du ihn etwa alleinelassen?«

»Nein, natürlich nicht, aber …«

»Gut. Und was das andere angeht, es war nicht deine Schuld, sondern die des verdammten Jägers, der euch gefangen genommen hat. Er hat euch dazu gezwungen, Coyle anzugreifen, und wenn ich mich recht erinnere, hat der euch dafür schon längst verziehen. So, und jetzt Schluss mit dem Thema, bevor ich mich richtig aufrege.«

Jamila zog den Kopf ein. »Tut mir leid, das wollte ich nicht.«

Zischend stieß Fay die Luft aus. »Okay. Konzentrieren wir uns lieber darauf, alles für Sawyers Männer vorzubereiten. Wenn sie wirklich in einem so erbärmlichen Zustand sind, wie Finn angedeutet hat, müssen wir sie dringend aufpäppeln.« Sie konnte sich noch gut daran erinnern, wie sie das vor einem Jahr mit Jamila getan hatte, die völlig entkräftet und beinahe verhungert gewesen war. Inzwischen sah sie wesentlich besser aus, ihre Figur war etwas runder geworden, ihre dunkle Haut leuchtete und ihre schwarzen Ringellocken glänzten gesund. Sie war eindeutig eine Schönheit und noch dazu freundlich und mitfühlend, kein Wunder, dass Finn sein Herz an sie verloren hatte.

Jamila deutete auf die Schale in Fays Hand. »Was machst du da gerade?«

»Hochkonzentrierte Energiepaste. In Wasser aufgelöst sollte sie den Neuankömmlingen schnell auf die Beine helfen. Bei dir hat sie jedenfalls auch gewirkt. Danach müssen wir nur dafür sorgen, dass sie genug essen. Ich hoffe, sie bleiben lange genug, dass sie sich ein wenig erholen können.« Sie musste an ihren Gefährten Conner denken, der die letzten acht Jahre als Einzelgänger weit von der Gruppe entfernt gelebt hatte. »Wie konnten sie es aushalten, dort in der Wüste ohne Behausungen oder andere Annehmlichkeiten zu leben? Und vor allem ohne Frauen.«

Jamilas grünbraune Augen verdunkelten sich. »Wenn es keine andere Möglichkeit gibt, hält man alles aus. Ich kann verstehen, warum sie sich zurückgezogen haben, nachdem sie den Rest ihrer Gruppe verloren hatten.«

Fay wünschte, sie könnte ihre Worte zurücknehmen. Wie hatte sie so etwas sagen können, wenn sie doch wusste, dass Jamila und Kainda ihre ganze Familie verloren hatten und monatelang gezwungen gewesen waren, abgeschnitten von anderen Wandlern in Gefangenschaft zu überleben. Sie ließ den Stößel los und ergriff stattdessen Jamilas Hand, die sie auf den Tisch gepresst hatte. »Entschuldige, ich wollte keine schlimmen Erinnerungen wecken.«

Ein trauriges Lächeln huschte über Jamilas Gesicht. »Das hast du nicht, die Erinnerungen sind immer in mir lebendig. Aber jetzt habe ich hier eine neue Familie gefunden und sogar einen Mann, den ich lieben kann. Ich hoffe für Sawyer und seine Männer, dass sie auch so viel Glück haben werden.«

Um nicht dem Impuls nachzugeben, Jamila in die Arme zu schließen, wandte sich Fay wieder der Mixtur zu. »Ich werde schon dafür sorgen, dass sie sich helfen lassen.«

Wie erhofft, lachte Jamila auf. »Das glaube ich dir sofort.«

Zufrieden gab sie dem Stößel eine letzte Drehung. »Kannst du mir Wasser und einige Trinkflaschen holen?«

Rasch stand Jamila auf und kam kurz darauf mit dem Gewünschten zurück. Gemeinsam füllten sie die Flaschen und schüttelten sie, bis sich die Paste mit dem Wasser vermischt hatte. Zufrieden stellte Fay sie auf den Tisch. »Fertig. Jetzt können sie kommen.«

Wie auf Befehl öffnete sich die Tür und Conner steckte seinen Kopf herein. Als er Fay ansah, leuchteten seine Augen auf. Wärme floss durch ihren Körper und ein Lächeln erschien automatisch auf ihren Lippen.

»Ich habe Sawyers Männer ins Lager gebracht, seid ihr bereit?«

Fay stand auf und straffte die Schultern. »Ja. Bring sie her.«

Conner zog die Tür weiter auf und sie sah, dass er nackt war. Wahrscheinlich war er in Berglöwenform zur Straße gelaufen, um dort die Nevada-Wandler abzuholen. Er zögerte einen Moment. »Die armen Kerle haben seit langem keinen Kontakt mehr zu einer Wandlerfrau gehabt, gib ihnen etwas Zeit, sich an dich zu gewöhnen, bevor du ihnen wegen irgendetwas den Kopf abreißt, okay?«

Empört stützte sie die Hände in die Hüften. »Wann habe ich das jemals getan?«

Conner zwinkerte Jamila zu, die in Gelächter ausbrach. Sofort schlug sie die Hand vor ihren Mund.

Fay spürte, wie sich ihre Mundwinkel zu einem Lächeln hoben. Conner hatte es sich zur Aufgabe gemacht, Jamila so oft wie möglich zum Lachen zu bringen, seit er vor einem halben Jahr wieder ins Lager zurückgekehrt und bei Fay eingezogen war. Sie liebte ihn fast noch mehr dafür, auch wenn seine Scherze oft auf ihre Kosten gingen.

Zufrieden grinste Conner Jamila an, bevor er wieder ernst wurde. »Das mit dem Kontakt war allerdings ernst gemeint, ich glaube, es überfordert die Männer ein wenig, gleich auf so viele Wandler zu treffen, daher habe ich die anderen gebeten erst einmal fernzubleiben, bis sie sich ein wenig eingewöhnt haben.«

Fay nickte. »Natürlich. Es wurden bereits Betten in die Ratshütte gestellt, damit sie sich dorthin zurückziehen können.«

»Dann hole ich sie jetzt.« Er wandte sich um und Fay konnte einen kurzen Moment lang sein muskulöses Hinterteil bewundern.

Mit einem Seufzer drehte sie sich wieder zu Jamila um, die sie wissend anlächelte. Fay zuckte die Schultern. »Ich kann es einfach nicht stoppen.«

»Das musst du meinetwegen auch nicht. Ich finde es schön, wie nahe ihr euch seid.«

Fay grinste. »Und seit Melvin in eine eigene Hütte gezogen ist, haben wir hier tatsächlich etwas mehr Ruhe und können uns noch näher kommen.«

Jamila schüttelte lachend den Kopf. »Wie habt ihr das nur mehrere Monate ausgehalten?«

»Wir sind sehr viel spazieren gegangen.« Fay stopfte eine rote Haarsträhne zurück, die aus ihrem Knoten entkommen war. »Ehrlich gesagt fand ich es sehr schön, Melvin näher kennenzulernen. Davor war er mir immer aus dem Weg gegangen, ohne dass ich den Grund dafür kannte. Ich denke, wir haben jetzt eine gute Beziehung, nachdem er verstanden hat, dass ich niemals versuchen würde, seine Mutter zu ersetzen.«

Bevor Jamila etwas dazu sagen konnte, öffnete sich die Tür erneut und Conner trat von vier Männern gefolgt ein. Fay bemühte sich, sie nicht zu offensichtlich anzustarren und ihren Schock darüber zu verbergen, wie ausgemergelt sie waren. Genau genommen wirkten sie mit ihren langen, wirren Haaren ein wenig verwahrlost. Schließlich löste sie sich aus ihrer Erstarrung und trat vor. »Herzlich willkommen in unserem Lager. Ich bin Fay, die Heilerin der Gruppe, und das hier ist Jamila, die bei mir in der Lehre ist.«

Unsicher blickten die Männer von Fay zu Jamila und bewegten sich unruhig. Schließlich fasste sich einer ein Herz. »Danke. Ich bin Galen, das sind Bran, Sloan und Lark.« Mit seinen schwarzen Haaren und den goldenen Augen wäre er eine echte Augenweide gewesen. Doch man sah seine Rippen deutlich unter der Haut, und seine Wangenknochen stachen scharf hervor. Sein Alter konnte sie kaum schätzen, vielleicht war er Anfang dreißig. Verschiedene Narben überzogen seinen Körper und zeugten davon, wie hart sein Leben in den letzten Jahren gewesen war. Und die anderen Männer sahen sogar noch schlimmer aus.

Fay lächelte ihn an. »Hallo Galen. Ihr habt sicher Durst, ich habe euch schon einen Aufbautrank vorbereitet. Danach zeige ich euch, wo ihr euch ausruhen könnt.«

Galen entspannte sich ein wenig und neigte den Kopf. Der hoffnungslose Ausdruck in seinen Augen aber blieb.

25

Zufrieden legte Lee das Telefon auf den Schreibtisch. Gerade hatte ihn einer der Labormitarbeiter davon informiert, dass die Untersuchung von Isabels Blut beendet war. Auf das Ergebnis war er extrem gespannt, vielleicht beantwortete das einige seiner Fragen. Rasch erhob er sich aus seinem Sessel und eilte zur Tür.

Während in der Nacht das Labor völlig ausgestorben war, wimmelte es jetzt von Wissenschaftlern und Mitarbeitern, die Tests an den Versuchsobjekten durchführten oder Proben untersuchten. Er hatte sich die besten Forscher gesichert, die mit Geld zu kaufen waren, trotzdem ging ihm die Sache zu langsam voran. Wie konnte es sein, dass sie nach all dieser Zeit immer noch nicht genug Ergebnisse beisammenhatten, um endlich einen Schritt weiterzukommen? Vermutlich lag es daran, dass es ihm bisher nur gelungen war, »normale« Wandler einzufangen, deren Genzusammensetzung zwar außergewöhnlich war, aber denen dennoch das gewisse Etwas fehlte, das er für einen Erfolg brauchte. Würde er heute endlich einen Durchbruch erzielen können?

Ungeduldig ging er auf den Wissenschaftler zu, der sämtliche Arbeiten im Labor koordinierte und einer der klügsten Köpfe im Bereich der Genforschung war. »Also, Meyers, was haben Sie gefunden?«

Meyers schob seine Brille zurecht und blinzelte Lee kurzsichtig an. Es hätte ihn nicht gewundert, wenn der Wissenschaftler auch zu Hause die ganze Zeit nur in ein Mikroskop starrte. Jetzt winkte er ihn aber zu einem Computer, auf dessen Bildschirm ein Abschnitt der DNA gezeigt wurde. »Natürlich wurde noch nicht das gesamte Erbgut entschlüsselt, aber ich habe ein paar wichtige Sequenzen isoliert, die bei unseren Testobjekten bisher immer gute Resultate gebracht haben.«

Lee versuchte, seine Ungeduld herunterzuschlucken, es war nur ein kleiner Preis, wenn Meyers dafür seine Begeisterung an der Arbeit nicht verlor und weiter gute Ergebnisse lieferte. »Was haben Sie gefunden?«

Der Wissenschaftler deutete mit einem knochigen Finger auf die Graphik. »Zuerst wirkte es auf mich wie eine ganz normale Menschen-DNA, es ist alles vorhanden und an der Stelle, wo es sein sollte. Dann ist mir etwas Ungewöhnliches aufgefallen. Sehen Sie sich die Graphen an.« Erwartungsvoll blickte er seinen Arbeitgeber an.

Lee knirschte mit den Zähnen. Wie oft musste er den Wissenschaftlern noch sagen, dass er kein Interesse am *Wie* hatte, sondern nur am Endergebnis. »Und?«

Meyers starrte ihn einen Moment verwirrt an, bevor er sich sichtbar zusammenriss. »Oh, natürlich.« Nachdenklich rieb er über seine Nase, wahrscheinlich überlegte er sich gerade, wie er das Ergebnis möglichst einfach formulieren konnte. »Die Testperson ist eindeutig ein Mensch.« Gerade als Lee sich enttäuscht abwenden wollte, sprach er weiter. »Aber dann habe ich diese Peaks an verschiedenen Stellen entdeckt, an denen sie bei Menschen normalerweise nicht vorhanden sind.«

Aufregung breitete sich in Lee aus. »Nein? Woher könnten sie kommen?«

»Das kann ich nicht mit Bestimmtheit sagen.« Er bemerkte Lees starren Blick und rückte verlegen seine Brille zurecht. »Wenn ich raten sollte, würde ich darauf tippen, dass dieses Blut zu jemandem gehört, der vor einigen Generationen einen

Wandler als Vorfahr hatte. Vermutlich kann sich derjenige nicht mehr verwandeln und man sieht es ihm auch nicht an.« Meyers Augen glänzten vor Begeisterung. »Wie haben Sie das Testobjekt gefunden? Das kann ein ganz großer Durchbruch sein, weil es beweist, dass die Wandler mit Menschen kompatibel sind. Wir könnten eine Gentherapie entwickeln, die …«

Lee unterbrach ihn. »Danke, das reicht mir erst einmal. Machen Sie weiter und melden Sie sich, wenn Sie weitere Erkenntnisse haben.«

Meyers war die Enttäuschung deutlich anzusehen, aber er nickte nur. »Natürlich.«

»Und Meyers? Gute Arbeit. Sie und Ihre Leute sollten heute pünktlich Feierabend machen.«

Er ignorierte den erstaunten Ausdruck des Wissenschaftlers und ging stattdessen auf die Tür zu. Bevor er das Labor verließ, warf Lee einen Blick auf die in den Käfigen untergebrachten Wandler. Abrupt blieb er stehen, als er bemerkte, dass die Augen der Tiere direkt auf ihm lagen. Auch wenn er anhand der Blutproben gewusst hatte, dass es Wandler waren, hatten sie sich bisher immer wie einfache Tiere verhalten. Doch jetzt war es offensichtlich, dass sie dem Gespräch zwischen ihm und Meyers gelauscht hatten. Einer der Berglöwen öffnete das Maul und zeigte ihm seine spitzen Reißzähne. Gäbe es kein Gitter zwischen ihnen, hätte sich der Wandler garantiert auf ihn gestürzt. Ein Schauder lief über sein Rückgrat und er drehte sich abrupt um. Er freute sich schon auf den Moment, wenn er diese Monster nicht mehr brauchte und beseitigen konnte. Und wenn er sich nicht täuschte, würde das sehr bald der Fall sein.

Isabel richtete sich langsam auf, als sie ein Geräusch an der Tür hörte. Für einen winzigen Moment keimte Hoffnung auf, dass jemand sie befreien würde, doch die erlosch, als sie Lee durch die Glasscheibe erkannte. Ihr Herz hämmerte los, Furcht breitete sich in ihr aus. Was sollte sie machen, wenn er ihr noch einmal wehtat? Beim letzten Mal hatte er eindeutig mit ihr gespielt, um ihre Reaktion – oder vielleicht auch Bowens – zu testen, aber sie wusste nicht, wie sie reagieren würde, wenn er Ernst machte. Fast sofort konnte sie Bowens beruhigende Präsenz in ihrem Kopf spüren. Doch diesmal half es nicht, besonders nachdem sie Lees zufriedene Miene sah, mit der er ihre Zelle betrat. Irgendetwas war geschehen, das spürte sie.

Isabel stand auf und blickte Lee mit hoch erhobenem Kopf entgegen, die Hände zu Fäusten geballt.

Lee lächelte sie an. »Kein Grund, in Kampfbereitschaft zu gehen, ich will nur mit dir reden.« Als Isabel nicht antwortete, zuckte er mit den Schultern. »Setz dich.«

»Ich stehe lieber.«

Das Lächeln verschwand, seine Miene verhärtete sich. »Du solltest mich besser nicht reizen, ich habe keine Lust, mich mit einem zickigen Mädchen auseinanderzusetzen.«

Langsam ließ Isabel sich auf die Bettkante sinken, blieb aber wachsam. In ihrem Kopf konnte sie weiterhin Bowens tröstende Berührung spüren. »Was wollen Sie von mir?«

»Das ist eine interessante Frage.« Er zog sich den Stuhl heran und setzte sich ihr gegenüber. »Erzähl mir etwas über deine Familie.«

»Was?« Verwirrt starrte Isabel ihn an.

Lee lehnte sich zurück, als hätte er keine Eile. »Deinen Vater kenne ich bereits, und da Henry Stammheimer nicht gut auf Wandler zu sprechen war, muss es von deiner Mutter kommen.«

Es überlief Isabel eiskalt. Mühsam hielt sie ihre Stimme ruhig. »Ich verstehe nicht, worauf Sie hinauswollen.«

»Nun streng dein Gehirn mal ein wenig an, ich dachte, du hast die Highschool mit den besten Noten abgeschlossen. Wenn deine außergewöhnlichen Fähigkeiten nicht von deinem Vater stammen, müssen sie dir von deiner Mutter vererbt worden sein.«

Isabel presste ihre Hände zusammen, damit sie nicht zitterten. »Ich weiß nicht, wovon Sie reden. Ich bin ein ganz normaler Mensch, sonst nichts.«

»Ah, aber da irrst du dich.« Lee beugte sich vor und starrte sie an, als wäre sie ein faszinierendes Objekt. »Du bist alles andere als normal.«

So wie er das sagte, klang es fast wie eine Drohung. Vermutlich ahnte er durch ihre Reaktionen, dass sie irgendwie mit den Wandlern und auch mit Bowen in Verbindung stand, und versuchte jetzt, eine Erklärung zu erzwingen, wie sie das genau machte. Die konnte sie ihm jedoch nicht liefern, und selbst wenn sie gewusst hätte, wie es funktionierte, hätte sie ihm nichts gesagt.

Wieder lächelte er sie an, so als wäre er ihr einen Schritt voraus. »Ich kann mich auch direkt an deine Mutter wenden, wenn du das lieber möchtest.«

»Nein!« Isabel sprang auf. »Sie hat nichts damit zu tun, lassen Sie sie in Ruhe!«

Lee überschlug seelenruhig seine Beine. »Das liegt ganz bei dir. Rede, und ich könnte mich erkenntlich zeigen.« Seine Hand wedelte in Richtung des Bettes. »Und setz dich wieder hin.«

Sie glaubte ihm kein Wort. Aber wenn sie nichts sagte, würde er vielleicht wirklich auch ihre Mutter entführen lassen. »Meine Mutter hat keinerlei besondere Fähigkeiten, es würde Ihnen nichts bringen, sie zu belästigen.«

Interessiert beugte Lee sich vor. »Dann gibst du also zu, welche zu haben?«

Isabel biss auf ihre Lippe, während sie zu entscheiden versuchte, wie viel sie verraten durfte. Schließlich entschied sie sich für eine Halbwahrheit. »Ich bin empathisch veranlagt.«

Lees Augenbrauen zogen sich zusammen. »Was genau soll das heißen? Fast jeder Mensch hat gewisse empathische Fähigkeiten.«

»Ich kann den Schmerz anderer Leute fühlen.« Sie hielt den Atem an. Wenn Lee ihr nicht glaubte, hatte sie ein großes Problem. Dankbar saugte sie die beruhigenden Bilder auf, die Bowen ihr konstant zusandte. Wie gern wäre sie jetzt bei ihm gewesen.

»Okay, nehmen wir einmal an, ich glaube dir, wie kommt es dann, dass du ohnmächtig geworden bist, nachdem wir die Tiere im Labor besucht haben?«

Isabel zögerte einen Moment. »Es funktioniert auch bei anderen Lebewesen. Je intensiver der Schmerz ist, desto eher verliere ich das Bewusstsein.«

Lee schien das zu überdenken, dann zuckte er mit den Schultern. »Du willst es mir also nicht sagen. Auch gut, ich werde es auch so aus dir herausbekommen. Ich denke, ich werde mit deinem Freund im Nebenraum anfangen, ihr scheint eine ganz besondere Verbindung zu haben.« Als Isabel nicht antwortete, lachte er. »Dachtest du, ich merke es nicht, wenn ihr minutenlang durch die Wand kommuniziert? Ich weiß zwar nicht, wie ihr das gemacht habt, aber das werde ich schon noch herausbekommen. Vielleicht ist der liebe Bowen etwas auskunftsfreudiger, wenn ich ihm erzähle, was ich alles mit dir machen werde?«

Bemüht, Lee nicht ihren Schock darüber zu zeigen, dass er Bowens Namen kannte, hielt sie ihr Gesicht ausdruckslos. »Was haben Sie überhaupt davon, mich hier festzuhalten? Selbst wenn ich in der Lage bin, den Schmerz anderer Lebewesen zu empfinden, bringt Sie das kein Stück weiter. Mir hat es jedenfalls noch nie geholfen.«

Langsam erhob Lee sich und trat näher an sie heran. »Dann ist es ja gut, dass mir da durchaus ein Nutzen einfällt.« Er ging zur Tür, öffnete sie und drehte sich noch einmal um. »Viel interessanter fand ich allerdings, was ich in deinem Blut gefunden habe.«

»Was?« Sein selbstzufriedener Gesichtsausdruck warnte sie davor, dass ihr seine Antwort nicht gefallen würde.

»Wandlergene. Es wird spannend sein, herauszufinden, was du alles von deinem Vorfahr geerbt hast.«

Starr vor Schock beobachtete Isabel, wie er ihre Zelle verließ und sie hinter sich wieder verschloss. Wandlergene? Wie konnte das sein? Ihre Eltern waren normale Menschen und … Isabel presste eine Hand vor den Mund. Caruso. Wenn er die gleiche Fähigkeit hatte wie sie, dann musste einer seiner Vorfahren ein Wandler gewesen sein. Wusste er das? Und von welcher Wandlerart stammten sie ab? Vermutlich von einer Raubkatzenart. Isabel schüttelte den Kopf. Das war jetzt völlig unerheblich. Viel schlimmer war, dass Lee anscheinend eine Blutprobe von ihr genommen hatte und irgendwelche Tests damit durchführte. Sie musste ihn unbedingt aufhalten, bevor er noch weiteren Schaden anrichtete.

Keira fuhr aus dem Schlaf hoch, als jemand ihre Schulter berührte. Es war inzwischen dunkel geworden, sie konnte aber Sawyer neben sich erkennen. »Wie lange habe ich geschlafen?«

Sein angespannter Gesichtsausdruck löste sich etwas, als er mit den Fingern über ihre Wange strich. »Wenn es nach mir geht, nicht lang genug, aber wir wollen nicht länger warten. Bisher gab es noch keinen offensichtlichen Wachwechsel, aber immerhin haben vor einiger Zeit etliche Menschen in Zivilkleidung das Gebäude verlassen, und wir wollen das ausnutzen.«

Mit Mühe hielt Keira ihre Augenlider oben. Seltsam, wie müde sie war, normalerweise brauchte sie nicht so viel Schlaf. Vielleicht lag es daran, wie gut es sich angefühlt hatte, in Sawyers Armen einzuschlafen. Sie hatte sich so … beschützt gefühlt. Was sie früher dazu veranlasst hätte, ihn so weit wie möglich von sich zu stoßen, denn sie brauchte niemanden und konnte selbst auf sich aufpassen. Aber irgendwann in den letzten Tagen hatte sie gemerkt, wie ermüdend es war, immer auf der Hut zu sein und alle auf Abstand zu halten. Es konnte doch nicht falsch sein, sich hin und wieder auf jemand anderen zu stützen, und dafür im Gegenzug auch für ihn da zu sein, wenn er sie brauchte.

Kopfschüttelnd richtete sie sich auf. Das war etwas, über das sie nachdenken musste, wenn Isabel und Bowen in Sicherheit waren. Sie hob das Kinn und straffte die Schultern. »Okay, ich bin fertig.«

»Noch nicht ganz.« Sawyer sah tief in ihre Augen.

Verwirrt erwiderte Keira seinen Blick. »Was meinst du …« Weiter kam sie nicht, denn er beugte sich vor und verschloss ihren Mund mit seinen Lippen.

Mit einem hungrigen Laut ließ Keira sich in den Kuss sinken. Sie schloss die Arme um Sawyers Taille und zog ihn dichter an sich. Die Nähe seines kräftigen Körpers fühlte sich so gut an, dass sie am liebsten in ihn hineingekrochen wäre. Oder zumindest hätte sie ihm gerne die Kleidung heruntergerissen, damit sie seine warme Haut an ihrer spüren konnte. Da das nicht möglich war, legte sie alle Gefühle in die Begegnung ihrer Münder und Zungen. Sawyers Hand grub sich in ihre Haare, und sie genoss das Zeichen von Stärke, als er ihren Kopf in der Position festhielt, wo er ihn haben wollte. In diesem einen Moment gefiel es ihr, mit jemandem zusammen zu sein, der körperlich stärker war als sie und sie genauso sehr wollte wie sie ihn.

Viel zu schnell löste er sich von ihr und legte seine Stirn an ihre. Sein heftiger Atem strich über ihre feuchten Lippen. »Die anderen warten.« Seine raue Stimme löste einen wohligen Schauder in ihr aus.

»Ich weiß. Sawyer …«

Als sie nicht weitersprach, löste er sich von ihr. »Ja?«

Keira holte tief Luft. »Bitte pass auf dich auf.«

Ein Lächeln glitt über seine Züge, seine Augen leuchteten auf. »Natürlich. Glaubst du, ich würde jetzt unvorsichtig werden, wo ich dich endlich in den Armen halte?«

Ihre Augenbrauen zogen sich zusammen. »Ich meine das ernst!«

»Ich auch. Todernst.« Mit einem Finger strich er eine Haarsträhne hinter ihr Ohr. »Und ich hoffe, dir ist klar, dass ich extrem sauer wäre, wenn du dich verletzt.«

Kopfschüttelnd löste sich Keira von ihm. Wenn er in dieser Stimmung war, konnte sie nicht vernünftig mit ihm reden. Und sie war noch nicht so weit, ihm ohne Umschweife zu sagen, wie viel er ihr bedeutete. Besonders, wenn sie nicht wusste, wie und ob es mit ihnen weitergehen würde. Ein Gedanke kam ihr. »Kann ich dir eine Frage stellen?«

»Natürlich.«

Keira zögerte eine Sekunde, doch dann sprach sie das aus, was ihr schon seit einigen Stunden im Kopf herumging. »Wer ist Neela?«

Sawyer zuckte zurück, als hätte sie ihn geschlagen. Offensichtlich hatte er diese Frage nicht erwartet. Seine Augen wurden heller, deutlich katzenhafter.

Zerknirscht sah sie ihn an. Sie hätte ihn nicht danach fragen dürfen, es war klar, dass sie einen wunden Punkt getroffen hatte. Zögernd streckte sie die Hand nach ihm aus und legte sie auf seinen Arm. »Entschuldige, es geht mich nichts an.«

Sawyer holte tief Atem und atmete schaudernd wieder aus. Einen Moment blickte er in die Ferne, bevor er ihr wieder in die Augen sah. »Neela ist … war Bricks Tochter. Sie sollte meine Gefährtin werden, aber sie ist bei dem Überfall der Menschen gestorben.«

Es war seltsam, wie sehr die Bestätigung ihres Verdachts schmerzte. »Das tut mir leid. Ich kann mir kaum vorstellen, wie schwer es ist, einen geliebten Menschen zu verlieren.«

Lange sah Sawyer sie schweigend an. Dann hob er die Schultern. »Ich habe sie geliebt, sie war ein Teil meines Lebens.« Ein Aber schwang in seiner Antwort mit. Mit einer Hand fuhr er durch seine Haare. »Unsere Gruppe war klein und es gab nur wenige passende Partner. Neela war dreizehn Jahre jünger als ich, und ich habe in ihr eher eine kleine Schwester gesehen. Das wusste sie auch, aber sie war trotzdem bereit, sich an mich zu binden, damit unsere Gruppe nicht ausstirbt.« Er blickte zu Boden und rieb über seinen Nacken. »Und jetzt ist es trotzdem so weit. Neela und die anderen Frauen sind tot, genauso wie die Kinder und ein Großteil der Männer.« Als er aufsah, konnte sie Tränen in seinen Augen sehen. »Sie sind alle fort, und ich weiß nicht, was für einen Sinn es noch hat, weiterzukämpfen.«

»Sag so etwas nicht!« Ihre Brust schmerzte vor Mitgefühl. Sawyer musste unheimlich stark sein, wenn er es schaffte, seine Furcht und die Hoffnungslosigkeit die meiste Zeit über so gut zu verstecken. Als sie ihn zum ersten Mal auf Stammheimers Grundstück getroffen hatte, hätte sie nie geglaubt, dass er solch tiefen Kummer in sich trug. Sie nahm seine Hände in ihre und drückte fest zu. »Du bist nicht allein und auch, wenn euch niemand eure Gruppe ersetzen kann, gibt es noch andere Möglichkeiten für euch, als in der Wüste auf das Ende zu warten. Ich bin sicher, Finn hat deinen Leuten bereits angeboten, euch unserer Gruppe anzuschließen.«

Langsam nickte er. »Das hat er, ein Teil meiner Männer ist bereits dort. Aber ich weiß nicht, ob wir jemals wieder im Wald leben – oder uns anderen Wandlern öffnen können. Wir alle haben zu viel verloren.«

Keira stellte sich auf die Zehenspitzen und küsste ihn sanft auf die vernarbte Wange. »Ich will nur, dass du darüber nachdenkst.«

Für einen Moment schmiegte er seine Wange gegen ihre Lippen, dann trat er zurück. »Das werde ich. Aber jetzt sollten wir zu den anderen gehen, sie warten sicher schon ungeduldig auf uns.«

Das taten sie. Harken hatte sich bereits ausgezogen und blickte ihnen mit zusammengezogenen Augenbrauen entgegen. »Ich dachte, ihr hattet es so eilig?«

Keira drängte eine wütende Antwort zurück und neigte stattdessen den Kopf. »Das haben wir. Wie gehen wir jetzt vor?«

»Ihr wartet hier, bis ich mich melde. Ich werde die Lage im Gebäude auskundschaften und wenn möglich einige Wächter ausschalten und Türen für euch öffnen.« Er gab ihr sein Handy.

»Du nimmst es nicht mit?«

Harken lächelte schief. »Das ist das Problem, wenn ich ungesehen hineingelangen will. Ich kann nichts mitnehmen.«

Keira schlug sich mental vor die Stirn. »Natürlich, dumme Frage.«

»Kein Problem. Irgendwo werde ich dort ein Telefon finden, von dem aus ich euch anrufen kann.«

Sie neigte den Kopf. »Sei vorsichtig.«

Harken nickte knapp und verschwand.

Auch wenn sie es bereits erlebt hatte, konnte sie sich nicht daran gewöhnen. Sich in eine andere Form zu verwandeln, war eine Sache, aber in … nichts? Arme schlangen sich um ihren Oberkörper und zogen sie an eine breite Brust. Sie schmiegte sich in Sawyers Wärme, während sie den aufgeregten Ausrufen der anderen lauschte. Selbst Caruso schien die Sache nicht geheuer zu sein. Sein Blick glitt durch den Wald. Dann verstand sie, was er tat.

»Kannst du ihn spüren?«

»Ja, aber es wird immer schwächer.«

Also schien Harken auch ein Katzenwandler zu sein, denn soweit sie wusste, konnten Caruso und Isabel nur die Gefühle von Katzen spüren. Keira rieb über ihre nackten Arme. »Ich wünschte, wir müssten nicht auf seine Nachricht warten, sondern könnten gleich losschlagen.«

26

Harken bewegte sich zielstrebig auf das Gebäude zu. Ein Nachteil an seiner Fähigkeit, sich unsichtbar zu machen, war, dass er sich in diesem Zustand nur langsam fortbewegen konnte. In Tierform oder sogar als Mensch wäre er deutlich schneller gewesen, aber dann wären seine Gegner gewarnt, sobald sie ihn auf ihren Überwachungsmonitoren sahen. Deshalb durfte er keinen Fehler machen und musste seinen Zustand konsequent halten.

Er konnte sich vorstellen, wie ungeduldig die Berglöwen waren. Hoffentlich hielten sie sich an die Absprache und warteten, bis er sich meldete. Vermutlich war es viel verlangt, dass sie ihm vertrauten, obwohl sie ihn gar nicht kannten. Aber er hatte keine Zeit, sich erst monatelang mit ihnen anzufreunden – und Isabel und Bowen hatten sie erst recht nicht. Seine Hilfe war auch nicht so uneigennützig, wie sie vielleicht glaubten. Wenn dieser Lee wirklich derjenige war, den er seit anderthalb Jahren suchte, dann würde Harken die Gelegenheit nutzen und dafür sorgen, dass er niemandem mehr schaden konnte.

Die Gefahr an der Unsichtbarkeit war, dass er sich jedes Mal ein wenig selbst verlor und Mühe hatte, sich auf seine Aufgabe zu konzentrieren. Doch diesmal ließ er sich von nichts ablenken. Nicht einmal von dem Gedanken, dass er endlich nach Hause zurückkehren konnte, wenn die Bedrohung für die Wandler beseitigt war. Hellbraune Augen blickten ihn für einen Sekundenbruchteil traurig an, bevor er die Tür zu seinen Erinnerungen wieder zuschlug. Er durfte sich nicht ablenken lassen. Zu groß war die Gefahr, dass er sich unbeabsichtigt verwandelte.

Mit neuer Entschlossenheit hielt er auf die Tür zu und schlüpfte durch den Spalt am Boden. Während er die hell erleuchtete Eingangshalle entlangschwebte, überlegte er sich eine Methode, wie er die Kameras ausschalten konnte, die auch das Innere des Gebäudes überwachten. Es wäre zu mühsam und auch zu auffällig, sie einzeln zu deaktivieren, am besten machte er das vom Kontrollraum aus. Nach den Erfahrungen seiner vorherigen Erkundung ging er davon aus, dass sich alle wichtigen Räume im Keller befanden.

Ohne Probleme drang er durch einen Spalt in den Fahrstuhlschacht ein und folgte ihm ins Untergeschoss. Dort verließ er den Schacht wieder und glitt einen weiteren Gang entlang. Bei der ersten Tür angekommen, hielt er kurz inne und blickte durch die Scheibe. Der Anblick des gefangenen Wandlers löste so große Wut in ihm aus, dass er beinahe seine Gestalt wieder annahm. Rasch bewegte er sich weiter und warf den anderen Türen nur einen kurzen Blick zu. In einer Zelle saß eine junge Frau auf dem Bett, das Gesicht in den Händen vergraben. *Isabel*. Vorsichtig glitt er näher. Sosehr er es auch wollte, er konnte ihr jetzt nicht helfen, zuerst musste er mögliche Wachmänner ausschalten, die versuchen würden, die Flucht zu vereiteln.

Gerade als er sich zurückziehen wollte, hob sie den Kopf und starrte ihn direkt an. Wie schon damals in Los Angeles, als er Marisa und Coyle heimlich gefolgt war, schien Isabel ihn auch diesmal zu bemerken. Anscheinend konnte sie selbst in dieser Form seine Gefühle spüren. Obwohl es ihm unangenehm war, dass jemand in sein Innerstes eindringen konnte, blieb er ein wenig länger, damit Isabel auf ihre bevorstehende Rettung vorbereitet war. Es schien zu wirken, denn für einen winzigen Moment hoben sich ihre Mundwinkel, bevor sie sich zur Wand umdrehte.

Harken kehrte auf den Gang zurück und glitt weiter. In der

nächsten Zelle stand Bowen mit dem Gesicht zu der Wand, die seine Zelle von Isabels trennte. Seine Augen waren geschlossen. Nach kurzer Zeit hoben sich seine Lider und er drehte sich zur Tür um. Ein unmerkliches Nicken zeigte Harken, dass Bowen nun auch über seine Anwesenheit Bescheid wusste. Erleichtert, dass der Junge noch lebte und anscheinend unverletzt war, setzte Harken seinen Weg fort. Am Ende des Ganges war eine gesicherte Glastür und es dauerte einen Moment, bis er einen Spalt fand, durch den er auf den Flur dahinter gelangte.

Da die Zeit drängte, warf er nur einen kurzen Blick in einen Raum, der sich als Labor entpuppte. Niemand arbeitete hier, wahrscheinlich waren Lees Angestellte diejenigen gewesen, die vor einiger Zeit das Gebäude verlassen hatten. Dafür entdeckte er mehrere in Käfige gesperrte Wandler und er schwor sich, sie später zu befreien, egal was er dafür tun musste. Doch jetzt durfte er sich nicht ablenken lassen. Eine Tür weiter entdeckte er endlich den Kontrollraum, in dem sich drei Männer befanden. Es war nicht schwer, in den Raum einzudringen und sich in Ruhe umzuschauen.

An einer Wand waren Monitore befestigt, die verschiedene Bereiche innerhalb und außerhalb des Gebäudes zeigten. Sie wechselten im Sekundenrhythmus. Ein Mann saß davor und schien aufmerksam zu verfolgen, was in Reichweite der Kameras geschah.

Einer der anderen Männer stellte eine Papiertüte auf den Tisch und öffnete sie. »Hey Ed, willst du auch was?« Er holte einen Pappbehälter mit chinesischen Schriftzeichen heraus. »Ich war bei Li Mei's.«

Ed drehte sich nicht um. »Du hast doch gehört, was Lee gesagt hat. Er erwartet heute oder in den nächsten Tagen Eindringlinge.«

»Was, und deshalb dürfen wir nicht mal mehr essen? Wie

sollen wir denn mögliche Einbrecher überwältigen, wenn wir vor Hunger ganz schwach sind?« Der andere Mann öffnete einen der Behälter und hielt ihn genießerisch unter seine Nase. »Hm, das riecht gut.«

Unerwartet hieb Ed mit der Hand auf seinen Schreibtisch. »Wenn du essen willst, geh raus, Miguel, ich muss mich hier konzentrieren!«

Miguel wechselte mit dem dritten Mann einen genervten Blick und verließ wortlos den Raum. Harken nutzte die Gelegenheit und sah sich weiter um. Auf einem PC-Monitor war eine Grafik mit blinkenden Linien zu sehen, die ihn zuerst verwirrte, bis er verstand, dass es sich um ein Schema der Türen im Gebäude handelte. Anscheinend konnten sie auch von hier aus gesteuert und nicht nur manuell geöffnet oder geschlossen werden. Sehr praktisch. Doch zuerst musste er versuchen, Lee ausfindig zu machen, damit dieser nicht auf seine Anwesenheit aufmerksam wurde.

Ebenso lautlos, wie er gekommen war, verließ er den Raum wieder. Er durchsuchte den gesamten Keller, konnte aber keine Spur von Lee entdecken. Wut und Enttäuschung breiteten sich in ihm aus. Was, wenn ihm der Verbrecher wieder entkommen war? Da die Zeit langsam knapp wurde und die anderen sicher schon bereit waren, auch ohne sein Zeichen das Gelände zu stürmen, entschied Harken sich, die Aktion zu starten.

So schnell wie möglich kehrte er in den Kontrollraum zurück. Miguel saß inzwischen am Computer, dafür war der zweite Mann verschwunden. Eds Blick war immer noch unverwandt auf die Monitore gerichtet. Eine bessere Gelegenheit würde wohl nicht kommen. Direkt hinter Miguels Stuhl verwandelte Harken sich und hockte einige Sekunden dort, um seinem Körper die Gelegenheit zu geben, sich zu stabilisieren. Ohne ein Geräusch zu verursachen, erhob er sich, presste seine Hand vor Miguels Mund

und versetzte ihm einen gezielten Schlag gegen die Schläfe. Der Mann kippte zur Seite und Harken fing ihn auf, allerdings hatte er nicht mit den laut quietschenden Rollen des Stuhls gerechnet.

»Verdammt, wie oft habe ich dir schon gesagt, du sollst die Rollen auswechseln?« Ed herrschte seinen Kollegen an, ohne sich umzudrehen.

Vorsichtig ließ Harken den Bewusstlosen zu Boden sinken und verwandelte sich gerade noch rechtzeitig, bevor Ed sich umdrehte. Dieser sah sich irritiert um. »Miguel? Du weißt, dass ich es hasse, wenn du versuchst, mich zu verarschen!«

Während Harken sich in Eds Richtung bewegte, fragte er sich, was der Kerl wohl nicht hasste. Er schien an allem etwas auszusetzen zu haben. Wie seine beiden Kollegen es mit ihm aushielten, war ihm ein Rätsel. Aber das war nicht sein Problem. Für ihn war es nur wichtig, auch Ed auszuschalten, bevor er Alarm schlagen konnte oder der dritte Wachmann zurückkam.

Ed stand auf und blickte über die Tische hinweg auf den reglosen Körper seines Kollegen. »Verdammt!« Mit einem angewiderten Gesichtsausdruck ging er zu Miguel und hockte sich neben ihn. Unsanft stupste er gegen dessen Schulter. »Hör auf mit dem Mist, dafür haben wir keine Zeit.« Als sein Kumpan sich immer noch nicht bewegte, schien Ed aufzugehen, dass es vielleicht doch kein Scherz sein könnte. »Miguel?« Er beugte sich tiefer hinunter.

Diesen Moment nutzte Harken. Er verwandelte sich hinter ihm und schwankte ein wenig. Ed schien bewusst zu werden, dass er nicht mehr alleine war, denn er drehte sich ruckartig um. Als er den nackten Mann hinter sich kauern sah, weiteten sich seine Augen erschreckt. Harken ließ ihm keine Gelegenheit, sich von dem Schock zu erholen, sondern stürzte sich auf Ed und riss ihn mit sich zu Boden. Bevor er einen vernünftigen Schlag anbringen konnte, der den Wachmann niederstreckte, stieß dieser ihm jedoch ein Knie in den Magen. Harken versuchte auszuweichen, aber es gelang ihm nicht ganz. Für einen Moment überlegte er, sich zu verwandeln, doch er entschied sich dagegen.

Den Schlag ins Gesicht sah er kommen und duckte sich rechtzeitig. Inzwischen hatte er sich etwas erholt und griff seinerseits an. Ed gab nicht so schnell auf und er war stärker als er aussah. Beinahe zu spät bemerkte Harken, dass der Wachmann seine Pistole gezogen hatte. Im letzten Moment konnte er den Lauf nach oben drücken und gleichzeitig das Handgelenk des Wachmanns so fest umklammern, dass der Nerv abgeklemmt wurde und er den Abzug nicht betätigen konnte. Mit Wucht stieß Harken seinen Ellbogen gegen den Kopf des Mannes.

Mit einem dumpfen Laut fiel Ed zurück, Blut schoss aus seiner Nase. »Verdammter Scheißkerl!« Sein Aufschrei klang erstickt.

Harken ignorierte die Beleidigung und ließ seine Hand stattdessen auf der Suche nach der Pistole über den Boden gleiten. Als sich seine Finger darum schlossen, zögerte er nicht lange. Mit Wucht schlug er den Griff gegen die Schläfe seines Gegners. Ohne einen Laut von sich zu geben, sackte Ed in sich zusammen. Angewidert wischte Harken seine Hände am Uniformhemd des Bewusstlosen ab, nachdem er ihn und Miguel mit einem Kabel gefesselt und mit einem Stück Stoff geknebelt hatte. Einen Moment lang lauschte er, bevor er sich langsam aufrichtete und zur Tür ging. Ein Blick bestätigte ihm, dass der dritte Mann nicht in der Nähe war.

Als er ein Telefon auf einem der Schreibtische entdeckte, atmete er erleichtert auf. Rasch wählte er Carusos Nummer, der sich schon während des ersten Freizeichens meldete. »Ja?«

»Ich mache euch jetzt die Türen auf. Isabel und Bowen sind im Untergeschoss. Zwei Wachmänner habe ich außer Gefecht gesetzt, ein dritter läuft irgendwo im Haus herum. Lee habe ich noch nicht gefunden.«

»Wir sind auf dem Weg.«

Harken legte auf und setzte sich an den PC. Glücklicherweise war das Programm sehr einfach aufgebaut, sodass er keine Schwierigkeiten hatte, die Haus- und Zwischentüren und auch die Zellen automatisch zu öffnen. Anschließend ging er zu Eds Monitoren, die noch immer die Bilder der Überwachungskameras zeigten. Stirnrunzelnd betrachtete er das Schaltpult und versuchte herauszufinden, wie er die Kameras abschalten konnte.

Harken betätigte einen beliebigen Schalter auf dem Pult, während er gleichzeitig auf die Monitore blickte. Eines der Bilder verschwand und wurde von einem schlichten Grau abgelöst. Ja! Wenn er sich nicht irrte, war das ein Bild des Flurs im Erdgeschoss gewesen. Dann musste einer der anderen für den Keller sein. Ein Test bestätigte das. Rasch legte er auch die anderen Hebel um und atmete erleichtert auf, als sämtliche Monitore das Grau zeigten.

Blieb noch der Fahrstuhl. Da die Wachmänner hier unten Dienst taten, mussten sie einen Schlüssel dafür besitzen. Harken erhob sich rasch, ging zu den Männern hinüber und hockte sich neben sie. Sie waren immer noch bewusstlos, daher tastete er mit einer Grimasse die Hosentaschen nach Schlüsseln ab. Als er nichts fand, griff er in die Tasche der Uniformjacke und zog mit einem zufriedenen Laut einen Schlüsselbund heraus. Jetzt konnte er nur noch hoffen, dass einer der Schlüssel in das Schloss im Fahrstuhl passte. Harken richtete sich auf und ging zur Tür. Ein vorsichtiger Blick zeigte ihm, dass niemand auf dem Gang war. Schnell lief er zum Ende des Ganges, stieß die Tür auf und schlüpfte hindurch.

Im Fahrstuhl angekommen drückte er auf den Knopf für das Erdgeschoss und hielt den Atem an, bis sich die Kabine in Bewegung setzte. Anscheinend war der Schlüssel nur nötig, um hinunterzufahren. Rasch steckte Harken den Schlüssel in den

Schlitz und verwandelte sich. Es war besser, vorsichtig zu sein, er wusste nicht, wer oder was ihn oben erwartete.

Bowen hörte das leise Klicken der Tür und stürzte darauf zu. Auch wenn er ihn nicht sah, war er sicher, dass Harken etwas damit zu tun hatte, dass er plötzlich nicht mehr eingesperrt war. Über ihre geistige Verbindung hatte Isabel ihm mitgeteilt, dass sie den mysteriösen Wandler auf dem Gang gespürt hatte. Deshalb war Bowen bereit und nutzte die Chance sofort. Aus den Augenwinkeln sah er, dass die rote Lampe an der über der Tür befestigten Kamera nicht mehr brannte. Er rannte aus der Zelle und rutschte um die Ecke.

Der Gang war leer, niemand versuchte ihn aufzuhalten. Es dauerte nur Sekunden, bis er Isabels Raum erreichte, doch es kam ihm viel länger vor. Mit mehr Kraft als nötig riss er die Tür auf, sodass sie mit einem dumpfen Knall an die Wand schlug. Isabel sprang auf und starrte angsterfüllt in seine Richtung. Als sie ihn erkannte, breitete sich Erleichterung in ihrem Gesicht aus. Mit einem leisen Schrei lief sie auf ihn zu, direkt in seine Arme.

Bowen schloss die Augen, als ihr Körper sich an seinen schmiegte. Seine Arme schlangen sich um sie und er hielt sie, so fest er konnte. Ein Geräusch beinahe wie ein Schluchzen entfuhr ihr. Sein Herz zog sich schmerzhaft zusammen. Mit der Hand strich er tröstend über ihre Haare, als er ihr Zittern spürte.

»Es ist alles in Ordnung. Wir sind gleich hier raus.« Jedenfalls hoffte er das. Zumindest würde er alles tun, um sie unverletzt und so schnell wie möglich hier herauszubringen.

Isabel hob den Kopf von seiner Brust und blickte ihn mit feuchten Augen an. »Ich bin so froh, dass es dir gut geht.«

Langsam beugte er sich zu ihr hinunter und berührte sanft ihre Lippen mit seinen. Es fühlte sich so gut an, ihr wieder nah zu sein, dass er sie am liebsten nie wieder losgelassen hätte. Schließlich löste er sich widerstrebend von ihr und nahm ihre Hand. »Komm, wir müssen hier so schnell wie möglich raus.« Entschlossen wandte er sich in Richtung der Zwischentür.

»Nein, warte!« Isabel zog an seiner Hand, bis er sich wieder zu ihr umdrehte. »Wir müssen den anderen Wandlern helfen. Sie sind im Labor in Käfige eingesperrt, und ich glaube nicht, dass die auch geöffnet wurden.«

Bowen zögerte. Ganz sicher wollte er keinen Wandler hier zurücklassen, aber Isabels Sicherheit erschien ihm noch wichtiger. »Ich komme noch einmal zurück, wenn du draußen bist.«

»Du weißt nicht, wie viel Zeit ihnen bleibt.« Sie schob ihr Kinn vor. »Ich helfe ihnen. Wenn du das nicht willst, kannst du ja schon mal zum Fahrstuhl laufen und dir überlegen, wie wir ohne Schlüssel überhaupt nach oben kommen.«

Die Zähne zusammengebissen legte Bowen seine Hände auf Isabels schmale Schultern. Sein Gesicht schob er dicht an ihres. »Ich werde dich ganz sicher nicht alleine hier herumlaufen lassen. Ist das klar?« Im letzten Wort lag eindeutig ein Grollen.

Isabels Augen weiteten sich, aber dann lächelte sie nur. »Gut, dann komm mit.« Sie wirbelte herum und lief den Gang entlang.

Bowen blieb nichts anderes übrig, als ihr zu folgen. Je näher sie dem Labor kamen, desto intensiver wurde der Geruch. Es waren eindeutig Wandler in der Nähe, aber mehr noch machte ihm der Gestank nach Labor, Angst und Ausdünstungen zu schaffen. Gott, er konnte sich nicht vorstellen, wie es sein musste, längere Zeit gefangen zu sein, noch dazu in Käfigen. Wie sollten die Wandler jemals wieder in ihr normales Leben zurückfinden? Kalter Schweiß trat auf seine Stirn, als sie näher kamen. Die Erinnerungen an seine Gefangenschaft drängten mit Macht in ihm hoch, und er hatte Mühe, sich auf die Gegenwart zu konzentrieren. Nur der Druck von Isabels Fingern an seinen verankerte ihn im Hier und Jetzt. Seine Augen brannten, während seine Atmung immer unregelmäßiger wurde. Furcht schoss durch seinen Körper und zwang ihn beinahe in die Knie. Nur am Rande bemerkte er Isabels beruhigende Präsenz in seinem Kopf.

Als er stehen blieb, drehte sie sich zu ihm um. Ihre blauen Augen hatten sich verdunkelt, ihr Mund war unglücklich verzogen. »Es tut mir leid, ich hätte daran denken sollen, wie schlimm es für dich sein muss. Ich kann auch ohne dich …«

Bowen unterbrach sie. »Nein! Ich werde dich ganz sicher nicht alleine dort hineingehen lassen.«

»Aber …«

Mit seiner freien Hand strich er über ihre Wange. »Solange du bei mir bist, geht es mir gut.«

Das Blau ihrer Augen vertiefte sich. Mit einem knappen Nicken wandte sie sich wieder um und strebte weiter auf das Labor zu. Die Tür war nur noch wenige Meter entfernt, aber es war noch immer kein Geräusch zu hören. Seine Nackenhaare stellten sich auf und sein Instinkt sagte ihm, dass irgendetwas nicht stimmte. Er witterte die Wandler, also mussten sie dort sein und sicher konnten auch sie seine Anwesenheit riechen. Rasch zog er an Isabels Arm und bewegte sich vor sie.

»Was …?«

Er legte seine Hand über ihren Mund und schüttelte den Kopf. Als er erkannte, dass sie ihn verstand, nahm er die Hand weg und wandte sich wieder der Tür zu. Zögernd streckte er seine Hand nach dem Griff aus und drückte die Klinke herunter. Bowen gab Isabel ein Zeichen, dort stehen zu bleiben, bevor er die Tür einen Spalt aufzog. Was auch immer Harken getan hatte, schien sämtliche Schlösser geöffnet zu haben. Bis auf die Wandler war niemand im Labor. Bowen hielt sich nicht lange damit auf, sich im Raum umzusehen, das würde nur seinen Erinnerungen mehr Macht geben. Stattdessen konzentrierte er sich völlig auf die Käfige mit den Wandlern. Sein Magen zog sich zusammen, als er den schrecklichen Zustand der Raubkatzen sah. Sie waren abgemagert, das Fell stumpf. Sie saßen und lagen einfach so da und starrten ihn an. Wahrscheinlich konnten sie sich gar nicht vorstellen, dass jemand sie befreien würde.

Ein Geräusch hinter ihm ließ ihn herumfahren. Isabel war in den Raum getreten, ihr Gesicht blass. Es war offensichtlich, dass sie große Schmerzen hatte. Bowen straffte die Schultern. Wie hatte er nur vergessen können, was es in Isabel auslöste, wenn sie sich in der Nähe von leidenden Katzenwandlern befand? Doch das war im Moment nur zu ändern, wenn er die armen Kreaturen so schnell wie möglich befreite. Er wandte sich wieder zu ihnen um.

»Ich bin Bowen. Ich werde euch jetzt frei lassen und aus dem Gebäude bringen.« Jedenfalls hoffte er das. Er mochte gar nicht darüber nachdenken, was alles schiefgehen konnte, aber er musste es zumindest versuchen.

Langsam ging er zu den Käfigen hinüber. Die Katzenwandler verfolgten seine Annäherung mit Skepsis. »Könnt ihr mich verstehen?« Wieder sahen sie ihn nur an. »Ich bin Wandler so wie ihr. Ich kann euch nur helfen, wenn ihr mir vertraut.« Einer der Berglöwen blickte an ihm vorbei und stieß ein dumpfes Grollen aus. Bowen wusste genau, was ihm missfiel. »Isabel ist eine Freundin. Lee hat sie genauso entführt und eingesperrt wie euch.«

Bowen trat vor den ersten Käfig und besah sich die Verriegelung. Sie war mit einem Vorhängeschloss gesichert. Verdammt! »Wisst ihr, wo der Schlüssel ist?«

Mit einer Kopfbewegung deutete der Berglöwe zur Wand, an der ein kleiner Metallkasten hing. Isabel öffnete ihn und holte einen Schlüssel heraus. Bowen nahm ihn mit einem Nicken entgegen, während sie sich wieder zurückzog. Wahrscheinlich war es eine weitere Folter gewesen, den Schlüssel, der ihre Freiheit bedeutete, in Sichtweite aufzubewahren. Schnell schloss Bowen auf und warf das Vorhängeschloss weg. Nach einem letzten warnenden Blick schob er die Käfigtür auf und trat zur Seite. Einen Moment lang schien der Berglöwe wie erstarrt, doch dann sprang er mit einem großen Satz heraus, der ihn beinahe bis vor Isabels Füße beförderte.

27

Wie erstarrt stand Isabel da, nur ihr Herz hämmerte, als wollte es jeden Moment aus ihrer Brust hüpfen. Bisher hatte sie nur mit Wandlern zu tun gehabt, die ihr wohlgesonnen waren, aber dieser Berglöwenmann kannte sie überhaupt nicht. Was hielt ihn davon ab, sie nur deshalb zu verletzen oder zu töten, weil er es konnte? Schließlich war sie ein Mensch und ihm war von ihresgleichen Furchtbares angetan worden. Bevor sie irgendetwas tun konnte, hatte er einen weiteren Schritt auf sie zugemacht, ein tiefes Grollen drang aus seiner Kehle. Ihr Blick flog zu Bowen, der bereits auf sie zustürmte, seine Augen pure Katze. Doch er war zu weit weg, um ihr helfen zu können. Gerade als sie sich darauf vorbereitete, von dem Berglöwen angegriffen zu werden, sackte er in sich zusammen. Schwer atmend lag er auf dem Fliesenboden, seine Rippen standen scharf hervor.

Isabels Angst wandelte sich zu Mitleid. Zögernd streckte sie die Hand aus und legte sie auf den Kopf des Berglöwen. Seine Augen funkelten sie wütend an, aber er bewegte keinen Muskel. Die Wucht seiner Gefühle verursachte einen stechenden Schmerz in ihrem Kopf. Sie bemühte sich, einen Schutz dagegen aufzubauen, aber es half nur bedingt. Dafür war er zu nah und sein Schmerz und seine Verzweiflung zu groß.

Bowen ging neben ihr in die Hocke. »Geht es dir gut?«

»Alles in Ordnung. Befrei die anderen, wir müssen hier weg.« Wie das allerdings klappen sollte, wenn die Wandler nicht einmal laufen konnten, wusste sie nicht. Als Bowen zögerte, drückte sie seine Hand. »Wirklich, es geht mir gut.«

Nach einem letzten besorgten Blick ließ Bowen sie los und ging zu den Käfigen zurück. Isabel wandte sich wieder dem Berglöwen zu. »Wir werden gleich hier verschwinden. Unsere Freunde treffen bald ein und helfen uns.« Mit der Hand fuhr sie durch sein stumpfes und verklebtes Fell. »Du wirst bald frei sein.«

Ein Schauer lief durch seinen Körper. Ob es an ihren Worten oder an ihrer Berührung lag, konnte sie nicht sagen. Um ihn nicht weiter zu belasten, zog sie ihre Hand zurück. Unerwartet folgte er ihrer Bewegung und schmiegte seine Wange in ihre Handfläche. Tränen stiegen in ihre Augen. Wie lange war es wohl her, dass er eine liebevolle Berührung genossen hatte? Isabel folgte seiner Aufforderung und streichelte ihn. Mit einem tiefen Seufzer legte er seinen Kopf auf ihren Oberschenkel und schloss die Augen. Für einen Moment befürchtete sie schon, dass er tot war, doch dann bemerkte sie das gleichmäßige Heben und Senken seines Brustkorbs.

Es tat ihr weh, eine so schöne Raubkatze in diesem Zustand zu sehen. Das Fell des Wandlers war mit Narben übersät, und seine großen Pfoten wirkten im Vergleich zum abgemagerten Körper überdimensioniert. Er musste lange Zeit gefangen gewesen sein, um derart dünn zu werden. Sie mochte sich gar nicht vorstellen, wie er in Menschenform aussah. Ob er sich überhaupt noch verwandeln konnte, wenn er die ganze Zeit im Käfig eingesperrt gewesen war?

Um den Kampf gegen die Tränen nicht zu verlieren, sah Isabel auf und beobachtete, wie Bowen einen weiteren Käfig öffnete. Der Leopard sprang heraus und sah sich im Raum um, als hätte er ihn noch nie gesehen. Dann stieß er ein heiseres Fauchen aus, das für Isabel furchtbar laut klang.

Bowen schien das auch so zu sehen. »Kannst du dir das für später aufheben? Wir wissen nicht, wer noch alles im Gebäude ist.«

Demonstrativ drehte ihm der Leopard den Rücken zu und begann, sich zu putzen. Gut, immerhin war er so still.

Kopfschüttelnd wandte Bowen sich zum nächsten Käfig um. Der Löwe darin sah riesig aus, aber das konnte auch an der zerzausten Mähne liegen. Nachdem auch dieses Schloss entfernt und die Tür geöffnet war, wartete Isabel darauf, dass der Löwe den Käfig verließ, doch er blieb einfach liegen. Er hob noch nicht einmal den Kopf. Sie zuckte zusammen, als seine Schmerzen sie überschwemmten. Verzweiflung, dass die Freiheit so nahe war und er sich nicht einmal ein kleines Stück bewegen konnte, um die Gelegenheit wahrzunehmen. Als sein Blick auf sie fiel, nickte sie ihm zu. »Wir nehmen dich auf jeden Fall mit, auch wenn du nicht selbst laufen kannst.«

Bowen sah zu ihr herüber und schob dann seine Hände unter den Körper des Löwen. »Wehe, du beißt mich.« Der Wandler blinzelte ihm nur einmal zu und bewegte sich nicht. Mit aller Kraft versuchte Bowen, ihn hochzuheben, doch er konnte ihn keinen Zentimeter bewegen. Schließlich gab er auf. »Wir müssen warten, bis die anderen da sind; zusammen bekommen wir dich hier raus.«

In ihrem Kopf erlosch die Hoffnung des Löwen und er schloss resigniert die Augen. Isabel konnte auch Bowen ansehen, wie schlecht er sich dabei fühlte, dem Wandler nicht sofort helfen zu können. Über ihre geistige Verbindung sandte sie ihm ein Bild, in dem sie ihn tröstend umarmte. Er drehte sich zu ihr um und lächelte ihr dankbar zu, bevor er sich dem letzten Käfig zuwandte. Darin befand sich ein weiterer Berglöwe, der in keinem wesentlich besseren Zustand war als die anderen Gefangenen. Isabel korrigierte sich in Gedanken. *Sie* war in keinem besseren Zustand, es handelte sich offensichtlich um eine Berglöwenfrau. Woher sie das so genau wusste, war ihr rätselhaft, aber sie fühlte sich in ihrem Kopf anders an.

Da sie wesentlich leichter war als der Löwe, konnte Bowen sie aus dem Käfig herausheben und auf den Boden setzen. Sie kauerte sich dort so klein wie möglich zusammen, während sie zu Isabel hinüberstarrte. Anstelle von Angst sandte sie eine Sehnsucht aus, die Isabel Tränen zurückblinzeln ließ. Der Berglöwenmann öffnete die Augen und hob den Kopf von ihrem Bein. Er gab ein Grollen von sich, das eindeutig auffordernd klang. Mit letzter Kraft zog die Berglöwin sich mit ihren Pfoten auf dem Boden vorwärts und kroch auf ihn zu. Auch von dem Wandlermann ging jetzt Unruhe aus und vor allem so starke Gefühle, dass Isabel sich mit einem Schmerzenslaut von ihm zurückzog. Er schien es nicht einmal zu merken, sondern hatte nur noch Augen für seine Leidensgenossin.

Starke Arme umschlangen sie und Isabel lehnte sich mit dem Rücken gegen Bowens Brust, während sie die Annäherung der beiden Berglöwenwandler beobachteten. Die Spannung zwischen ihnen war beinahe mit Händen greifbar. Isabel hielt den Atem an, als die Berglöwin schließlich bei dem Mann ankam. Für einen Moment schienen sie zu erstarren, dann rieb sie ihre Wange an seiner. Es war eine so liebevolle Geste, dass Isabels Tränen überliefen. Ein Druck lag auf ihrem Brustkorb, der ihr das Atmen erschwerte. Der Berglöwenmann gab erneut einen rumpelnden Laut von sich und er leckte über ihr Fell. Darauf schien sie nur gewartet zu haben, denn sie legte sich dicht neben ihn und schmiegte sich an ihn.

Mit einem tiefen Seufzer drehte sich Isabel zu Bowen um. »Was machen wir jetzt?«

»Wir sehen zu, dass wir so schnell wie möglich hier rauskommen.« Er strich eine Haarsträhne aus ihrem Gesicht. »Warte hier, ich werde die anderen suchen und herbringen.«

Isabel wollte protestieren, erkannte dann aber, dass er Recht hatte. »Sei vorsichtig und komm schnell zurück.«

Ein Lächeln hob Bowens Mundwinkel, bevor er sich zu ihr hinunterbeugte und sie sanft auf den Mund küsste. »Das werde ich.«

Ungern ließ Isabel ihn los und sah ihm nach, als er zur Tür ging. Am liebsten würde sie hinter ihm herlaufen, aber sie wusste, dass er ohne sie schneller und vor allem unauffälliger sein würde. Außerdem mochte sie auch die geschwächten Wandler nicht alleine lassen. Zwar konnte sie nicht viel ausrichten, wenn Lee oder einer seiner Angestellten das Labor betreten sollte, aber sie war als Mensch zumindest in der Lage, mit ihm zu reden. Isabel verzog den Mund. Nun ja, fast Mensch. Noch immer konnte sie nicht glauben, dass sie wirklich Wandlerblut in sich trug. Vielleicht war es tatsächlich nur ein Trick von Lee gewesen, um sie zu verunsichern, aber da es ihre Fähigkeiten erklären würde, konnte es auch wahr sein. Isabel schüttelte den Kopf und konzentrierte sich lieber auf etwas anderes.

Bowen streckte gerade seine Hand zur Tür aus, als sie von außen aufgerissen wurde. Erschreckt stolperte er einen Schritt zurück, während Isabel nur mit Mühe einen Schrei unterdrückte.

Unbehaglich blickte Sawyer sich um, als sie das Gebäude betraten. Zwar hatte Harken die Türen geöffnet und die Kameras abgestellt, aber er hatte trotzdem den Eindruck, beobachtet zu werden. Vor allem fühlte er sich von dem ganzen Stahl und Beton um ihn herum beinahe erdrückt. Fast beneidete er den Adlerwandler, der draußen geblieben war, um die Umgebung des Gebäudes aus der Luft im Auge zu behalten und sie zu warnen, falls sie Besuch bekamen. Aber da er bei Keira sein wollte, schied diese Möglichkeit für ihn ohnehin aus. Mit angespannten Muskeln ging er weiter. Die Größe des Gebäudes wirkte verwirrend auf ihn und er fühlte sich dadurch im Nachteil. Ein Kampf draußen, wo seine Sinne nicht beeinträchtigt wurden, wäre ihm jedenfalls wesentlich lieber gewesen. Leider hatte sich ihr Gegner vermutlich genau deswegen hier verschanzt.

Keira schien das nicht so viel auszumachen – vielleicht konnte sie es aber auch einfach besser verstecken. Die Schultern gestreckt und mit vorgeschobenem Kinn folgte sie Finn durch die Eingangshalle. Für einen winzigen Moment ließ Sawyer sich von ihren geschmeidigen Schritten und dem Schwingen ihres Pos ablenken. Das brachte ihm einen Rippenstoß von Caruso ein, der neben ihm ging. Sawyer blickte ihn fragend an. Carusos Miene wirkte angespannt. Mit dem Kopf deutete er in Keiras Richtung und verdrehte dann die Augen. Hitze stieg in Sawyers Wangen, als er sich zu spät daran erinnerte, dass der Mensch jedes seiner Gefühle spüren konnte. Hinter sich konnte er das unterdrückte Lachen seiner Männer hören. Er bewegte die Lippen in einer stummen Entschuldigung. Caruso neigte den Kopf und wirkte dabei fast wie ein Katzenwandler.

Ein interessanter Gedanke, aber er musste sich jetzt wirklich konzentrieren. Inzwischen waren sie an einem Fahrstuhl angekommen. Bevor sie irgendetwas tun konnten, zeigten die Ziffern neben den Türen an, dass die Kabine aus dem Keller nach oben fuhr. Wie auf Kommando pressten sie sich auf beiden Seiten an die Wand. Ein anderes Versteck gab es in der Eingangshalle nicht, zumindest nicht bei dem grellen Licht. Mit einem gedämpften Klingelton erreichte der Lift das Erdgeschoss und die Türen glitten auf. Nichts passierte. Es war kein frischer Menschen- oder Wandlergeruch wahrzunehmen.

Finn gab ein Zeichen und sie lösten sich zeitgleich von der Wand und sprangen vor die geöffneten Türen. Wie erwartet war die Kabine leer.

Nach kurzem Zögern winkte Finn sie hinein. Die Türen schlossen sich lautlos, aber sonst geschah nichts.

»Und jetzt?«

Es wunderte Sawyer nicht, dass gerade Keira die offensichtliche Frage stellte. Die Ungeduld war ihr deutlich anzusehen.

Caruso drückte auf den Knopf für das Untergeschoss, aber nichts passierte.

»Wie wäre es, wenn ihr den Schlüssel benutzt, damit wir auch vorwärtskommen?« Harkens Stimme ließ alle Köpfe herumfahren. Während sie mit den Knöpfen beschäftigt waren, hatte er sich unbemerkt hinter ihnen materialisiert.

Finn blickte ihn finster an. »Verdammt, Harken, wie wäre es nächstes Mal mit einer Vorwarnung?«

Harken hob lediglich eine Augenbraue. »Was soll ich machen, ein Feuerwerk zünden?«

Ein Schnauben von Keira war die einzige Antwort. Finn drehte den Schlüssel, der noch im Schloss steckte, mit einem Ruck herum. »Keller?«

»Ja. Die Türen der Zellen sind offen, ich nehme an, dass Isabel und Bowen inzwischen schon herausgekommen sind.«

»Lee?« Carusos Stimme klang abgehackt.

Ein Muskel zuckte in Harkens Wange. »Bisher habe ich ihn noch nicht gesehen. Aber ich werde ihn finden.«

Caruso sagte nichts, doch in seinem Gesicht stand deutlich geschrieben, dass er versuchen würde, den Verbrecher zuerst zu erwischen. Solange er überhaupt aus dem Verkehr gezogen wurde, war es Sawyer egal, wer es tat.

»Zuerst holen wir Isabel und Bowen dort heraus, danach eventuelle andere Wandler und wenn dann alle in Sicherheit sind, könnt ihr euch auf die Suche nach diesem Lee und seinen Kumpanen machen. Klar?« Keira blickte Harken und Caruso mit zusammengekniffenen Augen an.

Neugierig sah Harken sie an. »Warum denkst du, dass du mir Befehle erteilen kannst?«

»Hast du Bowen versprochen, dass ihr Isabel befreit oder

nicht?« Sie wandte sich an Caruso. »Und die Befreiung deiner Tochter ist ja wohl wichtiger als Lee.«

In diesem Moment kam der Fahrstuhl an und die Türen öffneten sich. Der Mensch nickte Keira nur noch zu und Sawyer entspannte sich etwas. Zur Not hätte er Caruso auch ein paar Knochen gebrochen, aber auf diese Art war es einfacher. Keira sandte ihm einen genervten Blick, so als wüsste sie genau, was in seinem Kopf vorging. Er grinste sie an. Sie verdrehte die Augen und wandte sich dann ab. Harken deutete den Gang hinunter, bevor er wieder in den Fahrstuhl zurücktrat und unsichtbar wurde. Egal wie oft er es sah, machte es Sawyer immer noch nervös. Rasch folgte er Keira und Finn den Gang entlang, während seine Männer sie nach hinten absicherten.

Als sie bei den ersten Türen ankamen und Sawyer die beiden Wandler in den Zellen sah, zog sich sein Magen zusammen. Wie krank musste jemand sein, so etwas anderen Lebewesen anzutun? Die Vorstellung, dass Keira auch hier hätte gefangen sein können, wenn sie bei der Entführung mit Isabel zusammengewesen wäre, ließ sein Herz heftiger klopfen. Am liebsten hätte er ihre Hand genommen, um sich damit zu vergewissern, dass sie bei ihm war und es ihr gut ging, aber die Ablenkung konnten sie sich im Moment nicht leisten. Stattdessen biss er die Zähne zusammen und hielt seine Wut zurück. Vielleicht wollte er doch ein Stück von Lee abhaben, wenn Harken und Caruso mit ihm fertig waren.

Schweigend beobachtete er, wie Keira leise auf die Wandler einredete. Die Frau roch nach Wolf, bei dem Mann war er sich nicht ganz sicher, vielleicht ein Luchs. Auf jeden Fall eine Katzenart. Schließlich nickten sie und gingen in Richtung Fahrstuhl, um dort bei Colt und Alden zu warten, während Finn, Keira, Caruso und er selbst weiter nach Isabel und Bowen suchen würden. Sie hatten gerade einige Meter zurückgelegt, als unerwartet vor ihnen ein Mann um die Ecke bog. Nach seiner schlecht sitzenden Uniform zu urteilen, schien er ein Wachmann zu sein. Seine Augen weiteten sich, als er sie sah, und er blieb wie erstarrt stehen.

Sawyer rannte los, Finn und Keira dicht hinter ihm. Auf jeden Fall mussten sie den Kerl erwischen, bevor er seine Pistole zog. Als sie nur noch wenige Meter von ihm entfernt waren, schien der Wachmann sich aus seiner Starre zu lösen und rannte los, zurück in die Richtung, aus der er gekommen war. Bevor sie ihn erreichen konnten, riss der Mann eine Tür auf und verschwand dahinter. Sawyer konnte ihr im letzten Moment ausweichen, stieß dadurch aber mit Finn zusammen. Es war Keira, die ihm als Erste in den Raum folgte. Ein dumpfer Laut ertönte, gefolgt von einem wütenden Grollen. Sein Herz setzte einen Moment aus, bevor es wild hämmernd wieder einsetzte. *Keira!*

Angst um Keira erfüllte ihn, als er die Tür aufzog, die hinter ihr wieder zugefallen war. Finn stürmte an ihm vorbei und blieb ruckartig stehen. Sawyer traute sich kaum hinzusehen, aus Furcht, dass seine schlimmsten Vorahnungen Gewissheit wurden. Keira kauerte auf dem Boden. Auch wenn er nicht sehen konnte, ob sie verletzt war, beruhigte es ihn ein wenig, dass sie eindeutig noch lebte. Sawyer trat vor und legte seine Hand auf ihren Rücken. Erst dann blickte er an ihr vorbei und sah den Wachmann regungslos auf dem Boden liegen.

»Was ist passiert?« Finns Frage drückte Sawyers Gedanken aus.

Bowen, der neben Keira hockte, sah ihn beinahe beschämt an. »Ich wollte euch gerade suchen gehen, als die Tür aufgerissen wurde. Ich hatte gar keine Zeit nachzudenken, sondern habe einfach nur den Arm gehoben und er ist genau in meine Faust gelaufen.«

»Er ist umgefallen wie ein nasser Sack.« Die Frauenstimme ertönte aus einer Ecke des Zimmers.

Alle wandten sich ihr zu. Röte stieg in ihre Wangen, aber sie erwiderte die Blicke ruhig. Nach ihren langen roten Haaren und den blitzenden blauen Augen zu urteilen, handelte es sich um Isabel.

Keira stand auf und lächelte sie an. »Gut.«

Erst jetzt gelang es Sawyer wieder durchzuatmen. Verspätet sah er sich im Raum um und der Druck in seiner Brust verstärkte sich. An einer Wand befanden sich leere Käfige, die offen standen, nur in einem lag noch ein Löwenwandler. Es sah ganz so aus, als hätte Lee es seit längerer Zeit auf Wandler abgesehen. Offenbar war er skrupellos genug, sie im Dienste der Wissenschaft – oder was immer er sich auch als Rechtfertigung ausgedacht hatte – einzusperren und zu foltern. Wie sollten diese Wandler jemals wieder ein normales Leben führen? Mitleid breitete sich in ihm aus, doch er bemühte sich, seinen Gesichtsausdruck neutral zu halten.

Ein Leopard saß ein Stück von den anderen entfernt und tat so, als würde ihn das alles nicht interessieren. Wahrscheinlich war das ein Schutzmechanismus, mit dem er versucht hatte, die Gefangenschaft zu ertragen und mit dem er sich jetzt gegen die Ungewissheit wappnete. Zuletzt blieb Sawyers Blick an dem Berglöwenpärchen hängen. Beide hatten den Kopf gehoben und starrten ihn regungslos an. Seine Kehle schnürte sich zu und er atmete tief ein, um sich zu beruhigen. Als ein vertrauter Geruch in seine Nase stieg, erstarrte er.

28

Keira wandte sich Sawyer zu, nachdem sie sich vergewissert hatte, dass es Isabel und Bowen gut ging. Seit sie das Gebäude betreten hatten, war er auffallend still, beinahe in sich gekehrt. Doch jetzt schien er sich geradezu in einen Stein verwandelt zu haben. Er stand einfach nur da und starrte die Berglöwenwandler an. Auch die beiden hatten nur Augen für Sawyer.

»Cade?« Als Sawyer schließlich sprach, war seine Stimme so rau, dass sie ihn kaum verstand.

Was meinte er damit? Bevor sie ihn fragen konnte, machte er einige wackelige Schritte auf die Berglöwen zu und sank vor ihnen auf die Knie. Keira wollte zu ihm laufen, doch in diesem Moment bewegte sich der Berglöwenmann und legte eine Pfote auf Sawyers Oberschenkel. Es wirkte, als würden sie sich kennen. Auch Finn und Caruso schienen ratlos. Zögernd ging Keira auf Sawyer zu und legte ihre Hand auf seine Schulter. Er schien es gar nicht zu merken.

»Wie kommst du hierher? Ich dachte, du wärst tot!« Sein Blick glitt zu der Berglöwin. Keira konnte spüren, wie seine Muskeln unter ihrer Hand erstarrten. »Oh Gott, Neela?«

Keira zuckte zurück. Den Namen hatte sie schon gehört. Hieß so nicht Bricks Tochter, die Sawyer als Gefährtin genommen hätte, wenn sie nicht bei dem Feuer ums Leben gekommen wäre? Anscheinend lebte sie noch und sie war hier. Der Gedanke, dass sie Sawyer nun an sie verlieren würde, zuckte durch ihren Kopf. Gleich darauf schämte sie sich. Neela musste furchtbare Qualen während ihrer Gefangenschaft erlitten haben. Es war ihr wirklich zu gönnen, dass sie nicht nur ihre Freiheit, sondern auch den Mann wiederbekam, den sie liebte. Trotzdem pochte Keiras Herz schmerzhaft, als sie sah, wie Sawyer sich über sie beugte.

Erst ein gequälter Laut riss sie aus ihrer Betrachtung. Isabel schwankte, ihr Gesicht war schneeweiß. Mühsam riss Keira sich zusammen. Später war immer noch Zeit, um das zu trauern, was sie verloren hatte. Jetzt musste sie sich auf ihre Aufgabe konzentrieren. Entschlossen straffte sie die Schultern.

»Wir sollten jetzt gehen, bevor uns jemand entdeckt.« Wenn die anderen merkten, wie belegt ihre Stimme klang, kommentierten sie es nicht.

Finn nickte zustimmend. »Okay, los geht's.« Er blickte sich um. »Sawyer, Bowen, fasst mit an.« Gemeinsam hievten sie den Löwen aus dem Käfig und legten ihn auf einen rollbaren Tisch. Seine Pfoten ragten über die Kanten hinaus, sein Schwanz hing bis auf den Boden. »Entschuldige.« Finn legte den Schwanz auf den Tisch zurück. Nach einem letzten dankbaren Blick schloss der Löwenmann die Augen und atmete tief aus.

Keira blickte den Leoparden an. »Kannst du laufen?«

Mit einem hochmütigen Blick erhob er sich und ging zur Tür. Seine Antwort war eindeutig, auch wenn er etwas wackelig auf den Beinen war. Er würde hier auf seinen vier Pfoten herausgehen – und wenn er sich damit umbrachte. Mit einem heimlichen Seufzer wandte sich Keira zögernd an die beiden Berglöwenwandler. »Wie sieht es mit euch aus?«

Sawyer trat neben sie, doch er hatte nur Augen für Neela und ihren Mitgefangenen. »Wir tragen sie.« Sein Blick traf Bowens. »Kannst du Neela nehmen?«

Überrascht, dass er seine Gefährtin nicht selbst tragen wollte, beobachtete Keira, wie er sich bückte und vorsichtig seine Hände unter den Körper des Berglöwenmannes schob. Ein herzzerreißender Ausdruck lag auf seinem Gesicht, als er ihn langsam hochhob. Sie hätte zu gern gewusst, in welcher Weise er mit Sawyer verbunden war, aber jetzt blieb ihr keine Zeit, danach zu fragen. Stattdessen ging sie zur Tür und öffnete sie einen Spalt breit. Auf dem Gang war alles still, sie schienen allein zu sein.

»Alles ruhig.«

Finn überblickte den Raum ein letztes Mal. »Okay. Caruso, wir beide schieben den Tisch. Keira, du beschützt uns.«

»Und was mache ich?« Isabels Lippen waren beinahe blutleer, aber sie hielt sich eisern aufrecht.

»Du öffnest uns die Türen und achtest darauf, dass wir alle zusammenbleiben.«

Isabel nickte knapp.

Nachdem Bowen die Berglöwenfrau hochgehoben hatte, schlüpfte Keira aus der Tür und prüfte den Geruch. Es schien kein weiterer Mensch in der Nähe zu sein. Sie gab den anderen ein Zeichen und zog sich zurück, damit sie ihnen nicht im Weg war und gleichzeitig aufpassen konnte, ob jemand kam. Innerhalb weniger Sekunden kam der Leopard aus dem Raum und blickte sie fragend an. Wortlos deutete Keira in Richtung des Fahrstuhls und beobachtete, wie der Wandler stark hinkend loslief. Sein Wille war wirklich bewundernswert, auch wenn er damit unnötig Kraft verschwendete. Aber das war seine Entscheidung.

Finn und Caruso schoben den Tisch mit dem Löwenwandler an ihr vorbei, der sich immer noch nicht wieder gerührt hatte. Hoffentlich gab er so kurz vor der Freiheit nicht auf. Bowen folgte ihnen mit der Berglöwenfrau im Arm. Eine Welle von Mitleid überrollte Keira, als sie das abgemagerte Bündel Fell sah, und sie hatte das Gefühl, dass ihr Herz in zwei Teile gerissen wurde. Die Berglöwenfrau hatte so viel Schlimmes erlebt, dass sie ihr nicht auch noch ihren zukünftigen Gefährten nehmen durfte. Doch der Gedanke, Sawyer an sie zu verlieren, ließ einen so heftigen Schmerz in ihr aufflammen, dass sie die Hände zu Fäusten ballte. Ihre Krallen drangen tief in ihre Handflächen ein, doch sie bemerkte es kaum.

Eine Berührung an ihrem Arm ließ sie aufblicken. Isabel schloss die Tür hinter ihnen, bevor sie sich wieder zu Keira umdrehte. »Alles in Ordnung?«

Dass gerade die Menschenfrau sie danach fragte, nachdem sie selbst entführt worden war und einen Tag in Gefangenschaft verbracht hatte, löste Verlegenheit in Keira aus. Anstatt ihren Job zu machen und alle heil hier herauszubringen, jammerte sie herum und versank fast im Selbstmitleid.

»Natürlich.« Mit einiger Mühe gelang ihr ein kleines Lächeln, das Isabel nicht täuschen würde, zumal sie Keiras Gefühle sicher deutlich spüren konnte. »Und, bereit, nach Hause zu fahren?«

Isabels Blick wanderte zu Bowen, der ein Stück vor ihnen den Gang hinunterging. »Ehrlich gesagt, nein.« Damit beendete sie das Gespräch und eilte nach vorne, um die nächste Tür zu öffnen.

Keira blickte ihr nachdenklich hinterher. Es schien so, als würde Isabel die Sache endlich in die Hand nehmen und Bowen dazu zwingen, eine Entscheidung zu treffen. Wenn eine nicht mal Achtzehnjährige das schaffte, wie kam es dann, dass sie selbst sich mit einunddreißig Jahren nicht traute, Sawyer zu sagen, was er ihr bedeutete? Kopfschüttelnd schob Keira den Gedanken beiseite und konzentrierte sich auf ihre Aufgabe. Immer wieder sah sie sich um, aber es schien noch niemand ihr Eindringen bemerkt zu haben. Vielleicht hatten sie tatsächlich Glück und schafften es unbehelligt nach draußen. Wenn sie Isabel, Bowen und die geschwächten Wandler in Sicherheit gebracht hatten, würden sie zurückkehren und sich um den Entführer und seine Leute kümmern. Ihre Stimmung war dafür gerade richtig – so konnte sie die angestaute Wut abbauen.

Endlich kamen sie beim Fahrstuhl an. Wenn Harken noch da war, zeigte er sich jedenfalls nicht. Sawyers Männer warteten dort auf sie, von den beiden ehemaligen Gefangenen aus den Zellen war nichts zu sehen.

Als könnte er die Frage in ihren Augen sehen, antwortete einer der Männer. »Harken hat die beiden nach draußen gebracht, Brick passt auf sie auf.«

Finn nickte. »Okay. Wir passen nicht alle in den Fahrstuhl. Zuerst bringen wir die Verletzten raus, die anderen kommen nach. Bowen, Sawyer.«

Mit Carusos Hilfe schob er den Tisch mit dem Löwen in die Kabine. Der Leopard wartete nicht auf eine Aufforderung, sondern humpelte hinterher. Es war offensichtlich, wie ungern er das enge metallene Gehäuse betrat, aber er schien zu verstehen, dass es seine einzige Chance war, hier herauszukommen. Caruso trat wieder aus der Kabine heraus und stellte sich neben Isabel, die ihre Augen nicht von Bowen abwandte. Finn dagegen blickte Keira besorgt an. Auffordernd nickte sie ihm zu. Bevor sich die Türen schlossen, sah sie noch, wie Sawyer seinen Kopf hob und sie anstarrte. Eine Vielzahl von Gefühlen war in seinem Gesicht zu erkennen, doch Keira konnte sie nicht deuten.

Dann bemerkte sie Colt und Alden, die mit weit aufgerissenen Augen auf die beiden Berglöwen blickten. Offensichtlich hatten sie auch nicht damit gerechnet, hier zwei ihrer Gruppenmitglieder zu treffen. Als sie sich umwandte, hatte Caruso einen Arm um Isabels Schulter geschlungen und sie lehnte sich erschöpft an ihn.

Auf Keiras fragenden Blick hin zuckte er mit den Schultern. »Zu viele Emotionen von Katzenwandlern. Es ist schlimm genug, wenn einer in der Nähe ist, aber gleich ein ganzer Haufen in so einer Situation … als hätte man einen Presslufthammer im Kopf.«

Keira fühlte Hitze in ihre Wangen steigen. »Tut mir leid. Ich hätte nicht auch noch zu dem Durcheinander beitragen sollen.«

Isabel löste sich von ihrem Vater und blitzte Keira an. »Es ist nicht deine Schuld und das weißt du auch. Deine, Sawyers und auch Bowens Gefühle sind relativ leicht herauszufiltern, aber die der anderen …« Sie schauderte. »Ich spüre abgrundtiefes Leid in ihnen und ich weiß nicht, ob sie jemals wieder ein normales Leben führen können.«

»Sie haben jetzt eine Chance, mehr können wir nicht tun. Vielleicht geht es ihnen etwas besser, wenn sie wieder bei ihren Gruppen sind.« Sofern sie diese fanden. Keira konnte sich kaum vorstellen, dass der Löwe und der Leopard vorher in den USA gelebt hatten. Wahrscheinlich waren sie wie die beiden Leopardenwandlerinnen Kainda und Jamila in Afrika eingefangen und hierhergebracht worden.

Erleichtert atmete Keira auf, als die Türen des Fahrstuhls sich öffneten. Nur noch eine oder zwei Minuten und Isabel war genauso wie die anderen in Sicherheit. Erst dann konnte Keira sich ein wenig entspannen und auf etwas anderes konzentrieren. Rasch stiegen sie in die Kabine und fuhren ins Erdgeschoss hinauf. Mit einem leisen Zischen öffneten sich die Türen und sie konnten durch die leere Eingangshalle blicken. Es schien alles ruhig zu sein. Keira bedeutete den anderen voranzugehen und trat als Letzte aus der Kabine. Sawyers Männer schützten Isabel und ihren Vater von vorne, während Keira nach hinten absicherte. Nur noch wenige Meter bis nach draußen. Sie konnte bereits die kühlere Nachtluft auf ihrem Gesicht spüren und sehnte sich danach, wieder den Himmel über sich zu sehen und nicht mehr im Gebäude eingepfercht zu sein.

Kurz vor dem Ausgang hörte sie ein Geräusch hinter sich und wirbelte herum. Ein Mann trat aus dem Gang und starrte sie überrascht an. Gerade als Keira sich fragte, ob er nur ein Unbeteiligter war, veränderte sich seine Miene. Und in dem Moment wusste sie, wer da vor ihr stand: Lee. Er war älter, als sie erwartet hatte, sicher schon Mitte fünfzig, Haare und Kleidung waren gepflegt. Auf den ersten Blick wirkte er wie ein erfolgreicher Geschäftsmann und nicht wie jemand, der Wandler gefangen hielt und quälte. Oder eine junge Menschenfrau entführte, aus welchem Grund auch immer. Während sie ihn noch betrachtete, griff er in sein Jackett und zog eine Pistole hervor.

Das, was ihre Augen sahen, kam mit einiger Verzögerung in ihrem Gehirn an. »Lauft!« Ihr Schrei hallte durch die Lobby.

Ein kurzer Blick zurück zeigte ihr, dass Caruso sich bereits vor Isabel geschoben hatte. Colt und Alden schienen sich nicht entscheiden zu können, ob sie fliehen oder angreifen sollten. Es war klar, dass sie gegen eine Pistole keine Chance hatten. Keira machte eine Bewegung auf sie zu und endlich setzten sie sich in Bewegung. Aber der Weg bis zur Tür war zu lang. Ein Schuss ertönte und Keira warf sich automatisch zur Seite. Hart kam sie auf dem Boden auf und rollte sich herum. Die Verletzungen von ihrem Zusammenstoß mit dem Wagen des Verbrechers begannen wieder zu schmerzen. Aber darauf konnte sie jetzt keine Rücksicht nehmen. Wichtig war nur, die anderen heil aus dem Gebäude herauszubringen.

Mühsam kam Keira wieder auf die Füße und wandte sich zu Lee um. Sie konnten den Kugeln nicht davonlaufen. Es war sinnvoller, den Verbrecher zu konfrontieren und ihn in einem unachtsamen Moment zu überwältigen. Natürlich könnte es sein, dass er sie dann einfach erschoss, aber das glaubte sie nicht. Schließlich schien er die Wandler erforschen zu wollen.

Lee lächelte zufrieden, als er sah, dass sie den Widerstand aufgegeben hatten. »Wie nett, ein paar neue Besucher.« Das Lächeln wurde unangenehm. »Aber es war unhöflich von euch, einfach zu gehen, ohne mir Bescheid zu sagen. Noch dazu mit meiner neuesten Errungenschaft.« Er fuchtelte mit seiner Pistole herum und wirkte dabei wie jemand, der keine Erfahrung mit Schusswaffen hatte. Das machte ihn allerdings nicht weniger gefährlich – im Gegenteil. Wie leicht konnte sich ein Schuss lösen und einen von ihnen treffen, obwohl Lee es gar nicht beabsichtigte.

Keira richtete sich zu voller Größe auf, um Lees Aufmerksamkeit auf sich zu lenken. »Lassen Sie uns gehen. Die Polizei weiß, dass wir hier sind.«

Für einen winzigen Moment wirkte Lee unsicher, dann schüttelte er den Kopf. »Netter Versuch. Aber ich glaube dir kein Wort.« Er gewann sein früheres Selbstbewusstsein zurück. »Nein, ihr würdet nie riskieren, dass eine Behörde von euch erfährt. Damit wäre eure Existenz nicht mehr geheim zu halten.«

Obwohl sie ihm am liebsten die Augen ausgekratzt hätte, tat Keira verwirrt. »Ich weiß nicht, wovon Sie sprechen.«

Lee legte den Kopf schräg. »Du bist diejenige, die ich in Las Vegas umgefahren habe. Lopez sagte, dass du ihn und seine Männer überfallen hast, als sie auf Stammheimers Grundstück waren. Nackt – damit du dich schneller verwandeln konntest. Zudem warst du mit dieser Marisa Perez dort, die bewiesenermaßen Kontakt zu der Berglöwengruppe hat. Nein, tut mir leid, aber die Unschuldsmasche kannst du dir sparen.«

»Mir ist völlig egal, was Sie glauben. Tatsache ist, dass die Polizei vor der Tür steht und Sie uns gehen lassen sollten, wenn Sie nicht verhaftet werden wollen.« Gut, das war ein wenig übertrieben, sie wusste nicht einmal, ob sich Detective Jones noch in der Nähe aufhielt und vor allem, ob sie mitbekommen hatte, dass sie in das Gebäude gegangen waren.

»Selbst wenn es so wäre, würde sich niemand trauen, ohne Durchsuchungsbefehl in das Gebäude einzudringen.« Er wischte den Einwand beiseite, als ginge ihn das alles gar nichts an. »Außerdem habe ich einen guten Draht zum SFPD.«

»Das mag sein, aber wenn ich der Polizei berichte, dass ich von Ihnen entführt wurde, müssen sie ermitteln.« Als Keira sich umdrehte, sah sie, dass Isabel hinter ihrem Vater hervorgetreten war. »Und wenn ich berichte, was Sie dort unten im Labor getrieben haben, werden Ihnen auch die Kontakte nichts nutzen.«

»Würdest du wirklich etwas tun, was deine Freunde in Gefahr bringt?« Er grinste unangenehm. »Stell dir vor, ich würde der Öffentlichkeit sagen, dass es Wandler gibt. Ich habe genug Beweise dafür und nicht nur hier. Die Massen würden über sie herfallen: Politiker, Wissenschaftler, die Medien. Es gäbe keinen Ort, an dem sie sich verstecken könnten.« Keira schauderte innerlich bei dem Gedanken. »Und dich könnte ich auch als Wandlerin outen. Glaubst du, du würdest noch einen ruhigen Tag in deinem Leben haben?«

Isabel presste die Lippen zusammen, während die anderen wie erstarrt schienen. Caruso sah aus, als würde er jede Sekunde explodieren. »Vielleicht ist es das wert, wenn Sie dafür hinter Gittern verschwinden und nie wieder jemandem etwas antun können.«

Keira bewunderte ihren Mut, aber sie konnten nicht zulassen, dass Lee jemandem von ihnen erzählte. Fieberhaft überlegte sie, wie sie alle unverletzt entkommen konnten. Es musste doch eine Möglichkeit geben, Lee abzulenken und ihn dann anzugreifen. Vor allem musste es schnell geschehen, bevor Isabel ihren Entführer noch mehr reizte. Er sah inzwischen deutlich verärgert aus, seine hellgrünen Augen lagen stechend auf der Menschenfrau. Außerdem machte Keira sich Sorgen, dass Bowen gleich zur Tür hereinstürmte, denn er hatte Isabels Gefühlsaufruhr sicher bereits bemerkt. Hoffentlich gelang es Sawyer und Harken, ihn fernzuhalten.

»Bist du sicher, dass es sinnvoll ist, mir zu drohen?« Seine Pistole zeigte direkt auf Isabel. Bevor Keira handeln konnte, hatte sich Caruso bereits vor seine Tochter geschoben. »Sieh an, ein Held.« Lee lachte höhnisch. »Dich kenne ich noch gar nicht, bist du einer von ihnen?«

Carusos mörderischer Blick war beängstigend. »Nein. Aber ich werde dich trotzdem töten.«

Einen Moment lang starrte Lee ihn sprachlos an, dann begann er zu lachen. »Du kannst es versuchen.«

»Oh, das werde ich.«

Lee schien unsicher zu werden. Die Pistole in seiner Hand zitterte leicht. »Müsste ich dich kennen?«

Caruso entblößte seine Zähne in der Parodie eines Lächelns. »Ich habe geschworen, dich zu finden und auszuschalten, und das werde ich auch tun.«

Unter seiner Sonnenbräune wurde Lee bleich. »Caruso?«

Ohne eine Antwort zu geben, schob Caruso Isabel Sawyers Männern zu und ging Lee dann entgegen. Verdammt, wollte er sich umbringen? Unschlüssig starrte Keira ihn an. Ihr Verstand sagte ihr, dass sie die Ablenkung nutzen und bei erstbester Gelegenheit mit Isabel, Colt und Alden aus dem Gebäude fliehen musste, doch wie konnte sie Caruso dem sicheren Tod überlassen? Nie im Leben würde er gegen einen Mann mit Pistole ankommen, der sicher ohne zu zögern abdrücken würde. Das war Selbstmord. Warum war er bereit, sich selbst zu opfern? Bisher war er ihr nie so selbstlos vorgekommen, im Gegenteil. Als er an ihr vorbeiging, bewegte er beinahe lautlos seine Lippen. »Harken.«

Keira schlug sich im Geiste vor die Stirn. Natürlich, warum hatte sie nicht daran gedacht, dass Caruso Harken auch dann spüren konnte, wenn er unsichtbar war? Anscheinend war der mysteriöse Wandler zurückgekommen, um ihnen zu helfen. Oder zumindest, um Lee zu beseitigen, was in diesem Fall auf das Gleiche herauskam. Sie nickte Caruso unmerklich zu und bewegte sich langsam rückwärts. Da Lee sich voll und ganz auf den Menschen konzentrierte, bemerkte er nichts davon.

»Nein!« Isabels Schrei hinter ihr ließ Keira zusammenzucken. Sie drehte sich um und sah, wie Isabel sich von Sawyers Männern losriss und vorwärtsstürmte. Da Keira nicht zulassen konnte, dass Isabel Lee zu nahe kam, stellte sie sich ihr in den Weg und schlang ihre Arme um sie. Die Menschenfrau wehrte sich heftig, aber Keira ließ nicht los.

»Lass mich!«

Keira hielt ihren Mund an Isabels Ohr. »Beruhige dich. Caruso weiß, was er tut. Wenn du dich einmischst, gefährdest du auch ihn.«

Tränen liefen über ihr Gesicht. »Aber ich kann ihn nicht auch noch verlieren!«

Mit einer Hand strich sie über Isabels Haare. »Das wirst du nicht.« Zumindest hoffte sie das. »Geh jetzt. Und wenn er abgelenkt ist, lauft ihr los.«

»Aber …«

Keira blickte sie streng an und schob sie sanft von sich. »Tu, was ich dir sage.«

»Das ist interessant.« Lees Stimme erklang hinter ihr.

Während sie sich zu ihm herumdrehte, behielt sie weiterhin Isabel im Auge, damit sie im Notfall eingreifen konnte.

»Ist sie nicht ein bisschen zu jung für dich, Caruso?« Lee schien sich von seinem Schreck wieder erholt zu haben.

Damit reizte er Isabels Vater so sehr, dass der nicht mehr an die Waffe dachte, die Lee in der Hand hielt, sondern zum Angriff überging. Keira konnte am Lächeln des Verbrechers sehen, dass er nicht vorhatte, Caruso nah genug an sich herankommen zu lassen. Die Pistole zielte genau auf Carusos Oberkörper, wenn Lee auf diese Entfernung schoss, würde er auch treffen. Hilflos sah Keira zu, wie das Unheil seinen Lauf nahm. Sie konnte nichts tun, um es zu verhindern, und das machte sie rasend. Hinter sich hörte sie leise Schritte und wusste, dass die beiden Berglöwenwandler Isabel zum Ausgang brachten. Gerade als sich Lees Finger um den Abzug krümmte, tauchte Harken neben ihm auf und schlug die Hand mit der Waffe zur Seite. Ein Schuss löste sich, auch wenn das Geräusch beinahe in Carusos Wutschrei unterging, als er sich auf Lee stürzte.

Harken fiel neben ihnen auf die Knie und Keira dachte im ersten Moment, dass er getroffen war. Doch an seinem nackten Körper war nirgends eine Wunde zu sehen. Dafür ertönte hinter ihr ein Keuchen. Eiskalt lief es ihr über den Rücken und sie traute sich beinahe nicht, sich umzudrehen.

»Keira!« Isabels Schrei ließ sie herumwirbeln.

Alden, der offenbar stattdessen die Kugel abbekommen hatte, stützte sich schwer auf Isabels Schultern, Blut färbte sein grünes T-Shirt am Rücken dunkler. Sofort setzte sie sich in Bewegung. Sie mussten den Verletzten aus dem Gebäude bringen, solange Lee noch mit Caruso und Harken beschäftigt war. Ihre oberste Priorität war es, Isabel zu schützen. Alles andere musste warten, bis sie Zeit dazu hatte.

Als sie sah, dass Colt seinen Freund mehr oder weniger zum Ausgang schleppte, beeilte sie sich, zu ihnen aufzuschließen, und griff sich Isabels Arm, um sie daran zu hindern, ihrem Vater zu Hilfe zu eilen. Doch das Mädchen schien selbst erkannt zu haben, wie wenig es tun konnte, und lief freiwillig mit. Tief atmete Keira die Nachtluft ein, als sie Sekunden später durch die Tür nach draußen stürzten.

29

Unruhig ging Dawn hinter der Hecke auf und ab. Seit sie gesehen hatte, wie Caruso gemeinsam mit einer Frau und vier Männern in das Gebäude gegangen war, debattierte sie mit sich, ob sie ihnen folgen oder Verstärkung rufen sollte. Normalerweise hätte sie keine Sekunde gezögert, wenn sie eine Straftat beobachtete – und das war unbefugtes Eindringen in ein Haus definitiv –, doch in diesem Fall schien etwas vorzugehen, das sie nicht einschätzen konnte. Wieso zum Beispiel war Caruso sich so sicher, wo er seine Tochter finden würde? Und was waren das für Leute, mit denen er das Gebäude betreten hatte? Sie benahmen sich relativ normal, aber etwas an ihnen war … anders. Irgendetwas, ein Instinkt, den sie sich nicht erklären konnte, sagte ihr, dass es ein Fehler gewesen wäre, einzugreifen. Also hatte sie weiter hinter der Hecke gesessen und gewartet.

Zuerst war nichts geschehen, doch dann wurde die Tür aufgestoßen und ein nackter Mann kam zusammen mit einer Frau und einem anderen Mann heraus. Den Mann erkannte sie sofort wieder, es war der, der sie mittags angesprochen hatte – auch wenn er zu dem Zeitpunkt angezogen gewesen war. Dawn erhob sich, um sie zu befragen, aber sie liefen geradewegs zum Wald und sie wollte ihren Beobachtungsposten nicht aufgeben. Schließlich waren Caruso und seine Freunde noch im Gebäude. Nur wenige Minuten später öffnete sich die Tür erneut.

Dawn stockte der Atem, als sie neben einigen der Männer, die vorher mit Caruso hineingegangen waren, auch einen weiteren Mann sah, der wie einer der anderen ein Tier auf dem Arm trug.

Im Schein einer Straßenlaterne erkannte sie zwei abgemagerte Berglöwen. Auf einem Tisch, den der dritte Mann mit einiger Mühe schob, lag ein Löwe. Eine Bewegung auf dem Boden ließ sie genauer hinsehen. Es war doch aber unmöglich, dass hier ein Leopard frei herumlief, oder? Vor allem schien sich keiner der Männer davon gestört zu fühlen. Als wäre es normal mit einer Raubkatze oder besser *vier* Raubkatzen spazieren zu gehen. Ganz eindeutig ging hier etwas Merkwürdiges vor! Nackte Menschen, Raubkatzen, die sich nicht in Käfigen befanden ... das war alles nicht normal. Bevor sie sich entscheiden konnte, was sie unternehmen sollte, tauchte ein riesiger Adler auf und flog vor den Menschen und den Tieren her, als würde er ihnen den Weg zeigen. Kurz darauf waren auch sie im Wald untergetaucht.

Dawn schluckte. Was sollte sie tun? Konnte sie überhaupt etwas tun? Sie war alleine und wenn sie versuchte, die Gruppe zu stellen, würden die Raubtiere sie vielleicht angreifen. Während sie über ihre schmerzende Schläfe rieb, versuchte sie sich darüber klar zu werden, was hier vorging. Handelte es sich bei Carusos Freunden um militante Tierschützer, die in Labore einbrachen, um die dort gefangenen Versuchstiere zu befreien? Aber sie hatte noch nie davon gehört, dass große Raubkatzen für so etwas verwendet wurden. Wenn sie sich nicht irrte, waren das alles geschützte Arten. Und was hatte es mit dem nackten Mann auf sich? Vorhin war er ihr recht normal vorgekommen, aber inzwischen fragte sie sich, ob sie die einzige normale Person hier in der Gegend war. Und dann noch der Adler! Irgendetwas wirklich Seltsames ging hier vor.

Entschlossen trat sie um die Hecke herum und ging über den gepflasterten Hof auf die Tür zu, weil sie plötzlich das Gefühl hatte, handeln zu müssen. Noch einmal fragte sie sich, ob es nicht doch sinnvoller gewesen wäre, Verstärkung anzufordern, aber es war zu spät. Während sie sich auf das Gebäude zubewegte, öffnete sich die Tür erneut und vier Leute stolperten heraus. Automatisch zog Dawn die Pistole und richtete sie auf die Gruppe. Ihr Blick fiel auf eine Frau, deren lange rote Haare ihr wirr ins Gesicht hingen. Isabel! Die vier erstarrten, als sie Dawn bemerkten. Sofort schob sich eine große Frau vor Isabel, in der sie Carusos Freundin vom Flughafen in Las Vegas erkannte. Die beiden Männer waren ihr unbekannt, aber einer von ihnen hatte eine stark blutende Wunde an der Schulter.

Dawn senkte die Waffe ein wenig. »Ich bin Detective Jones und bin hier, um Isabel Kerrilyan zu befreien.«

Die Frau trat einen Schritt vor. »Ich weiß, wer Sie sind. Und Isabel ist bereits befreit.«

»Wo ist Caruso?«

Isabel schob sich nach vorne. »Er ist da drin und kämpft mit meinem Entführer. Bitte helfen Sie ihm, wenn Sie wirklich Polizistin sind, dieser Lee hat eine Pistole!«

Dawn nickte knapp und wandte sich dem blutenden Mann zu. »Sie sind verletzt, brauchen Sie Hilfe?« Seine Lippen waren fest zusammengepresst, als er langsam den Kopf schüttelte. »Okay, ich gehe jetzt rein. Ich möchte, dass Sie sich zu meiner Verfügung halten, bis ich wieder herauskomme.« Dabei deutete sie auf Isabel und die andere Frau.

»Natürlich.«

Die Antwort kam Dawn ein wenig zu schnell, aber sie wusste, dass sie nichts tun konnte, um sie zum Bleiben zu zwingen, denn sie hatte jetzt nicht die Zeit, sie ordnungsgemäß festzunehmen und in ihrem Wagen zu deponieren. Deshalb nickte sie ihnen zu und setzte ihren Weg zur Tür fort. Sie atmete noch einmal tief durch, bevor sie die Tür aufstieß und mit der Pistole im Anschlag in die Eingangshalle eintauchte. Caruso war mit einem älteren Mann in einen heftigen Kampf verwickelt, während der Nackte zusammengekrümmt daneben auf dem Boden lag. Wie zum

Teufel war er wieder in das Gebäude gekommen, ohne dass sie ihn gesehen hatte? Aber das war jetzt zweitrangig, zuerst musste sie Caruso und seinen Gegner trennen.

»Polizei! Hände hoch!«

Für einen Moment erstarrten die beiden Kämpfenden und blickten sie überrascht an. In Carusos Augen blitzte etwas auf, das sie nicht deuten konnte. Der andere Mann nutzte den kurzen Augenblick seiner Unaufmerksamkeit und rammte seinen Ellbogen in Carusos Magen. Der krümmte sich zusammen, schaffte es aber, die Hand seines Gegners, in der er eine Pistole hielt, weiterhin festzuhalten. Der nackte Mann stöhnte auf und Caruso schwankte für einen Moment. Schmerz war deutlich sichtbar in sein Gesicht gegraben, seine Hand löste sich von der des Verbrechers. Irgendetwas ging hier vor, das sie nicht verstand, aber sie musste sich darauf konzentrieren, diese Situation zu entschärfen.

»Sind Sie Lee Rosebud? Ich verhafte Sie wegen Entführung einer Minderjährigen. Lassen Sie den Mann los, legen Sie die Pistole auf den Boden und heben Sie die Hände über den Kopf.«

Anstatt ihrem Befehl Folge zu leisten, lachte er nur. In einer blitzschnellen Bewegung schlang er seinen Arm von hinten um Carusos Hals und hielt die Pistole an dessen Schläfe. »Das glaube ich eher nicht. Wenn Sie näher kommen, schieße ich.«

Dawn versuchte, einen Weg zu finden, Lee auszuschalten, doch Carusos Körper war im Weg. Sie konnte nicht schießen, ohne ihn zu gefährden. Besonders wenn Lee dann vielleicht den Abzug drückte. Einen Kopfschuss würde Caruso in dieser Entfernung auf keinen Fall überleben. Es war eindeutig eine Patt-Situation. Schweiß bildete sich auf ihrer Stirn und lief ihren Rücken herab. Nicht zum ersten Mal geriet sie während eines Einsatzes selbst in Gefahr oder musste zurückweichen, um das Leben einer Geisel nicht zu gefährden. Doch diesmal stand mehr auf dem Spiel, denn auch wenn sie versucht hatte, es zu ignorieren, bedeutete Caruso ihr mehr, als er sollte. Das schien auch Lee zu spüren, denn er grinste sie wissend an.

»Wir werden uns jetzt langsam rückwärts entfernen. Bleiben Sie schön dort stehen, wenn Sie Carusos Leben nicht gefährden wollen. Mit einem Loch im Schädel sieht er sicher nicht mehr so gut aus.«

Mit zusammengebissenen Zähnen beobachtete Dawn, wie Lee Caruso mit sich zerrte. Die Mündung der Pistole presste sich weiterhin gegen dessen Schläfe. Als die beiden um die Ecke verschwanden, rannte sie los. Neben dem nackten Mann hockte sie sich hin und legte eine Hand auf seine Schulter.

»Sind Sie schwer verletzt?«

Mühsam öffnete er die Augen, deren goldbraune Iris größer als normal schien, während die Pupille jetzt zu einem schmalen Schlitz zusammengezogen war. Und waren seine Augen zuvor nicht grau gewesen? »Nein, nur erschöpft.« Seine Stimme klang rau. »Folgen Sie ihnen, Lee darf nicht entkommen.« Damit schlossen sich seine Lider wieder und sein Kopf sackte zurück.

Dawn dachte nicht darüber nach, wie seltsam das alles war, sondern sprang auf und lief hinter Caruso und Lee her. Sie konnte gerade noch sehen, wie Lee Isabels Vater in einen Fahrstuhl zerrte. Vorsichtig näherte sie sich den Türen, die genau in diesem Augenblick zugingen. Frustriert schlug Dawn mit der flachen Hand dagegen, auch wenn ihr bewusst war, dass das nicht wirklich half. An der Anzeige konnte sie ablesen, dass der Fahrstuhl im Keller hielt. Ungeduldig drückte sie auf den Knopf. Ein durchgängiges Klingeln ertönte und die Kabine blieb, wo sie war. Anscheinend hatte der Verbrecher sie mit einem Nothalt blockiert. Verdammt!

Irgendwie musste sie dort hinunterkommen. Normalerweise gab es in jedem Gebäude ein Notfalltreppenhaus, die Frage war nur, wo und ob sie dort hineinkommen würde. Da sie nichts anderes tun konnte, lief sie den Gang hinunter. Dabei folgte sie den Notausgangsschildern, die in regelmäßigen Abständen angebracht waren. Nachdem sie um einige weitere Ecken gebogen war, kam sie schließlich zu einer Stahltür am Ende des Gangs. Mit wenig Hoffnung zog sie an dem Knauf. Zu ihrer Überraschung schwang ihr die Tür entgegen. So schnell und leise wie möglich lief sie die Treppen hinunter, bis sie erneut zu einer Stahltür kam. Auch diese ließ sich ohne Probleme öffnen. Was auch immer im Gebäude geschehen war, die Sicherheitssysteme schienen jedenfalls außer Kraft gesetzt worden zu sein.

Nach einem tiefen Atemzug schlüpfte Dawn hinein und stand in einem weiteren hell erleuchteten Gang, von dem etliche Türen abgingen. Wie sollte sie Lee und Caruso jemals früh genug finden? Angestrengt lauschte sie, doch es war kein Laut zu hören.

Komm schon, Caruso, gib mir ein Zeichen!

Natürlich passierte nichts. Wenn er irgendwelche übersinnlichen Fähigkeiten hatte, die ihn zu seiner Tochter geführt hatten, wandte er sie zumindest jetzt nicht an, um ihr mitzuteilen, wo er sich aufhielt. Kopfschüttelnd machte sie sich wieder auf den Weg. Sie war eindeutig übermüdet, wenn sie ernsthaft über so etwas nachdachte.

Da ihr keine andere Wahl blieb, öffnete sie jede Tür, an der sie vorbeikam, und blickte in den dahinterliegenden Raum. Die meisten waren leer, in einigen standen Gerätschaften oder sie wirkten wie Gefängniszellen. Ihr Nacken prickelte warnend, und sie sah sich vorsichtig um. Es war nichts zu sehen, trotzdem hatte sie das Gefühl, beobachtet zu werden. Entlang des Gangs waren Kameras angebracht, aber sie wusste nicht, ob sie überhaupt funktionierten. Aber auch wenn Lee ihr vielleicht schon auflauerte, konnte sie ihre Suche nicht aufgeben. Sie war Polizistin und wenn sie wusste, dass ein Mensch in Gefahr war, würde sie ganz sicher nicht umdrehen und einfach weggehen. Genau, es war reines Pflichtgefühl, nicht etwa, weil sie irgendetwas zu Caruso hinzog.

Dawn verdrehte die Augen und öffnete die nächste Tür. Überrascht zuckte sie zurück, als sie bemerkte, dass es sich um eine Art Überwachungsraum handelte. Große Monitore bedeckten eine Wand, doch sie waren dunkel. Also schienen die Kameras tatsächlich nicht an zu sein. Sie ging um einen Tisch herum und unterdrückte gerade noch einen Aufschrei. Auf dem Boden lagen zwei gefesselte und geknebelte Männer, die sie wütend anstarrten. An den Uniformen waren sie als Wachleute zu erkennen. Also Lees Schergen. Dawn hockte sich daneben, löste die Knebel und ließ ihre Hände locker über ihre Knie baumeln. Die Augen der Männer richteten sich wie gebannt auf ihre Pistole.

»Hallo, ich bin Detective Jones. Sind hier gerade zwei Männer vorbeigekommen?« Keine Antwort. Dawn beugte sich vor. »Sie sollten mir besser antworten, wenn Sie auf eine milde Strafe hoffen.«

Der weiter vorne liegende Mann blickte sie verächtlich an. »Wir tun hier nur unseren Job. Irgend so ein nackter Freak hat uns überfallen. Ihn sollten Sie verhaften.«

Dawn ließ sich davon nicht aus der Ruhe bringen. »Das werde ich vielleicht machen, aber zuerst muss ich jemand anderen finden. Also, noch einmal: Haben Sie hier in den letzten fünf Minuten jemanden gesehen?«

»Nein. Als wir aufgewacht sind, war niemand mehr hier.« Die Antwort kam von dem anderen Mann.

Rasch richtete Dawn sich auf. »Danke.« Damit verließ sie den Raum.

»Hey! Sie können uns nicht einfach hier liegen lassen!«

Oh doch, das konnte sie. Wenn die beiden mit diesem Lee

unter einer Decke steckten, hatten sie es nicht besser verdient, wenn nicht, war es sicherer, wenn sie in dem Raum blieben, bis sie Lee unschädlich gemacht hatte. Die Stimme des Mannes wurde leiser, als die Tür hinter ihr zuschwang. Okay, hier war Lee also nicht gewesen. Blieb noch eine Tür in diesem Segment, bevor eine Stahltür den Gang abtrennte. Da sie bisher weder Lee noch Caruso gesehen hatte, mussten sie irgendwo hier sein. Dawns Brustkorb zog sich zusammen. Oder sie waren mit dem Fahrstuhl wieder nach oben gefahren, nachdem sie weg war. Vielleicht waren sie längst sonstwo oder Caruso bereits tot …

Ein lautes Scheppern ertönte irgendwo in der Nähe. Ihr Herz schlug schneller, als sie weiterlief. Hinter der nächsten Tür waren eindeutig die Geräusche eines Kampfes zu hören. Einen Moment hielt sie inne und atmete tief durch, bevor sie die Tür vorsichtig öffnete, die nach außen aufging. Wenn sie Glück hatte, würde Lee sie nicht sofort bemerken und sie konnte sich an ihn heranschleichen und überwältigen, ohne Caruso in Gefahr zu bringen. Ein Blick durch den Türspalt zeigte ihr, dass es sich bei dem Raum um ein Labor handeln musste. Etliche leere Käfige waren an der Wand aufgebaut, Laborgeräte, ein Untersuchungstisch und einige Computer standen im Zimmer verteilt. Die Tiere, die Carusos Freunde befreit und nach oben gebracht hatten, schienen hier eingesperrt gewesen zu sein.

Doch das war jetzt nebensächlich. Hastig suchte sie den Raum mit den Augen nach Lee und Caruso ab, doch sie konnte sie nicht entdecken. Ein Beistelltisch mit Operationsbesteck lag umgekippt auf dem Boden, wahrscheinlich war es das, was sie gehört hatte. Aber wer hatte ihn bewegt? Bevor sie der Sache nachgehen konnte, wurde die Tür heftig von innen aufgestoßen und traf sie hart an Schulter und Brust. Schmerz explodierte in ihrer Wange. Sie geriet ins Wanken und stürzte zu Boden, die

Pistole rutschte aus ihrer Hand und landete außer Reichweite. Ihr Kopf schlug auf den Fliesen auf. Halb bewusstlos blieb sie dort für einen Moment liegen. Ohne Vorwarnung griff eine Hand nach ihrem Knöchel und zog sie in den Raum. Verdammt, sie hätte doch Verstärkung rufen sollen!

Sawyer atmete erleichtert auf, als er sah, dass Keira mit Isabel und seinen Männern auf ihn zukam. Nur ungern war er ohne sie in den Fahrstuhl gestiegen, aber es war anders nicht möglich gewesen. Die ehemaligen Gefangenen mussten so schnell wie möglich aus dem Gebäude gebracht werden, denn es war klar, dass Lee alles tun würde, um sie aufzuhalten, wenn er sie entdeckte. Und in den Käfigen hätten die Wandler nicht mehr viel länger überlebt. Bei dem Gedanken daran, in welchem Zustand sie gewesen waren, wurde ihm übel. *Oh Gott, Cade*. Rasch schob er die Erinnerung beiseite und konzentrierte sich auf Keira. Sie sah aus wie eine Göttin mit ihren im Mondlicht golden leuchtenden Haaren und der muskulösen Figur. Sein Herz begann schneller zu klopfen, als er auf sie zuging.

Es dauerte einen Moment, bis er den Geruch von Blut wahrnahm. Den restlichen Weg rannte er, und sowie er bei ihr angekommen war, fuhr er mit seinen Händen über ihren Körper, um festzustellen, wo sie verletzt war.

Colt räusperte sich. »Könntest du damit noch ein wenig warten, bis ihr alleine seid? Außerdem braucht Alden einen Verband.«

Verlegen trat Sawyer zurück. Er war es nicht gewöhnt, dass seine Gefühle über seinen Verstand siegten, aber in Keiras Gegenwart war ihm das schon mehr als einmal passiert. Tief blickte er in ihre Augen. »Tut mir leid, ich dachte, du wärst verletzt.«

Ihr Lächeln war nur ein leichtes Heben des Mundwinkels. »Kein Problem. Aber lass uns erst mal zu den anderen gehen, damit Isabel in Sicherheit ist und dein Mann versorgt werden kann.«

Sawyer blickte hinter sie. »Wo sind Caruso und Harken?«

Sie zog die Augenbrauen zusammen. »Sie sind noch im Gebäude. Lee hat uns angegriffen, als wir bereits fast draußen waren. Caruso hat ihn aufgehalten, damit wir fliehen konnten. Ein Schuss hat sich gelöst und Alden getroffen.«

Verdammt. Er hatte gehofft, die Sache ohne jedes Blutvergießen beenden zu können – außer dem von Lee.

»Vor der Tür haben wir Detective Jones getroffen. Sie ist reingegangen, um Caruso zu helfen. Aber ich weiß nicht, ob sie gegen Lee gewinnen kann. Er hat nichts zu verlieren – und er ist skrupellos.«

Sawyer blickte zu seinen Männern und dann zum Gebäude. »Ich werde Caruso und Harken helfen.« Lee durfte auf keinen Fall gewinnen, nicht nach dem, was er Cade, Neela und den anderen Wandlern angetan hatte. Ganz zu schweigen von der Gefahr, in der alle anderen Wandler schwebten, wenn Lee ungeschoren davonkam. Er musste gestoppt werden, sofort.

»Wir kommen mit.«

»Ich komme mit.«

Seine Männer und Keira sprachen zur gleichen Zeit.

»Nein und nein.« Sawyer schüttelte bereits den Kopf. »Colt, geh mit Alden zu Brick und lass ihn verbinden. Keira …«

Sie schob ihr Kinn vor. »Oh nein, du bist nicht mein Anführer und kannst mir deshalb gar nichts verbieten. Es ist mein Kampf genauso wie deiner, sogar noch mehr, weil Lee Isabel entführt hat, als sie unter meinem Schutz stand. Außerdem steckt er wahrscheinlich hinter all den Angriffen auf meine Gruppe.« Sie legte ihre Hand auf seinen Arm. »Und jetzt müssen wir uns beeilen, wenn er uns nicht entwischen soll.«

Sawyer musste zugeben, dass sie Recht hatte, auch wenn es

ihm nicht gefiel, sie noch einmal in Gefahr zu sehen. Aber hatte er sich nicht gerade deshalb in sie verliebt, weil sie bereit war, für das zu kämpfen, was sie als richtig erachtete? Mit einem tiefen Seufzer nickte er schließlich. »Komm.« Er nahm ihre Hand in seine und lief wieder auf das Gebäude zu. Freudig bemerkte er, dass sie sich nicht von ihm befreite, wie sie es früher wahrscheinlich getan hätte. Stattdessen drückte sie einmal zu. Fragend blickte er sie an.

»Danke, dass du mich so akzeptierst, wie ich bin.« Ihre samtige Stimme wand sich im Dunkeln um ihn und er wünschte sich, die Zeit zu haben, sie an sich zu ziehen und zu küssen, bis sie beide keine Luft mehr bekamen.

Stattdessen entschied er sich für eine ehrliche Antwort. »Es fällt mir schwer, zuzusehen, wie du dich in Gefahr begibst. Aber du gefällst mir genau so, wie du bist. Was sollte ich mit einer Frau anfangen, die immer nur Ja sagt und alles macht, was ich möchte? Ich würde vor Langeweile sterben.«

Keira grinste ihn an. »Das kann ich natürlich nicht zulassen.«

Sawyers Herz klopfte schneller. »Genau.« Er wurde ernst. »Pass bitte auf dich auf, ja?«

Sie nickte. »Und du auf dich.«

Als sie den Eingang erreichten, schob Sawyer sich vor sie und öffnete vorsichtig die Tür. Er zuckte erschrocken zusammen, als jemand direkt auf ihn zukam, aber es war nur Harken, der sich die Eingangshalle entlangschleppte. Dabei stützte er sich mit einer Hand an der Wand ab und schob ein Bein mühsam vor das andere. Sein Gesicht war bleich und wirkte eingefallen. Da er den Wandler bisher nur im Vollbesitz seiner Kräfte gesehen hatte, erschrak Sawyer.

Keira schien es ähnlich zu gehen, denn sie lief zu ihm und legte eine Hand auf seinen Arm. »Bist du verletzt?«

Harken verzog den Mund. »Nein, nur von den vielen Verwandlungen geschwächt. Es kostet viel Kraft, meine Moleküle immer wieder neu anzuordnen.«

»Sollen wir dich rausbringen?«

»Nicht nötig, ich komme zurecht.« Ein Zittern lief durch seinen Körper. »Lee hat Caruso zum Fahrstuhl geschleppt. Dawn ist hinterhergelaufen, aber ich weiß nicht, ob sie rechtzeitig gekommen ist.« Ein Muskel zuckte in seiner Wange. »Findet Lee und sorgt dafür, dass er nicht entkommt.«

Sawyer nickte knapp. »Das werden wir.«

30

Caruso hob seine Lider, als er einen Schrei hörte. Zumindest versuchte er es, doch ein Auge schien beinahe zugeschwollen zu sein, nachdem Lee ihn dort mit dem Ellbogen erwischt hatte. Das war geschehen, als er auf dem Gang versucht hatte, seinem Gegner die Waffe abzunehmen, möglichst ohne dabei erschossen zu werden. Rasch blinzelte er und versuchte, den Blick auf die Türregion zu konzentrieren, aus der die Geräusche zu kommen schienen. Lee hatte ihn, benommen wie er war, vor den Käfigen abgeladen. Wahrscheinlich dachte er, dass Caruso zu keiner Gegenwehr mehr fähig war, aber da täuschte er sich. Je weiter sie sich von Harken entfernt hatten, desto mehr hatte er sich von den Kopfschmerzen erholt. Noch immer fühlte er sich schwach und seine verletzten Rippen schmerzten höllisch, aber zumindest drohte er nicht mehr jeden Moment das Bewusstsein zu verlieren.

Das Bild vor seinen Augen klärte sich und er sah, wie Dawn versuchte, nach Lee zu treten, der sie offenbar überwältigt hatte und gerade an einem Bein in den Raum zog. Verdammt, was machte die Polizistin hier? Er hatte gehofft, dass sie sich aus der Sache heraushalten würde oder zumindest so schlau war, nur mit Verstärkung hier aufzutauchen. Aber wie es aussah, war sie nicht nur allein, sondern auch unbewaffnet. Auf ihrer rechten Gesichtshälfte bildete sich eine Schwellung, doch Dawn sah nicht ängstlich aus, sondern extrem wütend. Es tat Caruso gut, sie zu sehen, auch wenn er sich wünschte, sie wäre nicht hier, sondern in Sicherheit.

Lees Anzug saß nicht mehr so tadellos wie vor ihrem Kampf, ein Ärmel war eingerissen und auf seinem weißen Hemd waren Blutflecken zu sehen. Ob sie von Lee oder von ihm selbst stammten, wusste er nicht. Während Dawn über den Boden geschleift wurde, trafen ihre Augen auf seine. Sie weiteten sich, als sie seinen Zustand sah. Okay, es wurde Zeit, dass er sich aufrappelte und dafür sorgte, dass Lee niemandem mehr schaden konnte. Unauffällig bewegte er seine Arme und Beine. Es schien alles noch zu funktionieren. Noch immer wusste er nicht, warum Lee sich überhaupt die Mühe gemacht hatte, ihn in sein Labor zu bringen, anstatt ihn einfach irgendwo umzubringen. Sicher lag es nicht daran, dass er Skrupel hatte. Wenigstens war der Wachmann nicht mehr hier, den Bowen vorhin überwältigt hatte. Wahrscheinlich hatte er die Möglichkeit zur Flucht ergriffen, als sie das Labor verlassen hatten, und sich irgendwo verkrochen. Einer weniger, um den er sich kümmern musste.

»Sie machen einen Fehler. Meine Kollegen werden gleich hier auftauchen und …«

Lee unterbrach sie. »Hören Sie auf mit den leeren Drohungen. Wären Sie wirklich von der Polizei, hätten Sie gleich Verstärkung mitgebracht. Vor allem hätten Sie nichts mit diesen Missgeburten zu tun.«

Mit fest gegen den Schmerz zusammengebissenen Zähnen stützte Caruso sich auf einen Ellbogen. »Irrtum. Sie ist Detective in Las Vegas. Es wäre sehr dumm, sie in die Sache mit hineinzuziehen. Wenn du einen Cop tötest, wirst du nie wieder irgendwo Ruhe finden, weil sie dich jagen werden.«

Lee lachte nur. »Aber wenn ich es so aussehen lasse, als hättest du sie getötet, wird niemand mich verdächtigen. Vor allem, weil ich zum Tatzeitpunkt ganz weit weg war.«

»Etliche Leute haben dich hier gesehen, glaub nicht, dass du damit durchkommst.« Caruso schaffte es, seinen Oberkörper aufzurichten. Schwer atmend lehnte er sich gegen die Wand. Schmerz zuckte durch seine Rippen, wahrscheinlich hatte er sich mindestens eine angebrochen. Aber das war jetzt unwichtig. Es zählte nur, Lee unschädlich zu machen und Dawn hier herauszubringen. Aber wie sollte er das am besten bewerkstelligen? Solange Lee die Waffe in der Hand hielt, wäre es Wahnsinn gewesen, ihn offen anzugreifen.

Lee ließ Dawns Knöchel los und trat schnell zurück. Die Pistole zielte auf den Oberkörper der Polizistin. »Bleiben Sie ruhig dort sitzen, wenn Sie nicht noch früher sterben wollen.«

Dawns Augen zogen sich zusammen, die Muskeln in ihren Armen spannten sich an. Es war offensichtlich, dass sie ihr Schicksal nicht ruhig erwarten, sondern lieber kämpfen wollte. Als ihr Blick seinen traf, schüttelte Caruso fast unmerklich den Kopf. Ihre Chance war größer, wenn sie Lee noch ein wenig hinhielten und ablenkten. Vielleicht hatte sich auch Harken bis dahin erholt und konnte ihnen helfen oder einer der anderen Wandler.

Zufrieden nickte Lee, als Dawn sich nicht weiter bewegte. »Brav.« Er wandte sich zu Caruso um. »So, kommen wir zu dem Grund, warum ich dich hierhergebracht habe.« Ohne ihn aus den Augen zu lassen, öffnete er eine Schublade und schob seine Hand hinein. Schließlich zog er sie mit einer Spritze wieder heraus. »Ich brauche eine kleine Blutspende, bevor deine Gene für immer verloren sind.«

Der Mann war eindeutig irre. Caruso bemühte sich um einen gleichgültigen Gesichtsausdruck. »Warum sollten meine Gene von Interesse sein?«

Lee grinste. »Dachtest du, ich würde nicht bemerken, dass ihr die gleichen Augen habt? Zuerst dachte ich, Isabel wäre deine Geliebte, aber eure Reaktionen passten nicht dazu. Also tippe ich darauf, dass sie deine Tochter ist, was auch erklärt, dass sie Angst hatte dich ›auch noch‹ zu verlieren. Sehr interessant, das tauchte nirgends in den Unterlagen auf, die ich über Isabel gesammelt habe.«

»Und warum sollte das für dich von Interesse sein?« Ein harter Klumpen bildete sich in seinem Magen.

»Hat Isabel dir nichts von meiner Entdeckung erzählt? Das wundert mich.« Als Caruso nichts dazu sagte, redete er ungeduldig weiter. »Ich habe mich gefragt, warum sie mit den Wandlern scheinbar geistig verbunden ist und bin in ihrem Blut auf die Lösung gestoßen.«

Alles in Caruso spannte sich an. Er wagte es nicht, in Dawns Richtung zu sehen. »Und die wäre?«

Lees Augen glitzerten triumphierend. »Ihr habt Wandler-Gene. Irgendeiner eurer Vorfahren war ein Wandler.«

Caruso versuchte verzweifelt, keinerlei Regung zu zeigen. Schon sein ganzes Leben fragte er sich, woher diese Gabe stammte, doch es war ihm bis heute ein Rätsel. Seine Eltern wussten es nicht – oder zumindest taten sie so, als wäre er eine Ausnahme. Mit den Jahren war es ihm gelungen, die Empfindungen von Katzen größtenteils zu ignorieren. Doch als Jennings dann gegen die Berglöwenwandler vorging, hatte Caruso bereits bei Melvin, dem von Gary entführten Jugendlichen, gemerkt, dass etwas anders war, dass er auch dessen Gefühle spüren konnte. Und während des Kampfes zwischen den Menschen und den Wandlern waren die Schmerzen, die die Wandleremotionen in ihm auslösten, schließlich so schlimm geworden, dass er es irgendwann einfach nicht mehr ausgehalten hatte und zusammengebrochen war …

»Na, überrascht? Isabel ging es ähnlich.« Lee trat näher und beugte sich zu ihm hinunter. In einer Hand hielt er die Pistole, in der anderen die aufgezogene Spritze. »Bringen wir es hinter uns, ich habe noch was anderes zu tun.«

Da er auf dem Boden saß und mit dem Rücken an der Wand

lehnte, konnte Caruso nicht flüchten. Die einzige Möglichkeit war zu kämpfen. Aber dann lief er Gefahr, einfach erschossen zu werden, und es würde Lee nichts davon abhalten, sein Blut zu nehmen, nachdem er tot war. Vielleicht hatte er das sowieso vor. Auch wenn Caruso das vorher gar nicht gedacht hätte, hing er doch ein wenig am Leben. Er wollte seine Tochter kennenlernen und erfahren, was er alles verpasst hatte. Und da war noch Dawn …

Langsam hob er seine Augen und blickte über Lees Schulter auf die Polizistin. Was er sah, ließ seinen Puls in die Höhe schnellen.

Sie hatte sich aufgerappelt und schlich nun auf Lee zu, der ganz auf Caruso konzentriert war und nicht auf sie achtete. Ihre Hände waren zu Fäusten geballt und sie sah aus, als wollte sie es unbewaffnet mit Lee aufnehmen, doch das durfte er nicht zulassen. Irgendetwas musste er tun, wenn er verhindern wollte, dass sie verletzt wurde oder umkam, aber ihm fiel nur ein, Lee selbst anzugreifen, um ihn abzulenken. Er zog sein Bein an und trat seinem Gegner mit aller Kraft gegen das Knie. Mit einem schmerzerfüllten Aufschrei sackte Lee zu Boden, schaffte es aber, weder die Pistole noch die Spritze zu verlieren. Sein Gesicht verzog sich zu einer wütenden Fratze und er stieß die Nadel der Spritze tief in Carusos Oberarm.

Als ihn der Schmerz durchzuckte, schob er Lee mit aller Kraft zurück, wodurch sich die Nadel noch tiefer bohrte. Gerade als er dazu ansetzte, Lee einen weiteren Fußtritt zu verpassen, stürzte sich Dawn auf den Verbrecher. Dadurch verlor Lee sein Gleichgewicht und kippte um. Caruso ließ sich nach vorne fallen und hielt ihn mit seinem Gewicht auf dem Boden fest. Ein Knall ertönte. Lee hatte auf ihn geschossen! Doch der erwartete Schmerz blieb aus. Stattdessen hörte er ein Stöhnen, das die Haare in seinem Nacken hochstehen ließ. Fast wie in Zeitlupe drehte er seinen Kopf dorthin, wo Dawn sich noch vor wenigen Sekunden befunden hatte. Sie war verschwunden.

Lee nutzte seine Unaufmerksamkeit sofort aus und versuchte, ihn abzuschütteln. Caruso kippte zur Seite, konnte sich aber im letzten Moment mit einer Hand abstützen. Mit der anderen drückte er Lees Hand mit der Waffe auf die Fliesen. Noch immer steckte die Spritze in seinem Arm, aber glücklicherweise dämpfte das Adrenalin, das durch seinen Körper strömte, die Schmerzen.

»Dawn?«

Sie antwortete nicht. Oder vielleicht hörte er es auch nur nicht, weil ihm vor Wut das Blut in seinen Ohren rauschte. Caruso blickte in Lees gerötetes Gesicht herunter.

Langsam grinste der Caruso an. »Du musst dich jetzt entscheiden, ob du weiter mit mir kämpfen oder dich vielleicht doch lieber um deine Freundin kümmern willst. Ich weiß nicht, wie viel Zeit ihr noch bleibt.«

Mit einem wütenden Knurren, das direkt von seinen Wandler-Vorfahren zu stammen schien, presste er seine Finger so zusammen, dass Lee mit einem Schmerzenslaut die Pistole losließ. Caruso schob sie mit dem Arm zur Seite, ohne Lee aus den Augen zu lassen. Nachdem seine Hand nun frei war, schlug er zu. Schmerz zuckte durch seine Fingerknöchel, aber er achtete nicht darauf. Lee sackte bewusstlos in sich zusammen. Schwer atmend machte sich Caruso von ihm los und ließ seinen Kopf hängen, während er versuchte, wieder Luft zu bekommen. *Dawn.* Er drehte sich so schnell um, dass ihm schwindelig wurde. Für einen Moment glaubte er, dass auch er ohnmächtig werden würde, doch er kämpfte dagegen an. Zuerst musste er wissen, was mit Dawn geschehen war.

Nachdem er die Schwärze vor seinen Augen verdrängt hatte, blickte er auf. Sein Magen zog sich zusammen, als er Dawn auf dem Boden liegen sah. Blut durchtränkte ihr T-Shirt in Bauchhöhe und bildete auf dem Boden eine immer größer werdende Lache. Oh Gott! So schnell er konnte, nahm er die Pistole, kroch zu ihr und beugte sich über die Polizistin. »Dawn!«

Ihr Gesicht war so blass, dass er jede einzelne Sommersprosse sehen konnte, die sich über ihre Nase zog. Selbst ihre Lippen waren unnatürlich hell. Unter ihren Augen lagen dunkle Schatten. Zögernd legte er seine Finger an ihren Hals. Ihr Puls war flach und viel zu schnell, aber sie lebte noch. Erleichtert atmete er auf. Jetzt musste er nur dafür sorgen, dass es auch so blieb, bis Hilfe kam. Rasch schob er ihr T-Shirt hoch und sog scharf den Atem ein, als er die Schusswunde ein Stück links oberhalb ihres Bauchnabels entdeckte. Frisches rotes Blut floss heraus und lief ihre Seite hinunter. Seine Kehle zog sich zusammen, doch er ignorierte es. Vorsichtig drehte er Dawn auf die Seite und entdeckte an ihrem Rücken die Austrittswunde der Kugel.

Okay, zuerst musste er sie jetzt verbinden, um die Blutung zu stoppen oder zumindest zu verlangsamen. Mit Mühe bekämpfte er die Furcht, dass er versagen und Dawn hier sterben würde. Er zog seinen Pullover aus und wickelte ihn um Dawns Taille. Doch es dauerte nur wenige Sekunden, bis der Stoff sich rötlich färbte. Verdammt! Verzweifelt sah er sich im Raum um. Als er an der gegenüberliegenden Wand einen Verbandskasten entdeckte, rappelte er sich auf und riss ihn in seiner Eile fast von der Wand, als er die Glastür öffnete. Schnell suchte er einige Kompressen heraus und drehte sich zu Dawn um.

Caruso sah gerade noch, wie Lee aus der Tür schlüpfte. Ohne nachzudenken stürzte er darauf zu, doch dann fiel sein Blick auf Dawn. Sein Pullover über ihren Wunden hatte inzwischen große rote Flecken. Wenn er nicht ganz schnell dafür sorgte, dass sie Hilfe bekam, würde sie sterben. Sosehr er Lee auch zur

Rechenschaft ziehen wollte, Dawns Überleben war wichtiger. Schnell fiel er neben ihr auf die Knie und legte die Kompresse auf die Wunde. Mit der Hand drückte er fest darauf, um den Blutfluss zu stoppen. Das Gleiche machte er auch bei der Rückenwunde. Noch immer hatte die Polizistin sich nicht gerührt, aber immerhin konnte er aus dieser Position sehen, wie sich ihre Brust langsam hob und senkte.

Caruso beugte sich über sie. »Komm schon, Dawn, halt durch.«

Als die Kompressen durchgeblutet waren, tauschte er sie gegen neue aus. Angespannt blickte er in Dawns Gesicht, als sich nach scheinbar unendlich langer Zeit ihre Lider hoben. Deutlich war der Schmerz in ihren hellbraunen Augen zu sehen, genauso wie ihre Verwirrung.

»Was ist … passiert?« Ihre Stimme war schwächer als sonst.

»Du wurdest angeschossen.«

Dawn hob den Kopf ein winziges Stück und blickte an sich herunter. Ihre Augen weiteten sich und sie wurde noch blasser, als sie das Blut in ihrer Bauchgegend sah. »Verdammt.« Kraftlos sank ihr Kopf zurück. »Ein Durchschuss?«

»Ja.«

Ihre Lider senkten sich. »Ich hoffe, du hast diesen elenden Mistkerl leiden lassen, bevor du ihn festgesetzt hast.«

Caruso räusperte sich. »Leider ist er entkommen.«

Dawns Augen flogen wieder auf, ihr Blick bohrte sich in seinen. »Wie ist das denn passiert? Und warum bist du nicht auf der Suche nach ihm?«

Ein humorloses Lachen entfuhr Caruso. »Er hatte eine Pistole, hast du das vergessen?« Ernster fuhr er fort. »Außerdem war es mir wichtiger, deine Verletzungen zu versorgen, als hinter Lee herzujagen. Du hast viel Blut verloren.« Er musste nicht dazusagen, dass ihre Lage viel zu ernst gewesen war, um sie allein zu lassen. Wie sollte er damit leben, wenn Dawn durch seine Schuld starb? Schließlich war er es, der sie mit in die Sache hineingezogen hatte.

Lange sah sie ihn schweigend an. »Danke.« Sie bewegte sich unruhig. »Ich kann mir vorstellen, wie schwierig diese Entscheidung für dich war, schließlich hatte der Mistkerl deine Tochter entführt.«

Dachte sie das wirklich? Caruso beugte sich wieder vor, bis sich sein Gesicht dicht über ihrem befand. »Nein, das war sie nicht. Du bist wesentlich wichtiger, als jede Rache es sein könnte.«

Tränen traten in ihre Augen. Sie hob ihre Hand und legte sie an seine Wange. »Ich …«

In diesem Moment wurde die Tür von außen aufgerissen. Caruso war bereits halb auf den Beinen, bereit, Dawn und sich selbst gegen jeden Angreifer zu verteidigen, als er Keira und Sawyer erkannte. Erleichtert ließ er sich wieder zurücksinken. »Gut, dass ihr kommt.«

Mit einem entsetzten Laut hockte Keira sich neben ihn. Ihr Blick ruhte starr auf dem Blut.

»Kannst du die Kompressen für einen Moment halten, damit ich einen Krankenwagen rufen kann?«

Keira nickte schweigend und ersetzte seine Hände auf Dawns Bauch. Die Polizistin sog scharf den Atem ein. »Entschuldigung.«

Caruso blickte auf das Blut an seinen Händen und wischte sie an seiner Hose ab, bevor er das Handy herausholte.

»Gib mir … das.«

Verwirrt sah er Dawn an. »Was?«

Sie streckte ihre Hand aus und nahm ihm das Telefon ab. »Es ist besser … wenn ich die Polizei rufe. Ihr müsst hier verschwinden.«

Furcht stieg in Caruso auf. »Und was willst du ihnen sagen, was passiert ist?«

Dawn blickte ihn ruhig an. »Ich habe einen anonymen Hinweis bekommen, dass sich Isabel hier im Gebäude aufhält und bin hineingegangen, um das zu überprüfen. Dabei bin ich auf Lee gestoßen, der mich mit einer Pistole bedroht und mich schließlich angeschossen hat.« Ein Hustenanfall schüttelte ihren Körper und sie krümmte sich vor Schmerzen zusammen.

»Ich lasse dich nicht allein.« Er sah Keira und Sawyer an. »Aber ihr solltet hier so schnell wie möglich verschwinden. Bringt die anderen in Sicherheit.«

Keira nickte zögernd. »Okay. Sollen wir Isabel mitnehmen?«

Keuchend öffnete Dawn ihre Augen wieder. »Sie muss hierbleiben. Als Beweis, dass sie wirklich hier gefangen gehalten wurde.«

Carusos Magen krampfte sich zusammen. Eigentlich wollte er Isabel so schnell wie möglich von hier wegbringen, aber Dawn hatte recht. Sie war seinetwegen in das Gebäude eingedrungen, obwohl sie das als Polizistin nicht gedurft hätte. Sie durften nicht zulassen, dass sie auch noch ihren Job verlor, nachdem sie schon ihretwegen so schwer verletzt worden war.

Er wandte sich an Sawyer. »Könnt ihr Isabel hierherbringen?«

»Ist es nicht besser, wenn sie draußen auf die Polizei wartet? Wir wissen nicht, wo sich Lee im Moment aufhält.«

Keiras Einwand klang logisch, deshalb nickte Caruso. »Aber ist sie draußen nicht genauso gefährdet?«

Keiras Lippen pressten sich zusammen. »Wir werden auf sie aufpassen.«

»In … meiner Hosentasche ist der Schlüssel meines Mietwagens. Sie soll sich einschließen und dort auf die Polizei warten.« Dawn sah Keira direkt an. »Ihr anderen solltet euch besser nicht … blicken lassen. Und bringt die Tiere weg, wenn ihr nicht wollt, dass sie in einem Zoo landen oder eingeschläfert werden.«

Bei dem Wort »Tiere« zuckten Keira und Sawyer zusammen, aber sie nickten nur. In Sawyers Wange zuckte ein Muskel, er sah so aus, als wäre er kurz davor, die Einrichtung des Labors zu zerstören.

»Geht jetzt, Dawn braucht so schnell wie möglich einen Arzt.« Er nahm neue Kompressen heraus und ersetzte Keiras Hände durch seine eigenen, nachdem er Dawn das Handy gegeben hatte.

Nach einem letzten Blick zurück verließen die beiden Wandler das Labor und ließen ihn mit Dawn allein. Es schien, als hätte die Diskussion der Polizistin die letzte Kraft geraubt. Ihre Haut wirkte beinahe grau, ihr Atem ging schwer. Schweigend hörte er zu, als sie die Notrufzentrale über ihren Zustand informierte und gleichzeitig ein Polizeiteam anforderte. Als sie mit dem Telefonat fertig war, ließ sie ihre Hand sinken und schloss die Augen.

Caruso wünschte, er könnte irgendetwas tun, um ihr die Schmerzen zu erleichtern, doch es gab nichts.

»Du solltest auch gehen.« Ihre Stimme war nur noch ein Hauch.

Entschieden schüttelte er den Kopf. »Nein. Wenn ich nicht den Druck aufrechterhalte, verblutest du, bevor die Rettungskräfte hier eintreffen. Außerdem besteht immer noch die Gefahr, dass Lee wieder auftaucht, um die Sache zu beenden.«

Ihre Lider hoben sich. »Ich kann dich nicht beschützen, wenn es Ermittlungen gibt. Sie werden dich fragen, warum du überhaupt hier warst und was du hier gemacht hast.«

»Das ist mir egal. Ich werde dich nicht allein lassen.« Um sie zum Schweigen zu bringen, beugte er sich vor und berührte sanft ihre Lippen mit seinen. Als er sich wieder aufrichtete, starrte

Dawn ihn mit offenem Mund an. »Sind jetzt alle Fragen beseitigt?«

Ihre hellbraunen Augen strahlten ihn warm an. »Nein, ganz im Gegenteil, aber das hat bis später Zeit.« Sie atmete flach durch. »Ich bin froh, dass du bei mir bist.«

Caruso wünschte, er könnte ihre Hand nehmen, aber er musste den Druck auf ihre Wunden weiter aufrechthalten. Stattdessen versuchte er ihr mit seinem Blick zu sagen, was er für sie empfand.

31

Isabel war mit den beiden Berglöwenwandlern im Wald angekommen, nur um dort von Brick zu erfahren, dass Bowen mit Finn die ehemaligen Gefangenen an einen sicheren Ort brachte. Auch wenn sie wusste, wie wichtig das war, fühlte sie sich doch merkwürdig alleingelassen. Hatte sie sich nur eingebildet, dass Bowen nun bereit war, seine Gefühle anzuerkennen? Nein, das konnte sie sich nicht vorstellen. Sie hatte seine Empfindungen deutlich spüren können, als sie in den Zellen eingesperrt gewesen waren. Es war nicht richtig, von ihm zu erwarten, dass er seine Aufgabe vernachlässigte, nur um ihr die Hand zu halten. Die Wandler hatten furchtbar ausgesehen, es war auf jeden Fall wichtiger, sich erst um sie zu kümmern, nach den Qualen, die sie durchleben mussten.

Angespannt blickte sie durch die Bäume auf das Gebäude hinunter. Es lag völlig dunkel und still da, nichts deutete darauf hin, was im Innern vor sich ging. Hoffentlich gelang es Caruso oder der Polizistin irgendwie, Lee zu überwältigen. Auch wenn sie noch nichts von ihm wusste, außer, dass er ihr leiblicher Vater war, zog sich ihr Magen bei dem Gedanken zusammen, dass ihm etwas passieren könnte. Er schien sich auch etwas aus ihr zu machen, wenn er hierhergekommen war, oder? Als Lee die Waffe auf sie gerichtet hatte, war Caruso vor sie getreten und hatte sie mit seinem Körper abgeschirmt. Das würde er doch nur tun, wenn er sich etwas aus ihr machte. Nachdem Isabel immer geglaubt hatte, dass Henry Stammheimer ihr Vater war, fühlte es sich merkwürdig an, plötzlich einen neuen Vater zu haben.

Vor allem kämpfte er für sie, obwohl er sie gar nicht kannte, während sie von Henry in seinem Keller eingesperrt worden war, als sie versucht hatte, Bowen zu befreien. Es schmerzte immer noch sehr, dass er ihr das angetan hatte, doch vielleicht gelang es ihr jetzt, einen Neuanfang zu machen. Aber dafür musste Caruso unverletzt aus dem Gebäude kommen. Die Arme gegen die kühle Nacht um ihren Oberkörper geschlungen, starrte sie auf das Gebäude. Je länger er dort drin war, ohne dass sie eine Nachricht bekamen, desto wahrscheinlicher wurde es, dass er immer noch in Lees Gewalt oder vielleicht sogar verletzt oder tot war. *Bitte nicht!* Ihre Zähne gruben sich in ihre Unterlippe, ein Zittern lief durch ihren Körper.

Unerwartet entstanden beruhigende Bilder in ihrem Kopf. Isabel presste die Hand vor ihren Mund, Tränen bildeten sich in ihren Augen. Anscheinend hatte Bowen ihre Verzweiflung gespürt und versuchte, sie zu trösten, obwohl er nicht in der Nähe war und sicher andere Sorgen hatte. Das löste ein wenig Wärme in ihr aus, und sie wurde etwas ruhiger. So viel Schlimmes war im letzten Jahr passiert, nicht nur ihr, sondern vor allem den Wandlern, dass es jetzt wirklich Zeit für ein wenig Glück war. Es ging Caruso gut und die ehemaligen Gefangenen würden sich von den Qualen erholen. Und Bowen würde erkennen, dass er mit ihr zusammen sein wollte, egal, was noch zwischen ihnen stehen mochte.

Ihre Zuversicht hielt genau so lange an, bis sie Keira und Sawyer aus dem Gebäude laufen sah – ohne Caruso und die Polizistin. Ihr Herz begann schneller zu schlagen, die Angst um ihren Vater drückte auf ihren Brustkorb. Irgendetwas musste sie tun, um ihm zu helfen. Ohne weiter darüber nachzudenken, lief sie los. Brick rief etwas hinter ihr her, doch sie reagierte nicht darauf. Sie wusste nur eines: Sie musste in das Gebäude, bevor sie noch einen Vater verlor. Unerwartet wurde sie von Armen umschlungen und an eine harte Brust gezogen. Sofort wehrte sie sich dagegen und versuchte, sich zu befreien. Für einen Moment dachte sie, dass Lee sie gefunden hatte, doch dann erkannte sie den Geruch und stellte den Kampf ein.

»Ganz ruhig, ich bin es.« Bowens Stimme klang atemlos an ihrem Ohr. »Wo willst du denn hin?«

Einige Sekunden lehnte sie sich gegen ihn, doch dann machte sie sich los. »Ich muss zum Gebäude zurück, Caruso und die Polizistin sind noch darin.«

Bowen stellte sich vor sie und legte seine Hände auf ihre Schultern. »Es geht ihnen sicher gut.«

»Das glaube ich nicht. Keira und Sawyer wollten ihnen helfen und jetzt sind sie alleine herausgekommen.« Sie deutete auf das Gebäude.

Bowens Miene verzog sich sorgenvoll, als er die beiden auf den Wald zulaufen sah. »Selbst wenn etwas passiert sein sollte, wie solltest du ihnen helfen können? Du hast keine Waffen und bist sicher nicht so stark wie Lee.«

»Das ist mir klar!« Verärgert wollte sich Isabel von ihm losmachen, doch er hielt sie fest. Verzweiflung kam in ihr auf. »Verstehst du nicht? Ich muss etwas tun! Sonst verliere ich noch einen Vater.« Die Machtlosigkeit schnürte ihre Kehle zu.

»Caruso würde sicher nicht wollen, dass du dich wieder in Gefahr begibst, nachdem er alles getan hat, um dich dort herauszuholen.« Mit seinem Daumen strich er über ihre Wange. »Warte erst mal ab, was Keira zu sagen hat, vielleicht ist alles in Ordnung.« Seine sanfte Stimme trieb Tränen in ihre Augen.

Sie wusste, dass er Recht hatte, aber ihr ganzer Körper schmerzte, so stark war der Drang loszulaufen. Wie immer schien Bowen genau zu wissen, was sie fühlte, denn er zog sie an sich und rieb beruhigend über ihren Rücken. Er küsste ihren Scheitel und legte dann seine Wange auf ihren Kopf. Isabel konnte seinen kräftigen Herzschlag unter ihrer Hand spüren und schloss für einen Moment die Augen, um seine Nähe zu genießen. Sie löste sich erst von ihm, als Keira und Sawyer bei ihnen ankamen. Ein Blick in ihre Gesichter zeigte ihr, dass ihre Vorahnung richtig gewesen war. Etwas Schreckliches war geschehen.

»Ist er tot?«

Keira tauschte einen Blick mit Sawyer. »Niemand ist tot. Caruso ist nur leicht verletzt, aber Detective Jones wurde von Lee angeschossen. Sie muss dringend ins Krankenhaus, deshalb hat sie einen Krankenwagen gerufen.« Keira schnitt eine Grimasse. »Lee ist entkommen und das macht es schwer, zu beweisen, dass er dich entführt hat. Caruso ist bei ihr geblieben, um den Blutfluss zu stoppen. Es ist nur …«

Als sie nicht weitersprach, mischte Sawyer sich ein. »Sie brauchen dich als Zeugin, dass du von Lee entführt wurdest, Isabel.«

Unsicher sah Isabel von einem zum anderen. »Ich soll noch einmal in das Gebäude zurück?«

»Nein, natürlich nicht.« Keira zog etwas aus der Hosentasche und hielt es ihr hin. »Das ist der Schlüssel zu dem Mietwagen der Polizistin. Sie hat gesagt, du sollst dich darin einschließen, bis die Polizei kommt.« Sie blickte zum Gebäude hin. »Was vermutlich bald der Fall sein wird, deshalb müssen wir uns beeilen.«

Zögernd nahm Isabel den Schlüssel. »Wo steht der Wagen?«

Bowen drückte ihre Hand. »Ich bringe dich hin.« Er wandte sich an Keira. »Wo sind sie?«

»Im Labor. Durch den Fahrstuhl werden die Helfer nicht nach unten kommen, sie müssen die Nottreppe hinten im Gebäude nehmen.«

Bowen nickte und zog Isabel mit sich. Sie stemmte sich ihm entgegen. »Das geht nicht, sie dürfen dich nicht sehen!«

Seine Mundwinkel hoben sich. »Das werden sie auch nicht. Ich werde dich nicht alleinlassen, also spar dir deine Argumente. Noch einmal werde ich nicht zulassen, dass dir so etwas geschieht.«

Seine Worte wärmten sie, auch wenn sie immer noch glaubte, dass es für ihn zu gefährlich war, sich in ihrer Nähe aufzuhalten, wenn es hier bald vor Polizei wimmelte. »Versprich mir, dass du sofort zu deinen Leuten zurückgehst, sowie die Polizei eintrifft und ich in Sicherheit bin.«

Bowens Augen glitzerten in der Dunkelheit, als er sie einen Moment schweigend ansah. Schließlich neigte er den Kopf. »Natürlich. Aber noch einmal werde ich dich nicht gehen lassen, Isabel.«

Trotz der Situation musste sie lächeln. »Das hoffe ich.«

Lee stützte sich an der Wand ab und atmete tief durch. Der Kampf mit Caruso hatte ihn einige Kraft gekostet. Vor allem schmerzte sein Knie bei jedem Schritt, er war nur froh, dass er es überhaupt belasten konnte. Sein Handgelenk zierte ein rötlich-blauer Bluterguss, der mit jeder Minute größer zu werden schien. Mit der Zunge prüfte er seine Zähne auf der Seite, die Caruso mit dem Schlag getroffen hatte. Er hatte das Gefühl, dass sich eine Krone gelockert hatte, aber das war jetzt nicht wichtig. Mühsam richtete er sich auf und humpelte weiter den Gang entlang. Zuerst musste er hier verschwinden, bevor die Polizei eintraf. Er war sich ziemlich sicher, dass Caruso einen Krankenwagen rufen würde, um das Leben seiner kleinen Freundin zu retten, auch wenn er dadurch selbst in Schwierigkeiten geraten würde.

Nachdenklich rieb Lee über seinen schmerzenden Kiefer. Wahrscheinlich hätte er sie gleich beide erledigen sollen, aber er hatte die Pistole verloren und wollte nicht riskieren, dass Caruso ihn doch noch festsetzte. Das war es nicht wert gewesen. Es war besser, wenn er sich erst einmal zurückzog und neu formierte, bevor er erneut zuschlug. Seine Wachleute würde er zurücklassen. Wenn diese Idioten zu blöd waren, ihren Job zu erledigen und sich derart von den Wandlern überrumpeln ließen, hatten sie es nicht besser verdient. Wie diese Missgeburten überhaupt ins Gebäude gekommen waren, ohne auf einer der zahlreichen Kameras aufzufallen und für einen Alarm zu sorgen, war ihm allerdings immer noch ein Rätsel.

Auf jeden Fall musste er dafür sorgen, dass dieser Caruso ihm nicht noch einmal in die Quere kam. Es war ein Schock gewesen, ihn hier im Gebäude zu treffen – vor allem in Gesellschaft der Wandler. Sollte der Kerl die Missgeburten nicht eigentlich hassen, nachdem sie Jennings und seine Leute getötet hatten? Stattdessen schien er sich auf Lee eingeschossen zu haben und dafür sogar mit seinen Feinden zusammenzuarbeiten. Das machte Lee zugegebenermaßen nervös. Nicht nur, weil Caruso es seit etlichen Monaten schaffte, ihm und seinen Leuten zu entgehen, sondern auch, weil es ihm gelungen war, sein Labor in San Francisco aufzuspüren. Wie war das möglich? Sein Name tauchte nirgends in Verbindung mit dem Gebäude auf. Also musste er der Spur seiner Tochter gefolgt sein. Aber wie es auch immer geschehen war, Caruso musste definitiv verschwinden.

Lee trat in den Fahrstuhl, drehte den Schlüssel herum und drückte die Tasten in einer bestimmten Reihenfolge. Langsam setzte sich die Kabine in Bewegung. Außer ihm wusste niemand, dass es in dem Gebäude noch eine weitere Etage unter dem Kellergeschoss gab, und genau dorthin wollte er jetzt. Mit einem Ruck endete die Fahrt und die Tür glitt mit einem leisen Schaben auf. Lee drückte den Knopf für den fünften Stock, zog den Schlüssel ab und trat aus der Kabine. Wenn die Polizei kam, würde sie ihn zuerst in den oberen Stockwerken suchen. Doch bis dahin war er längst verschwunden – und mit ihm die neuesten Ergebnisse seiner Forscher. Jeden Abend wurden automatisch die Daten der Computer auf ein externes Laufwerk gespeichert und genau das befand sich hier unten.

Rasch öffnete er die Tür zu dem kleinen Raum, in dem sich der Hauptrechner befand. Die Daten brannte er zur Sicherheit noch auf eine DVD, bevor er das Laufwerk abstöpselte und in seine Jackentasche steckte. Mit einem bedauernden Seufzer sandte er einen Befehl an die anderen Computer, die Daten zu zerstören, bevor er das Gleiche auch mit dem Hauptrechner tat. Er hatte schon vor einiger Zeit das effektivste Programm auf dem Markt dafür eingekauft, um so sicher wie möglich sein zu können, dass seine Forschungen geheim blieben. Trotzdem konnten irgendwelche Spezialisten sicher noch etwas von den Festplatten retten, deshalb ging er kein Risiko ein.

Mit einer Grimasse schüttete er den Benzinkanister, den er genau für diesen Fall in einer Ecke des Raumes gelagert hatte, über dem Computer aus. Anschließend warf er ein brennendes Streichholz auf die durchtränkte Tastatur. Mit einem lauten Zischen entzündete sich das Benzin, Flammen züngelten hoch. Rasch trat Lee zurück und schloss die Tür hinter sich. Es tat ihm leid, das Gebäude zu verlieren, doch der Standort war kompromittiert und er konnte ihn sowieso nicht mehr nutzen, egal, ob es niederbrannte oder nicht.

Auf jeden Fall würde er seine Forscher kontaktieren müssen, damit sie sich nicht mehr in der Nähe blicken ließen und sich stattdessen in einem seiner anderen Labore meldeten, um dort ihre Arbeit fortzusetzen. Bis er neue Versuchsobjekte besorgt hatte, konnten sie sich weiter mit der Entschlüsselung der DNA und der Isolierung der Wandlergene beschäftigen. Als der Rauch auf den Flur drang, setzte Lee sich in Bewegung. Sein Knie schmerzte, während er den Gang hinuntereilte, doch der Gedanke, dass Caruso und seine Polizistenfreundin in dem Feuer umkommen würden, heiterte ihn etwas auf.

Je mehr er darüber nachdachte, desto praktischer erschien ihm diese Lösung. Dann könnte er sich endlich ganz auf sein Ziel konzentrieren und musste sich nicht mehr um diesen unwichtigen Kerl kümmern. Gut, er hatte höchstwahrscheinlich ein wenig Wandlerblut, aber letztendlich reichte das nicht aus, um für Lees Forschung von Bedeutung zu sein. Viel interessanter hätte er es gefunden, den Nackten, der ihn so unvermittelt von hinten angegriffen hatte, untersuchen zu können. Irgendetwas an ihm war anders gewesen. Der Kerl war einfach so aus dem Nichts aufgetaucht, jedenfalls war ihm das so vorgekommen, und hatte gleich nach dem Schlag seine Kraft verloren und war zusammengebrochen. Zu schade, dass Lee keine Zeit mehr blieb, ihn einzufangen und mitzunehmen.

Am Ende des Ganges legte Lee eine Hand an die Wand und drückte dagegen. Die Geheimtür schwang lautlos auf und Lee trat nach einem letzten Blick hindurch. Dahinter war der Gang nicht gefliest und die Wände bestanden aus rohem Stein, aber als Fluchtweg reichte es vollkommen. Als er das Gebäude über die ausländische Gesellschaft gekauft hatte, war es eine seiner ersten Handlungen gewesen, einen Fluchttunnel anlegen zu lassen, der direkt zu dem bewaldeten Hügel führte, der sich in der Nähe erhob. Nachdem er eine Weile geradeaus gegangen war, machte der Gang einen scharfen Knick und führte nun steil bergauf. Mühsam schleppte Lee sich vorwärts und verfluchte mit jedem schmerzenden Schritt diesen elenden Caruso. Hoffentlich brutzelte er bereits in der Hölle!

Wenig später erreichte er den versteckt liegenden Ausgang und trat in die Nacht hinaus. Tief atmete er ein und blickte sich zum Gebäude um, das jetzt in einiger Entfernung lag. Noch war alles ruhig, aber in der Ferne konnte er bereits Sirenen hören. Zeit zu verschwinden, solange das noch ohne Aufsehen ging. Nach einem letzten Blick wandte er sich um und begann, vorsichtig die Böschung hinabzusteigen. Glücklicherweise hatte er in weiser Voraussicht einen Wagen in der Nähe geparkt. Trotz der Schmerzen musste er lächeln. Eigentlich war der Tag gar nicht so schlecht gelaufen.

Abrupt richtete Caruso sich auf und atmete tief durch die Nase ein. Bildete er sich das nur ein, oder roch es nach Rauch? Und wo blieb, verdammt noch mal, der Krankenwagen? Dawn war in eine tiefe Bewusstlosigkeit gesunken, während noch immer Blut durch die Kompressen an seine Hände drang. Sie brauchte dringend einen Arzt, wenn sie nicht sterben sollte. Der Gedanke setzte ihn – zusammen mit dem immer stärkeren Geruch nach Rauch – in Bewegung. Rasch zog er seine Jacke aus und band sie um Dawns Wunden, damit die Kompressen weiterhin auf die Wunden gedrückt wurden. Vorsichtig hob er die Polizistin mit einem Arm unter ihren Knien und dem anderen hinter ihrem Rücken an.

Ein Stöhnen drang aus ihrem leicht geöffneten Mund, aber ihre Augen blieben geschlossen. Anscheinend spürte sie selbst in der Bewusstlosigkeit den Schmerz. Mit vor Wut zusammengebissenen Zähnen ging er zur Tür und drückte die Klinke mit seinem Ellbogen herunter. Er fühlte sich wie zerschlagen und seine Rippen schmerzten höllisch, aber sein Instinkt sagte ihm, dass sie ganz schnell aus dem Gebäude herausmussten. Die Tür öffnete sich und Caruso trat in den Gang heraus, nachdem er sichergestellt hatte, dass niemand in der Nähe war.

Tatsächlich war die Luft raucherfüllt, als er den Gang entlangeilte. Konnte Lee wirklich so verrückt sein, das ganze Gebäude in Brand zu stecken, um sie zu töten? Möglich war es. Nach kurzer Überlegung schlug er den Weg zur Treppe ein. Wenn es wirklich brannte, wollte er nicht in einem Fahrstuhl gefangen sein. Besorgt blickte er in Dawns blasses Gesicht und wünschte, sie würde die Augen aufschlagen und mit ihm reden. Sein Herz krampfte sich zusammen bei dem Gedanken, dass sie hier sterben könnte. Genau genommen konnten sie beide sterben, wenn sie nicht schnell genug hier herauskamen.

Er konnte nur hoffen, dass Lee ihnen nicht noch irgendwo auflauerte. Mit Dawn auf den Armen hatte er keine Möglichkeit, sich zu verteidigen. Die Muskeln in seinem Rücken zogen sich in Erwartung eines Angriffs zusammen. Doch nichts passierte, außer, dass der Rauch immer dichter und sein Atem knapp wurde. Scheinbar unendlich laut rasselte er in seiner Lunge und hallte durch den Gang. Durch die Ventilatorschächte drang immer mehr Rauch und verteilte sich mit Hilfe der Klimaanlage im Gebäude. Es würde nicht mehr lange dauern, bis nicht mehr genug Sauerstoff vorhanden war und sie ersticken würden. Husten schüttelte ihn und er schaffte es kaum noch, Dawn auf den Armen zu halten. Sie hatte sich immer noch nicht gerührt, er konnte nur hoffen, dass sie nicht zu viel von dem Rauch einatmete.

Da er nichts dagegen tun konnte, außer noch schneller zu laufen, versuchte er das und erreichte mit letzter Kraft das Treppenhaus. Mühsam tastete er sich die Stufen herauf, weil er durch seine tränenden Augen kaum etwas erkennen konnte. Doch durch die Brandschutztüren war der Rauch noch nicht bis hierher gedrungen. Gierig atmete er die Luft ein und spürte, wie sich die Umklammerung um seine Brust ein wenig löste. Trotzdem musste er immer wieder husten und wurde schwächer. Warum kam nicht endlich die Polizei oder Feuerwehr und holte sie hier heraus?

Doch darauf konnte er nicht warten. Mit zusammengebissenen Zähnen stolperte er die letzte Stufe hinauf, verlagerte Dawns Gewicht in seinen Armen und schob nach kurzem Zögern die Tür auf. Der Gang dahinter war stark verraucht und das Licht war ausgefallen. Nur durch die grün schimmernde

Notbeleuchtung konnte er sehen, in welcher Richtung der Ausgang lag. So schnell wie möglich eilte er darauf zu, doch der Weg schien unendlich lang zu sein. Mehr als einmal taumelte er und wäre beinahe zu Boden gegangen, aber er konnte sich im letzten Moment noch abfangen. Als er um die letzte Ecke bog, konnte er die Ausgangstür am anderen Ende der Halle erahnen. Mit letzter Energie bewegte er sich darauf zu.

Gerade als er dachte, er hätte es geschafft, tauchte eine Figur im Eingang auf. Wegen der Dunkelheit konnte er nicht erkennen, wer es war, und blieb stehen. Schwer atmend wartete er darauf, dass sich sein Gegenüber rührte. Ein Lichtstrahl erschien und blendete ihn.

»Polizei, kommen Sie langsam näher!«

Erleichtert atmete Caruso auf und musste gleich wieder husten. Als er sich wieder beruhigt hatte, ging er auf den Polizisten zu. »Eine Polizistin ist verletzt und braucht dringend ärztliche Hilfe.«

Caruso verließ nach ihm das Gebäude und stoppte ein paar Meter vor dem uniformierten Mann, der ihnen immer noch misstrauisch entgegenblickte. In einer Hand hielt er eine Taschenlampe, in der anderen eine Pistole, die auf Carusos Brust gerichtet war. Er schien unentschlossen zu sein, ob er ihm trauen konnte.

Ungeduldig deutete Caruso mit dem Kopf auf Dawn. »Das ist Detective Dawn Jones. Sie wurde angeschossen und muss dringend behandelt werden. Sie hat viel Blut verloren.«

»Und Sie sind?«

»Unwichtig.« Caruso sah sich um und entdeckte in einiger Entfernung einen Krankenwagen. »Können wir Dawn jetzt endlich zu einem Arzt bringen? Sie können mich auch dort im Auge behalten.« Als der Polizist ihn nur weiterhin anstarrte, drängte er sich einfach an ihm vorbei. Sollte er ihn doch anschießen, wenn er es für nötig hielt, solange Dawn Hilfe bekam. Seine Muskeln spannten sich an, doch es geschah nichts.

Erleichtert gab er Dawn an die Sanitäter weiter, die ihnen bereits entgegenkamen. Sie wurde auf eine Trage gelegt und zu einem Krankenwagen geschoben, während sich ein Arzt über sie beugte und ihre Verletzungen untersuchte. Irgendjemand sprach ihn an, aber er hörte es nur wie durch eine Watteschicht. Helle Punkte flimmerten vor seinen Augen, sein Atem stockte. Fast wie in Zeitlupe gaben seine Knie nach und er sackte zu Boden.

32

Isabel schickte Bowen weg, sobald sie die ersten Polizeiwagen in die Straße einbiegen sah. Inzwischen war die gesamte Umgebung des Gebäudes von Polizei- und Krankenwagen verstopft, und es wurde eine Absperrung aufgebaut. Tief atmete Isabel ein und stieg aus dem Wagen. Jetzt wünschte sie sich, Bowen wäre noch bei ihr. Aber sie wusste, dass er dadurch in Gefahr geraten würde, deshalb war sie froh, dass er nach einigem Zögern in den Wald zurückgekehrt war. Für einen Moment beherrschte sie plötzlich die Angst, ihn nie wiederzusehen, doch sie schüttelte das Gefühl ab. Sie waren zu weit gekommen, hatten zu viel miteinander erlebt, als dass er sich wieder von ihr zurückziehen konnte. Diesmal würde sie um ihn kämpfen.

Entschlossen schob sie das Kinn vor und ging auf das Gebäude zu. Über sich nahm sie eine Bewegung wahr und sie atmete erleichtert auf, als sie den Adlerwandler erkannte. So war sie zumindest nicht ganz allein. Auf halbem Weg stoppte sie ein Polizist. »Du kannst hier nicht durch, geh wieder nach Hause.« Er blickte sie scharf an. »Darfst du überhaupt um diese Uhrzeit noch draußen herumlaufen?«

Anscheinend sah sie in ihrem zerzausten Zustand noch jünger aus, als sie befürchtet hatte. Isabel straffte die Schultern. »Mein Name ist Isabel Kerrilyan, ich wurde entführt und in diesem Gebäude gefangen gehalten. Mein Vater und eine Polizistin sind noch dort drin und brauchen dringend ärztliche Hilfe.«

»Ach ja? Netter Versuch, Kind. Geh jetzt, sonst lasse ich dich festnehmen.« Damit drehte er sich um.

Isabel griff nach seinem Arm und hielt ihn fest. Vor Wut zitterte sie am ganzen Körper. »Das ist kein Spiel! Ein Verbrecher hat mich in Las Vegas entführt und nach San Francisco verschleppt. In dem Haus gibt es einen Keller, in dem er Zellen und ein Labor eingerichtet hat.«

Der Polizist blickte auf ihre Hände, die sich in den Stoff seiner Uniformjacke gruben. »Du solltest mich loslassen, wenn du nicht wegen Angriffs auf einen Polizisten belangt werden willst.«

Isabel ließ ihn los und schob stattdessen ihren Ärmel hoch. »Sehen Sie diese Schnitte? Die wurden mir von dem Verbrecher zugefügt. Ihre Kollegin wurde angeschossen und verblutet vielleicht gerade! Sie sagte mir, ich soll nach draußen laufen und mich in ihrem Wagen verstecken, bis die Verstärkung kommt, weil der Verbrecher immer noch frei herumläuft.« Ihre Hände ballten sich an ihren Seiten zu Fäusten. »Nun tun Sie endlich was!«

Immer noch skeptisch blickte der Polizist sie an, aber schließlich nickte er. »Komm mit.« Er führte sie unter der Absperrung hindurch zu einem Pulk von Wagen. Dort sprach er einen etwa fünfzigjährigen Mann an, dessen Jackett aussah, als hätte er darin geschlafen. »Detective Petrovsky, diese junge Dame hier behauptet, dass sie ein Entführungsopfer ist und in dem Gebäude gefangen gehalten wurde.« Das Wort »Dame« betonte er so, dass seine Skepsis deutlich wurde.

Der Detective blickte sie mit zusammengekniffenen Augen an. »Wie heißt du?« Seine Stimme klang rau.

»Isabel Kerrilyan. Hören Sie, mein Vater ist noch dort drin und auch Detective Jones. Sie ist schwer verletzt!« Sie wusste nicht, was sie machen sollte, wenn ihr der Detective auch nicht glaubte.

Der sah sie noch einmal an und nickte dann. »Sie sieht aus wie das Entführungsopfer und der Notruf kam von Detective Jones.

Carlson, bringen Sie sie zu den Sanitätern, dort kann sie warten, bis wir die Sache geklärt haben.« Anschließend wandte er sich in einem sanfteren Tonfall an Isabel. »Ich werde mich darum kümmern, okay?«

Isabel nickte stumm und ließ sich von dem Polizisten zu einem Krankenwagen führen. Eigentlich wollte sie gar nicht behandelt werden, aber da sie davon ausging, dass sie auf jeden Fall erfahren würde, wenn Caruso und die Polizistin gefunden wurden, setzte sie sich dankbar auf die oberste Stufe des Krankenwagens. Während ihr Arm von einer Sanitäterin gesäubert und verbunden wurde, musste Isabel unzählige Fragen beantworten. Die meiste Zeit hörte sie gar nicht richtig zu, sondern versuchte, über die Dächer der Autos hinweg zu erkennen, was im Gebäude vor sich ging.

Schließlich war die Sanitäterin fertig und ließ Isabel für einen Moment allein. Froh darüber, stand sie auf und ging ein paar Schritte auf das Haus zu. Warum hatten sie Caruso und den Detective immer noch nicht herausgeholt? Man sollte doch annehmen, dass sie einer verletzten Kollegin so schnell wie möglich helfen würden. Stattdessen schienen sie erst zu überprüfen, ob das Haus sicher war. Natürlich verstand sie, dass sie gezwungen waren, vorsichtig zu sein, aber sie konnte das lange Warten kaum ertragen. Gerade als sie glaubte, es nicht mehr aushalten zu können, gab es einen Aufruhr an der Eingangstür des Gebäudes. Sie konnte nicht erkennen, was dort vor sich ging, weil zu viele Fahrzeuge und Personen in ihrem Sichtfeld standen, deshalb schob sie sich vor, ohne auf den Protest der Sanitäterin zu reagieren. Erst jetzt erkannte sie, dass dichter Rauch aus der geöffneten Tür drang. Etliche Polizisten und Sanitäter standen in der Nähe und diskutierten. Sie konnte hören, wie jemand nach der Feuerwehr rief. Angst stieg in ihr auf. Oh Gott! Wenn das Gebäude brannte, würden ihr Vater und die Polizistin nie aus dem Keller herauskommen. Zumindest nicht, wenn sie beide verletzt waren. Irgendetwas musste sie tun, aber was?

Hilflos blickte Isabel sich um. Niemand schien sie zu beachten, alle blickten nur wie gebannt auf das Gebäude. Rücksichtslos schob sie sich weiter nach vorne, bis sie direkt hinter den Polizisten stand. Als sie Detective Petrovsky erkannte, zupfte sie an seinem Ärmel.

Ungeduldig drehte er sich um und runzelte die Stirn, als er sie sah. »Du solltest doch bei den Sanitätern warten.«

Sie zeigte ihm ihren Verband. »Da war ich. Was geht da vor? Brennt es im Gebäude?«

Petrovsky hob die Schultern. »Es sieht so aus. Alles ist verraucht, deshalb lasse ich ohne Atemgerät niemanden mehr ins Gebäude.«

»Aber Sie müssen doch meinen Vater und Detective Jones herausholen! Sie ist verletzt und ...«

Er unterbrach sie. »Ich werde keinen meiner Männer für eine Himmelfahrtsmission opfern. Sie können den beiden nicht helfen, wenn sie dabei selbst das Bewusstsein verlieren.« Als er die Furcht auf ihrem Gesicht sah, wurde seine Stimme sanfter. »Die Feuerwehr wird gleich hier sein und sie retten.«

»Aber was ist, wenn sie nicht so viel Zeit haben?«

»Dann wäre es auch für meine Männer ohne Ausrüstung zu gefährlich.« Er blickte über die anderen Männer hinweg zum Gebäude und an der Art, wie sich sein Körper versteifte, konnte sie erkennen, dass irgendetwas vorging.

»Was ist passiert?« Sie stellte sich auf die Zehenspitzen, konnte aber trotzdem nichts erkennen, weil sich die Reihen der Polizisten geschlossen hatten, während sie auf das Haus vorrückten.

»Es kommt jemand heraus. Bleib hier.« Mit diesen Worten ließ er sie stehen und drängte sich durch seine Männer.

Wer kam heraus? Wenn es Lee war ... Bevor sie den Gedanken beendete, folgte sie Petrovsky bereits. Jemand packte ihren Arm, doch sie riss sich los und lief weiter. Denn jetzt sah sie, dass es Caruso war, der in einer Wolke aus Rauch durch die Tür trat. Die Polizistin trug er auf den Armen, sie schien bewusstlos oder tot zu sein. Hinter ihm kam ein uniformierter Polizist heraus, der mit einer Pistole auf ihn zielte. Während sie auf ihn zueilte, sah sie, wie ihr Vater die Verletzte an die Sanitäter übergab, die sie auf eine Trage legten und zum Krankenwagen schoben. Caruso blieb stehen und schwankte. Bevor sie ihn erreichen konnte, knickten seine Knie ein und er stürzte auf den Asphalt. Sofort waren andere Sanitäter bei ihm und die Polizisten bildeten einen Ring um ihn.

Isabel war es egal, wem sie auf die Füße trat, als sie sich zu ihrem Vater durchdrängte. Schließlich sank sie neben ihm auf die Knie und legte zögernd ihre Hand auf seine Brust. Erleichtert, dass sein Herz kräftig pochte, schloss sie für einen kurzen Moment die Augen.

»Macht ein wenig Platz.« Die Stimme des Detectives war unverkennbar. Petrovsky hockte sich neben sie und blickte Caruso an. »Ich nehme an, das ist nicht der Entführer?«

Mit Tränen in den Augen sah sie auf. »Das ist mein Vater. Sein Name ist Dave Caruso.«

»Ist er auch entführt worden?« Petrovsky hatte einen Block herausgezogen und machte sich Notizen.

»Nein. Er ist mir gefolgt, um mich zu retten.«

Der Detective zog beide Augenbrauen hoch. »Und woher wusste er, wo du warst?«

Isabel wischte mit dem Ärmel über ihre Augen, weil sie ihre Hand nicht von Carusos Brust nehmen wollte aus Angst, dass sein Herz in dem Moment aufhören würde, zu schlagen. »Das müssen Sie ihn fragen, wir hatten keine Möglichkeit, uns zu unterhalten. Lee hat uns bemerkt, als wir fast an der Tür waren, und ihn als Geisel genommen.« Noch jetzt hatte sie genau vor Augen, wie ihr Vater sich vor sie gestellt hatte, um sie zu beschützen. »Detective Jones ist ihnen dann gefolgt. Was danach passiert ist, weiß ich nicht.« Sie beobachtete, wie einer der Sanitäter Caruso eine Atemmaske über Mund und Nase befestigte.

»Okay.« Petrovsky tastete nach seiner Hemdtasche, wo sie eine Packung Zigaretten sehen konnte. »Kannst du mir noch kurz eine Beschreibung des Mannes geben, der dich entführt hat? Danach wirst du mit deinem Vater ins Krankenhaus gebracht.«

Isabel beschrieb Lee, so gut sie konnte. Hoffentlich reichte das, um den Verbrecher zu fassen oder zumindest seine Identität festzustellen. Nur zögernd ließ sie ihren Vater los und stand rasch auf, als die Sanitäter ihn auf eine Trage hoben. Unsicher blickte sie ihm nach, als er in einen Krankenwagen geschoben wurde.

»Du kannst mitfahren. Ich komme dann nachher ins Krankenhaus, um eine offizielle Aussage aufzunehmen.«

Dankbar lächelte sie Petrovsky an. »Danke.«

»Ich bin froh, dass es dir gut geht. Als wir das Signal deines Handys in der Mülltonne geortet haben, haben wir schon das Schlimmste befürchtet.«

Das hatte sie auch, wenn sie ehrlich war. Nur dank ihrer Wandlerfreunde war sie wieder frei, doch das durfte er nicht erfahren. So nickte sie ihm nur zu und stieg in den Krankenwagen. Als sie sich von dem Gebäude entfernten, wurde auch die geistige Verbindung zu Bowen immer schwächer. Erst jetzt merkte sie, dass er die ganze Zeit bei ihr gewesen war und sie gestützt hatte. Ihr Herz krampfte sich zusammen, als ihr bewusst wurde, wie sehr es schmerzen würde, wenn sie ihn noch einmal verlor.

»Sie können sich neben ihn setzen, wenn Sie möchten.« Die Stimme des Sanitäters riss sie aus ihren unglücklichen Gedanken.

»Danke.« Isabel setzte sich auf den Sitz und nahm Carusos Hand in ihre. Es erschien ihr fast wie ein Wunder, plötzlich wieder einen Vater zu haben. Jemanden, der für sie sterben würde, wie er heute bewiesen hatte. So wie Bowen.

»Keine Angst, er wird wieder gesund. Er hat nur zu viel Rauch eingeatmet, ein paar Prellungen und Abschürfungen.«

Isabel nickte wortlos, denn in diesem Moment öffnete Caruso seine Augen. Er blickte an die Wagendecke und jeder Muskel in seinem Körper spannte sich an. Rasch beugte Isabel sich über ihn. »Es ist alles in Ordnung, du bist in einem Krankenwagen.«

Seine Augen trafen ihre. »Isabel.« Seine Stimme klang rau.

»Ja, ich bin hier. Wir sind alle in Sicherheit.« Sie hoffte, dass er verstand, was sie damit sagen wollte und dass er nicht vor Fremden über die Wandler reden würde.

Er nickte fast unmerklich. »Dawn?« Ein Hustenanfall schüttelte ihn, bevor sie antworten konnte. Einige Minuten lang atmete er nur tief den Sauerstoff ein, bevor er seinen Blick wieder auf sie konzentrierte.

»Sie ist in einem Krankenwagen. Ich weiß nicht, wie es ihr geht, aber sie wird sicher gut versorgt.« Sie blickte den Sanitäter an. »Fahren wir in das gleiche Krankenhaus?«

»Ja. Wir sind gleich da.«

»Gut.« Carusos Augen schlossen sich und er sank wieder in die Bewusstlosigkeit.

Angespannt beobachtete Keira vom Hügel aus das Geschehen vor dem Gebäude. Als sie sah, wie Isabel, Caruso und die Polizistin in Krankenwagen weggebracht wurden, atmete sie erleichtert auf. Erst jetzt wurde sie sich der Wärme neben sich richtig bewusst und drehte sich zu Sawyer um. »Jetzt sollten sie in Sicherheit sein, oder?«

»Ich denke schon. Caruso ist nicht schwer verletzt, er wird

sich um seine Tochter kümmern, sobald er wieder auf den Beinen ist.« Er legte eine Hand auf ihren Rücken und rieb beruhigend über ihre verkrampften Muskeln. »Wir sollten auch von hier verschwinden, bevor die Polizisten auf die Idee kommen, die Umgebung abzusuchen.«

»Ja, vermutlich.« Aber lieber würde sie sich an Sawyer schmiegen und für einen Moment alles andere vergessen.

Seine Augen wurden wärmer, als er sich zu ihr herüberbeugte. Sanft strich er die Haare aus ihrem Gesicht, sein Daumen rieb über ihre Wange.

Ein Räuspern ließ sie auseinanderfahren. Keira war auf den Beinen, bevor sie überhaupt daran dachte, den Geruch zu prüfen. Eine Hand auf ihr wild pochendes Herz gepresst, starrte sie Finn an. »Verdammt, hast du mich erschreckt.«

Ihr Bruder wirkte, als wäre er am liebsten woanders, während sein Blick zwischen ihr und Sawyer hin und her glitt. »Ich wollte euch nur Bescheid sagen, dass wir jetzt losmüssen. Griffin hat die Gegend ausgekundschaftet. Keine Spur von Lee oder seinen Männern. Trotzdem sollten wir so schnell wie möglich von hier verschwinden.«

Sawyer stand leichtfüßig auf. »Was machen wir mit den anderen Wandlern?«

»Zuerst nehmen wir sie alle mit zu unserem Lager, damit sie wieder zu Kräften kommen. Danach bringen wir die Wolfsfrau und den Luchsmann zu ihren Gruppen oder lassen sie abholen, je nachdem, ob die Gruppen telefonisch oder per Mail erreichbar sind. Mit dem Löwen und dem Leoparden wird es schon schwieriger, ich nehme an, dass sie aus Afrika kommen.« Finn hob die Schultern. »Aber vielleicht kann uns Harken da wieder helfen.«

Keira sah sich um. »Ist er eigentlich inzwischen zurückgekommen? Als wir das Gebäude verließen, haben wir ihn nicht mehr gesehen.«

Finn nickte. »Er wartet im Auto.«

»Kann er in seinem Zustand denn fahren?«

»Er muss. Wir haben sonst niemanden, der fahren kann, nachdem Caruso nicht mehr zur Verfügung steht.«

Stimmt, daran hatte sie noch gar nicht gedacht. »Wie sollen wir denn alle in den kleinen Wagen passen?«

Finn rieb über sein Kinn. »Gar nicht. Ich habe den Hubschrauber zu einem kleinen Flugplatz in der Nähe bestellt. Dorthin müssen wir uns zu Fuß durchschlagen.«

»Mit den geschwächten ehemaligen Gefangenen? Das funktioniert nicht.«

»Deshalb nimmt Harken diejenigen in Tiergestalt im Wagen mit.«

Sawyer mischte sich ein. »Das ist viel zu gefährlich! Was ist, wenn er gestoppt wird?« Seine Hände waren zu Fäusten geballt, sein ganzer Körper war angespannt.

»Hast du eine bessere Idee? Den Löwen können wir nicht tragen und es würde wahrscheinlich auch komisch aussehen, wenn wir scheinbar wilde Tiere ohne Käfige in einem Hubschrauber transportieren. Das würde der Pilot nie mitmachen.« Finn sah Sawyer mitfühlend an. »Ich weiß, dass du dir Sorgen machst, aber anders geht es leider nicht.«

Keira konnte die Furcht in seinem Gesicht nicht ertragen und schlang ihre Finger um seine Faust. »Es wird ihnen nichts geschehen. Ihr seid bald alle in Sicherheit und du kannst dein Leben mit Neela wieder aufnehmen.« Da er nicht merken sollte, wie weh ihr dieser Gedanke tat, redete sie rasch weiter. »Wer ist eigentlich der andere Berglöwenwandler? Auch jemand aus eurer Gruppe?«

Sawyer schluckte hart. »Cade ist mein Bruder. Ich dachte, er wäre bei dem Feuer umgekommen.«

Jetzt konnte sie seine Reaktion im Labor verstehen. Es musste ein Schock gewesen sein, seinen Bruder dort vorzufinden und zu wissen, dass er seit zwei Jahren in Gefangenschaft gelebt hatte. »Ich freue mich, dass ihr euch wiedergefunden habt.« Sawyer nickte ruckartig. Anscheinend konnte er im Moment nicht reden, deshalb fuhr sie rasch fort. »Dann lass uns losgehen, damit ihr bald alle wieder vereint seid.«

Sie konnte den Blick nicht deuten, den Sawyer ihr zuwarf, aber vielleicht war das auch besser so. Ihr fehlte momentan die Kraft, darüber nachzudenken, was es für sie bedeuten würde, wenn er wieder mit Neela zusammen war. Auch wenn er ihr vorher gesagt hatte, dass er die Berglöwenfrau nicht auf diese Art geliebt hatte, schien doch sein Pflichtgefühl gegenüber seiner Gruppe sehr ausgeprägt zu sein. Es war durchaus möglich, dass er für den Erhalt der Gruppe doch noch Neela als Gefährtin wählen würde. Ein dumpfer Schmerz wütete in ihrer Brust, als Sawyer seine Faust öffnete und seine Finger mit ihren verschränkte. Wie sollte sie es schaffen, ihn wieder loszulassen?

Obwohl Sawyer schon die unendlich lange Fahrt nach San Francisco im Auto schlimm gefunden hatte, war der Hubschrauberflug die Hölle gewesen. Noch immer hatte sich sein Magen nicht beruhigt, obwohl sie schon seit einiger Zeit auf dem Boden war. Vielleicht lag es auch daran, dass Keira zusammen mit Bowen und dem verletzten Alden schon zum Lager vorgegangen war, während er mit Finn und seinen restlichen Männern in der Nähe der Straße auf Harken mit den ehemaligen Gefangenen wartete. Glücklicherweise war die Strecke nicht so weit wie nach Las Vegas, aber sie schienen trotzdem unendlich lange zu brauchen. Unruhig lief er auf und ab, nicht fähig, still zu sitzen. Nur Keiras Gegenwart hatte ihn im Hubschrauber davon abgehalten, die Wände hochzugehen, und er wünschte, sie wäre jetzt bei ihm. Vielleicht würde sie dann wieder seine Hand halten und …

»Was werden wir jetzt machen?«

Sawyer drehte sich zu Brick um, der lautlos hinter ihn getreten war. »Auf die anderen warten.«

»Du weißt, dass ich das nicht meinte.«

Mit einem stummen Seufzer lehnte Sawyer sich an einen Baumstamm und rieb mit den Händen über sein Gesicht. »Wir werden bei Finns Gruppe bleiben, bis sich Cade und Neela erholt haben und auch der Rest unserer Leute neue Kraft getankt hat.«

Brick hatte die Arme über der Brust gekreuzt. »Die anderen wollen sich nicht einer anderen Gruppe anschließen, sondern eigenständig bleiben.«

»Das weiß ich. Wir werden weiterziehen, sobald alle kräftig genug sind.« Auch wenn er nicht wusste, wie er es überleben sollte, sich von Keira zu trennen.

Einen Moment lang sah Brick ihn an und nickte dann. »Gut.« Ein Schatten glitt über sein Gesicht. »Ich kann immer noch nicht glauben, dass Neela und Cade leben. Wie konnten wir nicht merken, dass sie unsere Hilfe brauchen?«

Das fragte Sawyer sich auch, aber die Freude, dass sein Bruder noch am Leben war, überwog. Und sein Hass auf Lee. Irgendwann würde er den Bastard erwischen und für das bezahlen lassen, was er ihnen allen angetan hatte. »Wir konnten nicht wissen, dass sie noch leben, Brick. Nach dem Brand …« Seine Kehle zog sich zusammen, als er sich erinnerte, wie sie durch die verbrannte Vegetation gestochert hatten, um die Leichen ihrer Gruppenmitglieder, Familie und Freunde, zu finden. Einige waren sicher durch das Feuer so stark verbrannt worden, dass nur noch Asche übrig geblieben war, doch jetzt mussten sie sich fragen, ob es irgendwo noch weitere Gefangene gab, die in einem Labor vor sich hinsiechten.

Brick legte seine Hand auf Sawyers Schulter. »Ich weiß. Und

mir ist auch klar, dass wir ohne die anderen Wandler kaum eine Möglichkeit gehabt hätten, sie zu retten.«

»Sollten sie noch einmal darum bitten, werde ich ihnen helfen.«

»Wir alle.« Brick blickte ihn forschend an. »Neela …«

Sawyer unterbrach ihn, weil er genau wusste, was sein alter Freund sagen wollte. »Ich werde mich um sie kümmern, keine Angst.« Mehr konnte er nicht versprechen. Schon früher hatte er versucht, Brick zu erklären, dass er Neela wie eine Schwester liebte, aber er war nicht sicher, ob das je bei seinem Stellvertreter angekommen war. Er war bereit gewesen, sie als Gefährtin zu akzeptieren, weil die Gruppe Nachwuchs brauchte, wenn sie weiter bestehen sollte, und vor allem weil es keine andere Frau gab, die ihm auch nur annähernd so viel bedeutet hätte. Doch seitdem er Keira kannte, wusste er, was ihm bei Neela gefehlt hatte.

Brick sah aus, als wollte er noch etwas sagen, doch in diesem Moment hörten sie ein Auto auf der nahen Straße abbremsen. Sawyer gab ein Zeichen, dass sie sich verteilen sollten, bevor er näher an die Straße heranrückte und durch die Büsche blickte. Erleichtert atmete er auf, als er sah, dass es Harkens Wagen war, der am Straßenrand angehalten hatte. Trotzdem wartete er, bis der Wandler ausstieg, bevor er das Zeichen gab, die Deckung zu verlassen. Interessanterweise folgte sogar Finn seinen Anweisungen, obwohl sie sich in der Nähe seines Gebiets befanden. Sawyer stellte fest, dass er Keiras Bruder mochte, der nicht glaubte, sich aufspielen zu müssen, um seine Macht zu beweisen. Seine ruhige, beinahe bedächtige Art stand in starkem Kontrast zu Keiras leicht aufbrausendem Temperament. Da allein der Gedanke an Keira einen scharfen Schmerz in seiner Herzgegend auslöste, konzentrierte Sawyer sich rasch auf die vor ihm liegende Aufgabe.

Der Anblick, der sich ihm im Jeep bot, fegte dann jedoch alle anderen Gedanken beiseite. Dicht gedrängt lagen Neela und Cade auf der Rückbank unter einer Decke, während sich der Leopard in den Fußraum gequetscht hatte und mit einem drohenden Fauchen sein Missfallen ausdrückte. Der Löwe lag ebenfalls abgedeckt im offenen Kofferraum des Fahrzeugs. Es schien nicht so, als hätte er sich während der ganzen Fahrt auch nur einen Zentimeter bewegt.

Nachdem er überprüft hatte, dass der Wandler noch lebte, trat Sawyer zurück und sah Finn über das Dach des Wagens hinweg an. »Und jetzt?«

Finn schnitt eine Grimasse. »Ich fürchte, wir müssen ihn tragen.«

33

Stunden später kamen sie völlig erschöpft beim Lager an. Obwohl sie aus einer Decke eine Trage gebaut hatten, war es eine Tortur gewesen, den Löwen durch den Wald zu schleppen. Er war zwar halb verhungert, wog aber immer noch zu viel für einen einfachen Transport. Der Leopard hatte erst gezögert, überhaupt mit ihnen zu kommen, doch nachdem Harken ihm versichert hatte, einen Weg zu finden, ihn nach Afrika zurückzubringen, wenn er sich erst im Lager aufpäppeln ließ, folgte er ihnen. Sawyer trug wieder Cade, während Brick Neela sicher in den Armen hielt. Er blickte mit einem so liebevollen Gesichtsausdruck auf seine Tochter herunter, dass Sawyer kaum hinsehen konnte.

Keira und ein weiterer Wächter waren ihnen entgegengekommen und hatten sie durch das Gebiet der Gruppe direkt zum Lager geleitet. Wäre er nicht so erschöpft gewesen, hätte Sawyer es sicher genossen, wieder in der Nähe so vieler Berglöwenwandler zu sein. Doch so konnte er nur Cade vorsichtig auf eine Liege betten und das Haus der Heilerin Fay wieder verlassen, bevor er sich draußen auf den weichen Waldboden fallen ließ. Den Rücken an einen Baumstamm gelehnt atmete er tief die saubere Luft ein. Es dauerte nicht lange, bis ein Schatten über ihn fiel. Mühsam öffnete er die Augen und blickte hoch.

Keira hockte sich vor ihn. »Wie geht es dir?«

Es wollte ihm kein Lächeln gelingen. »Ich könnte jetzt ein paar Tage schlafen.«

»Dann mach das doch. Du kannst dich gerne in meinem Bett ausruhen.« Röte stieg in ihre Wangen, als er sie nur stumm ansah. »Keine Angst, ich werde mich dir nicht aufdrängen, ich kann woanders unterkommen.«

»Keira …« Ihm fehlten die Worte, ihr zu sagen, wie gerne er ihr Angebot annehmen wollte. »Danke, es bedeutet mir sehr viel. Aber ich sollte wohl besser bei meinen Männern bleiben.«

Das Leuchten verschwand aus ihren Augen. »Ich verstehe.« Sie stand auf und straffte ihre Schultern. »Wir haben für euch Liegen in der Ratshütte aufgestellt.« Sie deutete auf eine Hütte in der Nähe. »Schlaf gut.«

Bevor er sie aufhalten konnte, hatte sie sich umgedreht und tauchte im Wald unter. Mit einem tiefen Seufzer vergrub Sawyer das Gesicht in den Händen. Er war so müde, dass er nicht mehr klar denken konnte. Eigentlich sollte er überglücklich sein, weil es ihnen gelungen war, Isabel ohne Verluste zu befreien, und sie vor allem auch noch Cade und Neela wiedergefunden hatten. Doch die Furcht, Keira zu verlieren, nagte an ihm. Vielleicht war er aber auch einfach nur zu erschöpft und sah deshalb im Moment keine Lösung.

»Sawyer?«

Für einen winzigen Augenblick glaubte er, dass Keira zurückgekommen war, doch dann erkannte er die Stimme der Heilerin. Mühsam rappelte er sich auf. »Ja?«

»Ach, da bist du.« Fay kam auf ihn zu und lächelte ihn an. Auch sie sah so aus, als wäre sie am Ende ihrer Kräfte. Kein Wunder, schließlich hatte sie inzwischen mehr Patienten als Platz in ihrer Hütte. Ihr Lächeln erlosch beinahe sofort wieder. »Dein Bruder ist extrem unruhig, ich glaube, es ist besser, wenn du wieder reinkommst. Vielleicht kannst du ihn etwas beruhigen.«

Ein Knoten bildete sich in seinem Magen, während er Fay in die Hütte folgte. Was sollte er tun, wenn es Cade nicht mehr gelang, zu seinem früheren Leben zurückzufinden? Entschlossen schob er diesen Gedanken beiseite, als er rasch auf seinen

Bruder zuging. Egal, was geschah, er würde für Cade da sein. Noch einmal würde er ihn nicht im Stich lassen. Zögernd legte er eine Hand auf Cades zerzaustes Fell, der sich unruhig bewegte. Es tat ihm weh, die Knochen so dicht unter der Haut zu spüren, doch er ließ sich nichts anmerken.

»Ich bin bei dir, Cade. Jetzt kann dir nichts mehr geschehen.« Die Muskeln seines Bruders schienen sich ein wenig zu entspannen, als er seine Stimme hörte, deshalb redete er weiter. »Wir sind hier bei Freunden, die sich um euch kümmern werden, bis ihr wieder auf den Beinen seid.«

Eines von Cades Augen öffnete sich und Sawyers Herz zog sich zusammen, als der vertraute grünbraune Blick ihn traf. Mit unendlicher Mühe hob Cade den Kopf, seine Nasenflügel blähten sich. Dann drehte er den Kopf, bis er Neela sehen konnte, die auf einer Liege auf der anderen Seite des Raumes lag. Anscheinend wollte er sicherstellen, dass Bricks Tochter auch im Raum war und behandelt wurde. Mit einem Seufzer wandte er sich wieder Sawyer zu.

»Die Heilerin kümmert sich gut um Neela, keine Angst.« Sanft strich er über den Rücken seines Bruders. »Erhol dich jetzt erst mal. Soll ich bei dir bleiben?«

Cade stieß einen Laut aus, aber Sawyer konnte nicht erkennen, ob es Zustimmung oder Ablehnung war, also entschied er sich, erst einmal zu bleiben. Er setzte sich neben die Liege und legte seine Hand auf eine von Cades Pfoten. Sein Bruder leckte über Sawyers Finger, bevor seine Lider herabsanken. Sawyers Kehle zog sich zusammen, Tränen stiegen in seine Augen. Aufgewühlt legte er seinen Kopf auf die Matratze und vergrub das Gesicht in seiner Armbeuge. Tief atmete er den Geruch seines Bruders ein und es dauerte nicht lange, bis ihm die Augen zufielen.

Die Berührung an seinen Haaren ließ Sawyers Kopf hochrucken. Ein Zittern lief durch Cades Körper, als er sich unendlich langsam verwandelte, und Sawyer musste hilflos zusehen, wie sein Bruder sich quälte. Wenn er sich die ganzen zwei Jahre nicht verwandelt und seine menschliche Seite konstant unterdrückt hatte, musste es extrem schmerzhaft sein, es jetzt zu versuchen. Besonders, weil er von der Gefangenschaft noch geschwächt war. Sawyer wollte ihm sagen, dass er die Verwandlung unterdrücken sollte, doch gleichzeitig wollte er seinen Bruder in seiner menschlichen Gestalt sehen und mit ihm reden können. Außerdem hatte Fay gesagt, dass es für sie einfacher wäre, die Patienten in ihrer menschlichen Form zu behandeln.

Es schien unendlich lange zu dauern, bis Cade endlich als Mensch vor ihm lag. Als Sawyer seinen Blick über den Körper seines Bruders gleiten ließ, erschrak er. In Berglöwengestalt hatte er schon schlimm ausgesehen, aber erst ohne das Fell war deutlich zu sehen, wie abgemagert er tatsächlich war. Früher war er schlank, aber muskulös gewesen, doch jetzt bestand er nur noch aus Haut und Knochen, seine Hände und Füße wirkten viel zu groß für den schmächtigen Körper. An einigen Stellen waren Narben zu sehen, die großflächigen Brandnarben vom Feuer, aber auch andere, die erst wenige Wochen alt sein konnten. Es war offensichtlich, dass man Cade in der Gefangenschaft gefoltert hatte. Über seinen Rippen war die Haut gerötet. Schwer atmend und mit geschlossenen Augen lag Cade auf der Seite, seine bleiche Haut glänzte feucht. Nur langsam löste sich der angestrengte Gesichtsausdruck, die verspannten Muskeln lockerten sich.

Sanft strich Sawyer durch die langen, zerzausten Haare. Es war ein ungewohnter Anblick, bisher hatte sein Bruder sie immer deutlich kürzer getragen als er selbst. Schließlich öffneten sich seine Augen und er sah Sawyer direkt an. Es lag so viel Leid in Cades Blick, dass Sawyer den Atem anhielt. Der Mund öffnete sich und es drang ein unbestimmbarer Laut heraus.

Sawyer beugte sich dichter über ihn. »Ich bin hier, Cade, es ist alles in Ordnung.« Das war zwar eine Lüge, aber er wollte nicht, dass sein Bruder sich auch noch Sorgen machte.

Eine Hand verkrampfte sich in Sawyers T-Shirt. »Saw…yer.« Es war kaum zu verstehen, aber für Sawyer war es trotzdem eine ungeheure Erleichterung. Zu groß war seine Angst gewesen, dass Cade sich in einen Einzelgänger oder Schlimmeres verwandelt haben könnte.

»Ja.« Seine Stimme versagte und er räusperte sich. Aus den Augenwinkeln sah er, wie Fay sich näherte, und schüttelte unmerklich den Kopf. Anscheinend hatte sie es gesehen, denn sie drehte sofort ab. »Du bist hier in Sicherheit, ich werde nicht zulassen, dass dir noch einmal jemand wehtut.« Zumindest würde er alles dafür tun.

Ein schwaches Nicken von Cade. »Neela?« Der Name kam deutlicher heraus, so als hätte sein Bruder ihn während der Gefangenschaft oft in Gedanken ausgesprochen.

Sawyer blickte zu ihr hinüber. Noch immer war sie in Berglöwenform und schien tief zu schlafen. »Sie ruht sich gerade aus.«

Cade stieß einen rauen Laut aus und versuchte, sich aufzusetzen. Sofort legte Sawyer seine Hände auf Cades Schultern und drückte ihn sanft zurück. Es war erschreckend, wie wenig Kraft er dazu brauchte. »Bleib liegen, du musst dich schonen, wenn du bald wieder auf den Beinen sein willst.« Seine Worte schienen seinen Bruder nicht zu beruhigen. »Es geht Neela so weit gut, sie ist nur sehr schwach – genauso wie du.«

»Muss … zu … ihr.« Cade drehte seinen Kopf so, dass er Neela sehen konnte.

Was er in den Augen seines Bruders sah, überraschte Sawyer. »Du liebst sie.«

Langsam drehte Cade seinen Kopf zurück. Allein diese kleine Bewegung schien zu viel Kraft zu kosten. »Schon … immer.«

Langsam ließ Sawyer sich wieder auf den Stuhl sinken. Wie konnte es sein, dass er nie bemerkt hatte, was sein Bruder für Neela empfand? War er so auf seine eigenen Probleme fixiert, dass er Cade nicht genug beachtet hatte? Müde rieb er über sein Gesicht. »Warum hast du mir nichts gesagt? Ich hätte euch sicher nicht im Weg gestanden.« Nein, er hätte dankend Platz gemacht.

»Dachte, du … liebst sie.« Die Augen seines Bruders glitzerten feucht.

»Ja, wie eine Schwester.« Er senkte seine Stimme noch weiter, damit die anderen ihn nicht hören konnten. »Ich habe nur zugestimmt, dass ich ihr Gefährte werde, weil ich das Weiterbestehen unserer Gruppe sichern wollte. Jetzt, wo ich weiß, wie es um euch steht, kann ich zur Seite treten und euch meinen Segen geben.« Ein Gedanke kam ihm. »Sie liebt dich doch auch?«

Für einen kurzen Moment leuchteten Cades Augen auf. »Ich … denke schon. Konnten … nicht reden.«

Sawyer erinnerte sich daran, wie er die beiden aneinandergeschmiegt im Labor gesehen hatte, und war sich ziemlich sicher, dass Neela Cade auch liebte. »Ich wäre glücklich, wenn ihr zusammenkommt, Cade.« Langsam richtete er sich auf. »Jetzt lasse ich dich aber schlafen. Kann ich noch irgendetwas für dich tun?«

»Möchte … bei ihr sein.« Cades Stimme war nur noch ein Hauch. Es war deutlich, wie erschöpft er war.

»Natürlich.« Sawyer strich noch einmal über die Haare seines Bruders. »Ich werde mit Fay sprechen.«

Einige Minuten später hatte die Heilerin Cade einen Stärkungstrank eingeflößt, seine Verletzungen untersucht und Neelas Liege neben seine geschoben. Von der Tür aus beobachtete Sawyer, wie sein Bruder eine Hand auf Neelas Hals legte und zufrieden die Augen schloss. Dadurch verpasste er, wie sich ihre Lider hoben und sie ihn einen langen Moment ansah, bevor sie wieder im Schlaf versank. Mit einem wesentlich leichteren Gefühl verließ Sawyer die Hütte. Vielleicht würde es den beiden gemeinsam gelingen, die schlimmen Erlebnisse hinter sich zu lassen. Als Sawyer langsam auf die Ratshütte zuging, wünschte er sich, er könnte sich zu Keira ins Bett legen und mit ihr in seinen Armen einschlafen.

»Dawn?«

Die Art, wie der Mann ihren Namen sagte, holte Dawn aus ihrem Dämmerschlaf. Es klang vertraut, so als müsste sie ihn kennen. Ihr Gehirn versuchte eine Verbindung herzustellen, aber sie entglitt ihr sofort wieder. An ihren Fingern verspürte sie einen warmen Druck, anscheinend hielt der Fremde ihre Hand. Wie seltsam. Das Rätsel machte sie neugierig genug, ihre Augen aufzuschlagen. Zumindest versuchte sie es, doch die Lider waren überraschend schwer. Schließlich gelang es ihr, sie einen winzigen Spalt zu öffnen. Es dauerte eine Weile, bis sie sich an das Schummerlicht gewöhnt hatte und einen Schatten neben sich erkennen konnte. Ihr Herz begann heftiger zu klopfen, während sie zu verstehen versuchte, was vor sich ging.

Ein letzter Druck, dann verschwand die warme Hand. Obwohl sie nicht wusste, warum, hatte sie das Gefühl, etwas Wichtiges verloren zu haben. Sie gab einen Laut von sich, der ihr selbst einen Schauer über den Rücken jagte.

Der Schatten beugte sich über sie. »Es ist alles in Ordnung, du bist in Sicherheit.«

Caruso! Wieso hatte sie ihn nicht sofort erkannt? Anscheinend war sie vom Schlaf oder von den Schmerzmitteln so benebelt, dass sie für einen Moment vergessen hatte, was passiert war. Die Suche nach Isabel, dass sie Caruso in das Gebäude gefolgt war und gesehen hatte, wie Lee eine Pistole an dessen Schläfe hielt, und schließlich das Labor und der Schuss – das alles stand ihr jetzt wieder vor Augen. Automatisch wollte sie nach der Wunde an ihrem Bauch fühlen, doch Carusos Finger schlossen sich um ihr Handgelenk.

»Nicht berühren.« Sein Griff war sanft, aber bestimmt.

Dawn musste sich zwingen, ihre Hand wieder sinken zu lassen. Um sich abzulenken, blickte sie Caruso genauer an. Seine schwarzen Haare waren zerzaust, die blauen Augen lagen in tiefen Höhlen. Er sah so aus, als hätte er seit Tagen nicht geschlafen.

»Seit …« Sie brach ab und begann zu husten. Als sie endlich weiterreden konnte, war ihre Stimme rau. »Seit wann bist … du hier?«

Seine Finger schlossen sich um ihre. »Seit du eingeliefert wurdest.«

Sie ignorierte das warme Gefühl, das sich in ihr ausbreitete. »Wie geht es Isabel?«

Ein Schatten glitt über sein Gesicht. »Sie hat keine schweren Verletzungen. Die Ärzte haben sie eine Nacht zur Kontrolle hierbehalten, danach wurde sie entlassen.«

Erleichtert atmete Dawn aus. »Das ist gut. Ich hoffe, dass sie sich auch emotional gut von den Erlebnissen erholt.« Ihr trockener Hals schmerzte. »Kann ich etwas Wasser haben?« Wortlos reichte Caruso ihr einen Becher mit Wasser und hielt den Strohhalm für sie, während sie einen winzigen Schluck zu sich nahm.

Langsam kamen die Erinnerungen an die letzten Minuten vor ihrer Bewusstlosigkeit zurück. Carusos Verzweiflung, als er versucht hatte, die Blutung zu stoppen. Die Wärme in seinen Augen, als er sich über sie gebeugt und sie geküsst hatte. Seine Weigerung, sie zu verlassen. Ihr fiel sogar wieder ein, dass sie im Krankenhaus nach der Operation schon einmal aufgewacht war. Die Ärztin hatte ihr dabei erklärt, dass sie viel Blut verloren hatte, aber ihre Organe wie durch ein Wunder nicht verletzt waren.

Jetzt brauchte sie nur Zeit und Ruhe, um die genähten Wunden nicht zu belasten und das verlorene Blut wieder zu ersetzen. Anscheinend waren inzwischen die meisten Geräte und Schläuche entfernt worden. Das bedeutete wohl, dass sie mittlerweile über den Berg war, auch wenn sie sich nicht wirklich so fühlte. Aber es gab Wichtigeres.

»Wie ist dein Gespräch mit Detective Petrovsky verlaufen?«

Caruso schnitt eine Grimasse. »Zumindest hat er mich nicht gleich verhaftet. Er hat mir zu Recht Vorwürfe gemacht, weil du durch meine Leichtsinnigkeit angeschossen wurdest.«

»Das ist Unsinn. Ich bin für solche Situationen ausgebildet und es war meine eigene Schuld, dass ich nicht vorsichtig genug war.« Als sie sah, dass er protestieren wollte, hob sie die Hand. »Können wir uns darauf einigen, dass dieser elende Lee die Schuld an allem trägt?«

Einen Moment lang schien Caruso darüber nachzudenken, dann nickte er langsam. »Ich wünschte nur, er wäre nicht entkommen.«

»Ich bin sicher, Petrovsky und seine Männer werden ihn bald aufgreifen.«

Es war ihm deutlich anzusehen, dass er daran zweifelte, aber er nahm nur ihre Hand in seine und drückte sie sanft. »Es ist jetzt nur wichtig, dass du wieder gesund wirst.«

Dawn bemühte sich um ein Lächeln. »Danke.« Seine warme Handfläche an ihrer fühlte sich sündhaft gut an. »Was wirst du jetzt machen?«

Caruso zuckte mit den Schultern. »Ich muss Isabel nach Hause bringen. Ihre Mutter hat schon damit gedroht herzukommen, und das möchte ich niemandem zumuten. Isabel meinte zwar, sie könnte auch alleine fahren, aber ihr Auto steht noch in Las Vegas, und solange Lee nicht aus dem Verkehr gezogen ist, möchte ich sie nicht alleine lassen.«

Obwohl sie wusste, dass Caruso seine Tochter gerne kennenlernen wollte, wünschte sie doch, er würde noch bei ihr bleiben. »Das verstehe ich. Vielleicht könnt ihr die Zeit nutzen, um eine Beziehung aufzubauen.«

»Vielleicht.« Caruso öffnete den Mund, schloss ihn dann aber gleich wieder. Schließlich räusperte er sich. »Ich gehe dann wohl besser, damit du dich ausruhen kannst.«

Dawn verzog den Mund. »Ich werde vermutlich an Langeweile sterben.«

Er ließ ihre Hand los und öffnete die Schublade des kleinen metallenen Nachttischs. »Ich habe unten im Shop ein paar Bücher und Zeitschriften gekauft. Hoffentlich ist etwas dabei, das du noch nicht kennst.«

Mühsam hielt sie die drohenden Tränen zurück. »Danke, ich bin in letzter Zeit nicht viel zum Lesen gekommen.« Es lag ihr auf der Zunge, zu sagen, dass sie ihn vermissen würde, aber vermutlich sollte sie das besser für sich behalten.

»Ich habe dir zu danken. Ohne deine Hilfe hätte Lee mich im Labor getötet.« Einen Moment sah Caruso auf sie hinunter, dann bückte er sich und küsste ihre Stirn. »Werde schnell gesund.« Als er sich aufrichtete, gab sie einen protestierenden Laut von sich. Röte schoss in ihre Wangen, und sie wandte den Kopf ab, damit er es nicht sah.

»Dawn?« Seine Hand legte sich um ihre Wange, und er drehte ihr Gesicht sanft zu sich zurück. »Brauchst du noch irgendetwas?«

Dich. Stumm schüttelte sie den Kopf, während sie noch immer gegen die Tränen kämpfte. Was war nur mit ihr los? Sonst war sie nie so gefühlsduselig. Ihr Kollege Byron hätte sogar gesagt, dass sie eine eiskalte Hexe war, die so etwas wie Gefühle gar nicht kannte.

Carusos blaue Augen verdunkelten sich, sein Daumen strich

über ihren Wangenknochen. »Ich komme so schnell wie möglich zurück.«

Verwirrt blinzelte sie ihn an, während ihr Herz schneller klopfte. »Du kommst zurück?«

»Natürlich.« Unsicherheit blitzte in seinem Gesicht auf. »Es sei denn, du willst mich nicht wiedersehen.«

»Doch!« Vermutlich hätte es ihr peinlich sein müssen, dass ihre Antwort so schnell kam, aber sie wollte nicht, dass er es sich noch einmal anders überlegte. »Und ich erwarte, dass du mir dann ein paar Dinge erklärst.«

Ein Lächeln hob seine Mundwinkel. »Dann bin ich bald wieder hier. Falls du verlegt wirst oder sonst irgendwas ist, ruf mich an.«

Dawn nickte wortlos. Sie hob eine Hand und legte sie um seinen Nacken. Anscheinend verstand er, was sie wollte, denn er lehnte sich noch weiter herunter und berührte ihre Lippen mit seinen. Für einen langen Augenblick genoss sie seinen sanften Kuss, bevor sie ihn freigab. Nach einem weiteren herzzerreißenden Lächeln richtete er sich auf und verließ das Krankenzimmer. Als sie mit ihrem Finger ihre Lippen berührte, fragte sie sich, ob sie ihn wirklich wiedersehen würde.

34

Isabel konnte sich nicht erinnern, jemals so aufgeregt gewesen zu sein, denn jetzt dauerte es nicht mehr lange, bis sie Bowen endlich wiedersah. Die Zeit war ihr endlos vorgekommen. Zuerst hatte sie sich in San Francisco ein wenig von den Strapazen erholen müssen und konnte bei der Gelegenheit ihren Vater ein bisschen besser kennenlernen. Dann war er mit ihr kurz in Los Angeles gewesen, damit sie ein paar Sachen von zu Hause holen und ihrer Mutter klarmachen konnte, dass sie für eine Weile fortgehen würde. Der offizielle Grund dafür war ihr Vater, doch in Wirklichkeit trieb die Sehnsucht sie zurück zu Bowen. Caruso verstand das zum Glück und war bereit gewesen, sie ins Berglöwenlager zu bringen.

Mit einem Seufzen lehnte Isabel sich in ihrem Sitz zurück. Es war der richtige Schritt, das spürte sie. Denn auf keinen Fall konnte sie ihr Leben einfach so weiterführen, wenn es noch so viele ungeklärte Dinge gab. Sie wäre sogar gerne noch früher aus San Francisco losgefahren, doch sie wollte Caruso die Zeit geben, mit seiner Polizistin zu reden. Das war das Mindeste, was sie tun konnte, nachdem Dawn so viel zu ihrer Rettung beigetragen hatte und dabei schwer verletzt worden war.

Eigentlich hatte sie erwartet, dass Bowen sich bei ihr melden würde, aber das hatte er bisher nicht getan. Doch diesmal würde sie ihn nicht so leicht davonkommen lassen. Er sollte ihr ins Gesicht sagen, dass er sie nicht mehr sehen wollte. Aber nach ihren Erlebnissen in Lees Gefangenschaft glaubte sie das eigentlich nicht. Er war bei ihr geblieben, bis die Polizei eintraf, und noch jetzt konnte sie seine Wärme neben sich spüren, seine Hand an ihrer, konnte den sanften, liebevollen Kuss spüren, mit dem er sich von ihr verabschiedet hatte. Nein, sie musste einfach glauben, dass Bowen sie genauso liebte wie sie ihn.

»Bist du sicher, dass du das tun willst?« Caruso hatte den größten Teil des Weges geschwiegen, offensichtlich in seine eigenen Gedanken vertieft, doch jetzt hatte er sich ihr zugewandt.

Isabel drehte sich vom Autofenster weg, durch das sie die vorbeifliegende Landschaft beobachtet hatte, und lächelte ihn an. »Ja, das bin ich. Das letzte Jahr in Ungewissheit hat mir gereicht, ich muss wissen, ob ich mit Bowen eine Zukunft habe.«

Caruso blickte wieder auf die Straße, doch sie konnte spüren, dass ihre Antwort ihn nicht beruhigte. »Ihr seid noch so jung …«

Isabel unterbrach ihn. »Ich glaube, wir haben genug zusammen erlebt, um zu wissen, dass es nicht nur eine Jugendschwärmerei ist.« Sie strich eine Haarsträhne hinter ihr Ohr. »Und die Situation ist so kompliziert, dass ich nicht darüber nachdenken würde, wenn ich mir meiner Gefühle nicht sicher wäre.«

Nach einem Moment stieß ihr Vater einen tiefen Seufzer aus. »Ich weiß.« Er warf ihr einen weiteren kurzen Blick zu. »Aber versprich mir, dass du dich bei mir meldest, wenn es aus irgendeinem Grund nicht funktionieren sollte oder du dort weg willst, okay?«

»Natürlich.« Isabel klopfte auf die Seitentasche ihres Rucksacks, in die sie den Zettel mit Carusos Telefonnummer gesteckt hatte. »Ich werde dich auf jeden Fall anrufen, damit du weißt, dass es mir gut geht.«

»Danke. Ich würde mich darüber freuen, wenn wir in Kontakt bleiben.«

Erstaunt sah Isabel ihn an. »Selbstverständlich werden wir das! Du glaubst doch nicht, dass ich aus heiterem Himmel einen Vater geschenkt bekomme und dann nicht alles über ihn wissen will?« Sie lachte auf. »Wahrscheinlich wirst du dir irgendwann wünschen, wir wären uns nie begegnet.«

Caruso legte seine Hand auf ihre. »Niemals.«

Ihre Augen wurden feucht und ihre Kehle zog sich zusammen, sodass sie Mühe hatte, ihm zu antworten. »Ich kann immer noch nicht verstehen, wie Mom dich verlassen konnte, besonders wenn sie schwanger war.«

Caruso zuckte mit den Schultern, aber sie wusste, dass er nur so gleichgültig tat. »Wahrscheinlich dachte sie, dass Stammheimer ein besserer Vater für dich sein würde. Und zumindest finanziell hatte sie damit sicher Recht.«

Ärger machte sich in Isabel breit. »Das Geld hat mich nie interessiert! Ich wollte einen Vater, der immer für mich da war, mit dem ich reden und alle möglichen Sachen machen konnte. Nicht jemanden, der sich nur für seine Arbeit interessierte.« Isabel presste ihre Hand vor den Mund. Es kam ihr falsch vor, so über einen Toten zu sprechen. Caruso schwieg und Isabel spürte Hitze in ihre Wangen kriechen. »Tut mir leid. Für dich war es sicher schlimmer, weil meine Mutter dich verlassen hat.«

Konzentriert starrte er auf die Straße, die sich durch den Wald wand. »Ja und nein. Ich war damals überrascht, als sie mich ohne Vorwarnung sitzen ließ, und sicher auch enttäuscht, aber zu dem Zeitpunkt hatte ich schon bemerkt, dass wir nicht wirklich zusammenpassten. Es hat nur einige Zeit gedauert, bis ich mir das eingestand. Hätte ich allerdings gewusst, dass sie schwanger war, hätte ich sie nie gehen lassen.« Seine Handknöchel färbten sich weiß, so fest hielt er das Lenkrad umfasst.

Isabel legte ihre Hand darauf und schwieg einen Moment. Es gab nichts, was die letzten achtzehn Jahre rückgängig machen würde. Sie konnten nur neu beginnen. »Fährst du nach San Francisco zurück, wenn du mich abgesetzt hast?«

Überrascht sah Caruso sie an. »Warum?«

»Weil ich das Gefühl hatte, dass du die Polizistin im Auge behalten willst.« Isabel musste grinsen, als sich seine Ohren rot färbten. »Hah, ich wusste es!«

Caruso sandte ihr einen finsteren Blick aus den Augenwinkeln zu. »Sie hat sehr viel für uns riskiert, ich finde es nur richtig, sie jetzt nicht alleinezulassen.«

»Ja, natürlich, das sehe ich auch so.« Isabel lächelte ihn betont harmlos an.

Kopfschüttelnd wechselte ihr Vater das Thema. »Wir sind gleich da.«

Schlagartig verging Isabel jede Lust, ihn zu necken, und ihre eigenen Sorgen rückten wieder in den Vordergrund. Unsicher grub sie ihre Zähne in ihre Unterlippe, während der Wagen langsamer wurde. Mit den Augen suchte sie den Waldrand ab, konnte aber niemanden sehen. Was, wenn Keira nicht kam?

»Sie ist bestimmt da, keine Sorge.« Caruso hatte sicher ihre Gefühle gespürt.

Auch wenn sie ihm dankbar für seine Zuversicht war, blieben ihre Zweifel bestehen. »Vielleicht hat sie sich überlegt, dass es ein zu großes Risiko ist, mich mit zur Gruppe zu nehmen.«

»Unsinn. Die Berglöwenwandler wissen, dass sie dir in jeder Situation vertrauen können. Sie wären dumm, dich nicht in ihre Gruppe aufzunehmen.«

Dankbar lächelte sie ihn an, bevor sie entschlossen ihre Tür aufschob. Ein Windstoß hob ihre Haare und sie atmete tief durch. Es roch nach Wald und Sommer. Himmlisch. Beinahe sofort konnte sie Keira in ihrem Kopf fühlen. Der Schmerz deutete an, dass die Berglöwenfrau noch keine Lösung für ihr Problem mit Sawyer gefunden hatte. Aber zumindest strahlte sie nicht mehr diese abgrundtiefe Traurigkeit aus wie noch in Nevada. Isabel drehte sich zu ihrem Vater um, der inzwischen auch ausgestiegen war. Offensichtlich hatte er auch Keiras Anwesenheit wahrgenommen, wenn sie seine Grimasse als Indiz nahm. Doch auch von ihm selbst gingen Gefühle aus. Eine Mischung aus Unbehagen, Traurigkeit und Stolz wirbelte in ihrem Kopf durcheinander. Seltsam bedrückt sah sie ihm entgegen, als er um den Wagen herum kam und vor ihr stehen blieb.

»Ich wünsche dir viel Glück. Und wenn Bowen zögert, mach ihm klar, wie dumm er wäre, jemanden wie dich zu verlieren.«

Isabel lachte auf, während ihr gleichzeitig Tränen in die Augen schossen. »Das werde ich.«

»Und wenn nicht sie, dann kümmere ich mich darum.« Keiras Stimme erklang hinter ihr. Nackt trat sie zwischen den Bäumen hervor und blieb ein Stück entfernt stehen.

Caruso neigte den Kopf in ihre Richtung. »Ich verlasse mich darauf.« Zögernd wandte er sich wieder Isabel zu. »Darf ich …?«

Neugierig blickte sie ihn an. »Was?«

Er räusperte sich. »Kann ich dich umarmen?«

Ohne eine Antwort zu geben, trat sie einen Schritt vor und schlang ihre Arme um seine Taille. Für einen langen Moment drückte ihr Vater sie an sich, dann löste er sich langsam von ihr. »Pass auf dich auf.«

»Das werde ich.« Sie stellte sich auf die Zehenspitzen und gab ihm einen Kuss auf die Wange. »Und du auch auf dich. Ich werde mich bei dir melden.«

»Ich werde darauf warten.« Rasch wandte Caruso sich um und stieg wieder in den Wagen.

Isabel trat neben Keira und blickte ihm hinterher, als er wendete und zurück in die Richtung fuhr, aus der sie gekommen waren. Schließlich wandte sie sich zu der Wandlerin um. »Danke, dass du gekommen bist.«

Keira zuckte mit den Schultern. »Kein Problem.«

Isabel biss sich auf die Zunge, um sie nicht zu fragen, ob Bowen irgendetwas über sie gesagt hatte. Stattdessen konzentrierte sie sich auf etwas anderes. »Wie geht es den ehemaligen Gefangenen?«

»Sie erholen sich langsam. Der Leopardenmann wird mit jedem Tag unruhiger, es ist klar, dass er nach Hause zurückwill. Der Löwenmann dagegen ist immer noch apathisch, es wird laut unserer Heilerin wohl noch dauern, bis er wieder auf die Beine kommt.« Sie machte eine Pause und blickte in die Ferne. »Die beiden Berglöwenwandler sind abgemagert und erschöpft, aber Sawyers Bruder hat sich immerhin schon verwandelt.«

Isabels Herz zog sich vor Mitleid zusammen. »Sie müssen Furchtbares erlebt haben.«

Keira nickte nur knapp. »Wir sollten uns beeilen, ich will das Lager nicht so lange verlassen, solange Lee noch auf freiem Fuß ist.«

»Natürlich.« Isabel unterdrückte einen Seufzer und tauchte hinter Keira in den Wald ein.

Erst nach anderthalb Stunden, in denen sie querfeldein durch den Wald marschiert waren, sprach Keira wieder. »Hier beginnt unser Gebiet.«

Isabel sah sich um, nirgends war ein Zeichen zu sehen. »Es sieht genauso aus wie überall hier.«

Ein Lächeln huschte über Keiras Gesicht. »Das ist Sinn der Sache. Unser Lager liegt in der Mitte des Gebiets, sodass wir genug Zeit haben, uns auf mögliche Eindringlinge vorzubereiten.« Ihr Mund verzog sich. »Nicht, dass das immer hilft.«

Vermutlich meinte Keira damit Bowens Entführung und den anschließenden Überfall auf die Berglöwengruppe. Aber da Henry Stammheimer an dieser Sache beteiligt gewesen war, wollte Isabel nicht darüber reden. Eigentlich war es ein Wunder, dass Bowen überhaupt noch mit ihr sprach, denn sie musste ihn doch immer an die furchtbaren Tage in Gefangenschaft erinnern. Wie gerne hätte sie ihn in die Arme geschlossen und die Erinnerungen daran mit ihrer Liebe ausgelöscht. Aber dazu musste er sie näher an sich heranlassen, als er es bisher getan hatte. Und sie wusste nicht, ob er dazu bereit war.

In Gedanken versunken merkte sie es gar nicht, als sie eine halbe Stunde später an den ersten versteckt liegenden Hütten vorbeigingen. Hätte Keira nicht auf eine gedeutet, wäre sie Isabel überhaupt nicht aufgefallen. Staunend stand sie davor und starrte das in den Blättern kaum sichtbare Baumhaus an. »Lebt ihr alle in Baumhäusern?«

»Nein, viele der Hütten stehen auf dem Boden.« Keira warf ihr einen Seitenblick zu. »Auch die von Bowen und seiner Mutter Amira.«

Der Druck in Isabels Magen verstärkte sich bei der Vorstellung, gleich nicht nur Bowen, sondern auch dessen Mutter zu begegnen. Abrupt blieb sie stehen.

Keira drehte sich zu ihr um. »Was ist?«

»Ich weiß nicht, ob ich das kann.« Sie presste eine Hand auf ihren Magen und beugte sich vor.

Sanft legte Keira ihre Hand auf Isabels Schulter. »Bowen wird sich freuen, dich zu sehen, da bin ich mir sicher.«

»Wenigstens einer.« Isabel atmete tief ein, um die Übelkeit zu unterdrücken. Entmutigt ließ sie sich auf einen Baumstumpf sinken.

Keira hockte sich vor sie. »Du bist schon so weit gekommen, willst du jetzt wirklich aufgeben?«

Isabel blickte sie durch ihre Haare hindurch an. »Nein. Aber ich finde, Bowen könnte auch ein wenig dazu beitragen.«

Mit einem Nicken erhob Keira sich wieder. »Warte hier.«

Damit verwandelte sie sich und lief davon. Mit offenem Mund starrte Isabel ihr hinterher. Natürlich würde sie warten, denn sie wusste überhaupt nicht, wo sie war. Unruhig blickte sie um sich, aber hier in der Wildnis schien die Stille absolut zu sein. Nur die Kronen der Bäume bewegten sich leicht im Wind. Erst als ihr schwindelig wurde, blickte sie rasch wieder zu Boden.

Als sie Bowens Gefühle in ihrem Kopf spürte, richtete sie sich sofort auf. Zuerst wirkte er verwirrt, dann breitete sich ein solches Glück in ihm aus, dass sich ihre Angst etwas legte. Gebannt blickte sie in die Richtung, aus der sie ihn spürte. Schließlich schob sich ein Berglöwe durch das Gebüsch und blieb einige Schritte vor ihr stehen. Isabel hatte keinen Zweifel daran, dass es sich um Bowen handelte. Seine Gefühle waren so intensiv, als säße er direkt in ihrem Kopf. Sie hatte ihn damals in Henry Stammheimers Labor nur kurz in dieser Gestalt gesehen, deshalb genoss sie es jetzt umso mehr, ihn in seiner natürlichen Umgebung beobachten zu können. Kräftige Muskeln bewegten sich unter dem Fell, als er weiter auf sie zukam. Er presste seinen Kopf an ihren Bauch und sie schlang glücklich ihre Arme um ihn. Mit der Wange rieb sie über sein weiches Fell und genoss den wilden Geruch, der von ihm ausging.

Isabel lächelte, als sie sein Schnurren hörte. Eine Weile kraulte sie ihn hinter den Ohren, bevor sie sich schließlich widerstrebend von ihm löste. Seine Augen öffneten sich und sie versank in den goldenen Tiefen. Das Grün war in der Katzenform völlig verschwunden, aber sie konnte trotzdem Bowen erkennen. »Du bist wunderschön.«

Er blinzelte und leckte dann über ihre Hand. Seine raue Zunge kitzelte und sie zog rasch ihre Finger weg. Ohne Vorwarnung verwandelte Bowen sich und hockte schließlich nackt vor ihr. »Isabel.« Der Berglöwe war noch in seiner Stimme zu hören. Sein Blick glitt von Kopf bis Fuß über sie. »Geht es dir gut?«

Isabel nickte. Für einen Moment hatte sie ihre Stimme verloren. »Jetzt ja.«

Bowens Augen verdunkelten sich. »Isabel …«

»Ich werde dich diesmal nicht wieder kampflos aufgeben, Bowen. Zumindest nicht, wenn du dich nur zurückziehst, weil du irgendwelche komischen Vorstellungen über mein weiteres Leben hast. Oder gibt es eine andere vernünftige Begründung, warum du dich nicht bei mir gemeldet hast?«

»Ich wusste, dass du dich bei meinem Anblick immer an den Mord an deinem Vater erinnern würdest.«

Das Blut wich aus Isabels Wangen. »Henry Stammheimer war nicht mein Vater.«

»Aber zu dem Zeitpunkt dachtest du es, und es war meine Schuld, dass …«

Aufgebracht fuhr sie dazwischen. »Er hat dich entführen lassen! Nichts davon war deine Schuld und ich habe das auch niemals geglaubt.«

Bowens Augen leuchteten auf. »Danke.«

»Noch irgendwas?«

Ein Lächeln hob seine Mundwinkel. »Eigentlich wollte ich vorhin nur sagen, dass ich glücklich bin, dich zu sehen.«

Isabels Herz begann heftiger zu pochen. »Oh, gut.« Ein Schauer lief über ihren Rücken. »Ich bin auch froh, hier zu sein.« Zaghaft streckte sie ihre Hand aus und ließ sie über seine nackte Schulter gleiten. »Und ich sehe dich sehr gern an.«

Ein Lachen brach aus Bowen hervor, über das er selbst erstaunt schien.

Lächelnd wickelte sie eine seiner Haarsträhnen um ihren Finger »Ich glaube, ich habe dich noch nie lachen gehört.«

Wieder ernst blickte er sie an. »Bisher fehlte mir der Grund dazu.« Er stand auf und zog sie mit sich hoch. Seine Hände umrahmten ihr Gesicht. »Du glaubst nicht, wie gerne ich dich einfach hierbehalten würde.«

Isabel legte ihre Hand über sein Herz. »Dann tu das doch.«

Schmerz trat in seine Augen. »Es ist nicht so einfach. Wenn

du hier leben würdest, wäre dir schnell langweilig. Du bist es gewöhnt, in der Menschenwelt zu leben.«

»Ohne dich will ich dort nicht sein. Das letzte Jahr habe ich versucht, dich zu vergessen, aber es ist mir nicht gelungen. Im Gegenteil, meine Sehnsucht nach dir ist immer stärker geworden.« Sie konnte spüren, wie sein Herz unter ihrer Handfläche immer schneller klopfte. »Ich will mit dir zusammen sein.«

Bowen schüttelte den Kopf. »Was würdest du jetzt machen, wenn wir uns nie kennengelernt hätten?«

Isabel wollte darauf nicht antworten, aber schließlich gab sie nach. »Ich würde wohl im Herbst studieren gehen.«

»Hier im Wald gibt es keine Universität, Isabel. Du wirst hier keine geistig anregende Arbeit finden und auch kein Geld verdienen. Wir haben hier keine Geschäfte und auch keinen Arzt. Und vor allem würdest du die ganze Zeit den Gefühlen der Wandler ausgesetzt sein, ich weiß nicht, ob du das aushältst.«

Isabel schwieg einen Moment, während sie über seine Argumente nachdachte. Schließlich nickte sie. »Das mag alles sein, aber ich möchte es trotzdem probieren. Ich möchte herausfinden, wie sich die Wandlergene, die ich angeblich habe, in dieser Umgebung auswirken.« Sie hob die Hand, als er etwas sagen wollte. »Und ich will von dir nur noch hören, wie sehr du dich darüber freust.«

Ein Lächeln überzog sein Gesicht, das immer strahlender wurde. »Du machst mich zum glücklichsten Mann der Welt.« Seine Lippen trafen ihre und er küsste sie so leidenschaftlich, dass Isabel sich nur noch an ihm festklammern konnte, als ihre Beine nachgaben. Nach langer Zeit hob er den Kopf und blickte sie liebevoll an. »Ich liebe dich, Isabel, und ich kann mir nichts Schöneres vorstellen, als dich für immer bei mir zu haben.«

Jetzt, wo sie nach einem unendlich langen Jahr endlich das hörte, was sie sich gewünscht hatte, zog sich ihre Kehle vor

Glück so sehr zusammen, dass sie kaum ein Wort herausbrachte.
»Dito.«

Bowens Lachen hallte durch den Wald, als er sie hochhob und durch die Luft wirbelte.

Keira war wirklich froh, dass Isabel den Mut gefunden hatte, mit Bowen über ihre gemeinsame Zukunft zu reden. Und wenn sie seinen glücklichen Gesichtsausdruck als Indiz nahm, als er erfahren hatte, dass Isabel am Rande des Lagers auf ihn wartete, würden sie eine Lösung finden, wie sie zusammen sein konnten. Sie freute sich für die beiden, denn mit Isabels Hilfe würde Bowen die schlimmen Ereignisse endgültig überwinden und wieder am normalen Leben der Gruppe teilnehmen können. Und die Kleine war ihr in den vergangenen Tagen auch sehr ans Herz gewachsen. Sie war mutig und loyal und würde eine gute Ergänzung für die Gruppe sein.

Mit einem tiefen Seufzer tauchte Keira tiefer in den Wald ein, weil das Glück der beiden jungen Leute ihr schmerzhaft vor Augen führte, wie unglücklich sie selbst war. Im Nachhinein musste sie zugeben, dass sie bei Coyle eher in die Vorstellung verliebt gewesen war, ihn zu ihrem Gefährten zu machen. Aber so sehr sie ihn mochte, es war kein Vergleich zu dem Schmerz, der in ihr tobte, seit ihr klar geworden war, dass sie Sawyer gehen lassen musste, damit er sich um Neela und seine Gruppe kümmern konnte. Auch wenn es sie innerlich zerriss, sie kannten sich erst wenige Tage, da war es kein Wunder, dass die Verpflichtungen gegenüber ihren jeweiligen Gruppen Vorrang hatten. Jedenfalls hatte sie das als Ausrede genommen, um sich die letzten zwei Tage – und Nächte – von ihm fernzuhalten.

Als sie ihren Zufluchtsort erreichte, an den sie sich immer zurückzog, wenn sie allein sein wollte, rollte sie sich auf dem weichen Bett aus Moos zusammen und schloss die Augen. Beinahe sofort kehrten die Erinnerungen an ihr Zusammensein mit Sawyer zurück, und sie stöhnte auf. Warum konnte sie nicht einfach alles vergessen und wenn es nur für ein paar Stunden war? Sie hatte es die vergangenen Nächte sogar vorgezogen, Wache zu schieben, damit sie sich nicht schlaflos oder, noch schlimmer, geplagt von Träumen in ihrem Bett herumwälzen musste. Irgendwie schien sie auch Sawyers Geruch nicht aus dem Kopf zu bekommen, egal wohin sie ging, sein Duft verfolgte sie. Selbst hier war er präsent, obwohl Sawyer ganz sicher noch nie hier gewesen war.

Ihre Augen flogen auf, als eine warme Zunge über ihre Wange strich. Für einen Moment war sie wie erstarrt, als sie Sawyer in Berglöwengestalt vor sich stehen sah. Dann sprang sie mit einem Fauchen auf und versuchte, den Abstand zwischen ihnen zu vergrößern, was nicht so einfach war, weil ihr Rückzug von einem Baumstamm aufgehalten wurde. Sie presste sich dagegen und starrte ihn an.

Es dauerte nicht lange, bis er sich verwandelte und sie mit schräg gelegtem Kopf ansah. »Ich suche dich schon seit Stunden. Wo warst du?«

Da sie dem Gespräch nicht entkommen konnte, verwandelte Keira sich ebenfalls. Mit Mühe schluckte sie die bissige Antwort hinunter, dass ihn das gar nichts anginge, und antwortete stattdessen wahrheitsgemäß. »Ich habe Isabel von der Straße abgeholt und ins Lager gebracht.«

Ein Lächeln überzog Sawyers Gesicht. »Ich hoffe, Bowen ist schlau genug, sie nicht wieder gehen zu lassen.«

Und das war der Grund, warum es ihr nicht gelang, ihn zu ignorieren: Ohne Vorwarnung sagte er die nettesten Dinge. »Wenn nicht, ziehe ich ihm die Ohren lang.«

Sawyer lachte auf. »Ich kann es mir bildlich vorstellen.« Langsam rückte er näher heran und Keira hatte Mühe, ihren Blick nicht an seinem nackten Körper hinunterwandern zu lassen. Schnell wurde er wieder ernst. »Ich habe dich die letzten Tage vermisst. Kann es sein, dass du mir aus dem Weg gegangen bist?«

Keira ballte ihre Hände zu Fäusten, um ihre Gefühle unter Kontrolle zu halten. »Ich hatte viel zu tun und du musstest dich um deine Gruppe kümmern.«

Sawyer neigte den Kopf. »Das weiß ich, deshalb habe ich dich nicht gestört. Aber jetzt wird es Zeit, dass wir uns unterhalten.«

So wie er es sagte, wusste sie jetzt schon, dass es ihr nicht gefallen würde. Ihr Herz klopfte schneller. »Dann rede.«

Sawyers Blick wanderte über ihr Gesicht, als wollte er es sich einprägen. »Finn hat uns angeboten, ein Teil eurer Gruppe zu werden.«

Ein Funken Hoffnung kam in ihr auf. »Und?«

Seine Hand legte sich auf ihr Bein und glitt daran hinauf. »Nach längeren Beratungen mit meinen Männern habe ich abgelehnt.«

Keiras Kehle zog sich zusammen. »Oh.«

Sawyer sah sie forschend an. »Das ist alles, was du dazu sagst?«

Ihre Wut loderte auf. »Was erwartest du, das ich dazu sage? Leb wohl? Ich hoffe, du hast ein schönes Leben mit Neela?« Keira presste ihre Lippen zusammen. Das Letzte hatte sie nicht laut sagen wollen.

Kopfschüttelnd lehnte Sawyer sich vor, bis er nur noch einen Hauch von ihr entfernt war. »Nein, ich dachte, dass du zumindest fragen würdest, wo wir hingehen.«

Keira befeuchtete ihre Lippen. »Ich nehme an, ihr geht nach Nevada zurück.«

Sein Atem strich über ihren Mund. »Möchtest du das?«

Mühsam unterdrückte Keira die Versuchung, sich einfach vorzubeugen und Sawyers Lippen noch einmal auf ihren zu fühlen. Seine Augen blickten warm in ihre, und sie hatte plötzlich nicht mehr die Kraft, so zu tun, als würde ihr das alles nichts ausmachen. »Nein, okay? Es würde mich zerreißen. Aber es ist ja nicht so, als würde das bei eurer Entscheidung eine Rolle spielen.«

Sawyer strich eine Haarsträhne aus ihrem Gesicht. »Da irrst du dich. Du hattest sogar sehr viel mit meiner Entscheidung zu tun.« Als sie schwieg, seufzte er. »Ich habe festgestellt, dass ich nicht mehr ohne dich leben möchte.«

»Aber ... aber du hast doch gerade gesagt, dass ihr nicht hierbleibt. Und ich kann nicht weg, es gibt so schon zu wenig Wächter in der Gruppe.«

Sein Daumen glitt über ihren Wangenknochen. »Das ist mir klar. Ich würde auch nie von dir verlangen, deine Leute zu verlassen.« Ein trauriges Lächeln spielte um seine Lippen. »Es ist eine tolle Gruppe und ich bin beinahe neidisch, dass du hier leben kannst.«

»Das könntest du doch auch!«

Sawyer schüttelte bereits den Kopf, bevor sie den Satz ausgesprochen hatte. »Wir müssen unser eigenes Leben führen, Keira, unsere eigene Gruppe wieder stärken. Und es ist schwer, euch zuzusehen und zu wissen, dass wir auch mal so glücklich waren. Zu schwer für einige meiner Männer.« Mit der Hand rieb er über sein Gesicht. »Außerdem brauchen Cade und Neela jetzt Ruhe, es belastet sie, in der Nähe von so vielen Wandlern zu sein.«

»Ich verstehe.« Und das tat sie, auch wenn sie sich wünschte, es wäre anders. »Neela ist sicher froh, endlich wieder bei dir zu sein.« Vermutlich sollte sie ihnen viel Glück wünschen, aber das brachte sie nicht über sich. Auch wenn sie hoffte, dass Neela sich wieder ganz erholte und ein normales Leben führen konnte, wünschte sie sich doch, es wäre nicht mit Sawyer. Er gehörte zu ihr, verdammt noch mal!

Sawyer stieß einen tiefen Seufzer aus. »Ich hätte nicht gedacht, dass du einfach so kampflos aufgibst. Vielleicht ist dir das, was wir gefunden haben, doch nicht so wichtig.«

Ohne darüber nachzudenken, stürzte sich Keira auf ihn. Sawyer, der damit nicht gerechnet hatte, fiel nach hinten um und sie landete auf ihm. »Du Mistkerl! Macht es dir Spaß, mich zu quälen? Du weißt genau, wie sehr es mir wehtut, dich gehen lassen zu müssen! Warum verschlimmerst du die Situation auch noch?« Ihre Krallen gruben sich in seine Brust und sie saß schließlich schwer atmend auf ihm.

Seltsamerweise lächelte Sawyer sie nur an. Seine Augen leuchteten warm. Mit sanftem Griff umfasste er ihre Oberarme, doch er zog ihre Hände nicht weg. »Danke.«

Verwirrt blickte Keira ihn an. »Wofür?« Inzwischen war ihr der Ausbruch peinlich, und sie wollte sich aufrichten, doch Sawyer hielt sie auf sich fest.

»Dafür, dass du dir so viel aus mir machst.« Bevor sie etwas erwidern konnte, sprach er weiter. »Neela war nie die richtige Gefährtin für mich und sie wird es auch nie sein. Seit ich dich zum ersten Mal sah, war mir klar, dass ich die ganzen Jahre auf dich gewartet habe. Ich möchte eine Frau an meiner Seite, die ihren eigenen Kopf hat und ihn auch durchsetzen kann.«

Keira schnitt eine Grimasse. »Das klingt nicht so liebenswert.«

Grinsend zog Sawyer sie zu sich herunter. »Für mich schon.« Er begann an ihrer Unterlippe zu knabbern und Keira hatte Mühe, noch einen klaren Gedanken zu fassen.

»Aber was ist mit Neela?«

Erneut seufzte Sawyer. »Hast du mir nicht zugehört? Ich will dich, nicht Neela.«

»Schön, aber wie wird sie darauf reagieren, den Mann zu verlieren, den sie liebt? Sie hat solche Qualen durchgemacht und …«

Sawyer brachte sie mit einem Kuss zum Schweigen. »Es hat sich herausgestellt, dass sie Cade liebt, nicht mich.«

Keira setzte sich abrupt auf. »Deinen Bruder? Aber ich dachte …«

»Es war von Anfang an Bricks Idee, uns zu verkuppeln. Anscheinend wollte Neela die Verbindung genauso wenig wie ich, sie hatte nur nicht den Mut, ihrem Vater zu widersprechen.« Um sich abzureagieren, boxte Keira gegen seine Schulter. »Au, was sollte das?«

»Du Idiot! Die ganze Zeit dachte ich, dass wir nie … und dabei weißt du schon seit Tagen, dass du frei bist.« Sie versuchte sich loszumachen und aufzustehen, aber Sawyer hielt sie fest. »Lass mich gehen!«

Er setzte sich auf und schlang seine Arme um ihren Oberkörper. »Nein.« Er wartete, bis sie stillhielt, bevor er seinen Griff lockerte. »Ich hätte schon früher mit dir gesprochen, aber du warst ja die ganze Zeit verschwunden. Außerdem musste auch geklärt werden, wo wir nun hingehen.«

Ihr Ärger wich, gemeinsam mit der Freude, dass er Neela nicht wollte, einem Gefühl des Verlustes. »Wofür habt ihr euch entschieden?« Sie blickte auf ihre Hände hinab, die sie in ihrem Schoß verkrampft hielt.

Sawyer legte einen Finger unter ihr Kinn und zwang sie so, ihn anzusehen. »Wir werden uns außerhalb eures Gebietes ein eigenes anlegen. So können wir einerseits unsere Gruppe in Ruhe wieder aufbauen, sind aber in der Nähe, falls weitere Gefahr durch Menschen droht.«

Keira starrte ihn mit offenem Mund an, während ihr Herz einen freudigen Hüpfer machte. »Du bleibst in der Nähe?«

»Natürlich.« Er küsste sie auf die Nasenspitze. »Ich lasse dich nicht mehr aus den Augen.«

Wärme breitete sich in ihr aus, aber sie weigerte sich, Sawyer so einfach davonkommen zu lassen. »Und warum hast du das nicht gleich gesagt?«

Sawyer grinste sie an. »Dann hätte ich ja nicht sehen können, wie du dich aufregst.«

Mit einem Knurren stürzte sich Keira erneut auf ihn. Sawyer ließ sich in das Moos zurückfallen und rollte sich dann mit ihr herum, bis er sich über ihr aufstützen konnte. Mit seinem vollen Gewicht auf ihr konnte sie sich keinen Zentimeter mehr bewegen. Und sie wollte es auch gar nicht, denn Sawyers nackter Körper fühlte sich so gut auf ihrem an. Sie öffnete ihre Beine und schlang sie um seine Hüfte. Sein Schaft rieb sich an ihrem Eingang und sie bewegte sich ihm auffordernd entgegen. Während er ihr einen tiefen Kuss gab, drang Sawyer langsam in sie ein. Gleichzeitig stöhnten sie auf. Als Sawyer sich schneller in ihr zu bewegen begann, ließ Keira sich fallen und reagierte mit all der Leidenschaft, die sich in ihr aufgestaut hatte. Das tiefe Grollen in seiner Kehle machte sie wild und sie liebte ihn, als gäbe es kein Morgen mehr.

Nach viel zu kurzer Zeit erreichte sie mit einem unterdrückten Schrei den Höhepunkt. Sawyer schien das nur noch mehr zu entfesseln, wieder und wieder hämmerte er in sie, bis auch er kam. Noch Minuten später liefen Schauder durch seinen Körper und er machte keine Anstalten, sich von ihr zu lösen.

»Himmel, du schaffst mich.« Seine Stimme klang vor Leidenschaft rau. »Wann gehen wir in die nächste Runde?«

Keira blickte zum Blätterdach hinauf und lächelte. Manchmal war das Leben voller Überraschungen.

Michelle Raven

Vertraute Gefahr

Roman

Kann Liebe alle Wunden heilen?

Autumn will ihre schreckliche Vergangenheit hinter sich lassen und wagt deshalb einen Neuanfang als Rangerin. Gleich am ersten Tag verletzt sie sich jedoch und bleibt hilflos in der Wildnis liegen. Durch Zufall wird sie von dem Ranger Shane Hunter gefunden, der sofort von ihr fasziniert ist. Nur langsam fasst die junge Frau, die ein Geheimnis zu hüten scheint, Vertrauen zu Shane. Aber dann wird sie von ihrer Vergangenheit eingeholt, und nicht nur sie, sondern auch Shane schweben in höchster Gefahr ...

»Sehr unterhaltsame, spannende Geschichte mit sympathischen Haupt- und vielfältigen, farbigen Nebencharakteren und einem ungewöhnlichen Handlungshintergrund. Sehr empfehlenswert.«
Die-Buecherecke.de

Band 1 der Serie
400 Seiten, kartoniert, Klappenbroschur
€ 9,95 [D]
ISBN 978-3-8025-8371-1

www.egmont-lyx.de

EGMONT LYX
Verlagsgesellschaften